KB044799

금삼의 피

대한민국 스토리DNA 012

금삼의 피

초판 1쇄 발행 | 2017년 4월 10일
초판 2쇄 발행 | 2025년 1월 10일

지은이 박종화
발행인 한명선

주소 서울시 종로구 평창길 329(우편번호 03003)
문의전화 02-394-1037(편집) 02-394-1047(마케팅)
팩스 02-394-1029
전자우편 saeum2go@hanmail.net
블로그 blog.naver.com/saeumpub
페이스북 facebook.com/saeumbooks
인스타그램 instagram.com/saeumbooks

발행처 (주)새움출판사
출판등록 1998년 8월 28일(제10-1633호)

© 현화수, 2017
ISBN 979-11-87192-30-5 04810
      978-89-93964-94-3 (세트)

• 잘못된 책은 바꾸어 드립니다.
• 책값은 뒤표지에 있습니다.

대한민국
스토리DNA
012

금삼의 피

박종화 역사소설

새흘

일러두기

1. 『금삼(錦衫)의 피』는 1935년 3월 20일부터 12월 29일까지 〈매일신보〉에 연재된 작품이다.
2. 표기는 작품의 원형을 해치지 않는 선에서 2017년 현재의 원칙에 따랐다. 다만 대화체의 옛 표기 등은 되도록 원본을 살렸다.
3. 지명은 작품의 분위기를 유지하기 위해 당시의 것을 대부분 살렸다. 생소한 경우 괄호 안에 현재의 지명을 밝혔다.
4. 서술에서 높임 표현은 독자들이 편하게 읽을 수 있도록 평어체로 바꾸었다.
   (예 : 왕은 돌아서시며 마주 웃으시었다. → 왕은 돌아서며 마주 웃었다.)
5. 현재의 어법에 비춰 부자연스러운 일부 표현은 현대의 독자들이 이해하기 쉽도록 수정했다.

서사
(序詞)

　만백성을 울리고 육충혼(六忠魂)의 피를 뿌려 천고의 긴 한을 품은 채 영월(寧越) 청령포에 외롭게 이슬과 같이 스러진 단종대왕(端宗大王)의 험악한 풍파도 이제는 한마당 꿈, 해와 달이 동쪽 하늘과 서편 산마루로 숨바꼭질하는 동안에 세월은 흘러서 사십 년이다.

　한 번 간 왕손(王孫)은 다시 돌아올 기약이 묘연하건만, 염량세태에 흔들리는 사람들의 마음이야 다시 누가 있어 옛일을 생각이나 하랴.

　다만 변하지 않은 것이란, 진국 명산 만장봉에 청천이 삭출 금부용(鎭國名山萬丈峰靑天削出金芙蓉)이라 하던 높고 높은 왕궁(王宮)의 진산(鎭山) 북악이 우줄우줄 옛 모양 그대로요, 노돌들 남쪽 조그마한 언덕에 임자 없는 육충신(六忠臣) 여섯 개 무덤이 천추에 억울한 한을 호소할 길이 없으매, 밤마다 밤마다 꿈틀거려 흐르는 강물을 향하여 추추(啾啾)한 외마디 곡성을 애처롭게 부르짖어 강변 어부한이의 가슴을 선뜩선뜩하게 할 뿐이다.

부귀영화를 빼앗아 만년이나 누릴 듯, 후세의 비평을 듣는 단종의 삼촌 세조도 겨우 열세 해 만에 호화로운 꿈도 한 줌의 흙을 보태었을 뿐이요, 그의 원자(元子) 덕종(德宗)은 세조 생전에 참혹한 꼴을 본 것이매, 손도 꼽지 않으려니와, 둘째인 예종(睿宗)이 또한 겨우 왕위에 오른 지 일 년에 이 세상을 버리니, 나이 겨우 스무 살인 예종이 장성한 왕사(王嗣)를 둘 리 없다. 세조 비 정희왕후(貞熹王后)의 명을 받들어 덕종의 둘째 아들인 자산군(者山君)을 왕위에 모시니 곧 성종(成宗)이며, 임금 노릇 한 지 스물다섯 해, 춘추 서른여덟에 승하하니 원자 연산(燕山)이 왕위에 올랐다.

때는 바야흐로 태평성대, 영특한 임금, 갸륵한 어른으로 존숭을 받는 성종으로도 호색이 빌미가 되어 비빈 사이에 질투의 불길이 일어나고, 나중에 세자의 어머님이요 곤전마마인 막중한 왕비를 폐위시키고 또 사약을 내리니, 백성의 집인들 어찌 이러한 흉변이 있으랴. 한 지어미 원한을 품으매 오월에도 서리가 내린다거늘, 막중한 왕비어니 종묘사직이 어찌 위태치 아니하랴.

호곡해 울 때마다 눈물 씻은 손수건, 눈물은 다하여 피눈물로 변하니 비단 수건에 점점이 붉은 핏자국 물들고 물들어 퇴색되어 변했다.

위에서 내린 사약을 받고 통곡할 때, 친정어머니 신씨에게 당부하기를,

"동궁이 내내 탈 없이 자라나거든 부디부디 이 수건 전해서 주오. 철천의 이 원한을 씻겨 주오."

독약을 마시고 한 많은 세상을 등져 버렸다.

밤말은 쥐가 듣고 낮말은 새가 듣는다. 아무리 구중궁궐 깊은 속에 금지옥엽으로 감추어 기른 왕자인들, 당신 생모의 이 참혹하게 돌아간 정경을 눈치채지 못하랴.

영특하다 하던 연산은 드디어 마음이 변하여 나중에 임금의 자리에 오르는 첫 정사가 당신의 어머님 원수를 갚는 일이요, 둘째 정사가 황음 방탕한 짓을 주저 없이 하는 일이다.

산천초목이 떨지 않을 수 없고, 벼슬아치 선비들의 목숨이 가을바람에 휘날려 떨어지는 낙엽과 같다. 황음 방탕하니 재물이 소용되고, 재물이 소용되니 백성을 긁을 수밖에 없다. 원성이 하늘에까지 뻗칠 듯하니 나라가 어찌 위태치 않으랴.

뻐꾸기 울음소리에 애끊인다 노래하던 단종대왕의 영혼이 사십 년 뒤 이때까지 그대로 있다면, 이 어지러운 모양을 어떻게 볼 것이냐. 노들 강변에 귀곡성 울어 예는 사육신의 여섯 무덤, 한 많은 그 울음을 이젤랑은 거두시오.

부귀영화만이 한마당 꿈자리랴. 인생 백 년이 모두 다 공(空)인 것을. 빈손으로 태어나서 빈손으로 돌아가니, 왕후면 무엇 하고 장상인들 나을 거냐. 구름 가듯 물 흐르듯 상천고(上千古) 하천고(下千古)에 남은 것은 허무뿐이다.

지금엔 연산이 또한 간 지 사백삼십 년이다. 백의 서생이 옛 역사를 뒤적거리다가 넘치는 정열에 끌리어 붓대를 잡아 소설을 얽으니, 일만 일이 모두 다 공인 바에야 정만이 그대로 남을 리 없다. 또한 한개 부질없는 장난이 아니고 무엇이랴.

무인중양(戊寅重陽)
약수루(釣水樓)에서
저자 지(著者識)

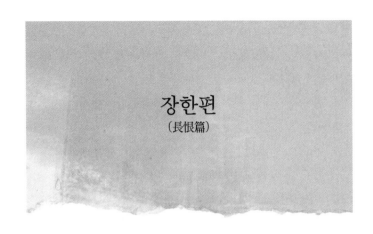

장한편
(長恨篇)

찌는 듯한 더위도 이제는 물러선 지 오래다. 팔월 한가위 철 맞춰 부는 선들바람은 더위에 시달린 모든 사람들의 피로한 정 신을 산뜻하고 상그럽게 쓰다듬어 준다.

올벼 타작을 재촉하는 한낮의, 따끔한 볕이 길 걷는 사람의 땀방울을 송글송글 솟아나게 하지마는, 그래도 느티나무 밑이 나 그늘 쪽으로 들어서기만 하면 맑게 불어오는 서풍 한 굽이가 잠깐 동안에 솟아난 땀을 스러지게 한다.

들에는 누렇게 익은 벼 포기가 무거운 듯 고개를 숙인 채, 바 람이 불 때마다 쏴아 하니 황금물결을 일으켜 굼실굼실 일만 이 랑에 가득 찼다.

동산에는 밤송이가 갓 터지고, 어린 풋대추는 연둣빛 푸른 뺨에 부끄러운 듯 두세 점 단풍을 물들였다. 논에는 게가 내리 기 시작하고, 밭에는 면화 송이가 눈 덮이듯 피었다.

대내(大內)에도 가을은 찾아왔다. 선선한 가을바람은 주란화각(朱欄畫閣)을 싸고돌았다. 이슬이 금전옥루(金殿玉樓)를 함빡 휩싸 안으니, 잔디밭 풀숲엔 귀뚜라미 소리가 처량하다.

중추에 둥두렷한 밝은 달빛이 화안하게 강녕전(康寧殿) 위에 비치었다.

새로이 곤전(坤殿)으로 승차되어 정비(正妃)가 된 윤씨는 동온돌(東溫突) 넓은 방에서 두어 사람 나인을 데리고 금지옥엽(金枝玉葉) 섬섬한 흰 손으로 주홍 베틀에 올라 명주를 짜고 있었다.

서온돌에서 밤늦도록 백성의 질고와 옛 임금의 나라 다스리던 법을 신하와 서로 의논하던 성종대왕(成宗大王)은 이제야 별입시가 겨우 물러갔음에 고요히 눈을 감고 안석에 의지하고 있었다.

동온돌에선 달그락달그락 왕비의 쉬지 않고 길쌈을 짜는 북소리가 들렸다.

왕은 서서히 몸을 일으켰다.

"누구 게 있느냐?"

지밀상궁(至密尚宮)이 옆방에서 몸을 굽혀 들어와 엎디었다.

"동온돌로 가자."

상궁은 몸을 일으켜 왕의 앞길을 인도하였다. 길쌈을 하기에 여념이 없던 왕비는,

"상감마마 듭시오."

하는 지밀상궁의 목소리에 깜짝 놀라 길쌈틀에서 내려섰다. 나인들은 동온돌 옆방으로 물러갔다. 성종대왕은 얼굴에 미소

　　　　　　　　　　　　　　금삼의 피

를 띠우며,

"곤전, 밤이 깊은데 손수 무엇을 골몰하오?"

부드러운 말은 봄바람이 쓰다듬은 듯하였다. 고개를 푹 수그리고 부끄러운 듯 연연히 웃으며 치마끈을 말았다 폈다 하던 윤비는 잠깐 고개를 들어,

"추잠(秋蠶) 고치가 하도 잘됐기에 상감마마 입으실 옷감을 짜옵니다."

말이 끝나자마자 윤비는 얼굴에 가득히 홍조를 띠고 다시 부끄러워 고개를 숙였다.

성종대왕은 보료 위로 앉으며 기쁜 빛이 용안(龍顔)에 넘쳤다.

"곤전, 이리 좀 가까이 오구려. 새 아기씨요, 무얼 그처럼 수삽하오, 하……."

왕비는 여전히 고개를 들지 못하고 부르는 상감의 앞으로 가까이 모로 앉았다. 연두색 회장저고리에 남치마를 늘이우고, 금첩지를 날아갈 듯 머리에 얹은 모양이, 달 속의 항아(姮娥)랄까, 구름 탄 선녀랄까, 휘황한 촛불빛은 더욱 그 맵시를 돋보이게 한다.

"곤전, 곤전의 불수(佛手) 같은 손으로 내 옷감을 짜서 입는다. 원 이런 고마울, 어허, 백성이 이 소리를 들으면 얼마나들 더욱 부지런하게 길쌈들을 하겠소. 곤전은 나의 어처(御妻)여니와, 또 만백성의 어머니 곧 국모(國母)여든, 어디 손 좀 봅시다. 거칠어지지나 아니하였소?"

대왕은 슬며시 윤비의 옥수를 이끌었다. 내어 맡긴 옥수는 분

을 따고 집어넣은 듯 곱고도 희다.

성종은 윤비의 손을 잡은 채,

"그래 몇 필이나 그동안 짰소?"

말이 더욱 은근하다.

"인제 겨우 한 필하구, 한 십여 척가량 짰사옵니다."

"내 창의(氅衣) 한 감에는 몇 자나 든다 합디까?"

"아뢰옵기 황송하오나 상감마마께옵서는 보통 사람보다 키가 크시니 필 반은 가져야 될 줄 아뢰옵니다."

하고 윤비는 말을 마치고 미소를 띠며 일어서려 할 즈음, 발길이 잘못 놓여 늘어진 스란치마 앞자락을 지긋 눌렀다. 위태롭게 윤비의 손은 허공을 잡으며 쓰러지려 할 즈음, 왕은 얼른 몸을 일으켜 넘어지려는 왕비를 안았다.

"곤전, 하마터면 큰일 날 뻔했구려!"

"떠들지 마셔요, 상감마마. 지밀상궁이 부끄럽습니다."

라고 왕비는 속삭였다. 왕은 여전히 껴안은 허리를 놓지 않았다. 탄력 있는 왕비의 젊은 젖가슴은 높은 숨길과 함께 자주 뛰놀았다. 얼굴은 무안에 취하여 발갛게 홍조가 타올랐다. 가을 물같이 어글어글한 두 눈이, 키가 큰 까닭에 내려다보는 상감의 용안 위로 헤엄질쳤다. 왕의 용안은 붉게 타는 왕비의 따스한 뺨 위로 수그러졌다.

말없는 침묵, 대내 안은 참으로 고요하다. 방 안에 다만 촛불이 벌룽벌룽 춤출 뿐이다.

"상감마마, 놓아 주세요."

왕비는 속삭이며 침을 삼켰다. 침이 걸어서 잘 넘어가지를 않았다.

"상감마마, 누가 볼까 저어하옵니다."

말없는 속에 상감의 팔은 풀렸다. 흩어진 치마허리를 다시 만지는 왕비는 상감 곁에서 떠나지 않았다. 왕비의 첩지머리가 겨우 상감의 가슴에 닿았다. 머리를 다시 수습하는 왕비는 상감을 우러러보며,

"상감마마의 키는 참 크기도 하옵니다."

하고 호…… 하며 소리를 내어 웃었다.

"상감마마, 어디 길쌈한 명주가 몇 필이나 들까 좀 돌아서 보셔요."

왕비는 자개 박은 붉은 농 장문을 열고 짜두었던 명주를 한 필 꺼냈다. 상감의 뒤로 돌아가서, 둘둘 만 명주필을 수루루 풀어 발돋움하여 왕이 입은 창의 등솔에 대었다. 풀려진 명주는 반 필이 훨씬 넘었다. 왕비는 호호…… 하며 다시 웃었다.

"몇 자나 들겠소? 곤전."

왕은 돌아서며 마주 웃었다.

왕비는 아직도 웃음을 참지 못하면서,

"등솔만 반 필이 넘겠사옵니다, 상감마마."

"아마 상감마마의 키는 천하에 다시 둘도 없을 것이옵니다."

왕비는 흩어진 명주필을 친히 말았다. 상감은 수염을 쓰다듬고 껄껄 웃으며,

"곤전, 나보다 더 키가 큰 사람을 좀 구경하려오?"

하고 소리를 높여 지밀상궁을 불렀다.

"입직(入直) 겸선전관(兼宣傳官)의 허종(許琮)을 등대케 해라!"

지밀나인은 대령 무예청(待令武藝廳)을 불러 공사청(公事廳)을 들라 하였다. 수염 없는 공사청 내시가 사모관대를 하고 뜰아래 부복하였다.

지밀나인은 전(殿) 마루 끝에서,

"입직 겸선전관 허종이 들랍시오……" 하고 공사청에게 어명을 전했다.

공사청이 국궁(鞠躬)하고 물러간 뒤에 왕은 서온돌로 건너며 왕비를 돌아보고,

"겸선전관 허종이 들어오거든 키를 자세히 보오."

하며 웃었다.

왕비가 있는 동온돌에는 큰 문이 활짝 열리고 발이 늘어졌다. 조금 있다가 겸선전관 허종은, 안올림벙거지 밀화패영(蜜花貝纓)에 구군복(具軍服)을 떨뜨리고 내관을 따라 국궁하여 어전에 들었다. 몸집이 크고 키가 어마어마하여 열한 자가량이나 되어 보였다.

성종은 덕종(德宗)의 둘째 아들로 열세 살 때에 왕위에 올랐다. 운명이 기구한 가엾은 어린 임금 단종의 삼촌으로, 단종을 노산군(魯山君)으로 폐위시키고 왕위에 그대로 오른 세조의 손자다. 세조가 단종을 노산군으로 강봉하여 영월(寧越)에 둔 일이 있은 뒤 두 달 만에, 어찌한 괴상한 연유인지 그때 세조의 왕

세자로 있던 덕종(추후에 덕종이란 시호를 올렸다)은 별안간 급하게 죽어 버렸다. 세조는 이 참혹한 정상을 당한 지 한 달 남짓하여 부랴사랴 단종에게 사약을 올렸다.

또 한 가지 괴상한 일은 단종이 죽은 지 삼 년 뒤에, 세조는 둘째 아들 예종의 배위로, 당시에 세조를 도와 왕이 되게 하여 권세가 혁혁한 한명회(韓明澮)의 큰딸을 빈(嬪)으로 삼았다. 이것은 물론 예종이 나중엔 왕위에 나아갈 것이매, 한명회의 딸로써 곤전이 되게 함이니, 한명회의 크나큰 공로를 갚으려는 세조의 의도였다. 그때 동궁빈인 한씨의 나이는 예종보다 다섯 해나 위였다. 그러나 동궁빈은 괴상하게도 가례(嘉禮)를 지낸 그 이듬해에 열일곱 살이라는 아직 피지도 못한 꽃봉오리로 이 세상을 떠나 버렸다.

나중에 세조가 이 세상을 등지게 되매, 예종은 둘째 아들로 왕위에 올랐다. 그러나 또한 겨우 일 년이란 짧은 세월이 있었을 뿐 애처롭게도 왕의 자리를 버렸다.

이 뒤를 이어 대통(大統)을 받은 이가 곧 성종이다. 말로는 비록 세조와 성종이 조손간이매, 삼 대나 떨어진 것 같으나, 왕위와 왕위의 사이는 극히 짧으니, 성종은 곧 세조의 왕위를 인계하여 받은 것이나 다름이 없다.

그러나 또 한 가지 괴상한 문제 하나가 그대로 가로놓여 남아 있다.

열세 살 된 성종이 뒤를 이어 왕위에 오르기 이태 전에, 단종의 적인 한명회는 의연히 정난 좌익 공신 상당군(靖難佐翼功臣上

黨君)으로 나는 새도 떨어뜨릴 혁혁한 권세를 가진 노재상이었다. 큰딸을 예종 왕비로 받들었다가 실패한 그는 병환이 위중한 세조에게 말을 아뢰고 작은딸로써 성종 왕비 곧 그때 자산군 비로 받들었다.

이것은 성종의 자리에 나아갈 조짐이다. 이때에 성종은 열한 살, 한씨는 열두 살이었다. 그러나 한빈은 불행하게도 왕비 된 지 다섯 해 만에 또다시 아들도 없이 열아홉 살이란 어린 나이로 이 세상을 떠나 버렸다.

가례를 지낼 때 열한 살 적은 그만두더라도 열세 살 된 임금으로 부부의 재미를 알 리 없다. 나인들이 곤전이라 부르고, 대왕대비가 배위라 일러주시니 그저 사나이와 여자가 으레 내외라 하여 사는 것이라 생각할 뿐이었다. 왕은 세조가 살아 있을 때 엄한 그 할아버지 되는 감독 아래에 글공부와 글씨 공부에 열중하게 되었다.

세조가 죽은 뒤에 예종을 거쳐 왕위에 올랐으나 아직 나이 어린 까닭에 대왕대비가 발을 늘이고 정사를 받았으므로 왕은 자연 한묵(翰墨)에 정진할 기회를 많이 가졌다. 왕의 취미는 단순하게 글공부와 글씨 쓰는 곳으로 기울어져 버렸다.

왕의 글씨는 조선 역대 제왕 중에 제일위를 꼽는 명필이다.

한 해 두 해 세월이 갔다. 열여덟 살 되던 해 차차 성에 눈뜰 때 사나이와 여자를 이해할 만하여 왕비는 고만 승하해 버린 것이다.

이러하니 돌아간 왕비에겐 조그마한 정도 가질 수 없었다. 그러나 대궐 안 지밀 속 왕의 주위에 감도는 여성은 많았다. 비로소 눈을 크게 떠 이성을 바라보고 알아질 때에 왕의 흥미는 솔깃하니 남치맛길 늘이운 아리따운 궁녀들 틈으로 흐르기 시작했다. 왕의 눈은 차츰차츰 젊은 궁녀들의 몸맵시 위에 아름답게 흘러 감도는 곡선의 묘한 멋을 보게 되었다.

봄바람이 스르르 스치고 지나갈 때마다 왕의 코는 여태껏 한 번도 맡아 보지도 못하였던 쾌감을 주는 훈훈한 향내를 지밀나인의 치맛자락에서 맡게 되었다.

왕은 비로소 글 읽는 공부와 글씨 공부 이외에 다른 한 가지 길에 취미를 붙이기 시작했다. 어쩐지 자기 주위에 젊은 여성이 없으면 한없이 쓸쓸하고 고적한 것 같았다.

이루 말할 수 없는 우울한 심사와 허전허전함을 느끼는 야릇한 심리가 자주자주 왕의 침실을 엄습하였다. 그것은 마치 어린 젖먹이 아이가 어머니의 든든한 젖꼭지를 놓친 듯한 허술허술한 심리와도 비슷하였다. 해는 기울어 땅거미 질 때, 사람들이 거접하는 동네는 아직도 먼데 소삽한 산길 초로에서 동무를 잃고 헤매고 있는 길 걷는 사람의 마음과도 방불하였다.

요사이의 왕은 바짝 연지와 분 냄새를 따르고 싶었다. 그렇지 않고는 이 야릇한 허술하고 갑갑하고 쓸쓸하고 심사 나는 마음을 안돈할 수 없었다.

이것은 왕 단 한 사람의 심리뿐이 아니었다. 그 반대로 대내 안 왕의 주위에 감돌고 있는 수많은 여성들, 왕의 나쎄 된 젊은 궁녀들은 제각기 이 왕과 같은 괴상야릇한 병에 걸려 있었다.

다만 다른 점이 있다면 저편은 사나이요, 이편은 여자다. 저편은 지극히 귀한 이요, 이편은 지극히 천한 이며, 저편은 단 한 사람의 이성이요, 이편은 수효가 많은 여성들이었을 뿐이다. 왕은 이 수많은 여성들의 연모의 과녁이 되었다. 그것은 마치 석가모니불이 젊은 여승들의 사랑의 대상이 되듯이, 그리스도가 성처녀의 애련의 초점이 되듯이, 지존지고한 단 한 사람의 왕은 이 모든 수많은 젊은 궁녀들의 성되고 깨끗한 사랑의 과녁이 되지 않을 수 없었다.

하도 높은 이라 하고, 하도 공경하는 어른이매, 자기네들의 연모하는 행동을 감히 표현하지 못할 뿐이지, 조그마한 숫된 처녀들의 마음 한 귀퉁이에는 밤마다 밤마다 제각기 제 처소에 타는 듯한 마음의 불길을 걷잡을 수 없었다.

이러할 즈음 왕비는 돌아갔다. 가장 무섭고 가장 꺼리던 왕비는 돌아갔다. 왕의 사랑을 당당하게 혼자 독차지할 권리를 가진 왕비는 돌아가고 말았다.

이 수백 명 사춘기의 무르녹은 정열을 가진 모든 궁녀들은 제각기 그 사랑의 행동을 표현할 수 있는 두 번 다시 없는 훌륭한 기회를 갖게 되었다. 수많은 궁녀 가운데는 일부러 계획적으로 조금이라도 임금의 눈에 더 곱게 보이기 위하여 몸매들을 다스리고 추파를 흘려보내는 영리한 궁녀도 더러 있었지마는, 그 나머지 대부분은 자기가 일부러 그러한 지어서 만드는 아리따운 태도를 취하려 하지 않아도 고운 탯거리가 밖으로 드러나고, 저도 모르게 타는 듯한 추파가 왕의 얼굴 위로 흘려졌다. 이것은 마치 밤송이가 익으니까 깨뜨리지 않아도 저절로 벌어지는 것 같고, 철 만난 함박꽃은 제가 애써 고와 보이려고 애쓰지 않건만 사람들이 서로 다투어 어여쁘다고 탄식하는 거와 같았다.

이 중에 한 사람 지밀상궁 중에 가장 나이 어리고 어여쁜 윤씨……

왕의 눈은 자주 이 윤씨에게로 쏠리기 시작했다. 역시 우울을 느끼는 편전(便殿)의 침실. 왕은 무료히 화류 연상(硯床)을 앞에다 놓고 동기창(董其昌) 체법을 쓰고 있었다.

"얘, 게 누구 있느냐."

지밀나인 윤씨가 사르르 윗간 장지를 열고 들어와 부복했다.

날씬한 어깨, 흐를 듯한 남치마……

"이리 와 먹 좀 갈아라."

하얀 손이 바르르 떨리며 옥연적의 물을 따랐다. 한림풍월(翰林風月)이 남포석 벼룻돌 위로 오르락내리락 갈려질 때마다 공단결 같은 검은 머리 위에는 화관(花冠)의 금나비가 바르르 떨렸다.

"네 성이 뭐니?"

"윤가라 부르옵니다."

전례에 없는 파격의 물음이다.

"네 아비의 이름은 무어라 하노?"

"기묘(起畝)라 부르옵니다."

윤씨의 목소리는 나직하면서 떨렸다.

"벼슬아치냐 구실아치냐?"

"백두(白頭)이옵니다. 소과 진사(小科進士)라 하옵니다."

쉴 틈 없이 물어보는 말에 윤씨는 송구하여 몸 둘 곳을 몰랐다. 다만 얼굴은 상기되고 목소리는 적이 떨릴 뿐이었다.

"네 나인 몇 살이니?"

윤씨는 부끄러워 얼른 대답을 올리지 못했다. 벼룻돌을 향하여 수그러진 고개가 아까보다도 더한층 수그러졌을 뿐.

"네 나이 몇 살야?"

재우쳐 묻는 왕의 말은 더욱 상냥하였다. 두 번째 묻는 황송한 말에 윤씨는 아니 대답할 수 없었다.

"열여덟 살이옵니다."

겨우 들릴 듯 말 듯한 목소리는 더욱 가늘게 떨렸다. 윤씨는 먹 갈기를 마치고 황옥(黃玉)으로 아로새겨 놓은 먹받침 위에 먹을 놓았다. 두 어깨를 나부죽이 엎드려 왕의 옆을 향하여 국궁하고 사뿟이 일어나 두어 걸음 뒤로 물러섰다. 왕은 전라도 태간지(苔簡紙)를 연상 서랍에서 다시 한 장 꺼내어 앞에 펴놓고 붉은 자루 양호필(羊毫筆)에 윤씨가 농담이 알맞게 갈아 논 먹을 흠뻑 찍었다. 윤씨는 살그머니 손을 장지에 대었다. 바시시 문 열리는 소리가 났다. 동기창 체첩 꼭대기 귀거래하여 전원이 장무(歸去來兮 田園將蕪)라는 돌아갈 귀 자에 왼편 내리긋는 획을 왕이 마악 그을 때다. 왕은 바시시 문 열리는 소리에 붓을 멈추고 용안을 들었다. 윤씨가 마악 문 밖으로 조그마한 흰 발길을 내어디디려 할 즈음,

"게 있거라."

금삼의 피

왕은 다시 윤씨를 불렀다. 윤씨의 눈과 왕의 눈이 마주쳤다. 맥맥히 흐르는 윤씨의 추파, 정열이 엉킨 상감의 눈찌, 일순간 뒤엔 눈과 눈은 서로 피하지 않을 수 없었다.

"이리 와 종이를 붙들어라."

윤씨는 다시 문을 닫고 상감 앞으로 가까이 와서 꿇어앉아서 두 손으로 간지 끝을 누르고 있었다. 왕은 다시 먹을 찍고 붓을 가다듬어 돌아갈 귀 자를 마쳤다. 상긋한 밀기름 냄새가 왕의 코를 찔렀다. 따스한 듯하고 보드라운 듯한 젊은 궁녀의 무르녹은 냄새가 상감의 주위로 떠돌았다. 왕은 글씨를 몇 줄 그대로 계속하여 썼다. 그러나 글씨가 전과 같이 법대로 되지 않았다. 마음이 차차 흔들려졌음이다. 또다시 한 줄을 내리 썼다. 마음대로 붓끝이 돌아가지 않았다. 왕은 써도 되지 않는 글씨에 싫증이 났다. 붓을 멈추고 고개를 들었다. 지척에 가까이 있는 윤씨의 얼굴이 촛불 아래에 더욱 고왔다. 만들어 붙인 듯한 도독하고 매끈한 코는 물면 나긋나긋할 것도 같다.

별같이 밝은 눈언저리엔 다정한 속눈썹이 서리어 있다.

결곡하게 다문 조그마한 입술은 연지를 칠한 탓인지 앵두를 끼운 듯이 곱다.

"너 글씨 쓸 줄 아니?"

한참 윤씨의 얼굴을 들여다보던 상감은 이렇게 물었다.

"천생이 어찌 글씨를 써본 일이 있사오리까만 언문은 그적거려 본 적이 있는 듯하옵니다."

"옳다! 참 그래 너 궁체를 쓸 줄 알겠지? 귀거래하여 전원이 장

무로다라고 한번 써보아라."

하고 잡았던 어필을 넘겨주었다. 윤씨는 사양할 길이 없어,

"상감마마, 황송하옵니다."

하고 두 손으로 어필을 받들었다. 왼팔로 간지를 누르고 바른
팔로 양호필을 놀렸다. 도드락도드락 어여쁜 궁체 글씨가 하얀
종이 위에 나타났다.

"참 묘하게 쓴다. 제법 필재가 있구나. 동글동글 구르는 듯하
구나."

윤씨는 붓을 가다듬어 수필(水筆)꽂이에 꽂았다. 윤씨가 다시
어전을 물러나려 할 때에 왕은 무릎을 내켜 윤씨의 손을 잡았
다. 처음으로 상감의 옥체를 가까이한 윤씨는 어찌할 줄을 몰랐
다. 다만 얼굴이 주홍에 물든 것 같았다.

"너 몇 살에 들어왔니?"

"열다섯 살 때옵니다."

"으흥. 열다섯 살! 삼 년 전이로구나. 연상을 치워라. 침소에 들
겠다."

지밀 안 밤 깊은 침소에는 봄바람에 흐느적거리는 한 떨기 해
당화가 이렇게 하여 단 이슬을 머금었다.

이튿날 왕은 왕대비께 품하고 교지를 내려 윤씨로 숙의를 삼
았다.

숙의는 내명부(內命婦)의 가자(加資)니 종이품(從二品)의 계제
요, 외명부(外命婦)로 친다면 정부인(貞夫人)에 상당한 직첩이다.

성종과 숙의 윤씨의 사랑은 이렇게 싹트기 시작했다. 성종이

금삼의 피

날마다 하는 일과는 아침과 저녁으로 대왕대비와 왕대비에게 문안을 드리는 것, 하루 세 번 경연(經筵)에 나아가 글을 읽고 시강(侍講)의 말을 듣는 것, 그리고 왕이 가장 취미를 붙이는 글씨에 책념하는 것 등이었다. 아직도 춘추가 열아홉밖에 아니 되었으므로 정사 일은 왕대비가 그대로 눌러 하게 되었다.

왕은 틈만 있으면 옥교(玉轎)를 타고 윤씨의 처소로 갔다.

숙의는 왕의 총애를 완전히 독차지해 버렸다. 상감과 숙의의 새로운 정은 언제 가도 마를 것 같지 않았다. 이렇게 꿀 같은 탐탁한 생활이 몇 달 흘러갔다. 윤 숙의의 몸 위에는 차츰차츰 이상스러운 변화가 일어났다. 입덧이 나고 헛구역질이 심했다. 젖꼭지는 거무스름해지고 허리 아래는 점점 커지기 시작했다. 상감이 어느 날 숙의를 찾은 날 밤, 숙의는 웃는 낯으로 말씀 대답을 하다가 돌연히 일어나는 구역질에 어전임에도 어찌할 수 없이 방문 밖으로 달음질쳤다. 다음엔 헛구역 소리가 왕의 귀에 아니 들릴 리 없다.

"왜, 어디가 괴로우냐?"

"아니올시다."

"아니라니, 병이건 내시를 불러 약방으로 기별해라."

"망극하옵니다."

"이리 가까이 오너라."

어수로 윤 숙의의 이마를 짚었다. 머리는 서늘하고 아무런 이상이 없었다.

"웬일일까?"

상감의 말이 마악 떨어지기 전에 숙의의 구역질은 또다시 북받쳤다. 왕은 고개를 수그리고 한참 동안 가만히 있었다. 얼마만에 비로소 고개를 다시 들었다.

"언제부터냐?"

"상감마마, 아뢰옵기 황송하오나 거의 열흘이나 된 듯하옵니다."

상감의 입은 벌어졌다.

"태기가 아니냐?"

윤 숙의는 부끄러운 듯 고개를 숙였다.

"내시 게 있느냐?"

하고 왕은 창밖을 내다보았다. 뜰 앞에 내시가 국궁하고 엎드렸다.

"약방 전의(典醫)를 들라 해라."

공사청이 승명하고 나간 지 얼마 안 되어서 전의가 모대(帽帶)하고 뜰 앞에 부복하였다.

"전의 든 줄로 아뢰오."

공사청이 외쳤다.

나인이 실 한끝을 숙의의 바른팔 맥박 위에 붙들어 매고 실한끝을 문틈으로 공사청에게 내주었다. 공사청은 다시 실 끝을 전의에게 내주었다. 전의는 실 끝을 받들어 붙들고 눈을 감고 한식경이나 지체했다. 실 끝을 도로 공사청에게 돌려보낸 전의는 다시 국궁하고,

"전의신(典醫臣) 아뢰오. 환후 아니옵고 태기로 아뢰오. 석 달

금삼의 피

일시 분명하옵니다."

왕의 얼굴엔 기쁜 빛이 가득하였다. 숙의도 고개를 숙인 채 부끄러운 중에도 방긋이 웃었다.

침소로 들어가는 상감은 윤씨의 등을 어루만지면서,

"왕자를 낳으련? 공주를 낳으련?"

"황공하옵니다, 상감마마."

"이왕이면 첫아들을 낳아라."

이튿날부터 윤 숙의의 처소에는 하루 두 번씩 석거청에서 금궤당귀산(金櫃當歸散)을 달여 바쳤다. 전의가 격일하여 사진(絲診)을 올렸다.

윤씨는 밤마다 정화수(井華水)를 떠놓고 아들이 되어지이다 축원을 하였다. 상감의 은총은 날이 갈수록 더욱 깊었다.

그럭저럭 만삭이 되었다. 성종이 왕위에 오른 지 일곱 해 병신 년에 숙의 윤씨는 한낮에 옥동자를 낳았다. 원자(元子)를 얻은 성종의 기쁨과 원손을 본 왕대비의 좋아함도 당연한 일이지마는, 그중에 실로 다른 사람의 열 곱절 기뻐하는 이는 그 어머니 되는 숙의 윤씨였다. 이 아기 하나로 해서 자기의 한평생 좋은 운수는 터지는 것 같았다. 상감의 원자, 나라의 동궁, 자기는 이로부터 어엿한 국모가 아니냐. 모든 궁녀들의 부러워하는 푯대가 되고, 만백성 위에 군림하고 있는 엄연한 곤전마마가 아니냐. 부귀영화란 이렇게도 쉬운 것이냐. 생각지도 못하던 꿈속과 같은 일이었다. 윤씨는 산실에 누워 이 기꺼움을 어떻게 표현해야 옳을지 몰랐다. 숙의는 삼 가르는 늙은 나인을 돌아보았다.

"여보 수측(守則), 다시 한번 더 봐주시우."

"무엇 말입니까?"

"아이구, 저렇게 답답한 인 처음 보았어, 앞에 달린 것 말야."

"네, 네, 항아님도 참 딱하시우. 이 늙은것이 설마 속일라구. 다시 보구 또다시 보아도 뾰죽한 고추올시다."

윤씨는 아직도 기꺼운지 반가운지 마음이 간질간질하여 차마 바로 돌아눕지 못한다.

"여보! 그래두 일부러들 속인다는데 무얼."

"항아님도 참 되려 갑갑두 하십니다. 자아, 제가 거짓말인가 정말씀인가 돌아누워 보십쇼. 천하를 흔들 고추를 다신 기막힌 원자십니다."

정신까지 잃은 고통 속에서 으악 하며 땀을 쥐일 때, 응애응애 하는 어린 아기의 울음소리를 들을 때 맥은 풀리고 기운은 다하여졌다. 이러한 중에도 그의 꿈속 같은 머리엔 무엇보다도 아들아기냐 딸아기냐 하는 수수께끼를 잊어버릴 수 없었다. 시비 삼월이가 올리는 꿀물 한 모금을 목에 축인 윤씨는,

"아이고 항아님 고마우셔라, 옥동자실세!"

하는 늙은 나인의 혼잣소리를 듣고 느긋하고 즐거운 꿈속과 같은 기쁨을 머릿속에, 그리고 짓고 그리고 짓고 하였다.

창문 밖에서 왕명을 받은 내시가 나인과 자주 거래를 들어왔다 갔다 함을 어렴풋이 알았으나, 차츰차츰 정신이 다시 명확하게 돌아왔을 때 혹시나 하는 마음이 가슴을 바잡게 태웠다. 이리하여 윤씨는 다시 한번 수측에게 다짐을 두어 본 것이다.

"자, 시원히 고개를 이리 돌리시고 자세히 보시오."

윤씨는 자기 몸의 피로한 것도 돌보지 않고 팔을 짚고 자리에서 반쯤 일어났다. 쌀깃에 싸놓은 발간 갓난아기는 으앙으앙 발버둥 치며 소리쳐 울었다. 사타구니에는 과연 귀엽고 어여쁜 고추 하나가 뾰조록하게 달려 있었다. 윤씨는 만족한 웃음을 빙그레 띠었다. 어린 아기는 여전히 조그마한 발을 바둥바둥하며 목청을 다해 울었다.

윤씨는 이 순간에 아직 자기로서 일찍이 경험해 보지 못하였던 어머니의 자애스러운 모성애를 본능적으로 느끼게 되었다.

"우애 우애 우리 아기, 아이고 누가 그랬어!"

윤씨는 이렇게 어린 아기를 달래며 자기의 팔 안으로 껴안을 듯이 어루만졌다. 아기는 여전히 울었다.

"아기가 아마 배가 고파 자꾸 우나 보오. 젖을 좀 물려 볼까?"

윤씨는 일변 늙은 나인의 얼굴을 쳐다보면서 동의를 구하고, 일변 젖가슴을 헤치어 젖을 꺼내어 젖꼭지를 아기 입에 물리려 하였다. 이것은 일찍이 윤씨로서도 한 번도 상상해 보지도 않던 어머니의 본능적 행동이었다. 늙은 나인은 깜짝 놀라며 이것을 막았다.

"항아님, 아니 됩니다. 아기가 우시는 것은 어린애의 운동이랍니다. 인제 배내똥을 흠뻑 누신 다음에 삼 일 만에야 젖을 드리는 법입니다. 인제 대전(大殿)께서 유모를 간택하셔서 유모의 젖을 올리는 법이요, 어머님 젖은 드리지 않는답니다. 아까 황련(黃蓮)하고 감초(甘草) 달인 물로 입안을 말짱 씻기고 주사(朱砂)를 꿀에 개어서 조금 드렸으니까 이렇게 삼 일을 드린 뒤에야 젖을 유모가 드리게 되지요."

윤씨는 주춤하고 다시 자리에 누웠다. 아기에게 어머니로서 젖을 물리지 못하는 것이 어쩐지 서운하였다.

궁중에서는 왕자 아기씨의 명복을 비는 의식이 벌어졌다. 산실 문비 위에는 쑥을 꽂은 새끼를 달아 놓고, 재상(宰相) 중에 아들 여러 형제 두고 복이 많다는 사람을 골라서 삼 일 동안 소하고 목욕재계한 뒤에, 소격전(昭格殿)과 삼청전(三淸殿)에 제사를 지냈다. 제관은 검은 사모에 흰 옷을 입고, 도인(道人)은 소요관(逍遙冠)을 쓰는 얼쑹덜쑹한 검은 옷을 입었다. 삼색 과일에 술·떡·식혜·포·나물 등속을 벌여 놓고, 상의원(尙衣院)에서 내온 오색 비단과 복건이며, 홀(笏)이며, 금으로 만든 띠와 검정 목화를 태상로군(太相老君)과 칠성 앞에 벌여 놓았다. 소격전 태을전(太乙殿)에는 칠성을 위한 곳이니 모두 다 머리를 풀어 헤친 여자의 얼굴을 그리어 붙였고, 삼청전에 옥황상제·태상로군·보화천존(普化天尊)·재동제군(梓潼帝君)이며, 사해용왕과 명부시왕(冥府十王)과 수부제신(水府諸神)을 위한 곳이니, 모두 남자의 얼굴을 그려 붙였다. 밤이 이슥하여 도인과 제관은 경을 읽고 경쇠를 스물네 번 울리며 향을 사르고 백 번 절하여 축원을 올렸다.

제사를 다 지낸 뒤에 푸른 종이에 축을 쓴 소지를 사르고, 제관은 다시 사모품대로 관복을 바꿔 입었다. 수복이를 불러 벌여 놓았던 피륙 비단이며 복건·홀·띠·신 등속을 메어 가지고 궐내로 들어갔다. 횃불이 한 쌍, 등롱 두 쌍이 앞잡이 섰다. 아기씨가 있는 산실 문 밖에는 독좌상 같은 붉은 탁자를 놓고, 다시 그 위에 비단 등속을 벌여 놓은 뒤에 대신은 또 향을 사르고 재배를 드렸다.

나인이 큰 머리에 화관족두리 쓰고 당의 입고 방에서 나와 복건과 비단 등속을 받아들였다. 이것은 왕자의 명과 복을 받아들이는 의식이다.

내시는 방문 위에 달았던 쑥 꽂은 새끼를 두 손으로 대신에게 받들어 올렸다. 대신은 새끼를 받아 전대 속에 집어넣고 전대를 다시 붉은 함 속에 집어넣은 뒤에, 조심조심하여 함을 또다시 금지에 초록 상무 달린 홍보에 싸고, 근봉(謹封)을 비슷 꽂아 붙들어 맨 뒤에 대전별감(大殿別監)을 시켜 근정문 밖으로 옮겨 가게 하였다.

문 밖에는 미리 대령하고 있던 내자시정(內資寺正)이 모대하고 보진하고 자리를 펴고 부복하고 있었다. 대신은 다시 함을 별감에게서 받아서 내자시정에게 전했다. 내자시정은 두 번 절하고 함을 받아서 친히 가자(架子) 위에 담았다. 내자시 하인은 가자를 메고 내자시로 향하여 갔다. 내자시정은 다시 이 함을 받아서 곳간 속에 공손히 받아 두었다. 역시 왕자의 수(壽)를 잘 보관해 받아 두는 의사다. 이튿날 왕은 곤룡포(袞龍袍)에 익선관(翼蟬冠)을 쓰고 옥교를 타고 왕자의 처소에 나왔다. 왕대비·대왕대비도 궁녀들의 호위를 받으며 연(輦)을 타고 왕자 있는 전각으로 모였다. 새로 난 왕자를 처음으로 대면하려는 것이다.

왕은 궁녀가 안아 받든 왕자를 한참 동안 들여다보고 미소를 띠었다. 눈매와 코는 어머님 숙의를 닮은 듯 맑고 결곡하고, 이마와 턱은 넓고 너부죽하여 상감의 얼굴을 조그맣게 본떠 논 것과 같았다.

대왕대비는 왕을 건너다보며,

"상감의 홍복이요, 종묘사직의 음덕이오."

하였다. 왕은 허리를 굽히며,

"소손이 무슨 복이 있사오리까. 열성조(列聖朝)의 음덕이시고 대왕대비전의 홍복이시옵니다."

하고 사양의 말씀을 올렸다.

편전에 돌아온 왕은 홍문교리(弘文校理) 유호인(兪好仁)과 대제학(大提學) 조위(曹偉)를 불러 보았다. 어제 왕자의 어명을 지으라는 분부가 내렸으므로 두 신하는 이 일에 대하여 뵙기를 청한 것이다. 유호인과 조위는 문장과 시가가 당시의 쌍벽이었다. 왕은 두 신하를 극히 존경하고 사랑하였다. 두 신하는 국궁 부복하고 소매 속에서 붉은 간지를 꺼내어 올렸다. 간지 속에는 융(㦕) 자가 커다랗게 쓰여 있었다. 왕은 예방승지를 부르시어 내외에 발표하라 하고 다시 대왕대비를 모시고 근정전(勤政殿)으로 나왔다. 만조백관들이 왕자 탄생을 하례하는 조하(朝賀)를 받으려는 까닭이다.

황금으로 용틀임을 하여 아로새긴 용상 앞에는 광주(光州) 별세렴(別世簾)이 늘어졌다. 상감은 발 뒤 용상 위에 전좌하고, 대왕대비는 비스듬히 옆으로 앉았다. 아직 상감이 친히 정사를 하지 않는 까닭이다. 내시 두 명은 붉은 쌍룡선(雙龍扇)을 하나씩 들고 상감 뒤에 있었다.

전각 안 좌우편에는 홍양산(紅陽傘)·오색화산(五色花傘)과, 금
도끼·은도끼, 금장도·은장도며, 금등자(金鐙子)·은등자, 금입과
(金立瓜)·은횡과(銀橫瓜)와, 현무당(玄武幢)·주작당(朱雀幢)·청
룡당(靑龍幢)·백호당(白虎幢)과, 수정봉(水晶棒)·용대기(龍大旗)
들의 기치창검을 어마어마하게 벌여 세워 놓았다.

전각 밖 높은 돈대 위에는 가마솥보다도 더 큰 청동 향로에서
향을 사르는 향긋한 연기가 구름같이 피어올랐다. 뜰아래 좌우
편 품계석(品階石)에는 금관에 붉은 조복(朝服)을 입은 문무백관
이 벼슬 지체를 따라 벌여 서 있다.

돈대 위에서 선전관의 높고도 느리게 외쳐 부르는 국―궁―
배―하―망(鞠躬拜賀望) 하랍신다라는 소리에 맞추어 만조백관
의 붉은 옷자락은 물결이 흩어지듯 움직거렸다. 조복에 달린 옥
패(玉佩) 소리가 일었다 굽혔다 절할 때마다 댕그랑댕그랑 풍류
소리를 아뢰는 듯하다.

영의정에 이조판서를 겸한 한명회는 백수를 흩날리며 추창하
여, 섬돌로 올라가 돈대 아래서 두 번 절하고 다시 엎드려,

"영의정 신 한명회는 황공하오나 머리를 조아 군신을 거느리
고 아뢰오. 원자를 탄생하시니 위로 전하의 홍덕이시옵고 아래
로 만조백관과 억조창생의 원이옵니다."

하고 다시 머리를 조읍고 천세(千歲)를 높이 불렀다.

뜰아래 섰던 모든 신하도 대신의 소리를 따라 세 번 천세를
불렀다. 오색단청으로 휘황찬란하게 꾸며진 구름 밖에 우뚝 솟

은 근정전 서까래가 찌르렁찌르렁 천세 소리에 울렸다.

이렇게 대내 안에서는 축복하는 기분으로 그럭저럭 한 달이 마악 지나갔을 때다. 정원(政院)에는 누구의 짓인지 익명서 한 장이 큰 종이에 써서 붙여 있었다. 상감의 춘추가 이제는 이십이나 되고 원자까지 낳았거늘, 왕대비전에서 발을 늘이우고 정사를 맡아서 본다는 것은 폐해가 가장 큰 것이니 마땅히 정사를 상감에게로 돌려보내어야 옳을 일이라는 뜻을 적은 것이었다.

이 말을 들은 대왕대비는 익명서를 떼어 오라 하여 친히 감하신 뒤에 하루 온종일 깊은 생각에 들었다가 이튿날 모든 대신들을 모아 놓고, 상감을 청한 뒤에 정사를 상감에게로 돌려보낸다는 전교를 내렸다.

성종은 황송해 두 번 세 번 친히 정사 맡아보는 일을 사양하였다.

"상감의 춘추도 인제는 이십이 되었고, 나도 인제는 늙고 쇠약하니 모든 일을 처결하기에 대단히 힘이 드오. 이제부터는 옛 책이나 보고 약이나 먹으면서 몇 해 안 남은 세월을 편안히 보내기 소원이오."

하고 대왕대비는 성종을 건너다보며 자상히 말을 내렸다. 성종은 또다시 자리를 피하여 앉으며,

"황송하오나 소손이 아직도 나이 어려 미거하옵니다. 크나큰 중임을 별안간 맡기시오니 소손의 어깨 무겁사와 어찌하오리까."

성종은 슬픈 듯이 고개를 숙였다.

"늙은 나를 편안케 하오."

대왕대비의 말은 더욱 엄하였다.

한명회 이하 모든 대신들은 대왕대비의 말씀이 지당한 줄로 굳이 사양하는 상감에게 말을 아뢰었다. 성종은 하는 수 없이 대왕대비에게 절을 올리고 전교를 받아 친히 모든 정사를 맡아보았다. 이로부터 근정전 용상 앞에는 길게 드리워진 발이 치워지게 되었다.

왕자는 그럭저럭 돌이 지났다. 인제는 제법 사람을 알아볼 줄도 알고, 주약주약 곤지곤지 하는 재롱도 부릴 줄 알게 되었다. 요사이 왕의 하는 일은 큰 까다로운 일 없는 태평한 정사를 돌아보고 밤에는 늦도록 조위와 유호인 등의 뜻 맞는 어진 신하와 더불어 경연을 베푼 뒤에는 숙의 윤씨의 처소로 가 왕자의 재롱을 가끔가끔 보는 것이 낙이었다.

역시 어느 날 밤 상감은 윤씨 처소에 가 왕자를 불러다 놓고, 윤씨와 함께 밤늦도록 왕자의 재롱을 들여다본 뒤에 다시 유모에게로 돌려보내었다. 윤씨와 함께 침소에 드려는 상감의 용안은 가득한 웃음빛이었다.

지밀에 촛불이 꺼진 뒤에 윤씨는 상감께 베개 위에서 말을 사뢰었다.

"상감마마, 곤전께서 승하하신 지도 이제는 거의 삼 년이나 되옵니다. 상감마마께서도 범백사를 맡아보시는 터이온데, 오랫동안 곤전마마 자리가 빈 채로 계시면 어찌하옵니까. 옛정도 옛정이시려니와 어서 바삐 어질고 착하신 후비를 간택하시기를 신첩은 주야로 축수하옵니다."

말씨가 부드럽고 어질었다. 상감은 숙의의 손을 잡으며,

"곤전이 무엇이 그리 급한가. 내게는 헛이름만 가진 곤전보다 우리 숙의가 있는 바에야."

"아니 될 말씀이옵니다. 상감마마. 상감께서는 온 나라 백성들의 어버이가 아니세요? 그렇다면 어미 없는 백성─ 곤전 없는 나라가 어디 있사옵니까. 하루바삐 곤전을 간택하셔야 합니다."

상감은 잠자코 말이 없는 채로 숙의의 몸을 어루만졌다.

"그러나저러나 보살같이 어지신 곤전마마를 받들어 모셔야 할 터인데, 천진난만한 아기씨의 앞길을 생각한다면 어쩐지 마음이 두근거려지구료."

윤씨는 혼자 말하듯 자탄하듯 이렇게 속살거렸다. 말 어훈이 어떻게 구슬펐는지 불이 없어 캄캄해 그런지 윤씨의 두 눈엔 눈물이 글썽글썽한 듯도 하다.

옆에 누운 상감의 마음이 아니 흔들릴 수 없었다.

"무엇을 그리 처량해해."

"아니올시다. 상감마마. 다만 다른 날에 곤전을 새로이 모시어서, 왕자 아기씨가 탄생하신다면 이미 천한 제 몸에서 나온 아기씨는……."

말끝을 마치지 못하여, 윤씨는 별안간 솟아오르는 격동된 슬픈 감정을 참지 못하고 입술을 깨물어 소리를 죽이고 흐르는 콧물을 소리 없이 삼켰다.

왕의 마음은 감동되었다.

"과히 상심하지 말게. 원자가 있는 이상 내가 또다시 다른 사

금삼의 피

람으로 곤전을 삼을 리 있나. 숙의로 눌러서 곤전을 삼으면 고만이 아닌가?"

"미천한 제 몸이 어찌 지존하온 그 자리를 바라오리까. 다만 아기씨의 앞길이 태평하시기만 축원할 뿐이옵니다."

윤씨는 어둠 속에서 소매를 쳐들어 눈물을 씻었다. 상감은 다시 목소리를 호화롭게 하여 쾌활하게 웃으며,

"염려할 것 없네. 융의 앞길은 내가 담당할 것이오. 숙의는 곤전 노릇을 하여 보게나."

"황공하옵니다, 상감마마. 산하같이 깊으신 은혜는 백골이 부서져도 갚사올 길이 없사올 듯하옵니다."

진정에서 우러나오는 윤씨의 감격한 목소리는 가늘게 떨렸다. 윤씨는 두 손으로 상감의 손길을 찾았다. 싸늘한 그의 손이 상감의 손길 끝에 닿았을 때 상감은 다시 한번 바르르 떨리는 그의 손을 어루만져 주었다.

며칠 뒤 성종은 정전에 나와 대신을 불러, 숙의 윤씨를 왕비로 삼고 왕자로 왕세자를 책봉한다는 전교를 내렸다. 새로 된 왕비는 당일로 대왕대비와 왕대비에게 새로이 왕비 된 예를 보이고, 종묘(宗廟)와 영녕전(永寧殿)에 연을 타고 나가 봉고제를 올리었다.

왕비의 아버지 되는 윤기묘는 그동안 죽었으매 영의정을 증(贈)직하고, 어머니 신씨는 정경부인(貞敬夫人)의 첩지를 내리어 궐내의 알현(謁見)함을 허락하였다.

정경부인의 첩지를 받은, 새로이 왕비가 된 윤씨의 어머니 신

씨(申氏)는 하도 엄청난 큰 기쁨을 당하였음에 황황망망하여 어찌할 줄을 몰랐다. 꿈인가 생시인가 자기도 스스로 모르게쯤 되었다. 정경부인·영의정의 부인·부원군(府院君)댁— 이 놀라울 만한 높고도 으리으리한 벼슬이 자기 집을 이렇게 속히 찾아올 줄은 꿈에도 생각하여 보지 못했다. 한개 째지게 구차한 탕건도 쓰지 못한 생원님의 아낙으로 정경부인의 대접을 받고 대궐로 들어와 보이라는 어명을 받게 되니 신씨는 어리둥절하여 어찌할 줄을 몰랐다.

신씨의 작은딸이 나인으로 간택에 뽑히어 대궐로 들어간 이후에 비록 일 년에 이삼 차 수유를 얻어 나오게 되면, 반갑게 만나 보기는 하나 똑 떼치고 훌훌히 대내 안으로 들어갈 때마다, 모녀는 서로 안고 이별의 눈물을 흘리지 않을 수 없었다. 아들도 없이 단지 딸만 둘을 둔 중에, 큰딸은 과년하여 신통치 않은 곳으로 시집을 보내었고, 작은딸 하나만은 똑똑하고 어여쁘고 재주 있게 생기었을 뿐 아니라, 차차 나이도 늙고 슬하에 다시 혈육을 둘 가망도 없을 때, 차츰차츰 이 딸이 자라날수록 어디 참한 신랑감이나 하나 골라서 아들 겸 사위 겸 늙어 가는 나머지 평생을 의탁하려 하였던 것이다.

그러나 뜻도 아니 먹었던 신씨의 머리 위에 청천의 벽력이 내렸다. 애지중지하는 작은딸이 열다섯 살 되었을 때, 나라에서는 가가호호에 영을 내리어 궁녀를 삼기 위하여 간택령을 내리었다. 행인지 불행인지 이때 윤기묘의 작은딸도 공교롭게 간택에 뽑혀 대내 안으로 들어가지 아니할 수 없게 되었다.

모든 희망은 물거품이 되어 버렸다. 윤씨의 집은 초상난 집과 같았다. 윤기묘의 몸부림, 신씨 부인의 호곡성은 말할 것도 없거니와 부모의 슬하를 떨어져 대궐로 들어가게 된 어린 윤 처녀의 애끊는 듯한 울음소리와 처량한 거동은 보는 사람치고 누가 눈물을 머금지 않을 수 있었으랴. 마치 수리에 채여 가는 어미 잃은 병아리와 같았다.

그러나 어느 영이라 누가 감히 거역할 수 있으랴. 딸을 잃어버린 윤씨는 식음을 전폐하다시피 하고 드러누워 버렸다. 윤 진사는 화가 치밀어 올라와서 없는 형세에 매일 장취로 술잔만 마시고 돌아다녔다.

"허허, 참 양반의 집이 망하려니까 별일이 다 많구나. 어이구 어이구 후유."

하고 집 안에 들어오면 술주정을 하였다. 드러누웠던 마누라는 그대로 열이 뻗쳐서,

"양반이면 무얼 하고 진사님이면 무슨 소용이 있어. 딸 하나도 거느리지 못하는 주제에 에구 소리만 지르면 제일강산으로 아는군."

신씨는 그대로 포달을 피웠다.

"그러게 이 망할 것아, 내가 늘 뭐라구 그랬어. 나이도 인제 열다섯이나 되니 얼른 임자를 골라서 맡기겠드니, 그저 데릴사위만 하겠다고 안달을 하구 고르고 고르더니 요 모양이야. 그저 암탉이 울면 집안이 망하는 법이야."

"안 되면 산소 탓한다고 그러면 그때 왜 임자는 버썩 우기지

못했소."

이렇게 내외는 걸리는 족족 티격태격하였다. 시비파탈이었다. 그러나 싸움도 하루 이틀이지, 다투기만 한대야 별 소용이 없었다. 날이 가고 달이 바뀌는 동안에 두 내외 싸움은 차츰차츰 줄어졌다. 입에 풀칠도 제 끼니마다 마음대로 못하는 형편이라, 두 내외는 서로서로 불쌍히 여기면서 의탁하여 살아가지 않을 수 없었다.

"별수 있소. 죽은 자식으로 생각하고 치지도외해 버립시다그려, 마누라."

윤 진사는 이렇게 딸의 생각이 나면 언짢아하는 마누라를 위로해 주었다.

"그렇지만 여보…… 어디 그렇소. 저것이 아주 죽어서 없어졌다면 모르되, 그래도 대궐 안에 있거니 하고 생각을 하니 사람이 더 미칠 것만 같구려."

"다 그만두어요. 인제 와서 그까짓 생각을 다시 하면 무얼 하오."

"그러나저러나 진사님, 전생의 무슨 업원으로 그년이 그렇게 팔자가 기박하단 말요. 한평생 생과부로 늙을 생각을 하니 내 뼈가 그만 바스러지는 듯하구려. 진사님, 어디 용한 사주쟁이가 있으면 속이 좀 시원하게 그년의 사주나 좀 풀어 봅시다."

"사주? 글쎄, 그럴 법도 하오마는 세상에 어디 그리 용한 사주쟁이가 있소. 그저 된 소리 안 된 소리 하여 남의 피륙 자투리나 뺏는 게 주장이지."(이때는 지금처럼 돈을 쓰지 않고 피륙을 가지고

금삼의 피

돈 대신으로 썼다.)

"그래도 진사님, 어디 허실수로 한번 물어나 봅시다. 누가 아우? 그래도 후분이 또 괜찮을는지……."

신씨는 만의 하나라도 무슨 도리가 있을까 하여 요행을 바라는 마음이 안타까웠다.

"가만히 있소, 사주 소리를 하니 생각이 나오마는 그까짓 보통 사주쟁이는 말할 것 없고, 나이는 아직 젊었지마는 묘한 이인(異人)이 한 사람 있건만……."

"무어! 이인요? 그럼 참 잘됐구려! 아시거든 한번 물어봅시다."

신씨는 영감의 말에 바싹 회가 동해서 무릎을 움질움질하여 앞으로 바싹 다가앉았다.

"요새는 내가 화가 나서 글 읽을 재미도 없고 만사가 무심해서 성균관(成均館)에도 자주 나가지 않소마는, 그전에 날마다 성균관에 다닐 때, 나이는 아직 어려서 스무 살쯤밖에 안 되었지마는 같은 진사에 정희량(鄭希良)이란 사람이 있었습니다."

"그래서요?"

"이 사람이 이인이란 말야. 대추 같은 과실을 앉은 자리에서 두 말 서 말씩 먹고, 여름이 되면 참외를 한 짝씩 먹어도 까딱이 없거든. 그나 그뿐이오? 소주는 한 고리나 마셔야 한다구 하고, 약주술은 두어 말이나 마셔야 먹은가 싶다고 하는구려. 막걸리 따위야 서너 초롱 들이켜니 어디 보통 사람이오?"

"아유머니, 사뭇 장사로구려!"

신씨는 놀라서 혀를 홰홰 내둘렀다.

"그런 데다가 글을 잘해 사율 한 장을 잘 지어, 게다가 음양 술수를 잘해서 사람의 길흉화복을 귀신처럼 집어내서 맞힌다는구려!"

"에구머니나, 참 그 사람이 이인이오그려."

신씨는 더한층 무르팍을 영감 앞으로 바싹 들여놓았다.

"아직 그 사람도 운이 트질 아니해 그렇지, 과거만 하는 날이면 한번 큰소리칠 사람이지."

윤 진사는 자기 시름도 잊어버리고 정희량 칭찬에 신이 올라서 자기 마누라 신씨에게 말대꾸할 틈도 주지 않고 그대로 말을 계속한다.

"그나 그뿐이오, 이 사람이 또 이학(理學) 공부가 묘해서 신선로(神仙爐)라는 것을 만들었구려."

"신선로라는 게 무엇이오!"

"유기로 만든 것인데, 한가운데는 숯불을 집어넣어서 화로 모양으로 되고, 가장자리에는 냄비 모양으로 만들어서 붙였구려. 그리고 밑구멍에는 바람이 들어갈 만하게 조그마한 문을 만들어 달아서 불이 꺼지지 않도록 하고, 냄비같이 된 위에는 뚜껑을 해 덮었는데 가운데를 둥그렇게 도려서 화로 아가리만 나오게 하고 음식 담겨 있는 냄비 위에는 먼지가 아니 들어가도록 뚜껑으로 꼭 덮어지게 만들었구려. 겨울에 음식을 먹어도 식을 리 없고 김치찌개라도 한번 이 그릇에 담아 놓으면 늘 부글부글 끓는답니다. 이것이 물과 불은 서로 상극이면서, 어떠한 경계쯤 가면 도리어 서로 도와서 사람에게 유익을 준다는 이치에서 터득하여 만들었다는구려!"

"아이구! 어쩌면 재주가 그렇게 좋소. 그 양반이 그저 성균관에 있으면 진사님 한번 애기의 장래 일을 좀 물어봅시다."

신씨는 탄복하면서 영감에게 동의를 구했다.

"지금도 있고말고. 그러나 원체 자기 재주를 숨기고 남에게 자랑하지 않는 사람이라 여간해서는 말대답을 잘 않을 것 같구려."

"지성이면 하느님도 감동하신다는데 같은 진사님끼리 그 청이야 안 들어줄라구."

신씨는 말을 마치고 다시,

"어서 지금이라도 빨리 성균관으로 가서 이 이인 양반을 졸라 보시우."

하며 횃대에서 도포(道袍)를 꺼내어 자기 남편에게 입혀 주었다.

윤 진사는 윗목에 놓인 손때가 까맣게 묻은 낡아빠진 가께수리(鏡臺) 앞으로 가서, 먼지가 뿌옇게 앉은 천세력(千歲曆)을 꺼내서 창문 밖에다 먼지를 홱홱 불어 버리고, 책장을 이리저리 훌훌 날리다가 작은딸의 생년월일시 네 기둥을 적어서 낀 종잇조각을 책 틈에서 끄집어내어 염낭 속에 집어넣고 대문 밖을 나섰다.

오래간만에 성균관을 찾아간 윤 진사는 대성전(大成殿)에 올라가 재배하고 재실(齋室)로 내려왔다. 재실 안에는 윤 진사의 여러 동료와 붕배들이 반가이 맞아 주었다. 그들은 붉은 실을 뒤로 떨어뜨린 검은 복두(幞頭)에 초록 옷을 입었다. 정희량도 이 틈에 섞여 인사를 했다.

"아 여보게 기묘, 그동안 자네 병이 대단하다더니 어떻게 이렇게 나왔는가? 이제는 아주 신양이 쾌하신가?"

윤 진사의 붕배간 되는 늙은 동료 하나가 이렇게 물었다. 성균관 유생(儒生)들은 벌써 윤기묘의 병이 무슨 병인지 눈치채어 알았다. 그러나 누구나 이런 말을 당자를 대하여 마구 바로 말하기를 꺼려하였다. 그것은 일을 당한 당자에게도 한 불행이라 하려니와, 유림(儒林)에 있어서 딸자식을 궁녀로 들여보내는 것이 마지못하여 당하게 된 일이지, 결단코 그리 자랑스러운 일이 아니었기 때문이다.

"그래 무슨 병이 그리 대단했단 말인가?"

다른 한 사람이 또 이렇게 물었다.

"과거는 못 해, 나이는 점점 늙어 가, 집안 살림은 째지게 구차하니, 날 것이 무엇인가, 병밖에 더 날 것이 있는가!"

윤 진사는 허허 웃으며 이렇게 대답했다. 윗목 한 귀퉁이에 앉아 있던 경망한 젊은 축 한 사람이 옆에 있는 다른 사람을 눈짓해 쳐다보고 픽 웃으면서 가만한 입안 소리로,

"병은 무슨 병, 부원군 될 뻔댁 병이지."

하고 조롱의 소리를 했다.

아무리 가만한 목소리지마는 한방 속에 있는 사람들의 귀에 들리지 않을 리 없다. 여러 사람들은 이 경망스러운 사람을 눈짓하여 막았다. 그러나 윤 진사의 귀에 역시 이 소리가 아니 들어

금삼의 피

갈 수 없었다. 자기 딸을 일부러 자기가 부귀영화를 탐내서 대궐로 들여보낸 것이 아니요, 박부득이한 사정으로 그쯤 된 노릇이라 도리어 동정을 받을지언정 그다지 남을 대하여 부끄러울 것은 없건마는, 이러한 조롱하는 소리를 듣고 보니 마음이 겸연쩍지 않을 수 없다. 그렇다고 이 주책없는 경망한 젊은 손을 탄하여 말할 경계도 되지 못한다. 만사가 다 귀찮은지라, 얼른 정희량이나 조용히 만나 보고 집으로 빨리 돌아가서 드러누워 버릴 생각이 급했다. 화끈화끈해지는 상기된 얼굴을 진정한 뒤에, 슬그머니 일어나서 책 펴놓고 앉았는 정희량의 앞으로 가서,

"여보게 허암(虛庵), 무슨 공부를 그렇게 열심으로 하나?"

허암은 정희량의 당호다.

"무슨 별 공부가 있습니까. 심심해서 그저 들여다보고 있습니다."

윤 진사는 허암 정희량의 넓적다리를 꾹 찌르며,

"날 좀 보게."

하고 슬며시 재실 밖으로 나갔다.

정허암은 책을 덮고 천천히 일어나서 윤 진사의 뒤를 쫓아서 갔다. 대성전 뒤 으슥한 담 밑에서 윤 진사는 정 진사를 손짓해 불렀다.

"여보게 허암, 내가 오늘 자네에게 긴탁할 청이 있어서 일부러 왔네. 어렵지만 좀 들어주겠나?"

"무슨 청이오니까? 어르신네께서 말씀하시는데 사양할 리가 있습니까. 제 힘 자라는 것이면 되도록 해서 봅지요."

정허암의 다짐을 받고 난 뒤에 윤 진사는 조금 목소리를 낮추어,

"다른 게 아니라. 자네에게 말이지 사내자식도 없는 우리 내외가 단지 작은딸년 하나를 의지하고 그럭저럭 살아가려고 했더니. 부끄러운 말일세마는 지난봄에 윽박으로 간택에 뽑혀서 나인으로 들어갔네그려. 그러고 보니 내 상심도 상심이려니와 소위 마누라쟁이의 식음을 전폐하고 설워하는 꼴이란 목불인견일세그려. 인제는 죽은 자식으로 생각하고 치지도외로 마음을 돌리지만, 어디 그래도 어미 아비 마음이 편할 수가 있나. 그래서 팔자가 얼마나 기구하기에 그 모양인가 후분이나 좀 나을 도리가 있을까 하고 자네를 찾아온 길일세."

윤 진사는 후우 하고 한숨을 길게 내쉬었다.

"저도 대강 소문은 들어 알았습니다마는 자녀도 많지 못하신 터에 왜 안 그러시겠습니까."

하고 정허암도 애석한 빛을 얼굴에 띠었다.

"허암! 자네가 여간해서 깊은 재조를 드러내 놓고 남에게 말하려고 않는 성정도 내가 짐작하네. 그러나 내 정경을 보아서 꼭한 번만 청을 들어주시게."

윤 진사는 이렇게 애원하는 말투로 정허암을 졸랐다.

"연천한 시생이 무엇을 안다고 그러십쇼."

정허암은 사양의 말을 한마디 하고 나서,

"어디 어르신네께서 그처럼 말씀을 하시니 허실수로 장난을 한번 해보겠습니다마는……"

하고 겨우 허락하는 말을 꺼냈다. 윤 진사는 입을 벌려 좋아하면서 염낭 속에서 조그마한 종이쪽 한 장을 꺼내서 정허암을 주며,

"이것이 내 작은딸의 사줄세. 좀 수고해 주시게. 그럼 다시 어느 날쯤 만날까?"

정허암은 사주 적은 쪽지를 슬쩍 보면서,

"염려하실 것 없습니다. 내일 진시 말쯤 해서 댁으로 하인을 보내겠습니다."

"그럼 나는 재실로 가서 여러 친구들에게 인사하고 곧 가겠네."

"네, 그렇게 하십시오."

하고 정허암은 먼저 앞서서 대성전 뜰 앞으로 휘적휘적 걸어갔다. 나이는 젊어서 겨우 이십밖에 안 되었으나, 대인(大人)의 풍도가 드러나는 너글너글하고 웅용한 태도에 윤 진사는 마음속으로 깊이 탄복하였다.

이튿날 아침결에 허암 정 진사의 하인이 윤 진사에게 편지 한 장을 올리고 갔다. 윤 진사는 봉함한 편지를 얼른 뜯어보았다. 편지 봉투 속엔 아무 다른 사연도 없고, 어제 주었던 사주 적은 쪽지 외에 단지 글귀 두 짝이 적혀 있었다. 윤 진사가 부리나케 글귀를 읽어 보니,

청룡 서리운 곳에
황룡이 날아드니

바람비 이는 중에
해와 달이 분명하다.
어이한 노릇이냐
봄꿈을 채 못 깨어
쓸쓸타 새벽달 아래
피눈물을 왜 뿌리노.

윤 진사는 눈을 씻고 읽고 또다시 씻고 읽었다. 차츰차츰 가
슴이 두근거리기 시작했다. 첫귀 한 짝의 청룡 황룡이니 달과
해니 하는 소리는 극히 고귀한 자리를 가리켜 한 말이거니와,
나중 귀 한 짝은 극히 불길한 소리다. 윤 진사의 얼굴은 흙빛같
이 변해지고, 편지를 들었던 손은 슬그머니 맥없이 풀려졌다. 그
의 머릿속에는 좋지 못한 예감이 번갯불같이 번쩍하고 홱 지나
갔다.

금빛이 휘황한 화관에 일월(日月)을 수놓은 활옷을 입고, 봉
련(鳳輦) 위에 단정히 높이 앉은 자기 딸의 고귀한 얼굴이 나타
났다.

백릉대(白綾帶) 길고 긴 수건을 휘휘칭칭 눈같이 흰 목 언저리
에 걸고 피눈물을 흘리며 마외역(馬嵬驛)의 이슬처럼 사라진 양
귀비의 목매단 싸늘한 얼굴이 보였다. 윤 진사는 더 버티고 앉았
을 기운이 없어서 그대로 슬그머니 팔짱을 끼고 드러누워 버렸
다. 속 모르는 신씨는 궁금증이 버썩 나서 눈을 감고 누운 윤 진
사를 들여다보고,

"아까 정 진사 댁 하인이 가지고 온 것이 그 애 사주지요?"

윤 진사는 대답 대신 고개를 끄덕끄덕하였다.

"그래 어떻대요. 과히 후분이 막히지나 않는 모양이에요?"

하고 남편의 태도가 썩 그다지 좋지 못한 데 의심을 버썩 내고 물었다. 윤 진사는 공연한 걱정을 마누라에게까지 시키는 것이 재미없다 생각하고,

"너무 좋아서 되 걱정거리요."

하고 앞의 쪽지를 마누라더러 집어 오라 해서 첫 짝 좋은 소리만 읽어 주고, 아마 잘하면 왕비는 될 성싶다 했다. 신씨는 이소리를 듣고 입이 딱 벌어졌다.

"아이구 참말이슈? 그저 하느님 덕분에 제발 그렇게나 됐으면 작히나 좋겠소. 이왕 들어간 바에야 제발……."

신씨는 말을 채 마치지 못해서 두 손을 들어 허공을 향하여 비는 시늉을 하고 나서 윤 진사가 좋아서 서두르지 않는 것이 의심스럽다는 듯이,

"그러나저러나 뜻밖에 반가운 소식을 들었는데 왜 그렇게 시무룩해 허시우?"

하고 다시 남편에게 채근을 하였다.

윤 진사는 마누라의 잔소리가 귀찮다는 듯이 벽을 향하여 목침을 고쳐 베고 돌아누우며,

"별안간 지나치게 잘되는 게 너무 과분하지 않소. 다 횟거리거든."

하고 입을 봉했다.

윤 진사는 이 뒤로부터 대문을 걸고 출입을 하지 않았다. 우울하고 불쾌한 날을 맞고 보내는 동안에 그의 몸은 차츰차츰 쇠약해지며 병이 깊이 골수에 들었다. 일 년이 채 못 가서 그는 딸의 영화도 보지 못하고 우울한 심사를 안은 채 시름시름 앓다가 그만 이 세상을 떠나 버렸다.

남편이 돌아간 지 삼 년이 채 못 되어서 신씨는 대궐 안 자기의 딸로부터 보내 온 언문 편지 한 장을 받았다. 그것은 상감마마의 귀염을 받게 되어 자기 몸이 숙의라는 종이품 내명부에 봉해진 것을 자세하게 쓴 것이었다. 그리고 뒤미처 곡식과 피륙이 마바리에 실려 궐내에서 쏟아져 나왔다. 신씨는 정희량의 말이 맞아 들어가는구나 하였다. 남편이 살았더면 얼마나 좋아하리 하고 한탄하였다. 가난에 찌든 모든 살림과 고생이 인제는 다 사라지고 즐거운 행복이 화안하게 앞에 놓인 것 같았다. 그럭저럭 여남은 달이 지나갔다. 대궐 안에서 또다시 신씨를 기쁘게 하는 소식이 나왔다. 간밤에 숙의가 왕자를 낳았다는 것이었다. 외손자! 왕자 동궁마마! 장래의 상감마마! 자기는 조선 임금의 외할머니! 또다시 죽은 영감의 생각이 나서 기쁜 중에도 서운하였다. 그는 곧 궐내 안으로 뛰어들어가 평생에 처음으로 어려운 고비를 치른 딸도 보고 귀여운 외손자도 안아 보고 싶었다. 그러나 그것은 가망도 없는 일이었다. 백두 진사의 아내로서 꿈도 꾸어 보지 못할 소리다. 도리어 일 년에 두어 차례 만나던 딸을 그나마 만나지 못할 것이 서운하였다.

이렇게 몇 달을 지내는 동안에 자기 딸 숙의는 곤전마마로 정

금삼의 피

비가 되고, 자기에게는 영의정부인·정경부인이라는 어마어마한 전교가 내렸다. 신씨는 너무도 큰 기쁨을 당하매 까닭 모를 눈물이 주르르 흘렀다. 하늘을 이고 도리질도 한번 쳐보고 싶었다. 마음껏 소리를 질러 곤댓짓을 해보고도 싶었다.

신씨는 부랴사랴 어서 바삐 대궐 안으로 들어가려고 새로 옷을 짓는다, 족두리를 사 온다, 한참 수선법석을 하는 판에, 새로이 된 곤전마마 윤씨의 명을 받아 시비(侍婢) 삼월이 나인이 나왔다.

"항아님, 어서 올라오시우. 이거 원 어찌나, 귀하신 손님이 오시었는데 모두 어수선하게 벌여 놓아서."

신씨는 침모를 데리고 밤을 도와 지은 의복들을 주섬주섬 침모 앞으로 몰아 치우며 삼월이 나인을 상좌에 앉혔다. 나인은 자리를 사양하여 옆으로 앉으며,

"곤전마마께옵서 정경부인께 문안 말씀 여쭈라고 하시고, 처음으로 궐내에 들어오게 되시는 터에, 혹시 생소하신 일이 계실까 진념하시어, 모든 절차에 유루가 없도록 하라신 분부가 내리시와 지금 나온 길이옵니다."

하고 신씨를 향하여 한 팔을 짚고 고개를 숙이며 허리를 반쯤 구부렸다.

신씨도 고개를 숙이어 마주 인사한 다음에,

"천은이 망극도 하시지."

한마디를 하고 나서,

"그렇지 않아도 항아님, 항아님도 아시다시피 내가 어떻게 궐

내에 들어가는 절차를 아오. 어렵지만 좀 가르쳐 주어야겠소."

하고 일변으로 하인을 시켜 나인을 대접할 음식을 시키고, 일변으로 사은(謝恩)하러 들어갈 사인교(四人轎)를 채비 차리게 하였다.

나인이 음식상을 받았다가 입매하고 난 뒤에 신씨는,

"어떻게 절차를 좀 가르쳐 주오."

하고 나인에게 부탁하니,

"그럼 습의(習儀)를 좀 해보시고 들어가 보시지요."

하고 신씨의 머리를 곱다랗게 빗기고 낭자궤에서 첩지와 용잠을 꺼내서 낭자를 시킨 뒤에 족두리를 씌웠다. 울긋불긋 오색이 찬란한 당의(唐衣)에 쌍학을 수놓은 흉배를 붙이게 하고 금박을 박은 다홍 넓은 띠를 뒤로 매어 떨어뜨렸다. 엎드리고 절하고 물러가는 거동을 여러 차례 되풀이한 뒤에 신씨는 사인교를 타고 대궐로 들어갔다.

대궐 안에는 작은 잔치와 큰 진연(進宴)이 자주자주 벌어졌다. 첫째는 대왕대비와 두 분 왕대비(덕종비와 예종비)를 위함이요, 둘째는 그의 형님 되는 월산대군(月山大君)을 불러 형제의 지극한 정을 펴려는 까닭이요, 셋째는 이렇게 효심과 우애가 지극한 성종으로서 글을 좋아하고, 글씨가 탁월하매 자연히 꽃 핀 나무 아래와 달빛이 으스름한 밤에 풍류 기상이 없을 수 없었다. 매양 글 잘하는 신하와 공이 높은 재상을 불러 사찬(賜饌)을 내리고 술잔을 자주 기울이며, 군신으로 더불어 즐겁게 놀았다. 내수사비(內需司婢) 속에 똑똑하고 영리한 여자들을 뽑아서 풍악

금삼의 피

과 노래를 가르치게 하고, 진연이 있을 때마다 기생을 불러들여 춤과 노래로써 흥을 돕게 하였다. 이렇게 되고 보니 하루 걸러큼 대내 안에는 거문고, 양금, 가야금, 비파, 생황, 저, 필률, 옥통소, 해금, 경쇠, 종, 북의 모든 묘한 곡조를 내는 요량한 풍악 소리가 잡연히 구름 밖으로 사무치는 듯하고, 곡조를 맞추어 울긋불긋 떼를 지어 춤추는 기생들의 화관 몽두리한 소맷자락은 마치 봄 바람에 흐트러져 떨어지는 낙화 송이와 같다.

훈훈한 여름 바람이 경회루(慶會樓) 연못가에 실실이 드리운 푸른 수양버들 가지를 툭툭 건드려 치고, 다시 중류(中流)에 매지 않고 띄워진 용배(龍舸)머리를 빙그르 돌릴 때, 경회루 넓고 높은 마루 위에는 왕이 대왕대비와 두 대비를 모시고 조그마한 잔치를 열었다.

맑은 노랫소리와 호탕한 풍류 가락은 태평성대를 가리키는 듯하다.

옥술잔에 붉은 여지주(荔枝酒)를 두어 잔 기울인 왕은 모든 대비께 몸을 잠깐 굽히며,

"참외가 새로 난 것을 보니 형 월산(月山)이 보고 싶으옵니다."

하고 여러 대비에게 말을 여쭈었다.

"상감의 말씀이 지당하오."

하고 상감의 생모인 회간왕비(懷簡王妃)가 대답하였다.

왕은 내시를 불러 수라간에 기별하여 잘 익은 참외 한 짝을 월산대군에게 내리라 하고, 나인에게 붓과 벼루를 가져오라 하여 친히 어필로 곧 입시하라는 편지를 썼다. 먼저 참외를 보내니

받으라 쓰고 글 한 짝을 적었다.

新苽初嚼水精寒 兄弟親情忍獨看.
(새로 난 참외 하나 씹으니 바삭바삭 선뜻선뜻 단물이 엉키었구려. 형
과 아우 아닌가 본시 한 몸인 것을 친한 정을 어이리 차마 홀로 못 보
네.)

그리고 다음엔 대비를 모시고 잔치하는 중이니 빨리 들라 한
뒤에 편지 끝을 이렇게 맺었다.

期會親戚, 聘招佳妓, 義雖君臣, 恩則兄弟.
(친척을 모아 놓고 아름다운 기생을 부르니 의는 비록 임금과 신하이
나 사사로는 형제로다.)

라 한 뜻이다. 월산대군은 자주(紫朱) 관디에 금띠를 두르고
추창하여 누에 올랐다.

상감은 몸을 일으켜 대군을 맞았다.

월산대군은 상감에게 옆으로 재배를 드린 뒤에 세 분 대비에
게 절을 올렸다. 상감은,

"날이 심히 더운데 들라 하여 불안하오."

하고 손수 친히 옥잔에 술을 가득히 부어 대군에게 주었다.

"전하, 진기한 과실과 시를 내리시고 또 부르시와 어연(御宴)에
서 술을 내리시니 천은이 망극하옵니다."

월산대군은 고개를 숙이고 말을 올렸다.

월산대군은 덕종의 큰아들로 성종의 형님이니 마땅히 왕통을 월산이 이어야 할 것이다. 그러나 일은 공교로워 성종이 둘째로 왕위에 올랐다. 성종은 항상 이것을 미안쩍게 생각하여 형님 되는 월산대군을 여간 융숭하게 대접하는 것이 아니었다. 밤이 늦어 대비들이 돌아간 뒤에도, 왕과 군의 두 형제는 술잔을 기울이며 간곡한 회포를 펴고 즐겼다. 잔치가 무르녹을 때 월산은 거나하게 취하여,

"성상이 주시는 술이어니 내 어찌 사양하여 싫다 하리요."

노래도 부르고 일어나 어전에서 춤을 추었다.

사정전(思政殿) 전각 위에는 차일을 솟쳐 치고 진연이 벌어졌다. 영의정 이하로 나라에 공이 많은 문무 제신을 불렀다. 특별히 오늘 진연에 한하여는 모든 신하로 하여금 허심탄회하고 쾌활하게 놀게 하기 위하여, 보통 예복으로 궐내에 참여하도록 분부가 내렸다. 문관은 윤이 지르르 흐르는 은조사 싸개 저모립(猪毛笠)에 갓에 옥색 도포에다 창의를 받쳐 입고, 쌍방울 수 달린 붉은 띠를 띠었다. 호반 대장은 빛갓에 옥로(玉鷺)를 달고 호수(虎鬚)를 꽂고 남철릭을 입었다. 사람들 앞에는 수파련을 꽂은 산해진미를 올려 논 둥근 두레반이 하나씩 놓여 있었다. 풍악은 자지러지고 권주가 시작될 때다. 화관에다 몽두리를 떨어뜨려 입은 십여 명 기생이 오색 소매에 눈같이 흰 한삼(汗衫)을 똑 떨어뜨리고 늘어섰다.

"지화자…… 좋을씨고……."

아리따운 노랫소리가 바람에 따라 전각 밖으로 흩어졌다. 옥병에 호박빛 송순주(松筍酒)를 가득히 담아 들고, 왼손에 황금 술잔을 든 영흥(永興) 명기 소춘풍(笑春風)— 날씬한 허리, 매끈한 어깨를 수그리고, 어전으로 추창(趨蹌)하여 금잔에 가득히 술을 부어 존전(尊前)에 받들어 올리는 양, 무릎을 꿇었다가 황송쩍은 탯거리로 슬쩍 일어나 잔을 든 채 뒷걸음쳐 물러왔다. 소춘풍은 다시 얼굴에 가득히 웃음빛을 띠고 영의정 자리로 사뿐 나아가 들었던 잔을 올렸다.

순(舜)도 계시지마는 치아 내 님이야 바른 말씀 못 하나니 만일 요님이시런들 정히 우리 짝이로다.

옥을 굴리는 듯한 노랫소리가 전상을 흔들었다.

대신은 총망중에 얼른 술잔을 받아 마시었다.

어영대장(御營大將)이 병조판서(兵曹判書)를 겸하여, 조선 천하에 병마권을 잡고 있는 나라에 공훈이 많고 권세가 혁혁한 호반이 영의정 다음 자리에 앉아 있었다. 소춘풍은 영의정의 앞에서 빈 잔을 받아 들고 다음 자리로 한 발을 내넘으려 하였다.

병조판서는 으레 자기 차례로 와서 술을 권하려니 하고 기다리고 앉았다. 병판 앞으로 올 듯하던 소춘풍은 다시 발꿈치를 돌리어 맞은편에 앉은 이조판서(吏曹判書)에 대제학(大提學)을 겸한 문관 앞으로 나아가 술을 따르며 노래를 불렀다.

금삼의 피

당우(唐虞)를 어제 본 듯 한당송(韓唐宋)을 오늘 본 듯 통고금 달사리(通古今達事理)하는 명철사(明哲士)를 어떻다고 저 쓸데 역력히 모르는 무부(武夫)를 어이 좇으리.

말은 차마 못 하나 뒤떨어진 병조판서는 얼굴이 푸르락 심술이 버썩 났다. 소춘풍은 다시 아리따운 교태를 지으며, 성이 잔뜩 나 씨근씨근하고 앉은 병조판서 앞으로 나아가 공손히 앉아 술잔을 올리고 다시 노래를 한 곡조 불렀다.

전언은 희지이(前言戲之耳)라 내 말씀 허물 마오, 문무일체(文武一體)인 줄 나도 잠깐 아옵거니 두어라 규규무부(赳赳武夫)를 아니 좇고 어이리.

노래가 마치었다. 그러나 병조판서는 성미가 아직도 풀리지 아니하여 올리는 술잔을 덥뻑 받지 아니하였다. 소춘풍은 병조판서의 얼굴을 들여다보고 생글생글 웃으며 다시 노래 한 가락을 뽑았다.

제(齊)도 대국(大國)이요 초(楚)도 대국이라. 조그만 등국(滕國)이 간어제초(間於齊楚)하였으니, 두어라 하사비군(何事非君)이 사제사초(事齊事楚)하리라.

가만히 이 거동을 처음부터 내려다보던 상감은 손을 치며 웃었다. 병조판서도 그제야 빙그레 술잔을 들었다. 전각 안 진연 자리엔 웃음소리가 가득히 떠돌았다.

성종은 소춘풍을 가까이 불러 보고,

"네가 글을 아느냐?"

하고 물었다. 소춘풍은,

"황공하옵니다. 지척지지(咫尺之地)에 천한 노래를 부르오니 만 번 죽어 마땅하옵니다."

하고 고개를 숙이고 팔을 짚어 부복하였다.

"기생으로서 『시전(詩傳)』과 『맹자(孟子)』 속의 말을 제법 끌어다 쓰니 과연 명기로구나."

하고 칭찬의 말을 내린 뒤에 내시를 불러 비단과 명주와 호피와 호초(胡椒)를 가져오라 해 융숭한 상급을 내렸다.

이렇게 밖으로는 태평성대의 호탕한 풍류가 계속되는 동안에 안으로는 왕의 사랑을 받게 되는 궁녀가 중전(中殿) 윤비 이외에 차츰차츰 늘기 시작했다. 왕의 손이 닿은 궁녀는 이루 다 알 수가 없거니와, 왕자와 왕녀를 낳고 밴 비빈만을 들지라도 숙의 윤씨(나중에 중종대왕의 어머니 되는 정현왕후), 숙의 하씨, 귀인 정씨, 숙의 홍씨, 숙용 심씨, 귀인 권씨, 명빈 김씨, 귀인 엄씨, 숙용 권씨 등 꼭 열 사람이었다. 이들은 다 왕의 사랑을 남보다 더한층 자기 일신에 차지하려고 시새고 애쓸 뿐만이 아니라, 성종은 남녀 간에 스물여덟 명을 두었다. 여자인 공주와 옹주(翁主)는 그만두더라도 대군(大君)과 군(君)만이 열다섯이나 되었다.

금삼의 피

그러고 보니 이 열 사람의 비빈들은 제각기 큰 욕망— 높고 귀한 자리를 탐하려는 야심이 발발하지 않을 수 없었다.

그러한 데다가 원자 되는 연산은 아직 강보를 면치 못한 핏덩이요, 중전인 윤비도 아직 나이 이십을 넘을락말락하니 든든하고 힘찬 뿌리가 깊이 뻗고 박히지 못한 데다가 무슨 크나큰 다른 세력도 그의 등 뒤에 있지 않았다. 단 한 분의 중전인 윤비는 능히 열 사람의 후궁을 어루만지고 대적해야 한다. 하루아침에 군왕의 은총이 옮겨지는 날이면 외로운 중전과 나어린 원자의 앞길은 바람 앞의 등불과 같다. 열 사람의 시앗— 사가(私家) 같으면 말리기라도 하고 야단도 칠 수 있겠지마는, 점잖은 중전의 체면에 이것을 말리고 막을 수도 없는 일이다. 중전 윤비의 마음은 차츰차츰 불안을 느끼기 시작했다. 이러한 중에 막 걸음발을 타기 시작한 원자 연산군은 우연히 체증 비슷하게 병이 나기 시작하여, 하루 이틀 지나가는 동안에 병은 점점 깊어 가고, 나중엔 열이 심하여 자주자주 경기(驚氣)를 하게 되었다. 전의가 번갈아 들며 하루에도 몇 차례씩 땀을 뻘뻘 흘리고 진찰을 했다.

갑기탕(甲己湯)이니 우황포룡환(牛黃抱龍丸)·산삼청심환(山蔘淸心丸) 따위를 줄곧 써 바치건마는, 병은 얼른 용이하게 말을 듣지 아니한다. 대궐 안에서 중전의 초조함은 말할 것도 없지마는, 상감 이하로 액속에 이르기까지 황황해지지 않는 이가 없었다. 중전의 어머니 신씨도 또한 누구보다 뒤지지 않았다. 신씨는 하루 두세 번씩 외손자인 연산군의 문후를 드리느라고, 치마에서 비파 소리가 나도록 궐내로 드나들었다. 고요한 별실 안에는 중전이 수심이 가득한 얼굴로 열에 떠, 눈을 흡뜨고 손끝을 뜯으며 바람증을 하는 아기씨를 들여다보고 있었다. 옆에는 신씨를 위시하여 봉보부인(奉保夫人)과 시비 삼월이 나인이 조구등(釣鉤藤) 달인 물을 은수저에 따라서 포룡환을 개고 있었다. 전의가 지금 막 진찰하고 나가서 석거청을 거쳐 올리게 한 것이다. 은수저에 깨어진 약이 기운이 막혀 울지도 못하고 허공을 쳐다보고 누운 아기씨 입에 닿았을 때, 약은 순하게 목구멍으로 넘어가지 않았다.

후후 아기씨는 느꼈다. 약은 코와 입으로 다시 쏟아져 나왔다.

중전은 손을 비비며 초조해하였다.

"아이구 이를 어쩌나, 전의를 빨리……"

중전의 말은 황급하였다. 삼월이 나인이 방문 밖으로 뛰어나갔다. 내시가 달음질쳐서 전의를 데리고 들어왔다. 중전이 옆방으로 피한 다음 잠깐 아기씨의 동정을 들여다본 전의는 최후의 용기를 내어, 가지고 들어왔던 당조각(唐皂角) 가루를 비슷하게 자른 초필 붓두껍 끝에 담아 놓고 아기씨 코앞에 이것을 댄 뒤에 꼭대기를 입에다 물고 확 불었다. 독한 약가루가 어린 코의 점막을 자극시켰다. 아기씨는 재채기를 연거푸 두어 번 한 뒤에 으아! 하고 울음소리를 냈다. 한 줄기 기꺼운 여망이 온 방 속에 다시 소생이 되어 일어났다. 그러나 이것은 당장 급한 것을 구해내는 방법밖에는 되지 않는다. 전의가 다시 물러간 다음에 중전은 어머니 신씨를 바라보고,

"정경부인, 어쩌면 좋소."

금삼의 피

시름없는 목소리다.

"중전마마, 약도 약이지마는 아기씨의 환후가 심상치 않으신 병이니 명산에 기도도 드려 보고, 대찰에 불공도 바치는 한편에, 영검하다는 박수와 무당을 찾아서 뭇점을 좀 해보는 것이 좋을 성싶사옵니다."

신씨가 말을 하기가 무섭게 삼월이 나인이,

"그러문입죠. 치성도 드리고 다 할 만한 노릇을 해야만 약덕도 빨리 난답니다."

하고 말참견을 했다.

"그러면 정경부인, 안에서야 누가 할 사람이 있소. 정경부인이 삼월이를 데리고 나가서 어떻게 치성도 드리게 하고 명이 있다는 사람들도 좀 찾아보오."

중전이 이렇게 친정어머니 신씨에게 부탁을 내렸다.

"그렇게 해보옵지요. 중전마마. 일이 급하니 곧 서둘러 보아야 하겠습니다."

하고 창황히 삼월이 나인을 재촉하여 가지고 대궐 문 밖을 향해 나왔다. 삼월이 나인은 아첨하는 듯이 신씨를 쳐다보며,

"중전마마의 걱정도 걱정이시지마는 정경부인께서 하루 한시 편히 계시지 못하는 양은, 옆에서 보입기가 참 딱합니다."

"여보 항아님, 요새는 아닌 게 아니라, 혓바늘이 모두 돋고 입 속이 소태같이 쓰구려. 밥맛이 있나 물맛이 있나. 나도 내 정신으로 다니는 것 같지 않구려. 제발 하느님 덕분에 아기씨의 환후가 얼른 평복이 되셔야 하겠는데."

하고 한탄하듯 말한다.

"왜 아니 그러시겠어요. 참 어떠하신 외손자십니까."

삼월이가 맞장구를 친 뒤에 다시 신씨를 쳐다보고 스러져 가는 목소리로,

"그러나저러나 소인네 생각에는 병환이 암만해도 무슨 귀신의 작희인 듯싶습니다. 나으시면 아주 차도가 계시거나, 더하시면 아주 더하시거나 해야 할 텐데, 조금 나은 듯하시다가는 다시 바람증을 하시고, 또 그러시다가는 조금 또 너누룩하시고 하여, 때를 찾아 더 하시니 필시 보통 병환이 아닌 것 같습니다. 그렇지 않아요, 정경부인?"

하고 제 말의 동의를 구했다.

"그리게 말이오. 그래서 나도 하도 답답하여 중전마마께 말씀을 드리고, 항아님하고 나온 것이 아니오. 어디 세상 병이 약만 가지고 된답디까."

"그러나 마님, 어디로 가서 뭇점을 할까요?"

"글쎄 말이오. 그래도 나는 양사골 청치맛집이 괜찮을 상싶은데……."

"마님, 청치맛집보다 종묘 앞의 이장님집이 나을 것 같애. 청치맛집도 괜찮지마는 가끔가다 빗맞아요. 요전에도 제 친정오라비가 앓아서 죽을 고비에 들었는데, 이장님집에 가서 물어보고 일을 한 뒤에, 그 길로 일어나 된밥을 꾸역꾸역 먹었답니다."

"옳아, 그것 참 잘되었군! 한 군데만 물어볼 것 아니니 그럼 그리로 먼저 가봅시다."

금삼의 피

"아주 여간 잘 맞혀 내지 않아요. 족집게처럼 집어낸답니다."

신씨와 삼월이 나인은 궐문 밖에서 두 패 지른 교군을 타고 종묘 앞으로 내려섰다.

이때 성종의 후궁 속에 가장 총애를 깊게 받는 이 중에 귀인 정씨가 있었다. 정씨는 후궁 중에 얼굴이 뛰어나게 어여쁜 중에 연산군인 원자가 탄생한 지 얼마 못 되어 안양군 행(安陽君炕)을 낳았다. 바로 그전에 숙의 하씨(河氏)의 몸에서 계성군 순(桂城君恂)을 낳았지마는, 숙의 하씨는 도량이 넓고 깊어, 될 수 있는 대로 상감의 몸이 가까이 오는 것을 피하고, 지성으로써 중전 윤씨를 받들고 원자인 연산군을 애호하였다. 아직 연산군에게 동궁의 칭호를 책봉하기도 전에, 자기의 몸에서 소생이 난 후에는 하씨는 자기의 몸을 전보다도 더욱 얕게 하고 중전 앞에서 연산군을 동궁마마 하고 불렀다. 이렇게 몸을 삼가고 자기 몸을 얕게 하여 중전과 연산을 받들어 모시는 까닭에, 중전 윤비는 숙의 하씨에게 관대한 호의를 갖게 되었다. 그러나 이 반대로 귀인 정씨는 후궁 중에 자색이 제일 뛰어난 데다가 마음이 얕기 때문에 앞뒤 일을 생각할 여지가 없이 상감의 은총을 자기 손아귀에 집어넣어 사랑을 혼자 독차지하려 하였다. 이러한 까닭에 상감의 발길은 다른 후궁들에게보다 이 정씨의 침실로 자주 향하게 되었다. 이러한 태도가 아들 안양군을 낳은 후로는 더욱더 심해졌다.

바로 지난봄 삼월 춘잠(春蠶) 때— 중전이 창덕궁 선정전(宣政殿)에서 친히 누에를 기르시는 예식을 거행하기 위하여 안팎

명부(內外命婦)들을 불렀다. 이때 중전의 부름을 받은 사람들은 부인과 궁녀를 구별할 것 없이 다 높은 직첩을 가진 유자격자들이었다. 그들은 대례복인 족두리와 활옷을 떨뜨리고 이 영광스러운 자리에 참석하는 것이 여간한 기쁨과 자랑거리가 아니었다. 전각 뒤에는 채상단(採桑壇)을 높이 쌓고, 차일을 친 뒤에 휘장을 둘러 바람을 막고, 층층이 선반을 매어 잠박(蠶箔)을 벌여 놓았다. 중전은 채상 집사(採桑執事)를 데리고, 뽕밭에 들어 친히 소매를 걷고 옥수로 뽕잎을 땄다. 모든 궁녀가 왕비를 따라 하얀 손으로 푸른 뽕잎을 따서 광주리에 담았다. 뽕잎을 다 딴 중전은, 채상단 위에 올라 잠박 속에 있는 누에에게 뽕을 주었다. 모든 궁녀가 이에 따랐다. 뽕을 먹는 누에 소리는 소나무에서 일어나는 바람 소리와 같았다. 친잠이 끝난 뒤에 왕비는 다시 선정전 용상 위로 올라앉았다.

외명부는 외명부대로, 내명부는 내명부대로 차례차례 중전 앞으로 나아가 절을 드리고 축하하는 뜻을 표했다. 이 배례가 끝난 뒤에는 사찬(賜饌)하는 절차만이 남았다. 왕비는 차례차례로 배례하는 사람을 눈여겨보았다. 더욱이 내명부에 한하여는 한층 더 자세히 보았다. 그것은 선대의 후궁을 제한 이외에는 현재 왕의 은총을 받는 후궁들인 까닭이다. 한 사람 한 사람씩 점고하는 동안 귀인 정씨의 얼굴은 보이지 않았다. 얼굴이 어여쁘다는 정씨—아들을 낳아 상감의 사랑을 깊이 받는 정씨— 정씨의 얼굴은 통히 그림자도 비치지 않았다. 배하(拜賀)가 끝난 다음 중전은 지밀상궁을 불러,

금삼의 피

"귀인 정씨는 웬일이냐?"

"곤전마마, 황송하오나 모르겠사옵니다."

"모르다니?"

중전의 말씀은 지엄하였다. 얼굴빛이 변한 지밀상궁이 창황하게 전 밖으로 나갔다. 사찬을 내리고 중전은 경복궁 강녕전으로 들었다. 얼굴에는 아직도 노기가 등등하였다.

"요망한 년!"

예복을 끄르며 중전은 뱉는 듯이 혼자말을 던졌다. 옆에 모시고 있던 상궁들이 벌벌 떨지 않을 수 없다. 한 식경이나 지나서 귀인 정씨가 궁녀 하나를 데리고 강녕전 밖에 엎드렸다. 상궁들은 중전의 역정이 하도 지엄하시매 감히 말씀도 사뢰지 못하고 있었다. 거래를 못 올려 답답한 정씨의 시비가 참다 못하여 창밖에서 기침을 캑캑 하고 있었다.

"게 누구냐?"

귀인 정씨가 온 줄 눈치챈 중전은 미닫이를 홱 젖혀 뜨리며 소리를 질렀다.

"귀인 정씨 뵈이옵니다."

하고 궁녀가 아뢰었다.

"귀인 정씨?"

중전은 이렇게 언성을 높여 되받으며 전 위로 오르라는 분부를 내리는 대신에,

"얼굴 좀 들라 해라."

하시고 큰 소리를 질렀다. 정씨는 얼굴을 치어들었다. 중전의

싸늘한 가을 서리 같은 날카로운 눈이 정 귀인의 눈을 비수같이 쏘았다. 정 귀인의 또렷한 눈이 당돌하게 중전의 눈을 한동안 말끄러미 쳐다보았다. 한순간의 침묵— 눈과 눈의 싸움만이 일어났다. 중전의 역정은 한층 더 높았다.

"너는 오늘 친잠례가 있었던 줄 모르느냐?"

벼락같이 으르렀다.

"왕대비전에서 부르시기 때문에 참례치 못하였사옵니다."

정 귀인의 말이다. 이 소리를 들은 중전은 입술이 바르르 떨렸다.

"무엇, 왕대비마마께서 부르셔…… 요망하고 무엄한 년 같으니라고. 네 목엔 칼이 안 들어갈 줄 아느냐?"

중전은 하늘이 얕다 하고 뛰었다. 분함을 못 이기어 사시나무 떨듯 부르르 떨었다.

정 귀인은 교만스럽고 방자한 마음에 중전은 별사람인가? 역시 숙의 몸으로 아들을 낳고 곤전이 되었을 뿐, 자기는 지금 숙의보다 높은 세계를 가진 귀인이다. 거기다 아들을 낳았으니, 다만 한층 더 높은 곤전의 자리를 차지하지 못했을 따름이다. 상감은 나를 지극히 사랑하신다. 그나 그뿐이냐, 대왕대비와 왕대비전에선 어쩐 일인지 중전 윤비보다 나를 더 귀여워하시는 눈치가 계시지 않으냐. 친잠례식쯤 아니 참례하기로서니 무슨 큰일이 있을 것 같지 않다. 이렇게 생각하고 그는 아무 소리 없이 그대로 자기 방에 드러누워 있었던 것이다.

선정전에서 중전이 자기를 찾고 진노했다는 소리를 지밀나인에게 듣자, 당장에 봉변은 꼭 당한 일이라 여러 사람 모인 곳에서 수치를 당하느니보다, 차라리 편전으로 든 뒤에 가는 것이 옳다 하고 핑계할 말을 곰곰 생각하다가, 청처짐하게 시비 하나를 데리고 강녕전으로 왔던 것이다. 급기야 정 귀인이 중전 앞에 막상 당도해 보니 자기를 단번에 씹어 삼킬 듯한 푸른 불빛이 일어나는 쏘는 듯한 눈찌에 정 귀인은 창황하여 겁결에 얼른 왕대비를 핑계 댄 것이었다. 그러나 이 어색하고 방자한 핑계는 도리어 중전의 노여움을 더욱 샀을 뿐이었다.

"왕대비전에선 친잠례를 모르신다더냐? ……네 저년을 거적을 깔고 가시를 등에 얹어 버릇을 좀 가르치게 해라!"

지밀나인에게 말을 던지고 미닫이를 홱 닫았다. 오히려 관대한 처분이다.

밖에서는 내시들이 수군숙덕하며 뜰아래에 거적을 깔았다. 귀인 정씨의 등 위에는 엄나무 가지 한 단이 얹혀 있었다.

한 식경 두 식경이 지났다. 해가 서산으로 넘어가고 밤이 되기 시작했다. 이슬이 축축이 내리어 정 귀인의 옷을 함빡 적시었다. 또 한 식경 두 식경 밤은 점점 깊어졌다. 중전은 아무런 처분도 내리지 않았다. 여전히 엎드려 있는 정 귀인은 목 고개와 등허리가 끊어지는 듯이 아팠다. 춥고 배고픔을 느꼈다. 그러나 일어날 수는 없는 일이다. 정 귀인의 눈에선 눈물이 하염없이 쏟아졌다. 그는 한참 동안 울다가 눈물을 씻고 자기의 입술을 꼭 깨물었다. 그리고 뱃속으로 안간힘을 한번 길게 썼다.

자정이 거의 되었건만 중전이 있는 동온돌에는 불빛이 여전히 휘황하다. 정 귀인 처소에 있는 궁녀들은 이 일이 어떻게 될 것이냐 하고 벌벌 떨었다. 이 소문은 온 후궁에 쫙 퍼졌다. 그러나 누구 하나 감히 곤전 앞에 나아가 용서를 청하고 정씨를 빼어 내올 사람은 없었다. 원체 정씨의 소위가 너무도 잘못된 까닭이었다. 이 중에 정씨와 그중 사이가 가까운 소용 엄씨(昭容嚴氏)가 있었다. 엄씨는 귀인 정씨와 어려서도 한 이웃에 살았고, 간택에 뽑혀 대궐에 들어올 때도 한때에 들어왔었다. 이 소꿉동무는 우연하게도 같이 대궐 안에 들어온 이후에 서로 의탁하고 서로 두호하여 차츰차츰 세월이 흘러가는 동안에 정의는 더욱 깊어졌었다. 그들은 형제의 의를 맺고 사생을 동고하기를 약속했다. 대궐 안에 있는 젊은 궁녀들, 더욱이 이십 안팎의 처녀들―서산에 타는 듯한 붉은 놀을 보고 한숨을 쉬고, 중천에 높이 뜬 달을 바라보며, 눈물을 흘리게 되는 풀솜과 같이 부드러운 정서를 가진 감정의 주인인 그들은 한층 더 이러한 분위기 속에 휩싸이기 쉬웠다.

정씨가 뛰어나게 잘생긴 얼굴이 빌미가 되어 상감의 돌보심을 받고 귀인의 자리에 올랐을 때에, 정씨는 상감에게 엄씨를 애호해 줍시사 하였다. 이것은 정씨로서 엄씨에게 사생을 동고하자는 약조를 저버리지 않으려는 한 가지 표현이었다.

여자란 반드시 자기 이외의 여자를 자기와 같은 자리에 서게 하지 않는 질투심이 강한 것이 원칙적이거니 하고 생각하던 상감에게는 이 정씨의 엄씨를 천거하는 말이 실로 알지 못할 괴상한 일이었다.

"그건 어쩐 일이냐?"

"상감마마, 그 애가 심덕이 무던하옵니다."

"허허, 네가 참 심덕이 있는 희한한 계집이다."

이렇게 하여 정씨는 상감과 엄씨의 인연을 붙들어 맺게 한 월로승(月老繩)이 되었다. 이 정 귀인의 은혜와 의리에 감격된 엄씨는, 상감의 훈훈한 은총을 받은 그 이튿날,

"언니두 그게 무슨 짓이오."

엄씨는 정 귀인을 향하여 무안에 타는 홍조된 얼굴에 미소를 띠고 살짝 독기 없는 눈을 흘겼다.

"왜, 너무 좋아서 그러니? 한턱 단단히 해야 한다."

정 귀인은 엄씨의 어깨를 얼싸안고 그의 뺨에 입술을 대었다. 이렇게 하여 정 귀인과 엄 소용의 두 마음은 비 온 뒤의 황토처럼 단단히 굳어졌다.

엄씨는 정 귀인의 곤욕당하는 소식을 듣고 빨리 정 귀인의 처소로 가서 무사하게 돌아오기를 기다리고 있었다. 초경, 이경, 삼경이 넘도록 정 귀인은 돌아오지를 않았다. 엄씨는 갑갑증이 버썩 일어나, 가만히 사람의 이목을 피해 가면서 중전 있는 처소로 발자취를 옮기었다.

강녕전 대청 위에는 밤이 깊었건만 등롱엔 휘황한 촛불이 그대로 켜 있고, 뜰아래에는 정 귀인이 초라하게 석고대죄를 올리고 엎드려 있었다. 그대로 밤이 밝혀질는지도 모를 형편이었다. 엄씨는 자기가 당한 것이나 마찬가지로, 가슴이 아프고 몸이 사시나무 떨리듯 했다. 어떻게 구해 낼 도리가 없을까 하고 다시

발길을 돌려, 자기 처소로 가서 시비를 보내어 내관에게 부탁하여 상감이 지금 어느 처소에 계신 것을 알아 달라 하였다. 상감은 지금 외편전(外便殿)에서 책을 보고 계시다는 회보가 들어왔다. 엄씨는 가만히 대전 내시를 끼고 조용히 말을 사뢰게 하여 달라 하였다. 이것은 엄씨의 필사적 행동이었다. 만일 이 일이 중전마마 귀에 들어가는 날이면 자기는 더욱 큰 죄를 입고야 말 것이다. 그러나 사생을 동고하겠다는 정 귀인을 생각할 때, 이러한 곤경을 당하는 것을 보고 차마 의리를 저버리고 그대로 있을 수는 없었다.

"소용 엄씨 급한 일이 있사와 밤늦음을 불구하옵고 황공하오나 뵈옵기를 청하옵니다."

내시가 아뢰었다.

"들라 해라."

상감은 누워 책을 보다가 일어나 앉았다.

"무슨 까닭이냐?"

들어와 엎드린 엄씨를 보시고 물었다. 엄씨는,

"상감마마, 황송 무지하오나 하해 같으신 성덕을 바라옵고 왔사옵나이다."

"무엇이냐? 어서 말해라."

상감은 갑갑해하였다.

"오늘 곤전마마께옵서 선정전에서 친잠례를 거행하시왔는데, 정씨 몸이 아파 참례치 못하였삽고, 중전마마께서 부르시와 대단 황송하옵신 처분이 내리시었사옵는데, 낮부터 지금까지 석고대죄 중이옵는바……."

엄씨는 말을 만들어 하느라고 지엄한 자리라 말문이 꽉 막히었다.

"그래서."

"아직껏 자정이 넘도록 처분이 없사와……."

상감은 엄씨의 말이 채 끝나기 전에 놀라운 빛을 용안에 띠고,

"몸이 아팠어? 그럼 전갈 말씀을 올리지 아니하였더냐?"

"몸이 괴로운 탓으로 정씨 총망중에 아마 중전마마께 미리 말씀을 사뢰옵지 못하였나 보옵니다."

앞뒤가 닿도록 없는 말을 사뢰게 되매 말소리가 자연 떨렸다.

"음! 잘못했구나. 고 영악한 것이 어째……."

상감은 입맛을 쩍쩍 다시었다. 엄씨는 이 상감의 태도에 더욱 가슴이 울렁울렁했다. 한참 동안 잠자코 있던 상감은,

"이애, 이만큼 오너라."

하고 엄씨를 가까이 불러 앉히고 언성을 한층 낮추어,

"나로서는 곤전께 무어라 말씀할 수 없다. 말하기가 대단 거북하단 말이다. 핑— 이 길로 왕대비마마께 가서 보입고 왕대비마마의 전갈 말씀을 맡도록 해라."

엄씨는 상감 앞을 물러나와 시비에게 등롱 하날 켜서 들리고 재비도 탈 틈 없이 바로 왕대비전으로 들어갔다. 대왕대비전(성종의 할머니)과 왕대비전(성종의 어머니)은 윤비가 곤전이 된 이후에 차츰차츰 곤전을 그리 탐탁히 여기지 아니하였다. 대왕대비

는 대왕대비대로 왕대비는 왕대비대로 다 각각 곤전을 꺼리는 까닭이 있었다.

그것은 무엇이냐 하면 대왕대비가 발을 늘이고 아직 정사를 다스릴 때, 정원에는 대왕대비에게 정사를 내어 놓시사 하는 익명서가 붙어 있었다. 이 일은 공교롭게 윤비가 원자를 탄생한 직후에 일어난 노릇이다.

이 일이 있은 뒤에 상감은 사실상 임금이 되고, 윤비는 곤전이 된 것이다. 대왕대비는 말은 아니하나, 마음속으로는 항상 곤전을 치의하는 마음이 깊고 깊게 뿌리박혔다. 이것이 대왕대비가 늘 곤전을 못마땅하게 생각하는 원인이다.

이와 반대로 왕대비전에서는 일찍이 동궁빈 적에 남편 되는 덕종을 여의고 이십 안팎의 청춘 과부로 곤전의 자리에도 한번 올라 보지 못한 채, 그대로 몇십 년 동안을 한 많은 뒷방 차지로만 있던 터이다. 당신의 아들이 친히 정사를 잡게 되는 것이 여간한 기꺼운 일이 아니었다. 앞으로는 당당한 금상 전하의 어머님이니 뒷방살이에 비할 바가 아니다. 그러나 한번 윤비가 곤전이 된 이후에는 무슨 까닭인지 자신도 모를 서운하고 홋홋한 마음이 엄습해 왔다. 전비 한씨 적에는 십여 세씩 된 상감과 곤전이라, 그저 꽃송이같이 귀엽고 노리개같이 진기하였을 뿐, 아무 다른 생각이 나지 아니하였더니만, 이번 윤비가 곤전이 된 이후에는 마치 시앗이 시앗을 대하는 것과 비슷한 감정— 이 감정이 가끔가끔 윤비를 대할 때마다 솟아올랐다. 이러한 감정을 먹어서는 아니 되겠다 생각하면서도 성종과 곤전이 한 처소에 있다

금삼의 피

는 말을 듣기만 하면, 공연히 증이 왈칵 나고 분한 듯 설운 듯한 일종 형언하기 어려운 시기에 가까운 마음을 걷잡을 수 없었다. 이것은 소년 과부로 며느리에게 대하여 항용 갖기 쉬운 비틀어진 감정의 하나다. 남편에게 바칠 애정을 함빡 헌신적으로 아들에게 바쳤다가 아들의 사랑을 완전히 독차지하게 되는 며느리가 그 사이로 뛰어들게 되니, 아무리 뜻을 잘 맞춰 주는 효부일지라도 발뒤꿈치가 닭의 알과 같았다. 이러한 탓으로 왕대비는 곤전의 일거일동이 모두 못마땅하고 대비의 눈에는 곤전이 상감에게 대하여 구미호같이 사나이를 호려 내는 얄미운 존재로만 보였다.

이때에 정 귀인이 나타났다. 이 정씨는 자기의 입장이 대왕대비와 왕대비께 극진한 정성을 바쳐야 할 것을 잊어버리지 않았다. 한편으로 상감의 사랑을 낚아 들이는 동시에 한편으로는 왕대비의 환심을 사지 않으면 아니 될 것을 환하게 알고 있었다. 왕대비는 차츰차츰 정씨를 귀여워하게 되었다. 이러한 동안에 정씨는 버젓하게 왕자를 낳았다. 왕대비는 정 귀인 정 귀인 하며 더욱 귀여워하였다. 이것 역시 청춘 과부로 늙어 온 왕대비의 비틀어진 심리의 하나다. 자기의 시앗은 미워도 며느리의 시앗은 귀여워한다는 비틀어진 심정이다. 아들의 사랑을 빼앗아간 곤전은 밉되, 곤전의 사랑을 빼앗는 정씨는 한량없이 귀엽게 보이기 때문이다.

창황하게 왕대비전으로 들어온 엄씨는 상궁에게 거래를 청했다.

막 침소에 드려는 왕대비는 엄씨를 불러들였다.

"너 이 밤중에 웬일이냐?"

엄씨는 울며 엎드려 전후시말을 고하고,

"왕대비마마, 정씨를 살려 주시옵소서."

눈물이 뚝뚝 치맛자락에 떨어졌다.

"마음 놓고 물러가거라."

엄씨는 물러나와 비로소 한숨을 길게 쉬었다. 그럭저럭 바라
(罷漏)를 칠 때, 중전이 있는 강녕전에는 왕대비전 상궁이 전갈
말씀을 맡아 가지고 나왔다.

'정 귀인이 친잠례에 참례치 못한 것은 내가 불러 불편한 다
리를 치라 한 것이매, 허물은 내게 있으니 내 얼굴을 보아 용서
하고, 또 밤이 깊어 왕자가 깨면 놀랄 듯하니 빨리 돌려보냄이
좋을 듯하오.'

이 의외의 전갈을 들은 중전은 화가 가슴으로 북받쳤다. 요
마 정씨가 무엇이기에 왕대비가 이처럼 하시나 하는 생각이 더
욱 노여움을 자아냈다. 중전은 억지로 전갈 온 대비전 상궁을
향하여,

"불초하오나 왕가의 법도를 바로잡자 함이요. 다른 뜻이 없사
옵고 정씨는 곧 목 베어 앞날을 경계하랐삽더니 대비의 전교—
순순하시매 날이 지새인 뒤에 돌려보내겠으니 과히 진념치 마시
라 여쭈어라."

대비전 상궁이 황송하여 물러갔다. 조금만 있으면 돌려보내
려던 것이 엄씨와 상감의 서투른 책략이 도리어 중전의 뜻을 거

스르게 하였다.

　답전갈을 받은 왕대비는 더욱 곤전을 미워하였다. 한데서 밤을 꼬박이 새운 정씨에게는 그 이튿날 새벽에야 겨우 돌아가라는 말이 내리었다.

　종묘 앞 이판수 집 뒷방에는 잡인을 금하고 정경부인 신씨와 삼월이 나인이 중전마마와 아기씨의 신수점을 보고 있었다.

　산통을 한참 흔들고 있던 이판수는 산통에서 산가지 한 개를 빼어, 움쭉움쭉 새겨진 마디를 두 손으로 이리저리 만져 보더니 눈살을 찌푸리고,

　"음……."

　하고 다시 산통을 흔들어 또 한 가지를 빼어 만졌다.

　"이럴 법이 있나, 이상도 한 일이로군!"

　혼자 괴탄하듯 하고 보이지 않는 눈알을 눈가죽 속에서 끔벅끔벅하며,

　"여보시오 항아님, 이게 웬일이오? 점괘 참 고약하다. 나는 이 신수 못 보겠소."

　이판수는 산가지를 도로 산통에 집어넣은 뒤에 산통을 소반 위에다 탁 얹어 놓았다. 삼월이 나인은 이판수와 매우 친숙한 모양이었다.

　"못 보시다니 그게 무슨 말씀요. 신수점을 보러 올 때야 길흉간에 알려고 온 것인데, 좋으면 일러주시고 흉하면 못 보시겠다면 어디 일부러 찾아온 보람이 있어요."

　삼월이 나인은 보채듯 말했다. 장님은 몸을 가로 끄덕끄덕

하며,

"허험, 어디 이만저만해야 말이지요. 잘못하면 내 목이 달아나게 될 판인데……."

"여보, 그러지 말고 어서 다시 잘 보아 주오."

이번엔 정경부인 신씨가 간곡히 부탁했다.

"허 참 이거 난처하군. 정경부인께 말씀이지 막중 국모이신 중전마마와 원자의 신수를 받들어 보옵는데 어느 존전이시라고 범연히 거행할 법이 있겠사오리까마는 까딱 잘못하면 제 신수 소관도 되오니 이놈의 목은 정경부인께서 아주 담당해 주셔야 합니다."

하고 정경부인 앉은 쪽을 향하여 보이지 않는 눈을 껌벅껌벅하고 다짐을 두었다.

"염려 마오. 그저 맞기만 하는 날이면 중전마마께 아뢰어 후하신 상급을 내리시게 하리다. 이것이 약소하나 우선 복차로 받으오."

하고 손에 끼었던 금가락지 한 쌍을 소반 위에 놓았다. 묵직한 금가락지 놓는 소리가 덜거럭 하고 이판수의 귀에 들렸다. 이판수는,

"온 천만에, 그건 원 황송한 처분이시지."

하고 슬그머니 소반 위에 놓여진 금가락지 한 쌍을 만져 보았다.

"대관절 원자 아기씨가 병점이 나시니 웬일이오니까?"

"옳습니다. 그래서 하두 답답하여 정경부인을 모시고, 영한 말

금삼의 피

씀을 들으러 온 길이지요. 어서 더 말씀해 주십쇼."

삼월이 나인이 말끝을 대었다.

"그러나 막중 지밀 안인데 사삿집과 달라 그럴 법도 없고 참 괴상하단 말야."

판수는 고개를 기우뚱하고 무엇을 생각하는 체하더니,

"아기씨 병환이 몸에서 솟은 것이 아니라, 암만해도 인간의 작희로 된 상싶소이다."

조마조마하여 판수의 입만 쳐다보고 앉았던 신씨는 얼굴빛이 변하며,

"저를 어쩌나, 어느 인간의 작희겠소? 자세히 좀 일러주시오."

"허…… 이것 참 내 신수 소관이 되는데 이왕 벌인 춤이라 아니 출 수도 없고, 정경부인께서 내 목숨을 담당하셨겠다요?"

"글쎄, 그건 염려 말래도 그러세요."

삼월이 나인이 핀잔주듯 말했다. 이 판수는 한동안 주저하다가 말을 한층 낮추어,

"네 발 달린 짐승의 성을 가진 치마 늘인 여인간의 작희로 병이 더했다 덜했다 때를 찾아 앓으니, 이거 그대루 두었다가는 큰일 나겠습니다."

이 소리를 들은 신씨와 삼월이 나인은 바싹 이판수 앞으로 가까이 가서,

"여보, 그러면 이 일을 어찌하면 좋소?"

삼월이 나인이 말했다.

"지금으로 바루 곧 대궐로 들어가셔서, 아기씨가 앓고 계신

방 아궁이에서 서편으로 세 걸음을 가서 그곳을 파보시오. 그러고 나서 무슨 증험한 일이 있거든 다시 중전마마께서 계신 방의 굴뚝 밑을 헤쳐 보시오. 반드시 중전마마와 원자 아기씨께 이롭지 못한 물건이 나오리다. 그리고 예방지사는 어떡허든지 하여서 아기씨를 궐문 밖으로 나오게 하여 피접을 시키게 하고, 백미 쉰 섬과 피륙을 내주시면 옥추경을 백 일 동안 읽어 신장을 부려서 마귀 사신을 모다 쫓아 버리겠소이다. 이 일이 심상치 않으니 조심하시오."

하고 말끝을 아물었다.

신씨와 삼월이 나인은 부리나케 다시 대궐로 들어갔다. 신씨와 삼월이 나인을 내보낸 뒤에 혼자 앉은 이장님은 음흉한 얼굴에 기쁜 빛을 띠고,

"인제 벼 백 석 거리나 장만하려나 보다. 누가 아나, 잘하면 원부스러기라도 하나쯤 얻어 할는지……."

혼잣말을 하고 픽…… 웃었다.

이판수는 당시의 부호와 상류계급에 용하다는 이름을 듣고 있는 명판수였다. 그는 다시 교묘하게 연줄을 농락하여 대궐 안의 나인과 궁녀들을 낚아 들였다. 이것은 모든 수입이 보통 사람들에 비하여 몇 곱절이나 많아지는 동시에 귀비나 중전마마 같은 곳에 길을 얻어 환심을 사는 날이면 일확천금은 갈데없는 까닭이었다.

한 사람 두 사람씩 궁녀들이 이판수 집에 드나들기 시작했다. 이판수는 열 일을 젖혀 놓고 먼저 그들을 대했다. 노련한 수단으

금삼의 피

로 눈치 빠르게 그들의 말과 행동을 살피어 비위를 맞춰 주었다.

일 년이 못 가서 이판수의 용하다는 소리는 궁중 안에 자자해졌다. 그는 능갈치고 영리하여 문복하는 방을 여러 군데 차려 놓았다. 이것은 비밀을 지키려는 사람들의 심리를 잘 이용한 것이었다. 이러한 까닭에 한 달에 수십 명 궁녀가 이 집 문 안의 발길을 들여놓게 되건마는 그들은 서로 얼굴을 대해 본 적이 없었다. 마음 놓고 드나드는 궁녀들― 이것은 이판수가 궁중에 일어난 모든 비밀을 샅샅이 알게 되는 보배스러운 좋은 재료이다. 이러한 까닭에 이판수의 궁녀들에게 대한 무꾸리 점은 더욱 쇳소리나게 맞았다. 이럴 때마다 나인들 사이에 그의 평판은 더욱 높아졌다.

춘잠 때 중전에게 큰 수치와 압제를 당한 정 귀인은, 이를 악물고 언제든 이 복수는 하고야 말리라 결심했다. 자기는 이러나저러나 중전의 눈에 벗어난 사람― 아직 자기를 다소 두호해 주는 대비가 있고, 속으로 깊이 사랑해 주시는 상감이 있지마는 왕대비께서 돌아가시고 동궁이 자라는 날이면 아무리 상감이 위에 계시다 할지라도 자기의 몸은 일개 후궁의 천비요, 중전의 기세는 동천에 떠오르는 햇빛과 같은 것이다. 언제 어느 때 귀신도 모르게 죽을는지 모를 것이다. 그렇다면 한 번 죽기는 마찬가지다. 성즉군왕이요 패즉역적이란 셈으로 가만히 죽기를 앉아서 기다릴 게 아니라 뿌리와 가지가 더 깊이 박히고 퍼지기 전에 먼저 이것을 제할 것이라 결심했다.

정씨는 가만히 엄씨와 자기 친형 김소사(金召史)와 결탁하여 가지고, 재산을 기울이다시피 하여 귀신같이 용하다는 이판수의 마음을 샀다. 그리하여 중전과 원자를 해치게 하려는 방자한 계획을 차렸다.

이판수는 일이 큰 줄 알면서도 재물에 허욕이 동하여 자세하게 방자하는 방법을 정 귀인의 심복 엄씨와 김소사에게 가르쳐 준 뒤에,

"이것이 여간한 일이 아니오. 만일 발각되는 날이면 내 목숨이나 항아님네 목숨은 작두 아래에 모가지를 데민 셈이니 행여 누설하리다."

하고 신신당부하였다.

이판수는 이런 일이 있은 뒤에, 더욱 드나드는 궁녀들 편에 대내 안 소식을 자세하게 더듬어 보았다. 한 사람 두 사람의 입에서 원자 아기씨의 병환이 위중하다는 소문을 들었다. 그는 가슴이 두근두근하여졌다. 우연하게 들어맞아진 이 병환— 방자한 것으로 인하여 원자의 병환이 위중한 것이 아닌 줄은 누구보다도 제 자신이 제일 먼저 잘 아는 일이지마는 그래도 병환이 오래 끄는 날이면 방자한 일이 속히 드러날는지도 모를 일이다. 그는 더욱 궐내 소식을 주의해 들으며 여차직하면 삼십육계 달아날 채비를 차리고 마음을 도슬러 먹고 있던 판이다. 이때에 신씨와 삼월이 나인이 찾아왔다. 이판수는 하늘이 준 두 번 없는 기회라 생각하고 그는 슬쩍 일을 뒤집어 꾸며 버렸다.

대궐로 들어간 신씨와 삼월이 나인은 중전에게 가만히 이판수의 병점을 자세히 여쭈었다. 중전은 이 놀라운 소리에 몸을 부

들부들 떨며 마음을 진정치 못하였다. 밤이 이슥하여 사람들의 출입이 드물게 될 때 신씨와 삼월이 나인은 이판수가 가르쳐 준 대로 아기씨가 앓고 있는 방 아궁이 앞에서 서편으로 세 발 자국을 재어 딛고 그곳을 파고 헤쳐 보았다. 한 치, 두 치, 세 치, 한 자가량을 거의 팠을 때, 과연 울긋불긋한 무색 헝겊이 드러나기 시작했다. 신씨와 삼월이 나인의 가슴은 선뜩했다. 그들은 서로 돌아보며 놀란 빛을 띠었다. 삼월이 나인은 다시 마음을 도슬러 먹고 파던 자리를 더 헤쳐 보았다.

완연한 동자의 모양이 드러났다. 나무를 깎아 조그마하게 사람의 형상을 만들어 놓고 그 위에다 무색 옷을 입혀 놓았다. 그리고 눈과 귀와 코와 입을 그려 논 곳에는 바늘을 한 개씩 꽂아 놓았다.

신씨는 얼른 바늘을 쑥쑥 뽑아 버리고 이것을 꺼내어 치마 앞에 쌌다. 그리고 다시 중전이 있는 방 굴뚝 밑을 파보았다.

그곳에선 조그마한 목 상자가 하나 나왔다. 뚜껑을 열어 보니 종이 한 장이 차곡차곡 개어 있고, 그 위에는 식칼을 얹어 놓았다. 종이를 헤쳐 보니, 머리 풀어 헤친 여인네 화상을 그려 놓고 옆에는 중전의 생월 생시를 궁체로 뚜렷하게 써놓았다. 신씨는 칼을 집어 치워 버리고 화상 그린 종이와 궤를 마저 치마 앞에 집어넣고,

"하느님 맙소사! 이런 변괴가 어디 있담."

하고 삼월이 나인을 데리고 중전 있는 처소로 들어갔다.

"중전마마, 이런 변괴가 어디 있사오리까?"

하고 신씨가 치마 앞에서 방자한 물건들을 곤전 앞에 벌여 놓았다. 삼월이 나인이,

"어쩌면 그렇게 귀신같이 집어냅니까, 중전마마?"

하고 탄식하듯 말했다.

중전은 새파랗게 변해진 얼굴로 한참 이것을 들여다보더니 기운이 막혀 아무런 말도 못 하고 다만 손을 들어 목 상자 속에 모두 이것을 집어넣어 두라는 뜻만 표했다. 삼월이 나인과 신씨는 부리나케 생강차를 드린다, 소합원을 올린다, 한참 동안 다른 사람이 알지 못하도록 은근히 부산을 떨었다.

한참 뒤에 얼굴빛이 제대로 돌아온 중전은,

"그래 네 발 가진 짐승의 성을 가진 여자의 소위라 하니, 네 생각에는 누굴 듯싶으냐?"

하고 삼월이 나인을 향하여 물었다.

"글쎄올시다. 아까도 정경부인을 모시고 말씀을 해보았습니다만 암만해도 짐승의 성이 무슨 성인지 얼른 알 수가 없습니다."

"여보, 속담에 장씨를 노루라 하고 김씨를 도깨비라 하듯이 사람의 성을 변을 써서 부르는 수가 왜 혹시 있지 않소?"

하고 신씨가 삼월이 나인을 향하여 말했다.

"참 옳구면요. 사나이들이 농담으로 친구간에 더러 그렇게 하는 소리를 들은 법합니다."

"도깨비라는 것은 짐승이 아니니까 거론할 거리도 못 되나, 노루는 네 발 가진 짐승의 성이 될 터이니 혹씨 장씨 성 가진 이 중에 그럴 법한 사람이 있나 생각해 보구려."

하고 신씨가 삼월이 나인에게 말하고 나서 슬그머니 중전의
얼굴을 우러러뵙고 의향을 더듬어 보았다.

중전은 한참 생각해 보다가,

"장가― 이런 대담한 짓을 하는 여자라면 반드시 후궁 속에나
있을 듯한데. 얘! 삼월아, 나인은 이루 다 모르겠다마는 후궁 비
빈 속에서는 이런 성을 가진 애들이 하나도 없지 않으냐?"

"중전마마, 명량(明亮)하옵신 하교와 같이 상감마마의 귀여움
을 받자옵고 있는 후궁 속 비빈간에는 한 사람의 장씨도 없사옵
니다."

하고 삼월이 나인이 말하니,

"한시바삐 단서를 붙잡아야 할 터인데 어찌하오!"

하고 삼월이 나인을 대하여 신씨가 괴탄할 때 삼월이 나인은
별안간 무슨 생각이 난 듯이,

"참, 정경부인 정씨도 네 발 가진 짐승의 성이 아닙니까? 속담
에 정씨를 변을 써서 나귀라고 놀리더군입쇼."

이 소리를 들은 중전은 가슴이 덜컥 내려앉았다.

"무어, 정씨가 짐승의 성이야?"

중전의 머리에는 춘잠 때 정 귀인에게 밤새도록 석고대죄를
드리게 하던 생각이 번갯불같이 휙 스치고 지나갔다. 교양스러
운 정씨의 얼굴, 정씨의 소생인 왕자의 얼굴이 나타났다. 정씨를
은근히 두호하여 주던 대왕대비와 왕대비 두 분이 생각났다. 별
안간 몸이 천 길이나 되는 절벽에서 뚝 떨어지는 듯하였다.

"그럼, 후궁에 정 귀인이 있지 않으냐?"

삼월이 나인에게 물으신 말씀이다.

"그러하옵니다, 중전마마."

"아하 중전마마, 정 귀인이……."

하고 신씨가 그제야 생각이 나는 듯이 얼굴빛을 고쳤다. 신씨도 춘잠 때 사건과 중전에게 대하여 정씨가 평소에 늘 불손한 태도를 가지고 있다는 것을 잘 아는 까닭이었다.

"소인네 소견에도 꼭 정씨가 넉넉히 이만한 일쯤은 동티 낼 위인이라고 생각하였사옵니다. 어떤 독물이거든입쇼. 거기다가 또 아기씨가 있으니 어찌 마음이 방자해지지 않겠습니까?"

"으흥, 고년이 왕대비마마를 믿고."

중전은 두 주먹을 꼭 쥐어 비비며 다시 한번 몸을 부르르 떨었다.

"왕대비마마뿐이시옵니까? 상감마마께서 귀여워하시는 중에 또다시 아기씨가 하나 생겼으니, 호랑이에 날개가 돋친 모양이올시다그려. 그런 데다 거번 춘잠 때 일이 나고 보니 고 구미호 같은 것이 앙심을 바싹 먹고 그런 것이 환하옵지요."

신씨는 얼굴이 푸르락누르락해지며 다시 말을 이어,

"그러고 보니 중전마마께 제가 저지른 죄는 있어, 앞길을 뻔히 내다보아야 중전마마께 귀엽게는 뵐 수 없고, 잘못하다가는 대궐 안에서 쫓겨나든지, 그렇지 않으면 물고를 당할 형편이니까, 죽든 살든 단판 씨름으로 이런 발칙한 짓을 한 것이 분명하옵지요. 아이구 소소창천이 굽어보시는데 이런 변괴가 어디 있을까?"

금삼의 피

하고 하늘이 얕다 뛰었다.

"그래 고년이 언감생심 원자를 죽이려 들다니…… 나는 그래도 인정이 여린지라 춘잠 때 그날로 곧 박살을 하여 물고를 내고 싶었지만, 당하고 보니 여보 정경부인 어디 그렇소, 막중 국모로 앉아 법을 세우지 않을 수도 없고 해서 밤만 좀 새우게 했을 뿐이지. 다른 사람이 내 자리에 앉아 그런 일을 당해 보오. 석고대죄가 다 무어랍디까. 상감마마께 정식으로 여쭙고 곧 조정 대신에게 물의를 붙여 저년을 그저 발기발기 찢을 텐데…… 고년이 되레 은혜를 원수로 갚는구려."

곤전은 말을 한 뒤에 눈이 실쭉해지며 손끝을 싹싹 비볐다.

"그렇고말굽쇼. 대왕대비마마나 왕대비마마께서 그런 일을 당해 보셔요. 그 어른들 성정에 무어 참 당장 요정이 났죠. 별수가 어디 있어요. 그만해도 당신이 당하신 일이 아니시니까 내 낯을 보아 그만두라는 전갈을 내리셨지."

삼월이 나인도 분하다는 듯이 중전과 신씨의 비위를 맞춰 말 참견을 하였다.

"그런뎁쇼, 중전마마."

삼월이 나인은 다시 일단 목소리를 낮추고,

"이 말씀을 늘 틈을 타 여쭙자고 벼르기만 하면서도 지엄하신 터이라 황송쩍어 말씀을 아뢰지 못하였사옵니다마는 그 왜 엄소용이라고 있습지요? 키가 자그마하고 얼굴 납대대한……"

"그래."

"요것이 또 맹랑한 말 못할 위인이란 말씀예요. 그날 정 귀인을 벌씌우시던 날 밤에 엄씨가 대전께와 왕대비전으로 돌아다니며 백방으로 주선을 하였더랍니다그려. 먼저 상감마마 계신 외편전으로 가서 상감께 정 귀인의 일을 아뢰니까, 상감마마께서는 잘못했구나, 난처하다, 날로 앉아서는 곤전마마께 무어라 말씀을 할 수 없으니, 왕대비마마께나 말씀을 아뢰어 보아라 하시고 팔밀이를 하셨더랍니다그려. 그래서 엄씨는 맨발바닥으로 왕대비마마전으로 뛰어가서 울며불며 갖은 아양을 다 떨어서 왕대비마마 전갈이 내리시도록 했더랍니다그려……."

조금 분기가 가라앉으려던 중전은 다시 이 말을 듣고 더욱 진노하였다.

"고년은 무슨 까닭에 남 다 아니 그러는데 치맛폭이 열두 폭이나 되어서 웬일이란 말이냐, 응?"

"뻔한 일입지요. 정씨가 얼굴이 고와서 상감마마께 귀염을 받는 데다가 두 분 왕대비전에서들 어쩐 일인지 두호를 많이 하여 주시어, 그런 데다가 아기씨를 낳아서 기세가 바루 곤전마마 외딴치어 하니까, 고 불여우 같은 것이 뒷길을 바라고 그러는 것이 분명합지요."

신씨는 하도 어이없다는 듯이 입을 벌리고 삼월이 나인의 말하는 턱만 쳐다보다가 혀를 끌끌 차며,

"저런 고약한 것들이 어디 있나. 막중 곤전마마께서 진노하시어 법을 베푸시는 마당에 산천초목이 다 덜덜 떨고 있을 판인데, 조런 요망하고 쓸개자루 큰 것이 어디 있어. 아이구 하느님 맙소사, 이런 변괴가……."

금삼의 피

말끝을 아우르지 못하고 안절부절을 못했다.

"너는 어떻게 그렇게 소상하게 분명히 아니?"

하고, 중전의 눈은 새파란 불이 빤짝하도록 매섭게 떠졌다.

"중전마마, 마마께서 모르시옵지, 이 일은 궁녀들 속에 소문이 자자하옵니다."

"한 매에 때려죽일 년들……."

중전은 한마디를 던지고 눈을 꼭 감고 벽을 기대 의지하고 앉았다. 한참 동안 침묵이 계속된 뒤에 신씨는 다시 중전에게,

"어떻든 간에 원자마마의 환후가 급하신 터인즉 상감마마께 말씀을 아뢰옵고, 원자마마를 궐문 밖에 적당한 여염집으로 피접을 하시도록 하고, 이판수에게는 백미와 피륙을 말한 대로 내어 주시어 하루바삐 명사대찰에 치성을 드리도록 하시는 게 좋을 것 같사옵니다."

"그러문입쇼, 정경부인. 한시가 급하옵지요."

삼월이 나인이 옆에서 다시 격동하는 말을 하였다.

"어서어서 서둘러서 바람 증세를 거두어 놓고 볼 일이야."

신씨가 말했다.

중전은 언문으로 백미 오십 석과 무명 백 필을 내어 주라는 출급표를 써 신씨에게 내어 주고, 명례궁(明禮宮)에 가서 찾아 쓰라 하였다. 명례궁은 왕비가 사사로이 쓰는 내탕금(內帑金)을 맡은 곳이다.

신씨는 밤이 깊어서 궐내를 물러나왔다.

이튿날 이판수 집에는 명례궁에서 쌀과 피륙을 실은 마바리

가 달랑달랑 방울을 흔들며 온종일 끊일 사이 없이 연락부절하였다. 곳간마다 가득가득 쌀과 무명이 채워졌다.

이판수는 벌려진 입을 다물 새 없이 안팎으로 드나들며 막대기를 뚜덕거렸다.

이튿날 중전은 상감에게 원자 아기가 병이 하도 위중한 터인즉 사람이 할 일을 다한 뒤라야 한이 없을 듯하니 먼저 여염집으로 피접을 내보낸 뒤에 천천히 천명을 기다려 볼 수밖에 없다고 간곡하게 말을 아뢰었다. 원자를 여염집으로 내어다 둔다는 것은 여간 생각해 볼 일이 아니지마는 원체 병이 병인지라 상감은 대왕대비와 왕대비께 말씀을 드리고 이것을 허락하였다. 중전은 봉보부인을 안동하여 삼월이 나인의 오라비 되는 집으로 피접을 가게 하였다. 삼월이 나인은 중전이 신임하는 수족일뿐더러 은근히 신씨를 통하여 원자마마를 제 친정오라비 집으로 모시도록 여러 조건을 베풀어 청탁을 했다. 이것은 삼월이 나인 역시 뒷날을 바라는 요공거리였다.

이 일을 안 승정원 좌승지(承政院左承旨) 채수(蔡壽)는 어전에 부복하였다.

채수의 호는 나재(懶齋)니 천성이 호탕하여 구구하게 남에게 매어 지내지 아니하고 강개하고 바른말을 잘하는 신하이다.

성종은 그 인격을 극히 사랑하였다. 일찍이 그가 처음으로 승지가 되었을 때 너무도 자리를 뛰어 불차탁용(不次擢用)이 되었다는 이유로 벼슬을 사양하매 성종은 어필로 편지를 써 내리기를,

予觀明鏡, 妍媸自露, 莫鋪區區之辭, 更竭斷斷之誠.

(내 밝은 거울을 보니 고운 것과 추한 것은 제 스스로 드러나는 법이
라. 구구한 사양을 펴지 말고 다시 한결같은 정성을 다하라.)

이렇게 평시에 상감은 그를 존경하고 융숭한 대접을 내리었다.

이 인격이 높은 채수가 당신 앞에 부복한 것을 본 성종은 무
슨 바른말이 또 나올 것인가 하고 옷을 바로잡고 자리를 고쳐
앉았다.

"좌승지 신채수 아뢰오. 엎드려 듣사오니 동궁께옵서 환후 미
류하시와 여염으로 피접을 납시었다 하니 동궁은 종묘와 사직의
근본이시옵사온데 잠시라도 법 없는 여염 민가에 납시게 하심이
체통에 대단히 어그러진 일로 아뢰옵니다."

채수의 말소리는 씩씩하였다. 성종은 반드시 한마디 할 만한
당연한 소리로구나 하고 얼굴빛과 음성을 더욱 부드럽게 하고,

"나도 모르는 바는 아니다. 그러나 아무렇게 해서라도 병이 혹
시 차도가 있을까 하는 지정에서 나오게 된 일이니 과히 허물하
지 말아 다오."

성종은 간곡하게 말을 내렸다. 채수는 다시,

"전하, 아무리 권도로 피접을 납시게 하실지라도 여염 백성의
집은 불가한 줄로 아뢰옵니다. 예법이 있는 대신이나 대장의 집
에 피접을 시키시는 것이 합당한 줄로 아뢰옵니다."

하고 채수는 머리를 조아 올렸다.

"그럼 뉘 집이 좋을꼬……"

하고 성종은 채수를 바라보았다. 한참 동안 엎드려 생각하던 채수는,

"형조판서 강희맹(姜希孟)의 집이 마땅한 줄로 아뢰옵니다."

"형조판서 강희맹. 오— 한성부판윤(漢城府判尹) 강희안(姜希顏)의 아우로구나. 전조 때에 서거정(徐居正)이가 강희안을 보고 자네 아우는 소동파(蘇東坡) 아우의 자유(子由)와 같으이 하니까, 강희안의 말이 형이 자첨(子瞻)의 자격이 못 되는데 어떻게 자유 같은 아우를 두겠소 했다던 바로 그 강희맹이로구나. 그만하면 훌륭하다마는 그 내조(內助)가 어떤 줄 네가 자세히 아느냐?"

"강희맹의 아내는 감사(監司)를 지낸 안숭효(安崇孝)의 딸이옵는데 열네 살에 시집을 와서 우금껏 가도를 다스리는 범절이 대단 갸륵하다 소문이 자자하옵니다."

"물러가거라. 네 말을 어찌 아니 들으랴."

성종은 이 바른 신하의 말에 감동되어 내전으로 들어 중전에게 이 말을 전하고, 강희맹을 불러 동궁을 맡아 기르도록 하라 부탁하였다.

중전 이하로 신씨와 삼월이 나인은 적지 않은 불만이 있었으나 무엇이라 평계하여 말할 거리가 없었다. 이렇게 하여 연산은 다시 숭례문 밖 순청골 옆에 있는 강희맹의 집으로 옮겨 나가게 되었다.

소경 이판수의 운수가 잘 터진 탓인지 경 읽고 기도한 것이 효험이 있었던 까닭인지 강희맹의 집으로 피접을 한 원자의 병

은 차츰차츰 차도를 얻었다.

이 중대한 책임을 맡은 강희맹의 부인 안씨는 밤잠을 자지 않고 원자 있는 처소가 추운가 더운가 보살펴 보고, 젖 먹이는 시간을 일정하게 정하여 때를 맞추어 드리도록 하였다. 이 정성스러운 안씨의 정성이 의약보다도 도리어 효과가 컸다.

이렇게 하여 원자는 열흘이 채 되지 못하여 완전히 환후가 평복되었다.

중전은 안씨 부인에게 입으라고 지어 논 어의(御衣)를 내리는 이외에 쌀과 솜을 많이 내어 보내 애쓴 정성을 갚았다.

위급한 원자의 병환이 순조롭게 평복되어 가게 되매 중전은 적이 초조하던 마음이 풀렸다. 그러나 이러한 반면에 내두에 크나큰 장애물인 귀인 정씨와 그의 아들 안양군 행에 대한 처치를 곰곰이 생각하지 않을 수 없었다.

가장 너그러운 태도로 원자를 모해하고 자신을 없이 하려던 방자질한 일을 덮어 버려두자 하나 정 귀인의 행동은 더욱 왕대비전을 끼고 교만 방자해질 뿐만 아니라 상감의 은총을 아리따운 얼굴 하나만으로도 넉넉히 빼앗아 버리어 중전인 당신과 원자를 나중엔 어느 구렁에 집어넣어 버리게 되는지 모를 일이다. 그렇다고 이 일을 들추어 상감이나 왕대비전에 똑바로 품하여 아뢰게 된대야 막중한 중전의 체모만 깎이지, 중전이 정 귀인을 투기하고 미워하여 이러한 말을 지어내었다 할 뿐이지 아무러한 증거도 없는 일이었다. 설사 방자질한 허수아비 동자와 종이쪽에 중전 비슷한 얼굴을 그린 것들과 칼과 바늘 따위를 상감이

나 왕대비 앞에 벌여 놓고 이것이 모두 정 귀인 짓이요. 이로 인하여 원자가 병들었소. 이년을 법으로 처단하여 주십소서 할지라도 정씨를 중전보다 오히려 두둔해 주는 왕대비전과 한참 무르녹은 새 정에 파묻힌 상감으로 앉아, 중전의 말을 얼른 인정해 줄 리가 만무하였다.

그야말로 나가기도 어렵고 물러가기도 어려운 처지였다. 어느 날 중전은 조용한 틈을 타 친정어머니 신씨와 삼월이 나인을 가까이 앉히고, 정 귀인에 대한 일을 어떻게 처치하면 좋을 것을 의논하였다.

"여보 정경부인."

그의 어머니 신씨를 가리켜 말한 것이다.

"바로 저년이 방자질한 것을 상감께나 왕대비께 말씀을 아뢴 대야 내 체모만 빠지지 별수가 없고, 그대로 내버려 두자니 장래 또 무슨 변괴가 날는지 그만 일신이 한 줌만 하고, 세상에 살아 있는 것 같지 않구려."

수심이 가득한 이 말에 신씨도 두 눈에 눈물이 핑 돌며,

"글쎄올시다, 중전마마. 낮과 밤으로 저도 살얼음을 딛고 섰는 양하여 그저 삼척이 소스라칠 뿐이올시다그려."

신씨가 괴탄하며 대답하였다. 온 방 안이 그대로 수심에만 싸여 있었다. 한참 있다가 중전은 삼월이 나인을 쳐다보고,

"네 생각엔 어떠냐. 사람이 급한 일을 당하면 앞이 캄캄하여 의사가 통히 아니 나는 법인데, 너만 해도 내 수족이나 다름이 없지마는 그래도 네가 당한 노릇이 아니니, 어디 무슨 별다른 의

사가 있거든 좀 뚱겨서 주려무나."

"소인넨들 미련한 소견에 무슨 별다른 궁리가 있겠사오리까마는 그저 중전마마께옵서 저렇도록 초조하옵시는 것을 뵈오면 그저 쉰네 가슴에서 일천 잔나비가 뛰노는 듯합니다. 중전마마께서 평소에 저를 귀여워하시고 거두어 주옵신 망극하신 은혜를 생각하오면 뼈다귀가 바서지는 한이 있기로서니 제가 어찌 피하오리까마는 이런 궁박한 마당에 얼른 의견이 들지를 않사옵니다그려."

하고 그만 눈물이 쏟아져 흑흑 느껴 울었다. 이 진정에서 솟아나온 삼월이 대답에 중전도 낙루를 하고 신씨도 눈물을 뿌리지 않을 수 없었다. 노주 세 사람의 체읍 소리가 고요한 지밀을 흔들었다.

한동안 흑흑 느끼어 울던 삼월이 나인은 수건으로 흘러내린 눈물을 씻고 고개를 들어 중전을 우러러보고,

"중전마마, 저 방자한 정씨의 후환을 제하려면 묘한 계교가 두 가지 있사온데, 중전마마께서 서슴지 않으시고 제 말씀대로 일을 하실는지가 의문이옵니다."

하고 영리한 눈을 깜박거렸다. 묘한 계교란 말에 중전은 얼른,

"무어란 말이냐. 묘하기만 하면 하다뿐이냐."

"할 만한 일이면 하고말고, 동궁마마의 크나크신 장래를 생각해서 하는 일인데."

하고 신씨도 말참례를 하였다.

"첫째 계교는……"

하고 삼월이 나인은 목소리를 일단 낮추어,

"독약을 가지고 정 귀인을 단번에 요정을 내자는 것이올시다. 저쪽에서 이쪽의 중전마마를 해치고 동궁마마를 아주 없으시게 할 양으로 악독한 마음을 먹고 방자질까지 하는 이상에, 이쪽 중전마마께옵서 일개 후궁 하나쯤 무슨 상관이 있사옵니까. 이것은 하늘을 가지고 태견하려 드는 가증한 것이니 죽여 천벌을 받아 마땅하옵지요."

이 대담한 삼월이 나인의 말에 중전과 신씨는 무엇이라 대답해야 옳을지 몰랐다. 하기는 삼월이의 말이 한 점도 틀림이 없었다. 가장 빠르게 내다본 수다. 대적인 정 귀인이 먼저 칼을 빼어 들고 이편을 향하여 덤벼들었다. 지싯지싯 체면을 차리고, 슬금슬금 옆으로 피하여 비돌 때가 아니다. 만일 이렇게 슬슬 피하기만 하는 동안 어떠한 생각지도 못한 찰나에 중전과 동궁의 지위가 서리같이 날카로운 칼끝이나, 소리 없는 총탄알에 거꾸로 박혀 넘겨쳐질지도 모를 일이다. 기회를 잃지 말고 단번에 적국인 정 귀인의 진터에 들어가, 송두리째 뿌리를 빼어 함락을 시켜야만 할 것이다. 그렇게 하더라도 죄는 결코 이편에 있는 것이 아니다. 왕비를 능가하고 동궁을 모해하려는 참람한 뜻을 품은 저쪽 정 귀인에게 있는 것이다. 이편 중전은 다만 점잖은 정당방위일 뿐이다. 그러나 중전은 이 어마어마한, 사람을 독약으로 죽인다는 말에 선뜻 대답할 용기가 없었다. 삼월이는 잠자코 앉은 중전을 다시 쳐다보고,

"그럴 줄 알았습니다. 심약하고 착하신 중전마마께서 이 일에

금삼의 피

엄두가 아니 나실 줄은 쇤네도 짐작하였습니다. 그러면 다음엔 하책이 하나 있으나 이것은 장구한 세월을 가져야 됩니다."

하고 입을 다물었다.

"좌우간 말씀을 사뢰어 보구려."

벙벙히 앉았던 신씨가 갑갑한 듯 재촉을 하였다.

"첫째로 상감께옵서 정 귀인을 의심하시도록 이간을 놓고, 둘째로 이판수에게 부탁하여 저편이 우리 중전마마께와 동궁마마께 한 대로, 무슨 방자를 하든지 주문을 외서 저쪽을 말리어 죽도록 하는 수밖에 없사옵니다. 그런데 상감께 이간을 놓자면 중전마마께서 친히 말씀을 하면 오히려 체모에 어그러지신 일이옵고, 왕대비전에 말씀을 사뢰신대야 정 귀인을 천하제일로 두둔하시는 터이라, 일도 아니 되고 쪽박만 깨어질 일이온즉 불가불 중간에 다른 사람의 힘을 얻어서 상감마마의 마음을 움직이시도록 해야만 할 터이온데, 가장 마땅한 사람은 대행 덕종왕(大行德宗王) 마마의 후궁이신 권 숙의(權淑儀)의 힘을 빌려야 할까 보옵니다. 권 숙의는 불도가 높으시고 덕이 많으시니 필연코 중전마마와 동궁마마를 두호하실 줄로 아옵니다."

하고 삼월이 나인은 길게 꾀를 늘어논 뒤에 다시,

"그렇기는 하나 어렵더라도 첫째 계교가 제일 손쉽고 얼른 후환거리가 없어질 일이옵지요."

하고 은근히 중전의 마음이 움직이기를 바랐다.

"하기는 그래. 이러니저러니 할 것 없이."

신씨가 탄복하였다.

"두 가지를 다 차려 다오, 삼월아. 마음 내키는 대로 하게."

중전은 최후로 이렇게 당부하였다.

며칠이 지난 뒤에 덕종대왕(성종의 생부)의 후궁이었던 숙의 권씨의 집에는 '감찰 상궁(監察尚宮) 집의 하님 입시요' 하고 편지한 장을 올리고 갔다. 권씨는 편지를 뜯어보았다. 편지 속에는,

嚴鄭兩昭容 將謀害中宮及元子云云.

(엄 소용과 정소용이 중전마마와 원자 아기씨를 모해하려고 흉계를 꾸몄다 하오.)

하는 놀라울 만한 사연이 쓰여 있었다. 권씨는 옆의 사람들이 알까 보아 마음속으론 매우 황겁했으나, 태연한 태도로 별일이 없다는 듯이 편지를 다시 집어 무릎 밑에 넣고 곁에 섰던 시비더러,

"편지 가지고 왔던 하인이 그저 있느냐?"

하고 물었다.

"하님은 벌써 간 지가 오랩니다. 편지를 올리고는 바로 곧 나갔습니다."

시비가 대답했다. 숙의 권씨는 아무 소리 없이 고개만 끄덕끄덕하였다.

권씨는 나이 이십 안 적에 그때 동궁빈이었던 왕대비와 함께 꽃다운 청춘에 생각도 못하였던 덕종이 승하하여 버림을 만난 뒤에, 오십이 가까운 오늘날까지 한결같이 마음을 부처에게 바

쳤다. 그에게는 아들도 없고 딸도 없고, 하늘같이 우러러보던 동궁마저 돌아가시니 혈혈단신 의탁할 곳 없는 외로운 몸이 이생에선 아무러한 욕망도 채울 게 없었고, 바랄 수도 없었다. 일찍이 월산대군과 금상마마의 생모인 왕대비마마와 한 동궁마마를 받들어 다소간 시새는 마음과 한두 점 번뇌를 갖게 된 인연이 있었으나, 이제 와서 덕종이 아니 있는 오늘날에는 그것조차 한마당 헛된 꿈자리였다.

권씨는 일의 전심 내생을 위하여 불제자(佛弟子)가 되어 마음을 맑히고 덕을 닦았다. 국법이 소중한 탓으로 머리를 깎아 중이 되지 아니하였을 뿐이지 부처에게 향한 지극한 정성과 마음은 여간 속세의 중들에게 비할 바가 아니었다.

그러나 권 숙의는 그때의 부녀들처럼 절에를 가거나 재에 참례하는 일이 결코 없었다. 이것은 그때 풍속에 궁녀와 대갓집 부인들이 다투어 유명하다는 중들을 찾아 도리어 부처를 욕되게 하고, 불법을 어지럽게 하여, 풍속을 흐리게 만드는 장본인 것을 깨달은 까닭일 뿐 아니라, 자기의 깨끗하고 맑은 몸에 일호반점의 의심이라도 있을 것을 피하기 때문이었다.

권씨는 자기 집에 조그마한 황금 보살을 위하여 놓았다. 그리고 도가 높고 뜻이 맞는 비구니 혜명(惠明)을 자주자주 청하여 경문을 배우고 불도를 닦아 몸과 마음을 맑혔다. 이러한 까닭에 궁중에 대왕대비와 왕대비마마의 권 숙의에 대한 신임은 컸다.

그는 여전히 숙의라는 내명부 자격으로 왕대비마마와 대왕대비마마의 부름을 받아 한 달에도 몇 번씩 대내 안으로 드나들었다.

권 숙의가 이 놀라울 만한 괴상한 편지를 받았을 때, 숙의의 머리엔 원자마마의 병환이 선뜻 머릿속에 떠올랐다. 원자마마의 중한 병환이며 전고에 드문 궐문 밖으로 나오신 피접 등, 이 모든 머릿살이 어지러운 일은 반드시 그 속에 무슨 큰 곡절이 있을 것 같았다. 넉넉히 이따위 이상스러운 괴문서가 돌아다닐 만하였다. 그런 데다가 편지에는 아주 그 범인의 이름을 명확하게 박아 놓았다. 어떠한 사람인지 모르거니와 정씨는 지금 중전 이외에, 상감의 귀여워하하심을 받는 얼굴 어여쁜 안양군의 생모요, 또 대왕대비와 왕대비 두 분 마마의 극구 칭찬하는 정 귀인이 아니냐, 그럴 법도 한 노릇이다.

일쯤은 미상불 아닌 게 아니라 큰 흑막이 감추어 있는 듯도 한 터이나, 이 말을 왕대비마마나 상감에게 아뢰올 수도 없으니 극히 난처한 노릇이었다. 아뢰고 보는 날이면 불도의 극히 기피하는 대자대비하라는 경계를 부스러뜨리는 일이다. 그렇다고 이 일을 알고도 시치미 뗄 수는 없는 일이다.

돌아가신 동궁마마 덕종대왕의 혼령을 생각하기로서니, 왕통(王統)으로 그의 장손부며 그의 적손을 모해하여 죽인다는 마당에 태연히 모른 체하고 있을 수도 없는 노릇이다. 그나 그뿐이냐, 일국의 흥망이 달렸으니 죽어 지하에 간들, 무슨 면목으로 덕종대왕을 대할 것인가 하였다.

권씨는 이리 생각하고 저리 생각해 보았다. 그러나 이 크나큰

금삼의 피

위급한 일을 덮어놓고 시치미 뚝 뗄 수는 없었다. 그는 얼굴에 결연한 빛을 띠고 편지를 품에 품고 사인교를 몰아 궐내로 들어가 왕대비전에 보였다.

왕대비마마는 그 동서인 양도대비(예종비)와 상륙판을 벌이고 소견하고 있다가 거래하고 들어와 부복하고 있는 권씨를 보고,

"근래 보살의 재미가 어떠한가?"

하시고 웃음의 말을 내렸다. 숙의를 향하여 마땅히 해라를 할 것이지마는, 서로 늙어 가는 처지라 옛 동궁마마 적 일을 생각하고 특별히 이렇게 대접해 불렀다.

"천은이 망극하옵니다. 재미랄 게 무엇이 있사옵니까. 다만 날 소일을 하느라고 경문을 읽고 천수를 칠 뿐이옵지요, 대비마마."

하고 적이 고개를 들었다. 왕대비전의 기색은 좋았다.

"지금 우리 단둘이 하도 심심하여 상륙을 두고 있는 판일세. 자네 한판 쳐 보지 아니하려나?"

왕대비는 웃으며 화류로 만든 호로말판을 서너 개 잡아 한 손에 쥐고 상륙판 전을 탁 쳤다. 시르렁 하고 판 속에 깔린 철줄이 울었다. 마치 거문고 뜯기는 소리가 났다.

"호호호. 대비마마 모시고 한판 놀아 봅지요. 그러나 요사이 원손마마의 환후는 어떠하신 모양이옵니까?"

하고 권씨는 다시 얼굴빛을 다듬고 정숙하게 말을 사뢰었다.

"남문 밖 강판서의 집으로 나간 뒤에는 차도가 매우 있어. 아까도 상궁이 갔다 들어왔지."

"오늘 알현하러 들어오기는 오랫동안 승후를 여쭙지 못하였

을 뿐 아니오라, 두 분 대비마마께 조용히 아뢰올 일이 있사와 들어온 길이옵니다."

하고 권씨는 다시 대비의 기색을 우러러 살폈다.

"무슨 조용히 할 말이 있나?"

왕대비는 눈짓하여 옆에 있는 시비들을 밖으로 내어 보냈다.

방 안에는 두 대비와 권씨만이 있었다.

"두 분 대비마마. 황공무지하오나 제가 이 일을 알고 그대로 덮어 둘 수 없사와 지엄하옵신 자리를 불구하옵고 경망한 말씀을 사뢰게 되오니 만사 무석이옵니다. 그러하오나 저 혼자 마음으로 방자히 내버려두기도 어렵사와 감히 존엄하신 심상을 어지러우시게 하옵니다."

하고 먼저 앞잡이 말을 벌여 놓고,

"아뢰옵는 말씀은 다름이 아니오라, 오늘 아침에 제 집에 감찰 상궁의 집 하인이라 하옵고 이런 망유기극한 편지를 두고 간 자가 있사옵기……."

하고 두 왕대비 앞에 정 귀인과 엄 소용이 중전과 원자를 장차 모해한다는 편지를 꺼내 놓았다. 왕대비마마는 편지쪽을 집어 들고 자세히 보았다. 대비는 얼굴빛이 변하며 손이 벌벌 떨렸다. 이 심상치 않은 거동에 예종 왕비도 어깨 너머로 이 편지 사연을 읽었다.

"음……."

하고 왕대비는 역정이 벌컥 일어나 편지를 홱 방바닥에 동댕이쳤다.

"중전인지 무엇인지 너무 교만하고 방자하고 투기가 심해서…… 내 이런 일이 있을 줄 미리 알았지."

"이리 오너라!"

고성하여 나인을 불렀다.

"상감마마께 대왕대비전으로 듭시라 해라. 그리고 나도 대왕대비마마께 뵈오러 갈 터이니 차비를 차려라."

권씨는 대비가 다소간 중전마마에게 불만을 가지기는 하였으나 불문곡직하고 이렇게 미리 중전만 나무라며 진노할 줄은 뜻도 먹지 못하였던 일이다.

"대비마마, 황공하오나 고정하시옵소서. 대왕대비께서 아시면 노래에 더욱 진노하실 터이온데…… 전후 사실을 서서히 밝히시옵소서."

하고 애걸하듯 빌었다.

"숙의는 그만해도 밖에 있어 자세히 모르네. 이것은 꼭 중전인가 무엇이 정 귀인과 엄 소용을 되셀래 잡으려는 못된 심사에서 나온 것일세. 어른이 계신 바에 나 혼자는 처결하기 어려우니 대왕대비마마의 의지(懿旨)를 물어야겠네."

하고 편지를 들고 문 밖으로 나가 연에 올랐다.

대비는 항상 중전에 대하여 비뚤어진 감정을 가졌다. 소년 과수로서 모든 희망을 아들에게 폭 쏟아 놓았을 때 며느리는 차츰차츰 아들의 사랑을 어머니에게서 빼앗아 왔다. 그것은 일부러 며느리 되는 사람이 계획적으로 빼앗아 온 것이 아니라, 자연히 시냇물이 졸졸 흐르듯 사나이와 여자의 애정이 마음과 마음속에 스며들게 되는 신비스러운 천연한 현상의 하나지마는, 시어머니 된 이는 항상 이것을 며느리의 베개송사와 후림대로 인하여 일어나는 것이라 잘못 인정하는 것이다.

이 항용 범하기 쉬운 잘못된 병에 왕대비도 걸렸다. 아무리 세조대왕과 정희왕후의 효부(孝婦)요, 소년 과수로 규범이 놀라운 왕대비지마는, 그래도 치마를 두른 한 여자였다. 이런 데다가 친잠 때 일어난 사건— 정씨를 두호하려 하다가 말대로 얼른 시행이 되지 않은 일은 영위대비로 하여금 중전을 아주 틀리게 보게 하였다. 이 때문으로 해서 오늘 권씨가 올린 편지 일절도 정귀인이 그르냐, 누구의 짓이며 동기가 어디 있을 것을 알아보고 생각할 여지도 없이, 이러한 편지질을 한 것을 곧 중전이 정씨·엄씨를 투기하고 미워하여 도리어 그들을 없애 버리려는 데서 일어난 못된 짓이라 판단하였다. 그리고 당신에게 모든 일을 의뢰하며 공경하여 섬기는 정씨, 중전이란 큰 세력 밑에 짜그라지려는 불쌍한 정씨를 반드시 구해 주어야겠다는 삼분의 협기(俠氣)와 내 힘이 중전보다 높고 큰 것을 안팎에 드러내 놓아야겠다는 칠분의 자존심이 움직였다.

대왕대비전에는 대왕대비를 위시하여 왕대비와 상감이 괴상스러운 편지 한 장을 가운데다 놓고 둘러앉았다.

"상감, 천고에 어디 이런 변이 있소. 지엄지밀한 궁중 안에."

왕대비전에서 먼저 말을 꺼내었다.

"이런 해괴한 노릇이 어디 있나. 수즉다욕이라더니 별 변괴를 다 보는군. 죽어 지하에 돌아가 무슨 낯으로 대행왕마마를 보입

금삼의 피

는단 말인구."

대왕대비전에서 한숨을 쉬며 말했다.

"소손이 불초하와 이러한 상서롭지 못한 일이 생겼사오매 황공하기 그지없사옵니다."

하고 상감은 두 대비에게 허리를 굽혔다.

"상감은 어떻게 생각하는지 몰라도 내 생각에는 이 편지 사연과 같이 정 귀인과 엄 소용이 중전과 원자를 모해하는 것이 아니라, 중전의 시비들이 정 귀인과 엄 소용을 모해하는 것이 아니오?"

하고 상감을 쳐다보았다.

"하늘의 별을 따지, 정 귀인과 엄 소용이 언감생심 그러한 일을……."

하고 대왕대비가 말을 내렸다. 대왕대비도 중전을 탐탁하게 여기지 아니하는 까닭이다. 왕대비와 대왕대비는 은연중 정 귀인과 엄 소용을 두둔하였다. 중전은 완전히 외로운 입장에 빠져 있었다.

"중전이 평시에 마음이 조금 좁지 아니하오?"

하고 대왕대비가 쓰고 있던 안경을 옆에 벗어 놓으며 왕대비께 말했다.

"근자에 좀 상총(上寵)을 너무 자세하고 방자해지는 듯하옵니다."

하고 왕대비는 노여운 빛을 나타내고 말했다. 상감은 무엇이라 대답할 말이 없었다. 다만 황송한 듯 허리를 다시 굽혔다.

삼월이 나인은 약조대로 밖에서 비상(砒霜)을 한 봉 구하여 중전마마에게 바쳤다. 그리고 이 일이 잘 성사되지 못하는 경우에는 예비건으로 쓰기 위하여 방자질할 주문과 방법을 베긴 책을 이장님에게 얻어서 다시 중전마마에게 바쳤다.

중전은 삼월이에게 비상을 타서 먹이는 분량과 주문 외는 방법을 상세히 배웠다. 마음을 도슬러 먹고 기회 있을 때를 기다렸다. 그러나 기회는 용이하게 돌아오지 아니하였다.

초하루 보름마다 종실(宗室)과 후궁들은 중전에게 문안을 여쭈러 들어오는 일이 있었다. 중전은 어떻게 이런 기회에 하고 생각하여 보기도 하였다. 그러나 그것 역시 쉬운 일이 아니었다. 전연 이외에 번화한 사찬을 내리는 법도 없지마는, 원체 중전을 친잠 때 이후부터 더욱 경계하는 정씨는 비록 꿀물 한 그릇 화채 한 대접을 내린다 할지라도 그렇게 무모하고 수월하게 덥뻑 받아 마실 위인이 아니었다.

무심하고 기회를 내어 주는 사람의 마음은 태평한 것이지마는 기회를 엿보는 사람의 마음은 여간 초조한 것이 아니다. 중전은 잔뜩 바둥켜지는 마음으로 비상을 품에 품은 채 두 차례 정씨를 대해 보았다.

그러나 쉽지 않은 기회는 애만 태우고 슬쩍슬쩍 넘어가 버렸다. 하루 이틀 하는 동안에 중전의 꽁꽁 뭉쳐진 마음은…… 정씨를 독약으로 죽이겠다는 결심은 차츰차츰 묽어지기 시작했다.

기회를 얻기도 극난한 노릇이지마는 차마 독약으로써 직접

금삼의 피

한 사람의 생명을 빼앗아 버리는 것이 여간 무섭고 악독한 일인 것을 중전은 비로소 깨닫게 되었다.

중전은 며칠을 두고 다시 생각한 끝에 제이단의 계교를 쓰기로 작정하였다. 중전은 보통 편지하는 간지에다 엄 소용과 정 귀인이 중전과 원자를 모해한다는 사연을 좌서(左書)로 써서 삼월이 나인을 조용히 주고 사람을 하나 사서 감찰 상궁의 하인인 체하고 권 숙의의 집에 편지를 전하게 하였다.

그리고 한편으로는 신씨와 삼월이 나인을 시켜 이장님에게 재물을 많이 주어 정 귀인과 안양군을 해롭게 할 방수를 차리게 하였다.

이장님의 집 조그마한 밀실에는 귀인 정씨의 화상과 안양군의 화상을 그리어 붙이고 옆에는 생년월일을 적어 놓았다. 신씨와 삼월이 나인은 밤마다 이장님의 집을 찾았다.

밀실의 잠겨진 문이 조용히 열리기 시작했다.

이장님은 북을 치고 경쇠를 흔들며 경을 읽었다. 신씨와 삼월이 나인은 벽에 걸린 활과 화살을 꺼내어 들고 화상을 향하여 쏘기 시작했다.

신씨의 쏜 화살이 푸루루 하고 소리를 내며 정 귀인의 얼굴을 맞혔다. 삼월이 나인의 쏜 화살이 휙 하고 안양군의 눈을 맞췄다. 신씨는 다시 활을 들어 둘째 번의 살을 놓았다. 정씨의 가슴을 향하여 푹 꽂혔다. 삼월이 나인이 쏜 둘째 번 화살이 빗나가 화상 밖의 흰 종이를 맞혔다. 삼월이 나인은 빗맞은 화살을 뽑아 버리고 다시 활을 쏘았다. 이번에는 안양군의 넓적다리를 맞했다. 이장님은 점점 목청을 돋우어 경을 읽고 북을 울렸다. 마치 무슨 신이 오른 것 같았다. 신씨와 삼월이 나인은 계속하여 화살을 쏘았다.

이렇게 그들은 제각기 서른여섯 개의 화살을 화상을 향하여 쏘아 맞히고 안으로 잠겨진 문을 연 뒤에 촛불을 끄고 밀실에서 나왔다.

이것은 정씨에게 직접 손을 대지 않고 정씨와 그의 아들 안양군을 병들어 죽게 만들자는 칠칠일(七七日) 기도의 시작이었다.

대왕대비전에서 옥교를 타고 온 성종은 이 괴상한 편지의 단서를 어떻게 붙잡아야 옳을 것인가 생각했다. 편지 사연에 엄씨를 한데 붙들어 매어 놓은 것을 보니 중전이 친잠 때 정씨가 참례치 아니하였다 하여, 정씨를 석고대죄시키게 하던 일과, 엄씨가 정씨를 위하여 백방으로 이것을 모면하도록 애를 쓰고 돌아다니던 일을 생각하지 않을 수 없었다.

그렇다면 이것은 중전이…… 또는 그 아래 있는 시비의 짓들이 아니냐? 하기는 근자의 중전의 태도가 얼른 보면 비창해하는 것도 같고, 좀 다시 보면 무슨 노여움을 가져 시무주룩한 것도 같다. 비록 말은 아니 하나, 상감 당신에게 대한 태도도 전에 비하여 곰살갑지 않은 것 같은 무엇이 드러나지 않는가?

이 일은 원자가 병이 난 이후에 현저하게 나타나는 일이 아니냐. 다만 원자가 병이 중한 탓으로 중전의 심경이 다소 흔들리지 않을 수 없는 일이라 이렇게만 생각하였더니…… 그러면 이 다소 달라진 태도는 원인이 원자의 병으로 인한 것이 아니라, 정씨

금삼의 피

와 엄씨를 투기하는 데서 일어났던 것이 아니냐?

이렇게 속으로 혼자 묻고 혼자 대답하던 성종은 대령 무예청을 옥교 위에서 불러,

"중전으로 들게 해라."

하였다.

불시에 선통 없이 들어가 중전의 모양을 자세히 더듬어 보려는 의사다.

중전의 처소에서는 삼월이 나인과 정경부인 신씨가 방자하는 책들을 꺼내 놓고, 어젯밤에 이장님 집에서 시작한 칠칠일 기도에 대하여 전후 전말을 중전에게 사뢰고 있었다.

이야기가 채 끝나지 아니하여서 별안간 시위(侍衛) 소리가 나며 상감이 선뜻 전각 위에 발을 올려놓았다.

중전 이하로 정경부인 신씨와 삼월이 나인은 창황망망하여 어찌할 길을 몰랐다. 신씨와 삼월이 나인은 우두망찰하여 피할 도리가 없었다. 그대로 상감이 들어오시는 옆에 부복하여 엎드렸다가 비슬비슬 물러나왔다. 성종은 신씨와 삼월이 나인의 비슬거리며 물러가는 뒷모양을 유심히 바라보았다.

중전은 중전대로 얼굴이 붉으락누르락하여 어찌할 줄을 몰랐다. 황겁결에 어떻게 하여 방자하는 방법을 적은 책과 비상을 담은 주머니를 넣어 둔 상자를 치운다는 것이 그냥 문갑 위에 나동그라져 있게 되었다.

지금 다시 상자를 집어 치운다 하면 도리어 상감께 무엇이냐 채근을 당할 노릇이요, 그대로 두자니 마음이 조마조마하여 어

떻게 해야 좋을지 몰랐다. 얼른 상감이 다른 곳으로 납시었으면 하는 생각뿐이었다. 중전은 슬그머니 문갑 놓인 쪽으로 가서 상자가 될 수 있는 대로 상감의 눈에 아니 띄게 할 양으로 거북살스럽게 상자를 가려서 서고 울렁거리는 가슴을 억지로 참으며,

"외전에서 듭시는 길이시옵니까?"

하고 상감에게 여쭈어 보았다.

"아니, 왕대비마마께 문안을 드리고 나오는 길이오."

하고 말했다.

중전의 거북살스러운 태도가 성종전 눈에 띄지 않을 리가 없었다.

"이리 가까이 와서 앉구려."

중전은 여전히 엉거주춤하고 문갑 앞을 떠나지 못하였다. 왕대비전에서 가뜩 의심을 품고 온 상감은 신씨들의 황황해하는 모양과, 중전의 서먹서먹하고 거북살스러운 태도를 보고 한층 더 의심이 버쩍 일어났다.

"정경부인 들어왔구려."

성종은 다시 중전의 얼굴빛을 살폈다.

"네, 아까……."

중전은 얼굴이 벌게지며 말끝을 흐렸다.

"그 왜 그래 이리 와서 앉으라 해도 말을 안 듣소. 곤전, 할 말이 있으니 이리 좀 오구려."

상감은 어수로 중전의 팔을 이끌었다. 중전은 청천의 벼락을 맞는 듯 아뜩해지는 마음을 진정하며 상감의 앞으로 아니 끌려

금삼의 피

갈 수 없었다.

중전이 자리를 뜨자 상감의 눈에는 문갑 위에 동그라진 상자 하나가 보였다. 극히 질서 없이 내동댕이치듯 놓인 괴상한 상자…….

상감의 손은 이 상자 위에 닿았다. 이것을 본 중전은 얼굴이 흙빛같이 질렸다.

"아니어요, 상감마마. 이것은 아녀자의 손그릇이옵니다. 상감마마의 보실 것이 아니옵니다."

하고 중전은 황급하게 상자를 상감의 손에서 빼앗으려 하였다.

상감은 의심이 한층 더 났다. 상자는 상감의 손에서 용이하게 중전의 손으로 돌아가지 않았다. 뺏으려 하고 아니 뺏기려 하는 승강이질 통에 상자 속에선 노란 염낭과 책이 방바닥으로 우르르 쏟아졌다.

"어찌 이리 무엄하오."

상감은 중전을 꾸짖듯 나무라고 노란 주머니를 헤쳐 보았다. 주머니 속에는 차곡차곡 접힌 백지 종이 속에 노르께한 비상 가루가 담겨 있었다.

상감의 눈에는 노한 빛이 등등하게 올랐다. 다시 책을 한번 훑어보았다. 요괴스러운 방자질하는 주문과 방법이 가득히 쓰여 있었다.

상감은 어이가 없었다. 아무리 하기로서니, 중전의 처소에서 이러한 좋지 못한 물건이 쏟아져 나올 줄은 뜻도 아니 먹은 바다. 한 나라의 국모요 동궁의 어머니다. 보통 비빈에 비할 바가 아니다. 근자에 비록 정씨 이외에 몇몇 궁인을 당신이 귀여워하나, 이것이야말로 한 개의 화초요 노리개들이다. 내심으로 진실로 신임하는 곳은 그래도 중전 하나였더니, 이 믿고 믿던 중전의 처소에서 이러한 해괴하고 요사스러운 물건들이 나올 줄은 참으로 꿈밖이었다.

"대관절 이것들이 무엇이오?"

하고 상감은 중전을 힐난하는 태도로 물었다.

"……"

중전은 이 마당에 무엇이라 발명할 말이 없었다.

"나는 곤전이 이럴 줄은 차마 몰랐구려. 이것은 사람이 먹으면 죽는 독약이 아니오?"

하고 노란 주머니를 가리켰다.

"이것은 잡술하는 요망한 주문들이 아니오?"

하고 펼쳐진 책을 가리켰다.

"그래도 나는 곤전을 어질고 착한 국모 자격으로 알고 믿었더니 이러한 망유기극한 해괴한 노릇이 어디 있단 말이오."

하고 준엄한 분부를 내렸다.

"대관절 곤전이 이것을 구할 도리는 없었을 터인즉 대체 이게 누구한테서 굴러들어왔소?"

하고 혁혁한 위엄이 용안에 가득하였다.

"……"

"왜 대답이 없소?"

가을 서리같이 싸늘한 공격이 더욱 급박하였다.

중전은 하도 지엄한 자리라 일만 가지 꿈틀거리고 서러운 가슴속에 맺히고 엉키운 회포를 이루 다 저저이 아뢸 길은 없고, 상감의 추궁은 더욱 심하시매 쌓였던 서글픈 감정이 가슴을 빠개고 용솟음쳐 올라왔다.

중전은 상감 앞에 엎드려 흑흑 느끼며, 눈물이 비 오듯 쏟아졌다. 연두 회장저고리 한쪽 소매가 주르르 적셔졌다. 이 대답이 없이 느껴 울기만 하는 중전의 거동은 속 모르는 상감의 마음을 더욱 불쾌하게 만들었다.

"요망스럽게 울기는 왜 이리 울우. 뉘 소위냐 말이야."

상감은 더욱 재촉이 급하였다.

"친잠 때 삼월이년이 바친 것이옵니다."

하고 중전은 느껴 떨리는 울음의 소리로 겨우 말을 아뢰었다.

상감은 다시 소매 속에서 편지 한 장을 꺼내 중전 앞에 놓고,

"이것이 뉘 짓인 줄 알겠소?"

하고 물었다.

그 편지는 중전이 좌서를 써서 권 숙의에게 보냈던 편지였다. 중전은 다시 얼굴빛이 변하였다. 만사가 모두 물거품으로 변하였구나 하고,

"모르옵니다. 모르옵니다."

소리만 연하여 부르짖었다.

상감은 이 일을 자전(慈殿)께 아니 아뢸 수 없었다. 괴상한 편지 사건으로 말하더라도 중전의 눈치나 보고, 장래에 이런 일이 없도록 타이른 뒤에 무사하도록 덮어두려 하였다. 그래도 중전

에게 대한 정이 아직도 두터울 뿐 아니라, 또한 원자가 있는 만큼 이러니저러니 복잡한 일거리를 만들어 그 장래를 그르칠까 하는 깊은 염려가 있는 까닭이다. 이것은 상감이 대비께서 중전을 탐탁하게 알지 않는 눈치를 챈 이후로 더욱 중전을 덮어서 두호하려는 마음이 간절한 까닭이었다.

그러나 일이 이쯤 크게 벌어지고 보니 도저히 그대로 덮어 둘 수 없는 경우에 끼었다. 첫째로 왕대비가 벌써 이 아름답지 못한 편지를 중전의 소위로 단정하는 마당에, 중전에게 조사한 일을 복명하지 않을 수 없었다. 만일 이것을 복명치 않고 접어 둔다 하면 상감인 당신은 부모에게 불초(不肖)한 아들이 되고야 만다. 이것은 성종의 성격이 즐거이 취하지 않는 일이다. 그렇다면 삼월이의 일건을 대비께 아니 말씀드릴 수 없다. 삼월이의 일건을 아뢰는 날이면 비상 조건과 방자질하는 책 조건이 자연히 나타나고야 만다.

상감은 한참 동안 생각에 잠겼다가 궁중 안을 깨끗하게 맑히기 위하여 우선 대비께 말씀을 아뢸 것을 결심하였다.

상감에게 중전의 처소에서 일어난 일을 들어 알게 된 회간대비(懷簡大妃)는 하늘이 얕아라 하고 펄펄 뛰었다.

"그리게 상감, 내 말이 무엇이라 합디까. 중전의 짓이 분명하지. 죄 없는 정 귀인을 투기하고 시새서 구렁텅이로 몰아넣자는 거지. 지금으로 삼월이년을 불러 문초를 하고 중전은 폐(廢)하게 하오!"

지극히 엄하고 황송한 의지(懿旨)다. 한칼 아래 삼월이를 요정

내고 중전을 폐위시킬 결심이다.

"모두 소자의 불민한 탓이옵니다."

하고 성종은 왕대비전에서 삼월이를 친국(親鞫)하기로 하였다.

대청에는 상감이 전좌하고 방 안에는 회간대비가 앉았다. 전상에는 늙은 내시와 지밀상궁이 두어 명씩 서고, 분합 밖에 형방승지(刑房承旨)가 붓과 벼루를 놓고 부복하여 있고, 뜰 위 돈대 위에는 선전관(宣傳官)이 등대하고 있었다. 대전별감과 내시별감과 내시에게 끌려 들어온 삼월이는, 넓은 마당 한가운데 놓인 형틀 위에 동그랗게 붙들어 매였다. 좌우에는 금부 나졸과 근장군사(近仗軍士)들이 곤장과 철퇴와 금도끼와 은도끼들을 들고 으리으리하게 늘어섰다.

상감은 목소리를 가다듬어,

"여봐라 듣거라. 네가 네 죄를 알렸다."

호령이 추상같다. 삼월이는 형틀 위에서,

"상감마마, 쇤네는 아무런 죄도 모르겠사옵니다."

하고 애걸하는 표정을 지었다.

상감은 내시에게 비상 담은 노란 염낭과 방자질하는 책을 내어 주어 삼월에게 보이라 하고,

"네, 그래도 감히 죄상을 은휘할 수 있을꼬."

하시고 어성을 더욱 높였다. 대청의 들보가 우렁우렁 울렸다.

삼월이는 아까 중전에게 벌써 모든 일이 탄로된 것을 자세히 알았다. 한참 동안 정신이 아득하여 어쩔 줄을 몰랐으나, 영리하고 꾀 많은 삼월이는 다시 대답할 말을 곰곰 궁리하여 두었다.

삼월이는 얼굴빛을 조금도 고치지 아니하고 당돌하게,

"상감마마, 천지신명이 굽어보시옵거니 어찌 추호인들 기이오리까. 비상은 쇤네의 것이압고, 주문이 적히온 책은 정경부인 신씨 원자마마의 환후 중하시매, 혹시 이것을 외어 환후의 만분의 일이라도 돌리실 가망이 있을까 하여 중전마마께 바친 것이옵니다."

"그렇다면 너는 요망하게 어찌 비상을 가졌으며 무슨 일로 중전마마께 바치었더냐."

"제가 해마다 학질로 고생을 하옵는바, 비상을 조금씩 먹으면 절학이 묘하옵기 항상 이것을 몸에 지니고 있었삽고, 중전마마께압서, 이 일을 자세히 통촉하옵심으로 조금 나누어 달라 하시기에 바친 것일 뿐이옵니다."

미리 예비한 말이라 막힘없이 소상하고 분명하게 아뢰었다.

형방승지 임사홍(任士洪)은 붓을 당기어 삼월이의 공초를 받아썼다.

임사홍은 보성군(寶城君)의 사위요 상감의 사촌누이인 양도대비(예종비)의 딸 현숙공주(顯肅公主)의 시아버지니, 풍천위(豊川尉) 임광재(任光載)의 아버지다. 나중에 그의 넷째 아들 숭재(崇載)도 성종의 둘째 딸 휘숙옹주(徽淑翁主)에게로 장가들었다. 삼십이 겨우 넘을락말락한 임사홍은 누대를 내려오는 혁혁한 척신(戚臣)으로 소년 공명이 화사하다.

왕대비마마는 방에서 삼월이의 공초를 듣고 발을 구르며,

"저런 한 매에 때려죽일 년 보아. 앙큼스럽게 뒤집어엎는구면.

금삼의 피

그년을 그저 똑바루 토설이 나오도록 되게 치지 못해……."

하고 응짜를 놓았다. 정 귀인이 또다시 그동안 대비에게 갖은 아양을 다 부려 대비의 마음을 더욱 흔들어 논 까닭이다.

상감의 귀에 이 말씀이 아니 들릴 수 없었다. 상감은,

"네 저년을 바른말이 나오도록 되게 쳐라!"

하시고 호통을 질렀다. 선전관이,

"되게 치랍신다."

하고 전령을 내렸다.

"네—이……."

하는 긴 대답 소리가 바람에 날려 공중으로 흩어졌다. 근장 군사는 형틀에 매인 삼월이를 가운데 두고, 동서로 갈라서서 기다란 곤장을 까맣게 솟치었다가 엑— 소리를 치며 볼기짝을 향하여 내리쳤다. 철썩 소리가 났다. 한편짝 곤장이 또 내려왔다. 길고 긴 곤장 끝이 삼월이의 볼기짝을 넘어 땅에 가 부딪히며 딱— 소리를 내고 끝이 부러져 공중으로 핑그르 돌다가 떨어졌다.

삼월이는,

"애개개—."

소리를 지르며 울부짖었다.

형틀에 꼭꼭 동여맨 사지는 아무리 몸부림을 치려 하나 꼼짝도 아니 하였다.

"네 저년을 물볼기를 쳐라."

여편네라 볼기를 드러내 놓지 못하는 까닭이다.

선전관이 또다시 전령을 내렸다. 나졸은 삼월이의 치마 위에다 물을 들어부었다. 보드랍고 엷은 남색 비단치마가 물기를 받아 조르르 흐르며 살에 가 함짝 달라붙었다. 볼기의 두두러진 곡선이 맨살처럼 나타났다. 다만 검은 남치마이매 흰 살만 보이지 않을 뿐이다. 근장군사는 부러진 곤장을 획 내던지고 다시 성하고 튼튼한 놈을 골라잡았다. 철컥 철컥 하는 소리가 연하게 났다. 삼월이는 아픔을 못 이기어 곡지통을 하며,

"하느님 맙시사!"

소리를 연해 불렀다. 곤장이 쉴 새 없이 떨어지며 전상에선,

"이실직고하렷다."

소리가 일어났다. 그러나 삼월이는 중전을 생각할 때 비록 제 몸이 부서지고 잘려지는 한이 있을지라도 바른대로 대답할 수는 없었다. 중전이 결단코 그르신 것은 아니다. 정씨가 먼저 방자질을 하여 원자마마를 병들게 하지 않았느냐. 중전은 다만 정당한 방위를 하려 할 뿐, 자기도 이에 감동되어 심부름을 하여 드린 일이다. 만일 정씨가 먼저 원자마마와 중전마마께 방자질한 것을 고해 바치고, 사실 그대로 중전의 하신 일을 아뢴댔자, 정씨만을 천하의 옳은 사람으로 아시는 왕대비마마가 옆에 계시지 아니하냐? 그것은 아무런 증거거리도 없는 일이다. 제 말을 신임하고, 정씨를 벌주며 중전을 위로할 이치는 추호도 없는 일이다. 공연히 섣부른 한마디를 하는 날이면, 중전만 더욱 위태로운 곳에 빠지게 될 따름이다. 차라리 죽더라도 중전께 대한 의나 지키고 말리라 결심하였다. 삼월이는 여기까지 생각하고 보

금삼의 피

니 아픈 것도 아픈 것이지마는 중전에게 향한 일백 가지 억울하고 서글픈 심정이 북받쳐 올라 엉엉 하고 목을 놓아 울었다. 매는 그대로 계속되었다. 살은 흩어지고 피는 흘렀다.

삼월이는,

"천지신명이어 굽어보소서!"

하고 목이 메이도록 부르짖을 뿐이었다. 어느 결에 머리는 흩어져 산발이 되고 눈과 입술은 퉁퉁히 부풀어 올랐다. 헛바닥에선 깨물은 탓인가 피가 주르르 흘렀다. 방 안에선 왕대비의,

"에…… 독한 년이로군!"

하는 소리가 들렸다. 상감은 매를 그치라 하고 다시 권 숙의가 바친 편지를 내시에게 내어 주며,

"그러면 여봐라. 네가 이 편지를 전한 일이 있지?"

하고 다시 물었다. 내시는 명을 받들어 편지를 삼월이 앞에 들고 보였다. 삼월이는 매에 못 이겨 거의 기색될 지경에 있었다. 말대답할 기운도 없는 탓인지, 다만 고개를 절레절레 흔들 뿐이었다.

상감은 다시 공사청과 대전별감을 시켜 감찰 상궁을 붙들어 오라 하였다.

감찰 상궁이 뜰아래 엎드렸다.

상감은 어성을 높여,

"감찰 상궁 듣거라! 묻는 공초에 추호라도 기이지 말고 아뢰렷다. 만일 거짓말이 있는 경우엔 저년 모양으로 중한 형벌을 면치 못하리라."

하고 톡톡히 한번 을렀다.

"어느 존전이라 감히 거짓말을 아뢰오리까."

하고 감찰 상궁이 대답을 사뢰었다.

"네가 권 숙의한테 사람을 보내어, 정 귀인과 엄 소용이 중전 마마와 원자 아기씨를 모해한다는 편지를 올린 일이 있지?"

"황공무지(惶恐無地)한 처분이옵니다. 이러한 일은 금시초문이옵고, 만일 감찰 상궁으로 이런 일이 있는 것을 알았사오면, 상감마마와 중전마마와 위로 왕대비마마가 계시온데 어찌하여 쉰네가 권 숙의에게로 편지질을 하와 알리울 리가 있사오리까. 소소히 굽어살펴 주시옵소서."

"그렇다면 네가 감찰 상궁의 직책에 있으니 이만 것을 할 만한 사람이 있을 법하거든 빨리 은휘치 말고 사뢰렷다!"

상감은 다시 지엄한 분부를 내렸다.

"상감마마, 통촉해 주시옵소서. 있다 하오면 어찌 터럭 끝인들 기망하오리까마는 창졸에 그러할 만한 일을 할 사람이 생각에 떠오르지 않사옵고, 다만 감찰 상궁의 직분으로 이러한 불상사가 있사옴도 모르옵고 여태껏 지내 왔사오니 도시 쉰네의 밝삽지 못한 탓이오라 쉰네를 죽이시와 국법을 밝히시고 뒷날을 경계하시옵기 바라올 뿐이옵나이다."

하고 억울한 심정에 눈물이 비 오듯 하였다.

형방승지 임사홍이 또다시 이 공초를 종이에 썼다. 상감은 더 물어봐야 별다른 단서가 없을 줄 생각을 돌리고 형방승지 임사홍에게,

"삼월이와 감찰 상궁을 아직 금부(禁府)에 나수(拿囚)해 두어라."

하고 친국을 마쳤다. 상감은 왕대비가 있는 방으로 들었다. 왕대비는 아직도 노기등등하였다.

상감은 대비 앞에 고개를 숙이고 앉았다.

"단서가 용이하게 드러나지 않습니다."

하고 상감이 대비에게 말을 사뢰었다.

"단서가 아니 드러나다니 무슨 소리요. 그 악독한 년이 죽어도 바른 토설을 아니 하니까 그렇지 일은 탄탄대로와 같지 않소? 감찰 상궁은 사실 무죄요! 애매한 노릇이고, 모두 중전이 삼월이년을 끼고 한 것이 분명하지! 상감도 생각해 보오. 정 귀인과 엄씨를 모해할 사람이 또다시 누가 있단 말이오?"

왕대비는 처음부터 가지고 있는 의사를 조금도 변하지 아니하였다. 어쩐지 중전이라면 소름이 쳐지도록 미운 까닭이다.

"내 그저 들으니 신씨가 삼월이년과 부동하여 궁중 출입이 잦다더니……."

하고 입술을 비쭉하였다. 상감은 황송쩍어 고개를 숙인 채 아무 말씀도 못 하였다. 이 상감의 태도에 왕대비는 더욱 불만을 느꼈다.

"내일 조정 대신에게 물의(物議)를 붙이어 중전을 폐위시키도록 하오."

상감은 다만,

"봉행하겠습니다."

한마디를 남기고 왕대비전을 나갔다.

바로 옆의 전각에서는 예종 왕비와 권 숙의가 상감이 친국하는 무시무시한 일거 일동을 자세히 보았다. 그리고 다시 상감이 친국을 마치고 왕대비 있는 방으로 들어가 두 사람이 하는 말—내일 조정에 물의를 붙이어 중전을 폐위시키라는 왕대비의 말도 지밀나인들을 통하여 권 숙의와 예종 왕비의 귀에 저절로 들어왔다.

권 숙의의 얼굴빛은 노랗게 변하였다. 중전과 원자를 위하기 때문에, 더욱이 불가제자의 자비스러운 경계 때문에 중전과 원자를 위태한 지경에서 구하여 내려고 편지를 가지고 들어왔던 노릇이, 도리어 중전과 원자를 해롭게 만드는 장본이 되고야 마니 그의 마음이 편안할 수 없었다.

그는 어떡하든지 해서 중전과 원자를 구해 내야겠다고 생각하였다. 권 숙의는 우선 예종 왕비에게 매달리지 않을 수 없었다.

"작은대비마마, 이 일을 어찌하면 좋습니까. 저 중전마마와 원자마마가 불쌍하십니다그려. 어떻게 작은대비마마께서 큰대비마마와 왕대비마마께 말씀을 좀 사뢰시어 지엄하신 처분을 돌리시도록 아뢰어 주십시오. 제가 도리어 중전마마와 원자마마께 적악을 하는 길라잡이가 되었습니다그려."

하고 예종 왕비에게 애원을 하였다. 예종 왕비는 어질고 상냥한 어른이다. 삼월이의 공초하는 것을 보고, 잔인하여 마음이 흔들린 데다 권 숙의의 말을 듣고 마음이 더욱 감동되었다.

"그러나 내가 무어라 말씀을 올린단 말인가. 원체 여간하신 성정이라야 말씀이라도 좀 붙여 보지!"

하시고 곰곰이 생각해 보았다. 실상 지금 예종 왕비는 아무런 권력도 없었다.

"여보게 숙의, 중전을 구해 내려면 한 가지 도리가 있네. 지금 공초를 받아쓰던 형방승지가 임사홍이 아닌가. 공주에게로 내가 편지 한 장을 써서 줄 테니, 자네가 가지고 가서 제 시아버지에게 말을 하여 내일 조정에서 물의가 나거든 중전을 두둔하라 하는 수밖에 없네."

하고 권 숙의를 바라보았다. 권 숙의는 이 말을 듣고 입이 벌어졌다.

"작은대비마마, 하해 같으신 성덕이시옵니다."

하고 예종 왕비에게 재배를 드렸다.

권 숙의는 예종 왕비의 친필을 받자와 품에 품고 현숙공주 댁인 임사홍의 집으로 나갔다.

공고를 늦도록 마치고 돌아온 임사홍은 공주에게 예종 왕비께서 내일 조정 일을 부탁하였다는 소리를 듣고 이러저리 곰곰이 생각하여 보았다.

임사홍은 약고 꾀가 많고 이해타산을 빨리 하는 사람이었다. 그는 오늘 상감의 친국하는 마당에 삼월이의 공초를 받아쓰면서도 이 일이 장차 어떻게 전개될 것인가 하고 속으로 무한히 생각하였다. 그것은 중전과 동궁이 이 사건에 관련된 까닭이었다. 만일 섣불리 형방승지로 말 한마디를 잘못 쓰는 날이면 나중 어느 지경에 이를는지 모르는 일이다.

이런 중에 궁중에서는 벌써 곤전을 폐위시킬 듯한 조짐이 보여 예종 왕비로부터 공주를 통하여 중전을 두호해 주라는 간곡한 부탁이 있게 되었다.

임사홍은 대의명분으로 보든지 자기 한 개인의 앞길을 보든지 중전과 동궁을 극력 두호해야만 될 것을 깨달았다. 그러나 내일 조정에서 물의가 일어나면 좌편이 많을지 우편이 많을지 추측하기 어려운 노릇이다. 만일 좌편이 많다면 문제없이 자기의 주장이 서는 것이지만, 우편이 많은 날에는 자기 혼자서 버티기는 힘드는 노릇이다. 외짝 손뼉은 아무리 쳐도 소리 나기가 어렵다.

그는 밤중을 불구하고 뜻 맞는 같은 승지에 이극돈(李克墩)을 청하여 놓고, 밤이 깊도록 내일 조정 일에 대한 선후책을 의논하였다.

이튿날 성종은 일찍이 침소에서 나와 세수간 나인을 재촉해 소세를 마치고 수라를 든 후에 익선관 곤룡포로 근정전에 나왔다. 만조백관의 조하를 받으신 후에 크나큰 의논을 내리려는 까닭이다.

사모품대와 금관조복으로 벌여진 조관들의 국궁 배례가 끝난 뒤에 상감은 영의정 정창손(鄭昌孫)을 전 안으로 들라 분부를 내렸다.

정창손은 단종대왕 때 우찬성(右贊成)이라는 높은 벼슬에 있으면서도 그 사위 김질(金礩)과 함께 성삼문(成三問), 박팽년(朴彭年), 하위지(河緯地), 이개(李塏), 유성원(柳誠源), 유응부(兪應孚)

금삼의 피

등 사육신(死六臣)과 함께 수양대군으로 세조가 된 성종의 할아버님을 없이해 버리고 다시 단종대왕을 복벽(復辟)하여 모시게 하자는 약조를 단단히 맹세하였다가 형세가 이롭지 못하매, 슬쩍 그 사위 김질과 함께 성삼문의 무리가 역적모의를 한다고 세조에게 고하여 일을 탄로시키고, 그대로 부귀영화를 누리어 세조, 예종, 성종의 삼 조(朝)를 내려오며 대신의 자리로 드나드는 팔십에 가까운 노재상이었다.

정창손은 늙은 몸을 추창하여 전상에 올라 어전에 부복했다. 상감은 이마에 손을 얹고,

"영의정 들으오. 과인(寡人)이 덕이 적은 탓인지, 중전이 숙빈(淑嬪)을 투기하여 중전의 방에서 독약 비상과 예방하는 서책이 나오고, 정 귀인과 엄 소용을 모함하는 편지질을 하여 국법을 문란케 하니 종묘사직에 이러한 큰 죄가 어디 있겠소. 왕대비의 의지도 계실 뿐외라 내 마음이 과연 한심하구려! 오늘부터 중전을 폐위시키려 하나, 막중한 노릇이라 영상(領相)에게 물어 조정에 의논하는 것이니 밝은 말이 있기 바라오."

하고 말을 마쳤다. 왕의 말은 약간 떨렸다.

이 말을 들은 정창손은 땀이 흘렀다. 검버섯이 낀 늙은 얼굴에는 고민하는 빛이 역력히 보였다. 가(可)타 하기도 어렵고 부(否)타 하기도 어렵다. 까딱 잘못하는 날이면 팔십지년에 와석종신(臥席終身)도 못할 노릇이다. 그는 삼십여 년 전에 동지를 팔고 세조에게 고자질할 때보다도 더 어려웠다. 그는 중전의 뒤에 동궁이 있는 것을 생각하니, 가슴이 두근거리고 숨결이 잦았다. 지

금은 아직 어리지마는 동궁이 자라는 날이면, 제 목은 갈데없이 가을바람에 떨어지는 잎사귀와 같을 것이다. 욕심 많은 그는 아직도 몇십 년은 더 좋은 부귀영화를 누리고 싶었다. 동궁만 아니 있었더라면 그는 지난날에 동지를 팔 듯이 냉큼 지당합신 처분이올시다 하고 아뢸 것이나, 지금 동궁이 뚜렷하게 있는 마당에 잘잘못은 그만두더라도 그 어머니를 폐합소사 하고 아뢰기가 극히 난처하였다. 등에서 흐르는 땀은 이제는 온 전신에 흐르고 다시 이마 위 망건 편자에까지 물 흐르듯 줄줄 흘렀다. 얼른 대답도 못하고 엎드렸으나 늙은 팔과 다리가 쥐가 올라오듯이 저리고 아팠다.

"그럼 영상이 아마 동의를 하나 보오."

하고 다시 예방승지 한한(韓僩)을 불러 중전을 강등하여 빈(嬪)을 삼고 자수궁(慈壽宮)에 따로 거처하도록 한 전교를 적으라 하였다.

일이 하도 중대하고 난처한 일이매 누구 한 사람 출반주(出班奏)하는 사람이 없었다. 고요하고 무거운 침묵이 한참 동안 계속되었다. 상감은 정창손을 굽어보고,

"그러면 영의정은 그렇게 알고 물러가오."

하였다. 영의정 정창손은 발이 저리어 비슬비슬 어전에서 일어났다.

이때다. 형방승지 임사홍이 반열 속에서 쑥 나서며 어전으로 나아가 부복하였다.

팔십이 다 된 허리 굽은 노재상과 삼십이 넘을락말락한 은대

후원(銀臺喉院)의 소년 승지는 한개 보기 좋은 대조거리다.

"형방승지 신 임사홍 돈수백배하옵고 아뢰오. 중전 전하는 막중 국모시라 억조창생의 어머니시옵거니, 일개 궁비(宮婢)의 옥사(獄事)로 인하와 국모를 일조에 헌 신발 버리시듯 폐위하라 하시니, 소신의 생각에는 황공무지이오나 성의(聖意)가 도리어 어느 곳에 계신지 엎드려 알기 어렵사옵니다."

만조정 신하들은 쥐 죽은 듯 숨소리조차 없이, 임사홍의 아뢰는 말씀을 듣고 있었다. 상감도 묵묵히 고개를 숙이고, 사홍의 말을 귀담아들었다. 상감은 평시에도 사홍을 극히 총애하였다. 사홍은 다시 말을 계속하여,

"어제 궁비 삼월을 친국하옵시는 마당에, 소신도 형방승지로 전하를 모시었거니와……"

하고 사홍은 소매 속에서 공초를 받아 적은 두루마리를 꺼내어 펼쳐 들고,

"궁비 삼월의 공초에 의하옵건대, 비상은 삼월이가 늘 학질이 해마다 도지므로 절학에 묘한 까닭에 항상 이것을 몸에 지니고 있었고, 이 일을 아옵신 중전 전하께옵서 학질에 하도 신기한 선약(仙藥)임에 조금 나눠서 달라 하시와 미거한 생각에 이것을 드리었다 하니, 이것은 조금도 중전 전하의 실덕(失德)이 되실 거리가 못 되옵고, 다시 공초에 의하옵건대 예방하는 서책으로 말하오면 향자에 원자 전하께옵서 환후 위중하와 부모 되신 이로 하여금 목불인견의 경상에 빠지셨으매, 그의 조모 되는 부원군 부부인(府院君府夫人) 신씨가 환후의 만일을 구할까 하와 이러한

책을 바치었다 하니, 드리는 그 외조모의 심경이나 받으신 중전 전하의 태도시나 누구 한 사람 나무랄 수 없는 사람의 상정(常情)이라, 일은 비록 잡술에 가까워 정도에 다소 어그러지오나, 부모와 아들의 사이 극진한 은의를 생각하오면 가히 써 동정하는 한 조각 마음이 움직일지언정 결단코 죄 줄 수는 없는 일이옵고, 지어 권 숙의에게 정엄 양 소용(鄭嚴兩昭容)이 중전 전하와 원자 전하를 모해한다는 투서 일건에 대하여서는 아직도 그 단서가 오리무중에 있사와 누구의 소위임을 분명히 알지 못하는 마당에 이 편지 한 장으로 인하여 막중 국모를 폐위하신다 하면 국모는 한 사람의 어머니가 아니요 만조정 백관과 억조창생의 공공한 어머님이시라, 역시 소식 임사홍의 국모도 되옵나니 소신 임사홍은 성지(聖旨)를 거스를지언정 죄 없으신 어버이를 버리지 못하겠사옵나이다."

이 정의를 내세우고 공초(供招)를 반복(反覆)하여 참대를 짜개내듯 경위를 분석하는 장강대하(長江大河) 같은 구변에 만조정 신하들은 어리고 취하였다. 상감도 왕대비의 분부를 거역하지 못하와 마지못해 말 낸 노릇이라, 도리어 마음 한 귀퉁이가 시원한 듯하였다. 승지 이극돈이 또 반열에서 나와 어전에 엎드렸다.

"승지 신 이극돈 지엄하신 자리에 황공함을 무릅쓰고 아뢰오. 승지 임사홍이 사리와 체통에 추호도 어그러지지 않사오니, 복원 성상(聖上)은 밝히 살피사와 중전 전하를 폐위하신다는 말씀을 속히 거두시옵기 바라나이다."

하고 아뢰었다. 한 식경이나 무엇을 생각하던 상감은 형조판

금삼의 피

서 강희맹을 어전에 부르고,

"궁비 삼월이는 극약을 함부로 몸에 지니어 궁중의 지밀을 어지러이 했으니 죄상 망유기극한지라 교(絞)에 처하게 하고, 감찰 상궁은 제 직책을 다하지 못하였을 뿐 아니라 투서한 의심이 제게로 돌아갔으니 볼기 때려 귀양 보내게 하오."

형조판서 강희맹이 승명하고 물러갔다.

상감은 다시 예방승지 한한을 불러,

"부원군 부부인 신씨는 잡술하는 서책을 궁금(宮禁)에 들였으니 앞으로 궁중 출입을 금하게 해라."

분부를 내렸다. 한한은 인수대비의 조카니 상감의 외사촌이다. 왕대비에게 신씨의 출입을 금한 것을 확실히 더 알리기 위하여 일부러 한한에게 분부를 내린 것이다.

때는 성종대왕이 등극한 지 열한 해째 되는 경자년 시월.

삼월이 나인을 목매어 교에 처해 버린 지도 벌써 삼 년이 넘었다.

서리 찬 하늘에는 둥두렷이 달이 떴다. 흰 달빛은 가을일래 더욱 희다.

깊은 가을 소슬한 바람이 쉬지 않고 예어 부니 우수수 떨어지는 낙엽은 달빛 가득 찬 강녕전 앞뒤 뜰을 휩싸 돌았다.

우렁찬 전각에는 밤이 깊으니 풍경 소리가 적이 사람의 마음을 설레이고 가을을 울어 짖는 기러기 떼의 소리는 서리 찬 지붕의 기왓골로 떨어졌다. 무심한 사람도 이 가을 빛깔에 마음이 공연히 흔들릴 때다.

외전에서 경연을 파하고 홀로 있는 성종은 누우락앉으락 마음이 거북하였다. 창을 밀치고 밖을 내어다보니 달빛은 여전히 뜰 위에 가득한데 가을 소리는 그대로 나뭇가지에 설렌다.

"이리 오너라."

내시가 나타났다.

"강녕전으로 가자. 차비(差備)를 놓지 말아, 그대로……"

상감은 뜰아래로 내려섰다. 비단 사등롱을 든 내시가 앞을 인도하였다. 달빛에 에인 탓이냐, 초롱불이 무색하다.

삼월이 일건이 있은 이후에 성종은 중전의 침소를 처음으로 찾았다. 낮에는 가끔가끔 만나 보는 기회가 있었으나, 그것도 손을 대하여 보듯 지날 길에 잠깐 힐끗 서로 볼 뿐이요, 따뜻한 말 한마디도 바꾸어 보지 못했다. 왕대비의 눈이 무서운 까닭이다.

삼월이 나인이 죽고 중전의 친정어머니 신씨가 대궐 출입을 못 하게 금족을 당한 이후에는 지밀 안에는 왕대비의 심복인 상궁들로 가득히 찼다. 이것은 곧 정 귀인과 엄 소용으로 더불어 일맥상통되는 무리들이다.

성종대왕은 지극한 효자다. 그 어머님 인수대비가 일찍이 그의 아버지 덕종을 여의어 해로치 못한 것이 미안하였고, 왕비의 호강을 하루도 누려 보지 못한 것이 더욱 황송쩍었다.

이러한 까닭에 성종은 당신의 마음에 다소 좀 못마땅한 일이 있다손 치더라도 될 수 있는 대로 대비의 뜻을 거역하려 아니하였다.

금삼의 피

그러나 국가를 생각하고 원자의 장래를 생각할 때, 이렇게 오랫동안 곤전과 화합지 못한 것은, 그다지 좋은 일이 아닌 줄을 항상 생각하였다. 원자도 이제는 다섯 살이다. 형조판서 강희맹의 부인 안씨가 법도가 있고 처사하는 범절이 슬기스러워 자기 집으로 내어다 기른 이후에 병도 물러가고 몸도 튼튼해진 까닭에 아직 더 길러 달라고 부탁했으나 그럭저럭 다섯 살이 되고 보니, 오래 그곳에만 머물러 둘 수는 없는 일이다. 차차 왕세자의 위엄을 잃지 않을 예법도 들려주어야 하고, 내년쯤은 동궁에 필선(弼善)과 보덕(輔德)들을 두어 글과 행실도 가르쳐 놓아야 할 일이다.

그러나 상감과 곤전이 화합지 못하다는 것은, 그의 아들인 원자에게 여간한 나쁜 영향을 주는 것이 아니다.

상감은 다시 기회를 타서 왕대비전에 약간 거스르는 한이 있을지라도 어떻게 곤전과 화합해야 할 것이라고 생각하였다. 이러한 중에 깊은 가을의 소실한 경물(景物)이 상감의 마음을 더욱 설레어 움직이게 하였다.

상감은 사 년 전, 초가을의 밤이 깊도록 길쌈을 짜던 곤전을 생각하였다. 섬섬한 옥 같은 흰 손으로 짜낸 명주 한 필을 술술 풀어 당신의 창의 등솔에 대어 보며,

"상감마마의 키는 참 크기도 하시옵니다."

하고 호호…… 웃던 곤전의 아무런 사기 없는 귀여운 얼굴이 나타났다.

"나보다 더 큰 사람을 구경하려오?"

하고 허종을 불러들여 보이던 생각이 떠올랐다.

"그래도 현처(賢妻)였던 것을!"

왕의 마음은 사오 년 전 꿀같이 재미스럽게 지내던 옛일이 그리웠다.

'내 잘못이지…… 내가 마음을 돌려야지!'

상감은 마음속으로 이렇게 혼자 뇌었다. 오래간만에 웃고 맞아 줄 곤전의 어여쁜 얼굴을 그려 보며 강녕전 동온돌 섬돌을 밟았다.

별안간 일어나는 내시의 시위 소리에 중전은 금침을 헤치고 일어났다. 옷매무시는 낮과 같이 단정하다.

띠도 풀지 못하고 치마도 벗지 아니한 채 그대로 침소에 든 까닭이다. 이것은 근년에 상감의 발자취가 이 침소에 끊어진 이래…… 밤마다 밤마다 그대로 계속되어 오는 쓸쓸한 정경의 하나이다.

들어오는 상감의 용안을 힐끗 쳐다본 중전— 사르르 눈을 떨어뜨리고 슬쩍 몸을 돌리어 벽을 향해 외면하였다.

한 줄기 싸늘한 기운이 방 안을 휩싸 돌았다.

오래간만에 만나는 밤이라 봄바람이 굼실거리는 침실 속에 중전이 웃고 내달아 맞아 줄 줄 알았던 상감은 이 싸늘한 중전의 태도에 마음이 주춤 물러앉지 않을 수 없었다. 그러나 상감은 얼른 빗나가는 마음을 붙잡았다.

'당연한 일이 아니냐? 삼 년을 이 침실에 못 들렀으니.'

상감은 이렇게 마음속으로 뉘우치고,

"여보 곤전, 달이 하두 밝구려?"

말끝을 이렇게 상감이 꺼내었다. 벽을 향하여 선 중전은 새침하고 대답이 없었다.

"여보 곤전, 의상도 풀지 않고 그대로 자리에 들었단 말요!"

상감의 발길은 차츰차츰 중전의 옆으로 가까이 갔다. 중전은 여전히 돌사람인 양 아무런 대답이 없었다. 방 안엔 쌀쌀한 기운이 더욱 돌았다.

"여보, 그러지 말고 말 좀 하구려!"

상감의 손이 중전의 어깨에 닿았다.

중전은 무슨 징그러운 긴 짐승이나 닿은 듯이 질겁을 해 어깨를 흔들었다. 어수는 얼른 어깨에서 떨어지지 않았다.

이때다. 중전의 성정은 열화같이 폭발되었다. 중전은 왼편 팔을 들어 어깨에 얹힌 상감의 어수를 뿌리치며,

"인제야 별안간에 인정이 나시었습니까. 치마도 안 벗고 자느냐구요, 흐흥!"

중전이 어수를 뿌리칠 때 상감은 칵, 불쾌한 마음이 솟아오르셨다. 그러나 일순간 얼른 이 마음을 누르고,

"여보 곤전, 그러지 말아요. 다 내 잘못이오."

하고 다시 중전의 손을 만지려 하였다. 중전은 오는 손길을 또 뿌리치며,

"달도 밝고 회포도 많으신 터에 왜 정가년이나 엄가년한테로 가시지 않고 이 악독하고 천하에 말 못할 년에게로 다시 오시었습니까?"

"여보 곤전, 듣기 싫소. 다 그만두어요. 지난 이야기를 또 꺼내면 무얼 하오."

중전의 마음을 돌리기 위하여 용안에 웃음을 띠었다.

"왜 고만두라십니까. 정가년의 소리만 해도 상감마마의 입이 저절로 벌어지시는 요 재미있는 소리를 고만해요. 요년! 내가 오래 살아만 봐라, 너하고 나는 이년 불공대천지원수다. 왕대비마마와 상감마마께 나를 음해해서 이 모양을 만들어 놓고, 그리고 내 수족 같은 삼월이를 목매달아 죽이게 하고, 요년아 또 그래도 유위부족하여 우리 어머니를 못 만나 보게 하여 금족령을 놓으시게 해…… 요년, 이 능지처참하여 뼉다귀를 갈아 마실 년 같으니……."

중전은 가슴을 주먹으로 두드리며 미칠 듯이 뛰었다. 별안간 몇 해 만에 그윽한 침실에서 상감을 대하고 보니 가슴속에 서리고 맺혔던 원한이 일시에 북받쳐 올랐다. 상감 앞 지엄한 자리도 잊어버리고 중전은 이를 박박 갈며 혼자말로 푸념을 주었다.

상감은 더 참을 수가 없었다.

"여보 곤전, 점잖은 체통에 이게 무슨 해괴한 짓이오. 내 얼굴도 좀 보아 주어야 하지 않소. 일국의 국모로 앉아서 아무리 깊은 밤인들 어디 체모에 되겠소."

하고 어성을 바로잡아 꾸짖었다.

"국모! 이름 좋은 하눌타리옵니다그려. 국모를 능멸하고 모함하는 후궁은 더한층 귀여워하시고, 바른말하는 국모는 체통이 없다고 꾸지람만 하시옵니다그려! 흐흥, 어서 나가세요. 정가년한테로 가서서 재미다랗게 지나세요."

상감은 다시 능치어,

"여보 곤전, 내가 그렇게 보기 싫소, 허……."

"뵙기 싫어요! 아주 지긋지긋하고 진저리가 납니다. 발자국까지 도려내고 싶습니다!"

하고 중전은 다시 주먹을 쥐어 자신의 가슴을 쳤다가 방바닥을 두드리고 그리고 또다시 몸부림을 치며 목청을 놓아 엉엉 울었다. 여자들이 다분히 가지고 있는 히스테리가 발작이 된 것이다.

상감은 당황하였다. 꾸짖을 수도 없고 그대로 달랠 수도 없었다.

상감은 얼른 이 병적 발작을 가라앉힐 것을 생각하였다. 상감은 소매로 촛불을 홱 껐다. 도포 소매가 잘못하여 금박을 박은 화문대홍촉(花紋大紅燭)을 건드렸다. 용봉(龍鳳)을 아로새긴 백통(白銅) 촛대 바탕엔 초 떨어지는 소리가 덩그렁 하고 났다.

캄캄한 어둠 속에선 소리 없는 싸움이 일어났다. 밀치고 밀리고 부스럭거리고…….

어느 결에 달은 금화산(金華山) 너머로 반쯤 걸렸다. 가을바람은 여전히 휘불어 불빛 없는 강녕전 앞 뒤뜰에 낙엽을 몰아다 놓았다. 쉴 새 없이 장천(長天)을 가로건너는 기러기 떼의 구슬픈 소리가 밤의 적막을 깨칠 뿐이다.

이튿날 침소에서 나온 상감은 세숫간 나인이 받들어 올린 세숫대야에 용안을 씻었다. 어쩐 까닭인지 세숫물이 용안에 닿으니 콧잔등이 조금 알알한 것 같다. 소세를 마치고 상감은 석경(石鏡)을 가져오라 하여 용안을 들여다보았다. 옆에 있던 지밀상궁들이 유심히 상감의 용안을 우러러보았다.

석경 속에 비친 용안, 한 점의 티도 없는 희고 고운 젊은 용안에는 극히 작은 것이나 새빨간 생채기가 나타났다. 중근(中根)을 지나 난대(蘭臺) 정위(廷尉) 두 콧방울 위로 비스듬히 손톱자국이 발갛게 걸쳐 있었다.

어젯밤 촛불 꺼진 어둠 속에서 뿌리치고 밀리고 소리 없는 싸움이 일어났을 때 무심하게 중전 손길이 용안에 닿았던 까닭이다. 상감은 다소 불쾌한 점이 없지 않았다. 그러나 극히 적은 것이매 대수롭지 않게 덮어두었다.

간밤에 일어난 상감과 중전의 일거일동과 심지어 오늘 아침 소세할 때 뵈는 빨간 생채기 한 점이 용안에 있는 것까지 인수대비와 정 귀인의 귀에는 벌써 지밀상궁을 거쳐 소상 분명히 들어갔다.

왕대비는 대번에 눈이 실룩해지며 안절부절을 못하고 상감이 근친(覲親) 들어오기만 기다리고 있었다. 정 귀인은 가만히 혼자 무릎을 치며 두 번 없을 이 좋은 기회를 놓쳐서는 아니 되겠다고 시각을 머무르지 않고 인수대비에게로 문안을 들어가서,

"왕대비마마, 이런 전고에 없는 황송한 일이 어디 있사옵니까. 아무리 중전마마신들 옥체에 어떻게 손을 마구 대시옵니까."

하고 갖은 아양을 다 떨었다. 왕대비는 이 정 귀인의 충동에 마음이 더욱 흔들려 수라도 들지 못하고 있었다.

금삼의 피

중간에 이러한 복잡한 사정이 거미줄같이 벌어진 것을 모르고 상감은 태연히 수라를 들고 무예청에게 옥교를 놓으란 분부가 있었다. 장차 왕대비전과 대왕대비전에 근친을 드리러 가려는 것이다.

상감은 왕대비에게 절을 올렸다. 일어나 상감의 들어오는 것을 맞고 있던 왕대비는 상감에게 마주 절을 하였다.

다시 일어난 왕대비전의 시선은 먼저 상감의 콧잔등이로 향했다.

발갛게 표피가 벗겨진 생채기 한 점— 극히 작은 것이지마는 왕비의 눈은 얼른 이것을 놓치지 아니하였다.

"상감의 용안에 손톱자국이 웬일이오!"

왕대비의 말은 엄숙하였다. 이 별안간 묻는 왕대비의 말에 상감은 당황하여 무엇이라 아뢰어야 옳을지 주저하였다.

"이게 웬일이오! 상감, 이런 변이 있나. 얼른 말씀하오."

왕대비의 추궁은 더욱 급했다.

"아니올시다. 대수롭지 않은 것이올시다."

"대수롭지 않다니? 열성조(列聖朝)께 내리받은 지중한 옥체에 생채기가 나도 대수롭지 않다는 말요?"

성종은 황송하여 다만 고개를 수그리고 있을 뿐이다.

왕대비전의 진노는 컸다. 제조상궁(提調尙宮)을 부르라는 분부가 내렸다. 늙은 제조상궁이 부복해 엎드렸다.

"간밤에 상감을 어느 궁에서 받들어 모시었느냐?"

손톱자국의 일건을 짐작하는 제조상궁은 황송쩍어 얼른 중전을 처들지 못했다.

"왜 대답이 없느냐!"

어성을 높여 꾸짖었다. 제조상궁은 하는 수 없이 가만히 떨리는 목소리로,

"중전마마시옵니다."

하고 아뢰었다. 뻔히 미리 다 알고 있는 왕대비는,

"무어, 중전마마!"

깜짝 놀란 듯이 소리쳐 고함치고,

"왜 또 고약하고 방자하고 무엄한 중전을 가까이했소? 내 그저 이런 일이 있구야 말 줄 알았지. 후…… 종묘사직이 위태롭구나!"

하고 주먹으로 방바닥을 쳤다.

옆에 있는 상감은 등에서 찬 땀이 물 흐르듯 하였다. 황송적어 무엇이라 말을 올릴 길이 없었다. 다만 대비 앞에 부복하여 있을 뿐이었다.

"빨리 영의정을 불러 중전을 폐하게 하오. 연전에 내 말대로 폐위를 시켰던들 이런 일이 없을 것을……."

왕대비는 이렇게 말하고 한숨을 또 한번 길게 쉬었다.

중전은 이 소식을 듣고 얼굴이 새파랗게 질리며 벌벌 떨었다. 상감마마 얼굴에 생채기…… 터럭끝만큼도 생각이 나지 않는 일이다. 당신이 직접 손을 대어 마음먹고 상감의 용안을 할퀴거나 꼬집어 뜯은 일은 없었다. 정분이 여타 자별하던 상감이 일조에 정 귀인의 참소와 왕대비의 말을 듣고, 헌신짝 버리듯 삼 년

금삼의 피

이란 기나긴 세월에 중전엔 하룻밤도 들러 주지 아니하니 지원지통한 야속한 마음이 얼마나 쌓이고 서러웠더냐. 어찌어찌 마음을 돌리어 삼 년 만에 찾아 준 어젯밤— 나무와 돌이 아니어니 어찌 감돌고 비도는 감정의 불길이 터지지 않고 배겼으랴. 이러한 때문으로 해서 다소 지엄한 자리임을 불구하고 말씀과 행동이 거슬려진 법하나, 고의로 해칠 마음을 먹고 상감마마의 용안을 범한 적은 없었다. 더욱이 나중엔 화합한 봄바람이 침실 속에 불어 돌아 오늘 아침 자리 속에선 적이 희망과 행복을 느끼지 아니하였더냐? 그렇다면 상감마마 생채기는 촛불이 넌즛 꺼진 캄캄한 침실 속에서 따지고 보면 극히 친밀하고도 은밀한 물샐틈없는 오고 가는 치정(痴情)의 손길이 이 참담한 운명을 만들어 놓는 것이 아니냐? 얼마나 얄궂은 마신(魔神)의 작희냐!

그러나 물은 벌써 엎질러졌다. 그릇에 다시 담을 수 없는 일이다.

생각이 여기까지 다다랐을 때 중전의 몸은 깊고 깊은 죽음의 함정 속으로 자신의 몸이 차츰차츰 들어가는 것 같았다.

"또다시 폐위냐? 약사발이냐? 아하! 팔자도 기구한지고!"

중전은 이렇게 마음속으로 탄식하였다.

'아하! 불쌍해라, 원자를 어찌할꼬?'

하염없이 쏟아지는 눈물이 중전의 옷깃을 적시고도 남았다.

궁중과 조정은 술렁술렁하였다. 불안과 두려움이 온 대궐을 휩싸 안았다.

그저께 새로 대신 된 윤필상(尹弼商)은 빈청(賓廳)에 있다가 급히 들라는 어명을 받아 편전으로 들어갔다. 승정원(承政院) 육방승지(六房承旨)들은 관디 자락에 바람이 일어났다.

나인들은 나인들대로 한 덩어리가 모여 소곤소곤하였다. 무예청끼리 수군거렸다. 낭청(郎廳)은 낭청대로, 별감은 별감끼리 제각기 한 덩어리가 되어 군데군데 모여서 중전의 지위가 어떻게 될 것인가 수군거렸다.

대신 윤필상은 한 식경 만에 폐비(廢妃)하는 전교를 받아 외정(外廷)으로 가지고 나왔다.

작자는 붓대를 잠깐 멈추고 독자로 더불어 폐비에 관한 정사(正史)의 한 토막을 읽어 보기로 하자.

庚子十一年十月廢王妃尹氏爲庶人 初尹妃誕元子恃寵驕恣妬忌諸媛(良家嚴氏鄭氏) 不遜於王一日聖顏 有爪痕王大妃(德宗妃)大怒 激成 天威 出示外庭 大臣尹弼商等將順獻議 廢出私第.

이것을 우리글로 번역해 보면,

경자 십일년 시월에 왕비 윤씨를 폐하여 서인을 삼다. 처음에 윤비 원자를 탄생하매 위에서 귀여워하심을 믿고 교만하고 방자하여 모든 후궁(양가 엄씨와 정씨)을 투기하고 왕에게 공손치 못하더니 하루는 거룩하신 얼굴에 손톱자국이 있거늘 왕대비(덕종비) 크게 노하시어 상감의 위엄을 격동하여 만드시고 외정 신하에게 보이게 하시니 대신 윤필상의 무리가 순종하여 헌의함을 가져 사

금삼의 피

삿집으로 폐하여 내보내다.

삼 년 전 삼월이 나인이 교(絞)에 처하였을 때 권 숙의의 주선으로 예종 왕비의 밀지를 받아 위태롭게 폐위를 당할 뻔하던 중전을 구해 낸 예종비의 딸 현숙공주의 시아버지 임사홍은 이 년 전에 죄를 얻어 조정에 있지 않았다.

벌어진 일이 하도 엄청난 것이매 누구 한 사람 힘써 간하는 사람이 없었다. 다만 의정부 우참찬 허종이 외국 역사의 실례를 들어 동궁이 있는데 그 어머니를 폐하는 것은 극히 불가한 일이라 힘써 아뢰었다. 왕대비의 분부가 하도 지엄하시매 성종도 어찌할 수 없었다. 성종은 중신 허종의 간하는 말을 물리쳤다.

이 소문은 점점 퍼져서 시골로 내려갔다. 경상 감사 손순효(孫舜孝)는 상소를 올려 극진히 간했다.

考之於禮, 婦有七去惡, 其一曰無子去, 二曰妬去, 二者雖兼有之, 而如有三不去, 則古人猶恕也, 有一去而無六去之失, 則獨不可恕乎. (예를 상고하니 지어미란 일곱 가지 악한 것이 있어야 버리는 것이다. 그 하나는 가로되 자식이 없으면 버리는 것이요, 둘째는 가로되 투기하면 버리는 것이라, 두 가지가 비록 겸하여 있을지라도 만일 세 가지 버릴 게 있지 아니하면 옛사람도 오히려 용서했거든, 하나쯤 버릴 게 있고 여섯 가지는 잘못한 게 없사옵다면 이것 하나쯤은 용서치 못하오리까.)
況元子之母后, 其可一日褻處窮閨乎. 王妃尹氏, 早膺萬福之源,

獨得多男之慶, 而一朝遜居閭閻中, 又絶供奉之資 是雖自取, 寧可少恩哉. (하물며 원자의 모후시랴. 그 하루라도 더러운 사삿집에 처하시게 함이 옳겠나이까? 왕비 윤씨는 일찍이 만복의 근원을 응하셨고 홀로 아들 많으신 경사를 얻으셨거늘, 하루아침에 여염 가운데로 물러가게 하시고, 또 공봉하는 자료를 끊어 버리시니 이것이 비록 스스로 취한 것이나 어찌 가히 은혜를 적게 할까 보오니까.)

處君臣朋友之間, 義當勝恩, 在父子夫婦之際, 恩當勝義, 他日元子有惻隱之心, 殿下寧無後悔之念. (임금과 신하와 벗과 친구의 사이에 있어서는 의가 마땅히 사사로운 것을 이겨야 할 것이요, 아버지와 아들과 지아비와 지어미 사이에 있어서는 사사로운 것이 마땅히 의를 이겨야 할 것이라, 다른 날에 원자가 측은한 마음이 계시다 하면 전하께서는 어찌 후회하시는 생각이 없사오리까.)

경상 감사 손순효는 이렇게 의리와 사정을 곡진히 베풀어 국가의 백년 대사를 근심하여 상감의 마음이 움직이도록 간곡히 상소를 올렸다.

이 상소를 받은 상감은 마음이 약간 흔들렸다. 그러나 단단한 결심을 가진 왕대비의 마음을 거스를 수는 없었다. 그대로 상소를 접어 두고 아무런 대답도 내리지 아니하였다.

왕대비는 후궁 속에서 중전 될 사람을 서너 사람 물색해 보고 간택 단자(揀擇單子)의 이름을 적어 대왕대비전으로 가지고 들어갔다. 나라의 어른인 대왕대비의 재결을 맡으려는 까닭이다.

단자 비두에는 물론 왕대비 마음에 가장 드는 정 귀인이 올랐

금삼의 피

고, 그다음에는 숙의 윤씨(나중에 중종대왕의 어머니)가 올랐고, 그다음에는 다른 후궁이 한 사람 끼었다.

이 폐비 사건에 정 귀인이 입초시에 오르내린 것을 잘 아는 대왕대비는 일부러 정씨를 피하고 윤 숙의라고 씌운 머리빼기에 붓을 들어 비점을 찍었다. 그리고 다시 한명회를 소위 천조(天朝)라는 명(明)나라에 보내어 이 일을 알렸다.

繼妃尹氏, 性度乖戾, 不克欽承寵命, 失德滋甚, 大失臣民之望. (계비 윤씨 성미가 어그러지고 패려하여 잘 공경하여 고이시는 명을 받들지 못하고 실덕이 자심하여 크게 신하와 백성의 바람을 잃어 버리는지라.)

承 臣祖母尹氏臣母韓氏之敎, 廢置外第, 以副室尹氏爲妻. 伏望 聖慈, 特賜繼妃誥命冠服. (신의 할미 윤씨와 신의 어미 한씨의 가르침을 이어 외제에 폐하여 두고, 부실 윤씨로서 아내를 삼았사오니 엎드려 바라옵건대 성자께서는 특별히 계비의 고명과 관복을 주시옵소서.)

모든 일은 이렇게 탁탁 결정되어 버렸다.

중전은 왕비가 된 지 겨우 사 년, 상감의 총애를 받기 시작한 지 다섯 해 만에 꿈속에서도 생각해 보지 못하던 일로 말미암아 이제는 한개 평민의 자격으로 훌훌히 궁문 밖으로 떠나지 아니치 못하게 되었다.

승지와 내시가 내전으로 가지고 들어온 폐비 전교를 창문 하나를 격하여 듣자 중전은 그대로 그 자리에 엎드러져 통곡을 하며 몸부림을 쳤다.

눈물과 콧물이 비 오듯 쏟아졌다. 승지가 다시 창밖에서,

"모든 차비가 다 되었습니다. 어서 궐문 밖으로 납시옵소서."

하는 재촉하는 소리를 들을 때 중전은 하늘이 무너지는 듯 땅이 꺼지는 듯하였다.

"원자 아기씨를 어찌하오, 원자 아기씨를 어찌한단 말이오……."

목이 메어 말을 차마 이루지 못했다. 엎드려 몸부림치는 노랗게 길든 각장 장판 위에는 눈물이 질펀히 흘러 괴었다. 나인들이 억지로 부축하여 중전을 일으켜 모셨다. 장차 사인교로 모시려는 것이다.

어제까지도 들고 나면 으레 휘황찬란한 연을 탔더니 오늘부터는 폐서인(廢庶人)이라 초라한 사인교가 등대하고 있었다.

"아이구 원자 아기씨를, 내 아들을 한 번만 만나 보게 해주오!"

하고 중전은 또다시 몸부림을 치며 흑흑 느껴 울었다. 이 기막히는 애끊어지는 울음소리에 사람이 목석이 아니거든 누가 눈물을 머금지 아니하랴. 나인들은 남치맛자락을 들어 눈물을 씻었다. 내시도 울고 승지도 눈물을 머금었다. 무예청 별감들의 헌헌한 사나이가 모두 다 눈물을 뿌려 울지 않을 수 없었다.

폐비(이제부터는 중전을 폐비라 쓴다)는 일차 궁문 밖으로 나와 친정에 거접한 이후로 상감을 사모하고 원자를 생각하는 마음이 간절하여, 밤과 낮으로 애끊는 눈물을 뿌리며 가슴 썩는 탄

금삼의 피

식을 날렸다. 꽃을 대해도 눈물이요, 달을 보아도 울음이다. 눈에 가득한 것이 모두가 시름의 장본이요, 다 닥치는 물건이 함빡 애끊는 중매가 되고야 만다.

폐비는 방문을 군이 닫고, 그대로 자리보전을 하고 드러누워 버렸다. 마음이 편치 못하니 음식인들 무슨 식욕이 있으랴. 지성으로 권하고 위해 주는 그 어머님 신씨의 말에 못 이겨 열 번에 한 번쯤 술을 들었다.

옥안을 다스려 분대(粉黛)를 밀지 아니하니, 파리해진 여윈 얼굴엔 다시 옛날의 화사하고 고운 모양을 우러러 찾을 길이 없고, 빗을 들어 머리를 가린 적이 없으니 공단결 같은 검은 머리는 먼지가 쌓이고 카락이 엉클어졌다. 이렇게 되고 보니 폐비의 몸은 차차로 쇠약해졌다. 가슴속에 서리고 맺힌 화기는 그대로 병이 되어 나날이 새빨간 피를 입으로 뱉게 되었다. 허구한 날 마를 새 없이 흐르는 눈물로 인하여 두 눈가죽은 벌겋게 짓물렀다.

어느 날 처음으로 요강에다 새빨간 피를 뱉은 폐비는, 별안간 마음이 한층 더 슬펐다.

그 어머니 신씨를 불러 앞에 앉히고,

"어머니, 이것 좀 봐, 상혈(上血)이 되네."

하고 요강을 신씨 앞에 내어 보였다. 요강을 내어 보이는 폐비의 파리한 손이 바르르 떨렸다.

"그러기에 중전마마, 과도히 마음을 수고롭게 하시지 마세요."

신씨는 아직도 폐비를 중전마마라 부르고, 존경하는 말을 썼다. 자기마저 보통 사람처럼 자기 딸을 대접하기가 그지없이 애석한 까닭이다.

폐비는 그 어머니 손을 잡고,

"어머니, 내가 오래오래 살아서 원자 아기씨의 상감마마가 되시는 것을 뵈어야 할 터인데……."

하고 말끝을 채 아무르지 못하여 눈물이 먼저 앞을 서서 비 오듯 줄줄 쏟아졌다.

"그렇구말구요."

신씨가 마저 느껴 가며 울었다. 모녀 두 사람은 이렇게 마음 상해서는 아니 될 줄은 알면서도 꿈틀거려 북받쳐 나오는 애끓는 설움을 어찌할 수 없었다.

한번 구렁에 빠진 사람을 더욱더 짓밟아 망그러뜨려서 다시 솟아나오지 못하게 하는 게 세도를 좇고 권세에 붙는 무리들의 비뚤어진 심보다.

궁중에서는 낮과 밤으로 상감의 귀에 속살거려 들어가게 하는 소리가 모두 다 그전 중전의 흠이요 잘못이다. 왕대비 이하로 정씨와 엄씨는 직접 관계가 되는 일이매 있는 꾀와 슬기를 다하여 될 수 있는 대로 폐비의 흔단을 드러내어 상감의 마음이 다시 움직이지 않도록 만들려고 무한한 심력을 다하지마는, 그 외의 후궁과 내시들은 다시 붙좇아 아첨하는 까닭에 폐비와 아무러한 은원이 없으면서도 은연중 상감의 귀에 폐비의 잘못이 비치게 되었다. 상감은 가끔가끔 승지와 내시를 폐비한테로 내보내고 언문으로 폐비의 죄목을 써서 휘장을 치고 장막 밖에서 이것을 읽혀 주게 하였다.

금삼의 피

폐비는 내시와 승지가 궐내에서 나올 때마다 자리에서 일어나 때 묻은 의복과 흐트러진 머리로 두 번 절하고 엎드려 눈물을 흘려 가며 상감의 수죄하는 전교를 받들었다. 혹시나 상감의 마음이 만의 하나라도 돌릴까 함이다.

신씨는 내시나 승지를 통하여 이 폐비의 가련하고 끔찍한 정상을 샅샅이 들어, 상감께 전달하여 달라고 만나는 족족 당부하는 말을 애원하다시피 하였다. 그러나 그것은 아무런 효험도 없는 헛수고였다. 염량세태를 좇는 무리는 폐비를 두둔하기는커녕 도리어 훼방하는 말을 상감에게 늘어놓을 뿐이다.

이 폐비 사건이 일어난 지 사 년째 되는 계묘년 어느 날, 성종은 외전에 경연을 베풀고 경서(經書)를 읽고 있었다. 이때 상감을 모시고 글을 읽는 시독관(侍讀官)은 대사헌 채수(蔡壽)와 홍문 교리(弘文校理) 권경우(權景佑) 두 사람이었다. 채수는 정유년에 원자가 병이 위중해 여염집으로 피접을 가게 되었을 때, 어전에 엎드려 여염 백성의 집은 불가하니 대신이나 대장의 집으로 피접을 납시도록 하라고 말을 아뢰어 원자를 형조판서 강희맹의 집으로 보내게 한 바른말 잘하던 신하다. 성종이 글을 읽다가 의심나는 구절이 있으면 채수와 권경우는 번갈아 가며 글귀의 의심을 풀어 드렸다. 옛날 역대 제왕의 치란득실(治亂得失)을 의논하는 채수의 말솜씨는 넓게 배우고 많이 들은 탓으로 청산유수처럼 술술 풀려 나왔다. 이 말 잘하고 글 잘하는 신하의 말을 듣는 상감은 이야기에 취하고 말솜씨에 어리어 자신도 모르게 용안에 가만한 웃음빛을 띠었다.

채수는 이 기회를 놓치지 않고 다시 부복하여 슬그머니 말끝을 돌려서,

"대왕 전하, 신이 듣자오니 폐비하신 지 우금 벌써 사 년이옵는데, 아직도 여염집에 폐비를 마구 거처하게 하신다 하옵고, 또 듣자오니 시량범절을 궐내에서는 조금도 보내지 않는다 하오니 대단 인정에 어그러진 줄로 아뢰옵니다."

하고 머리를 조아올렸다.

"폐비— 아무리 죄를 저지르셨을지라도 일찍이는 극히 높으신 지존(至尊)의 배필이시요, 지금으로 본다 할지라도 동궁 저하(東宮邸下)의 생모이시온 바에 그대로 더러운 곳에 계시게 하는 것은 불가한 줄로 아뢰옵니다."

하고 권경우가 또 아뢰고 부복하였다.

"엎드려 바라옵기는 왕은(王恩)이 넓고 넓어 하늘 아래 구석구석 민초(民草)에게도 융숭하옵시거니와, 폐비께 별로이 집 한 채를 내리시고 관가의 곳집에서 양식을 대어 주린 것을 면케 하옵시면, 폐비의 마음이 나무와 돌이 아닌 바에야 어찌 왕은에 감화되지 않사오리까."

대사헌 채수가 다시 아뢰었다. 묵묵히 이 두 신하의 말을 듣고 앉았던 상감은 점점 웃음빛이 스러지고 차츰차츰 불쾌한 신색을 용안에 나타내었다. 한참 새 중전과 후궁에 미혹한 상감이 얼른 마음을 돌릴 리 만무하다.

채수는 다시 자기의 말을 고집하여,

"만일 이번 아뢰는 말씀을 듣지 아니하시면 전하께서는 나중

에 후회하실 날이 계시오리다."

하고 다시 머리를 조아렸다.

상감은 이 두 곧은 신하의 졸라 대는 고집에 역정이 벌컥 일었다.

"경(卿)들은 원자에게 아첨하여 뒷날을 바라려는 간흉한 꾀를 내어 나를 농락하는구려."

하고 책을 덮고 소매를 떨쳐 일어나며 내시를 불러 내전으로 들어갔다.

대사헌 채수와 홍문 교리 권경우는 상감의 꾸지람을 듣고 황송한 마음을 안은 채 집으로 제각기 물러갔다.

이튿날 금부도사(禁府都事)는 상감의 전교를 받들어 채수와 권경우를 금부에 나수하고 그 정상을 실토하도록 국문을 시작했다. 그러나 행실과 마음이 곧기로 소문 높은 채수와 권경우가 그대로 형벌에 못 이기어 거짓말을 공초(供招)할 리 없었다.

성종은 일찍이 채수에게,

"내 밝은 거울을 보니 고운 것과 추한 것은 제 스스로 드러나는 법이라 구구한 사양을 펴지 말고 다시 한결같은 정성을 다하라."

하고 어필로 편지까지 내렸던 일도 잊어버리고 채수에게 파직(罷職)을 내리고 삼 년 동안을 서용하여 쓰지 않았다. 교리 권경우도 같은 죄를 당했다.

이러한 일이 있은 뒤에는 더욱 폐비를 두호하여 줄 사람은 한 사람 그림자도 볼 수 없었다.

봄바람 가을비 한 많은 세월은 머물 줄을 모르고 다시 십 년을 지나갔다.

폐비가 여염 궁박한 곳에서 길고 긴 한 많은 세월을 근심과 걱정과 분만(憤懣)으로 피를 토하고 피눈물을 뿌려 보낼 때 대궐에는 여러 가지 변동이 생겼다.

성종 십삼년 임인 정월에는 대왕대비(세조비 정희왕후)전의 육십일 세 화갑(華甲)이 된 까닭에 크나큰 진연(進宴)이 십여 일을 계속되었다.

그 이듬해 계묘년 삼월에는 상감이 윗대궐 경복궁(景福宮 : 윗대에 있기 때문에 윗대궐이라 부른다)에서 아랫대궐 창덕궁(昌德宮 : 아랫대에 있는 까닭이다)으로 이어(移御)하였다. 이것은 상감이 대왕대비와 두 왕대비의 만년을 평안히 지내게 하기 위하여 창덕궁 바로 동남편 수강궁(壽康宮) 터에 창경궁(昌慶宮 : 지금 속칭하여 부르는 동물원 대궐이다)을 짓고 가까이 왕대비들을 모시었던 까닭이다.

그다음에 크나큰 일은 대왕대비가 바로 그달에 온양 온천으로 두 왕대비와 함께 물을 맞으러 나갔다가 병환이 위중해 온천에서 돌아가신 일이다. 이 뜻 않은 국상(國喪)으로 해서 궁중과 조선 팔도는 한참 동안 술렁술렁하였다.

그다음에 또 하나 크고도 폐비의 마음을 더욱 흔들게 한 것은 바로 작년인 무신 이월 초엿샛날 폐비의 아들인 동궁 연산은 의정부 좌참찬 신승선(愼承善)의 딸을 맞아 동궁빈으로 삼고 성대한 가례를 지냈다.

금삼의 피

이 가례를 받드는 경사스러운 날에 아침으로부터 저녁까지 바람이 몹시 불고 폭우가 쉴 사이 없이 쏟아졌다.

성종은 어필로 편지를 써 그 사돈 되는 신참찬에게 글월을 내렸다.

世俗, 以婚日風雨爲忌, 大凡風以動之, 雨以潤之, 萬物之生, 莫非風雨之功. (세상이 혼인날 바람 불고 비 오는 것을 꺼리나 대저 바람으로써 움직이고, 비로써 윤택케 하여 만물이 생하는 것이 다 바람과 비의 공덕을 입지 않는 것이 없다.)

한 뜻이다.

이 소문은 폐비의 귀에까지 흘러들어 갔다. 이 사나운 비바람은 폐비의 한 많은 간장을 한층 녹여 내었다.

폐비가 그대로 중전으로 있었더라면 이 모든 크나큰 일에 여러 가지로 참섭이 많이 있었겠지마는 이제는 한 폐서인의 몸이다. 밖에서 이런 일을 소문 들어 알 때마다 피눈물을 뿌려 한탄만 하였다.

성종 이십년 기유 오월.

어느 해인들 아니 그러리마는 흐무러진 봄의 울긋불긋한 백 가지 꽃떨기들은 지난밤 비바람에 어지럽게 흩날려 함춘원(含春苑) 굽이진 언덕에 아리따운 한마당 봄꿈 자리를 이룬 지도 오래다.

훈훈한 남풍에 녹음은 향기롭게 살쪘다. 춘당대(春塘臺) 영화당(映花堂) 가에는 수양버들이 실실이 푸르렀다. 따뜻한 날씨는 무심한 사람의 마음도 노곤하게 하였다.

동궁 연산은 울적한 회포를 금하기 어려워 춘당대 연못가를 거닐고 있었다. 그러나 궁궐의 연못 화려한 전각이 동궁의 우울한 마음을 흩어지게 할 수 없었다. 한참 동안 이리저리 배회하고 계시던 동궁은,

"이리 오너라."

하고 멀찍이 뒤에 따르는 젊은 내시를 불렀다. 내시가 달음질쳐서 동궁 앞으로 가까이 왔다.

"얘, 내가 마음이 좀 울적하다. 상감마마께 가서 여쭙고 유가(遊街) 말미를 물어 오너라."

내시가 청명하고 물러갔다.

동궁 연산은 작년 열세 살 때 가례를 치렀으니 금년에는 열네 살이다. 거진 세상 물정을 알아볼 때다.

미복(微服)으로 아랫대궐을 나온 소년 동궁은 초립(草笠)에 남중추막을 입고, 은안백마(銀鞍白馬)에 높직이 올라앉았다. 뒤에는 동궁 소속 필선(弼善)이 역시 말을 타고 따랐다. 춘방 사령(春坊使令)이 서너 명 대여섯 간통이나 뒤떨어져 걸었다.

궁장(宮牆) 바로 담 밑에는 새까맣게 썩은새가 다 된 초라한 초가지붕들이 제비집 붙듯 옹기종기 질서 없이 매달려 붙었다. 다 쓰러져 가는 토담에는 깨어진 옹기 굴뚝이 길거리를 향하여 시커먼 그을음을 뿜었다. 민가 앞으로 흘러내리는 실개천에서 똥오줌 썩는 시궁 내가 훈훈히 불어오는 초여름 바람결에 마상

에 높이 앉은 동궁의 코를 가끔가끔 스쳤다.

동궁 연산은 마상에서 필선을 돌아보고,

"여보. 여염 백성의 집이 너무 대궐에서 가깝구려."

"네, 그저 상감은 만백성의 어버이시라, 가난한 민초들이 어버이의 집이신 궁궐을 의지하여 살고저 하와……."

"왜 윗대궐(景福宮) 모양으로 육조 아문(六曹衙門)이 늘어서지 아니하오. 왕성(王城)의 체면도 보아야지."

"네, 그저 성의(聖意)가 우악(優渥)하시와 여민동락(與民同樂)을 하시옵시려는 뜻인가 하옵니다. 동궁 저하께서도 항상 이 뜻을 본받으시옵소서."

필선이 마상에서 허리를 굽혔다. 동궁은 필선의 말이 못마땅한 양 얼굴을 찌푸렸다. 대궐 동구 밖에는 차츰차츰 고래등 같은 기와집들이 나타나기 시작했다.

동궁은 다시 초가지붕 사이로 날아갈 듯 솟아오른 기와집을 가리키고,

"이 집들은 뉘 집들이오?"

하고 다시 필선을 돌아보며 물었다.

"저기 제일 큰 집은 윤의정(尹議政)의 집이옵고, 그 옆에 있는 것은 김판서·권찬성의 집인 듯합니다."

"어디 여민동락을 하는 거요. 입으로만 여민동락이오그려! 백성의 집은 도야지 우릿간 같고 대신의 집은 궁성을 능가하니 여신동락(與臣同樂)은 될지언정 여민동락이야 어디 되오."

필선은 평시에 공부를 싫어하던 이 어린 동궁의 입에서 이런

소리가 나올 줄은 과연 몰랐다. 공연히 동궁에게 으레 하는 투대로 경서 문자 한마디 떠다 썼다가 말문이 막히어 다만 입안으로 혀만 홰홰 내둘렀다. 동궁이 탄 백설 같은 흰 말과 필선이 탄 오추마는 여전히 앞을 향하여 뚜벅뚜벅 발길을 옮겨 놓았다.

"차라리 여민동락을 못할 바에는, 궁장에 맞붙은 도야지 우릿간 같은 다 쓰러져 가는 집들을 헐어 버리고 왕궁의 체면이나 보는 게 낫겠소."

동궁이 다시 필선을 돌아보고 말하였다. 필선은 아무런 말도 올릴 수 없었다.

유가는 그대로 계속되었다. 동궁은 운종 거리(雲從街 : 지금 종로) 육주 비전시정(六矣比廛市井)을 거쳐 남대문 밖 삼남대로(三南大路)로 나섰다.

시골 촌백성이 암소 한 마리와 송아지 한 마리를 끌고 남대문을 향하고,

"일어 어듸……."

소리를 치며 들어왔다. 소를 팔러 우전으로 향해 가는 것이다. 어미 소를 따라서 촐랑촐랑 걸어오는 송아지는 앰매, 소리를 질렀다. 앞에서 끌려오는 암소는 엄아— 하고 대답했다. 송아지와 암소의 앰매— 하고 엄아— 하는 소리는 이었다 끊어졌다 주고받으며 구슬프게 들렸다. 동궁은 가는 말을 멈추고 우두커니 끌려가는 암소와 울부짖으며 따라가는 송아지의 구슬픈 앰매— 엄아— 소리를 듣고 있었다. 동궁의 얼굴에는 창연한 빛이 떠돌며 두 눈엔 눈물이 글썽글썽 어렸다.

금삼의 피

"들어갑시다."

필선에게 한마디를 던진 동궁은 말굽을 돌려 궁성을 향해 간다. 서녘 하늘에 타는 듯한 붉은 놀이 마상에 돌아앉은 동궁의 남중추막자락을 우려 비쳤다.

동궁이 다섯 살 되던 해에 폐비 사건이 일어나고 아주 어려서는 강희맹의 집에서 자랐으니 그 생모에 대한 생각은 극히 어렴풋하다.

궁중에서는 동궁에게 대하여 일체 폐비 사건에 함구령을 놓았다. 그리고 새로 된 곤전을 동궁의 생모인 것처럼 만들어 놓았다. 이러한 까닭에 동궁은 차차 나이 먹어 철이 난 오늘날까지도 정작 그 어머님에 대한 일은 소상 분명히 알 길이 없었다. 그러나 어렴풋이 나타나는 토막토막의 옛 기억은 확실히 자기의 어머니가 따로 한 분 있는 듯하였다. 지금의 곤전을 가리켜 동궁도 어머니라 부르고 곤전도 큰아들로 대접하기는 하나 어쩐 까닭인지 그곳에는 무슨 알 수 없는 큰 틈이 하나 가로놓인 것 같았다.

아우 진성대군(晉城大君 : 나중에 중종대왕)에게 대한 곤전의 자애와 동궁 자신에 대한 곤전의 자애를 비교해 본다면 아우에 대한 모든 일거일동은 조금도 꾸밈이 없는 그야말로 오장육부 속에서 우러나오는 천진난만한 사랑이다. 그러나 동궁 자신에게 내리는 말과 거동은 아들을 아들로 대접하면서도 어쩐지 틈서리가 벌어지고 꾸밈이 많은 듯한 서운한 생각을 갖게 한다.

이러한 까닭에 동궁은 한 살씩 나이를 더 먹을수록 조그만 가슴을 태워 가면서 이 알지 못할 수수께끼를 어찌하면 풀꼬 하였다.

동궁은 곤전에게 날마다 문안을 드렸다. 이럴 때마다 동궁은 곤전의 얼굴을 뚫어지도록 유난히 우러러뵈었다. 어릴 때에 어렴풋한 옛 기억을 불러일으켜 어머니와 어머니의 얼굴을 대조하여 보려는 것이다.

그러나 옛 기억에서 불러서 일으킨 어머니의 얼굴과 지금 현실에 있는 어머니의 얼굴은 너무도 그 거리가 다르고 멀었다. 뽀얀 안개 속 같은 옛 생각에서 떠오르는 그때 그 어머니의 얼굴은 예쁘장하고 살갗이 얇고 갸름한 편인 것 같았다. 그러나 지금에 뵙는 어머니는 얼굴이 둥글고 살기가 많다. 어찌한 노릇이냐. 어머니의 얼굴이 변해지셨냐. 그렇지 않으면 완전히 딴 사람이냐.

하루는 동궁이 곤전 앞에서 어리광 부리고 투정하는 진성대군 옆에 우두커니 이 아우와 곤전 사이에 일어나는 모자간의 지극한 정리를 부러운 듯이 유심히 보다가 무심중에 곤전에게 어리광 비슷하게,

"어마마마, 어마마마의 얼굴이 옛날보다 달라지셨소?"

"왜?"

"그전에 내가 아주 어렸을 때 진성만 했을 때 어마마마를 보입던 때는 갸름하고 살갗이 엷은 것 같았는데……."

이 돌연한 동궁의 묻는 소리에 새로 된 곤전은 무엇이라 대답해야 옳을지 몰랐다. 곤전은 얼굴이 벌게지며 머뭇머뭇하다가

그대로 대답할 기회를 놓쳐 버렸다. 이 새 곤전의 당황해하는 태도가 마땅히 탐탁해야 할 모자간의 어리광 부리고 받는 이 자리를 몹시도 싱겁고 어색하게 만들었다.

동궁의 마음은 한층 의심이 깊어지게 되었다. 밤마다 동궁은 주련경 앞에 홀로 고요히 앉았다. 거울 속에는 동궁의 얼굴이 나타났다. 이리저리 자신의 얼굴을 뜯어보면서 옛 기억에서 어렴풋이 솟아오르는 그때 그 어머니의 모습을 찾아내려 하는 것이다.

눈매, 코찌, 보드라운 살결, 갸름한 얼굴판, 확실히 옛 기억 속에 솟아오르는 그때 그 어머니의 얼굴과 비슷하다.

'아아, 내 어머니는 따로 있구나, 확실히 따로 있구나.'

마음속으로 이렇게 부르짖었다. 동궁은 몹시도 고적하고 우울하였다. 시강원(侍講院)에 나아가 글 읽기도 싫고 내전에 들어가 어머니 앞에서 동생과 궁녀들 틈에 끼어 장난하고 놀기도 싫었다. 작년에 가례를 지낸 뒤부터는 동궁 처소가 다행히 따로 하나 장만된 까닭에 가만히 눈 감고 드러누워 옛 어머니를 아렴풋하게 불러일으켜 마음속으로 그리워하는 것이 느긋한 기쁨을 주는 한 가지 즐거움이다.

이러한 동궁의 행동과 말은 새 곤전을 통하여 왕대비와 상감의 귀로 들어갔다. 왕대비는 어떻게 하든지 폐비를 아주 요정 지어 뒷근심을 없앨 것을 궁리하고 상감은 상감대로 적지 않은 큰 고민이 있게 되었다.

유가를 마치고 궐내로 든 동궁은 그 아버지 상감을 뵈오러 편

전으로 들어갔다. 상감은 동궁을 보고,

"오늘 유가를 한 중에 무슨 볼 만한 것이 있더냐?"

목소리를 부드럽게 하여 물었다. 상감은 동궁의 어머니를 궁 밖으로 내보낸 뒤에 은근히 동궁을 귀여워한다. 어머니의 사랑을 받지 못하고 자라나는 동궁을 불쌍하게 생각하는 까닭이다.

"아무것도 볼 만한 것이 없삽고 남문 밖으로 나가 보오니 송아지 한 마리가 어미 소를 따라가옵는데 어미가 부르면 송아지가 대답하고 송아지가 부르면 어미가 대답하와 짐승이건만 어미와 자식의 정리가 그럴듯하옵더이다."

이 소리를 들은 상감은 마음이 슬펐다. 아무런 대답도 못 했다.

동궁이 물러간 뒤에 상감은 한 식경이나 눈을 감은 채 가만히 누워 있었다. 이 동궁의 한마디 말로 인하여 오래 잊었던 폐비가 생각난 것이다.

무한한 생각 속에서 헤매던 상감은 내시를 불렀다. 내시가 어전에 나타났다.

"너 폐비한테 가서 요사이는 동정이 어떠한가 알아보고 오너라. 그동안 개과천선한 기미가 보이는지, 아주 없는지……."

이렇게 말하고 한숨을 한번 길게 후우 하고 내쉬었다. 왕대비와 정씨와 엄씨가 모든 궁녀와 내시들을 끼고 폐비의 험담을 지어 내는 까닭에 상감은 줄곧 폐비가 요악한 행동만 하는 줄로 인정하였던 까닭이다. 만일 폐비가 조금 허물을 고쳤다는 소리가 들리면 동궁을 보아서라도 어떻게 빈을 삼든지 복위를 시키든지 하려는 생각이다. 아까 동궁의 송아지와 어미 소 이야기에 마음이 흠뻑 감동된 까닭이다.

오늘 동궁이 어전에서 유가하고 돌아와 올린 말이며 이 소리들은 상감의 말은 벌써 쏜살같이 왕대비전과 정씨의 귀로 들어갔다. 정씨는 발을 동동 구르며 왕대비마마에게로 들어가고 왕대비는 까닭 모를 역정이 일어났다.

지금 상감이 있는 대전에서 승명하고 물러 나온 내시가 왕대비전으로 불려 왔다.

"애야, 그래 상감마마께서 무엇이라 말씀하시던?"

왕대비께서 내시에게 묻는 말이다.

"나가서 폐비의 동정을 뵙고 오라고 그립시와요. 그동안 개과천선하려는 기미가 보이나 아니 보이나."

"그래, 그러고는 또 무엇이라고 하시던?"

왕대비가 주름 잡힌 얼굴에 안타까운 표정을 지으면서 바자웁게 묻는다.

"네, 그다음에는 아무 말씀도 아니 하시고 한숨을 한번 길게 후우 하시고 내쉬시었습니다."

내시는 왕대비께 가장 충성스러운 듯이 이렇게 말을 아뢰었다.

"한숨은 웬 한숨이야, 별꼴이 다 많군!"

왕대비의 늙으신 눈찌가 주름 속에서 샐쭉해졌다.

"너 갔다 들어와서 조금도 뉘우치는 빛이 없고 분 바르고 단장하고 갖은 교만을 다 떨면서 오히려 상감마마에게 악착스러운 발악의 말씀을 하더라고 사뢰어라!"

이 말을 옆에서 듣고 섰던 정씨의 처염하도록 어여쁜 얼굴에는 살짝 웃음빛이 살기 띤 두 눈으로 헤엄질치듯 지나갔다.

"너 내 말을 허수히 듣고 중언부언 상감마마께 딴말씀을 여쭈었다가는 죽고 남지 못하렷다!"

왕대비는 다시 대비의 위엄을 가다듬어 물러나려는 내시에게 이렇게 한번 을러대는 말을 내렸다.

내시는 황송쩍어,

"지당하옵니다."

소리를 연해 올리고 왕대비전에서 물러 나갔다.

십 년이란 긴긴 세월을 두고 돌보지 않은 폐비의 거처하는 집은 말할 수 없이 황량하였다. 금전옥루의 고량진미도 이제는 한마당 꿈이요. 쓰러져 가는 담장과 일그러져 가는 지붕엔 거두지 않은 탓인가 따끈한 오월 볕 위에 빼대쑥이 곳곳이 푸르렀다. 집 안에 남은 것이란 몽당 빗자루 하나가 뜰 옆에 동그라져 있고, 부엌에는 타다 남은 부지깽이, 쪽 떨어진 물독, 그리고 부뚜막에는 옹솥 한 개가 동그마니 올라앉아 있었다. 그나마 굴뚝에 연기가 자주 나지 못하는 탓이냐? 옹솥 가에는 붉은 녹이 함빡 슬어 있었다.

하도 오래간만에 내시가 안부를 알러 나왔다 한다. 오륙 년이 넘도록 발을 뚝 끊었던 내시가 다시 상감의 명을 받들어 찾아 나왔다 한다. 무슨 좋은 소식이 행여 있을까 하고 신씨가 한걸음에 마당으로 뛰어 내려갔다. 폐비도 자리에서 간신히 몸을 일으켜 내시를 맞았다. 그래도 상감이 나를 잊지 아니하시었더란 말이냐!

내시를 딱 마주친 폐비는,

"공사청, 어떻게 누추한 곳을 찾았소."

반가운 마음에 상감을 만난 듯 말이 채 끝 못 나서 눈물이 먼저 주르르 흘러 때 묻은 옷깃을 적신다. 점점이 떨어지는 눈물 자국은 방울방울 빨간 피다.

하도 기막히고 엄청난 슬픔과 원한을 안은 채 십 년이란 길고 긴 세월을 눈물로만 흘려보낸 폐비는 이제 와서는 두 눈이 벌겋게 짓무르고 상해서 눈물이 흐를 때마다 두 눈 결막에선 피눈물이 그대로 쏟아지는 것이다.

"상감마마 안녕하슈. 동궁도 안녕하슈?"

또다시 피눈물이 주르르 쏟아졌다. 폐비는 손수건으로 눈물을 받았다. 흰 명주 수건에는 빨간 피가 올연히 물들었다.

공사청도 사람이었다. 아무리 악인인들 이 정경을 보고 눈물을 머금지 않을 수 있으랴.

"마마, 다들 안녕하십니다."

하고 목이 메었다. 소매로 외면하고 눈물을 씻은 공사청은 대문으로 발길을 돌려놓았다.

"여보 공사청, 부디부디 이 지원극통한 내 모양을 상감마마와 동궁마마께 전하여 주오."

폐비는 엉엉 또 울었다. 눈물을 씻으면서 거리로 나온 내시는 대궐 문 앞에 갈 때까지도 이 지원극통한 일을 상감에게 저저이 아뢸 것을 단단히 마음먹었더니 급기 대전 앞을 딱 당도하고 보니 대비의 을러댄 말이 귓속에 다시 쟁 하고 솟아나왔다. 간사한 마음이 내시의 약하디약한 마음을 흔들어 놓았다. 영화를 누리려는 욕심이 앞을 눌렀다. 대전에 복명하고 엎드렸을 때,

"동정이 어떻더냐?"

"아뢰옵기 황송하옵니다."

"무엇이 황송탄 말이냐?"

상감의 목소리가 커졌다.

"과연 황송쩍사와……."

"말해라!"

"단장하고 분 바르고 조금도 뉘우치시는 빛이 없사옵고 오래 만 사시는 날이면 하올 일이 있다 하옵니다."

"무엇이야!"

성종은 역정이 열화같이 났다.

"나중 말을 다시 해보아라."

"오래만 사시는 날이면 하올 일이 있다 하옵니다."

만들어 하는 말이매 내시의 말은 가늘고 떨렸다.

내시가 물러갔다. 성종은,

"어허……."

소리를 치며 안절부절을 못하였다. 상감의 마음은 뉘우치는 곳으로 싹이 트려다가 다시 천리만리 돌아앉은 것이다.

이때다. 왕대비마마는 정 귀인을 데리고 시각을 멈추지 않고 상감을 보러 편전으로 나왔다. 마주 앉은 상감과 왕대비, 대비 뒤에는 요염한 웃음을 방싯하게 띠고 섰는 한 떨기 독화(毒花)가 강렬한 향기와 무르녹은 봄뜻을 어전을 향하여 풍기고 있다.

"들으니 지금 공사청이 폐비에게 다녀왔구려. 단장을 차리고 분을 바르고 오래만 살면 할 일이 있다는구려?"

상감은 아무런 말씀도 못 하였다.

"동궁을 버리게 될 터이니 이것 참 큰일 나겠소. 종묘와 사직이 위태롭지 아니하단 말요?"

"지금으로 사약을 내리시오."

"인명이 지중하니 조금만 더 생각하겠사옵니다."

상감이 기운 없이 대답하였다. 왕대비는 역정을 내어 환전하였다. 다만 정 귀인만이 밤 깊도록 상감의 앞을 떠나지 않았다.

낮에 내시가 하도 오래간만에 대궐서 나와서 안부를 알고 들어갔으매 폐비는 행여나 무슨 좋은 소식이 들릴까 하고 온종일 고대고대하고 기다렸다. 이 참담한 궁경에서 하루바삐 벗어나 한 줄기 밝은 빛을 향하고 싶었다. 장성한 동궁마마도 보고 싶고 십 년이나 적조한 상감마마도 그립다. 평화스러운 옛 보금자리…… 어느 때 어느 날인들 아니 그러리마는 하도 오래간만에 내시를 만나고 보니, 잠자코 있던 가슴속 애련의 물결이 굽이쳐 설레기 시작했다.

어느 결에 해는 기울어 으스름 황혼이다. 뭇새는 재재거려 잘 집을 찾느라 젖빛 하늘을 옅게 날고 집집이 일어나는 저녁연기는 어지러이 남풍을 타고 동리 안을 휩싸 돌았다.

폐비는 만단수심을 서리서리 가슴속에 간직한 채 쌍창(雙窓)을 밀치고 문지방에 기대앉았다. 행여나…… 하는 안타까운 마음이 해 안에 무슨 반가운 소식을 혹시나 들을까 하여 바자움

게 기다리는 까닭이다.

바람결에 대문이 삐걱하여도 폐비는 내시가 반가운 소식을
전하려나 하고 밖을 내다보았다. 골목 밖으로 지나가는 사람의
발자취 소리가 퉁퉁 하여도 폐비는 내시가 오려나 하고 파리한
목 고개를 들어 귀를 기울였다.

그러나 허사였다. 온종일 안타까운 고대(苦待)는 마음만 수고
롭게 하였다. 으스름 황혼도 그대로 머물러 있을 수는 없었다.
방에는 등잔에 기름불이 켜지고 어머니 신씨는 저녁을 끓여다
상에 놓고 먹기를 권한다. 폐비는 두어 술 뜨는 둥 마는 둥 하고
상을 물렸다.

오월 십오야 여름 밝은 달이 낙산(駱山) 무르녹은 숲을 헤치고
동편 하늘에 울연히 솟았다. 폐비의 마음은 더한층 구슬프고 처
량하였다.

"어머니, 달도 밝지!"

"참, 오늘이 오월 보름날이로구먼."

신씨가 눈을 찌긋하며 달을 우러러본다.

"어머니, 내 자리를 마루에다 좀 깔아 주오. 달빛이나 좀 시원
히 보게."

"아이구 곤전마마, 그러다 감기나 드시면 어찌할라구 그리시
오."

"어머니도 망령이슈, 오뉴월에 감기가 다 무어요."

"아니, 하도 수척하시고 잔약하시니까 그렇지."

신씨는 폐비의 자리를 개어 들고 마루 끝으로 가지고 나와서

달빛이 휘언하게 비치는 쪽에 자리를 깔았다. 폐비는 어머니에게 부축되어 깔아 논 요 위에 달을 향하고 드러누웠다. 푸르고 흰 달빛이 핏기 없고 파리한 폐비의 얼굴 위로 흘렀다. 폐비는 달을 향하여 한숨을 가만히 쉬었다.

"어머니, 저 달빛이 지금쯤은 강녕전 서온돌에 환하니 비치었겠지! 상감마마도 저 달을 바라보실까?"

옆에 앉은 신씨를 돌아보며 말했다.

"공연히 또 달빛을 보시고 시름을 자아내시네. 몸만 더 축가시라고."

신씨가 만류하듯 말했다.

"동궁은 무엇을 하고 있을까? 저 달 아래서 글이나 읽고 있나!"

폐비의 목소리는 처량하였다. 이 말을 들은 신씨의 코허리는 시큰해지며 눈물이 핑 돌았다. 폐비의 시름을 만류하기 전에 신씨가 먼저 비창해졌다. 달빛을 그대로 쳐다보던 폐비는 가만히 입안의 소리로 노래를 부른다.

"행궁견월상심색(行宮見月傷心色)에 달 밝아도 님의 생각, 야우문령단장성(夜雨聞鈴斷腸聲)에 빗소리 들어도 님의 생각."

눈물이 주르르 흘러 베개를 적셨다. 피 어린 눈물이. 그의 어머니 신씨도 낯을 돌려 외면하여 치맛자락으로 눈물을 씻었다.

폐비는 흐르는 눈물을 내버려 둔 채 다시 노래를 가만히 부른다.

"어이하여 아니 오던가. 무삼 일로 못 오던가. 님 오는 길에 무쇠로 성을 쌓고 성 안에 담을 쌓고 담 안에 집을 짓고 궤짝 놓고 궤 안에 너를 찬찬 동여 넣고 쌍배목 외걸쇠에 금거북 자물쇠로 뚝딱 박아 잠갔관대 네 어이 그리 못 오던가. 십 년이라 일백스무 달이오. 한 달 서른 날에 날 보러 오실 님 영영 없단 말인고……."

이 구슬픈 폐비의 애처로운 노랫소리는 가늘게 가늘게 달빛을 타고 흘렀다. 달도 만약 정물(情物)이라면 울지 않고는 못 배기리라.

이튿날 새벽 오월 열엿샛날이 채 밝기 전 요로(要路) 당상(堂上)에게는 시각을 머무르지 말고 입시하라는 명패(命牌)가 내렸다.

폐비에게 사약을 내리어 후환을 아주 없애 버리려는 천고에 없는 참혹한 일이 벌어지려는 까닭이다. 일은 벌써 어젯밤 자정 이내에 치마 밑에서 결정 난 노릇이다. 궐내에 입직하였던 사람은 대강 이 기미를 짐작하였지만 이 질풍신뢰(疾風迅雷)와 같이 일어난 돌발된 일을 밖의 사람들은 한 사람도 알 수 없었다.

의금부 당상 지의금 허종과 그 아우 형방승지 허침(許琛)도 즉각 입시하라는 명패를 받았다. 지의금은 법을 맡는 높은 재상이요, 형방승지는 어전에서 상감의 전지를 맡는 중신이다.

형제의 집은 사직골에 있었다. 허침은 그 형님 허종을 돌아보며,

"형님, 이게 웬일이오?"

하고 물었다. 허종도 알 까닭이 없었다.

금삼의 피

"글쎄, 웬일일꼬!"

하면서 부리나케 소세들을 마치고 말고삐를 나란히 하여 대궐로 향해 떠났다. 거리로 나와 몇 간통을 가려니 앞에서 웬 구종별배(驅從別輩)한 자가 숨이 턱에 닿아 헐떡거리고 뛰어오다가 마상에 앉은 종·침 형제를 보고 허리를 굽혀,

"대감마님, 소인 문안드립니다."

하였다. 허종 형제가 자세히 보니 자기 누님 집 하인이다.

"너 웬일이냐?"

"댁의 마님께옵서 아무리 궐내로 바삐 들어가시는 길이옵더라도 대감마님과 영감마님께 잠깐만 들러 가시라 하옵니다."

허종 형제는 잠자코 하인의 뒤를 따랐다. 하인이 말하는 마님은 허종 누님 사헌부 감찰 고암(孤庵) 신영석(申永錫)의 부인이다.

허부인은 사서삼경을 막힐 곳 없이 다 알고, 지감(知鑑)이 또한 높기 때문에 허종 형제는 사삿일이나 반드시 그 누님께 품하여 그의 재단을 맡았다. 이렇기 때문에 종·침 형제가 벼슬한 지 사십여 년에 대인군자의 칭호를 듣고, 만 사람의 추앙을 받는 그 이면에는 그 누님의 숨은 공이 많은 까닭이다.

멀지 않은 누님의 집을 찾은 허종 형제는,

"누님, 어떻게 이렇게 일찍 기침을 하셨습니까?"

"잘들 왔네. 당부할 말이 있으니 잠깐만 방으로 올라오게."

허부인이 반갑게 동생들을 맞았다.

잠깐 만에 방에서 나온 허종 형제의 얼굴에는 깊이 탄복하는 빛이 뵈었다.

허부인도 아우들이 자기의 말을 잘 들어주는 데 만족한 빛을 띠었다.

"잊지 말게."

한마디를 다시 당부하였다.

"네."

하고 허종 형제는 염려 말라는 대답을 남긴 뒤에 다시 마상에 높이 올라앉았다. 내자골을 나왔다. 돌다리 하나가 가로놓였다.

어쩐 일인지 허종과 허침 형제의 말은 다리 왼편 가장자리로 나갔다.

삽시간……

허종의 탄 말이 다리를 헛디디어 허종을 태운 채 돌다리 아래로 떨어졌다.

뒤쫓던 구종별배가 황망하여 다리 아래로 뛰어내려 주인을 부축해 일으키려 할 때다. 그 아우 허침의 말이 또다시 발을 헛놓아 마저 주인을 태운 채 돌다리 밑으로 가로 쿵 하고 떨어졌다.

이 뜻 아닌 형제의 기화(奇禍)에 구종별배는 말할 것도 없지마는 지나가던 동리 백성들까지 황황망조하여 어찌할 줄을 몰랐다. 개천 바닥에서 부축해 올린 허종 형제가 동리 백성의 집 보교에 몸을 실려 자기 집으로 도로 들어가게 되었다.

허부인은 지감이 높은 까닭에 벌써부터 폐비에게 반드시 사약을 내리고야 말 계제에 있는 일을 짐작하고 있었다.

이런 까닭에 동궁이 차차 철이 날 나쎄가 된 요즈음에 와서는 부인은 그의 동생들에게 상감이 일시에 형제를 불시로 부르는 것을 속마음으로 그중 꺼리고 있었다. 그것은 두 형제가 다 법을 맡은 관원으로 반드시 형제가 한때에 폐비에게 사약을 전해야만 할 처지에 있는 까닭이다. 만일 그렇다 하면 동궁이 나중 상감이 되어 이 일을 아는 날이면 허씨네 집안은 결딴이 나고야 만다. 허부인은 종·침 두 부인들에게 미리 이런 일이 있거든 지체 말고 기별하라 부탁해 두었다가 오늘 새벽에 급히 들라는 명패가 나오자 부인들끼리는 가만한 연락이 있었던 까닭이다.

대궐 안 상감 앞에는 여러 신하들이 모이기 시작했다. 상감은 폐비에게 사약 내리는 전지를 대제학을 시켜 어전에서 씌운다.

廢妃尹氏 性本陰險, 行多悖逆. 曩在宮中, 暴虐日甚, 旣不順於三殿, 又肆凶於寡躬, 待之如奴隷, 至言並足跡而削去之. 是特細事. 嘗見歷代母后, 攝幼壇政之事, 必以爲喜. (폐비 윤씨 성미가 본시 음험하고 행실이 패역함이 많은지라 지난번 궁중에 있을 때에 포학함이 날로 심하여 이미 세 분 대비전께 불순하였고, 또한 과인의 몸에까지 방자하고 흉악하여 종과 하인처럼 대접하고, 발자취까지 깎아 버린다 말하였으니 이것은 다 특별한 사소한 일이거니와, 일찍이 역대의 왕후가 어린 임금을 끼고 정사를 천단하던 일을 보기만 하면 반드시 기뻐하여.)

常以毒藥自隨, 或置懷抱, 或藏篋笥, 非惟欲去其所忌, 又將不利於寡躬. (항상 독약을 몸에 지니어 혹 품속에 두기도 하고 혹 세간 그릇에 감추기도 하니 그 꺼리는 사람을 없애 버리려 할 뿐이 아니라 또 장차 내 몸에도 이롭지 못할지로다.)

常自言曰 我命長壽, 將有所爲, 此則不道之罪, 關於宗社, 而猶不
忍斷以大義, 只廢爲庶人, 置之私第. (항상 스스로 말하여 가로되,
내 명이 오래 살기만 하면 장차 할 일이 있다 하니, 이것은 부도한 죄가
종묘와 사직에게까지 관계되는 일이라. 오히려 차마 대의로써 끊어 버
리지 못하고 다만 폐서인을 삼아 사제에 두었더니.)

今者外人, 見元子漸長, 前後粉紜, 雖在今時, 不足深憂, 後日之禍
不可勝言. (이제 바깥사람들이 원자가 점점 자람을 보고 앞뒤로 분운
하니, 비록 지금에 있어서는 족히 깊이 근심할 거리가 못 되나, 뒷날의
재화를 이루 다 말할 수 없는지라.)

若使凶險之性, 得操威福之權, 則元子雖賢, 不得有爲於其間, 而
跋扈之志, 日益自恣, 漢呂唐武之禍, 翹足可待. (만일 흉험한 성질
로 하여금 위엄스럽고 복된 권세를 잡게 된다면 원자가 비록 어질다
할지라도, 그 사이에 있어 어찌할 수 없을 것이요, 발호한 뜻이 날이
더욱 스스로 방자하리니, 한나라 여후와 당나라 무측천의 화를 발돋
움하여 가히 기다릴 것이라.)

予念至此, 深用寒心. 今若優遊不早定大計, 而國事至於不可救,
則悔之無及. (내 생각이 이에 미치니 깊이 한심한지라. 이제 만일 그
럭저럭하여 일찍이 큰 계획을 정하지 아니하면 나랏일을 가히 구하지
못하는 데 이를지니 그때 가서는 뉘우쳐도 미치지 못할지라.)

漢武猶爲萬世之計, 殺無罪之鉤弋. 況此凶險之人, 又有難赦之
罪乎. 肆於今月十六日賜死于其第. (한나라 무제도 만대의 계획을
위하여 오히려 무죄한 구익 부인을 죽였거니, 하물며 이 흉악한 사람
은 또 용서하여 놓지 못할 죄가 있음에랴. 이 금월 십육일에 그의 집에

금삼의 피

서 죽음을 내리라.)

대제학은 전지를 쓰고 붓을 땅에 놓았다. 등에 땀이 흘러 관대 거죽에까지 배었다. 전지를 훑어본 성종은 지의금 허종과 형방승지 허침을 찾았다. 공사청이 부복하여 허종과 허침이 명패를 받잡고 입조하다가 다리 아래 떨어진 연유를 사뢰었다. (이 다리를 나중 사람들이 종침다리라 불렀다. 지금 도렴동 삼십번지 서편에 있는 다리니 오륙 년 전에 묻어 버렸다.) 상감은,

"무어? 허종 형제가 낙마를 하다니, 그거 참 기화로구나!"

하고 잠깐 주저하다가,

"이극균(李克均)으로 전지(傳旨)를 받들게 하고 대방승지(代房承旨) 이세좌(李世佐)로 형방승지를 대신하여 약사발을 들고 가게 해라."

하고 분부가 내렸다. 이극균은 이세좌의 숙부다. 하는 수 없이 이극균의 숙질이 어명을 받들고 폐비가 있는 집으로 나갔다.

이날 오시쯤 하여 폐비가 있는 집 동구 앞에는 벽제(辟除) 소리가 요란히 나더니, 뒤미처 내시가 대문을 삐걱 열고 안으로 들어와,

"어명요."

하고 소리를 질렀다.

신씨는 당황하여 일변 폐비를 자리에서 일으키며, 일변 소반을 찾아 홍보를 깔고 대청 정면 분합 밖에 놓았다. 전지를 받든 이극균과 약사발을 받든 이세좌가 사모품대에 위의를 갖추고 분

합 밖으로 올라섰다.

방 안에서는 신씨가 폐비에게 새 옷을 입혀 주면서 빙긋이 얼굴을 들여다보고 웃었다. 폐비도 그 어머니의 얼굴을 마주 보며 수척한 옥안에 가만한 웃음빛을 띠었다. 복위냐 봉빈(封嬪)이냐, 어떻든 무슨 반가운 전지가 있을 것을 예기한 까닭이다.

이제는 폐서인이라 활옷·당의는 못 입을망정 전지를 받는 마당에 원삼 족두리라도 아니 입고 쓸 수는 없었다. 폐비는 다시 어머니의 낡은 원삼을 입고 족두리를 쓴 뒤에 분합문을 닫고 단정히 서 전지를 받았다.

이극균이 떨리는 목소리로 전지를 읽기 시작했다. 폐비와 신씨의 얼굴은 차츰차츰 새파래지기 시작했다. 전지 읽는 소리가 끝났다. 대방승지 이세좌가 소반 위에 약사발을 놓았다. 분합 안에 선 폐비가 더 버티고 설 기운이 없었다. 그대로 그 자리에 쓰러져 외마디소리를 치며 통곡을 한다. 그 어머니 신씨도 하늘이 무너져라 하고 몸부림을 탕탕 쳐가며 미칠 듯이 울었다.

"어머니, 어머니! 내가 생죽음을 하다니…… 왜 나를 대궐로 들여보냈소. 부원군 댁 호강이 그리워 나를 대궐로 보냈단 말요……."

폐비는 목이 쉬도록 울부짖었다. 시뻘건 피눈물이 백지장같이 하얀 두 볼로 줄줄이 흘러 원삼 소매에 방울방울 떨어졌다.

"아이구 내 딸 불쌍해 어찌하나. 내 딸이 불쌍해 어찌하나. 여보 승지, 내 목을 먼저 자르고 내 딸을 죽이오."

하고 폐비를 얼싸안고 울었다.

금삼의 피

"나를 왜 죽여, 죄 없는 나를 왜 죽여."

폐비가 다시 이를 바드득 갈며 울부짖었다.

이 애끊이는 울음소리에 내시도 울고 승지도 울었다. 금부당
상도 외면을 하며 눈물을 뿌렸다.

한 식경을 울고 난 폐비는 벌떡 일어나 한삼으로 옥안의 피눈
물을 씻은 뒤에 분합문을 홱 열어 젖혔다. 짓무른 두 눈 속엔 새
파란 불길이 이는 듯하였다. 내시와 승지가 주춤하고 물러섰다.

"이애 승지야, 말 듣거라! 내가 오늘날 폐서인이 되어 사약까지
받는 몸이 되었다마는, 그래도 일찍이는 지존을 모시던 국모요,
동궁마마의 생모다. 너이들한테 해라를 한다고 조금도 섭섭하게
생각지 마라."

말을 꺼낸 뒤에,

"저 약그릇을 이리 가져오너라!"

하고 소반에 놓인 사약 그릇을 가리켰다.

내시가 주저주저하다가 약그릇을 받들어 건넸다. 약그릇을 받
은 폐비의 바른손은 가늘게 떨렸다. 폐비는 약그릇을 든 채,

"내가 이 약을 먹고 죽거든 너이들은 상감마마께 들어가 내
말을 전해 다오. 나는 전생에 무슨 업원으로 상감마마의 배필이
되었다가 죄 없이 죽거니와, 상감께서는 내내 동궁 데리시고 만
수무강하시옵시라고 여쭈어라. 그리고 내가 죽거든 건원릉(建元
陵) 옆 길가에 묻어 주시면 죽은 고혼이라도 능행(陵行) 길에 다
시 한번 상감마마를 우러러뵈옵기 소원이라 여쭈어 다고!"

내시와 승지는 잠자코 국궁하였다. 엄숙한 숙살(肅殺)의 기운

이 온 집안에 떠돌았다.

폐비는 약그릇을 들고 방으로 들어가 자리에 앉았다. 원삼 소매에 달린 한삼(汗衫)을 부드득 뜯었다. 새빨간 피눈물이 하얀 삼팔에 아롱아롱 물들었다.

"어머니, 나는 인제 가는 사람요. 동궁이 무사히 자라나거든 부디부디 이 한삼을 전해서 주오. 지원극통한 이 말씀을 전해서 주오!"

말을 마친 폐비는 눈을 딱 감고 약그릇을 입에 대어 쭉 들이켰다. 신씨가 다시 에구 소리를 치며 몸부림을 친다. 승지가 물러가고 내시가 돌아갔다. 해가 뉘엿뉘엿 서산으로 넘어갈 때 신씨의 호곡성은 더욱 높았다.

우찬성 손순효(孫舜孝)는 폐비에게 사약을 내렸다는 소리를 듣고 목을 놓아 통곡하며,

"어허! 나랏일이 장차 어지럽겠구나."

하고 또다시 상소를 올려 극진히 간하였다. (『오산설림(五山說林)』과 『병진정사록(丙辰丁巳錄)』에는 손순효가 인정전에서 상감을 모시고 술을 먹다가 술이 얼근하여, 어탑(御榻)에 올라 동궁이 나중에 임금 노릇을 감당 못할 것을 짐작하고 용상을 어루만지며 이 자리가 아깝습니다 하고 아뢰니, 성종은, 나도 알기는 알지마는 차마 폐할 수 없노라 하였다는 소리가 쓰여 있다. 그러나 이 손순효의 폐비께 사약 내릴 때 두 번씩이나 통곡하고 상소를 올려 극간한 것을 보아, 순되고 정성스럽고 경정직행(徑情直行)하는 성격을 가진 사람으로 동궁을 폐합시사 권하여 사뢸 리가 만무하다. 『연려실기술(燃藜室記述)』에 쓰인 대로 어느 곳에서 빙거하

금삼의 피

여 왔는지 모를 소리다.) 그러나 허사였다. 때는 벌써 늦었다. 상감이 손순효의 상소를 펴볼 때는 폐비에게 사약을 내려 이세좌가 받들고 나간 지 벌써 여러 시각 뒤의 일이다. 대방승지 이세좌는 공고를 치르고 저녁때 풀이 없이 휘주근하여 집으로 돌아왔다. 이세좌가 훌훌 벗어 놓은 관디를 받아 개던 부인은,

"여보 영감, 폐비에게 사약을 내렸다는 소문이 술렁술렁 돌아다니니 정말이오?"

하고 영감을 쳐다보고 물었다.

"흐응, 정말이오. 내가 오늘 대방승지로 사약을 받들고 갔다 오는 길이오."

이 소리를 들은 이세좌 부인은 깜짝 놀라 개키던 관디를 옆으로 밀어 놓고,

"가엾어라! 저를 어쩌나, 우리 집이 인제는 아주 씨알머리도 없이 결딴이 나겠구려!"

"사위스럽게 그게 무슨 소리요, 당치도 않게."

이승지는 못마땅한 듯이 대답하였다.

"하고많은 승지에 왜 영감이 발바투 들어가 약사발을 가지고 갔단 말이오. 동궁의 어머니가 아무 죄 없이 애매히 돌아갔는데, 그 아들이 나중에 가만히 있을 줄 아슈. 어린것들이 가엾구려!"

하고 옆에 있던 어린 아들 수정(守貞)의 머리를 어루만지며 창연한 빛을 띠었다. 이세좌도 아무 대답을 못 하고 맥맥히 앉아 있을 뿐이었다.

동대문 밖 망우리(忘憂里) 고개 너머 태조대왕의 영특한 혼령이 길이 진좌(鎭坐)한 건원릉(健元陵) 가는 길가, 청량리 조그만한 언덕 위에는 새로이 끌어 모은 초라한 무덤이 한 개가 생겼다. 떼풀도 어울리지 않은 빨간 무덤 앞에는 윤씨지묘(尹氏之墓)라 새긴 조그마한 비석이 세워졌다.

밤마다 밤마다 인적이 고요할 때면 괴상한 울음소리가 이 무덤 근처에 일어났다. 더욱이 비가 부실부실 내리는 눅눅한 날씨면 음산한 기운을 받아 초저녁부터 길 가는 사람의 머리털 끝이 쭈뼛하도록 애끊는 외마디 곡성이 끊일 새 없이 회액 호곡— 하고 무덤 속에서 일어났다.

면면한 긴 한을 품은 채 차마 눈을 감지 못하고 생죽음을 한 폐비의 외로운 혼이 하도 지원하고 지통하여 차마 거접을 못하고 떠돌아다니는 울음소리다.

성종은 묘지기를 두 사람 정해 주고 한식과 추석, 봄가을 명절에 절사(節祀)를 지내 주라 하였다. 첫째로 윤씨의 혼령을 감동케 하려 함이요, 둘째로 그 아들의 정을 위로하여 주려 함이다. 그러나 이것쯤으로 그 어머니, 그 아들의 지극한 원과 한을 위로할 수 있으랴.

폐비 윤씨는 이렇게 하여 백대(百代)에 긴 한을 머금은 채 천고(千古)에 길이 잠들어 버렸다.

사모편
(思母篇)

　동궁 연산은 시강원에서 글을 읽은 뒤에 창경궁 환취정(環翠亭) 서늘한 녹음 속에서 제안대군과 더위를 피하며 투호를 하고 있었다. 제안대군은 예종의 둘째 아들로 세조의 다섯째 아우 평원대군에게로 출계(出系)한 이다.

　아직까지 그의 생모 예종 왕비가 생존해 있는 까닭에, 제안대군은 날마다 창경궁으로 대비께 승후(承候)하러 들어오는 것이다.

　제안대군은 올해 스무 살이니 동궁 연산보다 오륙 년 위이다. 이렇게 나이가 과히 틀리지 않은 까닭에 동궁과 제안은 장난하고 노는 데 좋은 동무다. 제안은 세상에서들 바보라고도 하고, 성인이라고도 부른다. 그는 바보와 성인 이 두 사이에서 꼭 어느 편에 속하는 사람이라 지적하여 부를 수 없는 사람이었다. 당대는 말할 것도 없지마는 사백여 년이 지난 오늘날까지도 제안을 옳게 알아맞힌 사람은 하나도 없다. 제안의 성격은 그대로 한 개 수수께끼인 채로 남아 있다.

제안대군은 어느 날 자기 집 대문 앞을 향하여 교의를 놓고 걸터앉아 있었다. 마침 거렁뱅이 거지 하나가 대문 앞에 와서 동냥을 좀 달라고 구걸을 청했다. 이것을 본 제안대군은 동냥아치를 보고,

"왜 그리 군색하게 집집마다 돌아다니며 애걸을 하나?"

하고 물었다.

"그저 나으리님, 쌀이 떨어져서 목구멍에 풀칠을 못하와 그리합지요. 적선을 하십시오."

하고 거지는 허리를 굽히고 손을 모아 애걸하였다. 이 모양을 본 제안대군은 피익 웃으며,

"그 사람 참말 바보로구나. 쌀이 떨어져서 밥을 못 먹게 되면 약과 찌꺼기라도 먹지."

하고 청지기를 시켜서 계집종에게 약과를 내다 주라 하였다.

제안대군은 거문고를 잘 타고 퉁소도 잘 불었다. 시비(侍婢) 십여 명을 날마다 불러 놓고 자기가 타는 거문고와 퉁소 곡조에 맞추어 노래와 춤을 가르쳤다. 이러한 까닭에 제안대군 궁 속에 있는 젊고 아리따운 시비들은 노래와 춤을 못 추는 여자가 없었고, 거문고 양금을 타지 못하는 사람이 없었다.

그러나 제안대군은 젊은 여자들 속에서 이렇게 겉으로 놀고 소일을 하나, 속으로 여자에게 대해서는 맑고 싱겁기 물과 같았다. 희롱으로라도 젊은 여자의 손끝 하나 건드려 본 일이 없었

금삼의 피

다. 다른 시비와 궁녀들은 말할 것도 없고 장가든 그의 부인에게 도 부부의 정리를 나누어 본 일이 없는 듯하였다.

제안대군은 처음에 김수말(金守末)의 딸 상주 김씨(尙州金氏) 를 부인으로 맞았다. 그러나 남녀의 정을 모르는 내외간이 그 리 오래 탐탁할 수 없었다. 그의 생모인 예종 비는 김씨를 친가 로 돌려보내고 다시 박중선(朴仲善)의 딸 순천 박씨(順天朴氏)로 부인을 삼았다. 그러나 역시 별수가 없었다. 제안이 내외의 정을 주지 않기는 김씨나 박씨나 일반인 듯하였다. 박씨는 도리어 이 것으로 해서 날마다 포달을 부리고 원망이 자심했다. 군가(君家) 의 체면이 말이 아니었다. 예종 비는 하는 수 없이 박씨를 내보 내고, 다시 친정으로 보냈던 첫 번 장가든 김씨를 데려다 지내게 하였다. 그러나 영영 아들이 없었다.

성종대왕은 예종대왕을 생각하나 평원대군 집 형편을 보나 아무렇든 간에 제안대군에게 후사가 있어야 하겠다 걱정하고, 예종 비에 말을 사뢴 뒤에 가만히 궁중에 분부를 내려,

"제안으로 사람의 길을 알게 하는 궁녀가 있다면 후하게 상급 을 내리리라."

하고 은밀한 전지를 내렸다. 이 소리를 들은 나인 속에선 나도 나도 하고 속마음으론 내닫고 싶었으나 차마,

"내가 그리하오리다."

하고 내닫는 여자는 없었다. 서로서로 얼굴을 치어다보고 슬 쩍 웃으며 부끄러운 듯 아미들을 숙이고 있을 뿐이었다.

예종 왕비는 하는 수 없이 후원(後苑)에 장막을 높이 치고 수

백 명 젊은 궁녀를 점고(點考)하였다. 친히 제안에게 보낼 궁녀를 고르는 것이다. 하나씩 하나씩 열을 지어 늘어선 궁녀들을 훑어보고 가는 길에 예종 비의 걸음은 주춤하고 멈췄다. 뭇 닭 속에 학이랄까. 오동에 날아드는 봉이랄까, 수백몇 궁녀의 아리따운 얼굴을 무색하게 만드는 한 계집아이…… 도담한 어깨의 부드러운 곡선은 구불구불 분홍 속고사 저고리 밑으로 물결처럼 날씬한 허리를 슬쩍 스치고 남순인 치맛자락으로 뚝 떨어졌다.

호수같이 맑고 푸른 눈 속, 백랍(白蠟)으로 도독이 빚어 붙인 듯한 결곡한 코, 거기다 윤기 흐르는 검은 머리는 이 계집아이의 모든 아름다움을 더한층 살리고도 남았다.

예종 왕비의 주름진 손이 이 계집아이의 도담한 손길을 어루만졌다.

"네 성명이 무엇이냐?"

"장녹수(張綠水)라 하옵니다."

"몇 살이냐?"

"열일곱 살이옵니다."

"너 무슨 별다른 재주가 있겠니?"

예종 왕비의 말은 더욱 은근하였다.

"재주랄 게 뭐 있사오리까마는 황송하오나 비파를 약간 뜯어본 일이 있사옵니다."

예종 왕비의 얼굴에는 미소하는 빛이 떠돌았다.

"이리 나를 따라오너라."

장녹수는 수백 명 궁녀들의 시새는 눈결을 멱감은 채 부끄럼

금삼의 피

을 무릅쓰고 예종 왕비의 뒤를 따랐다. 상감과 예종 왕비의 분부를 받은 장녹수는 제안대군의 궁으로 나갔다.

장녹수는 먼저 비파를 두어 곡조 타서 제안의 마음을 샀다. 제안대군은 옥퉁소를 불어 비파 소리에 화답했다. 하루 이틀 지나는 동안에 장녹수와 제안대군은 자주자주 거문고, 양금, 비파, 퉁소를 사이에 두고 흉허물 없이 친숙해지기 시작했다. 녹수가 비파를 타면, 제안은 거문고를 타거나, 옥퉁소를 불거나 거문고를 타게 되면, 녹수는 아미를 다소곳하고 비파를 뜯기 시작했다. 제안은 녹수의 음률 재주를 칭찬했다. 제안은 다시 녹수에게 음률에 맞추는 법을 가르쳤다. 춘앵무(春鶯舞), 사고무(四鼓舞), 승무(僧舞), 검무(劍舞) 들의 모든 춤법을 가르쳐 주었다. 녹수는 속심이 있는 까닭에 모든 교태를 다 부려 춤을 배우면서 제안의 마음을 사려 하였다.

그러나 제안대군은 다만 녹수의 음률과 춤을 볼 따름이요, 더 한층 가까운 한 금은 넘을 생각도 없는 것 같았다. 녹수는 차츰차츰 속이 달았다. 어느 날 밤 제안이 잠든 틈을 타서 제안이 병신이나 아닌가 시험해 보았다. 잠결에 건드림을 받은 제안대군은 깜짝 일어나 녹수를 밀쳤다.

"이게 누구냐, 어허 더러운지고."

한마디를 던진 뒤에 소리를 질러 시비를 불러서 목욕할 물을 떠오라 하였다. 그러나 제안대군은 녹수를 도로 대궐 안으로 돌려보내지는 아니하였다. 그 어머니에게 효성이 지극한 제안대군은 어머니의 마음을 추호라도 거스르지 않을 생각이었다.

제안은 성종이 내린 편지와 필적을 하나도 버리지 않고 모아서 병풍과 족자를 만들어 방에 걸고 때때로 이것을 치어다보며 즐거워하였다. 이것은 성종의 글씨가 역대 임금 중에 명필인 까닭이다. 이렇기 때문에 세상 사람들은 제안을 가리켜 일부러 바보인 체한다 하는 사람도 있다. 그것은 예종의 아들로 아무리 평원대군에게 출계를 하였지만 섣불리 똑똑한 체하는 날이면 목숨을 보존하기가 어렵게 되는 처지에 있는 때문이라고도 한다.

　　어떻든 제안대군은 이렇게 바보와 성인인 어느 편의 한 사람이었다. 이러한 모든 점이 연산으로 하여금 제안을 따르게 하는 것이다. 나이 어리지만 도고하고 앙큼한 연산은 숙부 숙부 하면서도 제안을 내려 보고 놀려 가며 놀았다. 제안은 그래도 무탈하게 동궁 동궁 하면서 히히 웃어 가며 연산 하자는 대로 바보같이 놀았다. 이렇기 때문에 제안대군이 궁중에 들어왔다는 소식만 들으면 연산은 제백사하고 제안을 청하여 놀았다.

　　정자 앞 서늘한 그늘에는 대로 만든 투호통이 놓여 있다. 동궁과 제안은 제각기 살대를 대여섯 개씩 가지고 투호통을 향하여 십여 보 밖에 물러서 있다. 동궁이 제안대군을 치어다보며,

　　"숙부 먼저 하오."

　　하고 사양하였다.

　　"동궁이 먼저 하시오"

　　하고 제안이 사양하였다. 연산은 제안에게 한 번 읍(揖)하고 다시 몸을 돌이켜 왼손으로 중추막 소매를 걷어 받들고 바른손으로 살대를 들어 투호를 향하여 한참 겨냥을 대었다. 머리에

끼운 깃이 푸르르 울며 살은 투호통 아가리로 덜그럭 하고 들어
갔다.

"동궁, 용하시오구려."

제안이 칭찬하는 말을 하였다. 연산의 입 언저리에는 득의의
웃음이 떠돌았다. 연산은 다시 두 번째 살대를 던져 보냈다. 첫
째 번 득의로 마음이 흔들린 탓인지 살대는 비쓱 투호통 변죽을
울리고 마당으로 떨어졌다. 연산은 다시 셋째 번 살대를 던졌다.
또다시 부중(不中)이다. 연산은 초조했다. 그러나 마음이 흔들리
는 까닭에 살대 던지는 손과 버티고 섰는 다리는 벌써 어지러웠
다. 연산은 다섯 대에 한 대를 집어넣고 물러 나왔다. 제안이 연
산에게 읍하고 들어섰다.

"자 보시오, 동궁."

제안은 연산을 힐끗 돌아보고 히히 웃었다. 연산은 새침하고
아무 대답도 없었다. 제안의 던지는 살대는 던지는 대로 데그럭
데그럭 힘 안 들이고 투호통 속으로 떨어졌다. 제안은 끝으로 두
대를 비슷이 겨냥을 틀리게 하여 투호통 너머로 슬쩍 넘겨 떨어
뜨렸다.

"나는 동궁보다 나이가 많고 키가 크니까 그렇지, 동궁도 내
나쎄만 되어 보시오. 나보다 훨씬 나을 텐데."

하고 제안이 또다시 히히 하고 웃었다. 연산은 또다시 일어났
다. 마음을 단단히 도사려 먹었다. 머리와 눈에는 살대를 잡은
손과 앞에 투호통이 있을 뿐이었다. 이를 악물고 기어이 첫째 번
의 실수를 씻으려는 것이다. 첫째 번 던져진 살대가 보기 좋게

통 속으로 쑥 들어갔다. 연산은 눈을 감고 정신을 잠깐 모은 뒤에 다시 둘째 대를 던졌다.

묘하게 첫째 번 통 속에 든 살을 건드리고 투호통으로 떨어졌다. 제안대군은 손뼉을 치며 칭찬했다. 연산은 이렇게 네 대를 맞히고 끝으로 한 대를 떨어뜨렸다. 제안은 다시 일어서며,

"이거 아까 큰소리 한번 했다가 동궁한텐 영위 지나 보다."

하고 또다시 히히 하고 웃으며 살대를 잡았다. 연산이 박장하며 웃었다. 살대가 푸르르 하며 던져졌다. 비뚜로 던져진 살대가 투호통 속으로 들어갈 리 없었다. 두 번째 살대를 투호통 속으로 한 번 집어넣은 뒤에 나머지는 다 부중이다. 제안은 히히거려 웃으며 정자 위로 올라갔다. 연산도 정자 위로 제안대군을 따라 올라갔다. 내시가 투호의 끗수를 적어 바쳤다. 연산은 두 번 투호를 합하여 오중(五中)이요, 제안은 첫째 번에 한 끗, 모두 사중(四中)이다. 연산이 제안보다 한 끗을 이긴 셈이다.

제안대군은 시시덕거리며 연산에게 장원례를 하라고 졸랐다. 연산은 제안대군에게 조삿례로 거문고를 한 곡조 타서 들려 달라고 보채었다. 제안의 거문고 뜯는 소리를 가끔 들어 본 까닭이다.

"숙부, 거문고 하나 가져오랄까?"

재우쳐 조르는 동궁 연산의 말에 제안의 시시덕거리던 얼굴빛은 별안간 점잖게 고쳐졌다.

"날도 덥고 하니 서늘한 정자에서 어디 한 곡조 뜯어 봅시다."

연산이 다시 졸랐다. 제안은 연산의 얼굴을 한번 힐끗 본 뒤

금삼의 피

에,

"거문고는 못 타······."

하고 고개를 절레절레 흔들었다. 연산은 여태껏 제안대군의 이렇게 점잖고 엄숙한 얼굴빛을 본 적이 없었다.

"좀 타 봐요 숙부······ 밤낮 동당거리다가도 타 보라고 조르니까 또 점잔을 빼는구려."

하고 연산은 제안의 등에 가 어리광 부리듯 매달렸다. 제안의 얼굴에는 다시 구슬픈 빛이 떠돌며,

"못 타, 못 타."

하고 웅얼거렸다. 연산은 제안의 어깨에 매달린 채,

"왜 못 타, 응?"

하고 제안의 얼굴을 옆으로 들여다보며 물었다.

"국모가 가셨는데 거문고가 다 무어야!"

제안의 얼굴에는 쓸쓸한 그림자가 맑은 하늘에 구름장 흐르듯 슬쩍 지나갔다. 연산은 제안의 눈동자를 똑바로 쳐다보고,

"국모가 가시다니 무슨 소리야, 어마마마가 계시지 않아?"

제안대군의 어리석은 듯한 웃음소리는 또다시,

"히히."

하고 높아졌다. 그러나 이번에 웃는 웃음소리는 가볍게 한번 웃어 던지는 싱겁다란 웃음소리가 아니다. 어쩐 까닭인지 연산의 가슴을 콱 찔러 꿰뚫는 듯한 침통하고도 기막힌 듯한 허파 속에서 터져 나오는 힘차고 무게 있는 웃음소리다. 연산의 머릿속에는 불길한 검은 그림자가 홱액 스치고 지나갔다. 마음이 몹

시 안타까웠다.

"폐비 말이오? 월전에 사약하셨다는 폐비 말이오?"

연산이 물었다. 제안은 아무런 대답이 없이 눈을 딱 감았다.

"그까짓 거 어때. 폐서인 아니여. 거문고 못 탈 것이 무엇이
오?"

연산은 눈을 새촘하게 뜨고 일부러 이렇게 말을 꺼냈다. 제안
의 동정과 말대답을 좀더 자세히 들어 보자는 것이다. 연산의
샛별같이 영채 도는 눈은 반짝반짝 제안대군의 온몸을 쏘아 흘
렀다.

그윽이 움직이는 얼굴 빛깔과 숨결에 흔들리는 옷 주름살도
소홀히 빼놓지 않으려는 때문이다.

"거문고, 퉁소, 양금, 가얏고 다 치워 버렸소. 일 년 동안은 아
니할 테야. 그래도 내게는 아주머니(兄嫂)어든."

제안대군은 이렇게 말하고 난간 앞으로 가서 비스듬히 의지
하여 앉은 뒤에 멀리 허공을 멀거니 치어다보며 다시 잠자코 난
간 변죽을 손으로 탁탁 치고 있다. 무슨 깊은 생각 속으로 빠져
드는 것이다.

"그 양반이 어떻게 나를 귀여워해 주셨는데, 흐흐흐."

다시 제안대군의 목소리다. 웃음도 아니요 울음도 아닌 미친
사람의 푸념과도 같은 침통한 이 흐흐 소리는 그윽한 정자 안의
적막을 깨뜨렸다. 동궁 연산의 머리털은 쭈뼛하였다.

"숙부, 무슨 죄로 사약을 내리셨소?"

연산의 물어보는 말이다.

"모르지, 몰라."

제안은 연산의 얼굴을 똑바로 내려다보며 고개를 가로 흔들어 대답한다.

"숙부, 알고도 부러 그러지 무얼. 자세히 일러 주어, 무슨 죄야?"

연산이 또 물었다.

"몰라요, 동궁, 참으로 몰라."

제안의 두 번째 모른다는 대답을 들은 연산은 어쩐지 마음이 바자웁도록 안타까웠다.

"폐비가 서른셋이라지. 곤전으로 있을 때 아무 소생도 없었소?"

연산의 새까만 눈동자가 제안의 얼굴을 뚫어져라 하고 치어다본다. 제안도 연산의 얼굴을 마주 들여다보며 대답 대신에,

"히히."

하는 웃음을 가락 높게 웃었다.

제안이 정자에서 일어나 신을 신을 때 혼잣소리로 가만히,

"핏줄이 흐르거든!"

하고 탄식조로 한마디 던졌다. 연산은 이 소리를 놓치지 않았다.

"여보 숙부, 무어야?"

"아니야, 내 소리요, 다리가 저려."

하고 히히덕거려 미친 체하고 나왔다.

투호 때문으로 해서 일어난 제안대군의 괴상스러운 수작은

동궁 연산에게 크나큰 번뇌의 씨를 뿌려 주고 말았다. 가뜩이나 어머니이시라는 정현왕후에 대하여, 과연 생모냐? 아니냐? 의심을 깊이 품고 내려오던 연산은 수수께끼 같은 제안대군의 말과 행동에 의심이 더한층 깊어지지 않을 수 없었다.

연산은 풀기 없이 동궁 처소로 돌아와 눈을 감고 가만히 드러누워 다시 한번 환취정에서 일어난 제안대군의 행동을 생각하여 보았다.

바보같이 히히덕거리면서도 국모가 가셨으매 거문고를 못 타겠다는 제안…… 이것은 확실히 바보로서는 할 짓이 아니다.

— 국모가 시다니 무슨 소리야. 어마마마가 계시지 않아……

하고 어머니시라는 정현왕후를 가리켰을 때, 제안은 조소하는 듯 미친 듯 기막힌 웃음을,

"히히."

하고 웃지 아니하였더냐?

그리고 암만 재우쳐 물어도 어물어물하고 다시는 잘 대답도 않다가 맨 나중에 정자에서 일어날 때 하던 말…… 핏줄이 흐르거든…… 하고 나가던 소리는 무엇을 가리켜 하는 말이냐?

이 제안의 말과 행동을 곰곰 생각해 보면, 반드시 무슨 크나큰 비밀이 폐비에 대하여 얼기설기 쌓여 있는 것이 아니냐? 생각이 여기까지 미쳤을 때, 연산은 어린 가슴에 한숨을 바자웁게 쉬고 퇴침을 고쳐 베고 벽을 향하여 모로 고쳐 누웠다. 좀더 깊은 생각에 들고 싶었다. 암만 물어도 대답지 않는 이 알 수 없는 수수께끼를 풀고 싶었다.

　　　　　　　　　　　　　　　　금삼의 피

— 그렇다면 폐비가 나의 어머니더냐? 그리고 또…… 폐비는 소생이 하나도 없소 하고 물을 때, 제안은 아무런 대답도 없이 내 얼굴을 뚫어지도록 보고 조롱하는 듯 히히 소리를 내어 정자가 떠나도록 웃었다. 이것은 확실히 여태 그것도 몰랐더냐? 하는 조롱하는 소리가 아니면, 이 철모르는 것아, 너의 어머니도 모르고 가이없구나! 하고 기막혀 터져 나오는 울음소리가 아니고 무엇이냐?

— 그러면, 폐비는 확실히 내 어머니였던가?

만일 그렇다면 바이 아주 생각나지 않는 것도 아니다. 왕대비의 겸연하고 서머서머하는 것은 한 치 건너 할머니니까 그렇다고 해두자. 그러나 지금 어마마마인 중전의 어쩐지 꾸밈이 많고 틈서리가 벌어지는 듯한 그 사랑, 그야말로 한 핏줄이 켕기고 흘러 도는 어머니와 아들의 사이로서는 몹시도 부족하고 싱겁고 어색한 어마마마의 그 사랑은 확실히 여기 관련된 것이 아니냐……?

— 아아, 그러면 내 어머니는 폐비란 말이냐? 일전에 사약을 받아 돌아갔다는 폐비였단 말이냐……?

동궁 연산의 머릿속에는 너댓 살 때, 아득한 옛 기억에서 일어나는 그때 그 어머니의 얼굴이 어렴풋이 또 일어났다. 예쁘장하고 살갗이 얇고 갸름한 듯한 줄로 기억되는 듯한 젊고 고운 그 얼굴이 보오얀 안개 속에 울연히 솟은 달빛처럼 슬쩍 나타났다가 얼른 사라졌다.

— 그렇다면 이 꿈속같이 나타나는 반가운 어머니가 일전에

돌아간 폐비란 말이냐? 지금 어마마마의 젊었을 때의 얼굴이 아니고…….

그러면 나는 어머니도 없는 외로운 사람이란 말이냐…… 연산의 감은 눈에는 일전에 유가할 때 남문 밖에서 보던 어미 소와 송아지의 모양이 휘익 나타났다. 송아지의 바자웁게 어미 소를 따라가며,

"앰매."

소리를 구슬프게 부르짖던 처량한 소리가 귓전에 재생 하고 들렸다.

연산은 하염없이 슬픈 생각이 일어났다.

— 이것이 만일 정말이라면 나는 어떻게 살아나가나!

연산의 머리는 유가를 마치고 돌아오던 저녁때, 아바마마를 보고 송아지의 말을 사뢸 때 아바마마의 용안 위에 별안간 구슬프신 빛이 나타나던 것을 생각하여 보았다.

— 왜 슬퍼하셨나? 어미 없는 나를 불쌍하게 생각하신 게 아니고 무엇이냐?

생각이 여기까지 미치고 보니 동궁 자신은 갈데없는 어머니 없는 외로운 몸이다. 그러면…… 하고 동궁 연산은 또다시 퇴침을 고쳐 베고 반듯이 누워 천장을 쳐다보며 생각하였다.

— 그러면 폐비는 무슨 일로 하여 대궐에서 쫓겨나서 폐서인이 되었나? 무슨 크나큰 일을 저질렀기에 죽음을 당하는 참혹한 사약을 받았단 말이냐? 과연 폐비가 내 어머니라면 나는 그럼 죄인의 아들이란 말이냐!

동궁의 생각이 여기까지 이르고 보니 조그마한 가슴이 울렁해지며 어린 창자가 저릿저릿하고 쥐어뜯어 꿰어지는 것 같았다. 연산은 다리를 오그리고 팔짱을 꼭 끼어 소매로 눈을 가렸다.

약사발이 어떻게 된 것인지 어떻게 먹고 사람이 죽는 것인지 눈으로 구경해 본 적은 없으나, 어려서 궁녀들의 이야기를 들으면, 나라에서 약사발을 내리는 것을 받아 마시는 사람이면 먹은 지 반나절이 못 되어 칠규(七竅)로 시뻘건 피를 흘리고 거꾸러진다 한다.

연산의 감긴 눈 속에는 예쁘장하고 살갗이 얇고 갸름한 젊고 고운 그때 그 어머니의 얼굴이 보오얗게 나타났다. 이 얼굴이 슬쩍 사라지는 순간…… 머리를 풀어 헤쳐 산발하고 입과 눈과 코와 귓구멍에서 시뻘건 피를 줄줄줄 흘리며 거꾸러지는 젊은 그 어머니의 얼굴이 힐끗 보였다.

동궁 연산의 조그마한 등살에는 소름이 좁쌀 끼었듯 좍 끼었혔다.

동궁은 얼른 눈을 떴다. 차마 보지 못할 헛것을 본 것이다. 무서움에 눌린 동궁은 벌떡 일어나 앉았다.

— 아니다. 아니다. 폐비가 어마마마라니 안 될 말이다. 아바마마께 죄를 짓고 쫓겨났다가 사약을 받아 죽은 폐비가 내 어머니라니 될 뻔이나 한 소리냐. 나는 지금 동궁이 아니냐. 장차 조선 팔도 삼백여 주를 차지하고 다스릴 동궁마마가 아니냐. 이러한 내 어머니를 폐위시키고 약사발을 내려 죽일 수가 있느냐. 부질없는 공연한 생각이다. 누가 한 사람이라도 폐비를 내 어머니

라 하는 사람이 있더냐. 공연히 쓸데없이 마음이 빗쏠려서 어마마마를 의심한 것이다.

어렸을 때 기억에서 어렴풋하게 일어나는 그 얼굴은 지금 어마마마의 옛적 얼굴인 것이다. 사람의 얼굴은 열 번 변한다는 것을.

—내 얼굴도 자라나면 지금보다 달라질 것을. 그때는 지금 어마마마처럼 살기가 붙고 동그래질 것이다.

공연히 그 미친 바보 같은 제안의 어리석은 수작쯤 보고 쓸데없는 헛의심을 낸 것이다. 이렇게 동궁이 마음을 슬쩍 돌리고 나니 가슴이 조금 가벼운 듯하다.

내시가 어느 결에 들어와 뜰 앞에 엎드려,

"동궁마마, 상감마마께옵서 저녁이 되어 서늘한 바람이 부니 글 읽으시나 알아보고 오랍시오."

하고 허리를 구부렸다. 동궁은 자리에서 일어났다.

동궁 소속의 나인이 의관을 올려 바쳤다. 춘방 사령이 터덜거리고 들어왔다.

"소인 아뢰오. 시강원에서 보덕(輔德) 조지서(趙之瑞)가 동궁마마 납시기를 기다린 지 오래오."

하고 아뢰었다. 잼처 들어오는 춘방 사령의 재촉에 동궁의 눈살은 찌푸려졌다.

"지금 나간다고 보덕보고 일러라."

하고 귀찮은 듯이 한마디를 던졌다.

동궁은 온종일 깊은 번뇌에 빠졌던 무거운 머리를 들고 내시를 따라 시강원으로 나아갔다.

동궁은 시강원에서 글을 읽고 있다. 보덕 조지서가 글 뜻을 옆에서 일깨 준다. 동궁의 머릿속에는 아까 제안대군의 괴상한 행동이 다시 나타나기 시작했다.

보덕의 글 뜻을 깨우쳐 주는 소리가 귀 안으로 잘 들어올 리가 없다. 글자가 횡보였다. 토를 빠뜨리고 읽는다. 옆에서 보덕은 꿇어앉아서 빼먹고 읽는 글자와 토 달고 읽을 것을 똥기어 주었다. 두 번째 동궁은 글을 읽었다. 군데군데 글자와 토를 빠뜨렸다. 보덕 조지서는 다시 그렇지 않은 것을 똥기어 주었다.

열 번이 되고 스무 번이 되었다. 그러나 동궁의 횡설수설 읽는 글 소리는 여전하다.

조지서는 동궁에게 글 뜻을 새겨서 읽어 보라 하였다. 마음은 천리만리 책에서 떠나서 제안대군의 히히 하고 웃는 괴상한 웃음소리와 어머님 생각에 몰두한 동궁이 글 뜻을 잘 새기고 풀리가 없다.

동궁은 근자에 와서 차츰차츰 꾀가 나기 때문에 글 읽기를 싫어할 나쎌다. 장난치고 놀기에만 눈이 번하다. 그런 데다가 가례를 일찍 치러 동궁빈을 맞았으니 마음이 뜨지 않을 수 없었다. 다만 아버지 되는 성종의 분부가 무서운 까닭에 억지로 읽기 싫은 글을 읽는 것이다. 이러한 데다 제안의 던져 논 수수께끼가 동궁의 마음을 어지럽게 만들어 놓았으니 글이 온전히 읽어질 수가 없다.

보덕 조지서는 불같이 일어나는 화를 참고 천천히 다시 글 뜻을 새겨 바쳤다.

동궁은 다시 몸을 끄덕거려 글을 읽는다. 여전히 토 빠진 뻘정다리글을 읽는다. 조지서는 다시 동궁에게 글 뜻을 새겨 보라 하였다. 동궁은 멍하니 앉았다. 동궁의 지금 머릿속이 어떠한 혼란과 번민에 빠져 있는 것을 모르는 조지서는 성미가 벌컥 일어났다. 동궁이 읽고 앉았는 책을 홱 가로채 가지고 방바닥에 내동댕이쳤다.

"저하께서 이렇게 글 읽기를 싫어하신다면 상감께 아뢰올 테요."

하고는 고함을 지르며 벌떡 일어났다. 아무리 나 어린 동궁이지마는 이 무엄한 조지서의 태도에 동궁 연산의 마음이 거슬리지 않을 수 없었다. 동궁은 나가는 조지서의 뒷모양을 뚫어져라 하고 노려보았다.

동궁 연산은 입을 꼭 다문 채 동댕이쳐진 책을 다시 집을 생각도 하지 않고 책상 앞에 오도카니 가만히 앉았다. 올라오는 분함을 죽이어 참고 앉았는 것이다.

얼마 있다가 허침이 들어왔다. 허침은 승지이면서 성종의 명을 받들어 왕세자를 보도(輔導)하는 중임을 맡은 것이었다. 몸을 구부려 흐트러진 책을 동궁 연산 앞에 다시 단정히 바로 놓고,

"동궁 저하, 어디가 괴로우시오?"

하고 먼저 물었다.

"머리가 어지러우시면 조금 쉬었다 책을 보시오."

하고 책상 위에 책을 덮으려 하였다. 동궁은 분한 감정이 한참

금삼의 피

북받치던 끝이라 이 허침의 간곡하고 부드러운 동정하는 말씨에 눈물이 그만 피잉 돌면서,

"아니오, 관계치 않으오. 글을 더 읽겠소. 뜻을 한번 풀어 주시오."

하였다. 허침은 자상하고 부드럽게 글 뜻을 풀었다. 마음을 돌린 동궁이니 글 뜻을 못 알아들을 리 없었다. 몇 번을 다시 읽고 난 동궁은 허침 앞에 그 글을 강(講)해 버렸다. 허침은 글이 그다지 어려운 것이 아닌 것을 자세히 말하고 자리에서 물러갔다.

동궁으로 돌아가려는 연산은 붓을 들어 벽에다 커다랗게 이렇게 썼다.

趙之瑞, 大小人也, 許琛, 大聖人也.
(조지서는 큰 소인이요, 허침은 큰 성인이다.)

이튿날 동궁의 모든 요속(僚屬)들은 이것을 보고 혀를 홰홰 내둘렀다.

"여보, 조보덕이 위태롭구려!"

동궁 소속 중의 한 사람이 동관을 보고 하는 말이다.

"금명간 일은 아니겠지만, 탈은 탈이지. 지족(知足)의 성미가 너무 괄괄해 병이거든."

하고 탄식하였다. 지족은 조지서의 당호다.

동궁은 아무 소리는 아니하나 속으로는 조지서를 무척 별렀다.

"어디 이놈 두고 보자! 내 나이 어리지마는 그래도 동궁인데

언감생심 내 앞에다 책을 내동댕이쳐!"

어린 봉안(鳳眼)이 성을 머금고 세로 추켜졌다.

"에이, 글 읽기 싫다. 그놈 조가 녀석만 만나면 가슴이 덜컥 내려앉고 모골이 다 송연하단 말야."

소매를 걷고 턱을 괴었다.

'아무렇게 해도 동궁이 아니냐!'

자존심이 어린 가슴에 뻑뻑하게 틀어 올라왔다.

'그놈이 어째 나를 업수이여기나?'

생각이 여기 미쳤을 때 연산의 머릿속에는,

'폐비의 아들!'

하는 생각이 번갯불같이 지나갔다. 몸소름이 끼쳐지도록,

"흐흐흐"

소리를 지르며 유심히 동궁 자신을 들여다보던 제안대군의 모양이 나타났다.

조지서의 자기를 업신여기는 것이 폐비와 동궁 자신에게 무슨 관련이 있는 것같이만 생각되었다.

'폐비의 아들! 죄인의 아들!'

연산의 마음은 또다시 괴로웠다.

'그렇지 않다면 그놈이 글 뜻 좀 모른다기로 동궁인 나를 그렇도록 업수이여길 수가 있나!'

아까지도 번연히 제안대군의 수작을 종잡을 수 없는 어리석은 바보의 수작으로 돌려 버리고, 어마마마에게 대한 일을 의심할 것 없는 것으로 단정하였던 동궁은 조보덕에게 모욕을 당한

금삼의 피

것으로 말미암아 또다시 어린 가슴을 바작바작 태우게 되었다.

동궁은 저녁도 달지 않았다. 대전과 중전에 저녁 문안을 여쭌 뒤에 왕대비전을 거쳐 나왔다.

동궁의 마음은 쓸쓸하고 답답하였다. 문안을 받는 이나 드리는 이나 밤과 아침으로 날마다 되풀이하는 한 개의 형식밖에는 되지 않는다. 외양 치레다. 번거롭고 헛된 수작이다. 한 마디의 따뜻한 말을 받을 수도 없다. 한 조각 붉은 마음을 아뢰어 올릴 수도 없다. 어버이요, 아들이면서도…… 구중궁궐 깊으나 깊은 곳에 벌여진 모든 우람한 절차는 다만 싸늘한 엄숙함이 있을 뿐 동궁의 이 괴롭고 쓰린 어린 마음을 쓰다듬어 주는 사람은 하나도 없었다.

동궁의 마음은 끝없이 훗훗하다. 푸근한 어머니의 젖가슴에 안기고도 싶었다. 깨끗하고 거룩한 어머님의 자장노래 소리를 다시 한번 들어 보고 싶었다.

어리광 한번을 부려 보지 못하고 자라난 동궁은 사랑에 굶주렸다. 어머니 사랑에…… 아까도 저녁 문안을 드리러 자전에 들렀을 때, 온종일 어린 가슴을 태우던 끝이요, 조지서에게 책 내던지는 창피한 꼴을 받은 뒤라, 애운한 마음에 저녁도 먹는 둥 마는 둥 하고 자전으로 오른 길이니 국궁하여 절하기보다도 동궁은 먼저 달음질쳐서 어마마마의 가슴에 얼크러진 심정을 호소하고 싶었다. 조지서에게 욕당한 것을 투정부려 고자질도 하고 싶었다.

그러나 어마마마께 절을 드리고 나니 어마마마는 뭐라시더냐, 팔을 벌리어 안아 주더냐, 사랑이 흘러넘치는 정다운 말씀이 계시었더냐?

점잖은 얼굴로 왕비의 위엄을 잃지 않을 씩씩한 얼굴로 다만 고개만 끄덕이실 뿐, 머리털 끝만 한 어리광 부릴 빈틈도 주지 아니하였다. 동궁의 마음은 주춤하고 물러앉았다. 어마마마의 느긋한 사랑을 타고 돌아 자장노래 속에 그윽이 잠기고 싶던 연연한 초록빛 감정은 십 리 백 리 물러앉았다.

아바마마는 아바마마라 엄하신 곳이 있으매…… 글 잘 읽었나, 공부를 잘해야 해, 성인의 말씀을 본받도록 해, 대범한 말씀을 내리는 것이 당연하고도 지당하지만 어마마마야 이렇게까지 장중하신 태도를 나 어린 아들에게 가질 것이 무엇 있느냐?

연산은 쓸쓸한 마음을 안은 채 동궁으로 돌아가지 않고 바로 후원으로 발을 옮겼다.

동궁 소속의 적은 내시 김자원(金子猿)은 초롱에 불을 켜고 앞길을 인도한다. 캄캄한 칠(漆)이 흐르는 듯한 밤길에 한 줄기 흔들거리는 불빛을 밟고 따르는 동궁의 발길은 깊은 생각에 빠졌음이냐, 더디고도 무겁다. 소나무 바람이 쐐애 하고 어둠 속에서 일어난다. 당홍빛 등을 단 남갑사 초롱이 후루루 바람에 날렸다. 벌룽거리던 촛불이 깜박 꺼질 듯 되살아났다. 잠자코 걷는 걸음이 어느 결에 요금문(耀金門) 앞을 당도하였다. 내시가 더 갈 것인가 말 것인가 주저주저하고 있다.

"훨씬 더 가자. 상림원(上林苑)으로."

내시는 의아하였다. 달도 없는 캄캄한 이 밤에 동산이 웬일인고 하였다.

"동궁마마, 어둡습니다."

"덥지 않고 시원해 좋다. 솔바람 소리가 좋지 않으냐."

동궁은 캄캄한 후원을 이 밤이 다하여 지새도록 헤매고 싶었다. 우울한 마음을 헤치기 위하여 고적한 마음을 날리려 하여……

요금문 밖을 나섰다. 서늘한 바람이 눅눅한 풀 냄새를 담뿍 안아다 동궁의 코에 향긋하게 끼얹어 준다.

연못가에서 나는 소리냐, 개울 기슭에서 우는 소리냐, 개구리 소리가 바람결에 끊였다 이었다 처량하게 들린다.

동궁은 동산 석가산(石假山) 바윗돌 위에 무거운 다리를 쉬고 걸터앉았다.

동산에 우거진 느긋한 풀 향기가 다시 불어오는 바람결을 따라 동궁의 온몸을 휩싸 안았다.

동궁은 눈을 스르르 감았다. 마치 느긋한 어머니 젖가슴 속에 포근히 안긴 듯한 쾌감을 느꼈다. 어머니 자애에 굶주린 시름이 또다시 동궁의 가슴을 출렁출렁 설레게 한다.

"동궁마마, 이슬이 많이 내리옵니다. 오래 앉았을 곳이 아니옵니다."

김자원이 등롱을 든 채 옆에서 이렇게 말을 올렸다.

"괜찮아, 나를 잠깐만 그대로 내버려두어 다오."

가만한 한숨이 어린 동궁의 입에서 흘러나왔다. 개구리 소리가 어디서 또다시 처량하게 들렸다. 동궁은 불빛도 보기 싫었다.

그대로 그대로 눈을 감은 채 어마마마의 젖가슴 대신 풀 냄새 느긋한 자연 품에 안기고 싶었다.

"초롱의 촛불을 꺼라."

"어둡습니다."

"꺼라!"

내시 김자원은 남사롱을 걷어 입김으로 촛불을 껐다.

높고 아득한 캄캄한 하늘에는 별이 반짝반짝 금모래 같다. 은한(銀漢)은 구부러져 하늘 한복판을 가로 건넜다.

동궁은 까마득한 캄캄한 하늘을 치어다보았다. 반짝반짝 영롱한 빛을 부어내리는 수많은 별들은 머리를 쓰다듬어 자장노래를 불러 주는 것 같았다.

어린 동궁의 정은 주위에 부딪쳐지는 경(景)으로 해서 더한층 구슬프다.

동궁은 어둠 속에 눈을 감았다. 딱딱하고 엄숙하고, 자기에게만 웃음빛을 아니 주는 것 같은 중전의 얼굴이 나타났다.

'아아, 어마마마는 참말 내 어머니신가!'

마음속으로 이렇게 탄식했다. 제안대군의 뚫어져라 하고 자기의 얼굴을 들여다보며 흐흐흐 소리를 지르는 모양이 나타났다.

조지서의 책을 동댕이치며 자기를 모욕하다시피 하던 꼴이 보였다.

동궁의 마음은 쥐어짤 듯 구슬프다.

어릴 때 보인 줄로 생각나는 젊고 고운 어마마마의 얼굴이 나타났다.

금삼의 피

"얘, 자원아."

동궁 연산은 어둠 속에서 내시를 불렀다.

"네……."

내시 김자원은 대답했다.

"내가 묻는 말이면 무슨 말이든지 대답하겠지?"

"네……."

동궁 연산의 심중을 모르는 김자원은 의아했다. 새삼스럽게 이게 무슨 말씀인고 하고 그대로 당황하게 대답했다.

"숨김 없이?"

목소리가 쇳소리가 나도록 힘 있게 째앵 하고 김자원의 귓전을 울렸다.

"어느 자리라 물으시는 말씀을 기이오리까."

김자원의 허리를 굽히는 옷자락 소리가 어둠 속에서 부시시 일어났다.

"만일 나를 기망하는 경우면 네 목에 칼이 꽂혀져도 한탄이 없으렷다."

동궁의 샛별 같은 눈정기가 어두운 밤이면서도 영롱한 빛을 내며 김자원의 얼굴을 쏘았다. 이 별안간 나오는 격렬한 소리에 김자원은 잠깐 어리둥절하다가,

"지당하신 분부시옵니다."

하고 말을 올렸다. 아니 대답지 못할 경우다.

"너 폐비를 뵈온 적이 있지?"

이 소리를 듣는 김자원은 야청 하늘에 벼락을 맞은 듯 마음

이 뚝 떨어졌다. 폐비 일건에 대해서는 동궁의 귀에 추호만큼이라도 들려주지 말라는 함구령이 내린 지가 벌써 오래다. 더욱이 지난번 사약이 내린 뒤에는 단속이 더한층 우심하였다. 만일 이 명을 어기는 자가 있다면 능지처참에 붙인다는 상감의 지엄한 분부가 있는 것이다. 조정의 문무백관과 대내 안의 예속(隸屬)들까지라도 다 이 분부를 모시었거니와 후궁과 내시들에게 있어서는 항상 가까이 동궁 근처에 모시게 되는 까닭으로 특별한 단속이 더욱 심했다. 김자원은 어찌할 줄을 몰랐다.

"왜 대답이 없니."

김자원의 등에선 땀이 흘렀다.

"그러면 목에 칼을 꽂으랴?"

어린 목소리언만 싸늘하도록 영특하다.

자원은 가만히 생각해 보았다. 앞길은 창창하다. 말대답 한마디 잘못하는 경우면 동궁이 아니냐, 앞날의 제 목은 갈데없이 군기시(軍器寺) 다리에 떨어지게 된다. 옴치고 뛸 수도 없다. 앞에는 상감의 함구령이 있고 뒤에는 동궁의 추궁이 급하다. 지금 함구령이 내렸다 하더라도, 동궁에게 입 밖에 내지 말라 단단히 당부해 두고 과히 실한 말만 아니면 슬금슬금 묻는 대로 대답해 바치는 것이 그중 상책이라 생각했다.

"네…… 뵈온 적이 있소."

자원은 이렇게 대답하고 도리어 뒤에 나올 동궁의 말이 궁금하였다.

"얼굴 모습이 어떻게 생기셨니? 동그시냐, 살찌셨니?"

금삼의 피

"살같이 얇으시고 갸름하신 얼굴이 상냥하신 편이옵고 몸도 날씬하시고 호리호리하신 편이온 줄로 뵈었소."

그다지 크게 관계될 말이 아니매 김자원은 휘하지 않고 바른 대로 말씀을 드렸다. 동궁의 가슴은 주춤하고 물러앉았다. 보오얀 안개 속 같은 옛 생각에서 어렴풋하게 떠오르는 그때 그 어머니의 얼굴!

─ 아아, 그렇다면!

동궁은 이렇게 부르짖을 뻔하였다. 거울 속에 비치던 동궁 자신의 얼굴이 나타났다. 보드라운 살갗, 갸름한 얼굴판, 눈매와 코찌.

어둠 속이라 동궁의 얼굴빛은 보이지 아니하였지마는 마음이 어지러운 탓이냐 재우쳐 묻는 말소리가 끊어졌다. 동산의 여름 밤은 고요하였다. 어느 편에서 떨어지는 별이냐. 한 줄기 환한 빛이 넓고 넓은 검은 하늘을 살같이 달려 흐른다. 한 식경이 지났다. 동궁은 다시 입을 열었다.

"폐비가 올해 서른셋이시라지?"

멋모르고 이전 날 궁녀들의 지껄이는 소리를 훌쩍 귓결에 듣고 흘려버렸던 것을 다시 생각해 옮긴 소리다.

"그렇답시는 줄로 알았사옵니다."

다시 말은 잠깐 끊어졌다.

"무슨 죄로 내치셨니, 왜 사약을 내리셨니?"

자원은 얼른 대답하기 어려웠다. 이 대답만 하면 곧 함구령을 범하는 것이다.

"동궁마마, 황공하오나 이 말씀만은 사뢸 수 없사옵니다."

"왜, 무슨 말이든지 다 대답하기로 약속하지 않았니. 그렇다면 네 모가지는 내가 맡았다."

동궁의 말은 날카롭고 당돌하다.

"황공무지하오나 동궁마마, 이 말씀 한마디를 내는 날이면, 제 목숨은 가을바람에 낙엽이올시다. 위에서 함구령이 내리시와 폐비 일을 발설만 하는 자가 있으면 능지처참에 붙이신다는 지엄하옵신 분부가 계시옵니다."

하고 애원하듯 말했다.

"염려 마라. 너와 나만 알면 고만이 아니냐. 나중에 후히 갚아 주마."

나이는 어리나 영특한 동궁의 말에 김자원은 나중 길이 든든 하게 생각되었다. 사면을 다시 한번 둘러본 뒤에 동궁의 귀에다 입을 대고 목소리를 한층 낮추어,

"상감마마 용안에 손톱자국을 내신 죄라 들었사옵니다."

하고 다시 제자리로 물러섰다. 용안에 손톱자국! 속 모르고 겉으로 들으면 여간 놀라운 말이 아니다.

동궁의 마음은 불쾌했다.

'죄를 진 어머니!'

'죄인의 아들!'

이러한 생각이 머리를 또다시 어지럽게 만든다. 폐비의 일이 그지없이 궁금하면서도,

'죄 짓고 쫓겨나 죽은 폐비가 내 어머니가 아니었으면……'

금삼의 피

하는 야릇한 생각이 일어나기 시작했다. 동궁은 무슨 말을 물을 듯하다가 주저했다. 축축이 내리는 삼경 이슬이 동궁과 내시의 옷을 후줄근하게 적시어 주었다.

"동궁마마, 이슬이 심하옵니다. 들어가시옵지요."

동궁은 아무런 대답도 없다가,

"폐비의 소생은 없으시냐?"

가만하고도 떨리는 목소리다. 자원은 어둠 속에서 혼자 고개를 끄덕끄덕하였다. 눈치를 채신 것이로구나 하였다. 내뛴 걸음이라 마저 말씀 안 할 수도 없다.

"동궁마마, 황송하오나 아까도 사뢰었거니와 이 일만은 입 밖에 내이셔서는 아니 되옵니다. 그리고 소인의 죽고 사옵는 것은 동궁마마께 달렸습니다."

"염려 말라고 말하지 않았니."

김자원은 다시 동궁의 귀에다 입을 대었다. 가만한 소리가 흘러나왔다.

"동궁마마 단 한 분이시옵니다."

무서운 이 소리는 터져 나왔다. 차마 듣지 못할 소리를 들은 것이다.

죄인의 아들! 폐비의 아들! 어머니 없는 외로운 사람!

동궁은 김자원에게 물어보기는 물어보면서도 아마 속으로 은근히 그렇게 되지 않기를 바랐다. 알고는 싶으면서도 그렇게 되지 않기를 바라는 마음! 어리고 순된 까닭에 더욱 더하다.

행여나 하고 한 가락 실머리 끝에 매달린 듯한 마음도 이제는 끊어졌다. 확실히 동궁 자신은 죄인의 아들, 폐비의 아들인 것이다. 제안대군의 수수께끼 같은 흐흐흐 하고 미친 체하는 웃음소리도 이제는 환안하게 풀려졌다.

중전이 어쩐지 틈살이 벌어지고 꾸밈이 많은 듯한 사랑과, 씩씩하고 장중한 태도를 가지는 까닭도 알아지고 말았다.

앞길은 캄캄하다. 가시성이다. 어머니 없는 외로운 마음을 누구를 대하여 호소할 거냐. 죄인의 아들, 폐비의 아들, 조지서의 업수이여기는 게 당연하고나.

동궁은 눈을 들어 별빛 반짝거리는 넓은 하늘을 치어다보며,

'……아아 어마마마, 왜 죄를 저지르셨소. 왜 나를 어머니 없는 외로운 사람이 되게 하셨소.'

하고 마음속으로 부르짖었다.

밤은 벌써 삼경이 지난 탓이냐, 하늘에는 북두칠성이 반나마 비뚤어졌다…….

"가자!"

캄캄한 어두운 밤길을 내시에게 부축되어 걸어가는 동궁의 발길은 무겁고 더디다.

'어마마마!'

'어마마마! 왜 죄를 저지르셨소!'

동궁은 괴로운 듯이 가슴을 쥐어뜯는 시늉을 한다. 코 고는 소리가 다시 드르렁 드르렁 하고 났다. 조금 있더니 동궁은 흑흑 느껴 가며 우는 시늉을 한다.

동궁빈 신씨(愼氏)는 얼른 자리에서 일어나 촛불을 가린 화선

금삼의 피

(火扇)을 돌려놓고 동궁의 얼굴을 들여다보았다.

동궁의 이마에서는 구슬 같은 땀이 송글송글 흐른다. 얼굴빛
은 몹시 괴롭고 슬픈 양 여전히 흑흑 느끼어 우는 시늉을 한다.
가위를 눌린 것이다.

동궁빈은 가만히 동궁을 흔들었다.

"동궁마마, 동궁마마."

동궁은 눈을 번쩍 떴다.

"동궁마마, 정신을 차리세요. 아마 가위를 눌리신 법합니다."

동궁의 입에선 가만한 한숨이 새었다. 동궁빈은 수건을 떼어
동궁의 이마의 땀을 씻어 준다. 동궁은 자리에서 벌떡 일어나 앉
았다. 동궁빈은 다시 수건을 동궁의 저고리 밑으로 집어넣었다.
등에도 저고리가 척 배도록 땀이 흘렀다.

"원 땀 좀 보아, 전신에 흠뻑 흐르셨네. 동궁마마, 무슨 꿈을
그렇게 꾸시었습니까?"

등을 씻으며 동궁빈이 상냥하게 말을 꺼냈다. 동궁은 아무 대
답도 아니하고 멍하니 앉았다.

"동궁마마, 무슨 걱정이 계시오니까? 어마마마를 찾으시옵고
자꾸 흑흑 느껴 우시는 모양을 하시니……."

동궁빈의 말을 들은 동궁 연산은 눈이 둥그래졌다.

"동궁빈, 내가 어마마마를 부릅디까?"

"네, 그리고 왜 죄를 저지르셨느냐고 여러 차례 잠꼬대를 하시
었습니다."

가만한 목소리다. 동궁은 입맛을 쩍쩍 다신다.

우두커니 동궁의 얼굴을 바라보는 동궁빈은 다시 가만한 목소리로,

"동궁마마, 무슨 소문 소리를 들어 계시오니까?"

말소리는 어질고도 부드럽다. 동궁은 여전히 대답 없이 가만히 앉았다.

"폐비마마의 소문을 들으시고 괴로워하시는 게 아니오니까?"

동궁은 동궁빈의 말씀을 듣고 놀라는 듯 동궁빈의 손을 잡았다.

"빈이 어떻게 아오."

염려되고 의아한 눈찌다.

"근자에 와서 동궁마마의 근심하옵시는 빛이 얼굴 밖에 뚜렷이 나타납시와 말씀을 감히 사뢰지 못했사오나, 속으로만 염려가 깊었사옵고, 아까 잠꼬대하시는 소리를 듣자온즉 어마마마에 대하신 근심이 그대로 오매가 되신 듯하와 여쭈어 본 것이옵니다."

"그러면 빈은 폐비마마의 일을 벌써부터 짐작했구려."

동궁의 눈이 차츰차츰 영채가 돈다.

"밖으로부터 대강 알아 짐작이 있었사옵고 여태껏 말씀을 사뢰지 않은 것은 위로부터 함구령이 계실 뿐외라, 공연한 부질없는 말씀이 동궁마마의 마음을 상할 것밖에는 다른 도리가 없사옵기 그대로 마음속에만 묻어 둔 것이옵니다."

동궁은 다시 동궁빈의 손을 굳게 잡고 슬픈 빛을 얼굴에 띠고,

"여보 빈! 나는 아까 상림원에서 내시 김자원을 협박하듯 하

금삼의 피

여, 차마 못 들을 소리를 들었소마는 나야말로 하늘가에도 의지할 곳 없는 외로운 사람이구려!"

말을 마친 동궁은 그 영롱하고 광채 도는 눈에 눈물이 핑그르 돌아 글썽글썽하다. 이 모양을 보는 동궁빈의 마음도 편할 까닭이 없다. 한 방울 두 방울 눈물이 치마 앞에 떨어졌다.

동궁빈 신씨는 눈물방울을 거두고 다시 목소리를 가늘게 하여,

"동궁마마, 망극한 말씀이야 어찌 다 사뢰오리까, 땅을 치고 하늘에 울부져도 시원치 못합지요. 그러나 이왕 그렇게 된 일을 상심만 하셔도 소용이 없지요. 아니 계신 어마마마께서 근심 걱정에 듭신다고 다시 돌아오실 길이 만무하옵고, 공연히 나라를 기울여도 못 바꾸실 옥체에 조금이라도 흠화(欠和)되시는 일이 계시다 하면, 위로 아바마마의 진념(軫念)도 진념이시려니와 지금은 아니 계신 어마마마께 효도를 다했다 할 수 없사옵니다."

동궁은 다만 신빈의 손을 쥔 채 잠자코 듣고만 있다. 새벽은 아직 먼 양한데 자정을 알리는 닭 소리가 고요한 깊은 밤을 흔들어 논다.

"동궁마마!"

동궁빈은 동궁의 얼굴을 우러러보며 또다시 작은 목소리로 동궁을 불렀다.

"함구령 내리신 것은 내시에게서도 필시 들어 아시겠지마는, 만일에 폐비를 어마마마로 조금이라도 아시는 체하는 날이면 이 자리가 위태롭습니다."

하고 동궁에게 자세히 알아들으라고 손끝으로 동궁의 앉은 자리를 가만히 눌렀다. 동궁 연산은 새까만 영채 도는 눈을 깜박깜박하며 동궁빈의 소리를 듣고만 있다.

"알고도 모르시는 척, 몰라서 모르시는 척, 그저 왕비께 어마마마 어마마마 하시고, 전보다도 더 친숙하게 따르시고, 진성대군을 친동생같이 귀애하십시오."

"여보 빈! 어떻게 알고도 모르는 체한단 말이오. 아아, 나는 하늘가에 의지 없는 외로운 몸이로구나!"

연산은 또다시 서글픈 생각이 도는지 이렇게 탄식하고 금방 울음소리가 터질 것 같다.

"동궁마마, 위태롭습니다. 울음소리를 내시어서는 아니 됩니다."

하고 동궁빈은 손을 저어 동궁의 울음을 막았다.

"동궁마마, 동궁마마의 앞길에는 조선 팔도 삼천리에 억조창생(億兆蒼生)이 매달렸습니다. 생각을 돌리십시오, 더 큰 곳으로!"

동궁은 눈물을 거두고 자리에 누웠다. 신빈도 촛대의 화선을 돌려 불빛을 가리고 자리에 들었다. 밤이 지새기까지 나이 어린 동궁과 동궁빈은 또다시 몇 번인지 소리 없는 울음을 울어 쓸쓸한 눈물을 마시며 베개 끝을 적시어 버렸다.

동궁빈 신씨는 동궁보다는 세 살이 위인 열일곱이다.

그 친정아버지 되는 신승선(愼承善)은 글 잘하고 청렴하고 격 높은 재상이었다. 동궁빈이 처음 간택에 뽑히어 세자비로 책봉

금삼의 피

이 되고 궐내로 들어가던 날 신승선은 딸을 앞에다 불러다 세우고, 여염집보다 궁중 안에서 비빈 노릇 하기가 극히 어렵고 까다로운 것을 일러주었다. 왕명이라 거스르지 못해 마지못하여 보내는 것이나, 더욱 궁중으로 말하면 그 어머니 윤비가 폐비가 된 터인즉 극진히 조심하여 공손하게 하여 첫째로 동궁의 마음을 잘 인도할 것과 상감마마야 말할 것도 없지마는 층층이 모실 왕대비·왕비마마께 꺼지려는 얼음을 디디듯, 새파란 칼날을 밟는 듯, 조심에 조심을 다하여 정성껏 섬겨야 한다는 훈계를 내렸다.

이렇기 때문에 신빈은 폐비의 일을 자세히 짐작했다. 그 후에 사약이 다시 폐비에게 내린 뒤에, 속마음으로 무한히 송구했으나 모른 체하고 다만 중전을 어마마마로 극진히 받들었다. 동궁이 이 일을 알게 되면 도리어 상심과 탈이 생겨 달리 큰일이 일어날까 하여 조심조심 동궁의 눈치를 보아 오던 터이다.

근자에 와서 동궁의 거동이 슬며서 우울과 시름에 빠진 것을 눈치챈 동궁빈은, 혹시나 하는 의심이 버썩 일어났다. 신빈은 더욱 조심해하며 동궁의 태도를 범연하게 보지 않았다. 어젯밤에 밤이 깊어 후줄근하게 이슬에 의복을 적시고 돌아오는 동궁을 보고, 신빈은 깜짝 놀랐다. 확실히 무슨 까닭이 있는 것을 짐작한 신빈은 밤이 깊도록 잠을 이루지 못하고 동궁의 태도를 주의했다가 급기야 동궁의 잠꼬대까지 들은 것이다. 섣불리 동궁의 마음이 흔들렸다가는 큰일을 저지를 줄 알고 신빈은 일부러 폐비의 말을 쏟아 버리고 동궁의 마음을 안돈시키기에 힘을 쓴 것이다.

이 일이 있은 뒤로부터 생기가 팔락팔락하고 또렷또렷하고 날렵하던 동궁 연산은 음울하고 무겁고 진중해졌다. 며칠 사이에 완연 노성한 티가 있었다. 말이 없고 침묵 장중한 대신에 시기하는 마음이 깊고, 사람을 지나치도록 의심했다. 그러나 곧 이것을 남이 알도록 드러내 놓고 말하지 아니하였다.

　뱃속에 집어넣고 창자로 꾹 눌렀다.

　동궁은 이렇게 하여 한 살씩 한 살씩 춘추를 더 쌓았다.

　동궁의 이 마음의 변화를 모르는 성종은 그 침묵 장중한 듯한 세자의 행동이 오히려 믿음성스럽다 생각하였다.

　어느 때 동궁은 성종대왕을 모시고 동산을 거닐고 있었다. 동산 속에 어지러이 핀 기화(奇花)와 요초(瑤草)는 어느 것이나 아름답고 곱지 않은 게 없었다. 그러나 동산 속에서 더욱이 사람의 눈을 끌게 만드는 것은 비단결 같은 푸른 잔디풀 위에 제물로 노닐고 있는 한 쌍의 사슴이었다. 한 놈은 수컷인 듯 씹으면 나긋나긋할 듯한 녹용 점복이 봄기운을 함빡 받아 머리 위에 너부죽하게 솟아올랐다. 한 놈은 암컷인 양 흔들흔들 헝그럽게 수사슴을 따랐다.

　성종은 사슴을 좋아한다. 글을 좋아하고 성인을 흠모하는 성종은 왕의 자리에 오른 이후에 더욱이 이편으로 마음을 기울였다. 요순우탕(堯舜禹湯)은 높고도 멀어 감히 우러러 바라지 못하겠지마는 주(周)나라 문왕(文王)의 일이 그지없이 부럽다.

　성종은 『시전(詩傳)』「대아(大雅)」편을 읽을 때마다,

금삼의 피

왕재영유(王在靈囿)하시니 우록유복(鹿攸伏)이로다. 우록탁탁
(麀鹿濯濯)이어늘 백조혹혹(白鳥鶴鶴)이로다.
(왕이 신령스러운 동산에 계시니, 암사슴 수사슴이 엎드렸더라. 암사
슴 수사슴은 헝그럽게 살쪘는데, 깨끗하다 하얀 새는 지르르 윤이 나
네.)

하는 이 '영대장(靈臺章)'을 읽고 읽고 또 읽고 나중에는 자신
도 모르게 신기가 나 책상 변죽을 치면서 백 번 천 번 때 가는
줄을 모르고 읽었다.

문왕이 한없이 부러운 것이다. 조그마한 한개 제후로 몸을 닦
고 덕을 쌓아 왕천하(王天下)하던 문왕이 한없이 그립다.

작은 나라의 임금 되기는 마찬가지다. 나중에 때가 오고 바람
이 불어 제후에 군림하여 천하를 호령하고 팔백여 년 주나라 기
업을 닦은 것은 시세(時勢)요 천심이라, 사람의 힘으로 어찌하지
못할 것이어니와 밝은 임금 어진 왕의 소리를 듣기가 성종의 소
원이었다.

이렇게 마음을 먹고 있는 성종은 작은 일이라도 문왕을 흉내
내고 싶었다. 성종은 강원도로 일부러 기별해 산 채로 사슴을
한 쌍 붙들어 오라 하였다. 문왕의 영유를 본받아 동산에 사슴
을 기르려 하신 것이다.

사슴 한 쌍은 잡혀서 대궐로 들어왔다. 우릿간에 든 사슴은
이삼 년의 긴 세월을 허비하여 차츰차츰 길들기 시작했다. 요사
이 와서는 우릿간도 집어치우고 그대로 담만 둘린 동산에 놓아

두게 하였다. 우릿간을 면해 제풀로 돌아다니는 사슴은 제법 살
찌기 시작했다. 인제는 사람을 피하지도 않는다. 도리어 먹을 것
을 달라고 사람의 뒤를 어슬렁어슬렁 따라다닌다.

이 모양을 본 성종은 무한 기뻤다. 틈만 나면 성종은 사슴 있
는 동산을 찾았다. 어느 때는 친히 어수로 사슴에게 먹이를 준
일도 있었다. 사슴은 상감을 따랐다. 헝그럽게 잔디밭에서 놀고
있는 사슴을 보고 성종은 가끔가끔 때 가는 줄도 잊었다. 자신
이 영유에 있는 문왕인 양 가만히 느긋한 웃음을 웃었다.

오늘도 성종은 정사를 마치고 한가한 틈을 타매 일부러 동궁
을 데리고 사슴들이 놀고 있는 이 동산을 찾았다. 장래에 임금
될 연산을 위하여 문왕이 영유에 있는 듯한 이 격 높고 교양 있
는 취미를 가져 보게 하려는 뜻이다.

성종은 짧은 지팡이를 짚고 동산을 거닌다. 뒤에는 동궁이 따
르고, 멀리는 내시와 궁녀들이 모시어 좇았다. 사슴이 성종을
보고 반가운 듯 뿔 돋친 머리를 들고 우줄우줄 걸어온다. 성종
은 뒤에 따르는 동궁 연산을 돌아보며,

"너 『시전』 「대아 문왕(文王)」편 '영대장'을 읽었지?"

하였다. 동궁 연산은,

"네."

하고 대답했다.

"첫머리에 무어라 쓰였던?"

"경시영대(經始靈臺)하야 경지영지(經之營之)하시니 서민공지
(庶民攻之)라 불일성지(不日成之)로다 경시물함(經始勿函)하시나

금삼의 피

서민자래(庶民子來)로다."

연산이 성종을 따르며 외었다.

"글 뜻이 무어야?"

"영대를 경영하고 시작하여 경영하고 경영하시니, 뭇 백성이 치는 듯 지어 놓아 몇 날이 못 되어 다 마쳤더라. 갑자기 서둘지 말라 하시나 뭇 백성은 아들처럼 달려오더라."

성종의 입은 빙긋이 열렸다.

"그래 문왕의 덕이 하도 높으시매 영대를 경영하여 시작하시니 말씀도 떨어지시기 전에, 모든 백성은 달려와서 마치 아들들이 그 어버이의 집을 지어 주듯 정성을 다하여 대를 지으니까, 며칠이 못 되어서 영대가 벌써 다 끝나게 되었단 말이여. 이것을 보시는 문왕의 마음은 도리어 불안하시어서 그다지 급하게 서두를 것이 없다구 하시어도 백성들은 우리 아버지의 집을 지어야지 우리 아버지의 대를 지어 드려야지 하고 아들들처럼 모여들었단 말이다."

성종은 말을 잠깐 그치고 수염을 한번 쓰다듬은 뒤에,

"그리게 높고 높은 문왕의 덕은 모든 백성들만을 기쁘게 하고 감복시킨 것뿐 아니라, 새나 짐승에게까지도 거룩하신 덕화(德化)가 미치어, 그다음 절에 '왕이 신령스러운 동산에 계시니 암사슴 수사슴이 엎드렸더라. 암사슴 수사슴은 헝그럽게 살쪘는데, 깨끗하다 하얀 새는 지르르 윤이 나네.' 이렇게 노래를 부르도록 금수까지도 사랑하신 때문에 새와 짐승도 문왕의 덕화에 기름지고 살찐 것이어든."

동궁 연산은 듣는 듯 우두커니 섰다. 머릿속에는 딴생각이 그득히 찼다. 시시때때로 문득문득 일어나는 어마마마의 생각이…….

"내가 여기 사슴을 기르는 것은 어찌 외람히 문왕 같으신 성인을 따르려 함이려마는, 가끔가끔 이 동산에 놀아 사슴을 보고, 옛 성인의 행적을 흠모하여 내 마음을 단속하고 내 행동을 경계하여 만에 하나라도 거룩한 어른을 본받아 보려는 것이다. 너도 인제는 열칠팔 세다. 공연히 도능독(徒能讀)으로 글만 읽을 것이 아니라 내 마음을 따라 본받아 다오."

동궁 연산은 묵묵히 대답이 없다. 가슴속에서는 슬며시 불만이 일어났다.

문왕의 덕화를 말하여 만백성이 아들처럼 붙좇고 짐승까지 감화 받은 것을 이야기하는 아바마마로, 내 행동을 경계하여 만에 하나라도 거룩한 어른을 따라 보려 하는 마음으로 사슴을 즐겨 한다는 아바마마로 왜 당신의 어처(御妻)요, 동궁의 어머니요, 나라의 국모는 어째 헌 신발 버리듯 쫓아내고, 사약까지 내렸단 말이냐. 짐승도 길들이거든 사람쯤을 길 못 들이랴. 문왕처럼 짐승을 사랑하여 밝은 임금, 어진 임금, 착한 어른의 칭송을 들어 보려는 것이나, 결국 어느 귀퉁이 무슨 빈 곳이 있지 아니하냐. 글은 몇 푼어치 못 배워 보았으나, 일찍이 성인 문왕이 그 후비(后妃)를 버리고 사약하여 그 아들에게 의지할 곳을 잃게 하였다는 소리는 들어 보지 못한 것을 하고 마음속으로 울부짖었다. 여기까지 생각이 미친 동궁은 머리와 마음으로 부쩍 피가

금삼의 피

올랐다.

성종을 보고 반가운 듯 우줄우줄 걸어 나온 사슴은 동산에 앉은 상감의 용포(龍袍) 소매를 슬며시 핥다가, 슬쩍 머리를 들고 동궁 연산의 앞으로 왔다. 어마마마의 생각으로 머리가 흔들려린 동궁은 사슴이 자기 앞으로 온 줄도 모르고, 멀거니 하늘 한편을 쳐다보고 있었다. 왼편 손이 선뜩하고 근지럽다. 동궁은 깜짝 놀라 손을 쳐들고 옆을 돌아보았다. 수사슴이 뿔 돋친 대가리를 들고 커다란 눈을 껌벅껌벅하면서 혓바닥을 새김질하며 동궁을 쳐다보고 있다. 동궁은 질겁하여 옆으로 비슷 피했다. 사슴은 장난을 하자는 듯이 피하고 동궁의 손을 다시 핥았다. 웬만한 소년이면 소리를 지르고 달아날 형편이다. 그러나 동궁은 꾹 참고 손을 뿌리치며 여전히 상감의 옆에 서 있었다. 마음이 음울하고 닫혀진 까닭이다. 사슴은 어느 결에 또다시 동궁의 뒤로 돌아서 세 번째 동궁의 손등을 늠씰 핥았다. 참고 참았던 동궁 연산의 분노는 터졌다. 성미가 바짝 일어난 동궁은 바른발을 번쩍 들어 사슴의 허구리를 퍽 하고 질렀다. 이 뜻 안 한 아픔을 당한 사슴은 슬픈 소리를 부르짖으며 어전에서 절름절름 다리를 절며 달아난다.

이 모양을 본 상감은 마음이 좋을 리가 없었다.

당신이 극히 사랑하는 사슴을 당신 앞에서 기탄없이 걷어차니 무엄하기 짝이 없는 일이거니와, 장래의 임금 될 동궁을 위하여 문왕이 영유에 계신 듯이, 이 사슴을 보고 이 사슴을 귀여워하여 높고 고상한 맛을 알리게 하자던 것이, 그대로 당장에 헛일이 되고 마니 한심한 생각이 그지가 없다. 일껏 『시전』의 '영대장'의 뜻을 일러 준 것도 헛일이 되고 말았다.

"짐승이라도 사람을 따라서 의지하려고 애쓰는 것을 인정 없이 발로 차다니 그럴 법이 어디 있니? 왜 그리 사람이 어질지를 못하단 말이냐."

하고 동궁을 면대하여 엄한 꾸지람을 내렸다.

동궁 연산의 얼굴은 무안에 취하여 발갛게 물들었다. 꾸지람도 꾸지람이지마는 모든 내시와 궁녀들 앞에 어질지 못하다 면책하는 말을 듣고 보니 동궁의 자존심은 여지없이 부서졌다. 동궁 연산은 다만 고개를 숙이고 잠자코 있을 뿐이었다.

즐거운 마음을 놓친 성종은 동산에서 발을 돌려놓았다. 동궁 연산은 다시 상감의 뒤를 따르지 않을 수 없었다.

"이 길로 시강원으로 가서 『맹자』의 '곡속장(穀觫章)'과 『시전』 '영대장'을 백 번씩 읽고, 다시 사슴을 걷어찬 일을 곰곰이 생각해 보아!"

성종은 다시 동궁에게 이렇게 엄한 분부를 내리고 대전으로 들었다. 동궁은 하는 수 없이 앙앙한 마음을 품은 채 시강원으로 향하여 갔다.

시강원에는 그 지긋지긋하고 보기 싫은 호랑이 같은 늙은 보덕 조지서가 무릎을 꿇고 끄덕거리고 앉았다가 동궁이 들어오는 것을 보고 몸을 일으켜 맞아들인다.

대전에서 벌써 시강원으로 어느 틈에 무슨 분부가 있었는지, 조지서는 동궁이 채 자리에 앉기도 전에 밉살스럽게 빙글빙글

금삼의 피

웃으며 책장에서 『시전』과 『맹자』를 꺼내어 들고 동궁 앞으로 향해서 온다.

책을 펴놓은 동궁은 마음에 없는 글을 횡설수설 읽고 있다. 머리에는 그득히 딴생각이다.

나라에 죄를 얻은 어마마마 생각, 공연히 꾸지람을 듣게 한 얄미운 사슴 생각, 그리고 책상 앞에서 끄덕거리고 앉아 있는 밉살스러운 조지서 생각……

백 번씩 백 번씩 읽으면 이백 번이다. 『시전』 '영대장'은 몇 줄이 안 되는 것이지만 『맹자』의 '곡속장'은 소주까지 읽자면 한 번 읽기도 뻥뻥하다. 거기다가 조지서의 토를 뺐느니 안 달 곳이니 하는 잔소리가 빗발치는 듯한다. 해 안에는 다 못 읽을 지경이다. 호랑이 같은 조지서가 꼭 붙어 앉았으니 헛서수(書數)도 못 펼 지경이다. 동궁의 궁둥이는 들먹들먹하기만 한다.

— 모든 것이 어마마마가 아바마마의 용안에 손톱자국을 낸 까닭이다. 아아, 어마마마, 왜 그 일을 저지르셨소?

폐비의 아들, 죄인의 아들, 한 살씩 더 먹어 철이 날수록 동궁은 어깨를 헌칠하게 펼 수 없었다. 내로라, 얼굴을 번쩍 들기 싫었다.

— 사슴에 대한 일도 그렇지 않으냐. 어마마마가 계시었더면, 그렇게까지 모든 액례(掖隷) 앞에서 어질지 못하다고 면책하여 꾸짖기야 하실 일이냐. 참고 참고 근지럽고 무서운 것을 세 번이나 참았는 것을 도리어 놀라지 않았느냐 하실 일이지 꾸짖을 거리가 되는 일이냐? 성인은 아들보다도 사슴을 더 귀여워하더란

말이냐? 아아 죄인의 아들은 쓸쓸하구나. 어미 없는 사람은 외롭구나.

동궁은 누구에게 가슴 시원히 말할 수도 없다. 다만 간혹 틈을 타게 되면 동궁빈에게나 이 쓰라린 울적한 회포를 소곤소곤 하소연할 따름이다. 동궁의 순된 마음은 차츰차츰 이렇게 하여 좀먹어 들었다.

동궁은 밤이 깊으면 자주자주 술잔을 기울이기 시작했다.

어느 핸가, 곡연(曲宴) 때 궁녀가 받들어 올린 술잔을 얼른 마시고 즐겨하기에 으레 마시는 음식이거니 하고 멋모르고 한번 들이켠 것이 술을 배운 시초였다. 그때는 나이 어린 탓인지 한 잔을 들이켠 뒤에 얼굴이 화끈화끈 달아서 홍당무처럼 되고, 천장이 아물아물해지고 하늘과 땅은 빙글빙글 도는 것 같았다. 가슴은 두방망이질을 치고 숨결은 가쁘고 괴로웠었다. 그 뒤엔 행여 입에 못 댈 것이라 하고 술 따르는 근처엔 가지도 않던 것이, 요사이 와서는 이 물건이 없으면 견디기가 어려웠다. 근심과 시름에 잠을 이룰 수 없고, 쓸쓸한 텅 빈 마음을 위로할 길이 없었다. 길고 긴 겨울밤에 역시 어마마마의 생각으로 이리 뒹굴고 저리 기대고 조바심하여 잠을 이루지 못할 때, 동궁의 마음을 알고 있는 어진 신빈이 손수 용안주(龍眼酒) 한 잔을 금잔에 고이 부어 올리게 된 것이, 다시 술잔을 가까이한 시작이었다. 취한 탓이냐 그대로 잠이 왔다. 마비된 까닭으로 시름도 물러갔다.

밤마다 밤마다 동궁은 술잔을 아니 들 수 없었다. 근심 시름 한때라도 날리기 위해서……

금삼의 피

동궁은 이제는 한 잔, 두 잔, 석 잔, 넉 잔, 술잔 수를 거듭하게 되었다. 마시면 마실수록 근심 걱정이 빠르게 사라진다. 마음은 헝그럽고 호탕해진다. 어쩐 까닭인지 좋은 양하다.

어마마마에 대한 시름이 엷어지고, 죄인의 아들 폐비의 아들이라던 부끄러운 생각이 흩어지는 대신에 젊은 궁녀들의 아름다운 모양과 고운 탯거리도 차츰차츰 눈에 번쩍 새삼스럽게 뜨이기 시작했다.

술이 얼근히 취한 동궁은 동궁 소속의 궁녀인 소훈(昭訓), 승휘(承徽), 양원(良媛), 양제(良娣) 들의 모든 젊고 고운 궁녀들을 앞에 앉히고 희롱의 말을 던지기도 하였다. 몽롱한 취한 눈을 거슴츠레 뜨고, 밀기름 내 떠도는 꽃밭 속에서 상륙도 던지고 골패도 뗴었다. 신빈을 치어다보며 모든 수심을 흩어지게 하였다 하여,

"현처여든, 현처야!"

하고 혀 꼬부라진 소리도 던져 보았다.

신빈은 이 좀먹는 동궁의 젊은 마음을 쓰다듬어 주기 위하여 정성을 다하여 동궁의 마음을 한때라도 편안히 하여 주려 하였다.

"동궁마마, 언제든지 밤에는 저 애들을 데리고 동궁마마께서 즐겁게 노시도록 모든 것을 차려 놀 테니 낮에는 정성껏 시강원에서 글을 읽으세요. 네, 동궁마마!"

하고 동궁의 마음을 흡족게 한다. 연산은,

"현처여든, 참으로 현처여든."

하고 신빈의 등을 어루만진다.

그러나 술이 깨고 날이 밝으면 동궁의 우울한 마음은 여전히 흐리터분하게 온 가슴속으로 떠돌고 있다.

두어 해 뒤……

성종 이십오년 갑인 섣달 스무나흗날 묘시에, 이 나라에는 뜻 아니한 크나큰 슬픔이 찾아왔다.

밝은 임금, 어진 임금, 효자 임금, 글 잘하시는 임금으로 이 나라의 큰 빛과 힘이요, 만백성의 하늘이요, 어버이던, 우러러 바라고 믿던 성종대왕이 겨우 서른여덟이란 젊고 젊은 춘추로 이 세상을 버리어 승하한 것이다.

이 소문을 들은 모든 백성들은 참이냐 헛소리냐 하고 슬픈 빛을 띠어 방방곡곡에 맥이 없이 모여들었다. 섣달그믐이 박두했건만 저자거리는 한산하기 짝이 없다. 이따가 철시(撤市)가 될지 내일 저자 문을 닫을지 모르는 때문이다. 아들과 딸의 혼인들을 정한 사람들은 불시로 쉬쉬하며 치행들을 차려 보냈다. 초상집에서는 밤을 도와 행상을 하였다. 국상이 반포만 되는 날이면 꼼짝을 못 하는 때문이다.

동관 돈화문(敦化門) 문루에서 천아성 소리가 뚜— 하고 구슬피 길게 울었다. 온 장안으로 이 슬픈 소리는 바람을 따라 흩어져 퍼졌다. 정식으로 국상이 반포되는 소리다. 만백성에게 이 나라 국왕이 돌아가신 것을 알리는 소리다.

대궐 안에선 세자 연산이 백관을 거느리고 몸부림쳐 울어 거애(擧哀) 발상(發喪)한 뒤에 천조(踐祚)하여 새로이 왕위에 올랐

금삼의 피

다. 성복(成服)날 온 나라 백성들은 검은 갓을 버리고 흰 옷에 백립(白笠)을 쓰고, 궐문 밖으로 구름 뫼듯 모여 땅을 뚜들기며 부르짖어 운다. 지금은 벌써 이 세상 어른이 아닌 어질고 착한 대행대왕(大行大王)의 크나큰 덕을 추모하여 아프게 우는 망곡(望哭) 소리와, 대궐 안에는 삼백 궁녀가 흰 족두리 대수 장군(長裙)으로 왕비를 모시었고, 종친, 국척(國戚), 문무백관은 굴건제복(屈巾祭服)으로 새 임금을 모시고, 내외 곡반(內外哭班)에 나누어 빈전(殯殿)을 우러러 기함하여 통곡한다.

버림을 받은 이 신하와 이 백성들의 곡지통하는 슬픈 울음소리는 궐문 안팎에 함께 어울려 한양성 안을 휩싸 도니, 진산백악(鎭山白岳)은 떠는 듯하고, 빛나던 흰 날도 수심으로 무색하다.

온 조정과 온 나라 백성들은, 이 크나큰 초상을 치르기에 분주하였다. 총호사(總護使)가 나고 빈전도감(殯殿都監)·산릉도감(山陵都監)이 앉았다. 육주비전(六注比廛)에선 소임(所任)이 나고 여사군을 골랐다. 용산, 삼개, 감은돌, 서강, 뚝섬의 오강(五江)과 궁성에 가까이 있는 원골(苑洞), 장골(壯洞)에서는 운군 팔천 명이 나섰다.

치상(治喪)에 분주한 다섯 달이 지나갔다. (제후는 다섯 달 만에 장사 지낸다.) 대행왕의 재궁(梓宮)은 성종강정인문헌무흠성공효대왕(成宗康靖仁文憲武欽聖恭孝大王)이라 금글자로 뚜렷이 쓰인 붉은 명정을 앞세우고, 대조전(大造殿)을 나와 엄숙한 행차가 물 건너 광주 서학당골(西學堂洞) 선릉(宣陵)으로 향하였다.

세종 성주(聖主) 이후에 다시 뵈옵던 이 밝고 어진 임금을 영원히 다시 못 올 길로 보내는 늙고 젊은 사나이와 여편네 백성의 무리는, 눈물을 뿌려 대여(大興)를 우러러뵙고 슬퍼들 한다. 나라의 은혜를 망극히 받았건만, 늙고 병들어 마지막 가는 길을 산릉까지 모시지 못하는 해골을 빌린 재상들은 십 리 밖에 부축되어 나아가 언덕에 엎드려 몸부림쳐 통곡한다. 엄숙한 행차는 이십 리를 뻗쳤다. 앞에는 용대기가 서고, 금도끼 은도끼 수정봉 홍양산 들의 기치창검이 햇빛을 가리었고, 다음엔 책보(冊寶)를 담은 봇궤가 수없이 늘어서 온다. 평시에 타던 연이 자주 옷 입은 무예청들에게 메어서 가고, 등롱이 휩싸 옹위하였다. 소여(小興)가 지나간다. 왕등(王燈), 백저등(白苧燈)으로 휩싸 모셨다. 오색이 휘황한 소여를 빼어 놓고는 하얀 상옷의 바다다. 소여를 끄는 여사꾼들은 삼팔저고리 삼팔바지에 상그런 북포(北布)로 베 두건을 쓰고 고운 베 중추막에 베 행전을 쳐서 모양 있게 거들었다. 돈 많은 육주비전 시정들의 자제들이다. 운군은 누런 삼베 두건에 삼베옷들을 입고 소여를 메었다. 오강의 백성과 내시 집 하인들이다.

방상씨(方相氏)가 나가고 죽산마(크게 대로 말을 만들고 종이로 바른 것이다)가 지나갔다. 궁녀들이 베 너울을 쓰고 마상에서 슬피 부르짖어 울며 나간다. 여사대장이 흰 안올림 벙거지에 베로 만든 구군복을 떨쳐입고 칼을 잡고 말 위에 높이 앉았다.

대여가 아득히 구름 위에 솟은 듯 앙장을 바람에 나부끼며 납시었다. 또다시 운군과 여사꾼과 하얀 물결이 바다처럼 엄숙하고 질서 있게 움직였다. 뒤에는 소교(素轎) 열여섯이 따랐다. 새

금삼의 피

임금 연산이 앞에 타고, 그다음엔 나중에 중종(中宗)이 될 진성 대군(晋城大君)이 타고, 그다음엔 후궁 출생인 계성군(桂城君), 안양군(安陽君), 완원군(完原君), 회산군(檜山君), 봉안군(鳳安君), 진성군(甄城君), 익양군(益陽君), 화성군(和城君), 경명군(景明君), 전성군(全城君), 무산군(茂山君), 영산군(寧山君), 운천군(雲天君), 양원군(楊原君)의 열여섯 아들이 차례대로 영여(靈輿)의 뒤를 쫓는다. 전고에 드문 이 많은 왕자들을 우러러보는 백성들은 눈물을 뿌리다가도 차탄하지 않는 사람이 없었다.

"어쩌면 저렇게 아드님이 많으시오!"

"그러게 말이야, 춘추도 높지 않으신 터에."

"그나 그뿐이오, 옹주 따님이 또 열한 분이라우."

"근감도 하시지, 전세에 공덕을 많이 쌓으신 탓이지."

하고 이렇게들 주고받았다. 종실과 부마들이 가고 만조백관이 굴건제복으로 뒤를 따랐다. 다시 혼여(魂輿)로 모실 연이 나갔다. 차비관(差備官)과 충의 참봉(忠儀參奉)이 각기 맡은 소임대로 오모각대(烏帽角帶)의 천담복을 입은 이도 있고, 백모백포(白帽白袍)로 나가는 사람도 있고, 굴건제복으로 따르는 이도 있었다.

일대의 밝은 임금의 칭송을 받은 성종은 이렇게 하여 천승(千乘)의 왕이란 부귀영화를 헌신처럼 버리고, 늙은 왕대비, 어린 왕자들을 남긴 채 만사를 잊고 길이길이 선릉에 잠들었다.

— 죽은 혼이라도 능행길에 다시 한번 어가를 우러러뵈입겠으니, 나를 건원릉 옆 기슭에 묻어 달라 하던 폐비의 무덤은, 말씀대로 청량리 고개 밖에 묻혀 계시나, 공교롭게 한 분은 양주 땅

이요, 한 분은 광주 땅이다. 무덤이 인산 행차를 우러러뵈올 수 없고, 대왕의 마지막 가시는 재궁도 폐비의 무덤을 굽어보시어 외로운 혼을 위로해 주실 길 없다.

다행히 두 신령스러운 영혼이 오고가 만나게 될 기회가 있었는지, 그러할 수 바이 없어 길이길이 정과 한을 머금은 채 그대로 영원히 갈려졌는지는, 우리 사람들의 머리와 힘으로는 생각하여 판단치 못할 노릇이다.

不是吳心偏愛菊 此花開盡更無花. (내 마음 편벽되어 국화만 사랑
함 아니로세. 이 꽃 다 진 뒤엔 또다시 꽃이 없는걸.)

이것은 성종이 승하하기 몇 달 전에 사헌부 장령(司憲府掌令)이, 어느 왕자를 너무 귀여워하신다 간하였더니, 아무 말씀도 없이 이 글귀 한 수를 지어 장령에게 주었다.

세상에서는 이것을 가리켜 성종의 '단명구(短命句)'라 전한다.

성종이 뒷세상에 큰 도움을 주게 한 것은 신묘년에 왕형공(王荊公), 구양공(歐陽公)의 글씨를 집자(集字)하여 구리로 주자(鑄字)를 만들게 하고, 계축년에 또 명나라 강목(綱目) 글자를 본떠 계축자를 만든 것이다.

『동문선(東文選)』, 『여지승람(輿地勝覽)』, 『동국통감(東國通鑑)』 같은 것도 다 성종의 분부로 만든 것이요, 『사기(史記)』, 『강목(鋼目)』, 『춘추(春秋)』 등의 삼십여 종의 책을 우리 종이와 주자로 박아 널리 세상에 퍼지게 한 것도 잊지 못할 갸륵함이다.

금삼의 피

남대문 밖 반송(盤松) 가 연못 앞, 널찍한 정자 안에는 손을
보내는 담박한 술상이 벌어졌다. 정자 안, 맞은편 도리 위에는
당시 문장으로 이름이 높던 사가 서거정(四佳徐居正)의 이 정자
를 두고 지은 「한도십영(漢都十詠)」 중의 하나인 「반송송객(盤松
送客)」이라는 시를 쓴 현판이 달려 있다.

　　　故人別我歌遠遊

　　　何以送之雙銀.

　　　都門楊柳不堪折

　　　芳草有恨何時休.

　　　去年今年長參商

　　　富別貧別皆斷.

　　　陽關三疊歌旣

　　　東雲北樹俱茫茫.

　　　(친구는 날 이별해 멀리 놀아 노래하네.

　　　무얼로 보내더냐 은술병이 한 쌍일세.

　　　성문 앞 버들가지 꺾기는 어려워라.

　　　한 서리운 꽃다운 풀 어느 때나 잊을 거냐.

　　　올이나 지난해나 늘 두고 어긋나니.

　　　있는 이라 없는 이라 이별엔 애가 타네.

　　　이별 노래 세 곡조로 다 노래하고 나니.

　　　동편 구름 아득하다 북쪽 나무 질펀쿠려.)

가는 이는 학문과 문장이 당대 사림(士林)의 영수(領袖)인 형조판서로 있던 점필재(佔畢齋) 김종직(金宗直)이요, 보내는 사람들은 그의 문인인 추강(秋江) 남효온(南孝溫), 한훤당(寒喧堂) 김굉필(金宏弼), 일두(一蠹) 정여창(鄭汝昌), 신당(新堂) 정붕(鄭鵬), 매계(梅溪) 조위(曺偉), 허암(虛庵) 정희량(鄭希良), 김일손(金馹孫), 무풍정(茂豊正), 권경유(權景裕), 권오복(權五福), 이목(李穆), 홍유손(洪裕孫) 들의 덕행으로 지조가 높은 이와 글 잘하기로 이름을 얻은 한때의 명류(名流)들이다.

대행왕 성종의 인산(因山)도 받든 지가 벌써 두어 달이다. 형조판서 김종직은 늙어 병든 것을 칭탁하고 벼슬을 버리고 고향인 선산(善山)으로 돌아가는 길이다.

김종직의 아버지는 숙자(叔滋)라 하는 이니, 고려 때 충신으로 이름이 높은 길야은(吉冶隱) 선생의 제자다. 야은 선생에게 도학을 배운 김숙자는 그 아들 점필재 김종직에게 연원(淵源)을 전하였다. 점필재가 나이 겨우 스무 살 되었을 때 글 잘한다는 소문이 컸다.

어세겸(魚世謙)이라는 늙은 재상은, 그의 시를 보고 나 같은 사람은 점필재의 종이나 되어 말몰이하는 채찍이나 잡을 수밖에 없다 하였다.

그리고 점필재는 그의 아버지가 돌아갔을 때, 삼 년 동안을 여막(廬幕)에 거처하여 상식을 올릴 때마다 어떻게 슬프게 우는지 지나가던 사람도 점필재의 효성스러운 울음소리를 듣고 눈물을 뿌려 울지 않는 이가 없었다.

그는 일찍이 단종조 때 진사(進士)로, 세조가 나라를 차지한 이후에도 그대로 벼슬을 하였으나, 그것은 점필재에게 늙은 어머니가 계신 까닭에 그의 어머니를 굶주리지 않게 하기 때문이다. 그러나 점필재는 마음속으로 항상 세조를 못마땅하게 생각하여, 은연히 단종을 초나라 불쌍한 임금 의제(義帝)에 비기고, 세조를 신하로서 그 임금을 시(弑)한 항적(項籍)에게 빗대어 의제를 조상하는 글을 지었다. 이렇기 때문에 남추강(南秋江) 같은 이도 은근히 점필재를 허물지 않고 선생으로 대접한 것이다. 이런 까닭에 뜻있는 강개한 선비와 글 잘하는 사람들은 그의 제자 되기를 즐겨하였다.

술이 서너 순 돌아 귓불이 훗훗하여지기 시작했다.

"선생이 시생들을 버리고 가시면 시생들은 어찌하란 말이오."

하고 김일손이 점필재를 치어다보고 말했다. 점필재는 조그만 몸집을 가로 흔들며 두 손으로 허연 수염을 쓰다듬으면서,

"나이 늙은 게 조정에 더 있으면 무얼 하나, 자네 같은 기상이 씩씩하고 덕이 높은 이들이 많이 있는데……."

하고 얼굴에 추연한 빛을 띠었다.

점필재의 추연한 얼굴을 바라보고 있던 좌중의 한 사람인 남추강은 돌아오는 술잔을 받아 쭈욱 들이켠 뒤에,

"나는 선생이 가신다는 말씀을 어제 무풍정의 전인 편지로 겨우 알고 비루먹은 말을 타고 고양(高陽) 삼십 리를 억지로 달리느라고 땀을 무진 흘렸소."

하며 해진 베 도포에 떨어진 갓을 쓰고 호걸스러운 웃음을 껄

껄 웃는다. 모두들 교리 옥당이 아니면 승지 은대(銀臺)요 참판 판서라. 아무리 국상 중일망정 백립은 눈같이 깨끗하고 탕건은 검고도 윤이 흘렀다. 이 중에 추강 남효온의 해진 도포 해진 갓은 유난하게도 두드러졌다. 그러나 삼십을 겨우 넘어선 젊은 얼굴에 화경같이 번쩍거리는 영채 도는 두 눈과 호방하고 걸걸한 웃음소리는 만좌를 누르고도 남음이 있다.

"추강 수고하였소. 내가 이번에 내려가면 어느 때나 다시 추강의 높은 범절을 대하게 되는지 한심스럽소."

점필재는 이렇게 말하고 손바닥을 어루만진다. 벼슬이 정경(正卿)이요 나이가 존장인 데다 추강의 선배이면서도 그의 이름을 부르지 않고 점필재는 추강 추강 하며 남효온을 대접해 불렀다. 추강 남효온은 단종 때 유명하던 매월당 김시습(梅月堂金時習) 선생이 깊이 허락하는 격 높은 사람이다.

하루는 김시습 선생이 남추강을 보고,

"……나는 일찍이 세종대왕의 두텁게 알아주시던 옛정을 생각하여 이렇게 농세상을 하고 벼슬을 아니 하지마는 자네야 무슨 까닭에 벼슬을 하지 않고 좋은 포부를 그대로 썩인단 말인가?"

하고 남추강더러 출세하기를 권했다. 이 소리를 들은 남추강은,

"……소릉(昭陵)을 폐한 일은 천지 대변이온데 될 말이오니까. 소릉이 복위되신 뒤에 과거를 하여도 늦지 아니합니다."

하고 대답하였다. 매월당은 남추강의 젊은 손을 단단히 잡고

눈물을 흘린 일이 있었다.

소릉은 누구를 모신 곳이냐 하면 세종대왕의 며느리요, 문종대왕의 왕비시요, 단종의 어머니요, 세조의 형수인 현덕왕후 권씨(顯德王后權氏)였다. 세조가 그 조카 되는 어린 임금 단종의 자리를 차지한 뒤에 사육신은 단종을 다시 임금의 자리로 모시려다가 선불리 일은 탄로되어 버렸다. 세조는 그냥 육신들을 극형에 처하여 죽이고 다시 나 어린 단종을 참혹하게 영월 청령포(淸冷浦)에서 죽게 하였다.

이상하게도 이 일이 있은 지 얼마 안 돼서, 세조가 하룻밤엔 깊이 잠이 들어 꿈을 꾸니 단종의 어머니인 현덕왕후 권씨가, 장중한 왕후의 예복을 입고 진노해 세조를 흘겨보며,

"……네가 죄 없는 어린 내 아들을 죽였으니 나는 네 아들을 죽이련다. 네 그리 알아라."

하시고 지엄한 꾸지람을 내렸다.

꿈을 소스라쳐 깬 세조는 잔등이에 땀이 물 흐르듯 하고 골치가 뻐개지는 듯이 아팠다. 마음이 좋지 아니하여 다시 잠을 이루지 못하고 앉았으려니, 밤은 벌써 자정이 넘었는데 별안간 궁녀들의 달음질치는 소리가 들리며…… 상감마마, 동궁이 갑자기 지금 운명하셨소, 하는 소리가 장지문 밖에서 났다. 동궁은 성종의 아버지인 덕종이었다. 세조는 머리끝이 쭈뼛하며 어찌할 줄을 몰랐다. 초저녁에도 멀쩡히 들어왔던 동궁이 운명을 하다니…… 세조의 눈에는 또다시 아까 꿈에 보이던 현덕왕후의 진노한 옥안이 역력히 나타났다. 아무리 담력이 큰 세조도 다리와

손이 벌벌 떨려 어찌할 줄을 몰랐다. 그러나 동궁이 돌아간 것은 꿈이 아닌 사실이었다. 밝은 날 세조는 역정이 벌컥 일어났다.

— 요마한 여자의 혼이 무엇을 안다고.

— 네 그 소릉을 파헤쳐 버려라!

이렇게 하여 세조는 다시 그의 형님인 문종대왕의 왕비의 산릉을 뻐개게 하였다.

안산(安山) 소릉 근처에서는 사신이 내려와서 산릉을 뻐개기 며칠 전에 밤이 깊어 자정쯤 되면 사람의 간담을 서늘하게 만드는 여자의 애처로운 곡성이 능 속에서 일어나서 온 동리 안으로 퍼졌다. 가만히 귀를 기울여 자세히 들으면, 마디마디 꺾이는 울음 속에는 은은히 하소연하는 듯 탄식하는 듯한 푸념 소리가 섞여서 났다.

"……내 집마저 헐 테니 어찌한단 말이냐. 어디다 의지하고 지낸단 말이냐."

하는 소리가 역력히 바람결에 나타났다가 스러져 버렸다.

이 소리를 듣는 동리 백성들은 모골이 송연하였다.

며칠 뒤에 세조의 명을 받든 사신이 수백 명 군사와 백성들을 거느리고 산릉을 뻐개고 석실(石室)을 깨뜨리니, 청명하던 하늘이 별안간 깜깜해지며 바람과 비가 몹시 불고 쏟아져서 돌이 날고, 나무는 부러져 지척을 분간할 수가 없었다. 수백 명 군졸이 한꺼번에 재궁(梓宮)을 끌어내 모시려 하나, 재궁은 요지부동 꼼짝도 아니하였다. 사신은 하는 수 없이 왕의 명이라 할 수 없다는 제문을 지어서 읽고, 정성을 다하여 제사를 지낸 뒤에 다시

금삼의 피

군사와 백성을 시켜서 재궁을 모시게 하였다.

현덕왕후의 재궁은 그제야 움직였다. 세조는 재궁을 사흘 동안 그대로 산길 옆에 내버려두었다가 다시 안산 바닷가에 내버려 흙을 덮게 하였다. 재궁은 차츰차츰 조수에 밀려 건너편 산기슭에 닿았다. 이 산속에는 조그마한 암자 하나가 있었다. 중한 사람이 밤에 잠을 자려니 바다 속에서 웬 구슬피 우는 여자의 곡성이 멀리 들리더니, 울음소리는 차츰차츰 가까이 와서 절이 있는 언덕 밑에서 멈추는 것 같았다.

중은 깜짝 놀라 불을 켜들고 산에서 내려가 보니 바닷가 산기슭에는 보통 사람의 관이 아닌 듯한 우람하고 큰 관이 조수에 밀려왔다. 중은 이튿날 밝기를 기다려 다시 관을 자세히 보니, 관상에는 현덕왕후의 관상명정이 주토로 뚜렷이 쓰여 있었다. 풀을 베어 재궁에 덮고 그 위에 진흙을 그러모았다. 세조는 현덕왕후 권씨를 폐위시키고 종묘에서 신주까지 없애 버리어 그 형님 문종의 신주만 홀로 앉아 있게 하였다.

이것이 남추강이 매월당 김시습 선생에게 말한 소릉의 변이란 것이다. 남추강은 열여덟 살 되었을 때 유학(幼學)으로 성종께 소릉 현덕왕후를 복위시키라는 상소를 올렸다. 성종이 밝은 임금, 어진 임금이라 하니, 다행히 자기의 상소가 들어가 현덕왕후가 복위되는 날이면 과거를 하여 벼슬을 하여도 좋고 만일 그렇지 않게 된다면 죄를 입고 귀양을 가든지 한 세상을 백두로 그대로 보내든지 하리라는 결심이 있는 까닭이었다.

그러나 아무리 밝고 어진 성종일지라도 얼른 용이하게 그 할

아버님이 하신 일을 고치실 수는 없었다. 몇 달 귀양살이만 하고 난 남추강은, 다시는 과거를 보지 않고 구름과 달을 불러 정을 주고 산과 물을 찾아 회포를 풀었다.

추강은 이렇게 나이는 젊으나 지조가 높은 선비다. 매계 조위(梅溪曹偉)가 술잔을 내어 남추강에게 따른 뒤에,

"여보 추강, 새 상감께 다시 한번 소릉 일로 상소를 올려 보시오."

하고 추강에게 소릉 복위하는 상소를 또 올리기를 권한다. 한훤당 김굉필이 옆에 있다가,

"안 되지."

하고 고개를 흔들었다. 한훤당은 일찍이 조지서와 허침과 함께 동궁의 강관(講官)으로 있었던 까닭으로 대강 연산의 성정을 짐작하는 까닭이다.

"여보 매계, 날 보고 상소를 또 올리라지 말고 점필재 선생보고 더 좀 높은 벼슬을 해보시라고 그리오."

추강은 의미 깊은 소리를 한마디 던지고 호걸스러운 웃음을 웃으며 또다시 술을 마신다. 이 소리를 듣고 앉았는 점필재는 얼굴에 빙긋이 가만한 웃음을 띤다.

그중에 진실하고 어리석은 듯한 권경유(權景裕)가 술잔을 점필재에게 바치며,

"새 상감께서 영명(英明)하신데 선생은 왜 이렇게 남추강 말씀대로 벼슬을 버리고 가시오."

하고 물었다. 점필재는 술잔을 받아 들면서 이 곧은 사람에게

금삼의 피

바른대로 대답하지 않을 수 없었다.

"새 상감의 안정(眼睛)을 뵈오니 나 같은 늙은 신하는 모가지와 옷깃을 보전하면 다행이겠소."

하고 술을 마신 뒤에 입을 다물었다.

맨 말석에 앉았던 홍유손이 점필재를 치어다보고,

"소인 따위야 무얼 알겠소마는 새 상감이 영특하시고 안 하시고 간에 대감께서는 여태 계실 것이오니까. 벌써 가실 게지. 대관절 대감께서 조정에 계시어서 하신 일이 무엇이오니까. 무슨 포부를 다하셨으며 무슨 건백(建白)이 성금 서셨습니까. 늘 두고 여쭙는 거지만 공연히 나라의 녹(祿)만 잡수셨지, 벌써 가실 것이지요. 대행 성종대왕 경연 자리에 사육신을 충신이라 대감이 말씀하실 때, 용안이 자못 불쾌해지셨다 하니, 대감은 그때 일어나셨어야 마땅하시지요. 그렇지 않다면 폐비께 사약을 내릴 때, 대감이 한마디 간하는 말씀을 하셨어야 당연한 일이외다. 새 상감께서 영명하시고 안 하시고를 가지고 이야기할 게 아니지요."

이 홍유손의 싸늘한 기운이 도는 듯한 얼음장같이 찬 말에 좌중은 숙연하였다. 여태 마시던 술기운이 별안간 깨이는 것 같았다. 점필재 종직은 옷깃을 여미고,

"여경(餘慶)의 폐부(肺腑)를 찌르는 듯한 높은 말씀은 내가 마땅히 꾸지람을 들어야 싸이."

하고 선생으로 그 제자에게 사과하는 아량을 잃지 않았다.

여경은 홍유손의 자다. 그는 별호를 광진자(狂眞子)라고도 하고 조총(條叢)이라고도 부른다. 그는 본시 남양 아전의 아들로

글과 행실이 동료 중에 탁월하게 뛰어났다. 어느 동네인지는 몰라도 남양 태수(南陽太守)가 그 글과 행실을 기특하게 보아 이역(吏役)을 면해 주었다.

홍유손은 점필재의 문을 찾아 몇 해 동안 공부를 더 쌓았다. 그러나 한미한 문벌을 가진 그를, 아무리 문장이 높다 한들 조정에서 알아줄 리 없었다. 불경을 좋아하고 매월당 남추강들을 찾아 추축하며, 눈을 희게 떠 세상을 깔보고 고담준론(高談峻論)으로 사람의 가슴을 서늘하게 한다. 죽림칠현(竹林七賢)을 본받아 소요관(逍遙冠)을 쓰고, 대밭을 찾아 술잔을 기울이고, 시를 읊으니 글자 그대로 물외한인(物外閑人)이었다. 이 죽림칠현 속에 중요한 사람은 원통하게 돌아가신 단종 때문에 벼슬 안 하는 남추강, 거문고 잘 타고 시 잘 짓는 무풍정 총(摠), 이학(理學)과 시를 잘하고 음률을 잘하는 수천부정(秀川副正) 정은(貞恩 : 오리 정승 이원익의 조부다), 한경기(韓景琦) 들이었다.

홍유손이 젊었을 때 불경을 좋아하는 때문에 원각사에 있을 때 일이다.

괴애(乖涯) 김수온(金守溫)과 사가 서거정이 홍유손이 글재주가 비범하다는 소리를 듣고 원각사로 찾아와서 운자(韻字)를 내고 글을 지으라 하니 홍유손은 운자가 떨어지기 무섭게,

청산녹수오가경(靑山綠水吳家境)
명월청풍숙주장(明月淸風孰主張)
(푸른 산 퍼런 물은 내 집의 경계어니 밝은 달 맑은 바람 누가 주인

인고.)

하고 읊었다.

마침 옆에 있던 매월당 김시습이 이 거동을 보고 서거정을 치어다보며,

"……강중(剛中)아, 네가 이만큼 지어 보겠니?"

하고 탄복하기를 마지않았다 한다. 강중은 서거정의 자이다.

어떻든 홍유손은 이렇게 기걸한 사람이다.

홍유손의 말과 점필재의 대답을 듣고 있던 한훤당은 빙긋이 웃으며 돌아오는 술잔을 들고,

"여경의 입도 어지간히 뾰죽한 입이여."

하고 마음에 든다는 뜻을 표한다. 한훤당도 항상 점필재에게 나라에 건백이 서지 않는다면 차라리 조정에서 물러 나오라 충성된 권고를 해오던 터이다. 한훤당 김굉필의 도학(道學)은 푸른 것이 남빛에서 나왔건만 도리어 더욱 푸르다는 격으로 점필재의 제자이면서도 문장과 시가보다 도학 공부에 있어서는 우뚝이 선생을 뛰어넘어 세상이 현인으로 허락하는 칭송을 받는 이다.

유손은 한훤당을 치어다보며,

"선생, 죽림칠현의 고담준론하는 허튼 수작을 여태 모르셨소. 이래 보여도 소인이 죽림칠현의 한 사람이오, 허허……."

농치는 웃음을 높이 웃으며 무풍정을 돌아보고,

"여보 무풍정 나으리, 거문고나 한 곡조 이별곡으로 타보십시오."

하고 조른다.

무풍정은 태종대왕의 아들인 온녕군(溫寧君)의 손자다. 호를 구로주인(鷗鷺主人)이라 하고 시를 잘 짓고 거문고를 잘 탔다. 어떤 사람은 그의 거문고 소리를 듣고, 만 떨기 모란꽃이 쨍하게 갠 날에 난만하게 궁중에 핀 것 같다 하였다. 단종의 참변이 있은 후에는 조그마한 초막을 양화도(楊花渡) 나룻가에 짓고 거루에 몸을 싣고 낚싯대와 그물로 세월을 보냈다. 사귀는 이는 글 잘하고 기백 있는 친구요, 벼슬 높고 속된 사람이 찾아오면 배를 흘려 강물로 피해 버린다. 점필재에게 잠깐 시를 배웠지만 포의(布衣) 남효온과 아전의 아들 홍유손이 그중 친한 친구다. 무풍정은 홍유손을 치어다보며,

"광진자 이 사람아, 아무리 미친 체를 하기로서니, 자네 눈에는 백립도 뵈지 않는가?"

"그 사람이 당호 행세를 짭짤히 하는군."

하고 남추강이 껄껄 웃으며 말을 받았다.

"심심해 어떻게 하우. 그대로 건짜로 술만 마시나. 이런 때 매월당 선생이 계시었더면!"

하고 홍유손은 가만히 한숨을 쉰다. 매월당 김시습은 이태 전 계축년에 홍산(鴻山) 무량사(無量寺)에서 쉰아홉 살로 작고한 것이다.

반송 맞은편 숭례문 쪽에서 벽제 소리가 나며, 초헌(軺軒)을 탄 재상의 행차가 정자를 향하고 온다. 만좌는 의아하여 서로 돌아보며 누군가 하였다.

정자로 올라서는 것을 보니 무령군(武靈君) 유자광(柳子光)이다.

백모백포에 위의를 떨뜨려 잔뜩 거들었다. 무풍정 총과 포의 남추강이 외면하고 앉은 이외는 온 좌중은 아니 일어날 수 없었다. 점필재 이하로 모든 사람들은 조정에서 벼슬하는 사람들이다. 벼슬 계제를 아니 찾을 수 없었다.

들어오는 유자광은 점필재 김종직을 보고 읍한 뒤에,

"대감이 벼슬을 버리고 가시다니 말씀이 되는 일이오니까. 소인은 전혀 몰랐소."

소인은 호반이 문관에게 제 몸을 낮추어 하는 소리다. 무령군 유자광은 아무리 계제가 높아도 호반인 까닭에 이렇게 점필재를 대해서 소인이라 자기 몸을 낮추는 것이다.

"늙고 병든 게 공연히 시위소찬(尸位素餐)으로 앉아 있으면 무얼 합니까. 시골 내려가 약이나 먹고 나머지 세월을 보내는 게 당연하지요."

점필재는 이렇게 말하고 자리를 사양하여 상좌를 유자광에게 권한다. 유자광은 사양하여 점필재의 다음 자리에 앉으면서,

"아까 궐내에서 윤 의정에게 대감이 벼슬을 사직하셨단 소리를 비로소 처음으로 듣고, 그동안 길을 떠나셨는지 어떻게 되었는지 알 길이 없어, 사람을 놓아 수소문해 듣고 이렇게 쫓아 나온 길이오. 그래도 우리 터에 작별이라도 해야 옳지 아니하오."

하고 말 속에는 은근히 꼭 찌르는 듯한 가시가 숨겨 있다. 윤 의정은 윤필상(尹弼商)이다.

"이렇게 대감이 멀리 전송을 나와 주시니 생(生)에게는 과분하오."

하고 점필재는 입을 다문다.

유자광은 눈을 날카롭게 떠서 좌중의 얼굴을 훑어본다. 교리 정붕(鄭鵬)은 자광에게 향하여 절을 아니할 수 없었다. 자광은 정붕의 표친(表親)이 되는 까닭이다. 자광은 정붕의 절을 허리를 굽혀 대답하며,

"어허 자네도 왔던가. 높은 선생이 가시는 길이라 일국의 청류(淸流)가 다 모이셨네그려."

한 뒤에 정붕의 옆에 괴상스러운 소요관을 쓰고 앉은 홍유손을 못마땅하게 흘겨본다.

술상이 물러가고 다른 술상이 새로이 나왔다. 그러나 좌중의 흥미는 아주 깨어지고 말았다.

유자광은 부윤 유규(府尹柳規)의 첩의 아들이다. 몸이 날쌔고 힘이 많아서 높은 나무에도 잘 오르고 길 되는 담도 획획 뛰어 넘었다. 젊어서는 노름하고 계집의 집으로 돌아다니던 말할 수 없는 무뢰한이다. 이렇기 때문에 그 아버지 되는 유규도 버린 자식으로 금쳐 놓았던 것이 어찌어찌하여 경복궁 건춘문(建春門) 지키는 수문장이 되었다가, 무자년 남이(南怡) 장군이 죽을 때 고변자(告變者)의 한 사람으로 공신이 되어 무령군(武靈君)이 되었던 것이다.

성종도 대강 그 인물을 짐작했던 까닭인지 별로이 직책 있는 중요한 벼슬은 주지 아니하고, 세조 때 공신이라 하여 그대로 무

령군의 대우만 주었던 것이다.

자광 제 자신은 호걸인 양 자처하지마는, 원체 그 밑바닥이 보잘것없는 데다가 성미는 음흉하여 자기보다 나은 사람은 시기하고, 아무것도 배운 것 없이 꺼덕거리니 선비들이나 벼슬하는 사람들이 그를 친구로 허락하는 사람이 있을 리 없었다. 유자광은 이렇기 때문에 더욱 선비들을 시기하는 마음이 컸었다.

어느 땐가 유자광은 함양(咸陽) 구경을 갔다가 으레 그때 명류 재상(名流宰相)들이 하는 식으로 시를 지어서 객사에다 현판을 만들어 달아 논 일이 있었다.

그 뒤에 점필재 김종직이 함양으로 내려갔다가, 유자광의 현판을 보고 글이 하도 고약망측하니까, 유자광이란 어떤 사람이란 말이냐, 아니꼬우니 그 현판을 떼어 버려라 하여 객사에 달린 유자광의 현판을 모조리 떼어 버린 일이 있었다.

이 소리를 들은 유자광은 네 이놈 보아라 하고 이를 갈고 팔을 걷어붙이며 점필재를 벼르고 원망했다. 그러나 그때 점필재는 한참 성종이 알아주어서 감히 손을 댈 틈이 없을뿐더러 조정과 선비들 사이에는 점필재의 뒤를 보아주는 친구와 제자가 그득히 찼었다.

유자광은 속으로는 절치부심하는 원한을 머금고도 점필재 하며 김종직을 찾았다. 어느 기회든지 꼭 붙들어 점필재를 모함하려는 까닭이다.

오늘도 점필재가 형조판서를 사직하고 고향으로 돌아간다는 소식을 듣고 마음속으로는 무한히 기뻤으나, 그것보다도 전송을 나온 것은 대개 어떤 사람들이 모였으며 어떠한 이야기들을 하고 있나 동정을 슬쩍 살펴 두려고 나온 것이다.

유자광이 나온 뒤의 술자리는 탐탁할 리 없었다. 점필재는 보냄을 받는 사람이니 술잔을 아니 들 수 없고, 신당 정붕은 유자광과 표친이 되는 까닭에 하는 수 없이 술상 옆에 앉았고, 소요관 쓴 광진자 홍유손은 실없는 탓으로 유자광 옆에 앉았고, 그 나머지 사람들은 술이 취한다, 속이 거북하다 핑계하고 비슬비슬 술상에서 떨어져 난간에 기대는 사람도 있고, 연못가로 내려가 방싯이 웃음을 머금은 맑고 맑은 연꽃 향기를 맡고 있는 이도 있었다.

신당 정붕은 유자광이 표친이 되는 까닭에, 설날과 제석(除夕)에 문안하는 종년을 자광의 집으로 보내지 않을 수 없었다. 정붕은 종년을 보낼 때면 반드시 빨랫줄로 어깨와 팔죽지를 아프도록 단단히 졸라매서 보낸다. 그러면 종년은 유자광의 집을 가기 무섭게 문안 전갈만 하고 뒤도 돌아보지 않고 피잉 돌아온다. 아프고 괴로우니 얼른 집으로 와서 상전에게 빨랫줄을 끌러 놓으려는 때문이다. 이것은 유자광이 간사한 소인인 까닭에 종년이 공연히 오랫동안 씨부렁거려 잔소리를 하다가 쓸데없는 말질을 할까 보아 아파서 얼른 오도록 예방을 하는 정붕의 묘한 계교다.

정붕은 곧고 맑은 사람이다. 성희안(成希顏)이 영의정으로 있고 정붕은 청송부사(靑松府使)로 있을 때 일이다. 성희안이 정붕을 잘 아는 까닭에 사사로이 편지를 하고, 청송에 잣이 많고 꿀

금삼의 피

도 좋은 것이 있다 하니 잣과 꿀을 좀 보내 주었으면 생각 있게 쓰겠노라 하였다.

정붕은 보내 달라는 꿀과 잣은 아니 보내고 답장 편지만 성희 안에게 올렸다.

栢在高山絶頂上 蜜在民間蜂筒中 爲太守者何由而得之.

(잣은 높은 산 상상봉에 있고 꿀은 백성의 집 벌통 속에 있으니 원 된 사람이 어떻게 얻을 수가 있소.)

하는 소리다. 이 편지를 받은 성희안은 얼굴이 시뻘게지며, 영 의정으로 사과하는 편지를 아니할 수 없었다.

정붕은 이렇게 도덕이 높고 기개 있는 사람이다.

유자광이 술을 마신 뒤에 친히 술잔에 술을 부어 점필재에게 권하며,

"대감, 참 섭섭하오."

하며 가장 작별하기가 아까운 듯한 추연한 빛을 보인다.

점필재가 잔을 받으며,

"피차에 마찬가지요."

하고 간단하게 대답했다.

옆에 앉았던 홍유손이 유자광을 치어다보며 조롱 비슷한 말 씨로,

"대감, 송별시나 한 수 지어 보시우."

유자광은 창졸간에 얼른 무어라 대답을 못 하고 있다.

"한 수 지으시지. 붓과 종이를 가져오라구 할까요. 서사가의 글 모양으로 뒷사람들이 저렇게 대감의 글을 이 정자에 현판을 해서 달는지 누가 아우."

홍유손의 말소리에는 확실히 유자광을 비꼬아 놀리는 말씨가 엉키어 있었다. 유자광의 얼굴은 시뻘겋게 변했다. 함양서 자기의 글 지은 현판을 점필재가 떼어 버린 것을 은연중 꼬집어서 놀리는 수작이다. 만좌는 홍유손을 눈짓하여 꾸짖었다. 그러나 때는 벌써 늦었다. 유자광은 소매를 떨쳐 일어나며 홍유손을 노려보고,

"나는 호반이라 글을 모르네. 자네가 나를 놀리는 셈인가, 어고이한 손이로군."

한마디를 던진 뒤에 다시 점필재에게 몸을 굽히어 잘 가라는 전송의 말을 마친 뒤에 뒤도 돌아보지 않고 정자 아래로 내려선다. 점필재와 정붕이 뒤를 따르며 만류했으나 유자광의 노염이 풀릴 리 없었다.

온 좌중은 서로 돌아다보며 홍유손의 쓸데없는 가벼운 입을 탄식하고 나무랐다. 앞날에 어떠한 뜻 아니한 봉변이 일어날는지 모르는 까닭이다.

해는 벌써 중천을 지나 서편으로 여남은 발을 기울였다. 점필재는 서산 나귀에 손질을 다시 하게 하고, 여러 정든 친구와 제자들을 작별한 뒤에 나귀 등에 선뜻 올라앉았다. 교리 정붕은 점필재의 손을 다시 잡으며,

"선생, 나도 며칠 뒤에는 내려가겠소!"

하였다. 점필재는 대답 대신에 뜻 깊은 눈으로 정붕을 내려다보며 고개만 끄덕끄덕한다. 김종직과 정붕은 다 같은 선산 사람들이다.

추강 남효온은 눈물을 머금고,

"자 선생, 그러면 안녕히 가시오. 아마 나는 대감을 다시는 못 만날 것 같소."

하고 진정으로 떨어지기가 몹시도 애운해한다. 점필재의 나이 많은 데다가 남추강은 사십 미만이나 몸이 몹시 약하고 병이 잦은 까닭이다. 이렇게 하여 점필재 김종직은 새 상감의 안정이 무섭다 하여 자기 고향으로 내려가 드러누워 버렸다.

새로이 상감이 된 연산은 우선 무엇보다 그 어머니 되는 폐비를 어떻게 하면 복위를 해드려야 할 것인가 하고 자나깨나 마음이 괴롭다. (아무리 폐한 임금이라 하나 그래도 성종대왕의 적자요. 임금의 자리에 있은 지가 열두 해다. 감히 공경하는 말을 소홀히 할 수 없다.)

자신은 한 나라의 군왕으로 앉아 있으면서도 자신의 어머니는 일개 서인의 무덤으로 내어 버릴 수 없었다. 대행대왕께 아무리 용안을 범한 죄를 얻었다 할지라도, 아들 된 도리에 그 어머니를 그대로 죄인으로 치우쳐 버려두기는 어려웠다. 그나 그뿐이냐, 당신의 천수(天壽)로 돌아가셨다 하더라도 아들 된 도리에 원이 되거든, 차마 사람이 보지 못할 사약을 잡숫고 이 세상을 등지셨다 하니, 면면한 아들의 한은 더욱이 새로울 수밖에 없었다.

'……나는 지금엔 크나 작으나 일국의 왕이 아니냐? 내가 하고 싶어 하는 것을 누가 감히 막을 사람이 있겠느냐! 그나마 내가 못된 일을 하려는 것이 아니다. 자식 된 도리로 그 어머니의 외롭게 돌아간 원혼을 편안케 해드리자는 것이다. 어떻든 한번 이 일을 대왕대비께와 왕대비마마께 여쭈어 보고 조정 대신에게 의논을 내리리라.'

마음속으로 결정하였다. 이것은 바로 연산이 왕위에 오른 이듬해 병진년에 대행대왕의 삼년상도 거진 마치고 혼전(魂殿)에서 대행대왕 신주를 부태묘(祔太廟)하여 종묘에 옮길 때도 가까이 되었을 때의 일이다.

연산은 어느 날 대왕대비에게 문안을 마치고 슬픈 빛을 얼굴에 띠우고 천천히 입을 열어,

"황공하오나 소회 있사와 감히 여쭙고자 하옵는 바는, 제 어미 대행대왕께 죄를 입삽고 폐서인으로 죽었다 하오니, 아바마마께 입사온 죄는 아바마마 이미 승하하옵신지라 죄 또한 스러졌사올 줄로 믿삽고 자식 된 도리에 몸은 일국의 군왕이면서 그 어미 폐서인의 무덤으로 그대로 있다 하오면 죽은 어미 고혼이려니와 그 자식 된 도리 어찌 편사오리까. 죄를 벗기어 대행대왕과 함께 종묘에 부(祔)하여 모시려 하오니 대왕대비께서도 굽어 통촉하여 주시오."

하고 눈물을 뿌려 애원한다.

이 말을 들은 대왕대비는 얼굴이 변하며 깜짝 놀랐다. 여태껏 폐비의 일을 조금도 모르려니 했던 것이, 어느 결에 연산은 벌써 다 알고 있으니 여간한 큰일이 아니다. 만일 이렇게 폐비의 일을

연산이 아는 것을 알았다면, 진시 폐세자(廢世子)라도 만들어 버렸을 것을 이제 와서는 꼼짝할 수 없는 지존의 상감이다.

후회를 하여도 소용이 없다. 어쩌면 동궁으로 있을 때 조금이라도 눈치를 보이지 아니했단 말이냐. 안다면 어디까지나 아는고. 정씨의 일까지 다 안다는 말이냐. 만일 그렇다면 나를 얼마나 원망할 것인구, 하고 가슴이 선뜩 내려앉았다. 얼굴이 누르락 한참 변하며 아무 말을 못 하던 대왕대비, 한참 동안 망설이다가 얼굴에 결연한 빛을 나타내며 상감을 바라보고,

"못 하오! 조종께 죄를 얻고 선왕에게 내침을 받았던 사람을 부태묘라니 될 뻔이나 한 소리요. 선왕조(先王朝)에 없었던 일이오."

하고 입을 꽉 다물었다. 얼굴에는 늙을수록 더욱 기승해 가는 범치 못할 위엄이 나타났다. 연산은 몸을 굽히고,

"다시 한번 불초손(不肖孫)의 정상을 살펴 주시오."

하고 처량하게 들리도록 애원하다시피 하였다. 그러나 엄하게 자손을 교훈하는 호랑이같이 무서운 인수대비는, 여간해서 대답의 말도 내리지 아니하였다. 연산은 머리를 수그린 채 한 식경이나 꼼짝도 않고 있다. 대왕대비의 엄한 의지(懿旨)를 다시 한번 돌려 보려는 것이었다.

방 안은 고요하다. 방 안뿐이 아니다. 온 전각이 쥐 죽은 듯 고요하다. 이 대왕대비와 상감마마의 심상치 않은 말에 멀찍이 모시고 있는 궁녀와 내시도 숨소리를 죽이고 손의 땀을 쥐어 하회가 어떻게 될 것인가 기다리고 있다.

대왕대비는 여전히 거벽스러운 얼굴에 입을 꽉 다물고 앉았다. 상감 연산도 여전히 대비를 향하여 두 팔을 굽힌 채, 그 어마마마를 대신해 죄를 청하듯 고개를 숙이고 허리를 굽히고 있다.

상감 연산의 가슴속은 붓끝과 말꼬리로 형용하여 이야기하고 그릴 수 없도록 쓰라리고 아프고 괴롭다. 슬며시 야속한 생각이 떠오른다.

'……이렇게도 엄하시단 말이냐. 자식과 어미의 정리를 이다지 못 알아주신단 말이냐.'

아들은 천승(千乘)의 왕으로 있고, 그 어미는 구렁텅이에 굴러 썩는 백골로 내버려 둔단 말이냐. 아들은 금전옥루에 만조백관을 거느리고 삼천리강토를 호령하는 때, 어미의 외로운 혼은 의지할 곳 없이 끝없는 하늘 가로 떠돌아다니시게 하란 말이냐.

이 기막힌 감정이 상감 연산의 온몸을 불사를 듯 휩싸 안으니, 가슴엔 야속한 설움이 출렁거리고 뼈마디마다 핏줄은 저리게 돈다.

터지려는 슬픔이 용포 자락을 벌렁거렸다. 숙인 머리엔 익선관이 흔들거렸다. 자칫하면 용루(龍淚)도 떨어질 듯하다.

대왕대비는 여전히 입을 꽉 다문 채 아무 말도 아니 한다.

『소학(小學)』, 『열녀전(烈女傳)』, 『여교명감(女敎明鑑)』 들을 뽑아서 언문으로 내훈(內訓)을 만들게 하여 후비와 궁녀들을 읽게 하도록 만들고 단속하는 인수대비의 눈에는 상감의 용안에 손톱자국을 내고 비상을 몸에 지니었던 폐비 윤씨! 곧 연산의 어머니는 천하에 둘도 없는 고약한 여자, 말 못할 사람으로 인정하는 까닭이다. 원체 일찍이 동궁 덕종을 청춘에 이별한 청상(靑孀)이기 때문에, 법을 지키어 오는 대비의 엄한 행동은 무섭기 여간 사나이가 따르지 못하고, 마음이 차기 얼음과 같다. 몇십 년을 두고 한 조각 절개 때문에 굳던 마음은 흔들리지 않는 나무와 돌이다.

상감 연산은 임금의 자리도 헌 신발처럼 걷어차 버리고 어마마마의 무덤을 껴안아 흠뻑 몸부림쳐 울고 싶었다. 아니꼬운 허례와 번거로운 규범을 박차고 싶었다. 어미와 자식을 모르는 예법이 있다면 그까짓 거 백 번을 되풀이하면 무엇 한단 말이냐. 입으로는 성인의 길이라 하여 삼강오륜을 떠들면서도, 어미와 자식의 정리와 의리를 지키지 못한다 하면 그까짓 헛된 글발은 무엇 한단 말이냐.

곧 대왕대비께 거스르더라도 반항하는 말을 사뢰고 싶은 생각이 뻑뻑하게 마음속으로 뒤틀어 올랐다. 그러나 영특한 젊은 상감은 이 굼틀어 올라오는 반역의 불길을 누르고 덮었다. 아직 자신의 나이와 위엄이 아무리 임금이긴 하나, 새로 선 지 몇 달이 안 되기 때문에 단단히 자리가 잡혀지지 못한 것을 잘 알았던 까닭이다.

연산의 눈앞에는 효당갈력(孝當竭力)이란 네 글자가 울연히 나타났다. 천자에서 어려서 배우던 '효도를 하려면 마땅히 힘을 다해야 한다'던 그 생각이 문득 솟아올랐다.

연산은 다시 고개를 들고 천천히 입을 열어,

"만일 아까 여쭈온 부묘하옵는 일이 어의에 불합하시다 하오면 사사로이 신주(神主)를 앉혀 사당을 두겠사옵니다."

하고 대비를 우러러보았다. 젊은 용안엔 결연한 빛이 보이고, 봉안 속에 영롱한 동자는 대비의 얼굴을 쏘아 흐른다.

이 무리가 없는 당연한 말에 대비의 대답은 궁하였다. 젊기는 하나 헌앙한 기상, 불길이 이는 듯 매서운 눈찌에 아무리 여장부인 인수대비도 눈길을 피하지 않을 수 없었다. 거기다 상감의 나이는 스물둘이다. 당신이 발을 늘이고 정사를 다스리는 처지도 아니다.

"조정 대신과 의논해 하오."

하고 한 걸음 사양하는 말을 내리지 않을 수 없었다.

인정전(仁政殿)에 나간 상감 연산은 모든 조하 드리는 절차를 받은 다음에 영의정 윤필상과 좌의정 어세겸, 우의정 한치형을 어전에 불렀다. 윤필상은 폐비 사건이 일어날 때, 필두 재상으로 의논을 받들어 옳다 하던 대신이요, 어세겸은 좌의정으로 있으면서 무슨 연유인지 잘 나오지 않고 빈청에 나온대야 한낮이 겨워서 사진을 했다가 슬그머니 나가 버리는 까닭에 오고당상(午鼓堂上)이란 별명을 듣던 사람이요, 우의정 한치형은 바로 인수대비의 사촌 오라버니다. 세 대신은 추창하여 전상에 올라 새 임금이 장차 내릴 분부를 기다리고 엎드려 있다. 연산은 세 신하의 엎드린 것을 내려다보며,

"과인이 소회 있어 경들에게 묻는 것이니, 경들은 자세히 들려주오. 과인의 생모 윤씨, 선왕께 죄를 얻어 서인으로 돌아가신 일은 과인보다 오히려 경들이 잘 알겠지마는, 과인의 마음은 몹

금삼의 피

시 괴롭소구려."

이 돌연한 말에 세 신하는 마음속으로 놀라움을 진정할 수 없었다. 아뿔싸! 아시었구나, 하는 탄식이 하마터면 나올 것도 같다. 이 중에 윤필상은 자기의 한 간이 있는 까닭에 더욱 얼굴이 파래지며 놀라지 않을 수 없다. 상감 연산은 다시 목소리를 가다듬고,

"지애비로서 그 아내에게 죄는 줄 수 있거니와, 아들로 앉아서 그 어버이에게 죄를 준다는 것은 만고에 없는 일이 아니오? 과인의 생모 윤씨의 죄는 슬프나 대행대왕이 이미 아니 계시니, 승하하신 그때에 벌써 스러져 버린 것이라, 이미 스러져 없어진 죄를 과인이 그대로 그 죄를 이어 두어 이 몸을 낳아 기르신 어버이 백골 위에 차마 더할 수는 없구려."

말을 마친 상감의 얼굴엔 슬픈 빛이 떠돌며 가만한 한숨을 길게 쉰다.

세 대신과 만조정 신하는 숙연히 말이 없다. 윤필상의 등골에는 땀이 송글송글 스민다. 상감 연산은 다시 말을 꺼낸다.

"정리로 말하면 자식 된 도리에 지금이라도 곧 당연히 대행대왕과 함께 부태묘하여 모시어 외로우신 혼을 평안케 해드려야 옳을 것이나, 대왕대비의 분부도 계시고 하여 거기까지는 못 가더라도, 사사로이 사당을 모시어 신주를 평안히 받들고 조석으로 상식(上食)을 올리게 할 테니 경들의 생각엔 어떠하오"

하고 말을 마쳤다.

윤필상은 그제야 가벼운 한숨을 내쉬었다. 무슨 큰 거조가 있

을 줄 알았던 것이 이만큼 말이 부드러우니 얼마큼 다행한지 몰
랐다. 옆의 두 신하는 잠자코 엎드려만 있다.

윤필상은 이 기회에 어떻게 폐비 사건에 끼었던 꺼림칙한 일
을 벗어 버리고 싶었다. 천천히 평복하여 엎드렸던 몸을 일으켰
다. 땀에 젖은 의대가 등에 닿아 처근처근하다.

"영의정 신 윤필상 아뢰오. 성교(聖敎)가 지당하옵신 줄로 아
뢰옵니다."

하고 겨우 말씀을 올렸다.

"좌의정, 우의정은 어떠하오."

하고 말없이 엎드린 어세겸, 한치형을 바라본다. 두 신하도 무
어라 말을 할 수 없었다.

"지당하옵니다."

하고 아뢰었다.

"대신들이 허락하니 내 마음이 기쁘오. 사당 이름을 효사묘
(孝思廟)로 하고 묘호(墓號)를 회묘(懷廟)라 할 터이니 여러 신하
와 의논해 보오."

하고 슬픈 마음이 적이 풀렸다. 세 대신이 청명하고 물러가려
할 때 예조참판 신종호(申從濩)가 반열로 나서서 전상으로 추창
해 오른다. 신종호는 세조 때 유명하던 신숙주(申叔舟)의 손자다.

신종호는 전 밖에서 사배하고 엎드린 뒤에,

"예조참판 신종호 돈수백배하옵고 밝으신 상감 전하께 아뢰
오. 전 폐비 윤씨 성궁(聖躬)을 탄육(誕育)하시었으니 어찌 묘를
받들어 높여 드리지 않사오리까. 장사를 지내매 반드시 신주를

250   금삼의 피

모시어 그 영혼을 평안케 하고, 신주가 계시면 사당을 두어 제사를 받들게 함이 지당한 일이오이다마는, 선조(先朝)에 죄를 얻으셨사오니 그 예(禮)에 미안한 바 있사옵니다. 전하께서는 아무리 사사로우신 정이 깊으시나, 사사 은혜로써 예를 해롭게 할 수는 없사올지라. 사당을 세우시지 않고 신주를 모시지 않더라도 넉넉히 무덤에 제사를 드릴 수 있삽고, 무덤에 정성껏 제사를 받든다 하오면 또한 효도를 다하는 것이오니, 애써 예에 어그러진 일을 취할 것이 아니라 예절에도 부합되고 효도도 다하실 길을 밟으시옵소서."

하며 머리를 조았다.

상감 연산은 용상 위에 눈을 딱 감은 채 고요히 신종호의 말을 듣다가 종호의 말이 떨어지자 눈을 번쩍 떴다. 눈에선 노염에 타는 푸른 불길이 일어날 듯하다.

"예(禮)! 여봐라. 네가 예조참판이 되어 예절을 잘 안다마는 예라는 것은 누가 만들어 논 것이냐. 사람이 만들어 논 것 아니냐. 정리에 벗어지고 의리에 어긋난 예가 만일 있다면 그까짓 것 천 줄기 만 조목이 있다 한들 무엇에 쓰겠니. 나도 사람이니 예를 한번 만들어 보자!"

하고 용포 소매를 떨치며 천위(天威)가 엄숙해 용상에서 일어나려 한다.

대사헌 김심(金諶)은 때를 놓치지 않고 어전에 부복했다.

"대사헌 신 김심은 모든 대간(臺諫)을 거느리고 아뢰오. 황공하기 그지없사오나, 효사묘를 세우신다는 분부는 받들어 봉행치 못하겠사옵니다. 대행대왕 유교(遺敎)에 수여백년지후, 영불 개역, 이준부지(雖予百年之後, 永不改易, 以遵父志), 비록 내 백 년 뒤라도 영영 고치고 바꾸지 말아서 아비의 뜻을 본받으라 하신 전지가 역력히 계시옵거든 전하께서 어찌 선왕의 뜻을 어기려 하시오. 신등은 감히 선왕의 뜻을 어기기까지 하여 전하로 하여 금 효사묘를 두시게는 못하겠사옵니다. 예문(禮文)에 어그러지 는 것만이 아니옵니다."

하고 굳게 간하는 말씀을 올렸다.

상감 연산은 역정이 불같이 일어나 말도 잘 나오지 아니하고 기가 콱 질렸다. 용상에 앉은 체면도 잊고 김심을 노려보며 호통 이 터졌다.

"너는 무친(無親)이다! 웅 어미가 없나 보다! 신종호는 그래도 모자간의 정은 알더니 너는 그것도 모른단 말이야! 에이 고이한 지구."

하고 호령이 떨어졌다. 젊은 왕의 우렁찬 호통 소리는 찌르렁 넓고 넓은 정전의 기왓장을 울렸다. 엄숙한 찬바람이 전각 안에 서 이는 듯하다.

이 전무한 정전의 호통 소리에 천장의 화룡(畵龍)은 떠는 듯하 고, 뜰 앞의 풀숲은 웅숭그렸다. 그득히 늘어선 모든 신하의 온 몸에는 소름이 오싹 좁쌀 끼얹은 듯 쫘악 솟았다.

예조참판 신종호, 대사헌 김심은 여전히 어전에 엎드렸다. 김 심이 다시 머리를 조아올리며 상감 연산의 말에 대답한다.

"네이, 예조참판 신종호가 잘못했사옵니다. 신종호는 단지 어미 있는 것만 알고 아비 있는 것은 모르고 아뢰었사옵니다."

조금도 두려움 없이 씩씩하게 말하는 김심의 기상은 헌앙하다.

가면 갈수록 당신의 뜻을 막고야 말려는 대왕대비와 글 잘하고 예 잘 찾고 법 타령하는 이 신하들, 상감 연산은 곧 어찌할 줄을 모른다. 분이 나다 못하여 인제는 그만 기가 질릴 지경이다. 연산은 몇 차례나 안절부절을 못 하며 용상에서 일어났다 앉았다 하였다. 대체 이놈들 봐라 곧 때려죽일 놈들 아니냐. 이렇게 인군인 나를 능멸하다니…….

연산은 곧 대사헌 김심을 그 자리에서 목을 베라 호령을 내리고 싶었다. 그러나 대사헌이란 나라의 법을 맡은 중요한 신하이다. 당장에 국법을 어길 수는 없다. 치미는 분을 참고 있을 때 대사간(大司諫) 안윤손(安潤孫)이 또 어전에 추창해 엎드려 있다.

"대사헌 김심의 말이 지극히 사리에 옳사오니 엎드려 비옵건대 성상께서는 효사묘 두신다는 말씀을 거두시오."

하고 간하는 말을 또다시 아뢴다. 연산은 더 참을 수가 없었다.

"모두 이! 이 무친한 것들이다. 무친한!"

놈 소리가 바로 떨어질 것을 억지로 참고 벌떡 용상에서 일어나 편전으로 향한다. 분에 못 이겨 젊은 어수가 벌벌 떨린다. 편전으로 돌아온 상감 연산은 울분하기 짝이 없다. 아들로서, 그 어버이의 신주를 평안케 하여 사당을 모시겠다는 것을 예니 법이니 하여 넉가래 내세우듯 들고일어나는 신하들의 무리가 한심하기 짝이 없다.

자신의 생각엔 자신의 어머니의 죄를 벗겨 드리고 그 어머니를 복위시키어 종묘에다 아바마마와 어마마마를 나란히 함께 모신다 하여도 오히려 독약을 드리게 한 그 지통한 한은 한평생 두고 스러질 길이 없는데, 뒤에는 대왕대비인 할머니가 못 하게 하고 앞에는 신하들이 들고일어나니 기막히기 짝이 없다. 대왕대비는 종묘에만 못 들게 하였지만 신하들은 한술 더 떠서 신주를 받들어 외따로 모신다는 것도 못하게 한다.

'그러면 한평생 내 어마마마는 의지가지없는 원귀가 되시게 한단 말이냐. 서인 백성으로도, 차마 그 어미를 그렇게 못할 것을, 한 나라 임금인 나의 어마마마를 신주도 없는 불쌍한 귀신이 되게 한단 말이냐.'

"자원아……."

승전빗 김자원을 부르는 소리다.

"너, 만고에 이런 일 보았니! 신하가 임금을 능멸하고 임금의 어미를 신주도 못 만든다는 이따위 일을 보았니."

하도 기막혀 하는 소리다.

"무엄하기 끝이 없사옵니다."

내시 김자원이 대답하고 엎드렸다. 연산은,

"후……."

하고 한숨을 쉬었다.

"가서, 영의정과 예조판서를 불러라."

얼마 있다 영의정 윤필상은 예조와 공조 두 판서를 거느리고 어전에 엎드렸다.

"영의정 들으오. 그래, 임금의 어머니를 신주도 없는 귀신이 되게 해야 옳소? 영상은 다시 생각해 보오.”

“네, 지당하옵신 분부이시옵니다.”

윤필상은 벌벌 떨며 대답한다.

“무엇이 지당하단 말야. 해야 옳단 말야, 안 해야 옳단 말야!”

“네, 신주를 모시어 효사묘에 봉안하옵시는 게 지당하옵니다.”

하고 윤필상이 다시 떨며 대답을 올린다.

“여보, 예조와 공조 두 판서 들어 보오. 경들이 아무리 떠들어도, 나는 내 어마마마를 종묘에는 못 모실망정, 사당 하나도 못 지어 드릴 수는 없어. 그것은 경들이 예니 법이니 하고 아무리 똥녘가래 내세우듯 해도 소용이 없소. 나는 내 어머니의 신주를 평안히 모시도록 하는 게 내 예요!”

영의정 윤필상 이하 예조와 공조 두 판서는 어금니가 달그락 달그락 맞치도록 떨고들 엎드렸다.

“공조판서 들으오. 내가 어마마마를 종묘에 못 모시는 게 철천지한이오. 재물 드는 것은 불구하고 종부사(宗簿司) 뒤에다 목재와 석재를 정하게 써서 효사묘를 지어 주오! 그리고 예조판서는 이 달 안으로 나가 회묘에 가서 친제(親祭)를 지내고 조석 상식을 올릴 터이니 관상감(觀象監)에 기별하여 택일해 놓고 축(祝)을 지어 올리게 하오! 만일 다시 딴말을 하는 자가 있다면 중한 형벌을 내릴 테요!”

하고 단단히 뒤를 눌렀다.

세 신하는 청명하고 물러갔다. 공조에서는 불시로 종부사 뒤에다 효사묘를 짓느라 부산하고, 예조에서는 회묘에 친제를 지내실 날 택일을 한다. 예문에 없는 폐비에게 지내는 상감의 친제축(親祭祝)을 어떻게 써야 옳은가 하고 골치들을 앓고 있다.

이 소문은 당일로 사헌부와 사간원으로 퍼졌다. 대사헌 김심은 다시 장령(掌令) 지평(持平)을 거느리고 대사간 안윤손은 헌납(獻納) 정언(正言)들의 모든 간관과 함께 대궐 안 합문(閤門) 밖에 엎드려,

"효사묘를 두시는 것도 오히려 그 예에 없는 것이나, 전하의 뜻을 어기지 못하여 감히 막지 못하였사오니, 회묘에 거둥하시어 친제를 지내신다는 것은 법에 없는 일이라 임금의 자리 너무 가벼워지는 것이오니 속히 친제 지내신다는 전지를 거두시오."

하고 양사합계(兩司合啓)를 올리었다. 양사가 합계하는 것을 보고 홍문관(弘文館)이 또 들고일어났다. 대제학이 교리 수찬을 거느리고,

"양사합계가 지극히 당연한 말이오이다. 폐비— 아무리 상감의 생모라 하시더라도 한 나라의 임금으로서 서인에게 친제를 받들 수는 없는 일이옵니다."

하고 옥당이 또 막는 말을 올렸다.

젊은 상감의 노여움은 하늘 끝까지 올랐다. 어마마마의 생각은 그만두더라도 일국의 군왕인 자신의 명령을 어기는 이 문신(文臣)의 무리가 몹시도 미웠다. 허락할 수 없다는 불윤(不允) 두 글자를 상소 끝에 붉은 글씨로 써 승지를 주며 김심에게 내어주라 하였다. 비답(批答)을 받은 김심과 안윤손은 줄기차게 날마다 합문 밖에 엎드려 못 합니다 하는 똑같은 상소를 올렸다. 연산

금삼의 피

앞에는 상소가 수북하게 쌓였다. 연산은 상소를 뜯어보지도 않고 아무 대답도 없이 내버려 둔다. 이렇게 하기를 열흘이 넘게 하였다.

이 소식을 안 대왕대비는 역정이 잔뜩 났다. 어느 날 아침에 문안하러 온 상감 연산을 보고,

"상감은 국체(國體)도 모르고 임금의 체통도 모르오. 친제를 회묘에 지낸다 하니 일국의 상감의 몸으로 폐서인의 무덤에 친제를 어떻게 지내려 하오. 이 조정이 상감 한 사람의 조정이 아니라 열성조의 조정이요, 이 나라가 상감 한 사람의 나라가 아니라 억조창생이 법 있게 사는 나라요!"

하고 얼굴빛을 고치며 불쾌히 말을 내린다.

"내가 죽은 뒤엔 몰라도 내가 목숨이 붙어 있는 날까지는 회묘에 친제는 못 지낼 터이니 그리 아우!"

하고 말이 날카롭다.

이 대왕대비의 말씀에 연산은 카악 하고 열이 가슴 위로 북받쳐 올라 곧 무슨 말대답을 올리려다가 꾹 올라오는 불길을 누르고 침을 한번 삼켰다. 이 올라오는 불덩어리를 참으려니 수족이 버르르 떨린다. 자신의 어머니는 어찌하여 대행대왕의 용안에 손톱자국을 내 이렇게 못 당할 폐서인의 소리를 듣게 되었지만, 자신마저 섣불리 말대답을 하여 불효 소리를 듣기는 싫다. 오히려 폐비의 아들이기 때문이란 그 소리를 들어 어마마마를 더욱 욕먹게 하기가 싫었다. 상감 연산은 아무런 말도 없이 한참 동안 대비의 얼굴을 멀거니 치어다보고 대비대전에서 내전으로

들었다.

"술이다, 술! 또다시 부어라."

향긋한 밀기름 냄새 떠도는 궁녀들 틈에 상감 연산은 얼근히 술이 취하였다. 톡 트일 듯 맑고 맑은 백옥 술잔엔 새파란 포도 술이 철철 넘었다.

"상감마마, 이제 그만 젓수옵지요. 취하시는걸!"

젊은 곤전 신씨의 말이다.

"어허 곤전, 이것이 아니고는 내 마음을 가라앉힐 수 없구려."

상감 연산은 다시 철철 넘게 따라진 술잔을 선뜻 들어 마셨다.

"여보, 곤전, 효사묘만은 어떻게 지어 놓게 되었소마는, 친제는 못 지내게들 하는구려. 이래서야 어디 임금 노릇 해먹겠소."

"상감마마, 과히 성려(聖慮)를 수고롭게 마십시오. 서서히 하시고 싶사온 일을 다 하실 것을."

곤전 신비가 위로하는 말을 올렸다.

"또 따라라!"

젊은 나인이 술을 따라 받들어 올렸다.

"상감마마, 이제 그만 젓수옵지요."

곤전이 방긋이 웃으며 달래듯 연산을 치어다보며 나인의 손에서 슬며시 술잔을 받아 소반 아래로 내려놓는다. 고개를 갸우뚱하여 상감을 치어다보는 웃음 머금은 어진 추파는 부드러운 봄 물결같이 상감의 온몸을 쓰다듬는다.

"여보, 곤전마저 나를 거스르오?"

"호호, 어디 거스르려는 것이옵니까. 상감마마 옥체를 위하는 겝죠."

곤전의 두 눈엔 방긋방긋 해당화 같은 웃음이 다시 피었다. 연산의 아프게 마시려던 울분한 심회는 어질고 어진 곤전의 고요한 웃음 물결에 삼분이나 눈 슬듯 스러졌다.

"상을 물려라! 그리고 김자원이를 불러라."

젊은 나인이 상을 들고 나간 뒤에 승전빗 김자원이가 대청 밖에 엎드렸다.

"누구냐, 자원이냐?"

"네이."

"내가 말을 좀 달리고 싶다. 무예청을 시켜 용구(龍廐)에 가서 말을 끌어 대령시켜라."

금호문(金虎門) 밖 용구에서는 어마(御馬)가 들어왔다. 상감 연산은 구군복에 전통(箭筒)을 메고 동개를 찬 뒤에 눈같이 흰 백설마에 선뜻 올라앉았다. 동산으로 말을 달려 울적한 회포를 푸시려는 까닭이다. 상감의 뒤에는 내시 김자원과 오위도총부(五衛都摠府) 총관(摠管)이 따랐다. 선전청에서 이 소리를 들은 선전관(宣傳官) 송당 박영(松堂朴英)은 안올림 벙거지 밀화패영에 구군복을 바꿔 입고 어마를 따랐다.

술이 얼근히 취한 상감은 채찍을 갈기어 요금문 밖 상림원으로 달린다. 굽어진 언덕을 막 넘어설 때다. 연못가에 섰던 황새 한 마리가 말발굽 소리에 놀라 푸드득 공중으로 솟쳐 날았다. 연산은 얼른 전통에서 화살을 한 대 뽑아 활시위에 걸고 황새를 겨누어 쏘았다. 취한 상감의 겨냥이 새를 바로 맞힐 수 없었다.

화살은 엉뚱하게 딴 곳으로 빗나가고 황새는 황새대로 울면서 날아갔다. 흥이 깨어진 상감 연산은 다시 사면을 돌아보아 쏠 것을 찾으며 말굽을 놓았다. 그러나 사냥터가 아닌 대궐 안에 변변히 쏠 만한 짐승이 있을 까닭이 없다.

우울한 심사가 구름 낀 하늘처럼 상감의 마음을 잔뜩 찌푸리게 하였다. 상감은 잔인하도록 말궁둥이에 채찍을 던졌다. 으흥 소리를 치며 아픈 듯이 뛰어간다. 총관과 내시 김자원은 묵묵히 상감의 뒤를 따랐다. 송당은 이 상감의 온건한 것을 잃은 격분된 행동에 놀란 빛을 띠고 염려와 근심을 가진 채 총관의 뒤를 따랐다.

상감 연산의 말은 그대로 사슴 기르는 동산으로 들어갔다.

지난날 대행대왕 있을 때에 대행대왕을 뵙고 반가운 듯 우줄우줄 걸어오던 사슴은, 때 아닌 말발굽 소리에 깜짝 놀라 몸을 피해 달아난다.

연산은 문득 몇 해 전 옛일이 머릿속에 떠올랐다.

— 이 사슴으로 해서 대행대왕께 어질지 못하다는 지독한 꾸지람을 듣던 생각이 떠돌았다. 멀거니 돌아간 어마마마를 생각하고 있다가 징그럽게 이 사슴에게 손끝이 핥아진 그때 그 일이 생각났다. 그 지긋지긋한 조지서 앞에 곡속장과 영대장을 벌로 백 번씩 밤이 새도록 읽던 생각이 떠올랐다.

연산의 얼근히 취한 눈이 별안간 이 사슴을 대하고 보니 잔인하도록 미운 마음이 버썩 일어났다. 더욱이 요사이 그 어머님의 사당 짓는 일과 무덤에 친제를 못 지내게 하는 일로 여러 신하와

금삼의 피

대왕대비에게 막고 거스름을 받은 울분한 심사가 한층 더 이 연산의 마음을 부채질하여 주었다. 상감 연산의 잔인한 복수하려는 마음은 불붙듯 일어났다. 거기다가 아까 연못가에서 황새를 못 쏘아 맞힌 쓸쓸하고 무료한 마음도 타는 불길에 기름이었다.

연산은 활을 가득히 잡아당기어 달리는 수사슴을 쏘았다. 화살은 푸르르 소리를 치면서 사슴의 등에 꽂혔다. 피가 설대같이 뻗쳤다. 사슴은 슬픈 소리를 부르짖으며 눈을 뒤집어쓰고 화살이 꽂힌 채 괴로운 듯이 소스라쳐 뛴다. 연산의 둘째 번 쏘는 화살이 다시, 뛰는 사슴의 앞정강이를 맞혔다. 사슴은 외마디 소리를 지르고 푹 고꾸라졌다.

"하하……."

상감 연산은 미친 듯 고함쳐 웃는다.

"하하…… 그놈 잘 쓰러졌다. 하하…… 핫."

재미있어 웃는 웃음소리가 아니라, 허파에서 터지는 듯한 음울한 웃음소리다. 원수를 갚고 난 이긴 자의 웃음소리…… 꽁꽁 맺힌 마음이 탁 풀리는 웃음소리다.

차마 바로 보지 못할 이 모양을 보고 있던 송당 박영은 가만한 탄식이 입 언저리에 새어 나왔다. 대행대왕이 그렇게도 귀여워하고 생각하던 그 사슴을, 손수 먹이를 먹여 길들이던 그 사슴을 주저 없이 쏘는 상감을 볼 때 송당의 눈에는 앞으로 벌어질 이 상감의 솜씨가 탄탄대로에 불을 켜 놓은 듯 환하게 내다보이는 듯하였다.

'흥흥, 이 나라가 어지럽겠구나!'

송당은 속으로 이렇게 탄식하였다. 이 방약무인한 상감의 성격에 폐비 사건이 더욱더 들추어지는 날이면, 조정 신하가 어느 지경에 이를지 모를 일이다. 죽는 줄을 모르고 불빛을 탐내 모여드는 등잔의 불나방처럼.

"효사묘를 못 지으오."

"친제를 못 지내오."

하고 들고일어나는 모든 신하들의 앞길이 송당의 눈에 환하게 비쳤다.

'갈 것이다. 바랄 것이 무엇이리.'

송당은 마음속으로 이렇게 결단하고 미칠 듯이 웃고 말머리를 돌이키는 상감 연산을 합문 밖까지 배송한 뒤에 선전청을 거쳐 몸이 아프다 핑계하고 궐문 밖으로 나아간다.

송당은 양녕대군(讓寧大君)의 외손자다. 성정이 헌걸차고 호방한 데다가 집안이 요부하여 열일곱 살 적에 요동(遼東)을 거쳐 명나라에 들어갔었고, 스물한 살 적엔 이극균을 따라 여진을 치러 갔었다. 그는 대대로 서울 살았으나 원고향은 선산이었다. 하도 그 성정이 뇌락(磊落)하여 남에게 매여 지내지 않는 까닭에, 대행 성종이 불러 경계하고 무과를 보게 하였다. 깊이 성종의 알아줌을 받은 송당은 스스로 장재(將材)라 인정하고 충성을 다하여 나라에 갚기를 기약하였다. 이렇게 마음을 먹어 오던 송당은 일조에 성종이 승하하게 되니, 일찍이 대행에게 받은 은고(恩顧)도 은고려니와 가슴속에 깊이 간직해 두었던 장부의 경영은 한 굽이 물거품으로 스러지는 듯하였다. 대행의 재궁을 모시는 날

금삼의 피

송당이 뿌린 서너 줄기 눈물은 남달리 더욱 쓰리고 아팠다. 그러나 세자 연산이 영특하단 소리를 들으매 오히려 한 줄기 빛나는 바람을 품었더니, 지금 대행이 길들인 사슴을 쏘는 것을 보니 만사는 이미 비뚤어졌다. 그는 창연한 마음을 진정치 못하고 대궐을 나오니 그때 송당의 나이는 스물여섯이다.

송당은 은안준총(銀鞍駿驄)에 화사한 구군복을 입고 거리를 나왔다. 남산의 푸른 아지랑이는 봄빛을 불러 나릿하고 바위 밑의 붉은 꽃은 푸른 솔 사이에 연연히 곱다. 새벽이면 대궐에 들고, 밤늦게야 집으로 돌아오는 송당의 눈에는 봄도 없었고 꽃도 보이지 아니하였다. 다만 머리엔 상감이 있고 대궐이 있을 뿐이었었다.

이제 만사를 다 딱 감고 벼슬을 버리어 은근히 고개를 숙이고 궐문을 나오고 보니 창연한 심사를 바꿀 길 없다. 누대를 살아오던 서울을 버리려 하니 다시 한번 한양 산천을 돌아보지 않을 수 없었다. 돌아보니 봄빛은 무르녹다.

"아하 어느 결에 꽃이 저렇게 난만했구나."

송당은 새삼스러이 선전관이란 작은 벼슬에 연연하여 매여 지내던 것이 부끄러웠다.

'하마터면 내 평생을 그르칠 뻔했구나!'

이렇게 속으로 탄식을 하고 말을 놓아 남산 기슭을 돌았다. 깊은 봄빛에 잠긴 자연은 한없이 아름답고 한없이 크다. 골짜기가 깊으니 시냇물은 줄줄 흘러 더욱 밝고 진달래가 울연히 붉으니 푸른 솔은 더욱더 싱그럽다.

마음이 매인 곳 없이 헝그러우니 가슴속엔 호연(浩然)한 별천지가 열리는 것 같았다. 그윽한 새소리는 오묘한 이치를 재재거리려 노래하는 것 같고, 나릿한 풀냄새는 송당의 격 높은 마음을 살찌게 하는 것 같았다. 송당은 자기도 모르게 흥에 취하여, 버티(普光里)를 넘어 단기(單騎)로 제천정(濟川亭)에 이르렀다. 말을 늘어진 수양버들 등걸에 매고 정자에 올라 앞을 굽어보니 곤곤(滾滾)히 서쪽으로 흐르는 긴 강은 예나 이제나 다만 푸른 물결을 굼실거릴 뿐이었다. 송당은 해가 가는 줄도 모르고 정자를 거닐며 시를 읊조리었다.

호해당당팔척신(湖海堂堂八尺身)
수인견만입홍진(誰人牽挽入紅塵).
조래묵료평생사(朝來黙料平生事)
좌대청산일소신(坐對靑山一笑新).
(강호에 당당한 팔 척 되는 몸 그 누가 홍진으로 이끌었더냐.
아침부터 평생 일 헤아려 보니 푸른 산 바라보고 웃음만 새로웁네.)

어느덧 해는 서쪽으로 기울고 강 물결에는 붉은 햇빛이 황홀하게 물들었다.

송당은 정자에 내려 다시 말을 타고 채찍을 흔들어 집으로 돌아온다.

으스름한 황혼이다. 거진 남소문(南小門) 동구 앞을 당도했을

금삼의 피

때, 산모퉁이 골짜기 앞에 난데없는 소복을 하얗게 입은 젊은 계집이 고개를 갸우뚱하고 손짓을 하여 송당을 부른다.

송당은 의아하여 말을 달려 가까이 가보니 보지 못하던 아름다운 여자다. 맥맥히 보내는 추파엔 정을 주는 듯, 무슨 하소연을 하는 듯하다가 슬쩍 돌아서 골짜기 안으로 들어가며 힐끔힐끔 송당을 돌아다보고 따라오라는 눈치를 보인다. 송당은 호협한 기상에 호기심을 안고, 말에서 내려 미인의 뒤를 따랐다. 이리저리 몇 고비 모퉁이를 지나고 줄줄 흐르는 시내를 거쳐 으슥한 곳에 당도하니 묘하게 꾸민 날아갈 듯한 정갈한 기와집이 오똑 섰다. 앞서 가던 미인은 대문으로 쓱 들어서며, 돌쳐서 방긋이 웃고 다시 송당을 손짓해 부른다. 송당은 대담하게 미인을 따라 대문을 거쳐 중문 안으로 들어섰다.

집 안은 조용하다. 어리친 강아지 한 마리도 없다. 다만,

"나으리, 누추하지만 방으로 잠깐만 들어오서요."

하는 구슬을 굴리는 듯한 젊은 소복 미인의 아리따운 목소리가 들릴 뿐이다. 송당은 내친걸음이라 아니 올라갈 수도 없다. 찬장과 탁자가 놓인 대청을 거쳐 방으로 들어가니 보료 보진에 화류 문갑을 놓고 문방사우가 제법 놀랍게 늘어 놓였다.

송당은 자리에 앉은 뒤에 천천히 입을 열어,

"이 깊은 산중에 혼자 계시오?"

하고 미인을 치어다보고 물었다. 맥맥히 송당의 일거일동을 치어다보고 넋을 잃은 듯이 우두커니 서 있던 당돌하고 요염하던 미인은 송당의 오는 눈찌를 피하여, 별안간 딴사람같이 수줍

어지고 부끄러워하였다. 아무 소리도 없이 다만 고개를 다소곳하고 치마 고름을 배비적거리며 서 있을 뿐이다. 헌걸찬 송당의 풍채에 취한 것이다.

"곡절을 압시다그려."

하는 송당의 재촉하는 말에 미인의 눈에는 안개 끼듯 슬픈 빛이 떠돌며 한 방울 눈물이 떨어져 옷깃을 적시었다.

날씨는 점점 어두워 캄캄한 밤이다. 송당은 어찌 된 셈을 몰라 궁금하기 짝이 없다. 미인은 소매를 들어 눈물을 씻은 뒤에 등잔에 불을 켜고 천천히 송당의 곁으로 와서 송당의 귀에 입을 대고,

"가만히 듣고만 계셔요."

하고 한마디를 다진 뒤에,

"나으리의 풍채를 뵈오니 보통 평범하신 어른이 아니신데 젊으나 젊으신 터에 저로 해서 돌아가시게 되니 이 일을 어찌하면 좋습니까?"

하고 가만히 한숨을 쉬었다. 이 소리를 들은 송당은 깜짝 놀라,

"그게 무슨 소리요?"

하고 미인에게 물었다. 여자는 다시 송당의 귀에 입을 대고,

"여기가 남소문골 도적패의 적굴이올시다. 저두 본시 양갓집 딸로 도적에게 붙들려 와서 이 모양이 되었는데 불한당들은 날마다 아까 저녁때 나으리께서 하듯이 저를 시켜 미인계를 써서 오고 가는 행객을 꾀어서 들이게 하고, 의복과 말과 재물을 빼앗은 다음엔 소문이 날까 봐서 사람들을 죽여서 없애 버린답니

다. 하기는 저도 이 굴혈로 잡혀 온 뒤에 어떻게 몸을 빼져 달아나고 싶었으나 불한당의 떼가 하도 많아서 섣불리 붙잡히는 날이면 목숨이 남지 않을 터이니 어찌할 도리가 없습니다그려."

송당은 그제야 이 미인의 본색을 알았다. 송당은 눈을 감고 수염을 쓰다듬으며 묵묵히 앉아 있었다.

"나으리의 타고 오신 말도 지금쯤은 도적들이 벌써 어디로 끌어다 두었을 겝니다. 조금 있으면 도적들이 제 군호를 기다리다 못하여 먼저 무슨 동작이 있을 것입니다. 나으리 저도 아비도 있고 어미도 있는 양갓집 자식이올시다. 어떻게 저를 살려 주실 수는 없을까요?"

한탄하듯 말하고 가만히 한숨을 쉬며 이 도적의 굴혈이 싫다는 듯이 오싹 하고 몸서리를 친다.

송당은 진퇴가 맹랑하다. 다만 믿는 것은 자기의 날쌘 힘뿐이었다. 그러나 도적의 떼가 많다 하니 단신으로 나서서 대적할 수는 없다. 어떻게 급하게 박두한 화를 피하는 수밖에 없었다. 송당은 허리에 찼던 칼을 빼어 들고 마음과 정신을 모으고 가만히 동정을 기다리고 있다.

한 식경이 지났다. 도적들은 계집의 군호를 기다리다 못하여, 호각을 불었다. 송당이 앉아 있는 방 위의 천장 한복판이 덜거덕 열리며 기다란 동아줄이 서리서리 내려온다. 미인의 얼굴은 새파래졌다. 동아줄로 송당을 얽으라는 것이다. 일은 급했다. 송당은 살려 달라는 미인을 내버리고 자기 혼자 피하기가 인정에 어려웠다. 미인을 불러 등에 업은 뒤에 발길로 벽을 찼다. 벽이

우르르 무너지며 송당은 벽 밖의 사람이 되었다. 미인을 업은 채 겹겹이 가로막힌 담을 넘었다. 송당이 산을 내려와 안전한 땅에 미인을 내려놓고 길게 한숨을 내쉴 때에는 군복 자락이 다 찢어졌다.

치사하는 미인을 돌려보내고 집으로 돌아온 송당은 그 이튿날로 처자와 권속을 데리고 정든 서울을 떠나 고향 선산으로 내려가 문을 닫고 글을 읽었다.

이렇게 하여 벼슬을 버리고 조정을 떠나간 사람은 점필재와 송당 두 사람뿐이다.

필화편
(筆禍篇)

연산 사년 무오 칠월에 사국(史局)을 차리고 대행 성종대왕의
실록(實錄)을 꾸미게 되었다. 실록이란 임금의 한평생 지낸 역사
이며, 그때 그 조정에 일어난 모든 신하의 잘하고 못한 것까지 소
소하고 명백하게 기록하는 것이다. 평상시에 모든 사관이 듣고 보
는 대로 기록해 놓았던 사초(史草)를 사국이 열리면 함빡 모아
놓고 서로 대조하고 뽑아서 한 질(帙) 실록을 만드는 것이다.

이때 실록청 당상(實錄廳堂上)은 이극돈(李克墩)이라는 이다.
그가 전라 감사로 있을 때 정희왕후 국상에 서울로 올라와서 진
향(進香)을 하지 않고 기생을 데리고 놀았다는 소문이 있었다.

이 소리를 들은 사관 김일손(金馹孫)은 사초에다 이 사실을 그
대로 써버렸다. 이 김일손이라는 이는 점필재 김종직의 제자로
남문 밖 반송가 정자에서 몇 해 전에 점필재를 보내던 사람 중
의 한 사람인 것을 독자도 기억할 것이다.

이 소문을 들은 이극돈은 여간한 낭패가 아니다. 사국이 열리기 몇 해 전에 이극돈은 김일손을 찾아보고, 만일 사초에 자기가 국상 때 서울로 진향을 드리러 오지 않고 기생을 데리고 놀았다는 구절이 있다면 그것은 좀 빼어 달라 간청하였다.

이극돈은 권세가 혁혁한 재상이요, 김일손은 초솔한 당하(堂下) 사관이지마는, 원체 성정이 강직한 김일손은 한 말로 이것을 거절해 버렸다. 거절을 당한 이극돈은 자나깨나 큰 걱정이다. 어떻게 해야 백 대의 누명을 벗어 버릴까 하고 조바심이다.

이해 무오년에 이극돈에게는 어찌어찌하여 실록청 당상이 차례 오게 되었다. 사국을 열고 앉은 이극돈은 먼저 김일손의 사초를 뜯어보았다.

과연— 듣던 소문과 마찬가지로 자기에게 좋지 못한 소리가 역력히 쓰여 있었다. 이것을 보고 앉은 이극돈의 손은 벌벌 떨리지 않을 수 없었다. 또다시 무슨 소리가 쓰여 있나 하고 온종일 뒤져 보니 세조조(朝) 때 일이 기록되어 있었다. 극돈은 그제야 책을 덮고 그 이튿날 조용히 실록청 총재관(摠裁官) 어세겸을 보고,

"대감, 세상에 이런 괴변이 어디 있소. 김일손이가 선왕(先王)을 헐어서 사초에 썼습니다그려. 신하 된 도리에 이런 일이 있는 것을 알고 그대로 묻어 둘 수야 있소? 자, 이것을 좀 보시우."

하고 김일손의 사초 책장을 훌훌 날린다. 이 소리를 들은 어세겸은 깜짝 놀라 아무 말도 못 하고 앉아 있다. 만일 일이 벌어지면, 일국의 글 한다는 선비는 모두 도륙이 될 형편을 짐작하

는 까닭이다.

"대감 의향엔 어떠우. 생은 사초를 봉하여 상감께 올리고 어떠한 처분이 계실 것을 받들어 거행하는 수밖에 없소."

하고 이극돈은 어세겸의 눈치를 보며 동의하는 대답을 구한다. 어세겸은 사실로 난처하다. 김일손만 하더라도 점필재의 제자로 자기도 깊이 심허하는 후배다. 다만 묵묵히 팔짱을 끼고 앉아 있을 뿐이었다.

이극돈은 하는 수 없이 무령군 유자광을 찾아보고 이 말을 했다. 유자광은 팔을 걷어붙이면서,

"대감, 그게 될 말이오니까. 어찌 지의(遲疑)한단 말씀요. 내 노사신(盧思愼), 윤필상, 한치형을 찾아보고 자세히 말한 뒤에 함께 상감께 아뢰도록 할 테니 염려 마시오."

하고 유자광은 소매를 떨쳐 일어나며 청지기를 불러 초헌을 놓으라 하였다. 윤필상, 노사신은 세조가 극히 사랑하던 신하요, 한치형은 대왕대비의 사촌 오라버니로 지금 우의정의 지위에 있는 이다. 먼저 세조에게 지극한 은혜를 받았던 것을 이야기하여 그들의 마음을 움직여 놓고, 천천히 김일손이가 세조를 헐어 사초에 쓴 것을 꺼내 보인 뒤에, 감히 세조의 은고를 잊어버리지 못할 것을 이야기하여 그들의 마음을 움직여 가지고 연산에게 이 일을 아뢰려는 계획이다.

유자광의 소리를 들은 윤필상, 노사신, 한치형은 곧 상감에게 아뢸 것을 의논하고 대궐로 들어가 차비문(差備門) 밖에 엎드려,

"파평 부원군 윤필상, 선성 부원군 노사신, 우의정 한치형, 무

령군 유자광은 비사(秘事)를 아뢸 것이 있소."

하고 도승지 신수근(愼守勤)을 불러내어 가만히 귀에다 입을
대고 김일손의 사초에 세조 일을 헐어서 쓴 일을 이야기하고 이
말씀을 아뢰어 달라 하였다. 신수근이라는 이는 곤전 신비의
오라버니다. 그가 처음으로 승지가 되었을 때 대간들은 들고일
어나,

"외척에게 승지라는 벼슬을 주면 권세를 남용할 터이니 불가
한 일이오."

하고 다투어 간한 일이 있었다. 결국 이 대간들의 말이 성금
이 서지 못했지마는 신수근의 마음은 좋을 리가 없다.

"그래 조정은 모두 문신들의 손바닥 속에 들어 있는 물건이란
말인가."

하고 사람을 대하여 괴탄한 일까지 있었다. 신수근은 김일손
의 사초 소리를 듣고 주저하고 생각할 겨를도 없이,

"저런 무엄한 짓이 있단 말씀요. 곧 계달(啓達)을 하오리다."

하고 편전으로 들어가 승전빗 김자원을 사이에 넣고 연산에
게 이 사유를 아뢰었다. 이 말을 들은 연산은 발연히 진노하며,

"소위 그 글 잘한다는 놈들은 한 놈도 쓸 놈이 없구나. 임금을
임금으로 알지 않고 요명(要名)만 해서 교만 방자하구나. 네 그
김일손이를 잡아다가 엄하게 치죄하고 국문을 해라!"

지엄한 분부가 내렸다.

연산은 대간이니 간관이니 정언이니 헌납이니 하는 문신을
극히 미워한다. 지난번 효사묘와 회묘에 친제하려고 하던 일도,

272   금삼의 피

모두 이 신하들이 들고일어나 간하는 바람에 친제도 지내지 못했던 것이다. 조금만 하면 상소질이요, 조금만 하면 양사합계니 삼사교장(三司交章)이니 하고 들고일어난다. 말을 잘 안 들어주면 닷새씩 열흘씩 합문 밖에 엎드려 버티고들 있다. 진저리가 나도록 밉다.

연산은 항상 자신의 마음대로 일을 못 하게 하는 것은 문신들의 무리라 하여 늘 못마땅하게 생각하고 있던 판이라, 언제든지 한번 버릇을 단단히 가르쳐 놓아, 간하고 떠들고 들고일어나는 버릇을 톡톡히 눌러 놓으려 하던 판이다.

이런 까닭에 연산은 김일손의 일을 더 자세히 묻지도 아니하시고 국문하라는 분부를 내렸다.

금부 경력 홍사호(禁府經歷洪士灝)와 금부도사 신극성(禁府都事愼克成)은 어명을 받들고 경상도 청도(淸道)로 주야로 말을 달려 김일손을 잡으러 내려갔다.

김일손은 이때 헌납으로 풍병을 얻어 자기 고향으로 내려가 병을 치료하고 있던 판이다. 극히 비밀하게 별안간에 된 일이라 밖에 있는 사람들은 전혀 이 일을 아는 이가 없었다.

연산은 다시 전지를 내려 김일손의 사초를 안으로 바치라 하였다.

실록청에서는 이것은 전례가 없는 일이라 의논이 분분하다.

"사초라는 것은 뒷세상에 직필(直筆)이 없어질까 하여 옛적부터 임금은 친히 사초를 보시지 않는 법이옵니다."

하고 말을 아뢰었다.

"잔소리 말고 김일손의 사초를 하나도 빼지 말고 곧 들여보내라!"

하는 엄한 전지가 또 내렸다. 실록청에서는 다시 당상 이극돈을 시켜,

"일손의 사초 속에 차마 못 들을 조종조(祖宗朝)의 일이 적혀 있다 하옵더라도, 함부로 실록에다 그것을 옮기는 것이 아니오니 염려하실 것이 없사옵고, 만일 종사(宗社)에 꼭 상고하실 일이 있다 하오면 그 조목만 올려서 바치겠사옵니다."

하고 간곡히 아뢰었다. 처음에 왕은 이것을 허락하였으나 여섯 조목을 올려다보니 별로 신통한 것이 없었다. 다시 종실에 관련된 일을 쓴 것을 함빡 들이라 하여 친히 일손의 사초를 보고야 말았다.

연산은 별감을 세 군데로 보내시어 망을 보고 있다가 죄인이 오는 대로 빨리 말을 달려 기별하라 하고 김일손이 서울 오기를 기다리고 있었다.

며칠 만에 금부도사는 김일손을 잡아 대령하였다. 상감 연산은 수문당(修文堂)에 나와 친국할 좌기를 차리고, 윤필상, 노사신, 한치형, 유자광, 신수근과 주서(注書) 이희순(李希舜)이 입시하고 있었다.

건양문 밖에는 겸사복장(兼司僕將)이 겸사복들을 거느리고 잡인의 출입을 엄하게 경계하고 있다. 검열(檢閱) 이사공(李思恭)이, 사관도 그 자리에 참례하기를 청했으나 승전빗 김자원과 승지 신수근은 막고 들이지 않았다. 연산은 김일손을 좌전에 부른

금삼의 피

뒤에,

"네가 성종실록을 꾸미는 데 세조조 일로 뛰어가서 적었으니 그것은 무슨 연유며, 아무 근거도 없는 일을 무엄하게 세조조를 함부로 헐어 놓았으니 대체 어찌한 까닭이냐?"

하며 엄숙하게 물었다. 김일손은 평신저두하고 태연히 엎드려,

"사관이란 춘추필법(春秋筆法)을 본받으라 하옵는바, 소신이 어찌 추호인들 다른 뜻이 있사오리까. 다만 듣고 본 바를 그대로 적었사올 뿐이옵니다."

하고 머리를 조아렸다.

"네가 출신(出身)된 지가 오래지 못했는데 세조대왕 때 일을 어떻게 알아서 함부로 터무니없는 권귀인의 소리를 적었단 말이냐. 똑바로 아뢰렷다."

연산은 이렇게 호통하며 추궁이 더욱 급하다.

"소신이 어찌 감히 은휘하오리까. 권귀인의 소리는 귀인의 조카 되는 허반(許磐)에게 들었사오며 다만 들은 것을 적었을 뿐이옵니다."

이 소리를 들은 연산은 좌우에 있는 신하들을 돌아보며,

"허반이란 누구냐?"

하고 물었다. 유자광이 허리를 굽혀,

"권지 승문원 부정자(權知承文院副正字) 벼슬에 있는 허반이옵니다."

하고 말을 아뢰었다.

"잡아들여라!"

상감의 얼굴은 붉게 역정에 물들었다. 승전빗 김자원이 허반을 잡아들이라는 어명을 받고 물러갔다.

"허반 이외에 이 말에 참례한 사람은 또 없느냐?"

날카롭게 김일손을 보며 다시 묻는다.

"없습니다. 허반과 함께 잘 때 소신이 혼자 들었을 뿐입니다."

"네가 그전에 상소하여 소릉을 복위시키자고 한 일이 있지 않으냐. 그 까닭을 자세히 말해라!"

"선왕조에서는 숭의전(崇義殿)을 지으시어 고려의 왕씨도 그 자손으로 조상의 향화를 받들게 하시었습니다. 이것은 나라의 아름다운 덕이시요. 어진 정사옵니다. 더구나 소릉은 노산(魯山) 어머닐망정 문종대왕의 배위십니다. 종묘에 문종의 신주를 홀로 계시게 함이 어의에 불안하옵기, 전하께 어지신 정사를 베푸옵시라는 천한 미충에서 나온 것이옵고 다른 뜻이 없사옵니다."

하고 대답했다. 이것은 김일손이 충청 도사로 있을 때 단종의 모후 권씨를 복위시키자 상소를 올렸던 까닭에 한꺼번에 국문을 한 것이다.

연산은 다시 일손을 노려보며,

"너 어째 나라에서 노래하는 후전곡(後殿曲 : 궁중에서 부르는 노래 곡조)을 나쁘다 사초에 적어 놓았느냐?"

"후전곡은 그 노래가 슬프고 촉박하여 온 나라 사람들이 이것을 좋아하기 때문에 거리에 지나가는 아이나, 촌 속에 엎드려 있는 여편네까지도 모두 이 노래를 부릅니다. 일찍이 사가(賜暇)

를 받아 독서당(讀書堂)에 있을 때, 대행 성종께서 술과 안주를 내리신 일이 있사옵니다. 소신은 그때 나머지 음식을 가지고 배를 타고 양화도(楊花渡)로 내려가 거문고를 뜯고 싶은 생각이 나서 무풍정 이총(茂豊正李摠)을 부른 일이 있었습니다.

얼마 만에 무풍정 이총은 거문고를 안고 와서 서로 음식을 나누며 거문고를 뜯다가 이야기가 후전곡에까지 미쳤습니다. 그 소리가 너무 슬프고 촉박하며 음탕한 데 가깝기 때문에, 태평성대에 부를 만한 노래가 아니라 인정했삽고, 소신이 수사(修史)하는 직책에 있었을 때 이것을 그대로 적었사오니 신은 실로 나라를 근심하고 임금을 생각하는 마음이 있었을 뿐이옵고 다른 정은 없사옵니다."

김일손이 이렇게 공초를 올렸을 때 승전빗 김자원이 승문원 부정자 허반을 어전에 인도해 왔다. 연산은 다시 김자원에게 무풍정 이총을 잡아들이라 하고, 허반을 향하여 꾸짖는다.

"요마한 소관(小官)이 무엇을 안다고 선왕조의 일을 함부로 헐어서 동무들에게 이야기했으니 바른대로 말해라! 만일 딴소리를 하는 날이면 죽고 남지 못하리라."

허반은 벌벌 떨며 엎드렸다가,

"소신은 아무것도 모르옵고 선왕조의 말씀을 옮긴 적이 없습니다."

하고 겨우 말을 올렸다.

"네가 그래 권귀인의 말을 김일손에게 옮긴 일이 없다는 말이냐?"

"네이, 그런 일이 없사옵니다. 김일손이 이 자리에 있으니 면질(面質)을 해보아도 알 것이옵니다."

연산은 거적 위에 엎드려 있는 김일손을 불러일으키며,

"허반은 너에게 말을 옮긴 일이 없다는데 너는 어찌 거짓말을 하였니!"

일손이 천천히 고개를 들며,

"신이 어떻게 구중궁궐 깊고 아득한 일을 알겠습니까. 허반은 권귀인의 조카뻘이 되오니 이것만 보더라도 환한 일이옵니다. 진정 허반에게 들어 알았을 뿐입니다."

이 소리를 들은 허반은 벌떡 일어나며,

"일손이 아마 풍병이 있다더니 병이 깊고 정신이 혼미하여 당치 않은 소리를 아뢰나 봅니다. 소신은 없소이다, 모릅니다."

애원해 빈다.

"신이 아무리 병이 있어 정신이 혼미하다 하오나 아직 헛소리 할 때까지는 안 되었소."

하고 자못 분개한 기운을 띠고 엎드렸다.

연산은 허반의 앙탈하는 것이 암만해도 거짓말을 하는 것 같았다.

"네 저 허반을 되게 때려라!"

동그랗게 형틀에 올려 맨 허반의 볼기 위에는 사정없는 곤장이 떨어지기 시작했다.

"바로 아뢰렷다!"

소리가 연방 일어나며 볼기엔 독한 장독에 피가 맺혀 시꺼매

금삼의 피

졌다. 허반은 다만 애고! 소리를 지를 뿐 다른 대답이 없다.

"되게 쳐라!"

하는 상감 연산의 날카로운 소리가 들렸다. 난생처음으로 사람을 치는 것을 보는 상감 연산은, 한옆으로는 마음이 괴롭고 무서운 듯하면서도 저것들이 모두 나의 자유를 막아 효사묘도 못 짓게 하고 회묘에 친제도 못 드리게 하는 예와 법을 잘 찾고 입바른 체하는 저만 잘났다는 무리어니 하고 생각할 때, 상감 연산의 입 언저리에는 세조 때 일을 헐어 말한 것이 분한 것보다 예법 잘 찾는 이놈들, 좀 견디어 보아라 하는 차디찬 쓴웃음이 떠돌았다. 복수의 눈웃음이 살그머니 눈꺼풀 위로 헤엄질친다.

아픈 곤장을 맞고 있는 허반은 여전히 슬피 애고 소리를 부르짖을 뿐 다른 공초가 없다. 철썩철썩 내려치는 곤장 소리는 상감 연산의 귀에 앙갚음의 쾌감을 일으켰다. 상감은 흥이 난 듯 더 쳐라 소리를 부르짖었다. 그러나 허반의 입에선 별다른 공초가 뱉어지지 않았다. 해는 그럭저럭 기울어 황혼이다. 연산은 윤필상과 유자광을 돌아보며,

"죄인들은 그대들이 맡아서 빈청(賓廳)에서 국문하오!"

하고 친국을 마치고 내전으로 들었다. 빈청에 좌기를 다시 차리고 앉은 유자광은 김일손의 사초를 들고 조목을 따라 읽어 가며 김일손의 공초를 받는다. 김종직의 높은 제자의 한 사람인 김일손을, 평상시 같으면 선비요 청류(淸流)라 자기를 코아래로 보던 이 사람을, 오늘은 일개 죄인이 되어 자기 앞에 공초를 바치게 되니 자광의 어깨는 으쓱하다.

"어찌하여 단종 때 김종서(金宗瑞)와 황보인(皇甫仁)을 감히 사
(死) 자를 놓아서 썼노."

유자광은 목소리를 가다듬어 점잖은 체 묻는다.

"김종서와 황보인은 역적이 아니요. 신하로서 그 임금 단종을
위하여 죽었으니 어찌 역적이 되오. 이렇게 사절(死節)을 다한 사
람들이니 어찌 절의에 사하였다 아니 하겠소."

유자광은 이 악악(諤諤)하고 경우 밝은 두려움 없는 김일손의
말에 마음속으로 다부진 사람이로구나 하고 소인이면서도 탄식
한다. 자광은 다시 김일손을 똑바로 내려다보며,

"사초에 단종 어머님 소릉을 패어 바닷가에 내버려두고 폭양
을 쬐었다고 썼으니, 그대가 젊은 사람인데 어떻게 알았단 말인
가?"

"내가 보지는 못하였소마는 옛 늙은이 조문숙(趙文琡)에게 직
접 들어서 안 노릇이오. 김담(金淡)이 하위지(河緯之)의 집을 찾
아가 위대한 나라에 벼슬할 때가 아니라 한 일과, 세조께서 박팽
년(朴彭年)의 재주를 사랑하시어 신숙주(申叔舟)를 보내어 달래
었으나, 모두들 듣지 않고 참혹한 죽음을 당하게 되었다는 것은
작고한 진사 최맹한(崔孟漢)에게 듣고서 쓴 것이오."

말을 마친 김일손의 의기는 헌앙하다. 유자광은 다시 사초 책
장을 두어 장 획획 넘기더니 주먹으로 마루청을 치며,

"단종 때 정분(鄭笨)의 시체를 중이 호위했다 썼으니, 죄 지은
사람을 호위란 무엇이며, 연전엔 소릉을 복위시키십사고 상소를
올려 간청을 하고, 사초엔 난신(亂臣)을 쓰되 절조에 죽었다 썼

으니, 네가 반심(反心)을 먹은 게 아니냐. 세조대왕께서 중흥하신 공덕은 하늘과 땅에 그득히 차시어 금지옥엽의 자손이 지금 계계승승하시는 중인데, 네가 만일 반심을 먹었다면 어찌해서 우리 조정에 벼슬을 했더냐?"

유자광의 호통 소리는 우렁차게 빈청을 흔들어 논다. 김일손은 조금도 두려운 사색이 없이,

"세조조 일은 허반에게도 듣고 정여창(鄭汝昌)에게도 듣고 최맹한(崔孟漢)·이종준(李宗準)에게도 들어 알았소. 이 사람은 실로 믿을 만한 사람들이오. 사기란 춘추필법이라 목이 달아날지언정 그 붓은 꾸부리지 못하는 것이오! 황보인, 김종서, 정분은 그들의 임금을 섬기어 두 마음이 없던 사람들이라, 마땅히 추장하여 칭찬할 만하기에 정분을 전조(前朝)의 정몽주(鄭夢周) 선생에게 비했고, 황보인, 김종서는 절개에 죽었다 쓴 것이오. 세조께서는 영웅호걸의 임금이시매 중흥의 업을 이루셨고, 성종께서는 불세출의 어지신 임금으로 수성을 잘하시었으며, 주상(主上)께서도 밝고 영걸하시어 그 업을 이루셨으니 이러한 태평성대에왜 내가 벼슬을 아니 하겠소."

하고 청산에 물 흐르듯 거리낌 없이 술렁술렁 대답한다. 유자광은 눈을 부릅뜨며,

"무슨 소리냐. 네가 반심을 아니 먹었다는 것은 거짓말이다. 그렇지 않다면 막중한 성종실록에 단종의 일로 벼슬도 아니 하고 백두포의로 떠돌아다니던 남효온의 사적은 왜 적어 놓았어?"

기운차게 호통을 내놓는다. 연전에 남문 밖 반송가 정자에서

홍유손에게 욕을 당할 때 생각이 분연히 일어나는 모양이다.

김일손은 다시 유자광을 치어다보며,

"묻기 전에 다 말씀하오리다. 세종대왕은 내가 섬긴 인군이 아니오. 그런 까닭에 당시의 일을 모두 써서 휘하지 아니하였소. 남효온의 사적을 쓴 것은 그가 이태 전에 돌아갔기 때문이오. 일찍이 스승 김종직에게 그의 재주와 행실을 듣고 늘 추앙하고 흠모하던 때문이오. 또 사초에 노산 숙의 권씨(단종비)의 종과 전장을 권람(權擥)이 다 차지해 버렸다 한 것은, 권람이란 사람은 권씨의 일가면서도 종 한 명 밭고랑 한 사래를 남겨 주지 않았으니 그 사람됨이 각박하다 한 것이며, 사초에 노산(단종대왕)의 시체를 수풀 구렁에 던져두어서 달포가 되어도 염해 드리는 사람이 없으니, 까마귀와 솔개가 쪼았다 한 것은 죽은 진사 최맹한에게 듣고 적은 것이오. 이렇기 때문에 나는 상소를 올려 소릉의 복위를 청한 것이니 종묘에는 외신주(猥主)가 없는 법이요, 이 일에는 누가 간여한 사람도 없고 누구의 가르침을 받은 일도 없이 내가 혼자 한 노릇이니 나 한 사람을 죽여 주시오."

유자광은 다시 사초 책장을 넘기면서,

"사초에 김종직이 의제(義帝)를 조상하는 글을 지어 충분(忠憤)한 뜻을 붙였다 했으니 그것은 무슨 소리냐?"

김일손은 대답하기 어려운 듯이 한참 머뭇머뭇하다가 자광의 독촉에 못 이기어,

"김종직은 충성과 효도를 본받는 사람이라. 충효의 대를 밝히기 위하여 조의제문(弔義帝文)을 지었기에 이것을 사초에 얹은

것이오."

"그러면 너는 하필 노산 이야기 끝에 김종직의 조의제문을 실 었더냐?"

"뒷세상 사람들을 경계하려는 까닭이지 다른 뜻은 없소이다."

밤은 벌써 삼경이 넘었다. 유자광은 책장을 덮고 일어서며 죄 인을 옥에 가두라 하고 모든 추관(推官)과 함께 내일 또 공초 받 을 걸 의논한 뒤에 집으로 물러 나왔다.

자기 집으로 돌아온 유자광은 저녁밥을 먹고 나서 사랑으로 나와 밤이 지새도록 등불을 밝히고 앉아서 사초장을 넘겨 가며 빙글빙글 소리 없는 웃음을 웃고 앉았다.

점필재 김종직에게 대한 함양에서 현판 뗀 원수를 갚아 보려 는 것이다. 자기가 글을 지어 달아 놓은 현판을— 어떤 미친 자 가 글을 지었단 말이냐 하고 객사의 현판을 떼어 버린 김종직의 원수를 갚으려는 것이다. 남문 밖 반송가 정자에서 자기를 모욕 하던 소위 글 잘하는 청류라던 김종직 일파를 한 그물에 몰아넣 어 원수를 갚아 보자는 뜻이다. 음울한 소리 없는 웃음 속에서 는 새파란 살기를 띤 날카로운 기운이 빛났다. 가느스름하게 웃 음을 띤 눈에는 독기가 아물아물 엉키었다. 자광은 책상다리를 손으로 치며,

"때는 닥쳤구나!"

가만히 말하고 또다시 혼자 웃는다. 사 년 전에 점필재 김종 직을 남문 밖 반송가에서 작별한 뒤 점필재가 몇 달 뒤에 병들 어 돌아갔다는 부음을 듣고 마음속으로 시원하고 기쁘면서도

한옆으로 혓바닥을 쩍쩍 다시던 일을 생각해 보았다.

그것은 한번 함양의 한을 풀기 전에 원수 점필재가 돌아가 버린 쓸쓸한 생각 때문이었다. 그러나 그때 자기로는 가뜩 점필재 일파에게 말을 많이 듣는 판이라, 이것을 함험하여 조상도 안 했다는 소리를 듣기는 싫었다. 자광은 마음에도 없는 점필재를 조상하는 만장(輓章)을 지어, 점필재를 왕통(王通)과 한유(韓愈) 같은 큰 인물에 견주어 구슬피 조상하던 생각을 하였다. 자광의 간사한 입가에는 교활한 웃음이 또다시 떠돌았다.

"흐흥, 피일시(彼一時) 차일시(此一時)지."

가만히 혼자 말하며 만족한 도지개를 튼다.

"살아 있는 놈에게만 원수를 갚는 법인가. 관을 뻐개고 죽은 놈의 목을 베는 것은 원수 갚는 것이 아닌가!"

자광은 이렇게 중얼거리며 피곤한 듯 자리에 누웠다.

이튿날 유자광은 아침에 일찍이 대궐 안 빈청으로 들어갔다. 추관으로 노사신도 오고 윤필상도 참례했다. 유자광은 두 추관을 돌아보며,

"대감, 죽은 김종직이 이렇게 음험한 마음을 먹었을 줄은 천만 뜻밖입니다그려."

하고 점필재의 조의제문을 꺼내어 보인다. 두 추관은 의제 조상한 글을 보고 묵묵히 앉아 있다.

"좌우간 이 일은 상감께 아뢰지 않을 수 없소."

하고 추관들을 재촉하여 대전으로 들어섰다. 어전에 엎드린 유자광은 김종직의 말을 아뢴 뒤에, 의제 조상하는 글을 상감

금삼의 피

앞에 놓고 알기 쉽도록 글귀를 새기고 글 뜻을 풀어 연산의 역정을 돋우게 한다. 연산은 유자광이 풀어 읽는 조의제문을 다 본 뒤에,

"저런 만고의 역적이 있단 말요. 세조대왕을 진시황(秦始皇)에 비하고, 노산을 의제에 빗대 놓았구려! 그리고 저는 주자(朱子)로 자처하다니 저런 역적이 어디 있소. 그리고 김종직의 제자 김일손은 선왕조의 일을 헐어서 사초에 적어 놓고 제 선생의 글을 칭찬하여 충분을 펴놓은 것이라 했으니 이것들이 모두 한 덩어리요그려. 이 소위 김종직의 문집을 만들어 놓은 사람은 누구요?"

"조위(曺偉)가 편집을 했삽고 정석견(鄭錫堅)이 간행한 줄로 아뢰오."

하고 유자광이 마음속으론 무한히 기쁜 듯이 이렇게 아뢰었다.

"조위, 조위도 김종직의 제자요? 허허 김종직의 당이 대단하구려! 조위가 사신으로 지금 명나라에 들어갔지?"

"네이, 어그러지지 않사옵니다."

"그러면 압록강을 건너는 대로 곧 붙잡아다 문초를 하고 김종직의 제자를 샅샅이 조사하여 가만히 불충한 마음을 먹고 있는 역적들을 형벌을 주게 하고, 일이 중대하니 동서반 삼품(東西班三品) 이상 대간 홍문관으로 형벌을 의논하게 하오."

연산은 펄펄 뛰며 역정이 시퍼렇다.

추관들은 어전을 물러 나와 다시 빈청에 좌기를 차리고 김일손을 고신(拷訊)하며 문초를 받았다. 그러나 김일손의 공초는 전과 같고 다만,

"궁중 일은 허반에게 들은 것이 아니라 정랑(正郞) 강겸(姜謙)에게 들었소."

하고 한마디를 고칠 뿐이었다. 다시 강겸을 붙들어다 문초를 받으니,

"권씨는 절부(節婦)라고 말했을 뿐이오."

하고 대답했다.

유자광은 다시 조정의 중신들을 청하여, 점필재 김종직의 죄를 의논하니 이극균, 이세좌 외의 열두 사람은 김종직을 대역(大逆)으로 몰아 관을 쪼개고 시체를 목 벨 것을 주장하고, 이유청(李惟淸) 외의 여덟 사람은 김종직은 벌써 죽은 사람이니 벼슬을 빼앗고 자손을 조정에 쓰지 말자 하였다. 유자광은 이 조정 의논을 가지고 다시 연산에게 들어가 곡진하게 나랏일을 근심하는 듯 사유를 올렸다. 연산은,

"무슨 소리요. 대역부도한 놈을 부관참시하는 게 당연하지 벼슬만 뺏는다는 소리가 무어요. 이것을 반대하는 사람들은 반드시 곡절이 있으니 엄하게 치죄하오!"

하고 점필재 김종직을 관을 뻐개고 시체를 목 베라는 지엄한 전교를 내렸다. 이것을 반대하던 사람들은 형틀에 올려 매여 피가 흘러 대궐 마당이 붉어지도록 매를 맞았다.

윤필상은 빈청에서 노사신을 돌아다보며,

"대감, 김종직의 도연명의 술주(陶淵明述酒)에 화답한 시는 조의제문보다 더욱 심하니 그 제자들을 전부 잡아다가 국문을 합시다."

금삼의 피

하고 노사신의 동의를 청했다. 유자광이 또다시 가리킨 것이다. 이 소리를 들은 노사신은 정색을 하며,

"대감, 그게 무슨 말씀요, 공초에 나오는 사람은 당연히 잡아들이겠지마는 죄도 없는 사람을 추핵(推覈)한다면 온 나라가 어지럽게 되오."

하고 이것을 막았다.

뜻 아니한 김일손과 점필재의 필화(筆禍)로 인하여 붙잡혀 오는 사람이 나날이 그 수효가 늘었다. 김일손의 집을 수색하니 이목(李穆), 권오복(權五福), 성중엄(成仲淹)의 편지가 나왔다.

세 사람은 시각을 지체할 새 없이 즉시 잡혀 들어왔다.

이목은 성정이 맵도록 뾰족한 사람이다. 대행 성종이 생존해 있을 때 성종이 병환이 있어 편치 않으매 대왕대비는 무당을 시켜 성균관 뒤 벽송정(碧松亭)에 굿을 하고 기도를 했다. 이목은 막중한 대성전(大成殿) 뒤에서 이것이 될 말이냐, 하고 성균관 유생들을 몰아 가지고 앞잡이 서서 몽둥이로 한참 신이 나서 춤을 추고 굿을 하는 무당들을 두들겨 주었다. 무당들은 혼비백산하여 대궐로 도망해 들어가고 굿은 그만 난장판이 되어 버렸다. 이 말을 들은 대왕대비는 크게 역정이 나 성종이 병환을 돌린 뒤에, 성종에게 이 사유를 말하고 무엄한 성균관 유생들을 벌주라 하였다. 성종은 거짓 노한 체하고 그때 작당에 참례했던 유생들의 이름을 전부 적어 바치라는 분부를 내렸다. 이 소리를 들은 선비들은 장차 큰 꾸지람이 있을 줄 알고 모두 보따리들을 싸가지고 밤에 몰래 달아나 버렸다. 그러나 이목만은 붙잡으러 오기

를 기다리고 태연히 성균관을 떠나지 아니하였다.

한번은 날이 하도 가물어 민심이 오오(嗷嗷)하니 상감은 크게 걱정하고 사방에 어진 선비로 하여금 바른말을 올리라 한 일이 있었다.

이목은 곧 상소를 올려— 윤필상을 가마솥에 넣고 삶아야 하늘이 비를 주시리이다 하였다. 이때 윤필상은 영의정으로 있으면서 곳간에 쌓아 둔 피륙이 천여 동이 넘기 때문에 심금손(沈金孫)이라는 사람과 갑을(甲乙)을 다투는 조선의 갑부였던 까닭이다. 이 소리를 들은 윤필상은 속으로 무척 이목을 벼르다가 하루는 길에서 이목을 딱 만나게 되었다. 윤필상은 초헌 위에서 이목을 부르며— 여보게 그래 자네는 늙은 내 고기를 삶아 먹어야 직성이 풀리겠나 하고 말을 꺼냈다. 이목은 본체만체하고 인사도 아니하고 헝그럽게 태연히 지나갔다.

이 업신여김을 당한 영의정 윤필상은 절치부심하도록 이목을 미워했다. 그 뒤에 성종이 왕대비의 말씀을 받들어 대궐 안에다 부처를 조성(造成)하여 모신 일이 있었다. 윤필상이 영의정으로 이것을 지당한 일로 말을 아뢰었다. 이목은 분연히 다시 상소를 올리어 윤필상을 간사한 귀신으로 몰고 이 간귀(奸鬼)의 목을 벨 것을 강경하게 주장하였다. 이 때문에 이목은 성종에게 친히 꾸짖는 소리까지 듣고 공주로 귀양을 간 일도 있었다. 이렇기 때문에 윤필상과 이목은 아주 구수 간이다.

이목이 김일손에게 편지 한 장 한 일로 윤필상에게 잡혀와 죄를 받게 되니, 이때 이목의 나이는 겨우 스물여덟이었다. 윤필상

금삼의 피

은 다시 이목의 집을 수색하게 되니 이목의 집에서는 또다시 임희재(任熙載)의 편지가 나오게 되었다. 추관 윤필상은 무슨 큰 먹을거리나 얻은 듯이 부리나케 그 편지를 헤쳐 보니 비두에 인사를 쓴 다음에,

지금 물론이 심하고 극하다. 착한 사람은 모두 가는데 누가 자네를 구경하겠는가. 삼가어 시를 짓지 말라. 그리고 부질없이 사람들을 찾아다니지 말게. 이 세상은 몸을 보전하기 극히 어려운 땔세. 근일 정석견(鄭錫堅)은 동지성균(同知成均)으로 파직을 당했고, 강혼은 사직을 하여 하동(河東)으로 돌아가고, 강백진(康伯珍)은 의령(宜寧)으로 내려가지 않았는가. 권오복도 장차 밖으로 나아가 수령 되기를 원하고, 한훤당 김굉필은 정사(呈辭)를 드리고 시골로 돌아갔으니, 남은 말은 이루 다 말하기 어려우이. 이철견(李鐵堅)·윤탄(尹坦)의 무리가 지사(知事)가 되어 의논과 간하는 말이 들려지지 않으니 어찌한단 말인가. 요사이 종루(鍾樓)에는 이극돈이 백성들의 재물을 긁어 들여 빼앗은 일을 익명서로 써서 누가 방을 붙였네그려.
나도 이제는 두어 이랑 밭을 충려(忠驪)의 경계나 금양(衿陽)의 수상(水上)에 두고 그대로 수십 년의 남은 세월을 흘려보내려 하네. 다시는 세상에 아무런 뜻이 없네. 자네도 구구하게 벼슬자리에 있지 말고 한 평범한 나라의 백성으로 충실하게 세납이나 바치고 여생을 지내는 게 옳은 일인 줄 아네.

임희재가 이목에게 보낸 편지는 이렇게 끝막았다.

윤필상은 편지 보기를 멈추고 유자광을 돌아보며,

"여보시오, 무령군, 임희재가 이럴 줄은 몰랐구려!"

하고 놀란 듯이 눈을 둥그렇게 뜬다.

"임희재가 누구오니까, 대감."

하며 무령군 유자광은 윤필상을 쳐다보며 묻는다.

"대감, 여태 임희재를 모르시오? 임사홍의 둘째 아들이요, 풍천위(豊川尉)의 아우이자 풍원위(豊原尉)의 형이지요."

"옳아 옳아! 참 그렇구면요. 임사홍이가 사형제를 두었겠다. 임광재(任光載)와 임숭재(任崇載)의 형제라. 그러나 그 사람이 어째 이 패들하고 어울렸단 말씀요."

유자광은 임사홍과 한패라, 그의 말소리에는 은연히 임희재를 두둔하는 눈치가 보였다. 윤필상은 임희재의 편지를 눈감아 둔다면 이목의 죄상이 좁아지는 까닭에 벌써 유자광의 눈치를 채고 버썩 튼다.

"임희재가 평소에는 제 아버지와 제 형제와 달라 글을 짓느니 무엇을 하느니 하고 되지 않게 청류라는 것들과 추축하여 좀 건방집네다. 사정을 두고 이 옥사(獄事)를 다스릴 수는 없지요. 더구나 예종의 따님 현숙공주와 성종의 따님 휘숙옹주의 시동생인데, 대감이나 나나 맘대로 처리할 수 있소? 상감께 품하는 수밖에 도리가 없지요."

하고 시각이 급한 듯이 일어나서 대전으로 향한다. 유자광도 임사홍과는 매우 절친하나 청 받은 일이 아니라 성가스러워서

그대로 내버려 두었다. 윤필상에게 임희재의 편지를 받아 본 연산은,

"제 아비 사홍이 대행대왕께 소인으로 금고(禁錮 : 벼슬길이 막혔다는 뜻)를 당하여 아직도 풀리지 못했는데 그 아들이 또 이 모양이란 말이오. 요새 군소 조그마한 벼슬아치도 붕당을 모아 가지고 나랏일을 의논하고 재상들을 비방하니 아프게 징계하여 이 풍속을 고치게 하오. 아무리 풍천위와 풍원위의 형제라도 용서할 수 없소."

하고 단단히 뒤를 눌렀다. 윤필상은 가만히 터져 나오는 기쁜 웃음을 늙은 입술로 눌러 참으며 공손히 어전을 물러 나와, 이목과 임희재를 단단히 욕보여 때리며 이목에게 대한 한을 풀었다.

추관들은 다시 다른 사관의 사초를 뒤지니 권경유(權景裕)라는 이의 사초에는,

— 김종직이 일찍이 의제를 조상하는 글을 지으니 충의분발(忠義憤發), 이 글을 보고 눈물을 아니 흘릴 수 없다. 그의 문장이 아름답고 창달하나 이것은 오히려 나머지 재주다.

라고 썼고,

권오복(權五福)이라는 이의 사초에는,

— 김종직이 일찍이 의제를 조상하는 글을 지으니 간절하고 측은하고 침통하여 사림이 전하여 이 글을 외었다. 또 청구풍아(靑丘風雅)를 만들어 인물과 성명 밑에 주를 달았다. 성삼문이 이개의 무리와 함께 노산을 복위시키려고 꾀하던 일과, 권람이 세조를 추대한 일을 자세히 기록했다. 꿋꿋한 바른 붓이 늠연(凜

然)하여 듣는 자 공경하는 마음을 일으키게 한다 적혀 있었다. 추관들은 다시 상감 연산에게 이 사실을 아뢰었다. 연산은 이 사초들을 보고,

"그래 이놈들이 이대도록 세조조를 비방하고 꾸짖었단 말이냐. 두 권가의 집을 첩을 박아 봉해 버리고, 소위 그 김종직의 제자와 문인이란 것들을 사핵하여 모조리 잡아들여 엄하게 취조하오."

하고 가혹한 분부를 추관들에게 내렸다.

유자광은 다시 김일손을 매질을 해 때리며 김종직의 제자들을 낱낱이 대라 하였다. 일손은 아픔을 견디지 못하여 점필재의 제자들의 이름을 대기 시작한다.

"신종호는 김종직이 서울 있을 때 그에게 배움을 받았고, 조위(曺偉)는 김종직의 처제인 때문에 젊어서부터 점필재의 교훈을 들었고, 채수·김전(金詮)·최부(崔溥)·신용개(申用漑)·권경유·이계맹(李繼孟)·이주(李胄)·이원(李黿)은 과차제술(科次製述)을 받은 사람들이요, 정석견·김심·김흔(金訢)·표연말(表沿沫)·유호인·정여창이 다 업을 닦은 사람들이나 어느 때 배운 줄은 모르겠고, 이창신(李昌臣)은 종직이 홍문관 응교(應敎)로 있을 때 교리로 『사기』의 의심을 질문했다. 강백진(康伯珍)은 김종직의 생질로 어려서부터 배움을 받았고, 유순정(柳順汀)·한수문(韓受文)·권오복은 종직이 동지성균(同知成均)으로 있을 때 업을 받았으며, 박한주(朴漢柱)는 경상도 유생으로 그에게 공부를 했고, 김굉필은 종직이 상제로 있을 때 업을 받았으며, 그 이외에도 많이

금삼의 피

있을 듯하나 이루 다 이름을 기억할 수가 없소. 그러나 이들이 무슨 죄가 있소? 나 한 사람만 죽여 주오."

하고 나중 말을 힘 있게 부르짖었다.

유자광은 김일손의 공초를 적어 가지고 다시 상감 연산의 전교를 물었다. 연산은 공초 필두에 신종호의 이름 석 자를 볼 제 잠깐 잊어버렸던 어마마마의 효사묘 생각이 번쩍 번갯불처럼 일어났다.

"신종호, 이게 예조참판으로 있었던 신숙주의 손자 신종호가 아니오?"

하시고 유자광을 굽어본다.

"네이, 틀림없사옵니다."

하고 자광이 아뢰었다.

연산은 효사묘 못 짓게 하던 생각이 다시 떠올라 분함을 못 이겨 한참 고개를 수그리고 있다. 그러나 신종호는 그때 벌써 나이는 젊지마는 병이 들어 죽었다는 소리를 확실히 들은 생각이 난다.

"신종호가 죽었다지?"

"네이, 한 일 년 전에 병들어 죽었다 합니다."

유자광이 대답했다. 연산은 효사묘 못 짓게 하던 분함이 나머지 사람들에게로 쏠렸다.

"김종직의 제자라는 것들은 전부 붙들어다 물고가 나도록 되게 치죄하오. 그리고 김종직의 문집을 모조리 거두어다가 대궐 안에서 불살라 버리게 하오. 만일 감추고 내놓지 않는 사람이 있다면 누구를 물을 것 없이 지극한 형벌을 내릴 테니 그리 알고 안팎에 반포하오." 하고 한숨을 길게 쉰다.

검고 흰 것을 가릴 것 없이 김종직의 제자라고 공초에 오른 사람들을 모조리 잡아들여 왔다.

곤장을 때리는 소리, 주리를 트는 소리, 무죄하다고 울부짖는 소리가 날마다 대내 안을 흔들어 놓았다. 피는 흘러 대궐 안 깨끗한 모래마당을 빨갛게 물들여 놓았다. 마치 팔월 볕에 농익은 석류알을 알알이 떼어 헤쳐 놓은 것 같았다.

대사헌 강구손(姜龜孫)은 참다 못하여 상소를 올렸다.

대궐 뜰이 옥이 되어 매질하는 독한 소리는 하늘에 사무치고, 죄인은 엎더지고 자빠져서 보고 듣는 사람은 간담이 서늘해지고, 온 도성 안 백성들은 수성거리고 무서워하니, 인심이 자못 어지러운지라, 지금엔 죄지은 괴수가 이미 복죄(服罪)를 하였으니, 나머지 죄인은 금부에 맡겨 치죄를 하시어도 넉넉할 것이오이다.

하였다. 승지 홍식(洪湜)은,

"상감이 벌써부터 전지를 내리시어 하시는 일을 어찌하여 막는단 말요."

하면서 대사헌을 힐난했다. 강구손은,

"승지로 대사헌의 상소를 참견하여 막으려 하니 참람하오."

하고 홍식을 국문하기를 청했다. 그러나 상감 연산은 불윤이라 하고 허락하지 아니하였다.

금삼의 피

대전 넓고 넓은 뜰에는 점필재 김종직의 문집이 산같이 쌓여 있었다. 조정 신하들과 밖에 있는 선비들이 죄를 얻을까 하여 겁들을 집어먹고 다투어 가며 내어 놓은 것들이다.

연산이 친히 쌍창을 밀치어 책이 쌓인 마당을 굽어보고, 승전 빗 김자원은 관솔에 불을 댕기어 이리저리 산더미 같은 문집에다 불을 붙이고 돌아다닌다. 상궁과 나인들이 돈대 위에 죽 늘어서서 구경들을 하고 있다. 관솔불이 붙기 쉬운 전주 백지(全州白紙) 속책장부터 댕겨 붙었다. 불꽃이 여기저기서 활활 일어났다. 노란 책의가 새까매지며 도루루 말렸다 확 하고 시뻘건 불길이 널름널름 산 같은 책 더미를 휩싸고 돌았다. 파란 연기가 하늘을 치밀어 올라간다. 대궐 안마당은 불바다다. 산더미 같은 불꽃이 바람을 따라 실룽거린다.

연산은 불꽃을 바라보며 쾌활한 듯 웃음을 껄껄 웃는다. 국청에서는 책이 한아름 또 들려 왔다. 사정없이 책은 불바다 속으로 들어갔다. 수그러지려던 불꽃은 또다시 기승스럽다. 연산은,

"또 없니, 또 없니."

소리를 연해 치며 미친 듯 껄껄 웃는다.

이렇게 하여 일대의 문장 점필재의 문집은 불바다 사원 뒤에 두어 삼태 하얀 재로 변하여 버리고 말았다.

이 참혹한 필화 옥사는 칠월서부터 팔월까지 거의 두 달을 끌고 내려온다.

김일손의 사초 때문에 붙들려 온 사람 중의 무풍정 총의 공초는,

"김일손과 함께 양화도 나룻가에서 작은 배에 거문고와 술을 싣고 온종일 소풍한 일은 있으나 그때 뜯던 거문고 곡조는 여러 해 전 일이라, 지금 기억이 아득하여 생각이 나지 아니하오!"

하고 대답하고, 성중엄의 공초는,

"실록낭청(實錄郎廳)이 되어 김일손·정여창의 사초를 보고, 일손의 사초에 적지 못할 일이 많기에 이목에게 이것을 이야기했더니, 목의 말이 만일 일손의 사초에 적지 못할 일이 많다면 자네 사초에는 그것을 못 쓰겠다는 뜻을 적어 두면 고만이 아니냐고 서로 이야기한 것뿐이오."

하고 공초를 올렸다. 이때 무풍정 총이 잡혀올 때 총은 날마다 하는 일과대로 양화도 자기 집 누마루에 올라앉아 거문고를 당기어 놓고 한 곡조를 뜯었다. 뜯고 보니 거문고 곡조는 제대로 되지 않고, 듣지 못하던 고약하고 소름이 끼칠 듯한 살성(殺聲)이 울려 나온다. 총은 깜짝 놀라 이것이 웬일인고 하고 거문고 줄을 골라 다시 한 곡조를 뜯었다. 그러나 여전히 제 곡조가 아니요 살기 띤 소리다. 원체 거문고에 자신이 있는 무풍정은 그럴 일이 있나 하고 또다시 줄을 퉁기고 곡조를 골랐다. 그러나 역시 찬서리 내린 밤에 기러기 울부짖는 듯한 쌀쌀한 살기 띤 소리만 일어났다. 그제야 무풍정은 입맛을 다시며 거문고를 밀치고 일어났다. 반드시 자기 신상에 무슨 큰 화가 다닥칠 것을 짐작하고, 집안의 전후 일을 간검하고 당부한 뒤에 사랑에 가만히 누워 때를 기다리고 있었다. 그 이튿날 새벽 해가 동천에 채 솟기도 전에 금부에서는 무풍정을 붙들러 왔다. 무풍정은 이렇게 거문고에 입신(入神)한 사람이다.

김일손의 공초로 인하여 일두(一蠹) 정여창을 국문하니 일두
의 대답은,

"지난해 성종대왕 십구년 기유년간에 김일손과 지리산으로
놀러 갔을 때 중 탄선(坦禪)에게 노산 때 정분이 광양(光陽)에서
죽던 모양을 들어서 알았고, 그 뒤 을묘년에 안음 현감(安陰縣
監)으로 있을 때 일손이 탄선의 이야기를 적어 보내 달라 하기에
탄선의 말을 미덥지 않게 여겼으나 그대로 적어 보내었소."

하고 공초하였다.

일두 정여창은 한훤당 김굉필과 함께 이때 유림의 쌍벽이었
다. 힘써 배우고 진솔하게 행하여 한훤당과 함께 성리(性理)의 학
(學)을 처음으로 밝혀 놓은 어진 사람들이다. 그 아버지 육을(六
乙)이 함길도 병마우후(咸吉道兵馬虞侯)로 이시애(李施愛) 난리에
죽어 버리니, 그때 일두의 나이는 겨우 여덟 살이었다. 자라날수
록 아들로 아버지를 섬겨 보지 못한 것이 원이 되고 한이 되어,
홀어머니 한 분을 지성으로 효성스럽게 받들어 어린애처럼 항
상 그 곁을 떠나지 아니하였다. 대행 성종대왕 경술년에 효행(孝
行)으로 뽑히어 특별히 참봉을 제수하시니, 정여창은 상소를 올
리어 자식으로서 그 어미를 섬김은 분안의 일(分內事)이라 무엇
이 자랑이 되오리까 하고 굳이 참봉 벼슬을 사양하였다. 이 글
을 본 성종은,

聞爾之行 予不覺出涕. 行不可掩而 今猶如此, 是汝之善.

(네 행실을 듣고 내 눈물 흐름을 깨닫지 못하였노라. 행실은 가히 덮을 수가 없는 것을 이제 오히려 이렇듯 하니 이것은 너의 착한 것이다.)

하고 상소 끝에 비답을 내려 표창하신 일이 있었다. 이로 인하여 일두 정여창은 더욱 세상 사람들에게 중하게 여김을 받았다. 한훤당 김굉필과 함께 김종직의 제자라는 혐의로 국청에 문초받는 죄인이 되니 이때 일두의 나이 서른아홉이요, 한훤당 김굉필은 서른다섯이었다. 이 두 선생은 다 문묘에 배향(配享)이 되어 천추에 혈식을 받으며 뒷세상 선비의 추도를 받는 푯대가 되니 그것은 다 뒤의 일이다.

허암 정희량과 검열 이수공이 마저 붙들려 오게 되니 이 두 사람은 같은 사관으로 있으면서도 그 정상을 알고도 미리 일러바치지 않았다는 죄다.

추관 윤필상과 유자광은 거의 두 달을 끌어 국문을 다 마친 다음에 상감 연산에게 죄목을 경정하여 바치니,

김일손, 권오복, 권경유는 대역으로 몰아 능지처참에 붙이게 하고, 이목, 허반, 강겸은 난언절해(亂言切害)로 몰아 목을 베게 하고, 표연말, 정여창, 홍한, 무풍정 총은 어지러운 말을 하고, 이수공, 정희량은 사정을 알고도 고하지 아니하였다 하여 곤장 일백에 삼천 리 밖으로 귀양 보내어 봉수군의 정노한(庭爐干)이를 만들게 하고, 이종준, 최부, 이원, 강백진, 김굉필, 박한주, 임희재, 이계맹, 강혼은 붕당이 되었다 하여 곤장 팔십에 먼 곳으로 부처(付處)하게 하고, 성중엄도 곤장 팔십에 원방으로 부처하게

하고, 신종호는 이미 죽은 사람이라 고신(告身)을 추탈(追奪)하기로 청하였다. 상감 연산은 일일이 사람들의 이름을 친감한 뒤에 가합하다는 허락을 내렸다.

유자광은 당일로 귀양 갈 죄인의 배소(配所)를 결정하여 시각을 머무르지 않고 떠나게 하고, 추강 남효온의 무덤을 찾아 관을 뻐개고 시체를 자르니, 일대 명사의 차디찬 한은 땅 속에 서리어 스러질 겨를도 없이 또다시 붙일 곳 없는 허공 위로 하염없이 헤매게 되었다.

그 이튿날 상감 연산은 결정된 대로 김일손을 능지처참한 뒤에 종묘와 사직에 이 사유를 고하고 중외에 반포하여 백관의 조하를 받은 뒤에, 윤필상 유자광 신수근과 내시 김자원에게 가자와 벼슬을 올리게 하니, 유자광의 의기는 양양 자득하여, 조정이 제 손아귀에 든 양 전 앞뒤를 교만하게 훑어보며 다시 무슨 소회가 있는 듯이 엎드렸다.

"특진관 오위 도총부 도총관 무령군(特進官五衛都總府都總官武靈君) 신 유자광 아뢰오. 남양과 함양에 생원과 진사들이 사마소(司馬所)라는 것을 설치하고, 서로 모여서 술들을 마시며 조정과 아전을 시비하며 비방하니, 거향해 사는 벼슬아치들도 다 이 선비들을 두둔하여 한편이 된다 하옵고, 이러하오매 그 세력이 그 고을 수령을 능가하와, 원들도 도리어 노복(奴僕)을 주어 이 선비들의 편의를 주지 않고는 못 배긴다 하오니, 그 피해가 심하온지라 팔도 감사에게 하명하시와 사마소라는 것을 일체 혁파케 하심을 바라오며, 남양부(南陽府)에 공생(貢生) 홍유손이라는 자 있사옵는데, 시와 글을 잘한다 하오나 그 말이 허탄하옵고 그 행실이 괴이하와, 나이 젊은 광사(狂士) 일곱 사람과 당이 되어 이름 지어 죽림칠현이라 하옵고 소요건(逍遙巾)을 쓰고 강호상으로 추축하여 술 마시며 세상을 비방한다 하오며, 요전 과거 때에는 대궐 안으로 과거를 보러 들어와서 글은 짓지 아니하고, 술이 얼근히 취하여 희롱의 말을 써서 내놓았다 하오니, 붙잡아다가 엄하게 국문하옵시기를 바라옵니다."

하고 아뢰었다.

"총관의 말이 대단 옳으오. 요사이 글 잘하고 예 잘 찾는 신하들이 조정 대신을 능멸하는 풍속이 심하여 이것이 점점 하향에까지 내려가니 한심한 일이오. 홍가의 당을 엄하게 치죄하오. 그리고 승지는 팔도 감사에게 사마소를 없애라는 전교를 써서 내리어라."

분부하였다.

홍유손은 독자의 머리에 기억이 아직도 새로울 것이다. 점필재 김종직을 이별해 보내던 남문 밖 정자에서 유자광에게 글을 지어 현판을 해 달아 보라고 자광에게 욕을 보이던 소총(篠叢)이라고도 부르고 광진자라고도 하는 소요관 쓴 홍유손이다. 유자광은 김종직에게 함양에서 현판 떼인 원수를 갚기 위하여 이극돈과 함께 사초 옥사를 일으켜 놓아 김종직의 제자를 모조리 처치했으나, 홍유손만은 벼슬하지 않는 사람이라, 그 틈에는 집어넣을 수가 없었으매, 그대로 버려두었다가 지금 따로 이 말씀을 아뢰어 남문 밖 반송가 정자에서 자기를 욕보이던 한을 푸는

금삼의 피

것이다.

이때 홍유손은 본시 불교를 믿어 본 적이 있었지마는 김종직 일파가 모조리 혹형을 하는 것을 보고, 화를 피하기 위하여 머리 깎고 검은 장삼을 입고 중의 맨드리로 서울 근처의 절간으로 돌아다녔다. 혹시 무슨 소문이 듣고 싶으면 권선승(勸善僧)의 모양으로 바리때를 들고 문안으로 들어와서 형편을 살피기도 하였다.

금부에서는 닷새 엿새가 되어도 홍유손의 종적을 찾을 수가 없었다. 유자광은 빨리 잡아들이라는 재촉이 나날이 성화같이 심하다. 그러나 이 절에서 저 절로 정처 없이 떠돌아다니는 홍유손의 자취를 찾기는 용이한 노릇이 아니다. 자광은 홍유손을 잡으러 다니던 금부 나졸을 붙잡아 들여 엄하게 곤장을 때린 뒤에 다시 사흘 말미를 주었다. 독한 매를 맞은 금부 나졸들은 사생이 달린 일이라, 눈을 뒤집어써 가면서 밤과 낮으로 밥도 먹을 새 없이 패를 갈라 절간이란 절간을 수색하며 다녔다.

유자광은 금부도사를 불러 발을 동동 굴러 가며 책망을 한 뒤에 다시 화원에게 홍유손의 얼굴 모습을 일러주어 가면서 인상을 그리게 하여 나졸과 낭청에게 한 장씩 나누어 주게 하였다. 금부에서는 무진 애를 쓴 뒤 열흘 만에야 겨우 홍유손을 동대문 밖에서 붙들어 왔다.

유자광이 빈청 마당에 붙들어다 꿇린 홍유손을 보니, 곧 뛰어 내려가 발길로 유손을 지르고 볼따구니를 뜯어먹고 싶었다. 분함을 참으려니 자광의 사지는 벌벌 떨려 마주칠 것 같다.

유자광은 홍유손을 노려보고,

"네 저놈을 되게 쳐라!"

애꿎은 나졸들을 보고 문초도 하기 전에 불호령이 내렸다.

"네이."

하는 긴대답 소리가 일어나며 곤장은 사정없이 홍유손의 볼기 위로 떨어졌다. 유손을 얼른 잡아들이지 않는다 하여, 유자광에게 곤장을 톡톡히 맞았던 나졸들의 앙갚음이 홍유손에게로 떨어졌다. 있는 힘들을 다하여 때리는 나졸들의 곤장은 단번에 홍유손의 살이 시퍼렇게 멍이 들게 한다.

검은 장삼에 염주를 목에 걸고 매를 맞는 홍유손은 유자광을 치어다보며,

"소승이 무슨 죄가 있기에 이렇게 잡아다 때리시오. 죄가 있는 줄로 인정을 하신다면 먼저 그 죄목이나 들어 봅시다."

앙연히 고개를 치어들고 유자광을 건너다보며 매 때리는 이유를 물었다.

"이놈, 네가 네 죄를 모른단 말이냐!"

하고 유자광은 말끝을 딱 끊었다. 분김에— 남문 밖 반송가에서 나를 욕뵈던 생각을 못 한단 말이냐 하고 위태롭게 마음속에 품었던 말이 그대로 막 튀어나올 뻔하였다. 홍유손은 벌써 필화가 일어나고 유자광이 총관이 되었다는 말을 듣고 자광의 앙갚음이 반드시 있을 줄 알고, 머리 깎고 중이 되어 몸을 피한 것이지마는 형벌을 받는 이 마당에 그것은 다만 한 사사혐의요, 공공한 국사는 아니라, 문젯거리도 안 되는 것이다. 나중엔 중한 죄명을 뒤집어쓸지라도 논박하여 밝힐 필요가 있다 생각하였다.

홍유손은 그대로 고개를 든 채,

"소승은 소승의 죄를 암만 생각하여 보아도 모르겠소. 죄가 있다면 그 죄상을 한번 들려나 주시고 때리든지 죽이든지 하시오."

하며 얼굴을 붉혔다.

"이놈, 네가 그래 네 죄를 모른단 말이냐. 허탄한 소리를 하여 양반의 자제를 꾀어내며, 건방지게 죽림칠현이라 하여 당을 모아 술을 마시고 고담준론을 일삼으니, 네가 이놈 그래도 네 죄를 모를까."

유자광이 호령을 내린다.

홍유손은 형틀에 매어진 채 자광을 한번 치어다보고 껄껄 웃은 다음에,

"허탄한 말로 양반의 자제를 꾀었다 하니, 소승이 양반의 자제를 꾀인 일은 없소. 마음과 뜻이 맞는 몇 사람 양반의 자질이 소승과 서로 상종할 뿐이오. 그리고 대감이 소승을 가리켜 허탄한 말을 했다는 것은 아마 소승이 불도라, 불경 이야기를 한 것을 가지고 허탄한 말을 했다 하시나 보오마는, 불도로 말하면 신라 여조(麗朝)를 지나 이 땅에 들어온 지 지금 천여 년이 넘었소. 나라에서도 지금 절을 이룩해 가지시고 대왕대비께서도 석가여래를 받드시오. 만일 소승이 부처를 믿고 불경을 이야기한다고 허탄한 놈이라 하여 죄를 주시려면 먼저 조선 팔도에 절이란 절을 다 무찔러 불태워 버리시고, 이 나라의 수만 명 중의 목을 다 벤 뒤에 소승도 죄를 주어 죽이시오. 그리고 죽림칠현이라 한 것은 우리가 주제넘게 어질 현 자를 어떻게 붙이겠소. 공연히 말 좋아

하는 사람들이 그렇게 말들을 했나 보오마는, 뜻 맞는 친구 칠 팔 인이 따뜻한 봄날 꽃과 버들을 구경하려고 술병을 들고 산에 오른 적도 있고, 뜨겁고 더운 복중에 수풀을 찾아 서늘한 바람을 쐬며 술잔을 나눈 적이 있었소. 대감, 술 마시고 음식 먹은 것이 무슨 죄가 되오?"

하고 도리어 추관 유자광에게 씩씩하게 물었다. 자광은 속이 탔다. 곧 홍유손을 그 자리에서 물고를 내고 싶은데 홍유손의 말이 구변 좋게 물 흐르듯 막힘없이 술렁술렁 나오니 무엇이라 대답할 수가 없다.

"네 저놈을 단단히 때려라, 바른말이 나오도록!"

자광의 강호령이 또 내렸다. 좌우 나졸들이 달려들어 홍유손을 또 치려 하니 유손은 고개를 다시 번쩍 들고,

"대감 물으시오, 대답하리다. 매를 맞는다고 대답하고 매를 안 때린다고 바른대로 말 안 할 소승이 아니오. 왜 문초도 하기 전에 때리기만 하시오?"

자광은 기가 막혔다. 곧 홍유손을 박살이라도 하고 싶었으나 다른 추관들이 나란히 앉은 곳에 제 마음대로만 할 수도 없었다.

"그럼 매를 그칠 테니 추호도 숨김없이 똑바로 대답해라. 만일 조금이라도 은휘하는 말이 있다면 죽고 남지 못하렷다."

유자광은 체면을 차려 호통을 내렸다.

"네, 물으시오."

홍유손은 마음 태평하게 대답한다.

"죽림칠현이라고 모여서 논 사람들이 누구누구냐, 저저이 성

명을 대어라."

"벌써 여러 해 전 봄 일이오. 돌아간 추강 남효온과, 수천정 정은(秀泉正貞恩)·무풍정 총·우선언(禹善言)·조자지(趙自知)·한경기(韓景琦)와 함께 술과 안주를 장만하여 가지고 소요건들을 쓰고 동대문 밖 성 밑 대수풀 속에서 모여서 논 일이 있소."

홍유손은 여기까지 말하고 나서 잠깐 주저하다가, 무슨 좋은 생각이 돌았는지 자기도 모르게 입 가장자리로 빙긋 가만한 웃음이 잠깐 돌았다.

"마저 말해라."

유자광이 재촉하는 말이다.

"그때 나중 온 사람은 노섭(盧變)과 유방(柳房)이오."

이 홍유손의 말이 막 떨어지자 유자광의 얼굴은 갑자기 창백하게 변해졌다.

"유방이?"

"네, 대감의 자제 유방도 한자리에 끼어서 있었습니다."

"그래, 모여서 무엇들을 했더냐?"

유자광의 사색은 현저히 다르다.

"서로들 둘러앉아 술을 마시는데 도소음(屠蘇飲)을 본떠서 젊은 사람으로부터 나이 많은 사람에게 순배를 돌렸습니다. 서로 노래하고 서로 춤추다가, 해가 저문 뒤에야 파했습니다."

유자광은 홍유손을 한번 소리 없이 노려본 다음에 같이 앉았던 추관 윤필상, 한치형을 돌아보고,

"대감, 소인의 자식이 죄인의 공초에 사연(辭連)이 되었으니 소

인이 어떻게 이 자리에 앉았을 수 있소. 두 분 대감이 맡아서 다스리시오."

하고 추관 자리에서 천천히 일어나서 밖으로 나아간다. 형틀에 엎드렸던 홍유손은 나가는 유자광을 치어다보고 빙긋이 조롱하는 듯 웃음을 던졌다.

유방은 유자광의 아들이다. 그 아버지 자광과는 달라 글을 좋아하고 덕이 있다는 선비들을 따랐다. 이러한 까닭에 홍유손과 친분이 있었던 것이다. 대수롭지 않은 일로 뒤집어씌우려는 유자광의 심보를 홍유손은 유리같이 들여다보고 그 아들 유방을 공초에 댄 것이다. 유자광의 독한 이빨을 조금이라도 면하려는 꾀다.

남효온은 죽었으나 김일손의 사초로 인하여 부관참시를 당한 사람이요, 무풍정은 함길도 은성으로 귀양 간 사람이다.

윤필상은 금부낭청을 시켜 홍유손의 공초에 오른 나머지 사람을 잡아 오게 하니, 수천정은 무풍정과 함께 종실이요, 한경기는 한명회의 손자다. 유자광의 아들 유방과 함께 붙들려 오게 되었다.

의금부 찬 옥 속에서 이틀 밤을 지낸 유자광의 아들 유방은 유자광의 극력 변백한 까닭으로 상감에게 무죄하단 말을 아뢰고 아무 일 없이 백방이 되었다.

유방이 무사히 나간 다음에 윤필상은 유자광을 대신하여 십여 일을 두고 홍유손 외에 죽림칠현이라는 사람들을 국문하나 별다른 소리가 나올 리 없었다. 다만 소요관을 쓰고 대수풀에

금삼의 피

모여서 술 마시고 거문고 뜯고 노래하고 춤춘 죄밖에는 아무것도 없었다.

수범으로 잡혔던 홍유손은 결장(決丈) 팔십을 하여 때린 뒤에 제주로 귀양 보내고 수천정·한경기 이하 세 사람은 몸조심할 것을 신칙한 뒤에 각기 집으로 돌려보냈다. 이렇게 하여 유자광은 남문 밖 반송 정자에서 홍유손에게 욕을 당하던 한을 풀었다.

필화가 일어난 지 석 달째 되는 구월 초승이 되었다. 명나라의 성절사(聖節使)로 갔던 매계 조위가 의주에서 붙들려 왔다. 김종직의 제자요, 또 그의 문집을 편집하였다는 죄다.

국청에 붙들어다 연산은 친히 국문하니 그의 공초는 이러하다.

"김종직은 신의 이모 매부이온바 종직이 함양 원으로 있을 때 가서 『예기(禮記)』를 배웠고, 신이 전라 감사로 있을 때 강백진(康伯珍)의 청함을 받아, 종직의 시와 글을 간행하려 하다가, 과만히 찾아 올라오게 된 까닭에 교대하여 온 전라 감사 정석견(鄭錫堅)에게 부탁하여, 문집을 만들게 하였사옵고, 문집을 편집할 때, 의제를 조상하는 글과 도연명 술주(陶淵明 述酒)를 화답한 시가 있는 줄은 알았사오나, 그것이 국조(國朝)의 일을 범촉(犯觸)한 뜻이 있는 것은 추호도 모르고 편집을 한 것이옵고, 또 명나라에 종직의 문집을 가지고 간 것은 명나라는 글 잘하는 나라이오라 사신이 들어가면 조선의 글하는 사람들의 글을 묻기에 종직의 능란한 글을 가지고 가서 조선을 자랑하려는 것이요, 추호도 다른 뜻은 없사옵니다."

하고 아뢰었다.

연산은 또다시 무슨 다른 말이 나올까 하고 갖은 형벌을 주며 조위의 공초를 다시 받았다. 그러나 한결같이 그의 입에선 처음과 같은 소리가 나올 뿐이었다. 연산은 조위를 의주로 귀양을 보내게 하였다.

처음 조위가 명나라에 가서 사신의 직책을 다하고 요동으로 나오니 본국에 사화(士禍)가 일어나서, 점필재 김종직은 부관참시당하고, 김일손은 능지처참이 되고 자기는 압록강만 건너서 의주 지경에 발만 들여놓는 날이면 덮어놓고 목을 베라는 전지를 내렸다는 소문이 파다하게 퍼졌다.

이 소리를 들은 조위와 함께 따라갔던 서동생 조신(曹伸)은 창황 망조하여 어찌할 줄을 몰랐다. 조선으로 나갈 것인가 그대로 피화를 할 것인가 하고 형제가 손목을 서로 붙들고 눈물을 뿌려 가며 울고 있었다. 조신이라는 이도 그의 형님에게 못지않게 글을 잘하는 사람이다. 그가 지어 놓은 『유문쇄록(諛聞鎖錄)』은 지금도 전해 오는 유명한 책이다.

하룻밤 하루 낮을 자기 형님과 함께 눈물을 흘려 가며 걱정하고 앉았던 조신은 자기 형님을 치어다보고,

"형님, 이것이 장부의 할 노릇이 아니오마는 들으니 이곳에 소문난 명복(名卜)에 추원결(鄒源潔)이란 사람이 있다니, 이거 답답해 어디 견딜 수 있소. 내 잠깐 물어보고 오리다."

하고 사관에서 의관을 떼어 정제하고 밖으로 나간다. 조위도 보통 때 같으면 당연히 이것을 막았겠지만 목숨이 경각에 붙은 판이라, 수심을 띤 채 아우에게 하는 대로 맡겨 버리고 탄하지

아니하였다.

조신은 추원결이라는 점 잘 친다는 사람의 집을 찾아가 수인
사를 마친 다음에 멀리 조선에서 온 것을 대강 말하고 자기 형
님의 신수를 물었다.

추원결은 책상 위에 놓은 향로 위에 향을 사르고 눈을 감고
팔짱을 꽂아 묵묵히 한동안 정신을 모은 다음에 조위의 생년월
일을 묻고 엄지손으로 손마디를 세어 입안엣소리로 육갑을 외었
다. 향긋한 연기는 온 방 안에 그득하다. 추원결은 다시 무슨 책
을 펴놓고 글자를 짚은 다음에 또다시 눈을 감고 손가락을 구부
렸다 폈다 하였다. 이렇게 하기를 몇 번 되풀이하던 추원결은 벼
룻집을 앞으로 당기어 놓고 노리께한 당철 연지에 양호필을 당
기었다.

먹 잘 받는 당철 연지 위에는 달필로 써진 칠언(七言) 한 짝이
적히었다. 쓰기를 다한 추원결은 한번 빙긋이 웃으며 조신을 건
너다보고 기다란 손톱으로 주지를 금 그은 뒤에 단번에 종이를
반듯이 찢어 아무 소리도 아니 하고 글귀 적힌 쪽지를 조신에게
내어 주었다.

조신은 궁금하고 답답하기 그지없던 판이라 얼른 받아 읽어
보니,

千層浪裡飜身出 也須岩下宿三宵.

(천 층 물결 속에 몸 번드쳐 나왔다가 모름지기 바위 아래 사흘 밤을
잘 것이다.)

간단한 글 한 짝이 적혀 있을 뿐이다. 조신은 고개를 이리저리 기울여 가며 글 뜻을 풀었다. 첫째 구 천 층 물결 속에 몸 번드쳐 나왔다가라고 한 소리는 어쩌면 큰 화를 면한다는 뜻과 같으나, 아랫구 모름지기 바위 아래 사흘 밤을 잘 것이다라고 한 것은 암만 풀어 보아도 알 길이 없다. 조신은 다시 추원결을 치어다보며 이것이 길한 소리냐 흉한 소리냐 하고 바자웁게 애가 타서 물었다. 그러나 추원결은 빙긋이 웃고 대답하지 않을 뿐 손을 들어 읍하며 자리에서 일어난다.

조신은 하는 수 없이 인사를 하고 사관으로 돌아와 그 형님 조위를 보고,

"형님, 추원결이를 만나 보고 글 한 짝을 얻었소. 그런데 첫 구 하나는 어쩌면 대화는 면할 것 같은데 나중 구는 암만 생각해 보아도 무슨 소리인지 모르겠소."

하고 글귀 적힌 쪽지를 그 형님에게 내주었다. 조위도 급박하고 답답한 판이라 얼른 그 쪽지를 받아서 보니, 과연 아우의 말대로 첫 구는 어쩌면 험난한 길을 밟았다가 다시 살아날 수가 있다는 뜻이다. 나중 구는 읽고 외고 생각해 보아도 무슨 소리인지 알 수가 없었다.

형제는 곰곰 생각해 보다가 좌우간 과히 흉악한 괘가 아니니 그대로 압록강을 건너 본국으로 돌아가 보기로 의논하고 이튿날 일찍이 길을 떠났다.

그럭저럭 압록강을 건너 의주 지경 나룻가에 배를 대게 하고 앞을 바라보니 강변에는 금부도사와 본부관로들이 우뚝우뚝

둘러서서 사람들이 배 안에서 내리기를 기다리고 있는 것이다. 조위 형제는 이 모양을 보고 당황하지 않을 수 없었다. 꼭 자기가 내리기만 하면 금부 관원은 달려들어 버썩 목을 벨 것 같았다. 조신은 그의 형님 조위를 얼싸안고 몸부림을 쳐가며 울었다. 조위도 자기의 한평생을 돌아보고 하염없이 낙루를 하였다. 이쯤 되니 나룻가에 배 댄 지는 오래나 사람들은 내리지 않아 시각은 지체되었다. 금부도사는 기다리다 못하여 우줄우줄 뱃전으로 걸어온다. 이 모양을 보고 조위 형제의 얼굴빛은 새파래졌다. 조신은 절망의 아픈 소리를 부르짖고, 자기의 몸으로 그 형님의 몸을 가려 덮으려 하였다. 조위가 가깝게 온 금부도사를 바라보니 안면이 있는 사람이다. 일이 이쯤 되고 보니 아니 내린대야 소용이 없는 노릇이다. 조위는 크게 마음을 정한 뒤에 아우를 달래어 일으키고 배에서 내렸다. 금부도사가 인사를 드리고 소매 속에서 편지 한 장을 꺼내 올리니 재상 이극균의 편지다. 독자는 기억하리라. 폐비 윤씨에게 사약을 내릴 때, 금부 당상으로 있던 이극균이다. 대방 승지로 있던 이세좌 삼촌이요, 지금 실록청 당상으로 있는 이번 옥사의 불집을 일으킨 이극돈의 육촌이다. 편지 사연은 간단하다. 강에서 참형(斬刑)을 하라는 전지가 내린 것을 자기가 힘써 주선하고 간하여 우선 그대로 잡아 오게만 한 것이니 나중 일은 나를 믿고 안심하라는 편지다.

조위는 읽고 난 뒤에 아슬아슬한 못된 꿈을 깬 듯 부르르 떨며 긴 한숨을 돌린 다음에 아우 조신에게 편지를 넘겼다. 조신은 편지를 보고 금부도사에게 치하한 다음에 명복 추원결을 입에 침이 마르도록 칭찬했다.

그러나 아랫구— 모름지기 바위 아래 사흘 밤을 잘 것이다란 소리는 서울로 올라와 문초를 받은 뒤에, 의주로 다시 귀양을 가게 되었을 때에도 종시 그 뜻을 못 풀었다.

사화가 이쯤 벌어지고 보니 공연히 뒷구멍으로 사람들의 이야기하는 것을 염탐하여다가 요공을 하여 보려는 못된 사람이 생기기 시작했다.

어느 때 어느 세상에나 이러한 일은 떠나지 않고 껴다니는 것이다. 충청도 천안 사람 박원성(朴元成)은 동리 사람 유분(柳汾)·남계희(南季禧) 들 열한 사람이 한 동네 박원근(朴元根)의 집에 모여서 김일손을 능지처참한 것이 온당치 못한 일이라 비평하고 전후 거스른 소리를 했다고 금부에 고해 바쳤다. 금부에서는 시각을 머무르지 않고 낭청을 천안으로 내려 보내어 단목에 비웃 엮듯이 사람들을 모조리 묶어 올렸다.

유자광은 이 사실을 상감 연산에게 아뢰었다. 연산은 윤필상·유자광을 시키어 엄하게 치죄하라는 분부를 내렸다.

금부에서 시각을 머무를 사이 없이 두들겨패는 지독한 형벌은 그대로 옥사가 되지 않을 수 없었다. 수범 유분은 대역으로 몰아 능지처참에 붙이고, 남계희 외에 한 사람은 난언절해(亂言切害)로 목을 베어 죽인 뒤에 가산을 적몰(籍沒)시켜 버렸다. 그리고 남은 사람들은 볼기 때려 귀양을 보내기도 하고 온 집안 식구를 잡아다 종을 만들기도 하였다. 그리고, 고자질한 박원성에게는 밭 다섯 결(結)과 집 한 채와 쌀 석 섬과 소 두 필, 말 두 필을 주고 군직(軍職)까지 붙여 주었다.

이렇게 되니 조정에 벼슬하는 신하와 글 읽던 유림들은 기운이 저상하여 벌벌 떨며 귀를 기울이고 있을 뿐이었다. 공부하는 학사(學舍)는 쓸쓸하게도 읽고 외는 소리가 끊어졌고, 부형들은 그 자제들을 경계하여 이르는 말이— 과거나 보고 벼슬할 것 없다. 더 배워서 무엇한단 말이냐 하고 탄식들을 하였다.

유자광의 세력과 이름은 당할 사람이 없었다. 자광은 다시 돌아다보고 꺼릴 것이 없다. 김일손의 사초를 전부 태워 버리게 하고, 상감께 품한 뒤에 환취정에 달아 놓은 김종직의 현판까지 떼어 버려서 함양에서 김종직이 자기 현판을 떼어 버린 원한을 톡톡히 갚아 버렸다. 이 현판은 성종대왕이 종직에게 환취정기(環翠亭記)를 짓게 하신 뒤에 친히 감하시고 현판을 만들어 이 정자에 달아 놓았던 것이다.

한 선비의 뾰조록한 붓끝은, 이 크나큰 피비린내 나는 참혹한 사화를 일으키고 말았다. 그러나 불태워 버린 점필재 문집 속에 있는 조의제문은 어떻게 숨겨지고 굴러 사백여 년 뒤 오늘까지 전하게 되니, 죽지 않는 붓의 기운은 매섭도록 크고도 차다.

이 사화를 빚어 낸 술의 누룩과 같은 조의제문은 아래와 같다.

정축 시월일에 내가 밀양(密陽)으로부터 경산(京山)에 가다가 답계역(踏溪驛)에서 자니 꿈에 신인(神人)이 임금의 예복을 입고 훤칠하게 찾아와서 스스로 말하기를, 나는 초회왕 손심(楚懷王孫心)이다. 서초패왕(西楚覇王)의 죽인 바 되어 침강(郴江)에 빠졌노라 하고, 인하여 스러지고 보이지 않는지라. 내 깜짝 소스라쳐 깨어 말하되, 초회왕은 남초(南楚) 사람이요, 나는 동이(東夷) 사람이라. 땅의 상거가 만유여 리가 될 뿐이 아니라, 때의 앞서고 뒤선 것이 천유여 년이 되거늘, 와서 꿈에 현몽이 되니 이 무슨 조짐이냐. 또 『사기』를 상고하여 보아도 강에 던졌단 말이 없는데, 그렇다면 항우가 가만히 의제를 죽이고 그 시체를 강물에 던졌더란 말이냐? 알지 못할 일이라 하고 글을 지어 조상하니, 대저 하늘이 물건과 법칙을 품부하여 사람에게 주시니 누가 네 가지 큰 것과 다섯 가지 떳떳한 일을(四大五常) 모를 리 있으랴. 저 나라가 아니고 이 나라의 일이여 어찌 옛적에는 없으랴. 동이 사람인 나는 초회왕보다 뒤지기 천 년이건만 공손히 초나라의 회왕을 조상하노라. 옛적 진시황이 어금니를 놀리게 되니 사해의 물결은 가득히 피로 물들여졌다. 전어와 상어와 미꾸리와 고래(鱣鮪鰍鯨)인들 제 어찌 스스로 보전하리. 그물에 빠져나가가기를 생각하여 바자웁게 영영거릴 뿐이었다.

  ─육국(六國)의 끼친 복조는 잠기고 흐트러져 겨우 천미한 백성 틈에 끼었을 뿐이다. 항량(項梁)은 남녘 나라 장수의 씨로 진승(陳勝) 오광(嗚廣)을 이어서 일어나니 왕을 세워 백성의 바람을 좇았으나, 웅역(熊繹 : 초나라 시조)을 제사 지내지 아니했더라. 병부를 잡아 남면(南面)하여 앉으니 천하에 천씨(芊氏 : 초나라의 성)보다 더 높은 이 없더라. 장자(한패공)를 보내어 함곡관에 들게 하니 족히 써 어질고 의로움을 볼 수 있었고, 양처럼 사납고 이리처럼 탐내어 관군(초회왕의 장수)을 무찌르니 어찌하여 그 기름을

도끼로 거두지 아니하였더냐.(항우를 가리켜 말한 것이다.) 슬프다,
형세 크게 그렇지 못하니 내 왕을 위하여 두려워한 바이다. 젓국
이 되고 초가 되어 도리어 후회했나니 과연 하늘 운수가 어그러
진 것이다. 침(郴) 땅의 산이 뾰조록하여 하늘을 찌를 듯하니, 날
빛은 어두워 저물어 가려 하고, 침수(郴水)는 쉬지 않아 밤낮으로
감도나니 물결만 넘쳐흘러 돌아오지 않더라. 하늘이 길고 땅이
오래나 한이 어찌 스러질 것이냐. 그 혼령이 오히려 처량하여 떠
돌아다니고 있다. 내 마음, 쇠와 돌을 뚫으려 하니 왕이 홀연히 꿈
과 생각에 임하였더라. 주자(朱子)의 노필(老筆)을 본받아 따르니
생각이 아찔하여 마음이 편안치 않다. 술잔을 들어 땅에 부으니
영령(英靈)이 계신가, 와서 흠향하시라.

이것이 점필재가 지은 조의제문의 전편이다. 진시황을 세조에
게 비하고 의제를 단종에게 빗댄 것이며, 관군을 무찔렀다 한 것
은 세조가 김종서를 죽였다는 것이요, 젓국이 되고 초가 되어
도리어 후회했느니라고 한 것은 단종의 신하 김종서가 일찍이
세조를 처치하지 못하고 그 임금 단종으로 하여금 도리어 세조
에게 처치를 당하게 했다는 뜻을 쓴 것이라 한다.

경상도 선산 땅 서봉산(棲鳳山) 밑 조그마한 암자에는 삼복·
삼추·삼동(三伏三秋三冬)을 두고 벽을 향하여 문을 굳이 닫고
『대학』을 공부하고 있는 선비 한 사람이 있었다.
연산이 손수 그 아버지 성종이 기르던 사슴을 쏘는 것을 보

고— 장차 이 나라가 어지럽겠구나 탄식하고 벼슬을 버리어 처자를 이끌고 고향 선산으로 돌아온 선전관 박송당(朴松堂)이다. 글을 읽고 앉은 맞은편 벽에는 뒷자락 떨어진 구군복이 걸려 있다. 서울 남소문골에서 도적의 소굴에 빠졌다가 도리어 구해 달라 애걸하는 미인을 들쳐업고, 급하게 벽을 차고 나오는 바람에 갈기갈기 찢어졌던 구군복이다.

송당은 시골로 돌아온 뒤로 단연히 글 읽을 것을 결심했다.

— 말달리고 칼 쓰는 것은 한 사람의 날쌘 사나이가 될 뿐이다. 사람이 배우지 않고 어떻게 군자가 될 것이냐.

하고 마음속으로 부르짖은 다음에 역시 벼슬을 버리고 돌아온 신당 정붕에게 『대학』 강의를 받고 서봉산 궁벽한 절을 찾아 아홉 달 공부를 하는 것이다. 송당은 이렇게 한결같이 마음을 쏟아 『대학』을 읽었다. 벽에 걸린 떨어진 구군복 자락으로 마음을 다잡고 몸을 닦는 좌우명을 삼았다. 혹간 마음이 어지러워 집 생각이 날 때면 떨어진 구군복 자락을 치어다보았다. 부귀영화에 잠겼던 옛 생각이 날 듯하면 또다시 떨어진 구군복 자락을 치어다보았다. 처음에 열 번 치어다보던 구군복 자락은 다섯 번으로 줄어들었다. 다섯 번 치어다보던 것은 세 번으로 줄어들었다. 날이 갈수록 마음이 가라앉게 되고 구군복을 치어다보는 수효는 더욱 줄었다. 세 번이 두 번, 두 번이 한 번, 송당은 이제는 완전히 물외한인(物外閑人)이었다. 가슴속에는 널찍이 별다른 천지가 열려졌고 마음이 평안하니 몸이 헝거롭다. 세상일은 넓고 넓은 하늘 위에 떠도는 한 조각 구름이다.

『대학』을 읽는 번수는 자꾸자꾸 늘었다. 천 독이 이천 독이 되고 이천 독은 삼천 독이 되어 거의 만 독 지경에 이를 때다. 여름이 가고 가을이 가고 겨울도 거의 섣달이 보름도 넘은 때다. 천산엔 봉우리 봉우리 눈빛이요, 시내엔 움직이지 않는 물이 거울같이 깔렸을 때다.

송당은 글 읽기를 마친 다음에 산창(山窓)을 드윽 열었다. 비스듬히 문지방에 기대어 창밖을 내다보니 옥을 깎아 세운 듯한 만학천봉의 삼엄한 설경이 눈앞에 그림인 듯 벌어졌다. 송당은 호연한 마음을 긴 휘파람 큰 소리로 이 절경을 상주고 있을 때, 굽이쳐진 길 아래서 말방울 소리가 달랑달랑 들렸다. 송당은 다시 귀를 기울여 방울 소리 나는 곳을 바라보고 있으려니, 산모퉁이 굽이진 곳에 나귀를 몰고 눈을 밟으며 암자를 향하여 올라오는 두 사람이 나타났다. 자세히 보니 신당 정붕과 박경(朴耕)이다.

송당은 얼른 발을 돌이켜 뜰로 내려가 산문(山門)을 열고 올라오는 두 사람을 맞았다.

"아아, 신당 선생, 눈길에 어떻게 험한 길을 올라오시오?"

"설경도 구경할 겸 자네 공부도 볼 겸 해서 박 진사를 동반해오는 길일세."

"그래 얼마나 공부하시기에 고생이 되시오. 늦공부가 과연 힘들 것이오."

하고 박경이 송당을 향하여 인사를 건넨다.

"낙이지요. 고생이 될 것이 무어 있소."

하고 송당은 두 사람을 서재로 인도했다.

신당 정붕은 방 속에 들어와 사면을 한번 휘돌아본 다음에,

"자락 떨어진 구군복은 여전히 걸려 있네그려."

하고 껄껄 웃었다. 박경도 소리쳐 웃고 송당도 따라 웃었다.

"그래 그동안 만 독을 마쳤나?"

정신당의 묻는 말이다.

"내일 모레면 끝날 듯합니다마는 그저 도능독(徒能讀)이죠."

송당은 탄식하듯 옷깃을 바로잡고 대답한다.

"지금 올라오다가 박 진사하고도 이야기하고 웃었네마는 『대학』의 격물치지(格物致知) 공부 말이야, 지난 가을에 내가 저 냉산(冷山)을 가리키며 저 산 바깥에는 무엇이 있겠느냐고 물었을 때 자네는 아무런 대답도 못 하지 않았나. 인제 그만큼 공부를 했으면 짐작이 있을 게니 다시 한번 대답해 보게. 저 산 밖에는 무엇이 있겠나?"

하고 신당 정붕이 물었다.

"산 밖에는 다시 산이 있을 겝니다."

송당이 고개를 수그려 대답했다. 신당 정붕은 껄껄 웃으며 송당의 손을 잡았다.

"옳의, 인제 자네의 글 읽은 공을 알겠네. 인제 집으로 돌아가게."

송당은 아무런 대답이 없이 빙긋이 웃을 뿐이요, 박경은,

"허허 송당의 늦공부가 이렇게 도저하단 말씀요? 그야말로 참 괄목상대로구려!"

금삼의 피

하고 공경하여 탄식하였다.

"선생, 저는 인제 의학을 좀 공부해야겠습니다."

송당은 신당 정붕을 쳐다보고 이렇게 말했다.

"그건 왜?"

"무무한 시골 산천에 고명한 의원이 없어서 귀중한 목숨을 버리게 되는 사람이 좀 많습니까? 그러나 여간 의원이 있다 하나 권문세가에만 출입하게 되니, 간구한 백성들은 자식이면서도 그 아비가 운명을 한대야 약 한 첩 못 쓰고 팔짱을 끼고 들여다볼 뿐이요, 계집자식이 병들었대야 화제 한 자 변변히 얻지 못하여 그대로 생죽음을 하게 되니 한심한 일이 아니오니까?"

"송당의 높은 견식에 탄복하네."

정붕이 손을 어루만지며 고개를 끄덕거린다.

"다시 문과를 보지 아니하시료?"

박경이 송당에게 묻는 소리다.

"허허, 벼슬을 버리고 온 사람이 과거가 무엇이오니까? 호반이 싫어 고향으로 돌아온 것이 아닌 바에야 점필재를 보시고 김일손을 보십쇼그려. 지금 벼슬을 할 때오니까. 강산풍월(江山風月)이나 상주고 화초시장(花草詩章)이나 이야기하여 성현의 길로 자제(子弟)나 인도하여 의술과 약으로 백성들의 천대받던 목숨이나 구하여 주면서 남은 세월을 보내렵니다."

"그렇지, 송당의 말씀이 옳의. 수구여병(守口如瓶)이지, 지금 과거를 보아 조정에 벼슬할 땐가."

정붕이 송당의 말을 받는 소리다. 그럭저럭 해는 기울어 어두운 장막이 산정을 휩싸안았다. 창 밖에는 쌀쌀한 산바람이 쏴아 문풍지를 울린다. 그러나 한 덩이 화기 떠도는 방 안에는 도란도란 이야기 소리가 끊어지지 않았다.

무오년에 의주로 귀양 갔던 허암 정희량은 귀양이 풀려 돌아온 뒤에 그 어머니의 초상을 만나 풍덕(豊德)에서 여막을 짓고 시묘(侍墓)를 살았다.

허암은 추수(推數)를 잘하기 때문에 항상 그의 아우와 아들을 보고 이르는 말이,

"몇 해 뒤 갑자년에는 사화가 크게 일어나 지난번 무오년보다도 몇 갑절 더할 터인데, 그때 가서는 나 같은 사람도 죽고 면하기가 어렵겠다."

하고 탄식하였다. 이 소리를 들은 자제들은 입 밖에 말은 내지 못하나 마음속으로 송구한 걱정을 품고 있었다.

하루는 허암이 전과 같이 여막에 앉아서 머슴들은 나무를 해 오라고 산으로 올려 보내고, 상노 놈들은 꼴을 베어 오라고 들녘으로 헤쳐 보냈다. 아랫사람들도 무심하고 모두 헤져 버렸다.

우두커니 혼자 여막 속에 앉았던 허암은 의관을 정제하고 한숨을 땅이 꺼지도록 길게 쉬었다. 여막을 나온 허암은 그 어머니 무덤에 올라가 구슬피 애끓는 통곡을 한 다음에 두 번 절하고 지팡이를 짚어 제절을 물러났다. 한 걸음을 걷고 무덤을 돌아보고, 세 걸음을 걷고 눈물을 뿌렸다. 차마 무덤을 떠나기 어려운 것이다. 그 어머니의 삼년상도 다 마치지 못하여, 무덤을 버리고

　　　　　　　　　　　　　　금삼의 피

떠나는 불효한 자기의 정경이 아무리 권도라 하나 차마 걸음을 옮기지 못하는 것이다.

산에서 내려온 허암은 동네 사람들이 행여 알세라 하여, 포선(布扇)을 얼굴에 가리고 고개를 숙이어 저녁연기 어지러운 동네를 나서 버렸다.

해가 서산 마루터기를 넘어 버리고, 으스름 땅거미 질 때 머슴들과 상노들은 나무와 꼴을 베어 가지고 하나씩 둘씩 돌아왔다. 으레 여막에 있을 주인 상제님이 보이지 않는다. 변소에를 갔나 보다 하고 제각기 저 할 일들을 걷어치웠다. 상노 놈이 여막 안에 불을 켜고 저녁상을 올리려니 상제님은 여전히 보이지 않는다. 변소를 찾아봐도 허암은 없다. 산소에를 올라가 보아도 주인의 그림자는 찾을 길이 없다. 그제야 온 집안이 궁금하여 여막 속을 차근차근 둘러보니, 굴건제복이 벗기어 있고 걸어 놓았던 평량자(平涼子)가 없어졌다.

그러나 밤낮 여막이 아니면 산소에만 있던 허암이라 집안 사람들도 그의 간 곳을 지향할 수 없었다. 온 동네로 사람을 놓아 찾다가 밤도 깊고 길이 어두우니 멀리 찾으러 나갈 수도 없었다. 등불을 켜든 하인과 자질들이 동구 밖에 기다리고 있었으나 허암은 영영 돌아오지 않았다.

이튿날 날이 채 새기 전에 머슴들과 상노들은 패를 갈라 가지고, 시골 서울로 향하는 갈려지는 길목마다 허암의 종적을 찾았다.

남강 나룻가 굽이치는 시퍼런 여울 앞 하얀 모래사장엔 낯익은 상제 짚신이 한 켤레 나란히 놓여 있다. 이것을 본 상노는 한 달음에 집으로 뛰어가 이 연유를 말했다. 온 집안 사람들은 깜짝 놀라서 강가로 쫓아가 짚신을 이리저리 자세히 보니 틀림없는 허암의 것이었다.

허암의 아들 기유(耆庾)는 망극한 중에 사공(沙工)을 풀고 사람을 사서 며칠을 두고 시체를 찾으나 시체마저 뜨지도 않고 종적이 아득하다.

허암의 자질들은 평소에 허암이— 갑자년에는 사화가 무오년보다 몇 갑절 더 커서 까딱하면 나 같은 사람도 목숨을 보전치 못할 듯하다고 탄식하던 말을 생각해 보고, 물에 빠진 양으로 강가에 신발을 벗어 놓은 다음에 혹시 어느 궁벽한 곳에 은신을 한 것이 아닌가 하고 의심해 보았다.

허암의 아들 기유는 그렇다면 더 찾을 것이 없다 단념하고 조정에 이 연유를 들어— 검열(檢閱) 정희량이 물에 빠져 죽었소 하고 고하여 바친 뒤에 허암의 의대를 관에 넣어 무덤을 만들어 장사 지내고 그가 집을 버리고 나간 오월 오일을 제삿날로 정해 버렸다.

허암의 지은 글이 절간에 붙었다는 거와, 퇴계(退溪)가 산중에서 『주역』을 읽다가 정희량 같은 늙은 중이 잘못 읽는 글귀를 고쳐 주었다는 거와, 점 잘 치기로 유명한 김륜(金倫)이 묘향산에서 도인 이천년(李千年)을 만나서 점치는 법을 배웠다가 나중 출세한 뒤에 허암의 사주와 이천년의 사주가 똑같은 것으로 보아 이천년이 곧 허암인 줄 알았다는 것들은 다 뒤의 이야기다.

척한편
(滌恨篇)

무오년 참혹한 사화를 지낸 조정엔, 바른말 잘하고 도덕과 행실이 높다는 신하들은 거의 다 물러나고, 영의정 이하로 상감 연산의 뜻을 아첨하는 무리들이 그득히 차 있게 되었다.

연산은 그의 할머니 되는 대왕대비(인수대비 한씨) 한 사람을 제하고는 누구 한 사람 거리끼고 꺼릴 사람이 없었다.

인제는 그 골치 아픈 경연에 하루에도 몇 번씩 듭시사 하고 졸라 대는 사람도 없고,

"왜 늦게 침소에서 일어나시오."

"약주를 과하게 잡수시어서는 안 되오. 사치를 너무 하시어서는 못쓰오. 왕실의 용이 너무 과하오."

하고 들고일어나는 사람들도 극히 드물다.

앉고 눕고 일어나고 거니는 게 다 자신의 생각이요, 무르녹은 연지와 향긋한 분 냄새 속에 후궁의 어여쁜 이를 주무르는 것도

자신의 자유다. 노르께한 호박(琥珀) 술잔을 기울여 밤이 새는 줄을 모르나, 누구 하나 말리는 사람이 없었다. 경연엔 체면을 보아 나가고, 정사는 해가 한나절이 겨워야 대강 보살피기만 한다. 기승기승 하던 호랑이 같은 대왕대비가 있으나, 인제는 늙었다. 춘추가 예순이 넘어 칠십 줄에 들게 되니 이루 다 총찰을 할 수 없는 나쎄다.

그 어머니 폐비에게 대하여서도 그대로 능도 봉하지 못하고, 회묘(懷墓)로 모시어 아직도 한이 풀리지 못하였으나, 효사묘(孝思墓)는 그대로 모시어 향화를 받들게 되니, 몇 해 뒤 대왕대비만 빈천하는 날이면, 그 어머니 폐비를 복위시키고, 태묘(太廟)로 모시는 것도 그리 어려운 일은 아니다. 북쪽으로 여진(女眞)이 가끔가끔 말썽을 부리나, 세종 때 김종서가 육진(六鎭)을 개척하였고, 세조와 성종 때 허종이 날쌔고 무서운 이름을 알린 뒤에는 변비(邊備)가 아직도 튼튼하다. 남으로 전라·경상도 바닷가에 왜인이 혹시 틈을 엿보나, 그다지 크나큰 걱정거리는 되지 않는다.

상감 연산의 마음은 느긋하다. 몸은 한참 씩씩하게 젊은 삼십 때다. 글과 도덕을 멀리하니, 남을 것은 삼천가려(三千佳麗) 어여쁜 후궁에게서 다시 더 어여쁜 후궁 속으로 난만(爛漫)한 젊음을 풍기는 환락뿐이다. 마치 화사한 봄날, 가지가지, 무르녹은 향기를 찾아, 떨기떨기 아련히 붉은 꽃입술로 너울너울 입을 대며 늠실거리는 범나비 같다.

대행 성종왕도 미인을 좋아하지 않은 것은 아니었다. 그렇기 때문에 비빈과 후궁은 시새고 비돌아 일대에 씻지 못할 폐비 사건을 일으켜 놓았다.

그러나 성종은 글을 좋아하고 선비를 대접하고, 바른말을 용납해 받는, 아량이 있었다. 이렇기 때문에 안으로 조그마한 호색하는 흠절을 가졌으나, 밖으로는 어진 임금, 착한 임금, 글 잘하는 임금, 백성을 잘 사랑할 줄 아는 임금으로 높은 추앙을 받았다. 조그마한 흠절은 큰 덕 밑에 숨겨지는 것이다. 그러나 연산은 문기(文氣)가 적다. 다만 한 시절의 풍류제왕(風流帝王)으로 떨어지기 쉬울 염려가 있다.

어려서 그 아버지 때부터 귀에 젖도록 듣던 풍악 소리는 이제야 와서 그 멋거리를 알았다. 진연 때마다 기생들의 오락가락하던 금준미주(金樽美酒)의 흥겨운 까닭도, 이제 와서는 대각(大覺) 지경에 이르렀다. 동궁 적에 그 아버지 성종이 좌우에 비빈들을 많이 거느린 것을 볼 때에도, 오히려 그 아버지를 마땅치 않게 생각하고, 신비 한 분으로 만족을 느꼈던 연산은 이제 와서는 왕비 단 한 사람으로는 무한한 환상의 날개를 펼치는 젊은 향락의 욕망을 채울 수 없다. 제왕 연산은 역대 제왕의 비빈 등 첩이 무수한 까닭을 이제야 깨달았다.

농익은 젊은 이성의 부드러운 살결은 술보다도 고혹적이요, 아편보다도 나릿하다. 후궁에 그득히 사춘기에 든 젊은 여자의 상아빛 노르께한 고운 살결은, 그대로 연산의 혼을 사르고야 만다.

일고삼장 사람의 혼을 뇌쇄(惱殺)시키는 노곤한 봄볕은, 울연히 자줏빛 방장을 드리운 나인 전향(田香)의 침실로 비치어졌다.

상감 연산은 미끈하게 살찐 나인, 전향의 품에 아직도 봄꿈이 짙다.

숨 막힐 듯한 젊은 여자의 난숙된 살냄새가, 향긋한 밀기름 내에 엉키어 무겁게 느리게 닫힌 방 속으로 떠돌고 있다.

와룡촛대에 비스듬히 꽂힌 타고 남은 금박대홍초의 한 치만 한 초등걸이, 지나간 밤의 상감 연산의 환락을 이야기하는 듯하다.

전향이 비치는 햇살에 눈을 찡기고 부스스 일어났다. 풀려진 자주 고름을 이끌어, 연두 회장저고리로 풍염하게 드러난 두 봉오리 흰 젖을 가렸다. 두 손을 들어 흩어진 머리털을 쓰다듬으니, 고개를 들고 앉은 전향의 얼굴은 이슬을 머금은 한 떨기 모란화다.

전향은 만족한 상감의 잠든 용안을 빙긋 웃어 굽어보고, 가만히 손을 연산의 가슴 위에다 얹었다.

"상감마마, 상감마마."

희미한 꿈속에서 전향의 부르는 소리를 들은 연산은,

"응……."

은근한 대답이 있고 몸을 틀어 도지개를 폈다.

"상감마마, 늦었습니다. 침소를 납시옵소서."

연산은 눈을 뜨고 전향을 바라보았다. 다스리지 않은 전향의 흐트러진 몸꼴은 어젯밤보다도 더한층 좋다. 어여쁘기보다도 그것을 더 한번 넘어선 살이다. 형용하여 말할 수 없는 육정(肉情)을 가진 한 덩이 탐나는 살이다. 도발적이다. 보는 사람의 마음을 잡아낚고야 마는 알지 못할 강렬한 힘이 있다. 연산은 청춘의

금삼의 피

넘치는 충동을 다시 받았다. 자리에서 벌떡 일어나 전향의 허리를 팔로 잡았다. 주린 범나비 같은 연산의 입술은 열려진 모란꽃판 같은 붉고 탐스러운 전향의 입술 위로 달음질쳤다.

창 밖에 기침 소리가 들렸다. 새벽부터 등대하고 있는 승전빗 김자원의 기침 소리다.

"게 누구냐?"

전향의 앞에서 물러앉은 연산은 밖을 향하여 이렇게 물었다.

"네…… 자원이올시다."

"오, 자원이냐. 오늘이 며칟날이니?"

"삼월 초하룻날올시다."

"무어 삼월 초하룻날?"

삼월 초하룻날 소리에 연산이 전향에게 취해졌던 부드러운 꿈은 찬바람을 쏘인 양 슬그머니 깨어졌다.

"얘, 그러면 효사묘 삭망 다례(茶禮)에 제관을 분별하였니?"

"네, 도승지 신수근이 전대로 받들려고 나갔습니다."

"어, 참 잘했다."

연산은 폐비의 삼년상을 받들어 보지 못한 것이 한이 되어, 날마다 조상식을 올리게 하고, 초하루·보름이면 예관을 보내 삭망 다례를 받들게 하는 것이다.

전향의 품속에 취하였던 연산은 황연히 꿈속에서 깬 듯 자신이 이 나라의 임금인 것을 생각하였다.

"이애 자원아."

"네……."

"오늘이 삼월 초하룻날이면 농사짓는 백성들이 밭 갈 때가 되었구나. 내일 초이튿날 동교(東郊)에 선농제(先農祭)를 지내고, 적전(籍田)에 친경(親耕)을 할 터이니 그리 알고 도승지 신수근에게 일러서 거둥 차비를 차리게 하라고 해라."

"네…… 황송하오이다."

"백성은 농사로 근본을 삼는 것인데 농사가 잘 안 되면 백성들이 어떻게 견디겠나. 백성들이 견디지 못한다면 나라가 이렇게 잘될 수 있겠느냐. 내가 먼저 권농(勸農)을 해야겠다."

연산은 그 아버지 성종이 적전에 친경하던 것을 생각하였다. 백성을 위하는 착한 임금이 되고 싶었다.

연산도 평범 이하에 떨어지는 임금은 아니었다. 너무 영특한 것이 병이었다. 너무 영특하여 한번 결정한 자신의 주장을 잃지 않는 게 오히려 병이었다.

이제 연산은 본시 가지고 있던 착한 마음이 구름 속에 햇빛 솟듯 완연히 드러난 것이다.

이튿날 상감 연산은 면류관 곤룡포로 연을 타고 동대문 밖 동적전(東籍田)으로 나갔다. (지금 동대문 밖 용두리 원잠종 제조소다.) 뒤에는 왕세자 황(顗)이 동궁의 면류관과 남포(藍袍)로 따르고, 또 그 뒤엔 문무백관이 옹위해 따랐다.

동적전 선농단(先農壇)은 신농씨(神農氏)와 후직씨(后稷氏)를 위하여 제사 지내는 곳이다. 옛날부터 이 나라 임금은 이 나라 백성들이 짓는 농사를 위하여, 농사철이 되면 선농단에 제사를 지내고, 단 앞에 만들어 놓은 적전(籍田)에 친히 밭 갈아, 모든

금삼의 피

왕자에게 농사의 중한 것을 가르치고, 만백성에게 감격을 주어, 아무쪼록 부지런하게 일 년 농사를 잘 짓도록 신칙해 당부하는 것이다.

적전 마련은 고려 성종 이년에 시작된 것으로, 태조대왕도 이 법을 본떠 동교에 둔 것이다. 평상시에는 근처 백성을 시켜 농사를 짓게 하고, 가을에는 호조에서 이것을 간평하는 것이다. 거둥 행차가 지납시는 거리거리는 사람의 물결이요, 바다다. 만백성에게 농사를 짓는 모범을 보인다는 거룩한 정사는 백성의 마음을 감격하게 만들어 놓았다. 어진 이 임금의 근감한 행차를 우러러 보려는 것이다.

이 순박한 백성들의 마음은 발가숭이 어린애 마음보다도 더 순되다. 조금만 돌아본다 하면, 그 귀한 높은 이로 조금만 자기네 백성의 마음을 살펴 주고 사정을 돌봐 준다 하면, 곧 감격의 눈물이 흐르도록 고마워한다. 뼈가 부서지는 한, 이 살펴 주고 돌봐 주는 은혜를 잊지 않는다. 어제 그제의 억울함이 있었다 하더라도, 오늘 새로이 이 백성들의 사정을 조금만 보살펴 준다면 어제 그저께 윗사람에게 대한 억울한 한은 봄눈 슬듯 스러져 버리고, 새로이 오늘에 대한 고마운 것만 두곤겨 한다. 그들은 더럭 물건과 쌀과 돈을 바라 윗사람의 은혜를 입으려는 것이 아니다. 마음 하나면 족하다. 윗사람이 알아주는 마음 하나면 족하다. 그들 백성은 양보다도 순하고 소보다도 어질다.

부세(賦稅)를 받되 고루고루 그 정도에 맞추어 각박지 않으면 그만이다. 백성을 몰아 부역을 시키되 밭 갈고 김매고 추수하여,

농사짓고 거둬들이는 바쁜 때를 돌아보아 생각해 주면 만족해 한다.

이들 순박한 백성의 무리는, 다만 무사태평의 늙은 부모를 받들고, 어리고 약한 처자를 거느려, 이 나라 땅에 밭 갈아 농사짓고, 이 나라 저자에 장사하고, 일하여 한평생을 안온히 지내기 소원이다. 부모 같은 임금을 우러러 어진 정사 내리기를, 가뭄에 단비 기다리듯 바라고 생각할 뿐이다.

연산의 동적전 거둥령이 내리니 백성들은 기쁘고 좋았다. 우리 임금이 백성들의 농사를 잊지 않으셨구나 하였다. 그렇지, 성종이 밝고 어지셨으니 그 아드님 연산이 어찌 착하지 아니하시랴 하고 찬탄하였다. 백성들은 구름 뫼듯 통안 배오개 동문 밖으로 모여들었다.

연 위에 높직이 앉은 상감 연산의 용안을 우러러뵙는 백성들은, 장차 이 상감이 무한히 어진 정사를 자기들에게 끼치려니 하고 감격의 눈물을 머금었다. 마치 어버이를 바라는 자식의 마음과 같다.

상감 연산은 선농단 위에 제물을 정하게 차리고, 친히 술을 따라 초헌(初獻)을 올렸다. 세자가 아헌(亞獻)을 올리고, 영의정이 삼헌(三獻)을 드렸다.

적전에는 채색 피륙을 감은 소가 쟁기를 멍에 하고 상감의 친경하시기를 기다리고 섰다. 어막(御幕)과 군막(軍幕)이 구름 밖에 너풀거렸다.

왕은 어수로 쟁기를 잡았다. 선전관이 채찍을 들어 '이러— 어

　　　　　　　　　　　　　금삼의 피

디여' 소리를 질렀다. 소가 움직이고 쟁기가 땅을 긁었다. 모시고 선 만조백관의 느낌이 물결쳤다. 반 사래를 왕이 갈 때 왕은 어린 세자를 찾아 돌아보았다. 나 어린 동궁이 내시에게 부축되어 쟁기를 붙들었다. 다음에는 진성대군이 쟁기를 붙들어 반 사래를 나아가고, 그다음에는 제안(齊安)이 갈고, 그다음에 모든 왕자가 쟁기를 붙들고, 그다음에 영의정 이하 만조백관이 관복을 입은 채 밭을 갈았다. 둘러싸 구경하는 순박한 백성들은 다만 우러러 근감하다 탄식하는 소리다.

적전에서 돌아온 연산은 중전으로 들어 의대를 풀었다.

"상감마마, 백성들이 기뻐들 하옵지요?"

"허허, 길거리는 백성들의 성이요 바다입디다."

연산은 이렇게 중전 신비의 말에 대답하였다.

"나인들이 돌아와 말하는 소리를 들으니, 백성들은 친경하옵시는 모양을 뵈옵고 감격하여 눈물을 뿌리는 자도 있더랍니다 그려. 얼마나 순박하고 귀여운 백성들이오니까, 상감마마께서는 이 백성들을 더욱 불쌍하게 여기옵시면, 백성들은 상감마마를 더욱 받들어 위하여 성인이라 하오리다."

중전 신비의 어질고 부드러운 말 소리는, 적전에 거둥한 것으로 해서 더욱 착한 마음이 움직인 상감의 마음을 북돋워 준다.

"제가 어려서 친정에 있사올 때 드나드는 시골 사람에게 말을 들으면, 흉년이 들어 논과 밭이 묵어도 아전들은 잡풀 무성한 백답(白畓)에다도 구실을 뺏다시피 받아들이기 때문에, 백성들은 나무 뿌리와 껍질을 캐고 벗기어 먹는 가긍한 형편이면서도,

이 구실을 못 바치고는 견디지 못하게 되는 까닭에, 굶주린 여편네의 머리털을 베어 다래 꼭지를 만들어 팔기도 하고, 그래도 부족이 되는 경우면, 해진 속곳까지도 팔아 버려서 먹지도 못한 논의 결전을 바쳐야 한다 하오니, 이것이야 어디 나라에서 시킬 리가 있사오리까? 간사한 아전들이 백성의 피를 긁는 것인 듯합니다. 상감마마께서 이런 것을 생각하시와 묵힌 논에 구실을 면하게 하시면 백성들은 더욱 상감마마를 부모같이 우러러 바라보오리다."

어진 신비의 말을 듣는 연산의 총명한 눈은 화경같이 또렷이 빛났다.

"참 내가 미처 못 생각했구려. 오늘 백성들의 즐거워하는 모양을 보고, 또 어처(御妻)의 깨쳐 주는 말씀을 들으니 대단히 좋구려. 이애 게 누구 승전빗 불러라."

시측하여 모시었던 나인이 전 밖으로 나가 승전빗을 부르니 김자원이 대령하고 엎드렸다.

"얘 자원아, 호판(戶判)을 들라 해라. 만일 호판이 공고를 치르고 돌아갔으면 승지 신수근을 불러라."

조금 있다가 승지 신수근이 어전에 부복했다. 왕비의 오라버니가 되는 까닭에 곤전도 피하지 않고 자리에 앉아 있다.

"지금 왕비의 말을 들으니, 백성들이 흉년에 논을 묵혀서 벼를 심지 못한 하얀 백답에도 결전을 받은 일이 있다 하니 그러한가?"

"네, 혹시 지방에 따라 그런 일이 있사올지 모르옵니다."

"자금 위시하여는 호조판서에게 명을 내리어 흉년이 들어 묵힌 논에는 구실을 받지 말도록 각도 감사에게 영을 내리게 하고, 초근목피(草根木皮)를 먹는 백성이 있다니 이것이야 이 나라 임금인 나로 앉아서 몰라 그렇지, 차마 알고야 둘 노릇인가. 서울에는 진제장(賑濟場)을 만들어, 헐벗고 굶주린 기민(飢民)을 먹이게 하고, 각도에는 구황경차관(救荒敬差官)을 보내어 불쌍한 백성들을 구해서 주게."

또렷또렷 명랑한 상감 연산의 말씀은 두말할 것 없는 영특한 임금이다. 자신의 말이 성큼 선 것을 보는 신비는 어진 마음에 고마운 감격이 떠올랐다.

"황공하오이다. 백성들이 상감마마의 말씀을 듣는다 하오면 얼마나 감격해하오리까. 오왕만수(吳王萬壽)를 축원해 빌 것입니다."

연산은 좋았다.

"내, 무얼 알겠소. 어처의 어진 덕이오."

하고 신비를 바라보며 빙긋이 웃는다. 신수근이 다시 고개를 수그리고,

"성지(聖旨) 갸륵하시오이다. 그러하오나 호조(戶曹)에 예산하온 경비 없사옵다면 어찌하오리까?"

"우선 호조에 물어 경비 없다면 내탕금(內帑金)으로 쓰게 하고, 곧 서울에는 상평창(常平倉)을 두게 하고, 시골에는 저풍창(儲豊倉)을 두게 하여, 해마다 따로이 곡식을 여투어 두었다가 이것을 긴급한 때 쓰도록 하게."

영특한 연산의 포부에 신수근도 고개를 수그렸다.

연산은 피로함을 느꼈다. 멀리 거둥하고, 적전에서 친히 쟁기를 붙들었던 까닭이다. 피로해진 몸과 마음을 부드럽게 애무해 주는 젊은 여자의 여낙낙한 손길이 필요하다.

지금 한자리에 앉은 왕비 신씨가 젊기는 하나 너무 격이 높고 점잖기 때문에, 마구 희롱하여 범하기는 어렵다. 연산은 마음속으로 지나간 밤 전향의 침실을 생각해 보았다. 숨 막힐 듯한 환락을 부어서 주는 전향의 속살거리는 정열도 싫은 것은 아니나, 피로를 느낀 오늘 같은 날은, 뜨겁고 눌리는 정열보다도 좀더 가볍고 맑은 향긋한 살이 그립다. 여름의 달밤을 거니는 듯한 자장 노래를 불러 주는 듯한 아름다운 사람이 그립다. 연산은 윤 숙의의 침실이 생각났다. 살찌지 않고 여위지 않은 곱고도 보드라운 향긋한 난화(蘭花) 같은 윤 숙의의 얼굴이 떠올랐다.

신수근이 청명하고 물러간 다음에, 연산은 자리에서 천천히 일어나려 하였다. 이 눈치를 안 왕비 신씨는 방긋 웃으며,

"상감마마, 고단하시겠어요. 전향의 방이나 윤 숙의 처소로 납시어 조금 편안히 누우시지요. 어디 전향의 방으로 납실까요?"

눈에 담뿍 웃음을 머금고 잠깐 동안 연산의 용안을 건너다보았다. 연산도 빙긋 소리 없는 웃음을 웃었다.

"호호, 고단하시니 윤 숙의 처소로 가시지."

왕비는 얼른 상감의 뒤로 돌아가 곤포 겨드랑에 사뿐 두 손을 넣고 주춤하고 앉은 연산을 일으켰다.

"어찌 그리 용하게 알우, 참 현처여든."

빙긋 웃는 연산은 어리석은 듯도 하다.

"밤낮 그 현처 소리 고만 하시고 어서 가보세요, 홍홍."

신비는 가만히 상감의 등을 미는 양한다. 밀려가는 듯이 전 밖으로 납시는 상감의 뒷모양을 다시 보시는 왕비는, 웃음은 사라지고 한 줄기 쓸쓸한 빛이 얼굴 위에 떠돌았다.

왕비 이외에 지금 상감이 사랑하는 여자는 셋이 있다. 하나는 나인 전향이요, 하나는 윤훤(尹萱)의 딸인 양기 색시로 숙의를 봉한 윤씨요, 하나는 역시 나인인 수근비(水芹非)다.

전향은 사나이의 마음을 도발시키는 살기 있는 요염한 여자요, 윤 숙의는 양갓집 딸이기 때문에 수줍고 연약하나 마음이 곱고, 수근비는 강파른 편이나 처염한 자태를 가졌다. 왕비는 전향과 수근비가 얼굴과 모습으로 보아 다 사나이에게 해로울 것을 잘 안다. 그렇기 때문에 이왕이면 윤 숙의가 전향과 수근비보다 상감에게 은총을 많이 입기를 바란다. 그것은 무엇보다도 상감의 육체를 돌보는 지극한 정성에서 우러나는 마음이다. 그러나 상감의 마음은 그렇지 않다. 상감뿐 아니라 모든 사나이가 대개 그러하리라. 기름진 곰국과 살진 너비아니에 염증과 누린내를 맡은 뒤에야, 비로소 맑고 신신한 김치와 짠지를 생각하는 것이다.

상감은 지금 처음으로 농익은 너비아니와 곰국에 맛을 붙이신 거와 같다. 전향과 수근비를 열 번 생각하여 피곤함을 느낀 뒤에야, 비로소 한 번씩 윤 숙의를 생각하게 된다. 왕비는 항상 이것이 불안하다.

왕이 처음에 동궁으로 있을 때, 순진하고 어린 마음에 그 어머니 폐비로 인하여, 어린 가슴에 잠을 이루지 못하고 우울하고 침통하여 밤과 낮으로 폐비 생각뿐이었다. 그때 동궁의 이 심상치 않은 마음이 드러난다면, 동궁의 자리는 위태롭고 따라서 신비 자신의 한평생 팔자는 판막는 판이었다. 왕비는 이것이 무서웠다. 한때 무서움만이 아니라 한평생을 망쳐 놓는 장본이다.

이렇기 때문에 왕비는 동궁에게 술 마시는 것을 가르쳐 주어 그 마음을 위로하게 하고, 나인들을 모아다 환락에 재미를 붙이게 하였던 것이다. 이제 와서는 후회하는 생각도 더러 나게 되나, 그것은 소용없는 노릇이다. 다만, 술 마시고 여자를 좋아하는 정도가 더 나아가지 않기만 빌고 바랄 뿐이다.

연산이 드는 시위(侍衛) 소리에 윤 숙의는 놓고 있던 수를 그쳤다. 얼른 바늘을 뽑아 새빨간 바늘겨레에 꽂은 뒤에 반짇고리를 밀치고 일어났다. 연산은 벌써 대청 위로 올라섰다. 마루로 나가서 부복하여 맞는 윤 숙의의 고운 맵시는 월궁항아(月宮姮娥)다. 조촐한 눈썹, 단정한 입매에는 한 줄기 맑고 그윽한 향기가 고요히 일어나는 듯하다.

연산은 엎드린 윤 숙의의 여낙낙한 손길을 덥석 쥐어 일으켰다. 칠분은 부끄러운 듯, 삼분은 반가운 듯, 고개를 수그리고 연산에게 손을 맡긴 채 연산을 따라 방으로 들어간다. 치렁치렁 흐를 듯 늘어진 남스란치마에서는 사각사각 사(紗) 옷 끌리는 소리가 고요하고 그윽하게 전상(殿上)에 일어날 뿐, 윤 숙의의 한아한 뒷모양은 한 폭 절묘한 산 그림이다.

방 안으로 들어서신 연산은 반짇고리 위로 눈이 흘렀다. 그곳

금삼의 피

에서는 아까 윤 숙의가 수놓던 황학·백학이 날아갈 듯이 베갯
모 위에 수놓여 있었다.

"숙의, 수놨구나!"

연산은 베갯모를 들었다.

"묘하다. 손재주가 참 용하구나."

"아녜요. 장난으로 해본 것예요, 이리 주세요."

윤 숙의는 부끄러운 듯 연산의 손에 있는 수 베갯모를 뺏으려
한다. 연산은 팔을 들어 베갯모를 번쩍 쳐들고 뺏으려 하는 숙의
의 손길을 피하며 다시 본다.

"살았구나, 황학은 날아들고 백학은 날개를 벌려 맞는 듯하구
나."

연산은 왼팔을 벌려 윤 숙의를 걷어 안았다.

"훨훨 날아들어 오는 황학은 나요, 우줄우줄 날개를 벌려 맞
은 것은 숙의 네로구나."

연산의 품속에 든 윤 숙의의 얼굴은 다홍물을 끼얹은 듯 부끄
럼에 취하여 새빨갛게 물들여졌다. 맑은 눈동자는 볼그스름한
뺨 위에 더욱 어여쁜 다정한 명모(明眸)다.

"아하 고것이야."

연산의 뺨이 부끄럼에 취한 윤 숙의의 뺨으로 헤엄질쳤다. 윤
숙의는 몸 둘 곳을 몰랐다. 소리 없이 비비적거리며 연산의 팔에
서 벗어나려 하였다.

"한 짝을 마자 놓아라, 한번 같이 베어 보게."

연산이 수 베갯모를 반짇고리에 놓고 하시는 말이다.

윤 숙의는 부끄러워 고개도 들지 못하고 대답이 없다.

"수라간에 기별하여 주안(酒案)을 올려라. 시장하다."

연산의 팔에서 벗겨난 윤 숙의는,

"네……"

하고 밖으로 나가 상궁에게 이 뜻을 전한다. 부드러운 대답 소리는 몸맵시보다도 더욱 곱다.

주안상이 들어온 뒤에 연산의 술맛은 더욱 좋았다. 술기운이 훈훈하게 피로한 연산의 온몸을 돌았다. 연산은 술상에서 떨어져 포근한 보료 위로 길게 다리를 뻗으며 누웠다.

"숙의, 다리를 쳐다구 피곤하다."

윤 숙의는 사뿐 연산의 누운 옆으로 와서 무릎을 꿇고 연산의 다리를 주물러 준다. 나긋나긋한 불수(佛手) 같은 흰 손이 연산의 넓적다리에 닿았다. 나릿하고 근지러운 듯한 느긋한 즐거움이 연산의 피곤한 혼을 쓰다듬어 준다. 연산은 나른하게 보료 밑으로 혼과 사지가 녹아드는 듯하다.

방 속에는 그윽하고 맑은 정밀(靜謐)한 숨소리만이 떠돌았다. 전향의 방에서 일어나던 폭풍우 같은 정욕의 회오리바람은 이 침실 안에서는 찾을 수 없다. 숨 막힐 듯한 붉은 애욕의 꿈을 대신하여, 난초꽃 향기를 맡는 듯한 고상하면서도 딱딱하지 않은, 부드럽고도 우아한 다정(多情)이 이 침실을 휩싸고 돈다.

그 이튿날 새벽 먼동이 훤하게 터질 때, 윤 숙의는 잽싼 흰 토끼처럼 연산의 감긴 미끈한 굵은 팔에서 살그머니 미끄러져 나왔다.

바지 단속곳 치마저고리 자리 옆에 차곡 개켜 놓은 옷을 매무시 흐트러진 자리옷과 바꾸어 입는다. 주름살진 연분홍 자리저고리에선 상감 연산의 살냄새가 엉키어 밴 듯하다. 윤 숙의는 살짝 자리저고리를 들어 코에 대보고 생긋하니 혼자 웃었다.

연산은 아직도 부드러운 숨소리가 짙다. 윤 숙의는 행여 상감이 깰세라 협실 문을 소리 없이 살며시 열고 가볍게 발을 옮겨 침방을 빠져나갔다.

소세를 마친 윤 숙의는 경대를 향하여 지분(脂紛)을 엷게 덮었다.

햇살이 퍼졌다. 동창이 훨쩍 밝았다. 윤 숙의는 무수리를 데리고 중전을 향하여 갔다. 아침 문안을 중전 신씨에게 하려는 것이다.

부지런한 중전 신비는 벌써 기침하고 앉았다. 절하며 문안드리는 윤 숙의를 본 중전은 미소를 띠며 말한다.

"오오, 숙의냐? 간밤에 상감을 네가 모시었니?"

역시 여자다. 가벼운 샘을 아니 느낄 수 없었다.

윤 숙의는 부끄러웠다. 고개를 숙이고 얼굴을 붉혀,

"네."

하고 대답한다. 중심 깊은 신비는 떠오르는 질투를 슬쩍 눌렀다.

"오, 나는 네가 상감마마를 모신 때야만 마음 놓고 편안히 잘 수가 있다. 상감마마께서도 그리 튼튼한 어른이 아니시거든."

의미 깊은 말씀을 던진다. 윤 숙의의 얼굴은 더욱 붉어졌다.

"어디 보자, 이리 가까이 온!"

귀여운 듯 윤 숙의의 손을 만지고 등을 어루만져 준다. 사실 중전은 전향의 탐스러운 것보다도 수근비의 처염한 것보다도, 이 숙의의 교양 있는 맑은 천품을 귀여워한다. 연산이 후궁을 아니 두긴 틀린 일이다. 같은 값이면 후궁 속에서 이 윤 숙의만을 사랑하시었으면 생각도 한다. 무엇보다도 정신으로도 상감을 이롭게 할 것이요, 육체로도 상감을 살찌게 할 것을 중전은 잘 아는 까닭이다.

"네 그저 침소에 듭시어 계시옵니다."

"어서 가보아, 일어나시면 어찌하게."

상감이 아직 기침도 안 했는데 자신에게 먼저 문안을 들어온 이 교양 있는 양반의 집 딸이 기특하다. 이 때문으로 해서 시새우는 마음은 더욱 사라졌다.

"그리고 침소에서 늦잠이 듭셨다 하더라도 오늘은 일찍이 입시사고 말씀을 올려라. 아까부터 승지가 드나들며 상감의 기침을 묻조았다. 여진을 치러 이극균이 떠나는데 어전에 사후(伺候)하려고 한다더라. 좀 일찍 깨시게 해라! 어서 가봐."

중전의 말씀은 은근하다. 침실로 돌아온 윤 숙의는 아직도 자는 상감을 가만히 흔든다.

"상감마마, 상감마마, 이극균이 여진을 치러 가옵는데 어전에 문후를 올린다 하옵니다."

상감은 여진 소리에 눈을 번쩍 떴다. 자신을 생각하는 연산은 나라를 생각하고 백성을 생각하였다. 몇백 년을 두고 지근덕거리는 여진의 장난은 이 나라의 암종(癌腫)이요, 상감의 두통거리다.

연산은 소세를 마치고 승전빗 김자원을 데리고 잔입으로 편전에 나갔다.

좌찬성에 경변사(警邊使)를 겸한 이극균이 창안백발로 어전에 엎드렸다. 폐비에게 사약을 받들던 바로 그 이극균이다. 이제는 늙어서 벌써 칠십이 가깝다. 상감은 아직도 이극균이 폐비에게 사약을 받들었던 사람인 줄은 모른다.

백전노장인 이극균은 김종서·허종의 뒤를 이어, 서쪽과 북편 골치 아픈 야인(野人)을 혼자 막아 내다시피 하는 연산 때 없지 못할 명장이다. 그는 십여 차례 늙은 몸을 이끌고 나라와 백성들을 위하여, 불모의 땅으로 호마(胡馬)를 달려 호령하는 이 나라의 든든한 기둥이요 주춧돌이다.

"늙은 몸을 이끌어 이 나라를 위하여, 멀리 또다시 변방을 떠나게 되니 실로 내 마음이 미안하오."

연산은 이렇게 늙은 장수 이극균을 위로한다.

"충성을 다하여 나라에 갚음은 신자의 당연한 도리온지라, 늙은 몸이 전장에 죽어 말가죽으로 시체를 싸게 된다면, 얼마나 큰 광영이오리까. 다만 그 기회 없음을 한탄할 뿐이옵니다. 그러하옵고 변방 일에 대하여서는, 함길도의 군사는 겨울과 여름이면 갑옷을 벗을 틈이 없는 까닭에 갑옷이 모두 해어져 버렸습니다. 소신이 벽단진(碧團鎭)을 가보니 종이를 소금물에 축여 말린 뒤에, 무명과 함께 꿰매고 배접을 하여 엄심(掩心)을 만들어 입었사온데 화살이 들어가지 아니하옵고 활쏘기에 지극히 간편합니다. 그리고 만드는 품이 갑옷 만들기보다 쉽고 편합니다. 서울 근처에 있는 묵은 문서책과 수지를 본도로 보내 주시옵시오. 절도사(節度使)를 시켜 이것을 만들게 하겠습니다. 둘째로 사뢸 일은 보병뿐 아니라 수군이 필요하옵니다. 도적은 흔히 겨울과 여름에 밤을 타서 강을 건너게 되옵는바, 겨울에는 할 수 없으나 여름과 봄가을에는 몽동(艨艟)을 강물에 띄워 도적의 잠항(潛航)하는 것을 막으려 하오니 황해도의 배 젓는 쟁인 십여 명을 강계(江界)와 벽동(碧潼)으로 나누어서 보내 주시옵소서. 셋째로 아뢰올 일은 군량은 수로로 실려 보내지 마시고, 육로로 승도(僧徒)를 시켜 운반하도록 해주옵소서. 만일 수로로 군량을 보내시면 적군이 미리 알고 방비가 튼튼할 것이올시다. 그리고 강변 백성들은 소금〔鹽〕이 없어 고생입니다. 희천(熙川) 운산(雲山) 등 도회지의 소금은 내지(內地)로 들여보내지 말게 하시고, 강계·위원(渭原)·벽동·이산(理山)·창성(昌城)으로 보내시면, 백성들은 쌀로 소금을 바꾸어 살 것이니, 이렇게 되오면 군자(軍資)에 대단히 편할 것이옵고, 두만강 강변 백성들은 도적에게 사로잡힐까 두려워하여 농사를 폐하기 때문에 논과 밭이 황무하온 중 묵은 전장에도 세납을 바치라 하오니, 백성의 괴로움이 심하온지라 감사에게 일체 세납을 받지 말라 하시면, 연강(沿江), 산미(產米)가 지금보다 열 갑절 풍부하올지라, 먼 곳에서 군량을 실어 나르는 것보다 편하고 괴로움이 없사올지니 복원성은 밝히 살피옵소서."

이극균은 이렇게 변방 수비에 대한 헌의(獻議)를 길게 드리고 다시 고개를 숙이어,

"건주위(建州衛)와 기주위(岐州衛 : 여진의 부락 이름들이다)는 지금 한참 모손하여 약한 때이온지라 당연히 가서 치겠사오나, 온하위(溫下衛)는 귀순하온 지 오랜 백성이라 군사를 더하여 토벌하올 까닭이 없사오니 아울러 통촉이 계시옵기 바라옵니다."

하고 읍하고 엎드렸다. 이극균의 의논을 묵묵히 듣고 있는 연산은 감동한 듯이 늙은 장수의 창안백발을 바라보며,

"곤이외(閫以外)는 장군이 치지(將軍治之)라 좌찬성이 어렵하겠소. 묵힌 논에 전을 받는 일은 혹독한 법이라 전일에도 팔도 감사에게 안 받도록 전교를 내렸거니와, 더욱이 변지 근처에야 말이 되오. 우선 몇 해 동안 두만연강(豆滿沿江)에는 좌찬성의 말대로 백성들에게 결전을 받지 말도록 하오. 그리고 함경도와 평안도에서 진상하는 녹피(鹿皮)·호피(虎皮)·돈피(獤皮)·서피(鼠皮)·수달피(水獺皮)·생록(生鹿)·건록(乾鹿)·녹포(鹿脯) 등속을 명년까지 한하여 감하여 바치게 하고, 황해도의 곡식과 솜을 평안도와 함경도로 옮기게 하오."

연산의 백성을 사랑하는 마음은 유연히 움직였다. 본시 받고 난 선한 천품이 보조록보조록 일어나는 것이다. 따뜻하고 부드러운 고운 여자의 연연한 살 속과, 거칠고 흐리기 쉬운 방종한 술잔 속에도 어질고 착한 싹은 잘리지 않았다.

그러나 마비적인 술과 부드러운 여자의 온유향(溫柔鄕)에서 자라난 연산은, 이극균이 들러 간 다음에 글 읽고 책 보는 버릇이 없으니 심심하고 무료하다. 이런 때 언뜻 제일 먼저 생각나는 것은 또다시 여자다. 백성의 일은 금방 잊은 듯이 나라 형편도

더 깊이 생각지 아니한다. 홀로 앉아 있는 연산의 귓가에서는 모든 환락이 속살거려 손짓을 한다. 고혹적인 정경이 눈앞에 벌어진다.

'누구하고 놀까? 누구한테로 갈까?'

전향은 그저께, 윤 숙의는 어제 같이 지냈다. 연거푸 노는 것도 재미가 없다.

'오, 수근비한테로 가자. 수근비 본 지가 하도 오래다.'

이렇게 연산은 마음속으로 정한 뒤에, 김자원을 앞에 세우고 수근비의 처소로 찾아간다.

화려한 단청으로 화초를 아로새긴 길고 긴 궁장을 감돌아 몇 개 협문을 지나 연산은 조그마하고 아담한 한 채 별당에 당도하였다. 수근비의 처소다.

이때 수근비는 완자 쌍창을 밀어 젖히고, 턱을 괴어 문지방에 기대앉았다. 먼산에 푸른 아지랑이를 바라보는 양, 따뜻한 봄볕을 맞아들이는 양, 가무잡잡한 처염한 맵시는 수심에 잠긴 듯도 하고 바이 그렇지 않은 듯도 하다.

"무에냐, 왜 수심에 엉키운 사람 같으니."

두벌대 위로 올라선 상감 연산의 말이다. 수근비는 야윈 듯한 몸에 늘어진 치마를 걷어잡고 연산을 맞아들인다. 날 듯한 몸맵시로 연산에게 절을 올렸다.

"왜, 무엇을 그리 생각하고 있었니?"

"호호, 상감께서 하도 안 찾아 주시니 마음은 산란하옵니다."

생긋 수근비의 입술이 열렸다. 웃음을 따라 가늘게 감기는 눈

금삼의 피

자위에는 파르스름한 빛이 돌았다. 처염하도록 곱다.

"어디 마음에 없어 그러니? 요사이 원체 바빠서. 들어 봐라, 적전에 거둥을 했지! 변방 일이 시끄러워서 이극균이 떠나갔지! 속으로야 너 보고 싶은 마음이 바다 같다마는 몸을 미처 빼낼 수가 없구나."

수근비는 고개를 갸우뚱하고 꼬는 듯이,

"상감마마, 상감마마 같으신 어른이 쇤네 같은 미천한 계집을 속이셔요. 이처럼 찾아 주시는 것도 황감무지하옵니다마는."

연산은 손을 들어 수근비 팔을 끌었다.

"속이다니? 왜 내가 너를 속이겠니, 이리 가까이 오너라. 어디 다시 좀 보자."

수근비는 살짝 돌아앉았다.

"그저께 밤에는 전향이가 모시었답지요, 어저께 밤에는 윤 숙의가 모시었지요. 쇤네 같은 거야 생각이나 하시겠어요."

수근비의 파르죽죽한 입술이 잠깐 떨리는 듯도 하다.

"그건, 벌써 어떻게 알았니. 그리게 오늘은 너를 찾지 않았니, 허허허. 마음에 있기에 찾았지 없구야 어허, 고것 내 것이야."

연산은 얼굴에 가득히 웃음을 띠우고 수근비를 끌어안을 듯 한다.

"맨 끝으로요! 힝힝."

수근비는 가볍게 한숨을 내어 쉬었다. 한숨이 사라지자, 쌩긋 웃음은 다시 파르죽죽한 눈자위에서부터 물결쳐 일어난다. 수근비의 태도는 변하기 쉬운 가을 하늘보다도 더 속하게 달라진다.

고개를 갸우뚱하고 탯거리를 머금었다.

"상감마마?"

애운성 있는 목소리다. 연산의 혼은 녹을 듯하다.

"왜이."

"상감마마는 견우성(牽牛星)이요, 쇤네는 직녀성(織女星)이라구요. 그래서 일 년에 그립구 그립다가 이렇게 한 번씩 만난다구요. 만나서는 울고 울고 사랑 이야기를 속살거린다고요. 그래서 이 날 이 밤이 다 지나가도록 만단정회를 다 풀어 본다고요?"

수근비는 연산의 가슴에 얼굴을 대고 푹 엎드렸다.

이렇게 온 날과 온 밤을 수근비의 처염한 웃음과 눈물 속에서 헤맨 연산은, 이튿날 느직하게 침소에 나가는 길로, 오늘이 제안대군 생일인 것을 승전빗 김자원에게 들어 알았다.

"애, 그러면 제안 숙부가 상옷을 벗은 뒤 첫 생일이 아니냐?"

그때 제안대군은 예종 왕비가 승하해 삼년상을 받들었던 까닭이다. 연산도 예종 왕비의 국상 때, 사사로이 본다면 종조모(從祖母)시나 국가의 왕통으로 본다면 왕대비라 당연히 삼년상을 받들어야 할 것이나, 단상법(短喪法)을 반포하여 하루를 한 달로 잡고, 스무닷새 만에 해상을 하고, 그 친아들 제안대군만 삼년상을 받들게 한 것이기 때문에 이러한 말이 있는 것이다.

"네, 그러하오이다."

김자원이 부복하여 대답했다.

"술과 고기를 많이 내보내게 해라."

"네! 거행하겠습니다."

김자원이 물러가려 할 때,

"얘 내가 미행(微行)으로 제안을 찾겠다. 그리 알아라."

연산은 어려서 의좋게 놀던 제안대군을 생각했다. 나이는 오
륙세 위나 순탄한 제안대군, 어리석은 듯도 하고 그렇지 않은 듯
도 한 제안대군, 은연중 자신의 어머니 폐비 일을 일러준 제안대
군이 오래간만에 보고 싶었다. 그와 더불어 투호를 던져 본 것도
옛날 일이요, 얼굴을 대하여 거문고 소리를 들어 본 것도 제안
이 상제였던 까닭에 벌써 삼 년이 넘었다.

연산이 온다는 소식을 들은 제안의 궁중은 집 안을 정하게
치고, 보진을 준비하느라 한동안 부산하다.

한낮이 지났다. 연산의 행차는 미행이기 때문, 그다지 현효치
않았다. 제안대군은 대문 밖으로 나가 상감 연산을 지영(祗迎)해
모셔 들였다.

산정 사랑 넓고 드높은 곳은 오로지 상감 연산을 위하여 정
결하게 보진되었다. 산과 바다의 진기한 음식이 나오고, 곰과 구
이의 기름진 물건이 상 위에 가득하다.

"제안 숙부, 참 본 지 오래요. 삼 년 여막(廬幕)에 얼굴이 파리
했구려."

"황감하오이다. 몸에 삼옷을 더했으니 뵈옵고 싶으나 뜻같이
못 했소이다."

제안은 팔로 마루를 짚어 사례한 뒤에 친히 은잔에 가득히
술을 부어 상감에게 올린다.

"여보 제안 숙부, 오늘이 숙부의 해상을 한 뒤 첫 생일이라 부

모를 추모하는 마음이야 한이 있으리까마는 이제는 정성을 다하였으니 마음을 쾌활히 하여 마시고 놉시다."

연산은 이렇게 말한 뒤에 술잔을 받아 단숨에 마시고, 친히 어수로 한 잔을 부어 제안에게 내린다. 제안은 잔을 받아 외면해 마신다.

"내가 들으니 제안 숙부 궁중에 거문고 잘 타고 춤 잘 추고 노래 잘하는 시비(侍婢)들이 많다 하는데, 오늘 이 잔치가 너무 초솔하구려."

연산은 술자리가 너무 흥취 없는 걸 미흡한 듯 말한다.

"삼 년 동안에 거문고는 먼지가 쌓여 줄이 녹슬었을 것입니다. 시비들도 노래와 춤을 잊은 지 오랩니다."

제안은 얼굴빛을 바로 하여 이렇게 상감에게 대답을 올렸다. 몇 해 전에 시시덕거려 못난 듯 웃던 그때 제안의 얼굴빛은 다시 찾을 길이 없다. 어느 곳인지 범치 못할 엄숙한 듯하고 격 높은 기상이 드러났다.

"녹슨 거문고 줄은 고치라 하고, 시비들의 춤과 노래는 잊어버린 채로 좋소. 다들 시비를 나오라 하오!"

제안의 얼굴에는 검은 그림자가 잠깐 움직였다. 긴찮다는 생각이 돌았다. 그러나 이 영을 거역하기는 극난한 일이다. 제안은 몸을 일으켜 안으로 들어간다. 마지못하여 시비들을 일으키려는 것이다.

연산의 청으로 해서 제안궁 안에 있는 젊은 고운 시비들은 하나씩 나오기 시작했다. 연산과 제안과 그리고 다만 모시고 선 내시뿐이었던 고요한 별당에 십여 명 녹의홍상(綠衣紅裳)이 제각기 고운 탯거리로 호화판을 그려 움직인다.

거문고를 든 이도 있고 양금줄을 고르는 이도 있다. 한 계집이 옥퉁소를 불어 백어(白魚) 같은 흰 손으로 가락가락 젓구멍을 희롱하니, 요량하고 맑은 소리가 청청하게 뽑아 나왔다. 비파는 동기동기, 거문고는 스르렁, 꽃봉오리 뜰 앞에서 곱게 터진 난만한 봄이건만, 청아한 아치(雅致)가 가을인 양 온 별당에 물결친다.

"좋다, 제안 숙부가 무척 인색하거든, 이러한 운치를 두고도 나를 보여 주지 않는단 말요?"

시비 한 사람이 따라 올리는 술잔을 받으시는 연산은 유쾌하신 듯 깔깔 웃는다.

"히히히 상감마마 이것이 아니오. 이 못생긴, 여자도 모르는, 바보 제안이나 좋아할 짓이지 상감이 찾으실 운치가 아니오. 신은 바보요 병신이라, 아무리 풍류를 좋아하고 미색으로 만리장성을 쌓는다손 치더라도 딴 병이 없으려니와 히히히 상감, 상감마마께서는 불긴하외다. 이것들의 치마꼬리가 다 말썽스러운 것이여든 히히히, 상감마마."

제안은 술을 받아 마시며 맨 처음에 상감을 맞을 때 드러났던 엄숙하고 격 있는 빛은 사라지고, 다시 옛날 연산이 어려서 보던 바보 제안의 미친 체 시시덕거리는 본색이 드러났다.

"허허 시시덕거리는 제안 숙부의 본색이 또 나왔구려. 나이 삼십이 넘었건만 여전하단 말요. 미색으로 어떻게 만리장성을 쌓는단 말요. 제안의 어리석은 욕심도 참 무던하오."

연산의 흥미는 완전히 풍악을 아뢰는 제안의 시비들에게로 쏠리어졌다. 건정건정 제안대군의 말을 대답한 연산은, 취안을 들어 시비들의 곱고 추한 얼굴을 점고한다. 연산의 눈결이 거문고 타고 퉁소 불고 비파 뜯는 모든 시비들의 어여쁜 얼굴과, 고운 탯거리 위로 흐를 때 그중에 하나, 섬섬한 가는 손으로 동기동기 비파를 뜯는 시비 하나, 나이는 푸른 봄을 흠뻑 껴안은 이십을 막 넘어선 흐무러진 때다. 도담한 어깨의 부드러운 곡선이 날씬날씬, 매낀한 머리로 감돌아 오다가, 사뿐 비파를 뜯고 앉은 남치맛자락으로 서리서리 서리어졌다.

어글어글한 다정한 눈이 흐를 듯, 상감 연산을 우러러뵈었다. 연산의 타는 듯한 정열을 담은 눈이 화경같이 계집의 추파를 받았다. 계집은 부끄러운 양 얼굴을 비파 위로 푹 수그렸다. 곡조는 치르렁 다시 변했다.

굼실굼실 미끈한 다섯째 손가락이 헤엄치듯 비파 위로 다시 달렸다.

큰 줄은 우둥우둥 빗소리같이 장부의 가슴을 설레게 하고, 작은 줄은 소곤소곤 속살거려서 외로운 청춘을 하소연하는 듯하다. 누가 부르는 소리인지 비파 곡조에 맞춰 요요한 맑은 목소리가 청아하게 일어났다.

한 잔 먹사이다, 또 한 잔 먹사이다. 꽃 꺾어 주를 놓고 무궁무진 먹사이다.

이 몸 죽은 후에 지게 우에 거적 덮어 주푸려 메어 가나 유소보장(流蘇寶帳)에 백복시마(百服緦麻) 울어 예나 어욱새 더욱새 덕게나무 백양(白楊) 숲에 가기 곧 갈작시면 푸른 해 흰 달과 굵은 비 가는 눈에 쇳소리 바람 불 제 뉘 한잔 먹자 하리. 하물며 무덤 위에 잔나비 파람할 제 뉘우친들 미치리.

노랫소리와 비파 곡조는 뚝 끊어졌다. 연산은 빙긋이 웃으며 손에 들었던 술잔을 마신 다음에 제안대군을 돌아보고,

"제안 숙부 참 잘들 가르쳐 놨구려. 궐내의 후궁과 비자들이 아무리 많다 하나 다 이 애들을 따를 만한 것들이 없구려!"

제안대군은 대답 대신에 또다시 그 뜻 모를 히히히 하는 웃음을 끄집어낸다.

"이리 오너라, 비파 뜯던 애 이리 오너라."

손짓해 부르는 상감 연산의 말을 어기지 못하여, 비파 뜯던 계집은 고개를 수그려 치마를 걷어잡고 솜버선에 몽글린 외씨 같은 흰 발을 사뿐사뿐 옮기어 어전에 부복했다.

"고개를 들어라."

연산의 말대로 당장에 버썩 고개를 들기에는 너무도 부끄럽다. 상감 연산은 빙그레 웃으며 어수를 들어 계집의 턱을 받쳐들었다. 호수같이 맑은 눈에는 소리 없는 다정한 웃음이 엉키어졌다.

"네 성명이 무어냐?"

"장녹수(張綠水)올시다."

"장녹수? 어허 네가 장녹수란 말이냐!"

연산은 몇 해 전에, 대행 성종대왕과 제안대군의 어머니 예종 왕비가 생존해 있을 때 제안의 후사를 걱정하여 대궐 안 나인 속에서 뽑아서 장녹수를 골라 제안의 집으로 보낸 것을 잘 안다. 그리고 그 뒤에 제안이 영영 장녹수를 건드리지 않았다는 것도 나중에 들어 잘 아는 일이다.

"허허, 네가 장녹수란 말엿다."

연산은 감동한 듯한 말을 다시 되풀이한다.

"너 술 한잔 부어라. 그리고 노래 한마디 해보아라."

녹수는 무릎을 꿇고 옥병을 기울여 퐁퐁퐁 은잔에 술을 가득히 따라 올린다. 술잔을 받는 연산의 봉안(鳳眼)과 잔을 올리는 녹수의 추파는 소리 없는 속에 정이 먼저 엉클어졌다. 녹수는 곱게 미끈하게 목청을 뽑았다.

백구야 놀라지 마라, 너 잡을 내 아니라.
성상(聖上)이 버리시니 갈 데 없어 예 왔노라.
이 후란 찾을 이 없으니 너를 좇아 놀리라.

한 곡조 청아한 시조는 연산의 마음을 더욱 흔들리게 한다.

백구사를 뽑아 노래하는 그 태도는, 연산을 원망하는 듯 사모하는 듯 백구를 불러 성상이 버린 것을 한탄하는 이 노래가 녹수 자신의 신세를 하소연하는 것 같다. 연산의 마음은 애운한 듯 장녹수가 가엾고 귀엽다.

마시고 난 빈 잔을 내려놓고,

"너 제법 영리하구나. 나를 따라 대궐로 가련?"

어수로 녹수의 손을 당기어 만지며 묻는 소리다. 녹수는 얼른 이 기회를 놓치지 않았다.

"황공무지하오이다. 상감마마의 높으신 처분이시옵지요."

탄식과 한숨으로 빈방을 지키던 청춘의 설움은 괴로웠던 것이다. 활짝 핀 해당화 한 떨기는 범나비를 기다린 지 오래다. 상감 연산과 녹수의 이 수작을 듣고 보는 모든 시비는 넋을 잃은 듯 멀거니 장녹수를 바라보고들 있다. 녹수의 별안간 발복되는 것을 놀라고 부러워하는 것이다.

연산은 좋은 듯 얼굴에 가득히 웃음빛을 띠고 제안대군을 돌아보며,

"제안 숙부, 녹수를 나를 주시오."

제안의 격 있는 얼굴빛이 잠깐 나타났다가 구름 속에 사라지듯 감추어졌다.

"히히 상감마마, 장녹수가 귀여우시오. 삼가 바치오리다. 히히히…… 그러나 상감마마 아까도 아뢴 일이 있지마는, 상감께서 신처럼 미색을 좋아하시어 만리장성을 쌓으시어서는 아니 됩니다. 히히……."

"제안 숙부, 또 호탕한 소리를 하는구려. 쌓을 수만 있으면 미색으로 만리장성보다 더한 것이라도 쌓겠소마는, 웬 미색이 그리 흔터란 말요. 당나라 명나라만 해도 삼천 궁녀밖엔 안 된다는데, 삼백도 못 되는 우리 궁녀로 어떻게 장성을 쌓는단 말요.

허허……."

연산은 유쾌한 듯 녹수를 다시 보며,

"오늘 가인을 하나 얻었는데 어찌 술쯤을 사양하겠니, 또 부어라."

하고 재촉한다. 녹수도 생글생글 웃음을 머금고 잔을 건넸다.

잔치를 파하고 환궁할 때 연산은 취중이나 장녹수를 데리고 갈 것을 잊지 아니하였다.

제안대군의 궁 안에서 대내 안으로 뽑혀 들어온 장녹수는, 단번에 연산에게 없지 못할 총빈이 되었다. 녹수가 한번 웃으면 연산의 마음은 느긋하니 행복을 느끼게 되고, 녹수가 한번 찌푸리면 연산의 가슴은 답답한 듯하다. 장녹수가 연산을 낚는 매력은, 일찍이 궁중에서 보던 모든 비빈과 등첩에게 비할 바가 아니다. 장녹수는 전향의 육감적인 요염한 것과, 윤 숙의의 청초한 맛과, 수근비의 처염한 맛을 가지가지로 다 가졌다. 부드러운 살을 내던진 녹수의 침실에는 전향보다 농익은 재치가 있고, 비파를 뜯고 앉아 청초하게 노래를 부를 때는, 윤 숙의의 고운 태보다 몇 갑절 나은 듯하다.

"상감마마, 쇤네를 버리지 마시고 오래오래 사랑해 주세요!"

하고 그 맑은 눈동자에 함빡 정열을 담고 애운성을 넣어 속살거리며 몸을 틀어 연산의 품에 안길 때에는 수근비의 처염한 맵시보다 두어 층 위다.

연산의 혼은 오로지 장녹수로 해서 녹을 듯하다. 제안대군에게 짝사랑을 가지어 가을 달 봄바람에 잠을 이루지 못하고 부질

354   금삼의 피

없이 애만 끊이던 녹수의 젊은 피는 비로소 연산을 모시어 흠뻑 뛰놀기 시작했다. 녹수 자신도 행복을 느꼈다. 인생의 사는 맛을 깨달은 듯하다. 처녀만이 가지고 있는 고귀한 순정을 이십이 넘어 느직하게 연산에게 바쳤다. 그러니 열육칠 세 된 부끄럼만 가진 수줍은 처녀의 탯거리는 아니다. 시냇가에 새파란 풀은 비가 안 와도 훤칠한 것이요, 뒷동산의 밤송이는 쪼개지 않아도 벌어지는 것이다. 하늘이 내논 고운 바탕은 새빨갛도록 농익었다. 처녀가 아니리만큼 그 교태는 난만하다.

"녹수야, 제안의 손목 한번 못 만져 봤니?"

깊고 깊은 침실 속에 연산이 녹수를 데리고 속삭이는 소리다. 아무리 제안이 여자를 모르는 사람이라 하나 삼분의 시샘을 가진 소리다.

"아이 상감마마, 망칙하셔라."

녹수는 부끄러운 듯 한 팔을 들어 가렸다.

"누가 아니?"

치정의 불길이 더욱 높았다. 녹수는 대답 대신에 한 팔로 얼굴을 가린 채 한 손으로 젖가슴을 가리켰다. 도독한 두 편의 흰 봉오리는 아직도 그 꼭지가 연연히 붉다. 젖가슴을 가리키고 난 녹수는 설움이 북받쳐 올랐다. 몸을 틀어 느끼어 운다. 알아주지 못하는 연산이 야속한 것이다. 이렇게도 몰라주나 하는 처녀의 순박한 혼이 우는 것이다. 강하게 처녀의 순결한 것을 드러내 놓는 울음이다. 녹수는 그대로 몸을 꼬아 느끼어 운다. 부끄러움과 슬픔이 엇섞여 소리 없이 몸을 틀어 우는 처녀의 맵시는 그림보다 더 곱다. 연산은 당황한다.

"아니다, 아니다. 내가 부러 그랬다. 내가 번연히 알면서도 부러 그랬다. 너 하는 거동을 볼 양으로 부러 그랬다. 자 빌게 그만 두어라."

연산은 드러누워서 우는 녹수를 일으켜 앉히고, 등을 어루만지고 머리를 쓰다듬어 주며 녹수의 울음을 그치도록 달랜다.

"오호 상감마마, 굽어살피옵소서! 아무리 제가 비천한 몸이온들 상감마마를 욕되게 하오리까."

녹수의 울음에 섞여 떨어지는 말소리는 연산의 마음을 더욱 흔들어 놓는다.

제왕 연산의 마음이 아니라, 한개 발가벗은 사람의 아들, 젊은 연산의 애욕에 타는 마음이다. 연산은 용포 소매를 들어 그 기름한 속눈썹에 이슬처럼 엉키운 눈물을 씻겨 준다.

"오 녹수야, 내 농담이 과했다. 너무 울면 골치 아프다."

지성스럽게 달래는 연산의 거동이 진정인 것을 알고 난 녹수는 연산의 품에서 생긋 웃으며 상감의 얼굴을 우러러보았다. 녹수의 웃음을 본 연산은 밝은 창(窓)을 대한 것 같았다.

이튿날 녹수에게는 숙원(淑媛)의 첩지가 내렸다. 녹수의 아재(妹夫) 되는 김효손(金孝孫)에게는 사정(司正)이란 벼슬을 내렸다. 이렇게 하여 녹수는 연산의 양귀비가 되었다.

장녹수가 대내로 들어가 연산의 총빈이 되고, 녹수의 아재 김효손이 상사람으로 사정이란 벼슬을 하였다는 소문은 일국의 조야를 흔들었다. 뜻있는 사람은 가만히 탄식하고, 발신할 기회를 엿보던 사람은 이때를 놓치지 않으려 했다.

녹수의 집에는 재물이 물밀듯 들어갔다. 연산이 녹수의 방긋 웃는 얼굴을 보기 위하여 상급 주는 금은보화도 누만 냥이요, 비파와 노래를 부르는 교태에 취하여 내리는 종과 전장도 이루 다 헬 수 없지마는, 이보다도 더욱더 많은 것은 팔도 감사와 수령들의 진상 봉물이 나라에보다 녹수에게로 더 들어가고, 조정에 있는 만조백관의 금은보화 좋고 진기한 것은 달라지 아니해도 녹수의 연연한 손아귀 속으로 들어왔다. 녹수의 의기는 자못 높았다.

옥화당(玉華堂) 뜰 앞에 한적한 봄볕이 긴 어느 날 녹수는 부시시 낮잠을 깨고 일어나 살쩍과 머리쪽을 만져 본 다음에 가벼이 하품을 하고 맥맥히 안석에 기대앉았다. 간밤에 상감 연산과 봄밤이 아깝다고 날이 거의 지새이도록 속살거린 환락이 아직도 녹수의 몸을 노곤하게 하는 것이다.

녹수의 일어앉은 것을 본 시비는, 붉은 보에 싼 물건과 단자를 녹수 앞에 갖다 놓고,

"마마, 이것을 끌러 보세요. 아까 풍천위 궁(豊川尉宮)에서 마마께 드리라고 가져온 것입니다."

"무어 풍천위 궁? 현숙공주(顯肅公主) 댁 말이냐?"

"네, 그러하옵니다. 바루 그 임씨 댁입니다."

녹수의 입은 저절로 벌어졌다. 물건을 끌러 보기도 전에 먼저 기쁨이 넘쳐흘렀다. 풍천위 궁! 현숙공주 댁! 당당한 예종대왕의 따님이시요, 상감 연산의 고모가 아니시냐? 어느 골 원이 또 무

슨 소청을 드리느라고 선물을 보냈나 했더니, 뜻도 아니한 현숙 공주 댁에서 물건이 들어왔다는 것은 여간한 기쁨이 아니었다. 전과 같으면 우러러나 볼 곳이냐? 자기 자신이 공주 댁에 나아 가 천만 번 쉰네를 개올리고 뵈옵기를 청해도 거들떠보지도 않 을 이 고귀하고 혁혁한 공주 댁에서 먼저 자진하여 선물을 보내 게 되니, 자기의 권력이 얼마나 커진 것을 새삼스럽게 깨닫게 되 었다. 녹수는 노곤한 것도 잊어버리고 벙글벙글 웃으며 넋 잃은 사람같이 망연히 앉아 있다.

"마마, 어서 끌러 보세요."

하는 시비의 목소리에서 다시 정신이 난 듯이 빨간 홍간지 물 목 단자를 먼저 집었다. 순금사자(純金獅子) 한 쌍 연월일 임사홍 (任士洪) 근정이라 적혀 있다. 간지를 끝까지 펴보니, 조그마한 단 자 한 장이 그 속에서 또 떨어졌다. 또 무엇인가 하고 얼른 펴보 니 밀화산호지(蜜花珊瑚枝) 대삼작 일 건이라 적혔다. 그 끝에는 신씨(申氏)라 언문으로 조그맣게 적혀 있다. 녹수는 의아했다. 임 사홍은 현숙공주의 시아버진 줄 짐작하거니와, 신씨는 암만 생 각해 보아도 누구인 줄을 알 길이 없다. 녹수는 손을 들어 붉은 보를 끌렀다. 겉보 속에는 다시 속보가 싸여 있었다. 먼저 작은 보를 끌러 보니, 조그마한 유리 갑 속엔 금빛이 찬란한 교묘하게 만든 황금사자 한 쌍이 나란히 놓여 있다.

큼직한 다른 보를 또 끌러 봤다. 번듯하게 만든 유리 상자 속 에는, 주먹만 한 탐스러운 밀화 덩어리로 매미 모양을 만든 게 상자 한복판에 묵직하게 놓여 있고, 그 옆에는 거진 한 자나 되

금삼의 피

는 새빨간 산호 가지가 굼틀굼틀 이리저리 가지를 쳐서 뻗쳐 있
다. 노리개 꼭대기에는 새파란 비취옥에다 황금으로 걸쇠를 하
고, 또 그 좌우 옆 백옥으로 아로새긴, 나비 옥판엔 광채가 찬란
한 야광주(夜光珠)를 군데군데 아낌없이 박아 놓았다.

녹수의 눈은 취한 듯이 홀렸다. 여태껏 제안대군 같은 호화부
귀한 집에 있었기 때문에 웬만큼 좋다는 노리개와 대삼작은 다
보았으나, 이렇게 광채를 쏘아 눈을 현란케 하는 대삼작은 난생
처음으로 구경하는 것이다.

중전 신씨가 어느 때 이러한 대삼작을 치마 앞에 찬 것은 보
았으나, 이 물건에 비하면 여러 층 떨어지는 것 같다. 녹수는 신
씨가 누구이기에 이런 소중한 보배를 자기에게 보냈나 하였다.
어떻든 녹수는 무척 좋았다.

"어이구, 어쩌면 저렇게도 좋은 노리개가 있어!"

하고 시비는 놀란 듯 부르짖는다.

"떠들지 마라, 요란스럽다. 조용조용히 말하지 못하니."

"그런데 왜 단자가 둘입니까? 하나는 큰공주마마께서 보내신
거구, 하나는 작은공주마마(성종의 딸)께서 들여보내신 것입니
까?"

"아니야, 금사자는 공주님의 시아버지 되는 임사홍이가 들여
보낸 거구, 밀화대삼작은 신씨라고만 쓰여 있는데, 신씨가 누군
지 암만 생각해 보아도 모르겠어."

녹수는 다시 밀화대삼작 상자를 들여다본다. 황홀한 패물은
여전히 광채를 쏘고 있다.

"신씨면 사내가 아니라 여자로구먼요. 신씨 신씨, 신씨가 누굴까? 마마, 혹시 임사홍이의 부실이 아닐까요?"

"글쎄, 혹시 그럴는지도 모르지. 그러나 혹시 신씨가 임사홍이 부실이라손 치더라도, 그 사람이 왜 내게 이런 소중한 패물을 줄 까닭이 있나? 여자의 마음은 다 마찬가진데, 이렇게 희귀한 패물을 자진해서 내놀 사람이 어디 있니?"

녹수는 패물을 들여다보고 또다시 만져 보면서 무척 좋은 모양이나, 한옆으로는 무한 궁금한 모양이다.

"마마, 쇤네가 언젠가 중전마마께옵서 대삼작을 차신 걸 보았지마는, 산호 가지 기럭지하며 밀화 덩어리하며 이렇게 크고 좋지는 못하두군입죠. 그리구 이 나비 옥판에 붙인 구슬 말야요. 중전마마 차신 것은 그대로 진주던데 이것은 막 야광주를 박았군요. 이게 여간 사람이 찼던 것이 아니구먼요. 어디 마마, 한번 차보세요, 마마께서 차시면 맵시가 더 나실걸."

"고만 좀 떠들어요, 조용조용히 말하래두."

녹수는 이렇게 시비를 떠들지 말라고 핀잔을 주면서도 역시 여자의 마음이라, 묵직한 대삼작을 유리 상자에서 조심해 꺼내서 허리에 두른 중동에 가만히 걸어 보고, 살며시 일어나서 체경에 비쳐서 본다.

다섯 빛 광채가 휘황찬란하게 거울 속에서 일어났다. 누른 밀화 붉은 산호 가지가 야광주 광채 속에 어른거린다.

"아이 어쩌면 마마께서 차시니까 얼굴이 더 돋보이시네. 월궁 항아도 저보다 더 나을라구. 상감께서 저 모양을 보시면 더 마

금삼의 피

마를 귀여워하시겠네. 물건도 임자를 찾는다고 하더니 그 노리개도 오늘에야 임자를 만났구먼요."

시비는 아첨하는 듯 속살거린다. 녹수는 거울 앞에서 이리 걸고 저리 걸었다 몸짓을 하여 노리개를 흔들어도 보고 팔과 다리를 들었다 폈다 하여 자기의 몸과 노리개의 조화를 시험해 보기도 한다. 이렇게 녹수가 몸을 움직일 때마다 야광주의 찬란한 빛깔은 녹수의 몸을 싸고 돈다. 녹수는 만족했다. 신씨가 누구인 줄은 모르나, 이렇게 진귀한 노리개를 자기에게 아낌없이 보내 주는 그 심정이 고마웠다. 녹수의 얼굴에는 빙긋이 소리 없는 웃음이 떠돌았다.

— 임사홍과 신씨가 무슨 어려운 긴한 청을 하는 일이 있더라도, 자기의 힘이 미치는 데까지는 힘써 돌봐 주리라 마음속으로 결정하였다.

"마마님, 참 신씨가 한 분 있기는 한데……."

무엇을 한참 생각하던 시비는 녹수를 부르며 이렇게 말하다가 다시 자신이 없는 듯이,

"그러나 그 신씨가 풍천위 댁에 있을 까닭이 있나."

하고 힘없이 다시 혼자말을 떨어뜨린다.

"누구 말이냐, 네가 짐작한다는 그 신씨는?"

녹수는 의아해서 시비를 돌아본다. 시비는 목소리를 낮추어,

"그 왜 상감마마의 외할머님 되시는 신씨가 계시지 않습니까, 폐비의 친정어머님 말씀입니다. 저는 그 어른이 생각이 나서 무심하고 한 말인데 아닌가 봐요."

"미친년. 그 어른이 왜 임사홍의 집에 계실 까닭이 있니? 참 그 신씨가 살았나 돌아갔나?"

녹수는 어려서 궁중에 있을 때 간혹 뵈옵던 신씨 부인을 잠 깐 생각하고 흘려버렸다.

일자 폐비가 억울한 긴 한을 품은 채, 저세상으로 다시 오지 못할 길을 떠난 뒤에, 그 어머니 신씨는 혈혈단신 의지할 곳 없 는 늙은 몸을 현숙공주에게 의지하고 지내게 되었다. 장흥 부부 인(長興府夫人)이라는 부귀영화도 한마당 꿈이었다. 의지가지없 는 늙은 홀마누라다. 남부럽지 않던 가산집물은 폐비가 아직 생 존해 있을 때 기울어졌다. 길고 긴 십여 년 동안에 버는 이 없고 돌봐 주는 이 없으니 늙은 한 몸뚱어릴망정 호구하기 어려웠다. 기와집은 초가집으로, 초가집은 오막살이로, 한 세상을 흩날리 던 부원군 부인 장흥 부부이던 신씨는 이렇게 영락하여 버렸다. 고단하고 괴로운 자기 신세를 생각하여 밝으면 한숨이요 어두 우면 눈물이다. 만사를 다 잊어버리고 한 가지 막다른 죽음의 길을 취하고 싶었으나, 그래도 바라는 것은 자기의 외손자 연산 이었다. 자기가 이러한 궁박과 슬픔을 당하는 동안에, 연산은 무 럭무럭 그대로 자라났다. 이것이 신씨에게는 궁박하고 슬픈 중 에도 오늘날까지 명맥을 붙여 주게 한 살이요 피다.

그러나 신씨는 세월이 흘러서 나이가 점점 늙어 갈수록 가슴 은 답답하고 마음은 조바심쳐졌다. 자기 딸의 지원지통한 한을 하루바삐 풀어 주어 넋이라도 편안한 귀신이 되는 것을 말뚱말 뚱한 자기 눈으로 바라보기 소원이었다. 폐비가 돌아갈 때, 잊지

금삼의 피

말라 유언한 금삼에 묻은 참혹한 피를 그 아들 연산에게 전하여 반드시 마디지고 옭힌 철천의 한을 풀어, 정 귀비와 엄 소용에게 그 원수를 갚기가 소원이었다. 그러나 나이는 점점 저물어 가고 생계는 더욱 막막해 가니 굳게 벼르고 먹었던 마음은 다만 애 썩는 눈물이요, 속 타는 한숨이 될 뿐이었다.

이렇게 궁박과 낙망 속으로 미끄러질 때, 뜻밖에 대행 성종대왕이 승하하였다는 소리가 신씨의 귀에 들어갔다. 신씨는 무한히 슬펐고 무한히 기뻤다. 슬픈 것은 다시 한번 자기 딸을 생각하여 곡지통한 것이요, 기쁜 것은 연산이 왕위에 오르게 되니 뜻밖에 자기 소원이 얼른 생전에 성취되게 된 것을 기뻐한 것이다.

신씨는 이리저리 길을 찾았다. 외로운 손바닥은 울기가 어려운 것이다. 연이 거의 끊어지다시피 된 오늘날, 자기 혼자 스스로 상감에게 나아가 내가 당신의 외조모요, 하고 나설 수는 없는 일이다. 신씨는 곰곰이 며칠을 생각한 뒤에 임사홍의 집을 찾기로 하였다. 지금은 벼슬도 막히어 낙백(落魄)이 되어 있으나, 큰아들 임광재는 풍천위로 예종 왕비의 딸 현숙공주에게 장가들었고, 넷째 아들 숭재는 풍원위로 성종의 딸 휘숙옹주(徽淑翁主)에게 장가들었다. 대내 안 소식을 빨리 듣고 대궐과 연락을 취하려면 이보다 더 나은 자리가 없다. 더구나 현숙공주와 그 시아버지 임사홍은, 폐비가 생존해 있을 때 비상(砒霜) 사건으로 야단이 나서 삼월이가 죽고 폐비를 강등하여 빈으로 삼으려 할 때, 형방승지로 있으면서 예종 왕비의 밀지를 받아 극력 중전을 구해 내게 한 옛 인연도 있는 것이다.

신씨는 부끄럼을 무릅쓰고 풍천위 궁을 찾기로 했다. 그전 같
으면 사인교에다 좌우 옆에 교전비를 늘어세우고 어느 바람이
불랴 하고 소리치며 내달을 것이나, 지금은 기구도 없고 종년마
저 없다. 초솔한 퇴색된 너울에 지팡이 하나를 짚고 임사홍의
집으로 현숙공주를 찾아나갔다. 으리으리한 솟을대문과 길고
긴 줄행랑을 당도했을 때 몇 번씩 주저하고 걸음을 돌리려 했으
나, 일단 폐비의 지통한 원한을 풀어 줄 길은 이 길밖에 다시는
없다 생각할 때에 신씨의 마음은 차츰차츰 굳세고 강하게 다져
졌다. 억울하게 이 세상을 버린 내 딸도 있는데, 부끄럼쯤이 무엇
이냐? 되나 안 되나 내친걸음이니 뱃속에 있는 자기의 먹은 마
음을 한번 공주에게 퉁겨 보리라 하였다.

　이 초라한 주제꼴을 보고 공주 댁 종년과 반빗과 침모들은 비
쭉거려 누구냐 푸대접하고 여간해서 공주에게로 인도하지 않는
다. 신씨는 애걸하다시피 하여 겨우 공주를 만나 보게 되었다.

　현숙공주는 그 아버지 예종을 닮아 인자하고, 그 어머니 안
순왕후(安順王后)와 같이 상냥하다. 제안대군의 바로 단 하나뿐
인 누님이니, 그 부리가 얼마나 어질고 착한 것을 짐작할 것이다.

　신씨는 공주 앞에 나아가 절을 드리고,

　“공주마마, 저를 알아보시겠습니까?”

　공주는 얼른 자리에서 일어나 신씨의 손을 반갑게 붙들며,

　“아하 이게 누구시오, 장흥 부부인이 아니시오? 앉으시오.”

　하고 상좌를 내어 준다.

　“공주마마, 좋습니다. 여기가 좋습니다.”

　　　　　　　　　　　　　　　금삼의 피

신씨의 늙은 눈에선 눈물이 핑 돌았다. 옛날을 생각하여 감격의 눈물이 흐르는 것이다. 자기 딸 폐비가 곤전으로 있을 때, 이 공주와 얼마나 의좋게 잘 지냈던고— 하며 딸을 생각하는 가이 없는 생각이 용솟음치는 것이다.

"공주마마, 천만뜻밖에 상감마마께옵서 승하하시니 얼마나 망극하고 감창하시……."

신씨는 목이 메어 말끝을 어우르지 못하고 그대로 울음이 툭 터지어 손수건으로 눈을 가리고 고개를 숙여 흑흑 느껴 운다.

공주의 눈에서도 눈물이 핑 도셨다.

"춘추가 아직도 많지 않으신 터라, 평소의 기품이 썩 그리 튼튼치는 못하실지라도 이렇게 승하하실 줄은 꿈 밖이야요."

공주도 저고리 고름을 들어 어린 눈물을 슬쩍 씻는다.

"그러나 요사이는 어떻게 지내셔요, 장흥 부부인!"

현숙공주의 상냥한 목소리다.

"혈혈단신 늙은 몸이 이제는 의탁할 곳도 바이 없습지요, 공주마마. 기와집간이라고 있던 건 다 팔아 버리고요 초가집으로 옮기어 들었었지요. 그러하오나 목구멍이 원수라 늙어도 모진 목구멍이 얼른 죽지도 않습니다그려. 폐비가 죽은 지가 벌써 몇 해오니까 그동안 먹고살자니 초가집도 마저 남의 손으로 들어갔습지요. 이제는 서발 막대 거칠 것 없는 삼간 오막살이에 움집이나 마찬가집지요."

말을 마치고 신씨는 한숨을 길게 쉬었다.

"그러실 터이죠, 돌봐 드리는 이 없는 늙으신 몸이……."

하고 공주는 마음을 기울여 동정한다.

"그래 공주마마, 세자마마께서는 안녕하시죠? 그리고 두 분 대왕대비마마께서도 다들 안녕하십죠?"

두 분 대왕대비는 예종 왕비인 공주의 친어머니 안순왕후와, 폐비의 시어머니셨던 신씨에게 대궐 출입을 못 하게 한 덕종 왕비인 인수대비를 가리켜 말한 것이다.

"네 다들 안녕하십지요. 동궁마마는 즉일로 왕위에 오르시고 그러나 작은대비께서 항상 몸이 약하시어서 조금만 하면 병환이 나세요."

현숙공주가 당신의 어머님을 가리켜 말하는 소리다. 공주의 얼굴에는 근심스러운 그림자가 떠돌았다.

"원체 작은대비마마께서 천품이 약하셔서, 아이구 그렇게 인자하신 작은대비마마께서 오래오래 사셔야 할 텐데. 큰대비마마께서는 지금도 기품이 좋습지요?"

"그러문요, 지금도 꿋꿋하시고말고요. 아드님 상감마마의 참척을 보셨건만 대범하시기가 사나이 같으신걸요. 팔십 장수는 하실걸요."

이 소리를 듣는 신씨는 슬그머니 낙망이 됐다. 아무리 새로 된 상감이 자기의 외손자라 하나, 이 큰대비마마 덕종 왕비가 살아 있는 동안에는, 자기가 소원을 이루어 보기는 극난한 일이다. 지금 큰대비의 춘추가 육십이 되시었어도 아직 강건하고, 성종의 참척을 보아도 끄떡이 없다 하니, 현숙공주 말대로 팔십 장수는 무난한 것이다. 이렇게 된다면 자기는 하루라도 큰대비보다 더 살아서 연산에게 금삼의 피를 전하고 쓰러져야, 맺히고 맺힌 폐비의 지통한 한을 풀어 줄 것이다. 이렇게 된다면 누가 먼저 죽나 오래 사는 경쟁이다. 신씨의 몸은 오싹 떨렸다.

그러나 신씨는 지금 이 모양 같아서는 큰대비마마와 오래 사는 것을 겨루어 보기는 극난한 노릇이다. 아침저녁으로 끼니가 간 데 없고, 겨울 옷 여름살이를 제대로 걸치지 못하는 늙은 주제에, 앞으로도 몇십 년을 더 살아 딸의 원수를 연산으로 하여금 갚게 하기는 실로 어려운 일이다. 먼저 가난과 싸워야 하고 곤궁에서 벗어나야 한다. 하루라도 목숨을 더 연장시키려면 조죽을 먹지 않고 입쌀밥을 먹어야 할 것이다. 보병과 베옷일망정 여름과 겨울에 철을 찾아 병이 아니 나도록 제철 옷을 제대로 입어야 할 것이다. 그러나 이렇게 하면 다른 도리가 없다. 단지 한 가지 길이 있을 뿐이다. 체면과 부끄럼을 불구하고 남의 집 침모가 되든지, 그렇지 못하면 무릎을 꿇고 대갓집 더부살이라도 되어서 목숨을 연장하는 수밖에 없다. 애달픈 목숨이 그리 아까운 것이 아니나, 자기 딸의 지원지통한 한을 풀어 준다면 꼭 자기가 아니고는 이 원을 풀어 줄 사람이 다시는 없는 것이다. 신씨는 마음을 가다듬어 도사려 먹었다. ─살자, 살아야 한다. 오래 살아서 폐비의 원한을 풀어 드려야 한다. 그까짓 체면이 무엇이냐, 양반이 무엇이냐, 안잠자기도 좋고 침모도 관계없다. 하루라도 더 끌고 한시라도 왕대비마마보다 더 오래 살아서 딸의 원수를 갚아 주고 누명을 벗겨 주어야 한다! 신씨는 이렇게 마음속으로 부르짖고 다시 현숙공주를 치어다보았다.

"공주마마, 오늘 제가 뵈러 온 것은 상감마마의 망극한 상사 말씀을 듣고 공주마마께 문안을 여쭈러 온 것입죠만. 그 밖에 또 한 가지는 궁극한 소청이 있사와 염치를 불구하고 온 길이오니 깊이 통촉해 주십시오."

신씨의 말소리는 비감한 듯 떨리는 듯하여 착한 공주의 마음을 움직이기 넉넉하다.

"부부인, 어서 말씀하시오. 무슨 말씀이오."

공주는 가여운 듯 신씨의 주름진 얼굴을 치어다보고 말을 기다린다.

"부끄럼을 무릅쓰고 공주마마께 매달립니다. 생목숨 끊을 수는 없삽고, 그대로 배기자니 목구멍에 죽물도 흘려 넣을 도리가 없습니다그려. 혈혈단신 이 늙은 몸이 어찌하면 좋습니까. 아직도 눈은 과히 어둡지 아니하와 바늘귀는 넉넉히 꿸 듯하니, 공주마마께서 저를 침모로 두어 주신다면, 하해 같은 은공이 백골난망이겠습니다. 만일 그렇지 않으면 집 안 치는 안잠자기라도 좋습니다. 목구멍에 끼니마다 밥만 넘어가면 좋습니다."

처량한 이 신씨의 말에 현숙공주의 눈에는 더운 눈물이 핑그르 돌았다.

"부부인 그게 무슨 말씀요. 내 집의 침모가 되시겠다니!"

공주는 비창하였다. 당당한 상감마마의 외할머니로, 영락하고 떨어져 당신의 집 침모를 자원하니 세상 일이 고르지 못한 것을 한탄하는 마음이 유연히 움직였다.

"오죽해 부부인이 그런 생각을 하시겠소마는 때가 있겠죠. 과

금삼의 피

히 근심하지 마시오. 나 역시 아녀자라 힘이 부족하오마는 어떻게 돌봐 드리죠."

말을 마치고 공주는 머리에 꽂았던 금비녀를 뽑아 신씨에게 주며,

"이것이 약소하나 우선 아쉰 데 보태 쓰도록 하시오."

하고 얼굴에는 참다운 정이 넘칠 듯하다. 신씨는 감격했다.

"아니올시다 공주마마, 저를 부려 주시오. 그리고 밥과 옷만 주시오. 이러한 금붙이와 패물은 아직 제게도 있습니다. 폐비가 가지고 쓰던 노리개와 패물은 아직도 건드리지 않고 있습니다. 폐비를 본 듯이……."

신씨는 목이 메어 말끝을 아물리지 못하고 또 눈물이 흐른다.

"거두십시오. 이 금비녀는 도루 꽂으십시오. 불쌍히 알아주시는 공주마마의 마음씨만 해도 고맙습니다. 그러나 공주마마, 그래도 마마의 은혜를 입기는 죽어도 소원이 아니올시다. 공주 댁에서 일하고 먹고, 일하고 있겠습니다. 만일 이 금비녀를 도루 꽂지 않으신다면 저를 단지 구걸 온 사람으로 대접하시는 것이 됩니다."

하고 신씨는 굳이 금비녀를 사양하였다.

주고 사양하는 두 사람의 마음은 착하고 어질다. 금비녀를 빼어 주는 공주의 거짓 없는 순정과, 까닭 없는 은혜를 거저 받지 않겠다는 신씨의 꼿꼿한 마음은 다들 아름다웠다.

신씨를 대접하는 장국상이 들어왔다. 공주는 지성껏 신씨에게 먹을 것을 권한다. 젓가락을 든 신씨는 없는 형세라, 하인 소

시에 음식을 탐한다는 소리를 듣기가 거북하다. 그러나 마음 한 귀퉁이에서 — 오래 살자. 대비와 겨누어 오래 살자, 그리하여 딸의 원수를 갚아 주자 하는 속살거림이 일어날 때 신씨는 거리낌없이 접시에 담겨 있는 차돌박이 편육과 염통산적을 남김없이 먹었다. 이것이 곧 살이 되고 피가 되어 자기의 목숨을 한시라도 더 잡아 늘일 것을 믿는 까닭이다. 먹기를 다한 뒤에 신씨는 또다시 공주를 졸랐다.

"공주마마, 어떻게 저를 댁의 침모나 안잠자기로 두어 주십시오."

오장에서 끓어 나오는 소리다. 공주의 어진 마음은 그대로 움직였다.

"어떻게 부모께 말씀을 여쭤 보지요."

공주는 자리에서 일어났다. 사랑에 있던 임사홍은 공주의 부름을 받아 안채로 들어왔다. 건넌방에는 시아버지 임사홍과 며느리 공주가 이야기를 주고받는다.

"아버님, 상감마마의 외조모 신씨가 오셨습니다."

"장흥 부부인 신씨가? 어허 그 어른이 어떻게 오셨소?"

"말씀 아니세요. 아주 영락하셔서 타시지도 못하고 걸어오셨어요. 폐비가 돌아가신 뒤에 집안은 점점 어려워 혈혈단신이 의지할 곳도 없고, 지금은 초가삼간에 겨우 몸을 용슬하시는 터인데, 죽들도 끼니마다 자실 수가 없는 모양입니다."

"허허 그러실 터이지, 이 박한 세상에 누가 그 양반을 돌봐 드리는 사람이 있겠소?"

임사홍은 감개가 무량한 듯이 고개를 끄덕거려 탄식한다. 성종 말년부터 근 십 년 동안 자기의 불우한 것을 생각하니 더욱 추연한 생각이 일어난다. 성종대왕 재세해 있을 때부터 어찌어찌하여 벼슬길에서 갈려진 것이 아직도 다시 일어날 기회가 적다. 임사홍은 지금 사나운 사자가 찌부러져 졸 듯이, 강태공이 곧은 낚시를 드리운 듯이 앞날의 흔천동지할 풍운조화를 꿈꾸고 기회만 엿보고 있는 판이다.

"오늘 부부인이 찾아오기는, 국휼 인사를 할 겸 당신의 일신을 처치할 길이 없으니 당신을 안잠자기나 침모로 써 달라구 말씀을 하십니다. 그래 제가 금비녀를 빼어 드리고 우선 군색한 것이나 피하시라고 여쭈었더니, 영영 받지 아니하시고 거저 몽예는 할 수 없으니, 부리고 써 달라 조르기만 하십니다."

공주는 난처한 얼굴빛을 보인다.

"허허허허, 그게 될 말요? 상감의 외조모를 침모라니 될 뻔이나 한 소리요? 만일 당신의 소청대로 집안의 손님으로 모시어 집안일을 보아 주십사 한다손 치더라도 나중 일을 어떻게 조처할 터이오. 혹시 상감마마께서 아시게 된다면 그 죄책은 누가 당하오?"

공주는 묵묵히 아무 말도 없다.

"노인이라 내가 뵈온들 어떻겠소. 그전 폐비를 생각한들 그대로야 있을 수 있소. 내가 자질(子姪)의 예로 뵈옵고, 친히 말씀을 드릴 테니 그대로 건너가 여쭈어 주시오."

임사홍은 안방으로 공주를 건너보내고, 천천히 자리에서 일어난 뒤에 의관을 다시 바로잡고 대청으로 나섰다.

안방 문 앞에서 기침을 점잖게 뽑은 뒤에 미닫이를 열었다. 신씨는 공주에게 임사홍이 자질의 예로 뵈오러 온다는 소리는 대강 들었으나, 들어오는 사나이 기침에 아무리 늙은 몸이나 당황하지 않을 수 없었다.

"앉으시죠, 임사홍이 자질의 예로 뵈이오."

하고 신씨에게 절을 하였다. 신씨도 감격하여 얼른 사홍에게 맞절을 한다.

"지금 공주께 들으니 부부인께서 생의 집 침모가 되시겠다 말씀하신다니, 그게 될 뻔이나 한 소리오니까? 아무리 한때 신수가 불리하시어 영락되시었다 하나, 막중 상감의 외조모 어른을 생이 어떻게 부리는 사람으로 모시오리까. 오늘 생이 부부인께 자질의 예로 뵈었으니 성은 달라 타인이나 곧 아들이나 조카 셈이라, 아주머니라 부르겠으니 용서해 주시오."

하고 헌앙하게 신씨를 바라본다. 신씨는 고마운 듯 고개를 수그릴 뿐이다.

"당저(當宁) 전하를 뵈오나, 억울하게 눈을 못 감고 지하에 계신 폐비마마를 뵈오나, 아주머님을 제가 어떻게 소홀하게 모실수 있겠습니까. 저도 근년에 벼슬길이 막히어 전과 같지는 못하나, 아주머님 한 분쯤은 넉넉 공궤해 바칠 근력이 아직도 되니, 시량 범절에 대해서 염려 마시고 저를 의탁하시어 오래오래 사십쇼."

하고 창연한 듯 한숨을 쉰다. 신씨는 이 자기의 가슴속을 환

금삼의 피

하게 들여다보는 듯 시원하게 헤쳐 주는 임사홍의 말에 취한 듯 앉아서 있다. 더욱이— 오래오래 사십쇼 하는 한마디 말은 밖으로 드러내 놓지는 않으나, 자기의 먹고 있는 마음속을 짐작해 주는 듯, 그리고 그 뒤를 도와준다는 듯한 속 깊은 말이다.

"염치없소이다. 이만 사람을 공주마마와 대감께서 이처럼 대접하시니 죽어도 은혜를 갚을 길이 없소이다."

신씨는 임사홍의 넓은 사내다운 도량을 감복하여 이렇게 치사를 한다.

"천만의 말씀이올시다. 말씀 낮춰 하십쇼. 기위 숙질의 연을 정한 이상에 치사하시는 일은 도리어 일이 아니올시다. 그러나 노래에 아주 의탁하실 자제가 없으니 어찌합니까. 그뿐 아니라 장래의 부원군 제사를 누가 받듭니까. 조상의 향화를 끊는대서야 말이 됩니까. 저 윤구(尹遘)라는 사람이 있지 않습니까. 그 사람이 댁의 몇 촌이나 됩니까?"

"네, 한 십여 촌 조카뻘이 되지요. 그러나 그 사람도 제 코가 석 자라고 어디 일가 돌보고 할 계제가 됩니까?"

"그 사람으로 양자를 삼으십시오. 그 사람은 제 집에도 가끔 출입을 하기 때문에 대개 위인을 짐작합니다마는 별 탈은 없는 사람이올시다. 더 가까운 일가가 없으신 터에 아드님도 정하셔야지 외손바닥은 울기가 어렵습니다. 붙이가 있고 날개가 있어야 합니다."

임사홍은 뜻 깊은 말을 또 한번 던지고 신씨의 의향을 더듬어 본다.

"그렇지 않아도 삼천지죄에 무후 박대라고, 돌아간 영감이 늘 한탄을 하셨지요. 중전이 그동안 그런 풍파만 없었더면 벌써 무슨 조처가 있었겠지요마는 그동안 어디 이것저것 생각할 여지가 있었습니까?"

신씨는 또다시 구슬픈 옛 생각을 이기지 못하여 낙루를 한다.

"과히 상심 마시고 모든 것을 저한테 맡기십시오. 모든 일을 좋도록 처리하오리다. 믿으시오."

"이처럼 근념해 주니 무어라 여쭐 길이 없소이다. 연전에 삼월이가 죄를 받고 폐비가 강등을 당할 뻔할 때도, 형방승지로 극력 변백을 해주시어 무사타첩이 되었는데— 만일 그 뒤에 대감이 그대로 벼슬을 하시어 조정에 계셨더면 폐비가 죽기까지는 안 했을 것을!"

"지나간 일이야 다시 꺼내서 무얼 하십니까? 더 비감한 회포를 일으킬 뿐이죠."

말을 마치고 임사홍은 천천히 사랑으로 나간다.

"바다 같은 은혜를 무엇으로 갚으오리까."

신씨는 다시 나가는 임사홍을 향하여 치사를 하였다.

이날 저녁때 신씨가 공주와 임사홍에게 인사를 하고 돌아갈 때에 마당에는 신씨를 태울 사인교가 등대하고 있었다. 뒤미처 쌀 바리가 따라가고, 피륙과 나뭇짐이 실려 갔다. 처음에 업신여기던 하인들도 그제야 이 마누라가 누구인 것을 알고 혀들을 홰홰 내둘렀다.

현숙공주가 신씨를 곤궁중에서 구해 주려는 마음과, 그 시아

금삼의 피

버지 되는 임사홍이 신씨를 구해 주려는 시량 범절을 다해 주는 마음은 하늘과 땅의 갈림이 있다. 공주의 마음은 순정 그대로다. 정들었던 폐비의 어머니의 불쌍하게 된 정경을 보고 그대로 착하고 어진 순정이 움직인 것이요, 임사홍의 신씨를 두호해 주는 마음은 이러한 순정보다 도리어 앞날의 영화를 꿈꾸는 의욕이 한 걸음 더 앞선 것이다. 벼슬이 막히고 불우한 경우에 있는 임사홍은 신씨를 디딤돌로 하고 다시 한번 출세를 하여, 하늘을 흔들고 땅을 움직일 만한 권세 높은 재상의 자리를 차지하려는 것이다. 임사홍은 영리한 사람이다. 연산이 폐비 사건을 알기만 하는 날이면, 반드시 온 조정을 흔들 크나큰 정변(政變)이 일어날 것을 짐작하는 까닭이다. 아들이 되어서 그 어버이의 참혹한 죽음을 눈감아 둘 사람은 없는 것이다. 그렇게 된다면 기막힌 곤궁 속에서 폐비의 어머니 신씨를 구해 낸 자기의 공은 크다. 만일 상감 연산이 영영 폐비의 일을 모른다 하더라도, 자기는 어떻게 해서라도 상감의 귀에 폐비 사건이 들어가도록 들추어내기만 하면 그만이다. 단지 하나 용이치 않을 일이 있다. 신씨의 마음과 같이 임사홍의 마음속에도 왕대비인 덕종 왕비가 아직도 근력이 좋은 것이다. 그러나 역시 육십이 넘은 대비니 차차 연산의 자리가 튼튼해지기만 하는 날이면 늙어 가는 대비라 그다지 큰 장애는 되지 않을 것이다. 다만 속하고 더딜 시일 문제가 남았을 뿐이다. 그러나 상감의 외조모 신씨가 또다시 문제다. 신씨가 돌아가기 전에 이 일이 잘 성사되는 날이면 다시 두말할 것도 없지마는, 신씨가 이 세상을 불행히 떠나는 날이면 모든 일은 김빠진 촛병과 같이 싱겁게 되어 버리고, 자기가 신씨를 두호해 준 공로도 그대로 물거품이 돼버릴 것이다. 이렇기 때문에 앞뒤를 잘 재보는 임사홍은 자기와 친분이 있는 윤구로 신씨의 양자를 삼아서 뒷일을 튼튼히 만들려는 계획이다.

숙질의 인연을 맺은 신씨는 자주 임사홍의 집을 드나들었다. 아무리 임사홍이 벼슬이 막히어 조정 출입을 못 한다 해도, 광재와 숭재 두 아들이 예종의 당당한 부마요, 공주가 두 분이나 며느리로 계신 터이다. 궁중 지밀한 일은 보통 재상의 집보다도 더욱 자세하고 속하게 알 수 있는 것이다.

상감 연산이 폐비를 부태묘하여 모시려고 왕대비에게 온종일 자리를 뜨지 아니하고 간곡히 말을 사뢰었다는 소문이 흘러나왔다. 대비가 이것을 막았는 소문이 또다시 나왔다. 임사홍의 눈은 둥그렇게 크게 떠졌다. 사홍은 신씨를 조용한 방으로 청해 들였다.

"아주머님, 상감께서 폐비 사건을 아시었습니다그려?"

"어떻게요? 누가 여쭈어 드렸을까?"

"글쎄올시다. 지금 소식을 들으면 전후 일을 다 아신 듯합니다. 눈물까지 흘리시며 만일 부태묘를 못 하게 하시면, 사사로이 사당이라도 모시어 신주를 받들겠다 하셨다 합니다."

"아이구 고마우셔라. 인제는 내가 눈을 감고 죽어도 한이 없을까 봅니다."

신씨는 별안간 하도 엄청나게 시원한 소리를 들은 까닭인지 반나마 혼이 나간 사람 모양으로 멍하니 앉아 있다. 임사홍은

금삼의 피

한참 눈을 껌벅껌벅하고 천장을 바라보더니,

"여쭙쇼 아주머니, 며칠만 좀더 하회를 기다려 보면 상감께서 전후 일을 다 아시었는지, 그대로 폐비가 어머님이신 것만 아시었는지 알 것입니다. 만일 샅샅이 다 아셨다 하면, 이번에 정 귀인과 엄 소용이 봉욕을 안 당할 리 없습지요. 그리고 아주머님도 불러들이실 것입니다. 만일 그렇지 않고 정 귀인과 엄 소용이 무사하게 있다면, 상감께서 아직도 그 지원지통한 일을 다 모르시고 거죽으로 폐비가 당신의 어머님이신 줄 알고 사당을 지으시려는 것입니다. 그 임종하실 때 피를 뱉으신 한삼(汗衫)은 아직도 잘 두셨지요?"

"네, 함 속에 깊이 넣어 두었습니다."

"가만히 곕쇼. 하회를 좀더 두고 보십시다."

하고 임사홍의 얼굴은 긴장될 대로 긴장되었다.

임사홍과 신씨는 대내 안 소식을 더욱 살폈다. 효사묘를 반대하는 조정 물론이 일어나며, 연산의 격분해하는 모양이 새어 나왔다. 임사홍과 신씨는 가만히 웃으며 손에 땀을 쥐어 하회를 기다렸다.

며칠을 끄는 동안에 폐비에 대한 일은 좀더 벌어지지 않고, 다만 효사묘를 세워 조상을 받드는 것으로 일단 낙착이 되고 말았다.

신씨는 입술이 타고 조바심이 쳐졌다. 이렇게 되다가는 자기 한평생에 자기 딸의 원수를 갚아 보지 못하고 죽을 것 같았다.

"대감, 제 평생에는 정씨와 엄씨가 요정 나는 것을 못 보고 죽을 것 같습니다."

공주를 모시고 신씨 부인이 임사홍에게 말하는 낙망한 소리다.

"허허허, 괘이치 않으시죠. 낙심하시는 것도 그렇지만 일은 오히려 잘되었습니다. 우리가 직접 상감께 자세한 내막을 아뢰기 전에, 상감께서 미리 그 일을 아신다 하면 일은 도리어 싱겁게 된 것이죠. 차라리 일이 이쯤 됐다가 어떤 기회를 타서 물샐틈없이 일을 꼭 만들어 놓아야만, 폐비에 대하신 부부인의 지통하신 한도 톡톡하게 푸실 수 있고, 전후 일이 다 순조롭게 될 것입니다. 여태 참으신 것만큼만 더 참으십쇼. 부부인의 마음이야 오죽 갑갑하시겠습니까마는 사세가 그러합니다."

임사홍은 이렇게 신씨를 위로했다. 임사홍의 속마음에는 효사묘만 짓게 된 일이 여간 잘된 것이 아니다. 만일 상감이 폐비 사건의 복잡다단한 일을 속속들이 다 알고, 폐비 사건에 대한 옥사가 이번에 단박 터졌다 하면, 자기가 신씨를 앞잡이 세우고 전후 공작을 다 해보려던 일은 싱겁게 물거품이 되고 말 것이다. 단지 일만 싱겁게 되는 것이 아니다. 자기가 신씨를 디딤돌로 하고 다시 벼슬길로 일어서려던 커다란 야망도 그대로 끊어지고 마는 것이다.

"하기야 이번 효사묘를 지으신다는 위의 처분도 어디 꿈엔들 생각이나 해본 일입니까? 고마우신 일입지요. 여지없이 떠돌아다니던 외로운 넋이 그래도 부지할 곳을 얻었으니 그만해도 마음이 거뿐한 듯합니다."

신씨는 가볍게 한숨을 쉬었다.

금삼의 피

"가만히 계십쇼. 어떻게 속히 부부인의 마음이 아주 상쾌하시도록 만들어 드리죠. 허허허."

하고 임사홍은 너털웃음으로 웃고 좋은 듯이 밖으로 나갔다.

그러나 임사홍과 신씨의 비색한 운수는 아직도 활짝 열리지 않았다. 그것은 임사홍이 채 상감께 가까이할 기회를 붙잡기 전에 별안간 점필재 김종직의 필화 사건이 일어나서, 임사홍의 둘째 아들 희재(熙載)가 이목(李穆)에게 편지한 것으로 인하여 옥사에 걸려들었던 것이다.

가뜩 벼슬길이 막혀 내려오는 임사홍으로, 죄인의 아들을 두었으니 더욱 상감에게 가까이할 기회는 당분간 끊어지고 말았다. 임사홍은 초조했다. 국청에 세력이 당당한 친구 유자광을 찾아보고 백방으로 주선했으나, 임희재를 백방하면 이목의 죄상이 엷어지는 판이라, 윤필상이 트는 바람에 임희재는 결국 함길도 경성(咸吉道鏡城)으로 귀양을 가게 되고 말았던 것이다. 이렇게 되니 희재의 형인 광재 두 부마도 궁중 출입을 전과 같이 못 하고 근신을 하며 집에 들어앉아 있게 되었다.

이런 데다가 화불단행(禍不單行)으로 현숙공주의 어머니인 예종비가 승하하게 되었다. 임사홍의 집은 크나큰 대들보가 부러진 양, 슬픈 운수에 휩싸여 있게 되었다. 임사홍과 신씨의 앞길을 바라는 초조한 마음은 여간한 것이 아니었다.

일 년이 지나고 이태가 지났다. 안순왕후의 삼년상도 어느덧 넘어가 버렸다. 현숙공주의 오라버니 제안대군의 집에 있던 장녹수가, 대내 안으로 들어가서 숙원이 되고 그의 아재 되는 김효손이 상사람으로 사정이란 벼슬을 하게까지 되어, 들어간 지 몇 달이 못 되어 녹수의 입에서 수령 방백이 굴러떨어지게 된다는 소문이 임사홍의 귀에도 들어갔다. 임사홍은 이 소식을 듣고 무릎을 치고 하인을 보내어 신씨를 청했다.

풍천위 궁 임시홍의 십 조용한 별당에는 풍천위 아버지 임사홍과, 그의 큰아들 풍천위 임광재와, 현숙공주와, 그리고 상감 연산의 외조모 신씨가 모여 있다. 임사홍과 신씨는 앉아 있고 공주와 풍천위는 모시어 섰다. 임사홍은 수염을 쓰다듬으면서 신씨를 치어다보고,

"오늘 아주머니를 좀 옵시사고 청한 것은 다른 게 아니라 대내 안 일에 대해서 조용히 말씀할 중요한 일이 있기에 잠깐 여쭌 것입니다."

"네, 말씀하십쇼, 무슨 일이오니까? 다시 무슨 좋은 앞길이 보입니까?"

신씨는 궁금한 듯 사홍의 얼굴을 치어다본다.

"잘하면 좋은 기회를 만들 법도 합니다마는, 어떻든 가만히 누워서 입을 벌리고 감 떨어지기만 기다리고 있을 수는 없으니까, 어떻게 좀 꿈지럭거려 볼까 합니다. 이번에 새로 된 숙원 장씨를 아주머니께서 그전에 궁중 출입을 하실 때 혹시 보시었는지?"

"장씨요? 어떤 장씨가 새로이 숙원이 되었어요?"

신씨는 처음 듣는 소리라 의아하지 않을 수 없다.

"공주께 이 말씀을 여태 못 들으셨습니까?"

"그동안 한참 오시지 않기 때문에 아직 제가 부부인께 말씀

금삼의 피

을 여쭙지 못했습니다."

현숙공주가 미안한 빛을 얼굴에 띠고, 허리를 구부려 시아버지 임사홍에게 사례하듯 말한다.

"장씨란 누군고 하니, 바로 공주의 어마마마신 안순왕후께서 생존해 계실 때 벌써 여러 해 전 일이올시다마는, 제안대군의 후사를 대행 상감과 근심하시고 안순왕후께서 궁중에서 친히 간택하시다시피 하시어 제안궁으로 내보냈던 장녹수란 처녀올시다."

임사홍의 말을 들은 신씨는 그제야 생각이 나는 듯이,

"네 네, 인제야 알겠습니다. 그게 참 벌써 여러 해 전 일이죠. 어떻든 희한한 어른은 제안대군이시죠— 응 그때 폐비와 말한 일이 있었지요마는 제안대군께서는 영영 녹수를 거들떠보시지도 않았답지요!"

신씨는 자기의 걱정도 잊어버린 양 제안의 인격을 차탄해한다.

"그 양반야 원래 별양반이니까 다시 더 말씀할 것 없고 장씨는 그 뒤에 그대로 제안대군 궁에서 음률을 배우고 가무를 익혔는데 그 재화가 보통 여자가 아니더랍니다그려. 원체 제안대군의 거문고는 무풍정과 함께 종실의 쌍벽이죠. 세상에서 거문고에 입신을 했다는 이마지(李馬智)와 백중을 다툰다니까요. 이 솜씨 아래서 다른 물욕을 다 떼어 놓고 음률만 배웠으니 재주 있는 장녹수가 오죽이나 솜씨가 깨이고 틔었겠습니까. 그런데 지난번 제안대군의 생신날 상감께서 안순왕후 해상하신 뒤 첫 생신이라 하시고 제안대군 궁으로 미행으로 거둥을 납시었지요. 이때 녹수가 상감의 눈에 들어서 대내 안으로 들어간 것입니다. 그날

우리집 공주도 가보시었지만 과연 그 재모가 명불허전이라고 말씀합니다.”

신씨는 아무 소리 없이 얼굴에 다만 신기하고 놀란 빛을 지을 뿐이다.

“그런데……”

임사홍은 다시 말을 내놓고 기침을 하여 목소리를 가다듬은 다음에,

“내 집 일이나 아주머니 댁 일이나 이대로 가다가는 말이 안 되는 형편이니까, 우리는 첫째로 장 숙원을 가까이할 도리를 찾아보아야겠습니다. 이게 대체로 말하면 점잖은 일은 아니지요. 그러나 성인도 시세를 좇으랬다고, 그대로 체면만 가지고 놀 때가 아닙니다. 지금 장빈의 말 한마디면 수령 방백이 나오게쯤 되었소이다. 우리집이 남의 집과 달라 대대로 국척이요, 지금 공주가 두 분이나 내 며느리로 계신 바에 그까짓 것 볼 것 없다 하고 상종 안 해도 상관이 없겠지마는, 어째 그런지 가운이 불행하여 십여 년 동안을 영락만 해가니 잠시 권도를 취하지 않을 수 없소”

하고 먼저 공주를 치어다보고 자기 아들 광재를 건너다본다.

“아버님 말씀이 옳으십니다. 지금 가문과 문벌만 믿고 버티고 있을 때가 아닙니다. 거기다 희재가 공연히 쓸데없이 점필재니 김일손이니 이목이니 하는 친구들과 글자나 한답시구 추축을 해놓아서, 지금 저 지경으로 얽혀 고생을 하고 있는 판이라 여간해서 집안의 가운을 돌이키기가 어렵습니다. 그런 데다가 안순 왕후께서 마저 돌아가시고 보니, 우리를 대내에서 돌보아 주실

어른은 한 분도 아니 계십니다. 숭재가 대행 성종대왕의 부마라 하고, 계수께서 상감과 동기간이라 하시나, 어디 친동기간과 같습니까! 아버님과 교분이 가깝다는 조정 대신들을 가지고 보아도, 우선 유자광이와 윤필상을 보십쇼그려. 그 사람들이 전 같으면 우리 집안을 그렇게 업수이여기겠습니까. 희재가 귀양 갈 때만 하더라도 아버님께서 그렇게 백방으로 쫓아다니시고 애걸하다시피 하셔도 결국은 경성으로 귀양을 갔습니다그려! 그때 국청에서 윤필상이가 어떻게 말씀을 상감께 드렸는지 몰라도, 상감 말씀이 임아무개가 소인으로 선왕께 죄를 얻어서 벼슬길이 막혔더니, 그 아들도 소인들과 추축을 하였구나 하고 말씀하셨더랍니다. 염량세태가 다 그러한 것이올시다. 친구도 소용없고 의리도 소용없습니다. 그전같이 우리가 당당하게 조정 앞자리에서 있어 보십쇼. 유자광이가 무에구 윤필상이가 무엇입니까! 저희가 먼저 우리를 찾아와 어떻게 희재를 빼어 놓겠다 요공을 할 것입니다. 유자광의 아들 유방이 홍유손의 공초 때문에 붙들려 갔다 무사 백방이 된 것을 보십쇼. 이게 다 세력이 아니고 무엇입니까? 지금 대궐 안에서 우리 집안을 돌봐 줄 사람은 하나도 없습니다. 천재일시의 좋은 기휩니다. 이 기회를 꼭 붙들고 놓지 마십쇼.”

풍천위 임광재는 자기 아버지 임사홍을 향하여 입에 침이 마르도록 집안 형편을 말하면서, 장녹수와 연락하여 권력을 붙잡을 것을 주장한다. 임사홍은 아들의 소리가 옳다는 듯이 빙긋이 웃으며 다시 신씨를 치어다보고,

"자네 말이 옳의. 그리고 아주머니께서도 그전 같으시면야 부원군 댁 부대부인으로, 일개 천비였던 장빈을 돌아보실 필요가 계시겠습니까마는, 지금은 사세가 이쯤 된 형편이니 불구하고 장빈과 손목을 마주 잡을 것을 생각해 보십시오. 그래 가지고 천천히 그 지원지통한 폐비이 원수를 갚아 드릴 것을 생각하십시오. 어디 나하구 아주머님과 그리고 장빈이 합심이 되어서 천고에 드문 폐비의 한을 풀어 드리도록 해보십시다."

임사홍은 신이 나는 듯 신씨에게 장녹수를 가까이할 것을 권한다.

"고맙습니다. 이만 사람을 시량범절을 대어 주시고, 또다시 좋은 길을 가르쳐 주시니, 바다 같은 공주 댁 은혜는 그저 백골난망입니다. 어서어서 죽어서 눈망울이 꺼지기 전에 원수년들의 간을 꺼내고 염통을 썰어서 효사묘에 받들어 올리기만 소원입니다. 이렇게만 된다면 죽어서 풀을 맺어서라도 은혜를 갚사오리다. 어떻게 하면 장빈을 가까이할 수 있는지 좋은 방책을 가르쳐 주십시오."

신씨의 늙은 눈에선 나오기 쉬운 눈물이 또다시 솟아나와서 옷섶을 적신다.

"먼저 장빈을 사귀려면 물건으로 장빈의 마음을 사는 수밖에 없지요. 저도 무슨 물건을 보낼 것이니, 아주머님께서도 장빈의 입이 벌어질 만한 물건을 생각해 보시오. 지금 아주버님께서 넉넉지 못하게 지내시는 처지에 무슨 재물로 녹수의 마음이 풀어질 만한 물건을 사실 수가 있겠습니까? 혹시 폐비께서 지니고 계시던 물건을 폐비를 보신 듯이 소중하게 위해 두신 것은 없으십니까?"

하고 임사홍은 신씨의 의향을 더듬어 본다. 그것은 몇 해 전에 공주가 금비녀를 빼어 신씨를 주시고 곤궁한 것을 구하려 할 때, 신씨가 수식과 패물 같은 것은 몇 가지 폐비를 본 듯 자기에게도 있다는 소리를 들어 알았던 기억이 일어난 것이다.

신씨는 임사홍의 묻는 말을 듣고 한참 동안 생각하더니,

"네 있기야 몇 가지 있습지요. 그러나 장녹수의 눈도 여간 높을 것이니까, 보통 물건보다 번쩍 눈에 뜨일 만한 것이라야 되겠는데…… 밀화 산호지 대삼작이 어떨는지요?"

"대삼작…… 품이 어떻습니까?"

"품이야 두말할 것 없습니다. 밀화 덩어리와 산호 가지도 보통 물건에 비할 것은 아니지요만. 그중에도 제일 값진 것은 좌우 옥판에 보통 패물처럼 진주를 박지 않고 야광주를 박았습니다."

"무어 야광주요?"

임사홍은 놀란 듯 눈을 둥그렇게 뜬다. 옆에 섰던 공주도 진기한 듯 신씨의 얼굴을 치어다보고 풍천위 임광재도 야광주 소리에 새 정신이 나는 듯이 신씨의 입을 치어다본다.

"폐비가 죽을 임시 해서도 이 패물만은 무척 사랑했지요. 동궁 가례 때만 하더라도 이것을 동궁빈에게 내 손으로 친히 주어 봐야 할 터인데…… 하고 늘 어루만지고 언짢아했었지요. 언제나 이 패물을 우리 며느리한테 전해 주나 하고 낙루도 많이 했지요! 야광주도 한 개 두 개가 아니라, 좌우 옆에 여남은 개 달

렸습니다그려. 캄캄한 밤에 이 노리개를 차고 나서면 두서너 간통이 환하게 달빛인 것 같습니다. 이것은 한참 당년에 폐비가 중전으로 대행 상감마마의 귀여움을 받을 때, 명나라 사신이 바친 야광주를 함빡 중전을 주시고 이 패물을 만들어 가지게 하신 것이죠."

신씨는 지나간 옛날 자기 딸 폐비의 영화를 추억하면서 창연한 듯이 가만히 한숨을 내어 쉰다.

"그것 참 잘됐습니다. 어차피 그것은 며느님 되시는 어른에게로 돌아갈 것이니 장빈은 며느님 아닙니까? 장빈에게 바치고 폐비의 원한을 풀어 드린다 하면, 폐비께서도 지하에서 편안히 눈을 감으실 것이올시다. 그러한 훌륭한 보배를 받고 장빈이 우리 청을 안 들어줄 리 있습니까? 일은 꼭 묘하게 되겠습니다."

임사홍은 무릎을 치며 만면에 웃음빛을 띠었다. 자기의 앞길을 야광주가 환하게 비쳐 주는 것 같았다.

"그렇지만 그렇게 소중한 물건은 중전에게 바쳐야지요. 폐비께서 며느님을 주었으면 하시던 것을 장녹수에게 주어야 쓰겠습니까. 녹수에게는 나른 것을 보내게 하시죠."

현숙공주가 신씨를 치어다보며 이렇게 말을 꺼낸다. 공주 역시 여자라 천한 계집 장녹수의 혼천동지하는 권세가 못마땅한 것이다.

"그러게 말이죠. 저도 어디 팔이 들이곱지 내곱습니까. 참 이렇게 왕궁과 인연이 끊기다시피 되기 때문에 바칠래야 바칠 도리가 없었지요. 중전이야 사사로이 따지면 외손자 며느리가 아니

금삼의 피

오니까. 일개 천비였던 녹수에게는 주고 싶지 않습니다. 그저 물으시기에 그런 물건이 있다고 여쭈었지요."

임사홍은 이 소리를 듣고 펄쩍 뛰면서 손사래를 홱홱 젓는다.

"아니죠 아니죠. 그게 무슨 말씀입니까. 우리가 지금 무사태평한 처지에 있으면서야 왜 장빈에게 그것을 바칠 까닭이 있겠습니까. 폐비의 신원을 해드리자니까 아무리 소중한 보물일망정 그 어른의 원한을 풀어 드리기 위하여 보내잔 말이지요. 지금 중전에게 바칠래야 바칠 길도 없지마는, 중전마마는 점잖으신 처지라 설혹 받으신다손 치더라도 우리 일을 다시 말하면 폐비의 신원을 얼른 속히 못 해 드릴 것이올시다. 공주의 말씀은 대체만 차리시는 말이지 일의 성불성을 가지고 논한다면 고만 좋은 기회를 잃어버리고 마는 것이올시다. 두 말씀하실 것 없이 곧 일어나셔서 대삼작을 가지고 오십쇼. 불과 한 달 안에 폐비마마의 신원을 해드릴 것이니."

임사홍은 신씨의 일어나기를 재촉한다.

"제가 무얼 알겠습니까. 그저 대감 부자분을 믿을 뿐이지요."

하고 신씨는 자리에서 천천히 일어났다.

이렇게 하여 폐비가 가지고 있던 야광주를 박은 밀화 대삼작은 신씨와 임사홍의 손을 거쳐 장녹수의 손으로 들어갔다. 이 일이 있은 지 반 달쯤 뒤에 장녹수에게는 풍천위 궁에서 현숙공주의 시비가 전갈을 받들어 왔다. 그것은 다른 게 아니라 내일이 현숙공주의 생신이니 소창 겸 하루 놀다 들어가라는 것이다. 녹수는 이 전갈을 받고 더욱 마음이 좋았다. 예종대왕의 당당한 딸로 일전에는 그의 시아버지가 금사자와 진귀한 패물을 동봉하여 보내고, 지금 또다시 공주의 생일이라 하여 자기를 청하니 장녹수로서는 여간 감격한 것이 아니다. 제안대군 궁중의 한개 시비로 있던 자기의 몸을 돌이켜 생각해 볼 때, 제안대군이 상전이라면 제안대군의 친누님인 현숙공주도 상전이었던 것이다. 아무리 지금은 숙원이란 첩지를 받아 상감의 넘치는 은총을 온몸에 모시었으나, 역시 일개 후궁이지 공주와 어깨를 겨눌 지체는 되지 못하는 것이다. 이러한 데 불구하고 현숙공주는 다시 전갈까지 자기에게로 들여보내어 생일이니 와달라고 청좌까지 하니, 이것은 참으로 녹수에게 여간한 영광이 아니다. 녹수는 감격한 마음까지 일어났다.

"공주께서 이만 사람을 부르는데 어찌 사양하오리까. 내일 일찍이 나가서 뵈옵겠습니다고 여쭈어라."

이렇게 녹수는 현숙공주의 시비에게 전갈을 해서 돌려보냈다.

밤이 깊었다. 녹수가 연산을 모신 침실.

"상감마마! 저는 내일 어디 좋은 데로 놀러 갈 테야요."

장녹수가 상감 연산의 무릎을 베고 누워서 눈에 가득 교태를 머금고 용안을 우러러뵈며 속살거리는 소리다.

"어디를 가, 가는 데가 어디야?"

연산은 녹수의 살쩍을 귀여운 듯이 어루만지며 대답한다. 녹수를 만나기만 하면 상감 연산의 얼굴은 언제든지 봄바람이 움직인다. 제왕의 서리 같은 위엄도 녹수의 앞에는 봄눈 슬듯 스러지고, 차도록 영특하고도 박하도록 쌀쌀한 성정도 녹수의 앞에

금삼의 피

선 부드럽기 풀솜과 같다.

"서왕모(西王母) 요지연(瑤池宴)으로 놀러 갈 테야요."

"허허허 서왕모. 네가 서왕모지. 너보다 더 어여쁜 서왕모가 어디 또 있겠니. 그래 나는 팔준마(八駿馬) 탄 주목왕(周穆王)이라 하고, 너는 요지연에 서왕모라 하자. 그래 어디를 가고프냐. 나하고 같이 가자."

"아니야요, 서왕모 잔치가 정말 있어요. 제가 잔치에 갔다 와서 복숭아 한 개를 얻어다 드리께, 그래서 상감마마가 삼천갑자를 사시게 하께."

녹수는 연산의 무릎 위에 누운 채 손을 들어 상감 연산의 아랫수염을 하얀 손가락으로 배배 꼬아서 튼다.

"하하 고것…… 너 혼자 갈 테란 말이냐. 그래 아무렇게 하여도 좋다. 서왕모 잔치에 가서 복숭아만 얻어 오너라. 더 늙도 말고 더 젊도 말고 항상 이대로만 너를 데리고 지내보자."

연산은 다시 녹수의 보들보들한 살 오른뺨을 어루만진다.

"상감마마, 그것은 다 웃음의 말씀이구, 저…… 내일이 무슨 날인지 아세요?"

"모르겠다. 내일이 무슨 날이냐?"

"여태 그것도 모르시나? 고모의 생일도 모르셔요!"

"가만있자, 오오 내일이 참 현숙공주의 생일이로구나."

"상감마마, 나 거기 갈 테야."

녹수는 연산의 무릎에서 일어나 한 팔을 짚고 비스듬히 앉아서 교태를 지어 가며 고개를 갸우뚱하고 연산을 치어다뵈온다.

"저…… 상감마마, 오늘 현숙공주께서 청좌를 보내셨겠지요. 아니 갈 수 있어요. 가봐야지요."

연산의 입은 소리 없이 열렸다.

고모 현숙공주가 당신의 총빈을 생각하는 게 무척 좋았다.

"청좌까지 왔어. 가봐야지. 내일 일찍이 수라간에 기별하여 음식을 많이 내보내라 이르고 소창 겸 다녀 들어오지."

"상감마마, 아이 고마우셔라!"

녹수는 일어섰다. 촛대를 향하여 허리를 구부렸다. 불이 꺼지고 침실은 어두워졌다.

풍천위 궁에서는 공주의 생신 잔치 음식을 차리느라고 분주하다. 나물을 볶는 사람, 생선을 다루는 사람, 고기를 재는 사람, 양지머리를 삶는 사람, 이렇게 한참 떠들썩한 판에 대궐 안에서는 가자에 실려 음식이 쏟아져 나왔다. 특별히 장녹수가 상감께 여쭌 것 때문에 음식 가짓수와 가자 수효는 더욱 많았다. 차돌박이·양지머리·돼지 다리·우둔이 한 가자에 실리고, 인절미·송편·약식·주악·꽃전·꿀편이 큰 놋동이에 담겨 한 가자 실리고, 누름적·숭어 전유어·간 전유어·천엽 전유어·완자 부침·수란·청포가 한 가자에 실리고, 어회·육회·어채·겨자채·가리찜·도미찜이 한 가자 실리고, 연근정과·생정과·산사편·문동·동아당·서과당·무과편·향인·들죽, 갖은 웃기와 식혜 제호탕이 사기 푼주에 담겨 한 가자 실리고, 방약과·만두과·귤병·원당·팔보당·한과·중배끼·다식·오색강정·연강정·오화당, 모든 유과와 당속이 한 가자 실리고, 보은 대추·봉산 배·연산 준시·양주 밤

금삼의 피

·으능·호도·잣박산·꿀독에 묻었던 참외, 황금 같은 제주 귤이 한 갸자에 실리고, 건대구·상어·육포·어포·장포·녹포·오징어포·문어발·전복쌈 들의 갖은 어물이 한 갸자에 실리었다. 이 쏟아져 나오는 산해진미를 가득가득 실은 여덟이나 되는 갸자를 볼 때에 임사홍의 입은 벙글벙글 벌어졌다. 야광주 노리개의 힘이 크구나 하였다. 모든 일이 자기의 계획대로 잘 들어맞아 가는 것이 무한히 기쁘다. 아들 풍천위 임광재를 불러서,

"자네는 지금 곧 모대를 하고 대궐로 들어가서 사은(謝恩)을 여쭙고 나오게."

당부한 뒤에 일변 세간 청지기를 불러서,

"대궐 하인들을 잘 대접하고 후하게 요차를 주어라."

이른 다음엔 다시 안으로 들어가 보진 범절을 간검한 뒤에, 조용히 공주와 신씨를 청하여 장녹수가 나온 다음에 말대답하고 청 드릴 소리를 물샐틈없이 다시 한번 가르치고 당부하였다.

한낮이 훨씬 넘어서 덩을 타고 장녹수는 대궐 안에서 나왔다. 공주는 마루 끝까지 나와서 맞고 신씨는 뜰아래에 내려서 맞았다. 큰방으로 인도된 녹수는 공주에게 절을 올렸다. 공주도 얼른 녹수에게 맞구부려 주었다.

"이런 누추한 곳에 오라 해서 불안하오."

공주는 녹수를 향하여 인사말을 한다. 임사홍의 면밀한 부탁으로 해서 녹수에게 대한 공주의 말은 더욱 은근하다.

"황감하옵니다. 저만한 사람을 좋은 잔치에 이처럼 부르시니 다만 감격할 뿐이올시다."

녹수도 공주의 공손한 태도에 마음으로 고개를 숙였다.

"위에서는 또 산해진미를 하도 많이 하사하시니, 융숭하신 왕은을 어찌 다 갚사오리까. 다 숙원의 주선해 준 덕택인 줄 알았소이다."

녹수는 이 소리를 듣고 어깨가 으쓱하다. 아닌 게 아니라 자기가 상감께 공주의 생일이라 여쭙고, 다시 나가서 공주를 뵈옵겠다고 아뢰었기 때문에 풍부한 음식이 전례에 없이 쏟아져 나온 것이다.

"제가 나가서 공주를 뵈옵겠다 아뢰었더니 더욱 특별한 분부가 계시더군요."

자못 교만한 빛이 녹수 얼굴에 떠돌기 시작한다. 치어다보던 공주는 녹수의 양양자득한 모양을 보고 더욱 말을 공손하게 한다.

"늘 서로 두호해서 지냅시다."

말을 마치려 할 때 방문이 열리고 잔칫상이 들어왔다. 공주가 한 상을 받고 녹수가 한 상을 받았다.

"참 일전에는 금사자랑 대삼작이랑 훌륭한 보배를 보내 주셔서 그대로 받아 두기는 했습니다마는 너무도 생각을 해주셔서 무어라 여쭐 길이 없습니다."

녹수가 젓가락을 잡으면서 다시 말을 꺼냈다.

"무어 변변한 게요? 시아버님께서 숙원이 새로이 되는 것을 치하하신다고 들여보내라고 하신 것이죠."

공주가 장국을 마시며 대답한다.

금삼의 피

"참, 진시 여쭈어 본다고 벼르기만 하고 여쭈어 볼 틈이 없어서 말씀을 못 했습니다마는 신씨가 누구오니까? 공주 댁에 무슨 척분이 되시는 어른입니까?"

"아니오. 척분 되는 양반은 아니지마는 상감마마의 외조모시지요."

이 소리를 들은 녹수의 눈은 둥그래졌다. 자기가 생각도 해보지 못하였던 상상 밖의 대답이다.

"네? 상감마마의 외조모세요? 그 어른이 어떻게……?"

"그 어른의 말씀을 한다면 이루 다 한 번에 이야기할 수 없습니다. 이야기책을 한 권쯤 꾸며도 넉넉하지요. 어서 자시우. 그러고 나서 천천히 이야기할게."

공주와 녹수는 잠자코 다시 먹기를 시작했다. 얼마 만에 상은 물려 가고 양치물이 들어왔다.

"공주마마, 신씨 부인 이야기를 어서 좀 들려줍시오. 그래 그 어른이 그저 생존해 계십니까? 어려서 제가 대궐에 있을 때 잠깐 뵈온 적도 하지마는."

"네, 아직도 근력이 과히 치사하지 아니하셨어요. 폐비 일은 대개 짐작하겠지만 그 일이 있은 뒤에 신씨 부인은 아주 영락해서 의지가지가 없게 되었죠. 그나마 아들도 없고 혈혈단신 늙으신 몸이니깐. 한 사오 년 전 일입니다. 집간마저 없애 버리시고 어쩔 수 없으니까 내 집을 찾아오셔서 생목숨 끊을 수 없으니 어떻게 침모가 되나 안잠자기가 되나 부려 주고 호구를 해서 지내시도록 해달라시는구려. 그러나 원 그게 될 말씀요. 상감마마의 외조모 어른을 어떻게 침모로 모시우. 그래 시아버님께 여쭈었더니, 옛정을 보신들 그게 될 뻔이나 한 소리냐고 펄펄 뛰시며, 벼슬길이 막혀 녹이 없지마는 그래도 이 어른을 굶겨서 돌아가시도록 내버려두실 수는 없다구 하면서, 시량 등속을 보내시어 그저 연명만은 하시도록 했지요. 참 가엾고 불쌍하신 노인이에요."

"아이구 가엾으셔라. 상감께서 만일 이 일을 아신다면 오죽이나 뉘우치시겠어요? 그러지 않아도 밤낮 약주만 얼근하시면 어머님 생각이신데요."

"그러니 말이오. 내 시아버님 되시는 어른이 전과 같이 조정에서 벼슬을 하신다면, 당연히 상감의 외조모께서 이렇게 영락하여 지내시는 일을 아뢰겠지마는, 지금 근신하고 들어앉아 계시니 말씀하실 수 없는 처지요. 나로 말하더라도 대내에 들어 말씀을 아뢰고도 싶었으나, 한번 밖으로 시집온 사람이 어디 그렇게 지밀에 가까이 돌 수가 있소? 거기다 안순왕후마마의 거상을 받들어 입었으니, 죄인 몸으로 어떻게 이런 말씀을 아뢸 수가 있어야지. 다만 불쌍하고 가여울 뿐이죠."

"그렇게 궁박하신 처지에 그 어른이 계시면서, 어떻게 그 훌륭한 노리개를 저한테 주셨습니까?"

녹수는 다시 의아한 듯 공주에게 묻는다.

"그 대삼작이야말로 참 기막힌 노리개요. 폐비가 한참 서슬이 푸르실 때, 대행 성종대왕께서 명나라에서 나온 야광주를 함빡 폐비께 주시어 만드신 것이구려. 폐비가 항상 그 어머니 신씨께

이 노리개를 당신의 며느님 되시는 어른께 전해 주어야 할 터인데 하고, 탄식하던 노리개더라오. 아무리 궁박해도 신씨 부인은 이것만은 꼭 간수했다가, 며느님 되시는 어른에게 바치려 했던 것이라우. 그러나 중전이 계시지만 암만해도 바칠 도리가 없고, 나이는 점점 늙어 가 당신의 손으로 꼭 전하고 싶어 이렇던 판에, 새로이 당신이 숙원이 되었다는 소리를 듣고, 역시 폐비의 며느님 되기는 일반이니, 장 숙원한테나 바친다고 보내신 것이라우."

녹수의 입은 살짝 벌어졌다. 무한히 기뻤다. 찬찬한 야광주 노리개를 준 것보다도 폐비의 며느리 자격을 준 것이 더욱 기뻤다.

"신씨 부인께서 오늘 혹시 댁에 오셨습니까?"

공주가 기다리던 말이다.

"네 오셨지요, 아까 숙원 들어올 때 뜰에서 맞던 노인이 바로 그 어른이오."

공주는 영창 문을 열고 여종을 불렀다.

"애, 장흥 부부인께 이리 오시라 해라."

조금 있다가 장흥 부부인 신씨가 들어왔다. 공주는 일어나 웃자리를 내준다. 장녹수도 자리에서 일어났다.

"장 숙원한테도 외조모시오, 뵈이시오."

공주가 녹수를 향해 말한다.

"아니 아니, 천만에."

부부인 신씨가 손을 흔들고 녹수의 절하려는 것을 말린다. 오랫동안 궁중과 제안대군 궁에서 길린 녹수는 예법을 알았다. 말리는 신씨에게 그대로 절을 드렸다. 신씨도 황망히 답례를 한다.

"오늘 공주마마 덕분에 숙원을 만나 뵈오니 죽은 딸을 다시 본 듯 반가운 말씀을 이루 다 형언할 수 없구려."

신씨는 녹수의 손을 덥썩 붙들었다.

"그래 상감마마께서두 안녕하시고 중전께서도 안녕하시구……?"

늙은 눈에선 눈물이 글썽글썽하다. 진정에서 나오는 소리다. 상감 연산이 귀여워한다는 녹수를 대하니 외손자 연산을 대한 듯 가슴이 뻐개지는 듯 슬프다.

"내 목숨이 무던히도 길구려. 오늘 이렇게 숙원을 만나 뵐 줄 꿈에나 생각했겠소?"

나오는 목소리는 목이 메일 듯하다.

"일전에는 그렇게 소중한 패물을 보내 주셔서 무엇이라고 고마운 말씀을 여쭐 길이 없습니다."

녹수가 허리를 굽혀 부부인께 치사를 드린다.

"아니 아니, 그게 어디 내가 숙원께 드린 것요? 폐비— 내 딸이 며느리 당신에게 보낸 것이지. 나는 그저 유언대로 며느님 되시는 이께 전할 뿐이지. 그저 죽어서 눈망울이 꺼지기 전에 이것을 전해야겠다고 벼르기만 했지요. 인제는 죽어도 소원이 없구려. 단지 한 가지 걸리는 것은 어려서 뵙던 동궁, 내 외손자가 지금은 갸륵하신 상감마마가 되셨으니, 익선관에 곤룡포 입으신 용안을 한 번만, 꼭 한 번만 우러러뵌다면 죽어도 여한이 없겠소이다."

금삼의 피

전정에서 튀어나오는 울음 섞인 소리는 좌중의 마음을 아니
흔들 수 없다. 공주도 울고, 녹수도 눈물이 핑 돌았다.

"내 딸이 억울하지요. 내 딸이 억울하지요. 불쌍하게 죽었지
요. 똑 정씨와 엄씨 때문이죠. 폐비가 되어 집에 나와 있을 때,
근심 걱정으로 식음을 전폐하고 꼬챙이같이 말라서 밤낮 자리
보전을 하고 드러누워 있는데, 참 돌아가신 상감께서 내시를 보
내어 동정을 살펴보고 오라 하시면, 벌써 중간에서 정씨와 엄씨
가 대왕대비께 여쭙고 나가는 내시를 불러들여서, 단장하고 분
바르고 조금도 뉘우치는 빛이 없더라구 말씀을 드리게 하고, 오
래만 사는 날이면 할 일이 있다더라고 여쭈라고 했더랍니다그
려. 이렇게 해서 공사청은 거탈로 드나들고 상감마마 귀에는 내
딸 험담만 꼭 곧이들으시도록 만들었구려. 이런 야청 하늘에 벼
락을 맞을 일이 있소. 그러니 열 번 찍어 안 넘어가는 나무 없
다고 모든 중간 쏘개질을 꼭 곧이들으시고, 상감마마께서는 약
사발을 내리셨구려. 세상에 이런 지원지통한 노릇이 어디 또 있
단 말씀요. 잊어버리지도 않지요. 바로 기유년 오월 열엿샛날 오
시에 기막히오, 약사발이 나왔구려! 그때 내 딸 폐비는 약사발
을 받으면서, 내가 이 약을 먹고 죽거든 너희들은 상감마마께 들
어가 내 말을 전해 다오. 나는 전생에 무슨 업원으로 상감마마
의 배필이 되었다가 죄 없이 죽거니와, 상감마마께서는 내내 동
궁 데리시고 만수무강하시라 여쭈어라. 그리고 원삼 소매에 달
린 한삼을 부드득 뜯어서 펑펑 쏟아지는 새빨간 피눈물을 씻으
면서, 나는 인제 가는 사람요. 동궁이 무사히 자라나거든 부디부

디 이 한삼을 전해 주시오, 하고 그대로 운명을 해버렸구려. 여보 숙원, 이 한을 어떻게 풀어 주시오!"

신씨는 몸부림치다시피 애원해 졸랐다. 장녹수의 얼굴에는 감동된 빛이 움직였다. 녹수는 눈을 내리깔고 아무런 대답도 없이 가만히 앉아 있다. 무엇을 생각하고 궁리하는 것이다. 다만 얼굴에 슬픈 듯한 그림자가 떠돌기도 하고, 매섭도록 쌀쌀한 빛이 움직이기도 한다. 한 식경이 지났다.

녹수는 새카만 눈을 반짝 뜨고 신씨를 보면서,

"그러면 폐비마마께서 상감께 전해 달라시던 그 피눈물 묻은 한삼은 어디다 두셨습니까?"

"네, 함 속에 깊이 간수해 두었지요!"

신씨가 기운이 난 듯 대답한다.

"그러면 그 피 묻은 한삼을 대궐 안 제 처소로 보내 주십시오. 내일도 좋고 모레도 좋습니다. 공주 댁 하인을 시켜 보내 주십시오. 그리고 함궤는 열쇠로 꼭 잠가서 들여보내시고, 열쇠는 따로 이 봉해서 하인의 주머니 속에 넣게 하여 들여보내 주십쇼. 이목이 번다한 까닭입니다. 그리고 하인에게도 일체 그것이 무엇인 줄 모르도록 하십쇼."

장녹수의 말대답이 어떻게 떨어지나 하고 초조하면서 녹수의 입만 쳐다보고 있던 신씨는 모든 일이 다 된 듯이 좋았다.

"이 은혜를 무엇으로 갚습니까. 숙원의 큰 은혜를. 인제는 딸이 편안히 눈을 감고 땅 속에 다리 펴고 누웠을 겝니다. 아마 우리 딸의 혼령이 상감마마와 숙원의 인연을 맺어 드리게 했나 봅

　　　　　　　　　　　　금삼의 피

니다!"

신씨는 장녹수를 향하여 절을 하다시피 두 손을 들어 고마운 뜻을 표한다.

"참 가여운 일이올시다. 어떻게 숙원이 힘을 써주셔야겠소."

하고 공주가 말을 옆에서 거든다.

지게문 밖에는 금잡인을 하고 임사홍이 혼자 서서 방 속에서 새어 나오는 소리를 듣고 있다가 장녹수가 금삼의 피를 대궐 안 자기 처소로 보내 달라는 소리를 듣고 입이 귀밑까지 벌어졌다. 자기의 계획이 막힘없이 척척 들어가 맞는 것이 기쁜 것이다. 더욱이 금삼의 피를 담은 함궤짝을 자물쇠로 꼭 잠그고, 열쇠를 따로이 하인의 주머니 속에 넣어서 보내라는 녹수의 당부에 임사홍은 고개를 흔들어 탄복했다. 녹수의 면밀하고 똑똑한 수작을 보아, 일이 낭패성 없을 것을 짐작하는 까닭이다. 모든 일은 순하게 잘 되어 가는 것이다. 임사홍은 시치미 딱 떼고 밖으로 나아갔다.

장녹수는 장녹수대로 따로이 또 한 가지 생각이 있는 것이다. 지금 자기는 얼굴이 어여쁘고 비파를 잘 뜯는다. 그러나 사고무친, 뒤에는 이렇다 할 뒷배 보아 주는 사람 없는 한미한 출신이다. 화무십일홍, 꽃이 열흘 붉은 꽃 없다는 격으로, 자기의 어여쁜 자태도 매양 평생일 것은 아니다. 이렇게 되는 날이면 아무리 나라를 기울일 만한 고운 자태였다 하나, 봉접과 같이 군왕의 은총이 늘 그럴 리 만무하다. 봄 시절 한번 가는 날이면 끈 떨어진 뒤웅박이다. 녹수는 영리한 여자다. 공연히 남의 설움에 눈물을 흘리기만 하는 다정한 여자가 아니다. 한 걸음 더 나아가 감도는 정을 디디고 서서 앞뒤를 싸늘하도록 살피는 여자다. 녹수는 자기의 주위를 냉정하게 돌아다보고 공주가 두 분이나 있는 임사홍의 집과 굳게 손을 잡으려 했다. 하필 임사홍의 집이라마는 임사홍은 지금 낙백하여 불우한 처지에 있는 것이다. 사홍이 먼저 금사자로 손을 내미니, 이 손을 끌어 주지 않을 길 없다. 배 튀기는 권문세가를 결탁하느니보다는, 배고픈 사람을 건져 내어 자기의 한참 좋은 수단 있을 때 새로이 하나의 권문세가를 만들어 놓는다면, 이것이야말로 자기의 든든한 주춧돌이요, 손바닥 안에 든 물건이다. 이렇게 요량하던 판에 꿈에도 생각지 않았던 상감의 외조모 신씨가 자기 앞에 나타났다.

금삼의 피의 끔찍한 사연을 들었다. 연산이 지금 그 어머니 폐비에 대한 효성과 한이 지극한 것은 자기가 잘 아는 일이다. 아직 상감이 모르는 일을 들추어내면 자기의 공은 더욱 크다. 또 하나 임사홍 이외에 상감의 외조모라는 든든한 울타리를 얻은 것이다. 녹수의 마음은 이렇게 하여 움직인 것이다.

녹수를 현숙공주 궁으로 내보낸 뒤에, 느직하게 상감 연산은 외편전으로 나왔다. 좌의정 한치형(韓致亨), 우의정 성준(成俊), 좌찬성 이극균이 빈청에 모여서 상감 연산이 나오기를 기다린 지 오래다. 도승지 신수근과 승전빗 김자원이 거래를 청했다. 연산은 궁금하였다. 세 재상이 한꺼번에 뵈옵기를 청하는 것은 여간 중요한 국사가 아니면 별로 없는 일이다.

"들라 해라."

금삼의 피

연산의 허락이 떨어지며 세 재상이 어전에 부복했다.

"여러 대신이 일시에 웬일이오?"

상감의 말씀을 듣고 한치형이 무릎을 밀어 두어 걸음 앞서 엎드렸다.

"좌의정 신 한치형 아뢰오. 근자에 나라의 큰 근심이 있소이다. 전하의 용도가 너무 과하시와 창고가 거의 빌 지경이오이다. 이것은 열성조에 없으시던 일로, 나라를 위하고 백성을 돌보시는 본의가 아니신 줄로 아뢰오."

가만히 듣고 앉아 있던 연산은 눈동자 한번 굴리지 않고 똑바로 좌의정 한치형을 건너다본다. 한치형은 대왕대비의 사촌 오라버니다.

"우의정 신 성준 아뢰오. 좌상의 말이 실로 나라를 근심하는 충정에서 나온 것이오이다. 잔치를 줄이시고 검소하게 지내옵소서. 이것이 어진 임금이 백성을 다스리는 장본이오이다."

연산은 시치미 딱 떼고 이극균을 건너다보며,

"좌찬성은 또 무슨 소회가 있소. 변방에 무슨 일이 있소?"

하고 미리 이극균의 여기를 지른다.

"황공하오이다. 두 대신의 말이 옳은가 합니다. 아직 변방은 무사하오나 전하께서 안으로 이 나라를 더 튼튼한 반석 위에 앉도록 다스려 주셔야 합니다. 도적이란 항상 내 몸이 튼튼치 못한 때라야, 그 허약한 기세를 타 들어오는 것이옵니다. 나라의 곳집이 비고 백성이 헤매어 불안하면, 아무리 만리장성을 쌓고 기치창검을 벌여 세운들 무슨 소용이 있사오리까. 정심수기(正心修

己) 마음을 바로잡으시고 몸을 닦으시어 안으로 이 나라를 더욱 튼튼케 만들어지이다. 소신이 지난번 여진을 치러 갈 때 전하께서는 무어라 하셨습니까. 문지방 밖은 장군이 다스리라, 문지방 안은 내가 다스리마 하신 이러한 어질고 갸륵하신 전교를 내리시지 아니하셨습니까. 이제 좌의정의 말을 듣자오니, 잡용처의 용도가 너무 심하시다 하오니, 깊이깊이 생각하시어 이 나라 백성을 잊지 않으시기 소원이오이다."

창안백발로 어전에 엎드려 나라를 위하고 백성을 생각하는 늙은 장수의 지극한 정성은, 넉넉히 상감 연산의 마음을 흔들게 한다. 연산은 묵묵히 아무런 대답이 없이 고개를 수그렸다.

한치형이 소매 속에서 두루마리 축을 꺼내 들었다.

"이것은 전하께서 일 년 경비 중에 순연히 잡용처에 쓰신 것을 호조에 조사하여 적은 것이온 바, 쌀과 팥이 삼천일백일흔 섬·꿀이 열아홉 섬 열너 말·기름이 스물넉 섬 열두 말·베가 육천이백예순세 필·밀초가 오백예순 근 열두 냥쭝·호추가 일만삼백아흔엿 근·별례로 당물 무역한 값이 면포 정포 얼러서 오천사백예순일곱 근·제용감(진상 오는 피류과 비단과 패물이며 인삼을 맡고 나라에서 하사하는 의복과 염색 직조를 맡은 곳) 별례 용도로 백정포가 일백열 필·정포가 삼천칠백서른세 필·모시가 서른아홉 필·세모시가 삼백 필·흑마포 한 필·아청포가 쉰여덟 필·소목(염색하는 나무 이름)이 삼천이백쉰 근·광초가 스물네 필·정주가 삼백아홉 필·서양초가 네 필·수주가 이백쉰두 필·세수주가 삼백마흔세 필·세면포가 일천칠백서른 필·아청사포가 열 필·황류

　　　　　　　　　　　　금삼의 피

청사포가 두 필·백면포가 일백스물두 필·씨앗이 일백두 근·세
백면포가 여든여섯 필·면화 서른 근·상의원(나라의 가례와 관례
때 옷을 맡아 하는 곳) 별례 용도 수로 저사 예순세 필·항라 서른
두 필·사 서른아홉 필·공릉이 세 필·사옹원(대궐 안 잔치와 공궤
를 맡은 곳)의 공궤 공장이 오만삼천팔백스물여섯 사람·사재감
(어물·소금·나무를 맡는 곳) 어물 무역한 값이 정월서부터 오월까
지 쌀이 삼백마흔여덟 섬·공조에서 바친 금이 스물닷 근 넉 냥
쭝이요·은이 이백 냥쭝(米豆三千一百七十石·淸蜜十九石十四斗·
油二十四石十二斗·布貨六千二百六十三匹·燭蠟五百六十斤十二兩·胡
椒一萬三百九十六斤·別例唐物貿易價綿布正希 五千四百六十七匹·濟
用監別例用度白正布一百十匹·正布三千七百三十三匹·白苧布三十九匹
·細白苧布三百匹·黑麻布一匹·鴉靑正布五十八匹·蘇木三千二百五十
斤·廣 二十四匹·鼎紬三百九匹·西陽 四匹·水紬二百五十二匹·細水紬
三百四十三匹·細綿布一千七百三十匹·鴉靑絲布十匹·黃柳靑綠綿布二
匹·白綿布一百二十二匹·綿子一百二斤·細白綿布八十六匹·綿花三十斤
·尙衣院別例用度數紵紗六十三匹·羅三十二匹·紗三十九匹·綾三匹·
司饔院供饋工匠人五萬三千八百二十六·司宰監魚物貿易價自正月至五月
米三百四十八石·工曹金二十五斤四兩·銀二百兩)이라 합니다. 이렇게
호번하신 용도는 선왕조에 없던 일이온지라, 엎드려 바라옵건대
전하께서는 깊이깊이 통촉하시와 앞으로 용도를 절조 있고 검소
하게 쓰시옵소서."

한치형은 읽고 난 두루마리 축을 둘둘 말아 어전에 놓았다.

구중궁궐 깊고 깊은 속에서 세상의 괴로운 것과 물건의 소중

한 것을 모르고 자란 연산이 자신의 쓴 것이 많고 적은 것을 알리 없다. 다만 쓸데없는 잔소리 같아, 괴롭고 귀찮기만 하다. 한 치형은 대왕대비의 사촌 오라버니다. 오늘날 자신을 윽박하다시 피 하여 절용하라 권하는 것이, 모두 다 대왕대비의 가르친 노릇인 것 같았다. 어렸을 때부터 자신을 친손자이건만 귀여워해 주지 않고 데면데면하던 대왕대비. 자신의 하고 싶은 일이면 무엇이든지 비틀어 놓으려고 애쓰는 대왕대비. 천고의 한이 될 듯한 자신의 어마마마— 폐비를 효사묘로 모실 때 쓰라리고 아프도록 눈물을 뿌려 애원할 때,

"못 하오. 조종께 죄를 얻고 선왕에게 내침을 받았던 사람을 부태묘라니 될 뻔이나 한 소리요. 선왕조에 없었던 일이오."

하고 한마디로 걷어차던 야속하고 인정 없는 대왕대비. 모두 다 이 어른의 조화인 양싶었다. 연산의 대왕대비를 꺼리고 싫어하는 마음은 바로 곧 한치형으로 옮기었다. 대왕대비의 사촌 오라버니가 되는 한치형에게로 쏠리었다. 연산의 눈은 샐쭉해진다. 눈에서는 상기된 불꽃이 이는 듯하다. 한참 동안 한치형을 노려보던 연산은,

"물러가오. 충성된 말은 잘 들었소. 좌의정은 충신이오. 그러나 내 아직 정신이 혼미하여 나라를 거꾸러뜨리지는 아니하리다!"

지엄한 처분이 있었다. 한치형은 진노한 듯한 분부를 듣고 송구한 듯이 머뭇거렸다.

"물러가라는데 왜 이리 머뭇거리오."

금삼의 피

연산의 화난 목소리가 다시 떨어졌다. 한치형과 두 재상은 추창하여 물러갔다.

아닌 게 아니라 이번에 상감 연산에게 물목을 들어 절용하라 간한 것은, 좌의정 한치형의 자의가 아니었다. 연산이 생각한 거와 같이, 대왕대비의 밀지를 받아 두 대신과 의논하고 상감에게 간한 것이다. 요사이 상감 연산은 후궁에 총애하는 여자가 많다.

잔치가 잦고 상급 주는 것이 점점 늘어 간다. 대비도 인제는 늙어 칠십이 불원하다. 앉아 있는 때보다, 자리에 누워 약으로 세월을 더 많이 보낸다. 폐비 일건으로 해서 연산이 당신의 친손자건만, 말없는 가운데 대왕대비의 가슴속엔 조손간이면서도 엉켜 어울려지지 못할 큼직한 개천 하나가 가로놓여 있는 것이다.

날마다 문안 들어오는 연산을 대왕대비는 가끔가끔 앞에 앉히고, 너무 후궁들을 사랑하지 말 것, 나라 재물을 함부로 쓰지 말 것을 자주자주 타이른다. 그러나 조금도 할머니 되는 대왕대비에게 손톱 끝만큼도 정을 갖지 않은 연산은, 대왕대비 말에 터럭 끝만큼이라도 감화를 받을 수 없었다. 자신의 친어머니 되는 폐비의 효사묘를 세울 때, 아들과 어머니 사이의 지극한 은의를 호리만큼도 인정해 주지 않던 대왕대비의 그 매섭도록 찬 마음은 연산 상감이 잊으려야 잊을 수 없는 쓰라린 기억의 하나다. 은연중 반감을 가진 상감이 대왕대비의 타이르는 말씀을 감복하여 들을 리 없다. 말하면 잠잠할 뿐 나와서는 딴 수작이다. 대왕대비가 동을 가리키면 연산은 서쪽으로 발길을 옮기는 셈이요. 대왕대비가 고만두라 간권히 말리는 일이면 연산은 더한 층 한 발자국 내뛴다. 술을 잡숫지 말라 하면, 그날은 더 많이 취한다. 여자를 멀리하라 하면 어여쁜 후궁 하나를 더 고른다. 사람과 사람 사이에 일어나는 알 수 없는 비틀어진 심정이다. 뜻이 합하려야 합해지지 않는 상극의 싸움이다. 덕으로써 화해하지 못하고 정으로써 엉켜지지 않는 사람과 사람끼리 반드시 있고야 마는 투쟁이요 알력이다. 대왕대비는 슬프다. 말 안 듣는 손자인 상감이 밉다. 그러나 인제는 칠십이 가까우니 기운도 없고, 세력도 전만 못하다. 자신의 나이 오십만 되어 연부역강한 처지라면 밀지 한 장으로 넉넉히 조정을 뒤집어엎고 상감을 폐하여 다른 왕자로 반정을 차리게 할 수도 있겠지마는, 이제는 힘도 없고 용기도 없다. 따라 자신의 세력은 점점 미약하게 되어 버린다. 좌의정 한치형이 자신의 사촌으로 대신의 자리에 있으나 외손뼉이 울지 못한다. 더욱이 무오사화를 치르고 난 뒤로부터는 조정이 전부 상감의 직계 세력이다. 영특한 임금, 매서운 임금으로 상감의 위엄은 조야에 떨쳤다. 대왕대비는 화만 난다. 늙고 화가 있으니 날 것은 병뿐이다. 그러나 누워 있을망정 종묘를 생각하고 사직을 근심하는 늙은 대왕대비의 진정은 아직도 유다르다. 자신의 말이 번연히 성금이 잘 서지 않을 줄 알면서도, 승후하러 들어온 사촌 오라버니 한치형에게 가만히 밀유(密諭)를 내렸다.

"여보 좌의정, 근자에 상감이 총애하는 후궁이 너무 많구려. 그래 가지고 밤낮 상급이요, 밤낮 잔치로구려. 나는 늙고 병들어 앞날이 멀지 않겠지마는, 이래 가지고야 나라가 어떻게 보존

하겠소. 좌의정이 사직의 중신으로 죽기를 한하고, 이것을 구원하지 아니한다면 무슨 얼굴로 죽어 지하에 돌아가서 조종의 영혼을 뵈옵는단 말요. 속히 우의정과 의논하고 작년 일 년의 용도를 조사해서 상감께 바치고 조금이라도 뉘우치는 빛이 있도록 하오."

대왕대비의 부탁은 지극하였다. 이 밀유를 받은 한치형은,

"지당하오이다. 삼가 의지를 받들겠습니다."

하고 대왕대비전을 물러 나왔다.

우의정 성준과 좌찬성 이극균과 만나 의논한 뒤에 호조에 기별하여 일 년 용도 이외에 잡용으로 쓴 것을 조사해 들였다. 너무도 남용이 심한 것뿐이었다. 세 재상이 다시 의논하고 물목을 뽑아 상감에게 간하기로 했다. 물론 곧 상감이 잘못한 것을 뉘우치지는 않더라도, 어느 한구석 불안한 마음이라도 있기를 바랐더니 불안은커녕 그 상감의 날카로운 눈과 물러가라시는 지엄한 분부는, 조금도 뉘우치는 빛이 없이 싸늘하도록 차다. 찬 것만이 아니다. 나중에는 진노한 목소리가 열화같이 떨어졌다. 한치형은 하늘을 우러러 탄식하며 궐문 밖으로 나아갔다.

세 재상이 물러 나간 뒤에 연산은 우울하다.

"자원아."

목청을 높여 승전빗 김자원을 부른다.

"네의……."

창 밖에서 김자원이 열쇠처럼 내달았다.

"너 저 요금문 밖 상림원에 어막(御幕)을 치게 해라. 그리고 수

라간에 기별해서 조그마치 배반을 차리라 분별하고, 너는 곧 제 안대군께 나가서 내가 들어오라고 그런다고 말씀하고 곧 모시고 들어오너라!"

"네의……."

김자원이 연해 국궁을 하고 발길을 돌쳤다.

"애! 참 잊어버렸다. 게 섰거라. 나가다가 신승지한테 이르고, 김효손이를 별입시로 곧 대령하게 하라."

내시 김자원은 또 한번,

"네의……."

소리를 지르고 바쁜 듯이 관디 자락을 떨치며 나간다.

자신을 누르려는 대왕대비의 심정, 한데 덩어리가 져서 자신의 자유를 막으려는 늙은 신하들, 연산의 마음은 답답하고 불쾌하다. 모든 간섭을 받고 싶지 않다. 주제넘은 충고가 듣기 싫은 것이다. 임금! 천만 사람의 위에 앉은 임금이 아니냐? 아무리 대왕대비인 할머니라도 임금인 자신을 능멸하여 크나 작으나 간섭을 하는 것이 싫다. 그런 중에도 더구나 반감을 항상 가지고 있게 된 그 할머니—그 할머니가 한치형을 시켜 골치가 아프게 기다랗게 간하는 소리, 영리한 연산은 대왕대비 뱃속에 유리를 붙인 듯 환하게 알고 앉아 있는 것이다.

'흥!'

연산은 이렇게 마음속으로 콧소리 쳤다. 답답하고 불유쾌한 일그러진 마음을 연산은 다른 아무것으로 식히고 흩어지게 할 도리를 몰랐다. 생각난 것은 술이요, 계집이다. 술로 불쾌한 마음

금삼의 피

을 마비시키고 계집으로 우울한 심경을 흩어 버리려는 것이다.

조금 있다가 장녹수의 아재 김효손이 별입시로 뜰 앞에 등대했다. 아무리 사정이란 직첩에 가자를 받았으나, 상사람이라는 뿌리 깊은 이 나라의 관습 때문에 직령(直領)에 술띠를 늘이고, 사모(紗帽)를 대신 지르르하게 윤기 도는 음양립(陰陽笠)을 썼다.

다년간 한양 천지에 이름 높던 오입쟁이라 옷거리가 늘씬하니 맵시 좋다. 사십 될 둥 말 둥한 허여멀건 신수는 능걸찬 것도 같다.

"김효손이 대령하였소."

훤칠한 모가지에 목청을 가다듬어 두 손을 마주 잡고 허리를 주춤하여 편전 쌍창을 향하고 길게 외쳤다.

쌍창문이 열렸다. 상감 연산은 반가운 듯 얼굴에 가득히 웃음이다.

"오, 효손이 들어왔니?"

김효손은 한 걸음 물러서며 돈대에서 절을 올린다.

"얘, 고만두어라. 손바닥에 흙 묻는다."

"황공하오이다."

"널 부른 것은 다른 게 아니다. 오늘 내가 제안대군과 술을 한 잔 먹어 볼 생각이 있다. 그 기생이라는 게 있지 않냐. 옛날 대행 성종대왕께서 생존해 계실 때는 소춘풍(笑春風)이란 명기가 있었다지만 지금 그만한 명기가 있겠니? 너 장안 팔난봉의 대수석으로 제법 오입깨나 했더라는구나. 첫손가락을 꼽을 만한 기생이 있거든 불러서 술 먹는 데 좌흥을 돕게 해라!"

능소능대한 오입쟁이 김효손이다.

"네— 있습지요. 소춘풍이보다 도리어 나은 것들이 많습니다."

아뢰고 허리를 또 한번 굽실한다.

"제법 된 것이 그래 있단 말이냐?"

"네의, 약방 기생에 상림춘(上林春)·광한선(廣寒仙)도 있삽고, 연연아(燕燕兒)·해어화(解語花)도 있삽고, 전주 기생에 완산월(完山月), 원주 기생에 월하매(月下梅) 이것들이 다 첫손가락들을 꼽는 당대 명기올시다. 얼굴이 어여쁘고 가무가 절묘하와 예전 소춘풍이 오히려 한층 떨어질 것입니다."

"얘, 그 이름들 좋구나. 우선 무엇이든지 둘만 불러라."

"네의."

김효손은 직령 소매를 떨뜨리고 어깨를 으쓱하며 대궐 마당으로 월렁충청 걸어간다. 연산은 효손의 뒷모양을 보며 빙긋 웃었다.

때는 갑자년 늦은봄 삼월 날씨는 화창할 대로 화창하다. 창덕궁 뒷동산 상림원 속에는 개나리 진달래는 벌써 이울고, 홍철쭉·황철쭉·백철쭉이 눈이 부시도록 활짝 피었다. 홍철쭉은 황혼 서쪽 하늘에 타는 붉은 놀과 같고, 황철쭉은 새벽 동천에 비낀 장엄한 황도광(黃道光)인 듯 백철쭉은 여름 새파란 하늘에 뭉게뭉게 떠오른 흰 구름 같다.

벌떼는 잉잉거리고 나비들은 춤춰 들었다. 마음 먼저 취하려 하는 봄의 절정이다. 군데군데 어막은 높직이 푸른 소나무 사이에 펄럭거린다. 맑고 그윽한 아악(雅樂) 소리가 자지러지게 일어

금삼의 피

난다. 군막 속에는 또다시 사람의 봄이다. 푸른 옷을 입은 악공들의 악기를 희롱하는 소맷자락, 화관 금삼에 거문고를 안은 궁녀들, 무르녹는 봄이다. 새봄의 아리따운 백 가지 탯거리를 함빡 이곳에 옮기어 놓은 듯도 하다.

그중 한가운데 제일 크고 높은 어막, 이곳에는 상감 연산과 제안대군이 산해진미 화사한 수라상을 가운데로 두고, 기생 광한선과 상림춘의 노래를 들으신다. 상림춘이 노래하고 광한선이 해금을 켜고 있다.

금준(金樽)에 가득한 술을 옥잔에 받들고서,
심중에 원하기를 만수무강하오소서,
남산이 이 뜻을 알아 사시상청(四時常靑)하시다.

노래를 마치고 상림춘이 어전에 추창하여 잔을 올렸다. 상감 연산은 우울한 마음이 적이 사라진 듯 빙긋이 웃으며 술잔을 받았다. 이번에는 광한선이가 노래를 부르고 상림춘이 가야금 줄을 골랐다.

진국 명산 만장봉(鎭國名山萬丈峰)이 청천 삭출 금부용(靑天削出金芙蓉)이라. 거벽(巨壁)은 흘립하여 북주 삼각이요, 기암은 두기(陡起)하여 나만 잠두로다. 좌룡 낙산(駱山) 우호 인왕(仁旺) 서색은 반공왕 상궐이요, 숙기는 종영출인걸하니 미재라. 아동산하지고여 성대의 관태평 문물이 만만세 지금탕이로다. 연풍코 국태민

안커늘 구추황국 단풍절에 인유(鱗遊)를 보려 하고, 면악등림하여 취포 반환하오면서 감격군은(感激君恩)하여라.

광한선의 옥을 굴리는 듯한 맑고 맑은 소리가 뚝 끊이고 보얗게 기름진 손에 술병이 들렸다. 상림춘의 가야금 소리도 시르렁 여운을 내면서 쉬었다. 광한선은 잔에 가득히 술을 부어 제안대군 옆으로 나아가 무릎을 꿇고 잔을 올렸다. 술잔을 받는 제안 대군의 얼굴에는 아무런 표정도 움직이지 않았다. 다만 입술이 움직일 뿐.

"허허, 참 명창이로구나."

한마디가 떨어졌다. 연산은 이제는 모든 불쾌하고 답답한 마음을 잊는 듯하다. 눈은 자주 광한선의 얼굴 위로 흘러 떠나지 않는다. 이십이 겨우 될 둥 말 둥한 갓 피어난 꽃송이 같은 젊은 얼굴에, 봄바람에 하느적거리는 수양버들 가지 같은 농익은 탯거리는 간드러지게 어여쁘다. 여태 자신이 주물러 보던 모든 궁녀들에게 비교할 것이 아니다. 자신의 후궁에도 절색이 많다. 나이도 젊고 얼굴도 가지각색으로 어여쁘다. 그러나 이 광한선의 탯거리 간들간들 하늘하늘 몸을 마음대로 놀리는 이 탯거리는 삼천 궁녀를 뒤집어 털어도 찾을 수 없다. 오직 기생에게서만 찾을 수 있는 것이다. 처음으로 기생을 가까이한 연산은 다만 정신과 마음이 호탕하고 황홀할 뿐이다.

술이 서너 순배 돌았다. 연산은 거나하다.

"얘 이리 오너라. 네 이름이 무어지, 상림춘이지?"

제안대군 옆에 있는 광한선을 부르신다. 광한선이 연산의 앞으로 추창해 왔다. 고개를 수그리고 다부죽이 엎드렸다.

"광한선이라 부르옵니다. 저 애가 상림춘이올시다."

"오오, 이 애가 상림춘이야. 오늘 상림원의 봄빛을 다 차지할 양으로 네가 왔구나. 그리고 또 너는 광한! 월궁의 선녀구— 하하. 그것들 김효손이 말대루 참 명기들이구나!"

연산은 광한선이 마음에 매우 드는 모양이다. 광한선의 분길 같은 손을 덥썩 쥐었다.

"그래 너 진국 명산 같은 어려운 가사를 어떻게 배웠니? 제법 공부깨나 한 것 같구나."

"조박 없는 노래로 천정을 더럽혔으니 황공무지합니다."

광한선이 버들잎 같은 눈썹을 다소곳 숙였다. 화관 밑에서 향긋한 기름내가 연산의 코를 찔렀다. 여태껏 궁녀들의 살쩍에서 맡아 보던 보통 기름내가 아니다. 향긋하기야 다 향긋하나 일종 별다른 끄는 힘을 가진 강렬한 향내다.

"너, 대궐 안으로 들어오련?"

광한선이 잠깐 추파를 흘려 맥맥히 상감을 우러러보았다. 흘려진 추파엔 담뿍 정이 실렸다. 소리 없는 대답은 소리 있는 대답보다 오히려 낫다. 연산과 광한선의 굳게 잡혀진 두 손바닥 사이에는 촉촉하게 땀이 솟았다.

"술을 따라라."

상림춘에게 명한다. 연산이 잔을 받고 제안도 잔을 들었다.

술잔을 비운 연산은 다시 광한선의 손바닥을 꼭 쥐어 본 뒤에,

"얘, 너희들이 춤도 묘하다는구나. 어디 일어나서 한번 주흥을 돕게 해라."

광한선·상림춘이 살며시 일어났다. 어막 밖에 선 김효손을 눈짓해 불렀다. 광한선에게 무슨 소리를 한마디 들은 김효손은 충충충 악공의 장막 앞으로 갔다. 여태껏 아뢰던 아악 요천순일지곡(堯天舜日之曲)은 뚝 끊어지고 춤장단 봉래의(鳳來儀) 곡조가 가늘게 가늘게 구불구불 요량하게 바람을 헤치며 일어났다.

화관몽두리를 한 광한선의 색동 소매에 달린 백설 같은 한삼이 늘실하며 어깨 위로 올라가다 뚝 떨어졌다.

외씨 같은 하얀 버선이 남치마 밑에 살짝 들렸다. 어깨가 반원을 그리다가 주춤하며 빙그르 도는 모양 금박을 박은 너부죽한 다홍 띠가 치맛자락과 함께 푸르르 나부끼니 단봉(丹鳳)이 날개를 펼쳐 날아드는 듯 고개를 갸우뚱한 얼굴엔 어여쁜 웃음이 어리었다.

상림춘이 마주 나섰다. 구불구불 춤추는 곡선은 풍악 장단과 함께 어울러졌다. 광한선이 앞으로 나서면 상림춘이 물러가고, 상림춘이 춤추어 오면 광한선이 물러섰다. 어르고 달래는 봉래의의 묘한 멋은 한 쌍 봉황이 상서로운 구름을 타고 전각 안으로 날아드는 듯하다.

광한선이 소매를 떨어뜨리고 어전에 부복하여 다시 잔을 올렸다.

"어허, 용하다. 제안 숙부 참 명기로구려!"

연산은 술을 사양치 않았다.

"히히, 명기오이다."

제안대군은 힐끗 상감 연산을 치어다뵈며 싱겁도록 웃는다.

"이애 광한선아, 오늘 내 마음이 쾌활하구나. 있는 대로 네 재주를 다 보여다고."

연산이 광한선 등을 어루만진다.

"상감마마, 단둘이서는 어렵습니다. 궁녀 중에 춤 잘 추는 이 두 사람만 뽑아 주십쇼."

상감은 취안을 들어 가만히 생각하신다. 그러나 궁녀 속에 풍류를 아는 사람은 있으나, 춤출 사람이 있을 리 없다. 있다면 장녹수 한 사람뿐이다. 오늘 녹수는 현숙공주한테로 놀러 나갔다. 설혹 있다손 치더라도 지금은 숙원이다. 기생과 함께 춤추게 할 수 없다.

연산은 한동안 아무 소리 없이 앉았다가 무릎을 탁 치며,

"여보 숙부!"

하고 제안대군을 부른다. 제안대군은 딴생각을 하고 있는 체 시치미 딱 떼고 앉아 있다. 벌써 연산의 심중을 아는 까닭이다.

"여보 제안 숙부!"

연산은 제안대군의 허구리를 어선(御扇) 꼭지로 꾹 찌른다. 그제야 제안은 깜짝 놀라는 체하며,

"네?"

하고 상감을 치어다뵌다.

"춤 잘 추는 애 둘만 제안궁에 기별하여 들어오라 이르오."

제안대군의 입맛은 쓰다.

"깜짝 놀랐소이다. 그만 것 말씀하시기를 허구리까지 찌르시오. 허허허."

"아니야 제안 숙부 불안하오. 암만 불러도 딴생각을 하고 멍하니 앉아 있으니까 그랬지. 김효손이를 부를게 숙부가 말씀하오. 효손아!"

"그까짓 조박 없는 건 불러다 무얼 하시오? 이런 명기들 틈에……."

제안대군의 얼굴은 울 듯도 하다.

"천만에 제안 숙부, 거문고 잘 타는 그 솜씨 밑에서 단련된 애들인데 조박 없다는 게 무엇이오."

김효손이 어막 밖에 등대했다. 제안대군은 하는 수 없었다.

"자네 제안궁에 나가서 내가 그러더라구 이르구서 비 중에 춤깨나 출 줄 아는 것으로 두 명만 대내 안으로 들여보내라 이르게. 상감께서 친히 재주를 보실 터인즉 아주 썩 가무가 절등한 것으로 둘만……."

"여보 제안 숙부 이왕이면 셋만 들어오라고 이르오. 하하."

"왜 아까는 둘만 말씀하시더니 어디 그렇게 잘하는 것이 많습니까?"

제안은 얼굴에 웃음빛을 억지로 드러내고 내색을 감추느라고 말소리를 익살스럽게 만든다.

"여보 제안 숙부, 어찌 그렇게 꼭 짝이 맞아서야 되겠소. 이왕이면 좀 너글너글하게 남는 것이 있어야지 그렇지 않으냐, 광한선아."

금삼의 피

"그러문입쇼. 춤추는 덴 다섯도 좋고 여섯도 좋고 많을수록 좋습니다. 호호호."

"그래라. 네 말대로 하자. 상감마마께 다 바치지 두었다 무얼 하니…… 여보게 효손이, 아주 있는 중에서 똑딴 것으로 셋만 들어오라 이르게."

"네의."

김효손이 청명하고 물러가려 하니 상감 연산은,

"아주 네가 안동해서 빨리 함께 들어오도록 해라."

하시고 또 한번 당부한다. 연산은 주흥이 도도하다. 친히 술 병을 들어 제안의 술잔에 술을 부어 주고 자신이 스스로 한 잔 을 따라 기울였다.

"여보 제안 숙부!"

연산은 얼굴빛을 고치고 다시 점잖게 제안을 부른다. 울연히 붉은 눈 언저리엔 눈동자만이 영롱하다. 아까와는 딴사람인 양 얼굴에는 추연한 빛이 돌았다.

"인생 한 시절이 빠르기가 달리는 말 같구려! 어려서 제안 숙 부와 즐겁게 놀던 때가 어젠 듯한데 내 나이 벌써 스물아홉, 내 년이면 삼십이오구려. 내가 나이 삼십에 한 노릇이 무엇이오. 인 생 한평생을 잡는다 하면 이제는 나머지가 반밖에 아니 남았구 려."

"그러하오이다. 인생 한 시절이 극구광음(隙駒光陰)이오이다."

제안대군도 연산의 정색하고 하는 말에 옷깃을 바로잡고 얼 굴빛을 고치어 정중하게 대답한다.

"술을 따라라, 광한선아. 그리고 상림춘은 제안대군께 약주를 부어 올려라."

연산과 제안은 다시 술을 한 잔씩 들었다.

봉래의 춤 곡조가 머뭇한 뒤에 악공들의 군막에서는 다시 영산회상(靈山會相)의 격 높은 맑은 곡조가 그윽하고 나릿하게 들려온다. 훈훈한 봄바람이 가지가지 엉킨 꽃향내를 담뿍 실어다 연산과 제안대군 있는 어막 속으로 풍겨 놓는다.

연산은 다시 말을 시작한다.

"지나간 반평생을 돌이켜본다면 나는 참으로 억울하고, 뭐 하나 내가 내 마음대로 해본 일이 없구려. 말로는 제왕! 억조창생을 거느리는 제왕의 자리에 앉아 있다면서도, 몸은 농중(籠中)의 새로구려. 나에겐 아무러한 자유도 없소. 하고 싶은 노릇을 하지 못하오. 자식으로 그 어미에게, 그 불쌍한 어버이에게 효도를 다하려 하나 어디 이것이 마음대로 되오? 임금으로서 무슨 하고 싶은 노릇을 해보려 하나 이것이 단 한 번이라도 마음대로 되오? 위에서는 어른이로라 말리시고 아래에서는 충신들이로라 내 자유를 뺏는구려. 양사(兩司)니 옥당(玉堂)이니 대신이니 하는 것은 나라를 근심하고 변방을 지키고 백성을 다스릴 생각은 아니 하고 기껏 충성을 다한다는 것은 소소한 집안 살림살이 참견이로구려. 경연이니 무에니 하고 잔소리만 하는 썩은 선비들은 옷 입는 것도 탈, 신 신는 것도 탈, 먹는 것도 탈, 자는 것도 탈이구려! 일곱 매끼로 내 몸뚱이를 꼼짝 못하게 칭칭 묶어 놓는 것이 도리어 낫지. 이거 어디 사람으로야 이 꼴을 당하고 있

418   금삼의 피

을 수 있소. 이놈들이 제 말대로만 해야 어진 임금 착한 임금이라 하니 어디 피 있는 사람으로 임금 노릇 해먹겠소! 신하들은 제 말만 잘 듣는 바지저고리 같은 송장을 갖다가 용상 위에 올려놓아야 비로소 성군(聖君)이라 칭찬이 놀라울 것이오."

연산은 길게 한숨을 쉬고서 다시 술잔을 든다. 제안은 아무 대답이 없이 고개를 숙이고 묵묵히 앉아 있을 뿐, 연산은 다시 말을 꺼낸다.

"여보 제안 숙부, 나는 숙부가 몹시 부럽소!"

제안은 깜짝 놀라 황송한 듯 상감 연산을 우러러본다.

"임금의 손자야, 임금의 아들이야, 임금의 사촌이야, 임금의 오촌이야! 지체로 하니 이만한 이가 어디 또 있으며, 행주좌와(行住坐臥)에 무엇이 거리낄 것이 있소. 먹으려면 먹고, 입으려면 입고, 자려면 자고, 가려면 갈 수 있구려. 강산풍월(江山風月)을 마음대로 상줄 수 있고 연비어약(鳶飛魚躍) 호연한 좋은 기운이 다 숙부의 차지로구려. 나는 제왕이라는 아름다운 이름을 가진 그물 속에 얽매인 몸이오, 굴레 쓴 말이로구려. 이렇게 생각될 때는 제왕의 자리도 헌신처럼 걷어차 버리고 훌훌 떨쳐 일어나구 싶소!"

제안은 어전에 부복했다.

"황공무지하오이다. 과히 성심(聖心)을 수고롭게 마시지요."

"아니오. 제안 숙부 일어나오. 오래간만에 내가 숙부를 만나 소회를 토하고 간담을 헤치는 것이오. 임금 노릇 하기가 이렇게 괴롭다면 한평생을 그대로 신하들에게 매여 지내다가 늙어 죽게 된다면 누가 임금 자리를 좋다 하겠소! 진정 말이오. 숙부 일어나시오. 일어나서 술을 한 잔씩 더 나눕시다."

연산은 부복해 있는 제안을 손수 일으킨다. 광한선과 상림춘이 약주를 한 잔씩 따라 올린다. 연산은 약주를 마신 뒤에 다시 제안을 건너다보며,

"내가 요사이 회포가 있어 시조 한 수를 지었소. 노래할 테니 들어 보시오. 그리고 광한선아, 너희들은 내 노래에 맞추어 가야금을 타고 해금을 켜라."

연산은 비스듬히 안석에 기대어 노래를 부른다. 광한선의 해금, 상림춘의 가야금이 스르릉가강 울려졌다.

제안은 팔을 꽂고 눈을 감았다.

인생이 둘가 셋가, 이 몸이 네다섯가.
빌려 온 인생이 꿈의 몸 가지고서,
평생에 사올 일만 하고 언제 놀려 하느니―

노랫소리는 그쳤다. 제안대군은 눈을 감은 채 속마음으로 풍류제왕! 이렇게 부르짖으며 가만한 한숨을 날렸다.

연산의 흥은 더욱 높아졌다.

"여보 제안 숙부, 이렇게 기생들을 옆에 앉히고 보니 진(晉)나라 때 사안(謝安)이 몹시 부럽소그려. 동산휴기(東山携妓)하던 그 사안석(謝安石) 말이오. 벼슬을 싫다 하고 조정에서 불러도 나가지 아니하면서 산과 들로 맘에 드는 기생을 데리고 호연한 기운

금삼의 피

을 기르며, 글씨 잘 쓰던 왕희지(王羲之)와 함께 세상의 번거로움을 끊고 청담(淸談)으로 세월을 보내던 사안이 몹시 부럽소그려!"

"그래도 사안은 진나라의 주석(柱石)이외다. 진충보국(盡忠報國) 그 나라에 없지 못할 충신이외다."

제안이 연산의 말을 대답했다.

"그것은 사십 이후의 일이 아니오? 반드시 자기가 나서지 아니하면 나라가 기울어질 것을 안 까닭에, 분연히 때를 찾아 일어난 것이로구려. 진왕(秦王) 부견(符堅)이 강북을 통일하고, 변방 밖에 육십여 국을 조공 받으며, 이 기세를 타 강남을 한꺼번에 삼키려 하여, 백만 대병을 거느리고 호호탕탕하게 내려오니, 이때 사안이 아니면 누가 진나라를 구하겠소? 사안은 자기를 잘 알았던 것이오. 분연히 일어나 겨우 군사 팔만으로 한 화살에 진왕 부견을 쏘아 백만 대병이 골패짝 쓰러지듯 쫓겨갔으니, 이것이 다 평소에 사안이 동산에 휴기를 하면서도 호연한 기운을 기르던 탓이로구려. 사람은 이만큼 배포와 도량과 수완이 있어야 할 것이오. 사안이 기생이나 데리고 청담이나 해가면서 세상을 잊은 듯 산수 간에 헤맬 때 그는 한개 물외한인이지, 누가 뒷날에 백성들을 도탄 속에서 구해 내고 쓰러지려는 나라를 구원해 낼 큰 재상이 될 줄 알았겠소? 할 때는 하고, 안 할 때는 안 하고, 하게 되면 흔천동지 큰 소리가 나도록 해볼 것이요, 한평생을 찌푸려서 밤낮 남에게 매여만 지낸다면 한개 산송장이지 어디 사람의 할 노릇이오?"

제안대군은 연산이 술기운을 빌려 실 풀리듯 쏟아져 나오는 소리를 들을 때, 들으면 들을수록 놀라지 않을 수 없었다. 연산의 바탕이 원체 미혹하고 어둡지 않은 영특한 곳이 있는 줄은 알았지마는, 이렇게도 포부가 크고 고담준론이 나올 줄은 몰랐다.

무엇 하나 틀린 말이 없고 무엇 하나 어그러진 수작이 없다. 사실로 제왕의 비애는 큰 것이다. 발가벗은 사람, 이욕과 권세와 탐람(貪婪)과 가식을 떠난 한개 순진한 사람의 아들— 사람에게 제왕의 자리를 가지라 하면 그는 즐거이 그 자리를 받지 않을 것이다. 연산이 지금 한 말은 제왕 연산이 부르짖은 게 아니라, 한개 발가벗은 사람의 아들, 사람으로 당연히 부르짖을 소리다.

제안은 무엇이라 대답할 도리가 없었다.

"좋으신 말씀이올시다."

하고 손바닥을 어루만지면서 가만히 깊은 생각 속에 들었다.

제안은 연산의 성격을 더욱 자세히 안 것 같다. 요사이 상감 연산의 행동이 차츰차츰 거칠어지는 것을 짐작할 때, 여색을 가까이하고 술잔을 많이 기울이고, 어딘지 얼굴엔 울분한 기운이 밤낮 떠나지 않는, 이 모든 원인을 생각할 때, 순연히 그 까닭이 폐비에게만 있는 줄 알았던 것이다. 대왕대비가 효사묘를 반대하고, 신하들이 이것을 막기 때문에 연산의 마음은 점점 거칠어 가는 것으로만 인정해 왔던 것이다. 때로는 제안이 자기가 어렸을 때, 공연히 폐비의 비밀한 일을 어렴풋하게 뚱기어 준 것을 지금 와서는 몹시 뉘우치기도 한다. 그것은 평지의 풍파를 은은히 일으켜 놓은 것이요, 임금으로의 연산을 크게 불행하게 만든 것이라, 스스로 자기의 철없었던 것을 책망하는 마음이 컸던 것이다. 공연히 영특한 임금으로 하여금 거친 임금이 되게 했구나, 하고 크나큰 죄를 지은 듯 마음속으론 항상 불안한 마음이 떠나지 않았던 것이다.

그러나— 제안이 지금 연산의 말을 자세히 듣고 호방하고 맨데 없는 그 기상을 살피니, 연산은 확실히 잘난 임금이었다. 연산은 이글이글 끓는 정열의 화신이었다. 어느 때는 차갑기 매끈한 차돌보다도 더 차고, 쌀쌀하기 가을 달 아래 번쩍거리는 새파란 칼날 같으면서도, 한번 뜨거운 정열이 터지는 날이면— 시뻘건 불길이 소용돌이쳐지는 분화구와도 같다. 이것을 미루어볼 때 연산은 확실히 창업(創業)할 임금이요 보세지주(保世之主)는 아니다. 나라를 처음으로 일으킬 만한 임금은, 대담하고 호탕하고 매섭고 차기도 하고 뜨겁기 불꽃같아야 한다. 마음에 먹었으면 곧 행하는 것이다. 언제 집안 형편 돌아다보고 세상 체면 찾으려면 모두가 물거품이 되고 마는 것이다. 성사하는 날이면 군왕이요 패하는 날이면 역적이다. 이만 한 대담한 기백과 이만 한 뜨거운 정열을 가지고서야 비로소 한 나라를 일으켜 놓는 제왕이 되는 것이다. 그러나 보세하는 임금은 이래서는 못쓴다. 먼저 제자리에 만족해야 한다. 앞뒤 일을 치재 보고 내리 재어 보아야 한다. 신하의 말을 잘 들어야 한다. 어떠한 법도 어떠한 예절을 넘어서는 아니 된다. 규구준승(規矩準繩)에 꼭 들어맞아야 한다. 평범한 인물이다. 아주 바보와 천치를 좀 면하면 그만이다. 중용(中庸)의 사람이면 족하다. 넉넉히 보세의 임금이 될 수 있는 것이다. 이것은 나라만이 그러한 것이 아니다. 소소한 조그마한 백성의 집도 그런 것이다.

연산의 뜨거운 정열, 호방한 기상은— 요사이 와서 차츰차츰 상도(常道)를 넘기 시작한다. 그것은 순연히 그 어머니 폐비 때문에 일어나는 반감과 유한인 줄 알았더니, 지금 다시 생각해 보면 폐비의 일은 다만 불붙는 데 기름이요 도화선이 될 뿐, 더 커다란 원인은 순연히 연산의 성격에 있는 것이다. 차고 차고 매섭도록 차다가도, 정열이 한번 탁 터지는 날이면 걷잡을 수 없는 큰 불길을 일으키고야 말려는 그 성격에 있는 것이다. 제안의 생각이 여기까지 미쳤을 때 제안은 가만히 마음속으로 탄식했다.

'때를 잘못 탔구나! 연산이 날 때가 아니로구나. 몇십 년 전에만 났더면 할아버지 세조의 업적은 넉넉히 하는 것을!'

'이제는 그 그릇이 소용없다. 너무 커서 소용이 없구나! 이 세상에 용납할래야 용납할 수가 없구나!'

하고 가만히 한숨을 쉬었다.

연산은 광한선을 어루만지다가 제안을 건너다보며,

"숙부, 무슨 생각을 그렇게 하고 있소? 어서 잔을 내시오."

하고 재촉한다.

"취해집니다. 천천히 먹습지요. 어째 어찔어찔한 것 같소이다."

연산은 제안의 대답을 그대로 흘리고 무엇을 생각했는지 승전빗 김자원을 부른다. 김자원이 대령했다.

"얘 너 도화서 내화청(圖畫署內畫廳)에 가서 제조(提調)를 불러서 화원(畫員)들을 데리고 채색과 지필묵을 가지고 즉각으로 대

령하라 일러라. 그리고 제안궁에 나간 김효손이는 아직 안 들어
왔느냐?"

"네, 아직 보이지 아니합니다."

김자원이 청명하고 나간 지 얼마 안 돼서 도화서 제조 이창신
(李昌臣)은 화원 이십 명을 거느리고 어전에 엎드렸다.

"얘 화원들아, 어디 평소의 너희들 재주를 내가 시험해 보겠
다. 은일도(隱逸圖)에 동산휴기라는 것이 있지 않느냐, 사안이 기
생을 데리고 산수 간에 노닐던 것 말이다. 그것을 너희들이 각기
한 장씩 이 자리에서 그려 바쳐라. 기생들이 여기 있으니 탯거리
는 마음대로 보고 그려라!"

옥판선지(玉板宣紙) 깨끗한 종이 위에는 이십 명 화원이 채필
을 움직였다. 그들은 어전이기 때문에 모든 정력을 다하여 그렸다.

동산휴기도는 한 장씩 한 장씩 어전에 바쳐졌다. 연산이 이리
보고 저리 보는 중에, 그중에 한 장 눈에 번쩍 뜨이는 것 한 폭
이 있다. 어우러진 대와 무성한 소나무를 배경으로 하고 앞에는
거문고를 든 동자 한 명이 언덕을 향해 오르고, 뒤에는 사안이
갈건야복으로 지팡이를 짚고 앞서거니 뒤서거니 기생과 이야기
를 해가면서 동자를 따라간다. 맑은 기운과 그윽한 운치가 종이
위에 가득하다. 갈겨진 댓잎, 뾰조록한 솔잎이 힘차 보였다. 바
람에 나부끼는 사람의 옷자락은 산 사람의 선보다도 오히려 좋
다. 범상한 도화서 화원의 필치가 아니다. 일가(一家)를 이룬 뭇
닭 속의 학이다. 연산도 칭찬을 하고 제안대군도 그 필치를 탄복
하였다. 낙관(落款)을 들여다보니 이상좌(李上佐) 인이란 도서가

붉게 찍히었다. 연산은 제조 이창신을 불렀다.

"애, 화원 중에 이상좌가 누구냐, 어디 얼굴 좀 보자!"

파격의 부름이다. 제조 이창신은 묘소년 하나를 어전에 부복시켰다. 그림과 나이를 비하여 너무도 숙성하다.

"네 나이 몇 살이니?"

"열아홉 살이옵니다."

"허허, 열아홉 살야, 많이 공부해라. 우리 조선에도 명화가 하나 생겼구나. 아마 공민왕(恭愍王) 이후엔 처음일까 보다! 애 창신아, 이 애에게 지필묵으로 상급을 후히 주어라. 그리고 이 그림은 족자를 꾸며서 들여보내라."

도화서 제조 이창신은 국궁하여 사은한 뒤에 화원들을 거느리고 물러갔다.

제안궁에서는 김효손이 시비 세 사람을 데리고 들어왔다.

춤은 다시 본격으로 어울리기 시작했다. 시비 한 사람은 박(拍)을 치고, 광한선·상림춘은 제안 시비 두 사람과 사고무(四鼓舞)를 춤췄다.

단청으로 채색한 커다란 북을 높직이 북 걸이에 달고 네 여자는 늘어진 소매에 물씬한 솜방망이를 들었다. 광한선이 퉁 하고 북을 치고 돌아서면 상림춘이 북을 향해 채를 들고 쫓아간다. 상림춘이 팔을 벌려 돌아서면 제안 시비가 퉁 하고 북 복판을 울려 댄다. 돌고 치고, 치고 도는 춤 맵시는 그대로 어우러져 봄 바람을 희롱하는 네 마리 호접(蝴蝶)이다.

고려 때 시중 이혼(侍中李混)이 경상도 영해(寧海)로 귀양 갔

금삼의 피

다가 바다에서 떠내려오는 고목을 주워 가지고 북을 만든 뒤에, 이 북소리에 맞추어 춤추는 법을 생각해 낸 것이 사고무다.

사고무가 끝난 다음에 검무(劍舞)가 시작됐다. 기생과 시비들은 화관들을 벗어 버리고 구군복으로 바꿔 입었다. 하얀 얼굴에 송기 빛 구군복은 더욱 연산의 마음을 끌게 한다.

네 여자의 흰 손에는 여덟 개 새파란 단검(短劍)이 번쩍거렸다. 허공을 치는 칼 소리가 박 소리를 따라 달그락달그락 일어났다. 칠 듯하다가 돌아서고 갈길 듯하다가 우쭐거린다. 송기 빛 구군복이 펄펄 날리며 춤가락은 자지러진다. 밀화패영한 고운 목이 일시에 가운데를 향하고 무엇을 노리는 양 고개가 기울어졌다. 번쩍번쩍 칼빛이 더욱 빛났다. 난자질하는 백병전(白兵戰)이 일어나는 듯하다. 이 춤의 아기자기한 절정이다.

옛날 신라 때 황창랑(黃昌郎)이라는 나이 어린 소년이 적국인 백제 도성에 들어가서 사흘 동안 거리에서 이 춤을 추었다. 백제 왕은 이 소문을 듣고 궁중에 불러들여 검무를 보았다. 춤이 한참 농익어 갈 때 황창랑은 황홀하게 바라보고 있는 백제 왕의 옆으로 가서 한칼에 백제 왕을 찔렀다. 이것이 조선 검무의 기원이다.

그럭저럭 날빛은 기울었다. 제안은 술이 취한다 물러가고 악공들은 본 처소로 돌려보냈다. 연산은 남은 흥이 아직도 미진하다. 내시 대여섯 명과 광한선을 데리고 미행으로 정업원(淨業院)을 향하였다. 동산휴기를 실천해 보려는 것이다.

어제 하루 낮 하루 밤 질탕한 놀음에 연산의 몸은 몹시 피곤하다. 눈을 비비고 떠보려 하나 술이 다시 취하는 듯 머리가 휭하고 고개를 들 수 없었다. 꿈 아닌 꿈속에서 만사를 잊은 듯이 이리 뒤척거리고 저리 뒤척거렸다. 광한선의 아름다운 교태도 보이고 상림춘의 모양도 획 지나갔다. 정업원에서 여승들을 내쫓고 광한선이와 놀던 생각도 났다. 어느 구석 후회하는 생각도 일어났다. 임금으로서 기생을 데리고 승방으로 놀러 간 것은 전무후무한 노릇이다. 아무리 술김에 일어난 반항이라 하나 너무도 대담했다. 이 소문을 신하들이 차차 알게 된다면, 금명일쯤은 대왕대비의 꾸지람과 대간들의 면박하다시피 하는 간하는 소리가 또다시 빗발치듯 쏟아지려니 하고 마음이 적이 불안하기도 하다. 연산의 마음은 차차 초조해졌다. 연산은 억지로 눈을 뜨고 정신을 가다듬어 침상에서 일어났다. 골이 휭하다.

"물 좀 가져온, 물 좀!"

장지문이 사르르 열리며 녹수가 은쟁반에 물 대접을 받들어 올렸다.

"상감마마, 옥체를 돌보셔야 합지요. 어찌하시려고 약주를 그리 잡수셔요?"

연산은 시원한 듯이 물 한 대접을 다 마시었다.

"인삼탕을 들이라 할까요?"

"아니 조금 있다가 먹지. 방장을 먼저 걷어 올려라."

햇살이 쨍하게 침실을 밝게 비쳤다. 벌써 한낮이 기운 듯하다. 연산은 눈이 부시다. 잠깐 동안 눈을 감았다 다시 떠봤다.

연산의 눈길이 방 한가운데로 흘렀을 때― 햇빛에 찬란한 붉

금삼의 피

은 빛깔을 퍼뜨리는 보지 못하던 비단보 하나가 조그마한 화류 책상 위에 얌전히 놓여 있다.

"저게 무엇이니?"

"상감마마, 지극히 소중한 물건입니다!"

장녹수의 대답이다.

"무엇이냐, 이리 가져오너라!"

"안 됩니다. 소세를 하시고 의관을 쓰신 다음에 어수로 친히 보자기를 헤치옵소서!"

녹수의 말은 엄숙하고 정중했다. 연산은 의아하여 녹수를 치어다보았다. 보통 때 희락질하던 녹수의 얼굴이 아니다. 어느 구석 범치 못할 위엄이 있는 듯하다.

"무에냐? 이리 가져오너라!"

연산은 희롱하며 녹수의 손을 붙들었다. 녹수는 쌀쌀하도록 손을 뿌리쳤다.

"황공하오이다마는 상감마마께옵서 희락으로 아시어서는 아니 됩니다. 선 폐비마마의 기막히고 참혹하신 혼령이올시다. 의관을 정제하시고 재배하신 뒤에 어수로 친히 끌러 뵙시오! 설만히 하시면 불경(不敬)입니다."

연산은 얼떨떨하다. 폐비마마의 참혹한 혼령이란 소리를 들을 때 머리끝이 쭈뼛하고 뒤통수를 무슨 몽둥이로 탁 하고 얻어맞은 것 같다. 취한 기운이 아직도 스러지지 않았다. 꿈인지 생신지 모를 것 같다.

장녹수는 모든 상궁을 멀리하고 자기 손으로 친히 세숫물을 받들어 올렸다. 연산은 궁금하고 바쁘다. 세수를 씻는 둥 마는 둥하고 부리나케 녹수가 올리는 익선관 곤룡포를 갈아입었다. 화류 책상 위에 놓은 붉은 비단보는 상감의 어수로 끌러지기 시작했다. 연산의 손은 약간 떨리는 듯하다.

조그마한 주(朱) 칠을 한 붉은 함궤가 나왔다. 궤는 단단히 잠기고 자물쇠에는 조그마한 열쇠가 매달렸다. 연산은 열쇠 끈을 풀어 자물쇠를 달그락 열었다. 상감 연산의 마음은 긴장될 대로 긴장되셨다. 함 뚜껑이 열려졌다. 조심조심 궤 속을 들여다보던 연산은 음— 소리를 치시고 두어 발자국 물러섰다.

궤 속에는 다른 아무것도 없다. 다만 구지레한 흰 삼팔 조각에 시꺼먼 피— 퇴색된 썩은 피가 군데군데 얼룩거렸다.

"무어냐 이것이, 이 더러운 것이 무어냐. 네가 나를 조롱하는 거냐?"

연산의 말씀은 날카롭다.

"황공무지하옵니다. 신첩이 어떻게 상감마마를 조롱하오리까. 이것은 폐비마마의 임종하실 때 흘리신 피눈물이올시다. 그때 폐비께서 사약을 받고 돌아가실 때 하도 지원하시어 이 한삼에 피눈물을 방울방울 떨어뜨리면서— 어머니 나는 가는 사람요, 동궁이 무사히 자라나거든 부디부디 이 한삼을 전해서 주오. 지원극통한 이 말씀을 전해 주오! 하시고 그대로 운명을 하셨다 합니다. 점점이 물든 붉은 핏방울엔 선 폐비마마의 지통하신 혼령이 그대로 엉키어 흩어지지 않으셨을 겝니다. 상감마마, 약주만 잡수실 때가 아니올시다. 정신을 차리시고 선 폐비마마의 긴 한을 풀어 드리옵소서."

녹수의 말을 다시 들은 연산은 취한 기운이 일시에 번쩍 깨는 것 같았다. 다시 두어 걸음 궤 앞으로 나가시어 무릎을 꿇고 어수로 피 묻은 한삼을 집어냈다. 점점이 물든 피 흔적을 보는 연산의 얼굴은 차츰차츰 창백해진다. 어수가 벌벌 떨렸다. 아렴풋이 옛날에 보던 어마마마의 젊은 얼굴이 눈앞에 나타났다. 불긋불긋한 피 흔적 속에서는 어마마마의 처량한 곡소리가 아프게 들려오는 것 같다. 한참 동안 피 묻은 한삼을 들여다보던 연산의 눈에선 소리 없는 두 줄 눈물이 주르르 떨어져 용포를 적셨다.

한삼은 다시 어수로 공손히 함 속에 집어넣었다.

"어디로 해서 들어왔니?"

"상감마마의 외조모 되옵시는 장흥 부부인 신씨께서 전하셨습니다. 상감마마께서 어마마마의 생각은 하시면서도 어마마마의 어머님이신 외조모님 생각은 조금도 안 하셨지요?"

"아하, 그 어른이 그저 살아 계시단 말이냐?"

연산은 깜짝 놀랐다.

"어제 현숙공주 댁에 나갔다가 저는 뜻밖에 장흥 부부인을 뵈었습니다!"

연산의 얼굴엔 더욱 놀라는 기색이 나타났다.

"상감마마, 말씀을 아뢰자면 어떻게 두서를 잡아야 할지 모르겠습니다. 폐비마마께서 일찍 저렇게 세상을 떠나신 뒤에, 나라와 인연은 끊어졌삽고 혈혈단신 칠십 노인이 의지가지가 없게 되니 생목숨 끊으실 수가 없어 현숙공주를 찾으셨더랍니다. 그래서 침모나 안잠자기를 자원하셨더랍니다그려. 상감마마의 외조모는— 그래서 공주께 이 말씀을 들은 풍천위 아버지 임사홍은 그게 될 말이냐고 펄펄 뛰며, 나도 벼슬길이 십여 년 동안 막혔기 때문에 넉넉지는 못하나 상감마마의 외조모님 한 분쯤 공궤할 근력은 된다고 하고 그때부터 오늘까지 십여 년을 부모님과 같이 받들며 시량 범절을 공궤해 드렸기 때문에 그럭저럭 지내셨답니다. 임사홍의 위인이 무던한 듯합니다."

연산은 묵묵히 녹수의 말을 듣고 있다.

"젠들 무엇을 알겠습니까마는 신씨 부인께 들으니 폐비마마께옵서 선 대왕마마께 죄를 입삽게 된 것은 용안에 손톱자국을 내신 것 때문이온데, 그때 떠들기는 후궁을 시기하신 것으로 밖에서는 알았으나, 실상인즉 삼 년 동안이란 긴 세월을 중전에 한 번도 발을 들여놓지 않으시다가 별안간 위에서 찾으시니 폐비마마께서는 피하시다가 무심결에 캄캄한 침실에서 손길이 잘못 용안에 닿았기 때문이고, 실상은 대왕대비마마와 안양군의 어머니 정 귀인과 공신옹주(恭愼翁主)의 어머니 엄 귀인이 함빡 허물을 뒤집어쓰게 만들었기 때문에, 폐서인이 되시게 하신 것이랍니다그려. 그리고 그 뒤에 사약을 내리실 때도 실상인즉 대행마마께서는 폐비마마 생각이 간절하셔서 내시들을 보내시어 동정을 보고 오라 하신 것인데 중간에서 대왕대비마마와 정 귀인·엄 소용이 내시를 불러 가지고— 분 바르고 단장하고 조금도 뉘우치는 빛이 없더라고 말씀을 아뢰라고 하기 때문에 불시로 사약이 내린 것이라 합니다. 모든 일은 임사홍이 잘 알고 신씨 부인이 생존해 계시니 상감마마께서 친히 물으십시오!"

말을 마치고 녹수는 가만히 한숨을 쉬었다.

녹수의 말을 처음부터 끝까지 한 마디도 빼놓지 않고 가만히 듣고 있던 연산은 벌떡 일어나 외편전으로 향한다. 용안에는 노기가 등등하다.

"자원아, 너 곧 정원으로 기별해서 신승지를 들라 해라!"

김자원은 사알(司謁)을 불러 승정원에 어명을 전했다. 사알이 정원으로 뛰어간 지 얼마 안 돼서 도승지 신수근이 어전에 부복했다.

"임사홍을 원직(原職)에 서용(敍用)해 붙이고 즉각으로 입시하게 해라! 그리고 장흥 부부인 신씨가 여태껏 생존해 계시단구나. 호조에 기별하여 매번에는 쌀 백 석 일 년에 네 차례를 보내게 하고 오늘 내전으로 드시라 해라!"

별안간 뜻 아니한 분부다. 승지 신수근은 얼떨떨하다.

"내 앞에서 곧 전교를 써가지고 빨리 임사홍을 불러라!"

신수근은 어전에서 전교를 써가지고 물러갔다.

연산은 수라도 물리쳤다. 겨우 인삼탕 한 그릇을 들 뿐이었다.

임사홍은 오래간만에 초헌에 높직이 앉아 대궐로 행했다. 얼굴에는 웃음빛이 가득했다. 사홍이 편전으로 들어간 뒤에 편전 창문은 굳게 닫히었다. 전 안에는 승지도 물러가고 내시도 오르지 못했다. 방 속에는 상감 연산을 모시고 임사홍 단 한 사람이 있을 뿐 희미하게 이야기 소리가 도란도란 창 밖에 샐 뿐이다.

이야기는 길고 길었다. 오시가 겨우 지나서 들어간 임사홍은 신시가 넘어도 동정이 없다. 다만 선정전 마당엔 승전빗 김자원이 두어 명 내시를 데리고 왔다 갔다 무료히 걸으며 길고 긴 봄볕에 그림자를 던지고 있을 뿐이다.

얼마 만에 연산의 호통하는 소리가 일어났다.

"이리 오너라!"

김자원이 빨리 영창 밑에 대령했다.

"정원에 기별해서 폐비마마 때 시정기(時政記)를 곧 바치게 해라!"

김자원은 청명하고 정원으로 달음질쳤다. 도승지 신수근이 뒤미처 시정기를 들고 추창해 들어갔다. 대내 안 공기는 자못 험악하게 되기 시작한다. 사나운 비가 쏟아지려는 듯 바람이 슬슬 일어나기 시작한다. 선정전에선 시정기를 가지고 갔던 신수근마저 나오지 않았다.

유시가 넘어서야 임사홍이 상기된 얼굴을 들고 나오고 조금 있다 신수근이 빈손으로 나아간다.

연산은 다시 승전빗을 불렀다.

"너 대조전(大造殿)에 들어가서 장흥 부부인이 들어오셨나 알고 오너라!"

김자원은 또다시 달음질쳤다.

"장흥 부부인 신씨 예궐해 계신 지 오래오."

조금 있다 김자원은 회보를 아뢰었다.

"들어가자!"

아침에 뵈옵던 술기운은 찾으려야 흔적도 없다. 용안 두 볼엔 쌀쌀하도록 찬 빛이 돌았다. 봉안은 추켜지고 붉은빛이 나도록 상기되었다.

상감이 오는 것을 보고 중전 신씨는 대조전 대청 끝까지 나오고 장흥 부부인 신씨는 하얀 소복에 검은 족두리를 쓰고 하얗게 센 백발을 땅에 댄 채 섬돌 아래 꾸부려 엎드렸다. 죄인의 옷을 입은 것이다.

"누구냐, 장흥 부부인이시냐?"

연산은 좌우에 시립한 궁녀를 돌아보았다.

"그러하옵니다!"

궁녀 중의 한 사람이 대답했다. 연산은 어수로 신씨를 붙들어 일으키며,

"외조모!"

하고 한마디를 부르짖었다. 상감께 끌려 일어나는 신씨는 글썽글썽한 눈물 사이로 상감 연산을 우러러본다. 곤룡포에 익선관을 쓰고 있는 장성한 상감의 용안을 이 자리에서 처음으로 보는 것이다. 신씨는 서리고 서렸던 설움이 그대로 북받쳐 올랐다.

"상감마마!"

말보다 울음이 먼저 앞섰다. 눈물이 비 오듯 펑펑 쏟아졌다. 목이 메고 혀가 구부러졌다. 그대로 흑흑 느끼며 어전에 쓰러졌다.

이 모양을 보실 때 연산도 슬프지 않을 수 없었다. 눈물이 방울방울 곤룡포에 떨어졌다. 사람은 나무와 돌이 아니다. 중전도 외면해 얼굴을 가리고, 모셨던 나인도 치맛자락으로 흐르는 눈

물을 씻었다.

내시는 상감을 부축해 전상으로 모시고 나인은 신씨를 일으켜 전각으로 오르게 했다.

그립고 그립던 외손자, 상감을 만난 신씨.

보기 전에는 사뢸 말도 많았고 하소연하고 싶은 한도 첩첩이 가슴속에 쌓였더라니, 오늘 이 자리에 상감마마를 딱 마주쳐 보니 반갑고 슬픈 마음에 말문이 먼저 막혀 버렸다. 다만 처분을 기다리는 듯 고개를 수그리고 찌푸려 엎드렸다.

연산은 모시고 선 상궁을 돌아보았다.

"너 옥화당에 가서 장 숙원보고 붉은 함궤를 받들고 오라 해라!"

중전도 의아하고 나인들도 무슨 까닭을 몰랐다. 다만 이 뜻을 아는 사람은 신씨가 있을 뿐이다. 상궁은 상감의 말씀을 본받아 옥화당으로 내려갔다.

장녹수는 붉은 보에 싼 함궤를 받들어 들고 상궁은 조그마한 화류 책상을 안았다. 공손하게 발을 옮기어 녹수와 상궁은 한 걸음 두 걸음 이 대궐의 중전인 대조전을 향해 오른다.

대청 한가운데 어전 앞에는 녹수의 손으로 붉은 비단보에 싼 함궤가 반듯이 놓였다. 살아서 폐서인으로 중전을 떠났던 윤씨는 죽어서 열여섯 해 만에 흰 비단 위에 점점이 묻은 붉은 핏방울로 다시 중전 대청에 오르게 되었다.

다만 다른 것은 살아서 나갈 때는 경복궁 중전이요, 두세 점 붉은 피가 되어 돌아온 것은 창덕궁 중전이다. 나갈 때는 남편인

상감 성종에게 쫓겨 나갔고, 들어올 때는 아들인 상감 연산을
향해 돌아왔다.

연산은 일어나 어수로 친히 함궤를 열었다.

중전 신씨는 왼편에 서고 숙원 녹수는 바른편에 모시어 섰다.

피 묻은 한삼 조각은 다시 연산의 손에 받들어졌다.

"일어나시오. 외조모!"

연산은 장흥 부부인이라 부르지 아니하고 외조모라 불렀다.
신씨는 어명을 받고 두 손을 마주 잡고 일어섰다.

"이것이 정말 어마마마의 피눈물요?"

"황공무지하오나 틀림없소이다."

"말씀하시오. 이 피눈물을 뿌리시던 그때를 말씀하시오."

신씨는 터지려는 설움을 억지로 참았다.

때는 벌써 술시 초다. 대조전 넓은 대청은 어둠 속에 싸이려
한다. 두어 명 나인이 길고 큰 와룡촉대를 받들어 좌우 옆으로
어전에 벌려 놓았다. 팔때기 같은 밀초의 휘황한 불빛이 금삼에
아롱진 피를 벌룽거려 비쳤다.

"하도하도 오래간만에 내시가 나왔습지요. 오륙 년 동안이나
발을 뚝 끊었던 내시가 다시 상감의 어명을 받들어 나왔답니다
그려! 기막히고 엄청난 설움을 가진 폐비는 십 년이란 긴 세월을
눈물로만 보내니, 그때 와서는 두 눈이 벌겋게 짓무르고 상해서
그대로 피눈물이 줄줄 흘렀습니다. 이때 내시를 만나 보니 얼마
나 반가웠겠습니까— 상감마마 안녕하슈 동궁마마 안녕하슈?
한마디를 하고는 그대로 그만 피눈물을 흘립니다그려. 이때 내

시도 울었지요— 여보 공사청 부디부디 이 지원극통한 내 모양을 상감마마와 동궁마마께 전하여 주오, 하고 울면서 폐비는 또다시 공사청에게 당부를 했습지요. 그리고 그날 밤은 행여나 무슨 좋은 소식이 들릴까 하고 몸도 성치 못하면서 잠도 잘 자지 못했습니다그려. 그러나 믿고 믿었던 내시는 어떻게 말씀을 아뢰었는지 바로 그 이튿날로 별안간 사약이 내립니다그려."

신씨는 여기까지 말을 마치고, 북받치는 옛 설움에 말을 이루지 못하고 그대로 느껴 운다. 금삼의 피를 든 연산의 손은 부르르 떨렸다.

연산의 눈은 실룩하다. 시퍼런 불길이 동자 속에서 일어나는 듯하다.

"외조모 우실 때가 아니오. 슬프기만 할 때가 아니오— 남은 말씀을 다 하시오—."

연산은 느껴 우는 신씨를 달랜다. 신씨는 눈물을 치맛자락으로 씻었다.

"남은 말씀은 단지 두 마디뿐이올시다. 폐비는 사약을 받으시고, 그때 약사발을 받든 승지더러 '내가 이 약을 먹고 죽거든 너희들은 상감마마께 들어가 내 말을 전해 다오. 나는 전생에 무슨 업원으로 상감마마의 배필이 되었다가 죽거니와, 상감마마께서는 내내 동궁 데리시고 만수무강하십사 여쭈어라. 그리고 내가 죽거든 건원릉 옆길에 묻어 주시면 죽은 고혼이라도 능행 길에 다시 한번 상감마마를 우러러뵙기 소원이라 여쭈어라' 이렇게 말씀한 뒤에 그대로 약사발을 받으셨습니다. 그러고는 그대로 지금 굽어보시는 그 한삼에 피눈물을 죽죽 흘리시다가 부드득 뜯어서 앞에 놓으시며 ―'어머니 인제는 가는 사람요. 동궁이 무사히 자라나거든 부디부디 이 한삼을 전해주시오. 지원극통한 이 말씀을 전해서 주오!' 한마디를 남기신 뒤에 훌쩍 약사발을 마시고 가셨습니다."

"외조모! 정 귀인과 엄 소용을 아시오?"

"아다뿐이오니까!"

신씨는 시뻘겋게 된 쪼그라진 눈을 손수건으로 씻으며 연산의 말을 대답한다.

"그러면 어마마마께 관련된 정 귀인과 엄 소용의 이야기를 들려주시오."

"이루 다 어떻게 아뢰리까마는 중전마마께서 속도 퍽 많이 타셨지요. 상감마마! 상감마마께서 어리셨을 때 병환이 참말이지 대단하셨습니다. 무슨 큰 변이 나는 듯하셨습니다. 그때 삼월이란 나인도 죄를 받고 죽었삽고 저도 위에서 노하심을 입사와 그때부터 대내 안 출입을 못했습니다마는, 그때 참 아뢰옵기 황송합니다마는 중전과 동궁을 해하려는 상서롭지 않은 거조가 있었습니다. 그래서 그만 중전마마께서는 동궁마마 아니 참 상감마마를 불시로 피접을 납시게 한 것입지요. 형조판서 강희맹의 집으로 옮기어 가신 것도 그 뒤의 일이올시다. 실상 중전마마께서 지원하게 돌아가신 까닭은 이십여 년 전에 있게 된 것입지요."

모든 말이 임사홍이 아까 신정전에서 아뢰던 말과 똑같았다.

연산은 극도에 오르도록 분함과 노여움이 터졌다.

자신을 해하려 하고, 어마마마를 해치려 하고, 그래도 유위부족하여 어마마마를 내치어 폐비가 되게 하고, 그러고도 또 나빠서 사약을 내리시도록 일을 꾸며 낸 정씨나 엄씨가 몹시도 밉다. 인제는 더 참을 수가 없다.

"이리 오너라—."

"네 그 제조상궁(提調尙宮)을 불러라."

제조상궁이 어전에 엎드렸다.

"빨리 정 귀인과 엄 귀인을 잡아들여라! 그리고 자원이 어디 있느냐—?"

김자원이 뜰 앞에 내달았다.

"정원에 나가서 형방승지를 들라 하고 금부에 기별하여 형구를 갖추어 들이게 해라."

형방승지가 들어오고, 금부 낭청이 나졸을 거느려 형틀을 가지고 들어왔다. 제조상궁을 따라 정 귀인, 엄 소용이 새파랗게 되어 발발 떨며 뜰아래 대명했다. 온 대궐 안은 불시에 일어난 야단 때문에 술렁술렁 뒤집히는 듯하다.

대조전 높은 추녀엔 오륙 쌍 황사롱이 휘황하게 빛나고 넓은 뜰에는 솔불이 벌룽거려 백주같이 환하다.

전사에서 추상같은 연산의 호령하는 소리가 일어났다.

"네 저 승전빗 김자원이 놈을 동그랗게 형틀에 매달아라!"

형방승지가 김자원을 가리켰다. 나졸이 우르르 김자원을 끌어서 내려간다.

김자원은 별안간 뜻도 먹지 않은 이 거조에 아지끈 벼락을 맞은 듯 정신이 얼떨떨하고 마음이 창황하다. 뜰아래로 끌려가면서,

"여보시오 승지, 분부를 들었소! 아니 이게 웬일이란 말요. 다시 분부를 물어 주시오!"

하면서 중얼거린다. 바둥거리나 소용은 없다. 자원은 동그랗게 형틀에 매어졌다.

"이놈 자원아, 네가 네 죄를 알렸다!"

상감 연산의 호령이 내린다.

"소인이 무슨 죄오니까? 황공무지하오나 죽사와도 모르겠사옵니다."

"네 이놈, 내가 동궁으로 있을 때 어찌해 모든 일을 은휘하고, 폐비마마께서 승하하신 까닭이 손톱자국을 내신 것이라 했노!"

김자원은 그제야 까닭을 알았다.

"네─ 소인이 죽자온들 어찌 기이오리까. 그때 세상에 드러난 일은 손톱자국으로 해서 폐위가 되신 것이옵고, 정씨 엄씨가 간예한 일은 소문으로 돌아다니기만 했지 실상인즉 소인이 목도해 본 일이 아니올뿐더러 만일 그때 동궁마마신 상감마마께 이 일을 아뢰었다면 벌써 큰일이 벌어져 동궁의 자리가 위태하였을 것이옵니다. 황공무지하오나 오늘날 상감마마께서 지금 이 자리에 앉으신 것은 그때 그 일을 모르신 덕이올시다."

"그땐 정씨와 엄씨의 소문은 어떠했더냐?"

"중전마마보다 정씨와 엄씨를 대왕대비마마께서 더욱 귀여워

하셨습니다. 일은 친잠례 때 정씨가 참례치 않은 데서부터 일어 났습니다. 그 뒤에 방자질했다는 소문이 있었삽고 또 그 뒤에 삼 월이 나인 비상 사건이 있었습니다. 이 일이 있은 뒤에 삼 년 동 안을 중전에 듭시지 않던 상감마마께서 다시 강녕전에 듭시던 밤에 손톱자국이 난 거이라 하옵니다. 그러고 나서 바로 곧 폐위 가 되신 것인 줄 아옵니다. 만일 이 사실을 그때 어리신 동궁마 마께 저저히 말씀했던들, 상감마마께옵서는 그때 춘추 옅으시온 때라 큰 병환이나 나시었을 것이옵니다. 상감마마 굽어 통촉하 시옵소서!"

연산은 일부러 김자원을 시험해 보신 것이다. 임사홍의 말과 신씨의 말은 빈틈없이 맞았지마는 다시 한번 동궁 때 폐비가 자 신의 어머니이신 것을 가르쳐 주던 김자원을 문초하여 확실히 정씨와 엄씨가 동궁인 당신과 중전을 모해하려던 사실을 알아보 신 것이다. 김자원의 말도 틀림없이 들어맞았다.

"자원이를 풀어 놔라! 그리고 정씨와 엄씨를 형틀에 잡아매 라!"

발발 떠는 두 후궁을 거침없이 형틀에 붙들어 맸다. 죽기를 깨달았던지 한마디 애원도 없고 발악도 없다. 그대로 파랗게 질 린 얼굴에 온몸을 사시나무 떨 듯한다.

연산은 대청 위에서 형틀에 붙잡혀 맨 두 후궁을 노려본다.

어머니 죽인 원수! 자신을 모해하려던 원수! 딱 만나고 보니 기가 질릴 듯하다. 연산의 사지는 벌벌 떨렸다.

"에이 독한 년들!"

연산의 고함은 터졌다.

"너희는 너희들의 죄를 다 알렸다!"

정씨와 엄씨는 쥐 죽은 듯 대답이 없다. 몽켜진 차돌 같은 계집의 마음이다.

벌써 일이 그른 것을 깨달았다. 대답해도 아무 소용이 없을 것을 잘들 안 모양이다.

"어찌해서 중전과 나를 모해하려 했더냐!"

상감 연산의 호령이 또 떨어졌다.

두 여자는 여전히 대답이 없다. 다라지다. 상감 연산의 분노는 화산처럼 터졌다.

"에이 독한 년들!"

고함을 치면서 버선발로 그대로 뜰로 뛰어내렸다. 형틀 옆에 있는 철여의(鐵如意)를 번쩍 들고 정씨와 엄씨의 머리를 내리쳤다. 외마디 소리 두어 마디에 사지는 쭉 펴지고 혼들은 사라졌다. 대궐 마당엔 붉은 피가 스며 흘렀다.

정 귀인과 엄 귀인을 박살했다는 소문은 대왕대비전으로 곧 들어갔다. 늙은 춘추에 몸이 불편해 병상에 누웠던 대왕대비, 전고에 없는 이 참혹한 일에 놀라움을 이기지 못한다.

자신이 귀여워하던 정씨와 엄씨! 이것들을 어수로 철여의를 들어 박살하다니! 아무리 상감이라 하나 그 행동이 방약무인이다. 환후 중인 것도 잊고 대왕대비는 분연히 역정이 났다. 대왕대비는 내시를 보내어 상감을 청쪼아 들였다.

내리 두 사람을 쳐 죽인 연산의 거칠어진 심정은 꼬리에 불붙은 사자와 같았다. 대왕대비전에서 청죈다는 말을 듣고 대비를 미워하는 마음은 북받쳐 올랐다. 그대로 옥교를 타고 대비전으로 향하였다.

연산의 얼굴은 시뻘겋게 상기되었다. 대비가 정씨와 엄씨와 한편이 되어 자신의 어머니를 사약까지 내리게 했거니 하고, 다시 대비를 바라볼 때 연산의 눈에선 독한 불빛이 번쩍거렸다. 곧 대비께 달려들어 몸부림쳐 붙들고 늘어져 통곡을 하고 싶었다. 그러나 연산은 비틀어 올라오는 불길을 잔뜩 눌렀다. 다만 적의 가득한 매서운 눈으로 대비의 입에서 무슨 말이 떨어지나 하고 있을 뿐이다.

연산을 본 왕대비는 벌떡 병석에서 일어나 앉았다. 노여운 불길이 타오르는 두 눈과 두 눈!

"여보 상감! 정씨와 엄씨는 선왕의 후궁이오. 선왕이 귀여워하던 사람을 아들의 손으로 박살내다니 대체 이게 웬 거조요? 너무도 무엄하구료!"

대왕대비의 어성은 떨리며 열화같이 떨어졌다.

"무에오니까. 왕대비께서는 후궁만 아시고 중전 소중한 것은 모르십니까! 후궁을 박살한 상감이 무엄하면 중전에게 약사발을 안기신 왕대비는 어찌하실 테오니까!"

연산의 눈은 찢어질 듯하다. 왕대비의 얼굴빛은 새파랗게 질렸다.

"그것은 다르오. 중전으로 사약을 받은 것이 아니라, 죄를 얻

금삼의 피

고 쫓겨나서 폐서인으로 사약을 받은 것이오!"

왕대비의 말씀은 차갑다.

이 말을 들은 연산은 분함을 못 이겨 사지를 부르르 떨었다. 속바람이 일어날 듯하다. 감정은 극도로 높았다.

"네? 죄를 얻고요?"

앞뒤를 헤아리지 못했다. 상감 연산의 머리가 왕대비의 옥체에 다닥쳤다. 익선관 뿔이 우그러지며 방바닥에 데구루루 굴렀다.

대왕대비는 기가 막혔다.

"아이구 흉악한지구!"

겨우 한마디를 마친 뒤에 그대로 이불을 쓰고 누워 버렸다. 분한 숨길이 이불자락을 벌룩벌룩 들썩거리게 할 뿐이다.

연산은 미친 듯이 그대로 왕대비전에 나가 바로 내전으로 향하였다.

대궐 마당에는 정 귀인과 엄 귀인의 피 흘린 시체가 그대로 나자빠졌다. 아직 상감의 분부가 아니 있기 때문이다.

"네 저년들의 시체를 발기발기 찢어서 젓을 담근 뒤에, 산과 들로 헤쳐서 까마귀가 먹게 해라!"

연산은 말을 마치고 이를 부드득 갈았다.

"그리고 지금으로 정가의 소생 안양군 행과 봉안군 봉(烽)을 잡아 들여다가 곤장 여든 개씩을 때린 뒤에 옥에 가두어 두어라!"

승지가 전교를 받들었다.

상감 연산은 다시 외전으로 나가 불을 밝히고 시정기를 보며 밤이 깊은 줄을 모른다.

내전 마당에는 박살되어 죽은 두 후궁의 시체를 수습하느라고 밤이 지새이도록 나졸과 무예청이 벅적거린다.

이튿날 새벽에 연산은 일찍이 기침하고, 어마마마가 길고 긴 원한을 품은 채 고요하게 누워 있는 회묘로 거둥령을 내렸다.

여태껏 연산은 어마마마의 무덤을 모른다. 친제(親祭)를 드리고 싶은 생각이 일 년에도 몇 차례씩 일어났으나, 예에 어그러진 일, 법에 없는 일이라 하여 신하들은 이것을 간하고 막았었다. 효사묘를 이룩할 때 겨우 품을 회 자 한 자를 무덤 묘사 위에 더하여 연산의 그 어마마마를 사모하는 마음의 만분의 하나를 표했을 뿐이었다.

어마마마가 아바마마 용안에 흠을 내인 까닭에 사약을 받고 돌아가셨던 것인 줄만 알았기 때문에, 연산은 아무리 어마마마를 생각하는 마음이 간절했으나, 양이 꿀리고 떳떳지 못하였었다. 아무리 어마마마가 불쌍하시나 저질러진 죄는 다시 어찌할 수 없었다. 다만 자신의 마음이 괴롭고 부끄러울 뿐이었다.

─죄 짓고 쫓겨난 폐비가 어머니가 아니었으면.

─아아 어마마마, 왜 죄를 저지르셨소! 왜 나를 어머니 없는 외로운 사람이 되게 하셨소?

─어마마마! 왜 죄를 저지르셨소!

이것은 연산이 동궁 때부터 항상 마음속으로 부르짖어 탄식하던 소리다. 연산이 왕위에 처음 올라 효사묘를 지을 때만 하더라도,

금삼의 피

─과인의 생모 윤씨, 선왕께 죄를 얻어 서인으로 돌아가신 일은 과인보다 오히려 경들이 잘 알겠지마는 과인의 마음은 괴롭소그려! 하고 효사묘 문제를 대신들 앞에 끌어낼 때도 앞이 꿀리고 몹시 괴로웠던 것이다. 단지 한 가지 용안에 손톱자국을 내었다는 씻지 못할 죄가 있기 때문이었다. 아무리 아들로서 극진히 어마마마께 효성을 다하고 싶었으나, 주위의 사정은 도저히 이것을 허락하지 아니하였었다.

이렇기 때문에 억지로 임금의 위엄을 빌어 뭇 신하들과 싸우다시피 하여 겨우 효사묘 하나를 짓고, 윤씨지묘라는 것을 회묘라 고치었을 뿐이었다. 이것은 연산 일생일대의 원한이요, 부끄러움이었다.

그렇던 것이 일은 뒤집혀서 청천백일 아래 환하게 드러났다.

모든 것은 정씨와 엄씨가 중전과 당신을 해하려는 음모에서 일어난 것이었다. 상감 연산의 마음은 상쾌하다. 한옆으로 분하고 노여운 마음이 가슴에 듬뿍 쌓였으나, 한옆으로는 자신이 죄를 벗어 놓으신 듯 마음과 몸이 가벼운 듯하다. 거둥령은 어젯밤 정씨 엄씨를 박살시킨 뒤에 첫 분부다. 숙살한 기운이 조야를 떨쳤다. 이 연산의 거둥령을 막을 사람은 하나도 없었다.

─폐비에게 친제가 무엇이오? 하고 간하고 막던 왕대비도 이제는 병환 들어 누웠다. 다시 누구 입 벌릴 사람은 없다.

봉상사(奉常寺)와 전생서(典牲署)에서는 갸자에 가득가득 봉과한 제물이 실려 나갔다.

오시가 넘어 십 리에 뻗친 엄숙한 거둥 행차는 동으로 망우리

고개를 향하고 나간다.

익선관 곤룡포로 연 위에 높직이 오른 연산—.

지금 한평생 처음으로 어마마마의 무덤을 찾아가거니 생각하시니, 코뿌리가 찌르르하고 감창한 생각이 일어났다. 봉안에는 글썽글썽 눈물이 솟았다.

네 살인가 세 살 적에 보던 젊고 잘생긴 어마마마의 얼굴이 어렴풋이 떠올랐다. 어머니의 정을 모르고 쓸쓸히 자라나던 동궁 때 일이 생각난다. 외아들인 당신을 곱게 곱게 무사하게 기르려 하다가, 도리어 당신의 몸이 약사발까지 안고 비명에 돌아가신 것을 깨달으니, 어마마마의 바다 같은 그 자애에 감격한 회포가 아니 일어날 수 없다.

백 대의 면면한 원한을 품은 채 청량리 기슭 조그마한 언덕에 쓸쓸하게 묻힌 폐비의 혼령은, 봄바람 가을비 애끊이는 열여섯 해 만에 어가를 맞이했다.

— 내가 죽거든 건원릉 옆길에 묻어 주시면 죽은 고혼이라도 능행길에 다시 한번 상감마마를 우러러뵈옵기 소원이라 여쭈어 다고!

약사발을 안고 임종 시에 피눈물을 흘려 간곡히 부탁하신 그 상감마마는—, 남편 되는 그 상감마마는 살아서도 못 들렀고 죽은 뒤에도 능 길이 갈리었다.

부탁하고 부탁했던 남편인 상감은 소용이 없었다.

오늘— 억울하게 세상을 떠난 지 열여섯 해 만에 황량한 풀숲 우거진 곳에 어가 말굽을 멈춰 주는 이는 그래도 아드님 상

금삼의 피

감이다. 애지중지하던 아들, 보고 싶고 그리던 아들이다. 자신의 몸은 뼈가 바서지고 살점이 날려져도 이 아들 하나, 이 외아들 하나만은 병 없고 탈 없이 기르려던 그 아기님이다.

그대로 찾기만 할 뿐이더냐. 하늘에 뻗친 한을 풀어 주었다. 푸른 하늘 흰 날 아래 당신의 억울한 죄를 벗겨 주었다. 영혼이 있다면 이 얼마나 좋으리.

상감 연산은 산상을 바라보고 연에서 내렸다. 뺑대쑥 어지러운 초로(草路)는 고불고불 울퉁불퉁 구중궁궐에 고이 자라나신 옥체를 옮기기 어렵다. 일개 폐서인 윤씨의 무덤이니 무덤길이 평탄할 리 없다. 신하들은 다시 연에 오르기를 권했다. 연산은 이것을 물리쳤다.

"예 잘 찾는 너이도 그런 소리 하더냐!"

코웃음 쳐 물리쳤다. 내시가 겨우 좌우 옆에서 부축해 줄 뿐이다.

정자각(丁字閣)도 없고 재실(齋室)도 없다. 해자 밖으로 조그마한 묘지기 집이 외롭게 있을 뿐이다. 백관은 벌려 설 곳이 없고 수레와 멍에는 큰 길 밖에 떨어져 있다.

산길을 오르는 상감 연산은 한 걸음에 탄식이요, 두 걸음에 한숨이다. 눈에 가득히 비치는 것은 모두 유한뿐이요 상심거리다. 다른 능에 비하여 너무도 초솔하고 너무도 가난하다. 석사자는 말할 것도 없지마는 문무석 하나 없고 상돌조차 없다.

연산은 제절로 올라섰다. 적분(赤墳)을 겨우 면한 초솔한 조그마한 무덤이 동그마니 외롭게 놓였다.

이것이 어마마마의 누워 계신 곳이어니 하고 생각할 때 연산은 창자가 가득히 서리고 맺힌 슬픔이 그대로 북받쳐 올랐다. 겨우 재배를 마치고 탁 쓰러져 무덤을 껴안고 통곡한다.

구슬피 어마마마를 부르짖어 곡지통하는 소리는 나무와 돌이 아니고는 감창한 회포를 아니 일으킬 수 없었다. 내시도 울고 궁녀도 울었다. 제절 아래 산비탈에 둘러선 만조백관도 모두 다 소매를 가리어 눈물을 뿌렸다.

상감 연산의 설움은 절정에 올랐다. 이제는 몸부림치며 무덤 위에 떼 풀을 쥐어 뜯어가며 통곡한다. 익선관이 떨어지고 망근 편자가 솟아올랐다. 삼십 년 쌓이고 쌓인 어마마마에 대한 막혔던 유한이 터지는 강물처럼 소용돌이쳐 쏟아졌다. 시신이 부축해 일으키며 슬픔을 진정하시라 아뢰나, 연산은 그대로 용포를 뿌리치며 몸부림을 친다. 솔바람도 설운 양 웅얼거리고 흰 날도 슬픈지 구름떼로 가려졌다.

울고 울어 땅을 두드려 우나 무덤은 이렇다 대답이 없었다. 이 지극한 어마마마에 대한 연산의 효성도 무덤은 흠향해 받는지 모르는지 그대로 잠잠하고 적막할 뿐이다.

바람이 상감의 울음을 실어 무덤 위로 몇 번인지 넘기고 넘겼다. 이럴 때마다 무심한 무덤 위에는 새파란 떼 풀만이 스르르 누웠다 다시 일어나고, 비쓱했다가 제자리에 도로 서 있을 뿐이다.

산상에는 제물이 오르기 시작한다. 연산은 그제야 설움을 진정하고 용포로 눈물을 거두시며 일어난다.

"이애, 산신제도 내가 친제를 드리겠다!"

금삼의 피

어마마마의 외로운 혼령을 호위해 준 산신에게 친히 한잔 술을 바치려는 것이다. 전례에 없는 일이다. 다만 어머니 되는 폐비를 추모하고 불쌍하게 생각하는 지성에서 우러나온 분부다.

연산은 산신제 터를 찾아가 융숭한 제물을 벌려 놓은 앞에, 두 번 절하고 어수로 친히 술을 따라 전 드렸다.

제단 위 좌우 옆에는 휘황한 촛불이 경건하게 벌룽거렸다. 심지 타는 소리가 탁탁 하고 일어났다. 마치 산신의 거룩한 영(靈)도 이 상감의 극진한 정성을 흠향하는 듯하다.

산신제를 마친 연산은 다시 묘소에 제례를 드릴 양으로, 제실 대신 임시로 만들어 놓은 어막으로 들었다.

"가지고 나온 백모(白帽) 백포(白袍)를 내놓아라!" 하고 연산은 궁녀들을 돌아본다. 용안에는 슬픈 빛이 스러질 사이가 없다. 나인 중의 한 사람이 백포를 꺼내서 받들고 섰다. 연산은 곤룡포를 벗고 하얀 상복을 입었다. 검은 익선관을 벗고 흰 익선관으로 바꾸어 썼다.

어마마마의 거상을 입어 보지 못한 게 한이다. 아바마마의 거상도 입어 드렸다. 예종비(睿宗妃)의 거상도 입어 드렸다. 앞으로는 왕대비신 할머님 되는 덕종비(德宗妃)의 거상도 입으실 것이요, 계모 되시는 윤대비(尹大妃)의 거상도 입어 드릴 것이다. 모든 어른들의 거상을 다 입었고 또 입게 되시건만, 그중에 정작 자신을 낳아 기른 어마마마의 거상은 단 하루도 입어 본 적이 없다. 연산은 이것이 또 뼈가 아프도록 한이 된다. 벼슬하는 공경대부들은 말을 말고, 지지한 천 고리백정이라도 그 아버지 그 어머니가 궂기는 날이면 애모 불녕 슬퍼하고 사모하여 삼베 상복을 입고 죄인으로 자처하여 삼 년 거상을 받들게 된다. 이리하여 효자도 나오고 효부라는 것도 생기게 된다. 이것은 당연한 자식의 도리요, 사람의 행색이다. 그러나 당신의 몸은 일국의 군왕이면서도 어마마마의 거상을 못 입었다. 거상은커녕 운명하여 돌아가는 그때도 몰랐다. 모르고 장난하고 놀았다. 이것은 가사 그 어마마마가 와석종신을 하였다 해도 오히려 한이요 원이 되거든, 하물며 죄 없는 죄를 뒤집어쓰고 비명에 횡사한 그 노릇이랴. 연산은 이것이 가슴속에 꼭 맺혔다. 다만 제전을 드리는 한때라도 백모 백포를 입고 싶었다. 그리하여 소복을 미리 가지고 나오게 한 것이다.

어막 안에 소복을 입고 단정히 앉은 상감 연산은 어명을 내려 배행해 나온 시원임 대신(時原任大臣)들을 들라 하였다.

윤필상(尹弼商), 유순(柳洵), 강구손(姜龜孫), 허침(許琛), 박숭질(朴崇質) 등이 어전에 부복했다. 상감의 백모 백포를 입은 것을 보고 모든 중신들은 영특한 이 상감의 태도에 마음속으로 탄복하지 않을 수 없었다. 연산은 모든 중신들을 바라보며 용안에 척연한 빛을 띠며 천천히 입을 연다.

"옛글에 수욕정이풍부지(樹欲靜而風不止)하고, 자욕양이친부대(子欲養而親不待)라고. 나무는 고요히 서 있으려 하나 바람이 그치지 않고, 자식은 그 어버이를 받들려 하나 어버이는 기다리고 있지 않다 하더니, 이것이 꼭 과인에게 맞혔구료! 철나서 어마마마를 찾을 때는 어마마마는 벌써 이 세상에 아니 계시고,

　　　　　　　　　　　　　　　　금삼의 피

거친 풀이 우거진 쓸쓸한 무덤이시구료! 선 폐비마마의 무죄하신 건 소소한 저 푸른 하늘이 굽어보시오! 오늘 나는 선 폐비마마를 복위시켜 드리기로 단단히 결심했소! 경들의 뜻이 어떠하오?"

절절이 옳고 강개한 말에 모든 중신들은 고개가 일제히 저절로 숙여졌다. 다른 아무런 소리도 올릴 길 없다.

"성교가 지당하오이다." 하고 일제히 허리를 구부렸다.

연산은 목소리를 가다듬어 다시 말을 꺼낸다.

"그리고 시호와 능호를 올리기로 생각하였소! 시호는 제헌왕후(齊獻王后)라 받들고, 능 이름은 회릉(懷陵)이라 모시기로 했소. 경들의 뜻이 어떠하오?"

"윤당(允當)하신 줄로 아뢰오."

윤필상이 국궁하며 다시 대답했다.

"예조에 전령하여 오늘부터 효사묘의 제례는 일체 종묘의 제례대로 받들게 하고, 축문에도 자친을 고쳐 신(臣)이라 쓰고 휘(諱)를 일컫게 하오. 그리고 효사묘는 내가 어마마마께 불효한 유한이 많은 사람이라 주제넘게 무슨 효도 효 자를 쓰겠소! 사당의 격을 높여 혜안전(惠安殿)이라 부르게 하오. 외롭게 떠도시던 불쌍하신 혼령이 안녕히 부침해 계시게시리—."

모든 중신들은 명을 받들어 물러나갔다. 예조의 독축관(讀祝官)들은 당장 친제를 드릴 때 소용되는 축문을 고치느라고 붓방아를 찧고 있다.

연산은 무덤 앞에 제물을 벌려 놓고 초헌을 올리고 축을 읽으니 슬픈 생각이 더욱 새롭다. 상감은 다시 구슬피 통곡을 한다. 무심한 바람이 상감 연산의 백포 자락을 흩날린다. 지팡이에 의지하여 곡지통하시는 연산의 머릿속에는, 어려서 뵈옵던 젊고 잘생긴 어마마마의 얼굴이 나타났다. 무덤이 벙그죽 열리며 폐비가 일어앉는 듯도 하다. 얼굴엔 자애가 뚝뚝 떠는 듯한 웃음을 띠고, 시저를 잡는 듯하다. 오 상감! 내 아들 상감! 하고 부르짖는 것 같기도 하다.

연산은 피곤한 줄도 모르고 친히 삼헌(三獻)까지 드렸다. 해는 벌써 서산을 가리켜 넘어가건만 연산은 차마 발길을 돌려놓지 못한다. 한평생 처음으로 어마마마의 무덤을 나와 보니 어제 그저께 새로이 어마마마를 잃은 듯 허수하고 쓸쓸하다.

"승지를 불러라!"

도승지 신수근이 부복했다.

"나는 차마 오늘 이 자리를 떠나 들어갈 수 없다. 호위하는 군사와 승지들만 떨어져 있고 모두들 들어갔다가 내일 나오게 해라!"

신수근은 상감의 말을 듣고 깜짝 놀랐다.

"황송하오이다. 전하의 출천하신 효성은 귀신과 사람이 감읍할 것이오이다. 그러하오나 재실도 없고 정자각도 없어 옥체 의지하여 둡실 곳이 없사올 뿐이 아니오라, 모든 준비 미흡하와 수백 군마가 밤에 찬 이슬을 피할 길이 없사오니, 엎드려 바라옵건대 성상은 깊이 통촉하시와 전지를 거두옵시오." 하고 간독히 말씀을 아뢰었다.

"네 말도 고이치 않다마는 내 뜻은 이미 정하여졌다. 내일 아침에 상석이나 한 번 더 드리고 들어가겠다! 열여섯 해 동안을 무인공산에 억울한 죄를 입으신 채 쓸쓸하게 누워 계신 대비 전하도 계신데 그까짓 하룻밤쯤을 지새우지 못하랴! 정 밤 깊어 이슬이 심하면 묘지기집 단칸방이라도 좋다! 염려 말아라. 경야할 사람들의 먹을 것이나 많이 준비하게 해라!"

상감의 뜻이 굳은 것을 보고 신수근은 하는 수 없이 물러 나갔다.

시임 대신들은 궁성을 하룻밤도 비울 수 없다 하여 들어가고, 병당(兵堂), 예당(禮堂)을 뺀 각조 판서는 소임이 없어 들어가고, 한당(漢堂) 한성부 판윤은 도성을 지키러 들어가고, 승사각신과 소임 없는 궁녀들도 터전이 없어 들어갔다. 다만 남은 사람들은 원임 대신 예당, 병당, 각 영대장과 숙직 승지, 숙직 선전관, 양주 목사와 내시, 무예청, 별감, 각 영문 병졸들이 떨어져 상감을 모시고 있었다.

해는 서천 밖으로 꺼지고 검은 장막이 덮으려는 산기슭에는 저녁연기가 구불구불 허공으로 흐트러질 때다. 제물 퇴선은 신하와 군사들에게 음복술과 함께 내렸다. 연산도 잠깐 어막 안으로 들었다.

산속의 밤은 캄캄하다. 검은 칠을 끼얹은 듯 지척을 분간할 수 없이 되었다.

군사들은 어막을 호위하고 준비했던 홰에 불을 댕겼다. 휘황찬란한 줄불이 적막한 산속에 때아닌 불야성을 이루었다. 때는

화창한 늦은 봄이언만 이슬 축축이 내리는 한밤중은 오히려 가
스러지게 선선하다. 군막 앞에는 이곳저곳에 화톳불이 이글이글
벌룽거렸다.

초경도 지나고, 이경도 지나고, 삼경이 거의 가까워질 때다.
연산은 내시를 데리고 어막 밖으로 나왔다. 마음이 괴롭고 슬프
니 침소가 편안할 리 없다. 전전반측 이리저리 몸을 굴리시다가
다시 어막 밖으로 나오신 것이다. 연산은 한 걸음 두 걸음 산상
으로 발길을 옮긴다. 승전빗 김자원이 초롱을 들고 앞에서 인도
한다. 연산의 머릿속에는 어려서 동궁으로 있을 때, 어마마마를
생각하고 김자원과 함께 요금문 밖 상림원으로 밤이 깊도록 헤
매던 일을 생각하신다. 그때는 도리어 어마마마를 원망했었다.
어마마마 왜 죄를 저지르셨소! 왜 아바마마 용안에 손톱자국을
내셨소! 왜 나를 백대에 씻지 못할 죄인의 아들이 되게 하셨소!
하고 탄식하고 원망했었다. 그러나 지금 앞뒤 일을 모두 살피니
불쌍한 이는 어마마마뿐이다. 생각하면 생각할수록 불쌍하고
가여울 뿐이다. 당신의 어머니를 불행하게 만든 정씨와 엄씨를
처치해 원수를 갚았으나 그래도 연산의 마음은 흡족치 않은 것
같다.

연산은 무덤 앞에 고요히 앉았다. 떼 풀에 내린 이슬이 치근
치근 상감의 백포 자락을 적시어 준다. 어느 산기슭에선지 뻐꾹
새의 구슬픈 울음소리가 처창하게 들려왔다. 산 아래에는 조요
한 횃불이 신화(神火)처럼 거룩하게 빛났다.

연산은 꿇어앉아 무릎에 손을 모으고 가만히 눈 감아 어마마

금삼의 피

마의 영혼을 불러일으켰다.

"어마마마. 이제는 평안히 눈 감으시오. 어마마마의 억울하신 죄는 당신 아들이 벗겨 드렸소. 어마마마의 불공대천지 원수 정가와 엄가는 내 손으로 박살을 하였소! 어마마마 평안히 눈 감으시오!"

연산은 이렇게 가만히 묵도를 올렸다.

"모든 원수를 갚아 드리오리다. 이 아들. 당신에게 꼭 하나인 이 외아들이 갚아 드리오리다!"

솔바람 소리가 폐비의 대답인 양 쐐― 하고 일어났다. 김자원이 들고 섰던 초롱불이 벌룽거리다 탁 꺼졌다. 뻐꾹새 소리가 구슬프게 또 일어난다.

상감 연산은 그대로 캄캄한 무덤 앞에 엎드려 깊은 생각 속에 들었다. 고요하게 고요하게 밤은 깊어 들었다. 산 아래에는 군사들이 들고 섰는 횃불만이 성스럽게 빛났다.

때는 한 식경 두 식경 쉬지 않고 흘렀다.

자정 깊은 밤을 알리는 닭의 소리가 마을 한가운데서 일어났다. 멀리서 컹컹 개 짖는 소리가 더욱 이 밤을 처창하게 만든다. 달도 없는 캄캄칠야 깊고 깊은 귀신과 사람이 마음속으로 이야기하고 하소연하기 좋은 때다. 지원한 한을 품고 억울하게 이 세상을 등져 버린 폐비의 혼령은 그 아들 연산을 껴안아 밤이 지새는 줄도 모르고 어루만져 하소연했다.

상감의 옥체를 근심하는 신하들은 기다리다 못해 산상으로 모여들었다. 연산은 모여드는 사람들의 발자취도 모르고 그대로 무덤 앞에 만사를 잊으신 양 엎드려 있다.

"상감마마! 자정이 넘어 날이 지새오!" 하고 늙은 신하의 목소리에 연산은 비로소 꿈을 깬 듯 옷깃을 바로잡고 무덤 앞에서 일어났다.

이튿날 회릉에서 환궁한 연산은 어의(御衣)도 갈아입지 아니하고 공조판서를 불러,

"회릉의 석물과 수호군(守護軍)을 다른 능의 전례대로 하게 하고 오늘 곧 택일하여 산역을 시작하게 하오. 봉분은 크게 존엄하게 모시고 정자각과 재실도 지어 유감이 없도록 거행하오."

말을 마친 뒤에 다시 도승지 신수근을 돌아보았다.

"춘추관(春秋館)에 기별하여 폐비께 사약을 내린 시말단자(始末單子)와, 옛일을 인증하여 권성(勸成)한 놈과 사사(賜死)시킬 때 간하지 않고 명을 받아 약을 받들고 간 놈을 일일이 휘하지 말고 적어 바쳐라. 그리고 돌아가시기 전에 거짓말이나 이간질하던 내시 놈도 알아 들여라! 그리고 대신들을 불러라!"

상감의 천위(天威)는 열화같이 뜨겁다. 시원임 대신으로 윤필상(尹弼商), 유순(柳洵), 강구손(姜龜孫), 박숭질(朴崇質), 허침(許琛) 들이 들어왔다.

"정가와 엄가 년들은 치상(治喪)을 못하게 하오. 그리고 그 아들들도 거상을 강등하여 입게 하오. 이것은 죄인을 징치하는 가장 공변된 일이라 누가 감히 딴말을 하겠소마는 널리 조정에 의논하게 하오."

말씀을 마치고 당신이 일찍이 폐비의 거상을 못 입어 본 것을 생각하여 감창한 마음이 또다시 일어난다.

"상교가 지당하시오이다." 하고 늙은 신하 윤필상은 벌벌 떨며 모든 신하와 물러 나갔다.

이 의논이 빈청에 열리게 되니 바른말하는 신하는 아직도 글 줄 쓰는 홍문관(弘文館)과 대간 틈에 몇이 남았다. 응교 최숙생 (崔淑生), 부응교 이행(李荇), 교리 이자화(李自華), 부교리 권달수 (權達手), 수찬 박광영(朴光榮) 들이 의논을 세우고 상소를 올려 이것을 간했다.

"전하의 폐비를 애모하시는 지정은 극진치 않으실 길이 없으 나 추숭하시는 전례는 예에 이미 극진하온지라, 지금 더하실 수 없사옵고, 후궁의 일은 신들이 자세히 아지 못하오나 일이 선왕 전하 때 일어난 일이라 추거하실 일이 아닌 줄로 아뢰오." 하였 다. 집의 황성창(黃誠昌), 지평 김세필(金世弼), 헌납 정침(鄭沈), 정언 유인귀(柳仁貴), 신봉로(申奉盧) 들이 또 들고일어났다.

"회묘 일은 여러 해 전에 효사묘를 모실 때 조정 의논을 널리 거두어 효성을 다하신 일이오라 이제 다시 더할 것이 없사옵고, 선왕 후궁 일은 멀리 수십 년 전 일이오라 형세 밝히기 어렵사오 나, 그러하나 자식으로 어버이의 거상을 입는 것은 천지에 대경 대법이라, 아무리 어버이의 죄가 중하다 하오나 아들로 거상 입 는 것을 폐하게 하지는 못할 줄로 아뢰오." 하고 역시 상소를 올 렸다.

이 상소를 본 연산은 여간 분한 게 아니다. 아직도 이 조그마한 미관말직들이 입바른 체하고 혓바닥을 놀리는 것을 생각하니 괘씸하기 짝이 없다. 그대로 모두 옥에 가두라 한 뒤에 황성창은 홍천으로, 김세필은 청풍(淸風)으로, 정침은 산음(山陰)으로, 유인귀는 회덕(懷德)으로, 신봉로는 진산(珍山)으로, 최숙생은 신계(新溪)로, 이행은 충주로, 이자화는 아산으로, 권달수는 용안(龍安)으로, 박광영은 목천(木川)으로 곤장 때려 귀양 보내서 예기를 꺾으시고, 정씨의 소생 안양군 행, 봉안군 봉을 제천과 이천으로 안치시키고, 정씨의 딸 청평위 한기(淸平尉韓紀)의 아내 정혜(靜惠)옹주와 엄씨의 딸 청령위 한경침(淸寧尉韓景琛)의 아내 공신(恭愼)옹주를 백천(白川)과 아산으로 귀양 보내고 두 부마의 직첩을 뺏어 버렸다.

일변 정씨와 엄씨의 부모와 동생을 결장(決杖)하여 극변에 안치시키게 하니, 그때 정씨의 아버지 인석(仁石)은 나이 여든하나요, 엄씨의 아버지 산수(山壽)는 여든셋이었다. 이 판수의 집을 출입하던 엄씨의 형 김소사(金召史)와 서동생 말금(末今)이 또한 참혹한 형벌을 받았고, 엄씨의 오라비 회(誨)라는 사람도 붙들어 옥사에 연좌되었다.

갑자년 참혹한 형벌은 다시 일어나기 시작했다. 춘추관에서 상감의 지엄한 재촉에 의지하여 폐비에게 사약을 받들고 나간 승지의 이름을 올리니, 대방 승지 이세좌요, 금부 당상엔 그 삼촌 이극균이요, 약사발을 받들어 올린 대관은 김순손(金舜孫)이란 사람이다. 왕은 주저할 것이 없이 전교를 내렸다.

"이세좌는 신하로서 왕비께 사사(賜死)하는 일을 받들었으니 당연히 오늘 사사를 받아야 하고, 김순손은 미미한 내시로서 군상(君上)을 업신여겼으니 그 죄 가통하여 목을 베어 죽이게 하고, 이극균은 의금부 당상으로 위에 있어 간하지 못하고 폐비께 참혹한 일을 받들게 했으니 인동(仁同)으로 귀양을 보내어 다시 봉부를 기다리게 하라!"

윤필상 이하 모든 신하들은,

"상교— 지당하시오."

한마디를 하고 금부로 이 전교를 받들었다. 윤필상은 내일 자기의 운명이 어찌 될 것도 모르고, 허연 센 머리에 백수를 흩날리며 조금이라도 연산에게 고이 보일 양으로, 말만 내리면 먼저 지당하시옵시오 소리를 내놓는다. 불쌍하기도 하고 추접지근하기도 하다.

이세좌는 오늘 이러한 일이 반드시 있을 것을 알았다. 벌써 열여섯 해 전 폐비께 사약 받들었을 때, 후줄근해 집으로 돌아와서 그 부인과 어린아이들을 어루만지며 탄식하던 일이 있었다. 자식들이나 무사했으면! 하고 하늘을 우러러 탄식한 뒤에 조용히 목매달아 죽었다.

춘추관에선 다시 고계(考啓)가 들어왔다. 상감은 침식을 잊고, 밤늦도록 불을 밝히고 폐비에 관련된 원수를 찾아내기에 바쁘다.

이튿날 식전에 지엄한 전교는 다시 내렸다.

"사람이 신하가 되어 그 임금을 섬길 때, 죽으나 사나 그 말과 행동이 한결같이 나가야 할 것인데, 윤필상은 대신을 여러 차례 지낸 중신으로 전번에는 폐비하옵시는 일이 옳은 줄로 의논을 드리고, 이번에는 가장 죄가 없는 체하여 모든 일에 참례하여 지당하다 하니 실로 구미호 같은 늙은 자다! 네 그놈의 가산을 적몰(籍沒)시키고 그 아들과 함께 외방에 부처(付處)하게 하고, 이파(李坡)는 옛일을 인증하여 폐비하는 일을 찬했으니 그 죄상이 난신(亂臣)과 다름없다. 관을 쪼개어 시신(屍身)을 자른 뒤에 능지전시(凌遲傳屍)하게 하고, 정창손(鄭昌孫), 한명회(韓明澮), 심회(沈澮)는 국가의 중신으로 힘써 간하는 말이 없었으니 그 몸이 이미 죽었다 하나 죄를 받아야 당연한지라, 종묘에 고제(告祭)하여 참람히 배향 공신으로 있는 위패를 묘정에서 내쫓고, 무덤을 파헤쳐 부관참시하게 하고, 정인지는 그때 늙은 퇴 재상이나 국가에 큰일을 보고 안연히 누워 있으니 역시 불충이다. 서인으로 내려 다시 장사 지내게 하라!"

한번 정씨와 엄씨의 피를 본 연산은 미칠 듯 수천 수백의 피를 보고야 말 것 같다.

숙살한 기운이 다시 온 나라에 가득 찼다. 산 사람도 떨고 죽은 귀신도 떨었다.

단종의 중신으로 단종을 핍박하여, 그 삼촌 수양대군에게 나라를 전위시키고 정난일등훈 영의정(靖難一等勳領議政)으로 일세를 흩날리던 정인지가, 오늘날 무덤이 깨어져 혼백이 벌벌 떨 것을 누가 알았으며, 사육신을 고자질하여 부귀영화를 탐내고 의 아닌 벼슬한 지 육십여 년에 세 번이나 수상이 되었고 여든

여섯을 살아, 공신의 복록이 면면하던 정창손이 오늘날 관이 깨어지고 뼈다귀가 부서질 줄 누가 알았으며, 일개 수양대군으로 하여금 천승의 임금 세조가 되게 한 정란 원훈 상당부원군(靖難元勳上黨府院君) 한명회가 다섯 조정을 내리 섬기고, 두 차례나 국구가 되어, 하늘을 흔들고 땅을 도리질할 세력을 가졌을 때, 누가 오늘날 그의 죽은 뼈가 맷돌에 갈려 바람에 흩날릴 줄 뜻이나 먹었으랴.

대문 밖 영미정골 정업원(지금 숭인동 십칠 번지 청룡사)에는 그야말로 하늘에 사무칠 듯한 긴 한을 품은 채, 억울하게 나머지 세월을 흘려보내다가 뜻 아니한 갑자사화— 그중에도 정인지, 정창손, 한명회, 말만 들어도 몸서리가 쳐지는 이 사람들의 두 벌 죽음 당하는 것을 고요히 내려다보고 있는 한 사람의 늙은 부인이 있다.

— 정인지의 무덤을 막 파헤쳤소!

— 정창손의 송장을 세 동강에 자르고, 다리팔을 발기발기 찢었소!

— 한명회의 뼈다귀를 맷돌에 갈아 산지사방으로 헤쳐 버렸소!

이 참혹한 놀랄 만한 소식이 구을러 세상을 등진 조용한 암자 속으로 들어올 때마다, 백발이 성성한 늙은 부인은 주름진 입 언저리에 차디찬 쓴웃음을 웃었다. 쓸쓸한 힘없는 웃음이 슬쩍 스러진 뒤엔, 경건한 합장을 가슴 위에 고요히 안아 깊은 생각 속으로 눈 감아 든다. 이 늙은 부인은 누구냐? 참혹하게 영월에서 돌아가신 단종대왕의 왕비였던 송씨 부인이다.

지금은 왕비도 아니요, 상왕비(上王妃)도 아니요, 노산군비(魯山君妃)도 아니요, 그대로 한개 부인인 송씨시다.

단종 왕비는 나라를 잃고 하늘같이 우러르던 남편 단종마저 영월 청령포에 잃은 후에, 혈혈한 단신이 이 세상을 떠나려 하나 떠날 수도 없고 버리랴 하나 버릴 자유조차 없었다. 만고에 없는 참혹한 풍파에 이리저리 밀리며 억울하고 애운한 눈물을 뿌려, 오늘날 의지해 있는 곳이 정업원이다. 봄바람 가을비 한 많은 세월은 쌓이고 쌓이어 이제는 환·진갑을 다 지낸 예순넷이다.

단종 왕비는 날마다 날마다 정업원 앞산 석산봉(石山峰) 위에 오른다. 이 봉우리 위에 오르면 동편으로 단종대왕이 죽은 영월을 바라보기 편한 까닭이다. 천 리 머나먼 길을 바라보면 무얼 하리. 구름과 안개에 싸인 멧부리가 아득할 뿐이다. 그러나 단종 왕비는 봄이나 가을이나 여름이나 겨울이나 하루도 빼지 않고 이 봉우리에 오른다. 올라서는 만단수심을 동천 하늘에 날려 보낸다. 유해라도 저기 저 하늘 밑에 누웠거니, 무덤이라도 저기 저 새파란 하늘 아래 있겠거니 하여 자신의 마음을 스스로 위로한다.

봄풀은 해마다 파릇파릇하건만 왕손의 돌아올 기약은 아득하다. 단종 왕비의 애끊이는 생각은 이처럼 간절하건만 한번 간 단종이 다시 올 리 만무하다.

그러나 세상에 보복의 이치는 무섭다. 단종 왕비는 말똥말똥

금삼의 피

산 눈으로 불공대천지 원수, 나라를 도적해 바친 정인지의 무덤을 파헤치는 것을 똑똑히 보고 있게 되었다. 사육신을 고자질한 정창손의 시체가 발기발기 찢어지는 것을 보게 되었다. 중흥 공신이라는 한명회의 뼈다귀가 맷돌에 갈리어 까마귀의 밥이 되는 것을 고요히 응시하고 있게 되었다.

눈 감고 합장하고 고개 숙인 단종 왕비의 머릿속에는, 악착한 기쁨과 원수 갚는 상쾌한 맛보다도 정중하고 엄숙한 진리의 계시를 받는 것 같았다.

거룩한 칠성(七星)이 호호 백수를 흩날리며 기다란 지팡이를 들어 읍한 뒤에,

'왕비마마 근심 마시오. 모든 악한 무리는 다 천벌 받았소! 하늘 이치가 이러하오.' 하고 가르쳐 주는 듯하였다.

관음보살이 웃는 듯 상냥한 얼굴로 나타나서 일지 연화로 당신의 어깨를 툭툭 치고,

'왕비! 선하신 우리 왕비! 보복의 이치가 이러한 것이오이다. 이제는 모든 원이 서셨소. 단종 왕 마마도 이제는 눈 감으시어 서방정토 극락세계 연화대(西方淨土極樂世界蓮花臺)로 가시었소! 선하신 왕비의 어진 공덕이오!' 하고 설법을 마친 뒤에 스러지는 듯하였다.

깊은 생각 속에 고개 숙여 합장했던 단종 왕비 송씨는 고요히 일어나 뜰 아래로 내려 석상봉을 향하고 오른다. 뒷사람들은 이 봉우리를 동망봉(東望峰)이라 부른다. 영조의 친필로 바윗돌 전면에 동망봉 석 자를 써서 새긴 것이 지금도 뚜렷하게 남아

있다.

동망봉 꼭대기에 오른 송씨는 멀리 동편 하늘 영월 쪽을 바라보고 두 번 허배를 드렸다. 천 리 먼 길에 떨어져 있는 단종의 무덤을 향하여 올리는 절이다. 어느 날 어느 때 감창한 회포가 없으랴마는, 오늘 정인지의 무덤이 파헤쳐지고 정창손의 시체가 찢어지고, 한명회의 죽은 뼈다귀가 맷돌에 갈려졌다는 소리를 듣고 다시 이 봉우리에 올라 멀리 있는 그 님의 무덤을 향하여 절을 올리니, 옛일을 느끼는 서글픈 눈물이 하염없이 비 오듯 쏟아진다. 오십 년, 맺히고 맺힌 슬픔이 북받쳐 터져 나왔다. 소리를 내어 아프게 부르짖어 울고 싶었다.

그러나 송씨는 누가 알까 두려워하였다. 그대로 울음소리를 죽여 느끼어 떨 뿐이다. 불어오는 바람을 향하여 눈물을 뿌릴 뿐이다. 창자가 끊어지도록 소리 죽여 느껴 우는 이 슬픔! 바람이 만일 유정하다면, 이 눈물을 구름 위에 넌짓 실어 장릉(莊陵)에 누워 있는 멧부리 위에 날라다가 우두둑우두둑 때아닌 성긴 빗발을 만들련만 원래 마음 없는 바람이라 뿌려지는 그 눈물을 잠깐 받아 봉우리 아래 백사지로 떨어지게 할 뿐이다.

송씨의 애끊어지는 슬픔은 멈춰지기 어려웠다. 무심한 둥근 해가 서쪽으로 구르니, 봉우리에 엎드려 느껴 우시는 송씨의 그림자만이 몇 번인지 자리를 옮겼다.

송씨는 눈물을 거두고 웅얼거려 가만히 그 님인 단종을 부르신다.

"상감마마! 아시오? 아시오? 당신의 나라를 도적해 간 정인지

의 무덤이 파헤쳐진 것을! 성삼문, 박팽년, 하위지, 유성원, 이
개, 유응부, 성승, 이 모든 충신을 고자질해 죽게 한 정창손의 사
지가, 죽은 그 사지가 발기발기 찢어진 것을!…… 중흥 공신이
랍시구 제 천하인 체 떠들고 흔들고 한 한명회의 뼈다귀가 맷돌
에 바드득바드득 갈려진 것을 지하에 계신 상감마마! 굽어살피
시오! 생전에 그렇게 똑똑하신 상감마마시니 어찌 영혼인들 이
일을 모르시오리까? 생전에 그렇게 착하신 상감마마시니 어찌
하늘이 무심하시오리까? 상감마마의 원수는 이제 다 갚았소이
다. 말똥말똥 성하디 성한 이 두 눈으로 상감마마 원수의 두 벌
죽음 당하는 것을 똑똑히 바라보고 있소이다. 상감마마! 손가락
하나 튀기지 않고 세 놈의 원수를 다 갚았소이다. 창칼 하나 쓰
지 않고 세 녀석을 세 벌 네 벌 죽여 뼈다귀를 갈았소이다. 상감
마마! 귀여우신 우리 상감마마! 이것이 천심이 아니고 무엇이오
니까? 갸륵하신 하느님의 높은 뜻이 아니고 무엇이오니까? ……
상감마마! 나는 여태 칠십 평생에 모든 것을 원망하고 저주하였
소이다. 선한 자나 악한 자나 다 마찬가지인 줄로만 알았소이다.
오히려 악한 놈은 더 잘되는 줄로만 알게 되었소이다. 의리도 소
용없고, 충신도 소용없고, 효자도 소용없고, 열녀도 소용없는
줄 알았소이다. 모든 것이 한때의 분 바른 허위와 가식의 거린
줄만 알았소이다. 오히려 정작 골똘해 이 길에 들어가는 사람이
어리석고 바보인 것으로만 알았소이다. 상감마마! 그렇지 아니했
어요? 우리의 자리를 빼앗아간 모든 불의의 일을 한 사람들이
얼마나 부귀영화에 호화로운 행복을 누리었습니까? 의를 앞세

우고 우리를 두호하던 사람들은 어디 한 사람이나 씨가 남은 이가 있었습니까? 이렇기 때문에 나는 칠십 평생에 모든 것을 저주하고 원망하며 살았소이다! 그랬더니 하늘은 과연 무심치 않구료, 저절로 우리의 원수를 갚아 주시는구료! 상감마마 영혼이 계시면 이제는 눈 감으시오! 나도 오늘부터는 무심치 않은 하늘 뜻을 공손히 받들어 멀지 않은 앞날에 상감마마를 따라가리다. 내 나이도 이제 예순넷이오그려! 남은 날도 이제는 많지 않았소. 멀리 지하에 계신 우리 상감마마의 명복을 빌다가 착한 마음으로 죽으오리다!"

송씨는 이렇게 암축을 하고 천천히 발을 다시 옮겨 정업으로 내려간다.

충훈부당상 무령군 유자광(忠勳府堂上武靈君柳子光)은 갑자년 참혹한 옥사가 일어나는 것을 보고 가만히 앉아 있을 수 없었다. 무오사화 때, 평소에는 감히 우러러보지도 못하던 이름난 신하와 글 잘하는 사람들을 초개같이 귀양 보내고 죽여 버려, 자기의 위엄을 일국에 떨치게 한 것은, 제가 지금 생각해 봐도 여간 신나는 노릇이 아니다. 이 덕분에 무령군에다 충훈부당상이라는 국가의 공신을 상 주고 내려뜨리는 중요한 벼슬자리에 앉아 있게 된 것이다. 상감 연산이 폐비로 인하여 다시 크나큰 옥사를 일으키니 또다시 어떻게 한몫을 보고 싶은 생각이 들었다. 궁둥이가 들썩들썩하여 가만히 앉아 있을 수 없었다. 어떻게 언턱거리를 잡아 또 한 자리 좋은 벼슬이 하고 싶었다. 좀더 상감

금삼의 피

에게 가까이 보이고 싶었던 것이다. 교활하고 간사한 소인의 심정이다. 유자광은 틈을 타 어전에 엎드렸다.

"충훈부당상 무령군 신 유자광 아뢰오. 이파(李坡)의 아비 이계전(李季甸)과 이세좌의 아비 이극감(李克堪)은 좌익공신으로 녹훈이 되온바, 지금 그 아들이 대역으로 몰리었사온데 그 애비 안연히 공신의 자리에 있을 수 없사오니, 훈을 깎아 버리게 하옴이 마땅하옵고, 윤필상(尹弼商)은 여러 차례 수상을 지낸 자로서 국은이 망극하옵거늘 폐비 때 수상으로 해거한 의논에 참례하였을 뿐 아니라 이리저리 시세를 보아 상감의 뜻을 맞추려 하와 때를 따라 그 주장을 변하였사오니, 신자의 도리가 아닐뿐더러 성품이 탐탐하고 인색하와 불의의 재물을 많이 모은 까닭에 식화 재상(殖貨宰相)의 별명까지 듣사오니 그 죄 하늘에 닿을 듯 하온지라 귀양만 가지고는 너무 경하오니 재산은 적몰시키고 죽음을 내리심이 지당한 줄로 아뢰오." 하고 가장 충성스러운 듯 머리를 조아 올린다. 무오사화 때 윤필상을 농락하여 모든 어진 이를 없애 버리고 제 자리를 튼튼케 한 의리와 인정도 추호만큼 없다.

"무령군의 말이 옳으오. 선왕 때부터 대신이라 주저하여 귀양만 보냈더니, 다시 그 죄상을 들으니 가증 가악하오. 사약을 내리게 하고 재산을 적몰하여 나라에 바치게 하오."

연산의 허락하는 말을 들은 유자광은 의기가 다시 으쓱하다. 황송한 채 찌푸려 물러가며 형조에 이 전교를 받들었다.

금부당청 김양필(金良弼)을 윤필상이 귀양 간 진도로 보내어 약사발을 내리고, 추쇄도감(推刷都監)을 앉혀 재산을 적몰시키니 아들과 첩의 집을 합하여 다섯 집에서는 금은보화가 산더미같이 쏟아지고, 큰집에서만 나온 쌀과 피륙만이 면포가 삼만여 필, 쌀이 일천여 석이라는 그때 당시에 어마어마한 살림을 지니고 있었다.

윤필상이 젊었을 때 유명한 명복(名卜)을 찾아 한평생을 물은 일이 있었다. 그때 명복의 대답이 평생의 수부귀가 만인 위에 오를 것이나, 다만 삼림(三林) 아래 죽을 것이 한이라 대답했다. 그 뒤에 윤필상은 삼림이 무엇인가 무척 궁금하여 사람을 만나면 반드시 이것을 물어보고 알아보았다. 그러나 종시 그 뜻을 터득해 내지 못했었다. 이때 진도로 귀양을 가서 조그마한 초가집 하나를 얻어 팔십 노구를 이끌고 고단한 살림을 하니 한심하기 그지없다. 아침이면 지팡이를 끌어 논과 밭을 무료히 거닐고, 저녁이면 촌 늙은이 두서넛을 모아 놓고 답답한 긴 밤을 이야기로 밝힌다. 어느 날 밤에 윤필상이 거접하고 있는 곳에는 밤늦도록 마실 와서 이야기하던 늙은 촌백성들이 닭이 홰를 치는 소리를 듣고 하나씩 둘씩 헤어지기 시작했다. 이때 한 사람이 다른 한 사람을 건너다보며,

"여보게 내일 아침에는 상림(上林) 앞밭에서 만나세." 하니 한 사람은,

"왜, 김매려나?" 하고 재우쳐 묻는다. 윤필상은 귀가 번쩍 띄었다. 상림과 삼림이 음이 비슷한 까닭이다.

"삼림이 어데쯤 되나?" 하고 촌백성에게 물으니,

금삼의 피

"네, 여기서 한 오 리쯤 되는 곳에 상림(上林), 중림(中林), 하림(下林)이라는 곳이 있습지요." 하고 대답했다.

윤필상은 가슴이 뚝 떨어졌다. 바로 꼭 점장이가 말한 삼림이다. 심사가 좋지 못해서 울울하게 며칠을 지냈다. 윤필상은 이 소리를 들은 지 사흘이 못 되어 어명이요, 하고 약사발을 받았다.

연산은 의금부 당상에게 명을 내려 전후 죄인의 명부를 만들게 하고, 임사홍으로 갑자년 흉사 정죄안(甲子兇邪定罪案)을 써서 나날이 폐비에 관련된 사람들을 사실해 올리게 하며, 한편으로는 척흉청(滌兇廳)을 만들어 한성부 우윤 이손(李蓀), 예조 참의 민상안(閔祥安), 이조 참의 임유겸(任由謙)으로 당상을 삼고 죄인의 집을 헐어서 못을 파고 푯돌을 세워 그 죄상을 새긴 뒤 모든 사람에게 널리 보게 하였다.

인동으로 귀양 간 이극균에게 사약을 내리고, 직산으로 내쫓긴 원임영의정 성준(成俊)을 잡아 올려 교살시키니, 이극균은 폐비 적에 금부당상으로 있었을 뿐 아니라, 그 조카 이세좌에게 사약을 내렸을 때 그 죄상이 억울하다 사람에게 이야기한 까닭이요, 성준은 옛 문서를 뒤져 보니 폐비 때 승지로 언문 전교를 받들고 나가서 폐비의 마음이 돌리게 풍간(諷諫)하였다는 사실이 실록에 적혀 있었던 까닭이다. 이극균과 성준은 모두 다 원임 대신으로 나라를 버티고 있는 한 쌍의 쌍기둥이다. 서리같이 쌀쌀한 연산의 가혹한 처단이 여기까지 미치니, 미관말직 덤벙대던 사람은 그 목숨이 이름 없는 풀만도 못하고 말라 바스러진 지푸

라기에도 비할 수 없게끔 되었다. 온 조정 신하들은 간담이 서늘하여 벌벌 떨며 눈치만 보고 귀를 기울여 참담한 새 소식을 얻어들으려 한다. 오늘 죽을지 이따 죽을지 모르니 손에 일이 잡혀질 리 없다. 한 나라의 크나큰 정치는 잠 속에 든 양 그대로 쉬어지고, 단지 폭풍우 같은 옥사만이 회오리바람처럼 온 나라를 뒤집어 흔들었다.

이극균은 광주(廣州) 사람으로 우의정 인손(仁孫)의 아들이다. 세조 때 문과 장원으로 궁마(弓馬)의 재주를 겸비하였다. 이 까닭에 세조의 총애를 입어 선전관으로 병법을 가르쳤고, 대장이 되어 서북으로 여진을 정복하여 용맹스러운 이름을 떨뜨렸다. 연산 육년에 비로소 우의정으로 한 나라를 요리하게 되니, 백전노장의 수단은 볼 만한 일이 많았던 것이다. 다시 좌의정으로 있다가 폐비 때 금부 당상이라는 것과 그 조카 세좌가 사약받는 게 억울하다는 한마디로 초솔하게 사약을 받아 죽게 되니, 늙은 장수의 나라를 위했던 만 가지 충성도 그대로 한 줌 물거품이다. 그는 죽을 때 분함을 이기지 못하여 금부 경력(禁府經歷)을 보고,

"내 나이 칠십에 몸에는 백 가지 병이 싸고도니 죽은들 무슨 한이 있으리마는, 늙은 몸을 이끌고 불모의 땅을 십여 차 들어가 여진족을 쳐서 어루만졌으니 나라를 위하여 수고로움은 있었을지언정 내 몸에는 죄가 없노라!" 하고 백수를 흩날려 긴 탄식 한 소리에 마지막 이 세상을 떠나는 약그릇을 들었다.

성준은 참판 순조(順祖)의 아들로 성종 때부터 원수를 지냈

고, 연산 사년에 우의정 자리에 오른 사람이다. 성정이 강직하고 바른말을 잘하기 때문에 방약무인한 연산도 항상 성준을 무서워하고 존경하였다. 어느 날 연산은 편전에서 영의정 성준이 무슨 국사를 아뢰려 들어왔을 때 기생 광한선을 무릎 위에 앉히고 입 맞추며 희롱질을 하였다. 이 모양을 본 성준은 즉석에서 어성을 높이어,

"전하! 늙은 신이 아직도 목숨이 붙어 있으니 전하께서는 마음대로 무례하지 못하시리다!" 하고 부르짖었다. 연산은 깜짝 놀라 용안이 벌게지며 광한선을 무릎 아래 놓고 옷깃을 바로잡아 사례한 일이 있었다.

성준이 이번에 직산에서 잡혀와 예순아홉 된 칠십 노인으로 군기서(軍器書) 다리에서 목매달아 죽임을 당하니, 원임 영의정이라는 한 나라의 수상을 교살시켰다는 것은 만고에 없는 노릇이다. 말은 폐비 때 언문 전교를 받들었기 때문에 교살시킨 것이라 하나, 실상인즉 복수심이 남보다 열 갑절 강하고 강한 연산이 가만히 마음속으로 기생 때문에 나무람 받은 것을 깊이 깊이 뿌리박히게 앙심 먹었던 까닭이다.

승정원에서 회릉을 폐할 당시에 언문 전교를 번역하여 밖에 전파한 사람과 그때의 사관 승지 주서들을 고계해 바치니, 승지에는 홍귀달(洪貴達), 김승경(金升卿), 이경동(李瓊同), 김계창(金季昌), 채수(蔡壽), 변수(邊修)요, 주서에는 신경(申經), 홍형(洪泂), 사관에는 최진(崔進), 이세영(李世英)이요, 언문 번역한 사람

은 채수, 이창신(李昌臣), 정성근(鄭誠謹)이며, 사약을 드렸을 때 어명을 받들었던 승지는 이세좌(李世佐), 성준이요, 그대로 승지 벼슬에만 있던 사람은 김세적(金世勣), 강자평(姜子平), 권 건(權健)이요, 주서에는 이승건(李承健), 권주(權柱)요, 사관에는 신복의(辛服義), 홍계원(洪係元)이요, 언문을 읽은 내관은 안중경(安仲敬)이요, 언문을 펴서 보인 사람은 강자평이라 보해 바쳤다.

이세좌와 성준은 이미 극형에 처한 사람들이라 다시 거론할 것이 없고, 나머지 사람들은 함빡 옥에 가두어 놓고 매 때려 사실하니, 채수는 언문을 모를 뿐 아니라 폐비된 경연 자리에서, 성종에게 폐비를 두호하여 시량 범절을 후하게 공궤하라 아뢰다가 파직을 당하고 삼 년 동안 서용하여 쓰지 않았던 일이 드러났다. 연산은 채수를 즉석에서 백방시키게 하고 나머지 사람들은 벼슬을 삭탈하고 외방으로 귀양 보내 버렸다.

금부 관원들은 이세좌, 이극균, 윤필상 들에게 사약을 전하고 돌아왔다.

연산은 죄인들이 사약을 받고 무엇이라 말하더냐 물었다. 이극균, 윤필상은 죄가 없노라 탄식하고, 이세좌는 사약을 받지 않고 목매달아 죽은 것을 사실대로 아뢰었다. 연산은 불덩이 같은 역정이 일어났다.

"네 그놈들 아주 대역부도로구나! 임금이 내리는 사약을 받지 않고 목매달아 죽다니 그놈들의 시체를 여러 동강에 내어서 사방에 전시(傳示)시켜라!"

갈수록 연산의 앙심 먹은 마음은 더욱 참담한 짓을 일으킨다.

연산은 다시 전교를 내리어 덕종의 후궁 권 숙의의 무덤을 파헤치니, 시체는 간 곳이 없고 단지 빈 관만 남아 있었다.

권 숙의라는 이는 독자의 기억에 아직도 새로우리라. 폐비 윤씨가 중전으로 있을 때 정씨와 엄씨가 방자질하는 것을 위로 상감(성종)과 대비에게 직접 알릴 길이 없으므로, 삼월이 나인과 의논하고 사람을 권 숙의 집에 보내어 감찰 상궁의 집 하인이로라 하고,

― 엄 소용과 정 귀인이 중전마마와 원자 아기를 모해하려고 흉계를 꾸몄다 하오. 하는 놀라울 만한 투서를 보냈던 바로 그 권 숙의다.

그때 권 숙의는 이 투서를 가지고 대비께 들어가 중전과 원자를 구하려 애썼으나 일은 도리어 중전에게 불리하여 삼월이 나인은 교(絞)에 처했고 중전은 비상 조건으로 그 당시에 곧 폐비가 될 뻔하였던 것이다. 권 숙의는 하는 수 없이 작은 대비에게 나아가 즉석에 폐위되는 중전을 구했던 것이다. 그러나 폐비의 시초는 실상 이곳에 있던 것이다. 해가 오래고 예종 왕비마저 없으니 권 숙의가 중전을 두둔했던 비밀한 일은 드러날 길이 없다. 그대로 권 숙의는 말질한 혐의를 꼼빡 뒤집어쓴 것이다.

그 뒤에 권 숙의는 세상만사가 다 부질없다. 더욱이 부처를 섬기고 불제자로 앞뒤 일을 조용히 생각하니 죽어 사후에 어떠한 횡액이 자기 시체에 미칠는지 모른다. 가까이 다니던 비구니 혜명(惠明)에게 유언하기를,

"내가 죽거든 가만히 내 몸을 화장해 주오. 국법에는 이것을

허락하지 않을 터이니, 빈 관으로 장사 지내게 하고 내 몸은 불가의 예법대로 다비(茶毘)에 부쳐 주오." 하고 세상을 떠났었다. 비구니 혜명은 권 숙의의 유언을 받들어 빈 관만 장사 지내고 정작 시체는 가만히 화장을 하였던 것이다.

영화 부귀로 한세상을 흔들던 모든 대신과 후궁들은 두 번 세 번 참혹한 죽음을 아니 당하는 사람이 없었으나, 앞일을 내다보는 불의의 제자 권 숙의만은 이렇게 하여 홀로 참혹한 욕화를 면하게 되었다.

갑자 사월 이십칠일 덕종 왕비인 인수 왕대비(仁粹王大妃) 한씨는 척한의 옥사가 이글이글 벌어진 소란한 가운데 창경궁 경춘전(慶春殿)에서 쓸쓸하고 답답한 가슴을 쥐어뜯으며 길이 이 세상을 떠나 버렸다.

폐비의 한 많은 피눈물이 한삼 위에 아롱아롱 붉게 물들게 한 이도 이 어른이다. 연산의 날카롭고 매서운 성정이 미칠 듯 나라를 거꾸러뜨리게까지 이르게 한 가엾은 장본을 빚어낸 이도 이 어른이다.

스물한 살 때의 덕종인 동궁을 여읜 청상과부로 예순아홉까지 칠십 평생을 사는 동안 대비의 엉켜진 성격은 다만 엄숙! 그것뿐이었다. 한번 화려하게 웃어 본 적이 없고, 슬쩍 마음을 돌려 굽힌 적이 없었다. 그대로 추상같은 무서운 법도요, 터럭만큼도 두남을 두지 않는 딱딱한 범절이다.

『열녀전』, 『여교명감(女敎名鑑)』, 『소학』들은 몸소 자신이 행하고 본받는 거울이 된 것이매, 여기 조금이라도 버스러지는 듯한

476   금삼의 피

사람은 거들떠보지도 아니하고 사람의 수효로 꼽지도 아니한다. 한번 눈앞에 벗어나면 영영 그만이다. 칠십 평생 젊은 과부로서 다져지고 당쳐진 엄숙한 성정은 바윗돌같이 무겁고 얼음과 같이 싸늘하다. 비빈 후궁이 조금만 법도에 어그러지면 지엄하게 꾸짖으니, 세조가 생존해 있을 때, 이 며느리를 가리켜 포빈이라, 사나운 며느리라 한 일까지 있었다. 물론 세조는 이 법도 있고 범절 무서운 며느리를 칭찬하여 좋아서 말한 것이다. 그러나 너무 강하면 꺾이는 법이다. 다만 외길로 엄한 것만 안 인수대비는 이 나라 오백 년 동안에 또 한 가지 씻지 못할 한을 만들어 놓으시고야 만 것이다.

왕대비는 연산이 정씨와 엄씨를 박살한 뒤에 상감을 나무라는 말을 한마디 하였다가, 연산의 익선관이 옥체에 다닥친 이후엔 하도 기가 막히어 그대로 식음을 전폐하고, 입을 꼭 다문 뒤에 타는 듯한 답답한 화기가 일어나 그대로 세상을 떠난 것이다.

연산은 형식대로 발상 거애(發喪擧哀)를 하였다. 회릉을 간역하던 공조 참판 임사홍으로 산릉도감을 맡기고, 덕종을 모신 경릉(敬陵) 옆에 산역을 시작하게 하였다.

왕대비와—당시의 어머니 폐비, 그리고 왕대비와— 당신, 모든 일을 인제는 속속들이 다 아는 연산이다. 조금도 그 할머니의 세상 떠난 것이 슬플 리 없다. 하루로 한 달을 삼는 단상제(短喪制)를 써서 스무닷새 만에 길복을 바꾸어 입어 조하를 받고 풍악을 아뢰게 하였다.

윤사월 스무사흘 날 죽은 지 한 달이 채 못 되어 인수대비의 영여는 창경궁의 경춘전을 나가 서쪽으로 무악재를 넘어 고양 동봉현(東峰峴)으로 향하였다.

연산은 발인 때 지송(祗送)하는 것도 정지하고, 그대로 척흉청과 의금부로 옥사를 다스리게 하며, 폐비에게 대한 죄인을 중치하기에만 온 정신을 쏟아 버린다.

죽은 왕대비의 오라버니 한치형이 간하여 올렸던 상소문을 태워 버리게 하고 한치형의 무덤을 파헤쳐 시체의 목을 잘라 들이라 하였다.

이극균, 성준과 함께 왕대비의 밀지를 받아 연산에게 용도가 너무 과하다 괴롭게 간했던 까닭이다. 이때 한치형은 왕대비보다 먼저 세상을 떠났었다. 연산은 왕대비를 꺼려 생전에 차마 한치형에게 손을 대지 못했다가 왕대비가 인제 승하하였으니 거리낄 것이 조금도 없다. 한치형을 대역으로 몰고, 사록(史錄)을 상고하여 한치형이 건백(建白)하여 세운 법은 일일이 모두 다 깎아 버리고 물시하게 했다. 한치형의 죽은 목은 잘라 들여왔다. 연산은 기둥에 목을 달아 저잣거리에 내세워 두고 오고가는 백성들로 이것을 보게 하였다. 군기서 다리, 서소문, 종로 네거리, 육주비전 앞에는 죽은 사람들의 목의 저자다. 끔찍끔찍하고 잔인스러워 차마 볼 수가 없다. 머리 풀어 산발한 송장의 모가지 수효는 나날이 자꾸자꾸 늘어간다. 지나가는 백성들은 코를 싸쥐고 눈을 가리며 외면하여 지나간다. 즐비한 모가지 수효가 스물도 넘고 서른도 넘었다. 모두 한때는 어느 바람이 내불랴 하던, 감히 우러러보지도 못하던 권문세가 재상들의 모가지다.

성종대왕 때 사가 서거정(四佳徐居正)이 여러 문신들과 함께 편집한 『동국여지승람(東國輿地勝覽)』이란 책이 처음으로 인출되었다. 교서관에서는 책 한 질을 어람하라고 위에 바치었다.

여지승람은 조선 삼천리 방방곡곡의 산천 풍물과 지리 풍속, 고금 사적, 위인 걸사, 효자 열부의 내력을 자세히 기록한 오십 권이나 되는 호대한 책으로 조선 문헌의 크나큰 보배다.

연산은 새로 된 책이라 혼자 편전에 앉아 이리저리 책권을 뒤적거린다.

무심히 책 한 권을 빼어 가운데를 떠들어 보니 평안도 은산현(殷山縣)이란 곳이 나왔다. 산세와 지리 적어 놓은 것을 건성건성 넘긴 뒤에 인물 적어 놓은 곳을 보니 효자란 두 글자가 또렷이 보였다.

연산은 어쩐지 마음이 켕겼다. 아름다운 칭송이다. 어떤 사람은 백대를 내려가며 글발에 비치어 이 아름다운 칭송을 받게 되나 하고 생각하니 부럽기 그지없다. 얼른 아래에 적힌 것을 보니 효자 이자화(李自華)란 다섯 자가 커다란 자체로 뚜렷이 박혀 있다. 연산은 호기심이 움직였다. 호기심이라는 것보다도 더럭 고마운 생각이 일어났다. 어떻게 해서 이렇게 몇백 대를 내려갈 소중한 책에까지 효자의 이름이 나타나게 되었나 하고, 그 밑에 소주에 적힌 이자화의 행적을 내려다보았다. 부모가 긴 병에 드니 가산을 기울여 맛있는 음식과 약을 받들어 십 년 동안 의대를 풀지 않고 자리를 뜨지 않아 시탕 드렸고, 부모가 운명하여 궂기려 하니 손가락을 끊어 두 차례나 피 흘려 단지했다. 삼 년을 소하여 고기를 먹지 않고, 애통하고 초절하니 거의 사람의 모양이 아니었더라. 흩어진 머리, 때 묻은 얼굴로 여막에 시묘해 사니, 삼 년 동안에 무릎은 닳고 중단은 해져 끊어졌다. 무덤 앞에는 무릎 자국이 완연히 드러났고, 밤에 호랑이가 사람 냄새를 맡고 내려왔다가 하늘에 뻗친 효성에 감동되어 도리어 꼬리를 치며 밤마다 밤마다 이 효자를 위하여 옹위해 주었다.

연산은 이자화의 사적을 다 본 다음에 책을 덮고 눈을 감았다. 하늘에 뛰어난 효자, 이자화의 모양이 방불히 눈앞에 나타나는 것 같았다. 십 년 동안 부모의 간병에 의대를 끄르지 않고 시탕을 하였다! 도저히 자신으로서는 따르지 못할 일이다. 삼 년 시묘에 호랑이가 와도 피하지 않고, 무덤 앞을 떠나지 아니하여 도리어 호랑이가 이 효자의 정성에 감복되었다. 암만 생각해도 당신으로는 하지 못할 노릇이다. 자신이 자신의 어마마마인 폐비께 드리는 효성을 여기 견주어 보니 백에 하나도 당할 수 없고, 하늘과 땅이 떨어진 먼 거리와도 같다. 환경과 주위 일이 벌써 틀리고 다르기도 하지마는, 효자 이자화 앞에 스스로 효자가 되고 싶은 자신은 너무나 작고 너무나 미약한 것이었다. 크나큰 위인을 대하는 듯, 부러운 마음이 골짜기의 구름 일듯 일어났다. 폐비에 대한 한스러운 마음이 다시 강물처럼 터져 흘렀다.

자신은 효자가 되고 싶건만 효자 노릇 할 땅이 없고 부모가 벌써 궂기고 아니 계시니 효자가 될 거리도 없다. 효자묘를 받들고, 혜안전을 받들고, 회릉에 크나큰 역사를 일으켜 혼령을 위로해 드리려 하나, 이자화 같은 효자가 되기는 벌써 틀린 일이다.

금삼의 피

평범하기 짝이 없다. 아들로 되어 당연히 하고 말 일이다. 폐비되었던 어머니를 복위시키는 것쯤은 자식의 당연한 도리다. 자랑할 것도 아무것도 없는 한개 평범한 일이다.

효자가 되는 것도 무슨 운명을 타고나는 것 같았다. 전생에서 염라대왕이 너는 나가서 효자가 되고! 너는 나가서 불효가 되고, 너는 나가서 효자 노릇을 하고 싶어도 한탄만 하고 효자는 되지 말아라! 하고 미리 마련해 일러 내보내는 것 같았다. 돌이켜 자신을 생각해 보니 이자화 같은 사람을 효자라 하면, 당신은 영영 효자 되는 길에는 담 쌓고 만 사람이다.

어마마마를 받들어 드리기는커녕 사약을 받아 운명하는 것도 몰랐다. 거상이 무어냐? 산소도 몰랐던 것을!

아바마마 때는 어찌했더냐? 역시 또한 삼년상을 받들지 못했다. 국초로부터 내려오는 단상법으로 해서 줄곧 뒤에는 검은 갓에 흰옷을 입었던 것이다.

효자 이자화! 천추 백대에 그 이름이 빛날 것을 생각하니, 이자화는 한 나라의 임금인 당신보다도 훨씬 나은 사람이다. 나은 것을 싫어하는 연산의 마음! 남의 밑에 있기를 싫어하는 상감의 마음은 삼분의 시새는 마음이 일어나기 시작했다. 좀더 이자화라는 사람을 알아보고 싶었다.

"애 게 누구 있느냐? 정원에 가서 승지를 불러라."

승지 한 사람이 승명하고 들어왔다.

"애 오늘 내가 여지승람을 보니 평안도 은산현에 이자화가 있다고 적혀 있구나. 그 행적을 보니 대단 갸륵한 일이다. 좀더 이

책에 적힌 외에 좋은 행적이 있나 널리 조신(朝臣)에게 물어서 그 위인을 자세히 알아 들여라!"

승지는 명을 받들고 홍문관의 옥당 교리를 찾았다. 누구보다도 이네들이 여지승람에 대한 일을 자세히 알 것 같았다.

옥당들은 과연 이자화의 내력을 자세히 알고 있었다.

"이자화는 효자뿐만 아니라 충효가 겸전한 사람이요. 대행 성종대왕 국휼(國恤) 때만 하더라도 삼년상을 혼자 입은 사람이지요. 그 범절이 과연 무던하오." 하고 무심히 대답해 버렸다. 승지도 또한 무심히 이 소리를 그대로 연산에게 보해 바쳤다.

성종대왕 때 삼년상을 혼자 입었다는 소리는 연산의 귓전을 아프게 찔렀다.

"무어? 국상을 혼자 입었어?"

연산의 얼굴빛은 졸연히 새파랗게 변해진다.

이자화가 성종대왕의 거상을 혼자 삼 년 동안이나 입었다는 것은, 단지 국법을 지키지 않았다는 것뿐만이 아니다. 단상법이란 것이 예에 어그러진 일이기 때문에, 자기는 차마 의 아닌 일을 행할 수 없다는 까닭으로 홀로 착하게 삼년상을 지켰다는 것이 되어 버린다. 그러면 단상법을 그대로 눌러 쓴 성종의 아들 상감인 당신과, 이것을 법 받은 모든 조정 대신들은 어떻게 되는 것이냐? 효자 이자화의 안목으로 본다면, 당신은 불효자! 불충이다.

예절을 모르는 의 아닌 임금이 되어 버리고 부모를 모르는 불효자가 되고야 만다!

　　　　　　　　　　　　　　금삼의 피

연산의 마음은 괴롭고 아팠다. 효자가 되고 싶으나 효자가 되지 못하는 당신! 효자 이자화에 비하여 본다면 그 존재가 작고도 미약한 것을 탄식하여 괴로워하는 당신에게, 효자 이자화는 성종의 국상으로 말미암아 말없이 유유하게 삼년상을 홀로 지켜 천고의 불효자 연산을 꾸짖는 것 같았다.

'주제넘고 건방진 놈!'

연산의 마음은 홱 돌아섰다. 마치 순풍에 돛을 높이 달고 형그렇게 흘러 내려가던 배가 삽시간에 사나운 역풍을 만나, 펴졌던 돛이 홱 돌아서며 위태롭게 방향을 바꾸듯이, 효자 이자화를 부러워하던 마음은 국휼에 삼 년 거상을 혼자 지켰다는 것으로 해서 미워하는 마음이 뭉게뭉게 치밀었다.

'저는 효자요 충신이 되고 나는 불효한 임금이 된다!'

연산은 가만히 입술을 깨물었다.

'저는 만고에 옳은 사람이 되고 나는 백대에 그른 임금이 되어!'

암기 있는 연산의 눈이 살짝 추켜올라 붙여졌다.

'효자! 네 나라 임금이 효자가 되고 싶어도 효자가 되지 못하는 형편인데 네가 효자야! 삼천리 이 땅을 호령하는 일국의 제왕으로도 효자 노릇을 못하게 되는데 미미한 일개 이자화 네가 효자야!'

연산의 입술은 엎어진 배처럼 씰룩 비뚤어졌다.

"네 그놈을 잡아 들여라!"

승지는 별안간 웬 분부인지 몰라 제 귀를 의심할 만큼 정신이 얼떨떨해 주저하고 엎드렸다.

"나는 그놈이 효자라기에 제법 한 인물인 줄 알았더니, 국법을 어기고 임금을 속이고 세상에 이름을 도적질하여 요명(要名)을 장만하는 괴상한 놈이로구나! 즉각으로 금부에 기별해서 빨리 잡아들여라!"

효자 이자화는 어전에 잡혀 들어왔다. 해진 베 도포, 양테 떨어진 갓에 짚신감발을 한 채, 나졸에게 붙잡혀 영문도 모르고 으리으리한 드높은 대궐 전각 마당에 꿇어 앉혔다. 허리 굽고 머리 센 칠십 늙은이다. 금부도 있고 형조도 있건만 연산은 일부러 밉기도 하고 부럽기도 한, 효자라고 떠드는 이자화를 친히 보고 싶은 까닭에 궐내에 친국 좌기를 차린 것이다.

연산이 전 밖에 나와 잡혀 들어온 이자화의 모양을 한참 동안 내려다본다.

"얘 고개를 들어라, 얼굴 좀 보자. 네가 효자 이자화냐?"

이자화는 황겁하여 대답을 아뢰지 못하고 그대로 고개 숙여 엎드려 있다. 나졸들이 이자화의 얼굴을 번쩍 손으로 받쳐 들었다. 들녘 햇볕에 시꺼멓게 탄 숯검정 같은 주름 잡힌 얼굴! 어리석은 듯도 하고 용렬한 것 같기도 하다. 구중궁궐에 금지옥엽으로 자라나며, 말쑥말쑥 닦이고 의인 사람만 보고 자라던 상감 연산의 눈엔 촌사람 이자화는 사람같이 보이지도 않았다. 이것이 여지승람에 떠들어 놓은 효자 이자화인가 하고 생각하니 부러워하고 흠앙하던 생각은 더욱 사라지고, 국휼 때 국법을 어기어 저 혼자 착한 체, 예를 아는 체한 것이 가증스럽기만 하다.

"네가 효자냐?"

연산은 재우쳐 물었다. 이자화는 무어라 대답해야 좋을지 모른다.

"모르겠습니다. 남들이 그렇게 불러 주니 효잔가 봅니다."

순되디순된 이자화의 대답은 도리어 연산의 귀를 거슬렸다. 어째 뻣뻣한 듯하기도 하고 거만한 것 같기도 하다.

연산의 추상같은 명령은 떨어졌다.

"보아하니 늙은 자로서 나라의 국법을 초개같이 업신여기고, 혼자 착한 체하여 국휼 때 삼년상을 입었다 하니, 네 눈에는 나라도 없고 임금도 없고 법도 없단 말이냐? 남이 못하는 짓을 일부러 하는 체하여 이름을 낚시질하여 요명거리를 장만하는 궤행자(詭行者)로구나!"

이자화는 이마를 조아 올리며 애걸하여 아뢴다.

"먼 시골 촌백성이 무엇을 알리이까. 성종대왕 국휼 때 삼년상을 입은 것은 추호라도 다른 뜻이 없사옵고, 임금과 애비는 일체라고 하옵기에 삼년상을 받들어 입었을 뿐이옵니다."

"에이 괘씸한 놈! 겉으로는 어리석은 체하고 속으로는 딴 배포를 한판 차리고 있는 음흉한 놈이다. 그럼 너한테 대면 나는 불효자로구나! 일개 이자화 한 놈으로 인하여 나라 법을 어지럽게 만들 수는 없다. 네 저놈을 금부로 내려 처참한 뒤에 저잣거리에 효수시켜라!"

변명도 헛일이요, 발악도 소용없다. 효자 이자화는 이렇게 하여 나졸에게 등이 밀려 궐문 밖으로 나섰다.

연산은 다시 지엄한 영을 내려 국휼 때 삼년상을 혼자 입은 궤행자를 염탐하여 잡아 바치라 했다.

이 영이 내린 지 며칠 안 되어 진주(晉州)에서 조지서, 정성근이 성종대왕 때 홀로 삼년상을 입었다는 보발이 들어왔다. 조지서는 연산이 동궁 때에 글을 읽을 때 어전에 책을 내던지며 ─ 저하가 이렇게 글 읽기를 싫어하시면 상감께 아뢸 테요! 하고 고함쳐 연산을 위협하던 바로 그 조지서다.

연산은 조지서 성명 삼자를 다시 들으니 조지서는 큰 소인이요 허침은 큰 성인이라 벽에 썼던 옛 기억이 문득 일어났다. 벼르고 벼르던 한이 새로이 다시 탁 터졌다. 당신 앞에 책을 내동댕이치던 조지서의 얼굴이 방불히 나타났다.

─ 주제넘은 놈!

연산은 이를 부드득 갈았다.

"벼슬깨나 해서 나라의 조체(朝體)도 아는 놈으로 그래 저 혼자만 잘나서 효자요 충신이란 말이냐. 거상만 입으면 충신이냐! 그놈들이 난리만 나 봐라 먼저 꽁지를 뺄 놈들이! 발샅이나 우비고 매명만 하려 드는 썩은 놈들이다. 문초할 것도 없다. 그대로 잡아다가 목 베어 효수시켜라!"

조지서는 이때 벼슬을 버리고 지리산 아래 지족정(知足亭)이란 조그마한 초정(草亭)을 짓고, 글 읽고 밭 갈며 세상 인연을 끊은 지 십 년이다. 그대로 초야에 묻혀서 나머지 세월을 욕 없이 마치기 소원이었다.

금부도사가 연산의 어명을 받들어 초정을 두드리니 조지서는 벌써 자기의 목숨이 성하게 부지하지 못할 줄을 깨달았다. 안으로 들어가 나어린 아들을 어루만지며 아내에게 의관을 달라 하고 행리를 수습하니 만사는 모두 다 틀린 노릇이다. 창연한 생각에 장부의 가슴이건만 두어 줄기 눈물이 소리 없이 옷깃을 적신다. 아내 정씨는 포은 정몽주(圃隱鄭夢周) 선생의 증손녀다. 금부도사가 남편을 잡으러 왔다는 소리를 들을 때, 하늘이 무너지는 듯 땅이 꺼지는 듯하였다. 기막힌 슬픔에 금창이 메어지는 듯하지마는 원체 범절 높은 부인이라 떠나가는 남편의 마음을 조금이라도 상하게 할까 하여, 태연한 얼굴로 주안상을 받들어 마지막 가는 남편에게 술 한잔을 따라 권하며 위로한다.

"과히 놀라지 마시고 약주나 한잔 잡숫고 떠납쇼. 인명이 재천인데 설마 어떨라구요. 영감이 평소에 남에게 적악을 아니하셨는데."

"뭐요 술이요. 술인들 어디 목이 메어 넘어가오. 이번 가면 내 몸이 다시 돌아오지 못할 것이오. 죽는 것은 원통치 않지마는 나어린 자식과 조상의 신주를 누구에게 부탁한단 말요." 하고 조지서는 창연히 부인이 따라 올리는 술잔을 기울인다. 정씨는 영감의 처창한 마음을 누를 수가 없었다. 주르르 소리 없는 눈물이 치맛자락으로 떨어졌다.

"죽기 한하고 스스로 보전하오리다."

겨우 한마디를 던졌다.

이것이 조지서 내외의 마지막 이별이었다.

조지서가 죽고 가산을 적몰당한 뒤에 정씨의 친정아버지는

정씨를 찾아보고,

"혈혈단신 섬약한 여자의 몸으로 어떻게 어린 자식을 기를 수 있느냐, 내 집으로 와서 친정살이라도 해라." 하고 딸을 달래고 위로하였다. 정씨는 장중하게 친아버지 말을 막았다.

"죽은 사람이 저에게 조상과 신주를 부탁하고 제가 죽기까지 받들기로 허락하였으니, 어찌 중간에 이 말을 저버리겠습니까. 저는 조씨 가문에 출가한 사람이라 거지가 될지언정 신주를 안고 친정살이는 아니할 터이니 아버지 단념하십쇼." 하고 한마디로 끊었다.

이자화, 조지서와 함께 죽음을 당한 정성근은 성종 때 승지로 효성과 청백한 것으로 이름이 높던 사람이었다. 정성근이 붙잡혀 올라오게 되니 그 아들 주신은 호곡하며 그 아버지를 따라 서울로 올라왔다.

행형한 그 아버지의 시체를 빼앗아 장사 지내려 하니 금부 관원은 이것을 막았다. 주신은 주먹으로 금부 당청을 쥐어지르며 몸부림쳐 시체를 뺏으려 했다. 이것이 말썽이 되어 주신은 옥에 갇혀 버렸다. 주신은 주야로 호곡하며 옥밥도 먹지 않고 굶은 지 달포 만에 옥 속에서 그 아버지를 따라 순사(殉死)하니, 효자의 집에 효자가 나는 것이다. 세상 사람은 이 소리를 듣고 찬탄하여 아까워하지 않은 사람이 없었다.

척흥청 제조 이손(李蓀)은 폐비의 원수를 갚는 척흥이 다 된 것을 아뢰었다. 연산은 김감(金勘)으로 천구백일명(天衢白日明)의 가사를 본떠, 『척한가(滌恨歌)』를 지어 장악원(掌樂院)에 기별하

금삼의 피

여 모든 기생들에게 이 노래를 가르치게 하고, 연산은 인정전에서 백관의 조하를 받으신 뒤에 크나큰 잔치를 사흘 동안이나 열어 모든 신하의 수고로움을 사례했다.

때마침 제헌왕후의 사당 혜안전이 이룩되고 회릉의 산역이 끝난 것을 아뢰니, 연산의 마음은 크나큰 짐이 덜린 듯하다.

공 있다는 사람들에게 벼슬 직품을 더하여 주니, 강구손(姜龜孫)은 숭록 좌찬성이요, 임사홍은 숭정풍성군 병조판서요, 김수동(金壽童)은 정헌 이조판서요, 이 손은 예조판서요, 신수근의 아우 신수겸(愼守謙)은 좌부승지다. 임사홍 일파의 벼슬은 으쓱하니 올라섰다. 사홍의 소원은 성취되었다. 벌려진 입을 다물지 못했다.

실국편
(失國篇)

연산은 어마마마의 새로 된 사당 혜안전에 친제를 드리고, 다시 산역이 끝났다는 회릉에 전배를 드리기로 거둥령을 내렸다.

상감 연산이 처음으로 어마마마의 무덤을 찾았을 때는 초여름 사월 밭고랑에는 삥대쑥이 우거지고 흐를 듯 녹음이 무성한 때더니, 지금 두 번째 회릉을 찾으실 때는 들국화 어지러이 향기를 뱉고 단풍잎 타는 듯이 붉은 서리 찬 구월 달 한보름이다.

어가는 가을바람을 헤치고 엄숙하게 위의를 차려 일로 태평히 청량리를 넘었다. 길은 다시 서북으로 갈리어 한 고개를 치달으니, 누른 잎 붉은 단풍 푸른 솔이 채색 그림인 양 어우러진 사이엔 보지 못하던 고래등 같은 기와집이 은은히 얼른거려 비친다. 새로 지은 정자각이요, 재실들이다. 연 위에서 이것을 바라보는 연산의 마음은 무거움을 벗어 놓은 듯 적이 어깨가 가볍다.

산릉 동구의 홍살문을 거쳐 연에 내려 재실에 잠깐 쉬시니,

　　　　　　　　　　　　　　　금삼의 피

모든 석재와 목재며 군신 좌서를 찾아 벌려 놓은 차림새가 마음에 거의 들어맞는다. 코에는 관솔 엉킨 새 재목 냄새가 향긋하니 맡아졌다. 깨끗하고 싱그럽다. 연산은 웃는 낯으로 산릉도감이었던 임사홍을 돌아다보며,

"수고했네." 하고 다시 능산으로 오른다. 조그마한 기구한 초로는 찾으려야 볼 수도 없다. 좌우 옆으로 명당수(明堂水)를 흘려 놓은 떼 입힌 탄탄대로가 나섰다. 소나무 잣나무 식목들도 많이 늘었다. 누릇누릇 가을바람에 나부끼는 활엽수 잎새 속에는 보지 못하던 귀한 품격을 가진 노리끼린 은행잎도 많이 섞였다.

거의 한 마장이나 뻗친 듯한 능 길은 삼엄하고 적적하다. 과연 일대의 제왕 후비의 옥체를 감춘 신역(神域)인 듯, 걸으면 걸을수록 차고 맑은 기운이 엄숙하게 떠돌아 저절로 고개가 숙여지고 옷깃을 바로잡게 한다.

붉은 홍살문이 또다시 보였다. 주란화각의 으리으리한 정자각이 나타났다. 바로 곧 폐비 윤씨였던 지금은 제헌왕후인 상감의 어마마마의 능침이다. 넓고 큰 강화(江華) 박석이 정자각까지 길에 깔렸다. 상감의 어로다. 연산은 앞뒤를 돌아보며, 박석 깔린 길을 걸어간다. 문 앞에는 수북이 집도 지어졌고, 정자각 왼편에는 붉은 창살한 비각도 날아갈 듯 세워졌다. 바른편을 바라보니 제향 젯메를 받들어 올릴 수라간도 아담하고 정결하게 꾸며 놓았다.

연산은 먼저 정자각에 올라 사배를 드린 후에 다시 나와 능침으로 친심(親審)을 한다.

태산을 떠다 놓은 듯한 순전(脣前)을 감돌아, 능상으로 오르니 문무석, 양석, 사자석은 재주를 다하여 공부 들여 새겨 있고, 망주석, 장명등, 혼유석도 격식대로 벌려졌다. 구름 탄 석가여래를 교묘하게 아로새긴 명풍석, 난간돌도 다시 군말할 것 없이 잘됐고 능침을 둘러싼 굽은 담도 훌륭하게 쌓였다.

연산은 능선에 향을 피우고 다시 재배를 드린 뒤 돌아서 산세를 살펴보니, 규모의 굉걸함이 건원릉(健元陵)을 당하리마는, 그래도 앞산은 구름 밖에 첩첩이 우거들어 부르면 대답이라도 할 것 같고, 뒷산은 우줄우줄 병풍 펼치듯 둘려 막으니 허할 것이 조금도 없다. 우편으로 백호는 엎드렸고, 좌편으로 청룡이 감쳐 도니 산뜻 생기가 나는 듯하고, 삼합수(三合水) 구부러질 명당을 싸고도니 이만하면 족하다. 풍수의 말만 믿고 삼길(三吉) 육수(六秀)를 억지로 찾는다면 도리어 간 이의 혼령만 불안케 할 것이다.

연산은 다시 능침 앞에 꿇어앉아 고요히 눈 감아 어마마마의 혼령을 불러일으킨다.

'어마마마! 당신의 아들 융이 왔소이다! 어마마마의 유궁을 제 정성껏은 만들어 드렸소이다! 부족하신 것은 없으시오? 어마마마!'

이렇게 마음속으로 연산은 묵도를 올린다.

'어마마마! 혼령이 계시다면 이제는 평안히 눈 감으시고, 억천만 년 이 신역(神域)에 길이길이 안혼 정백이 되어지이다! 어마마마의 하늘에 뻗친 그 슬픔, 지극한 한을 이 몸이 모두 다 알았소

금삼의 피

이다. 알고 모든 한을 씻겨 드렸소이다. 정씨도 죽이고, 엄씨도 죽이고 모든 어마마마께 불충한 신하들이며 내시들도 다 처결했소이다. 어마마마! 혼령이 계시거든 당신의 아들 이 몸의 지극한 정성을 살펴 주시오!'

능 아래는 배종 나온 수천 군마가 위립해 섰건만 이 순간은, 연산이 묵도를 올리는 이 순간만은 쥐 죽은 듯 고요하다. 기침 한마디 하는 사람도 없었다.

연산이 무릎 꿇고 앉은 배석 앞에는 새파란 향연이 향로 속에서 뭉게뭉게 일어나 혼유석 위로 굼틀굼틀 스러진다.

폐비의 혼령이 혼유석 위에 단정히 좌석하여 아들 연산의 지극한 정성을 미소해 받아들이는 것 같다.

묵도를 마치고 천천히 일어난 연산은 그대로 제절에 선 채,

"자원아!" 하고 고개를 돌려 승전빗 김자원을 부른다. 김자원이 대령했다.

"너 제조상궁보고 한삼 궤를 달라 해라!"

조금 있다 김자원은 붉은 함궤를 공손히 받들어 올렸다. 깨끗한 장지(壯紙)가 떼 풀 위에 펴졌다. 연산은 어수로 함궤를 받아 자물쇠를 열었다. 아롱아롱 붉은 피 묻은 한삼이 드러났다.

"불을 켜라!"

김자원은 부싯돌을 쳐, 불을 일으킨 뒤에 불붙은 부싯돌을 개비 성냥에 댔다. 푸시시 불길이 옮겨 붙었다. 연산은 어수로 금삼의 피를 들었다.

"불길을 이곳에 대라!"

하얀 삼팔에 점점이 묻은 새빨간 피는 바지작 새까맣게 오그라져 타들어갔다.

반 줌도 못 되는 새까만 재다.

연산은 용포 속에서 조그마한 옥합 하나를 꺼냈다. 하얀 종이 위에 떨어진 새까만 재는 다시 깨끗한 옥합 속에 담겨졌다. 연산은 옥합의 재를 어수로 친히 무덤 앞 제절 위에 정하게 정하게 묻는다. 당신 어머니의 소중한 피 흔적을 그대로 설만히 굴리기 싫은 까닭이다.

한을 씻은 옥사도 이제는 다 끝났다. 한삼을 더 둔대야 소용없는 노릇이다. 도리어 대대손손 유한거리만 되고야 만다.

묻기를 다 한 뒤에 연산은 다시 읍하고 무덤 앞을 물러난다.

해는 벌써 기울어 석양판이다. 금로엔 향연이 스러지고 가을바람은 나뭇가지 위에 높이 불었다. 우수수 가을 소리가 온 능 안에 가득하다.

연산은 산에서 내려갈 것도 잊은 듯 이리저리 능상으로 거닌다. 차마 홀홀 떨쳐 떠나기 어려운 것이다. 사위의 경색이 더욱 연산의 마음을 초창(怊悵)하게 만드는 것이다. 부는 바람, 떨어지는 낙엽, 산에 가득 붉고 누른 단풍 잎사귀! 여기다 때는 또다시 으스름 황혼이 되어간다.

봄 계집, 가을 사나이다. 아무 한없는 무심한 사람이라도 가을 소리, 가을 경물을 대하면 공연히 마음이 흔들리거니, 하물며 정과 한으로 엉켜지고 뿌려진 어마마마의 피눈물의 흔적을 살라 묻고 난 젊은 상감 연산이랴.

어마마마에 대한 정성! 겉으로 생각하면 족하다. 봄에 처음으로 이곳 어마마마를 찾았을 때 초솔한 무덤 황량한 떼 풀! 어디 지금 이 우람한 능에 견주기나 하랴. 아까 처음 능상으로 올라올 때 재실을 바라보고, 정자각을 살펴보고, 능침에 벌려 놓은 모든 석물과 모든 차림새를 둘러볼 때, 마음이 거뜬하여 무슨 크나큰 짐을 벗어 놓은 듯하더니, 지금 어수로 한삼을 태워 옥합에 담아 제절에 묻고 무덤에 고개 숙여 하직을 고하고 발길을 돌리려 하니 마음은 다시 가을바람에 흔들려 설레기 시작한다.

가을바람 에여 부는 능상 위에 설레는 상감의 마음, 모든 것이 허사요, 모든 것이 헛일이다. 어마마마에게 지금 정성을 다하여 자신이 하고 있는 일이 모두 다 쓸데없는 부질없는 노릇이다. 정씨와 엄씨에게 분과 한을 풀어 어마마마의 원수를 갚았다. 그러나 그것이 무슨 소용 있는 노릇이 되느냐? 정인지, 정창손, 한명회며, 이세좌, 이극균, 윤필상, 한치형, 모든 신하의 관을 뻐개고 목을 베어 미칠 듯 피를 보며 분풀이를 하고 나나, 아무런 소용도 없는 노릇이다. 호대한 국고를 기울이고 수천 백성을 부역 들어 화사한 능침을 모시어 놓았으나, 어마마마가 알기나 하느냐? 산적적(山寂寂), 월황혼(月黃昏), 낙엽 휩쓸리는 땅 밑에 잠들어 누워 있기는 이러나저러나 매일반이다.

만사는 꿈! 한마당 봄꿈 자리다. 뉘우치는 생각도 일어났다.

모든 사람의 악착한 피를 본 것이 이제 와 생각하면 부질없는 일이기도 하다.

연산은 이렇게 모든 생각을 하며 자신의 몸 둔 곳도 잊은 양,

가을 소리 설레는 해 저문 산상에 용포 자락을 바람에 맡겨 흩날리고, 망연히 서서 먼 산만 바라본다.

승전빗 김자원이 어전에 추창해 올라왔다.

"해가 저물려 합니다. 어가를 돌이키도록 분부 내립시오."

연산은 그제야 정신을 차리고 사면을 둘러본다.

"아, 해가 저물었구나. 잠깐 나와 간심하고 들어가자던 것이……."

연산은 말씀을 내리고 또 무엇을 생각하는 듯이 우두커니 서 있다. 김자원은 분부를 기다리고 그대로 엎드렸다.

"이애, 오늘 나는 못 들어가겠다. 저번에도 건원릉에 못 다녀갔는데 이번 또 그대로 갈 수야 있느냐. 미안한 생각이 든다. 건원릉에 건너가 참배를 드리고 가자면 그럭저럭 밤이 어둘 테니 수천 인마가 어렵겠다. 저번 모양으로 모두들 들여보내라. 재실도 이제는 있으니 나는 염려 없다. 다른 사람은 빨리 회정시키게 해라. 그리고 숙원은 머물러 있게 해라!"

승지는 승명하고 물러갔다. 숙원은 장녹수다. 새로이 된 폐비의 능침도 뵈일 겸 상감의 뒷배도 보살필 겸 하여 능행에 따라나왔던 것이다.

별안간 변하는 상감의 분부에 오고가기 괴로우나 뉘 영이라이 분부를 거스리랴. 한 떼는 들어가고 한 떼는 떨어졌다. 석양삼십 리에 말방울 소리는 다시 요란하다.

연산은 바로 건원릉을 향하고 발길을 옮겨 건너간다. 건원릉참봉이 모대로 앞을 인도하고 그 앞에는 불 댕긴 홰잡이 한 쌍이 서서 간다.

저물어 앞이 안 보이게 되면 홰에 불을 댕길 준비다.

단종대왕의 아버지 되는 문종대왕의 능침이 동편 언덕으로 비스듬히 들여다보인다. 연산은 무슨 크나큰 죄를 저지른 듯 부끄럽고 황송하다. 얼른 이 능침 앞을 지날 양으로 걸음을 빨리 걸었다. 그러나 걸음은 마음대로 얼른 옮겨지지 않았다. 익선관 뒷덜미를 보이지 않는 무엇이 부쩍 잡아당기는 것 같았다. 머리 끝이 쭈뼛하고 찬 기운이 오싹 등골에서 일어났다. 소름이 좁쌀같이 온 전신에 와악 퍼졌다. 두 다리가 짜르르하고 힘이 풀렸다. 큰 노할아버지(伯曾祖父) 문종대왕 능침에서 크나큰 호령 소리가 일어나는 것 같았다.

안산 소릉(安山昭陵)에 폐위된 문종대왕의 왕비요, 단종의 어머니인 권씨의 얼굴이 뵌 적 없이 나타나는 것 같았다. 이야기로만 듣던 재종조뻘 되는 단종의 참혹한 어린 모양이 얼른거렸다. 남추강의 상소문이 생각나고 김종직의 조의제문이 머리에 떠올랐다.

숨은 가쁘고 마음은 공연히 괴롭고 부끄럽다. 등에는 찬 땀이 흘러 용포가 철저근하고 얼굴은 공연히 화끈화끈 달았다. 자신이 저지른 일이 아니요, 육칠십 년 전에 그 증조부 세조가 한 노릇이지만, 무엇을 도적한 듯 불안하고 괴롭다.

건원릉의 홍살문이 보였다. 연산은 빨리 걸음을 옮겨 이 문 속으로 들어섰다. 한숨이 자신도 모르게 후― 하고 나왔다. 비로소 마음이 놓이는 것 같았다.

다음 순간 연산은 하, 하, 하고 고함쳐 웃었다. 자신의 약한 마음을 스스로 비웃는 웃음이다. 옆에 있던 시신들은 뜻밖에 이 상감의 웃음소리를 듣고 어리둥절했다. 그러나 왜 웃으시냐고 물어보기도 어려운 노릇이다. 요새 와서 상감의 태도는 확실히 전보다 달라진 것 같다. 모든 사람의 참혹한 피를 연거푸 보는 상감 연산의 마음은 안온하고 화평한 것을 확실히 잃어버린 것 같다. 걸핏하면 노하고, 걸핏하면 슬퍼한다. 좋아하는 감정도 더욱 빠르고, 웃지 않을 곳에 고함쳐 웃기도 잘한다. 아까 회릉에 서부터 신하들은 상감의 태도를 유심히 보았던 것이다.

연산은 다시 재실을 향하여 두어 걸음 걸으며 하, 하, 높은 웃음을 소리쳐 웃는다. 모든 것이 꿈! 아무 소용도 없는 한마당 꿈인 것을 번연히 알면서도, 문종대왕 능침을 바라보고 머리털이 쭈뼛하고 등골에 찬 땀이 흘렀던 것이 우스웠다. 소릉(昭陵)의 얼굴과 장릉(莊陵) 단종의 참담한 모양이 눈앞에 보였던 것이 우스웠다. 만일 문종과 단종의 혼령이 있다면 증조부 세조, 종조부 예종, 아버지 성종, 그리고 자신 이렇게 사 대나 내려오며 제왕의 자리가 계계승승할 일이 만무하다.

—모든 것은 공이다. 죽어지면 썩은 시체는 푸른 산에 한 줌 흙을 더할 뿐이다!

연산은 이렇게 입속으로 웅얼거렸다.

옛 빛이 검푸른 재실 안에 재배를 드리고 비각을 거쳐 능상을 바라보니, 길길이 우거진 갈대꽃은 눈같이 순전 위에 어지러

금삼의 피

이 피었다. 태조대왕이 승하할 때 유언을 내리니, 떼 풀보다 고향인 함흥의 갈대풀로 사초를 해 달라 말하여, 함흥 천 리 먼먼 길에 사람이 늘어서서 그대로 손과 손으로 옮기었다는 그 갈대풀이다. 갈대꽃은 해마다 가을이 되면 백설같이 능 위에 어지러이 피건만, 오백 년 기업을 닦아 놓은 일대의 영걸 창업지주는 만년 유택에 꿈자리가 곤하다.

연산은 이끼 긴 문무석 옆을 거쳐 바람비에 갈린 곡란간 병풍석을 굽어살피고, 망우리 앞길을 내려다본다. 태조 대왕이 무학대사(無學大師)와 함께 이 산에 올라 자신의 신위지지를 정하고, 이만하면 죽어도 근심을 잊겠다 하여 망우리라 이름 지은 곳이라 한다.

─망우리면 무얼 하고 장한동(長恨洞)이면 무얼 하랴! 태조는 근심을 잃고 이곳에 잠들었고, 어마마마는 긴 한을 품은 채 건너편에 누웠다. 그러나 죽어진 뒤에 잠들어 모르기는 매일반이다. 모두 다 살아생전에 할 소리다! 연산은 이렇게 마음속으로 탄식하였다. 제안대군 궁에서 처음으로 장녹수를 만났을 때 녹수가 뜯는 비파 곡조에 맞추어 어느 계집아이인지 구슬프게 부르던 장진주 노래가 생각났다. 연산은 가만히 입안의 소리로 이노래를 옮겨 본다.

─한잔 먹사이다 또 한잔 먹사이다. 꽃 꺾어 주를 놓고 무궁무진 먹사이다. 이 몸 죽은 후에 지게 위에 거적 덮어 주푸려 메어다가, 유소보장(流蘇寶帳)에 백복시마(百服緦麻) 울어예나, 어욱새 더욱새 덕게나무 백양(白楊)숲에 가기 곧 갈작시면 누른 해

흰 달 굵은 비 가는 눈에 소소리바람 불 제 뉘 한잔 먹자 하리.

연산의 마음은 구슬프고 처량하다. 어쩐지 자신도 모르게 감창한 생각이 떠돈다. 두 눈에는 눈물이 글썽글썽하다.

—진시황의 불사약도 소용없고, 한무제의 승로반(承露盤)도 다 허사다. 팔다리 성해서 힘 뻗고 몸 편할 때 하고 싶은 것을 다 해 보자!

연산은 발을 옮기어 능 아래로 내려간다. 햇빛은 함박 산 너머로 꺼졌다. 횃불이 한 쌍 어로를 비쳐 준다. 연산은 다시 문종대왕의 능침 옆을 지나게 된다. 차돌같이 당쳐진 연산의 마음은 이번엔 조금도 무서움이 없었다. 그 대신 듣는 사람의 마음을 으쓱하게 만드는 연산의 드높은 웃음가락이 하, 하, 하고 들렸다.

재실로 돌아온 연산은 간략한 수라상을 대하고 자주 술잔을 기울인다. 숙원 장녹수가 모시어 있다.

"세상만사가 다 허무하구나!"

"상감마마, 허무한 것을 인제 아십쇼. 더욱이 만사 중에 허무한 것은 인생입지요."

"그래. 무엇이 허무치 않는 게 없지마는, 그중에도 사람의 일이 더욱 허무맹랑하단 말이여."

"이렇게 가을바람이 우수수하니, 쓸쓸한 생각이 더욱 납니다 그려."

"한삼 수건을 살라서 묻고 나니 내 마음은 더욱 미칠 것 같다."

"옛사람이 말한 대로 그것이 모두 한마당 흩어진 봄꿈 자리올시다그려. 대비(廢妃)마마의 가여우신 꿈도 이제 이번 일로 다 마쳤습니다그려!"

"네 말이 옳다. 어마마마의 한 토막 쓰라린 꿈도 오늘날로 끝났구나!"

연산은 수라상 위에 놓인 술잔을 다시 들어 마신 뒤에 어수로 친히 술잔을 따라 장녹수를 준다.

"날도 소랭하고 으스스할 테니 한잔 먹어 보아라!"

"아아 망칙해라, 상감마마."

"괜찮다. 내가 주는 것이니 망칙할 것도 아무것도 없다."

녹수는 잠깐 눈을 흘기는 듯 교태를 지어 연산의 얼굴을 치어다뵈인다. 웃고서 흘기는 녹수의 탯거리, 연산의 혼은 녹을 듯하다.

"팔 아프다. 어서 받아라."

"얼굴이 빨개지면 어떡해요?"

"빨개지면 더 예쁘지."

녹수는 연산의 손에서 술잔을 받아 들고 홀짝 한 모금 마신다.

"아이 써."

자지러질 듯 진저리를 친다. 비꼬아 트는 녹수의 진저리, 연산의 눈에는 아름다운 한 폭의 미인도(美人圖)이다.

"마저 마셔라."

"취하면 저는 몰라."

연두 회장저고리 입은 녹수의 미편한 어깨가 한들한들 투정하듯 흔들렸다.

"마셔라. 마시면 쓸쓸한 인생이 다 스러진다."

녹수는 나머지 술을 다 들이켰다. 오싹 진저리 한번을 다시 쳤다.

"상감마마, 또 따라요?"

"그래, 부어라. 쓸쓸한 이 밤이 다 샐 때까지 자꾸자꾸 부어라!"

녹수의 부은 술잔은 다시 연산의 손으로 옮겨졌다. 녹수의 얼굴은 빨갛게 물들기 시작한다. 연산은 귀여운 듯, 상기된 녹수의 불그스름한 뺨을 손등으로 어루만진다.

"어떠냐? 쓸쓸한 생각이 인제는 다 스러졌지. 마음은 봄 물결에 떠내려가는 돛단배 같지 않으냐? 하하하."

"모르겠어요. 가슴만 두근거려지는데— 취하면 어떻게 해."

"취하면 내가 꼭 안아서 재워 주마."

녹수는 연산의 곁으로 가서 상감의 가슴에 얼굴을 폭 숙였다.

"어째, 어쩔어쩔해지는 것 같아요, 상감마마."

"못난이다 고것을 먹고."

굽어보는 연산, 치어다보는 녹수, 눈과 눈에는 정열의 물결이 굽이쳐 흘렀다.

"상감마마."

"우애?"

"저를 한평생 버리지 말아 주세요."

"오 그래라, 우리 녹수를 버리다니 말이 되나."

연산은 힘 있게 녹수를 껴안는다.

구월 보름 서리 머금은 달빛이 환하게 영창에 비치었다.

"상감마마, 능 위로 거닐어 볼까요?"

"그래, 나가 보자."

연산은 고요히 영창문을 열었다. 서리 내린 기왓골은 유리같이 달빛에 어른거렸다.

옆에 방에는 내시도 잠들고, 나인도 잠들었다. 만뢰는 고요히 쥐 죽은 듯한데 다만 깨어 있는 것은 흐를 듯한 달빛, 내리는 서리, 싸늘히 부는 바람, 날리는 낙엽, 그리고 이 속으로 걸음을 옮기는 상감 연산과 귀여운 사람 장녹수의 두 그림자뿐이다.

골짜기에 흐르는 달빛은 유난히 맑고, 잔디에 깔린 서리는 더한층 차다. 녹수의 분홍 운혜에는 촉촉이 서리가 물들었다. 가을바람이 소르르 겨드랑이 밑으로 스며들었다.

"아이 추워."

녹수는 몸을 오싹 오그리며 가볍게 부르짖었다.

"추우냐?"

연산은 용포 앞자락을 헤쳐 녹수의 어깨를 폭 싸안았다. 달빛 흐르는 잔디밭에 서리를 밟고 비스듬히 움직이던 길고 짧은 두 그림자는 한데 모여서 한 그림자이다.

"아이 상감마마, 감기 드시면 어째."

"나는 괜찮다. 술을 먹어서 귀뿌리가 훈훈하다."

능 길은 다하고 순전(唇前)이 태산처럼 앞으로 가로막혔다. 기러기 한 떼가 구슬피 울부짖으며 달 실은 구름 밖으로 떠 날아간다.

"아하, 저 기러기!"

녹수는 구름을 가리키며 가만히 외쳤다.

"제비는 가고 기러긴 오고. 녹수야, 사람은 저 새만도 못하구
나. 한번 가면 다시 오지 못하는 것을!"

연산이 녹수를 안은 채 탄식하는 소리다.

"봄풀은 해마다 푸르건만 그 님은 못 돌아오고!"

녹수는 가만히 노랫조로 구슬프게 불렀다.

"그 님뿐이겠니? 누누중총 푸른 무덤엔 영웅호걸이 다 잠들
지 않았니?"

"요조숙녀도 썩은 뼈구요."

"절대가인은 안 그러냐. 너도 죽으면 저 무덤이다."

"아이 싫어! 나는 안 죽을 테야. 그 무선 해골바가지가 누가 된
담."

녹수는 연산의 손을 꼭 쥐고 바르르 떨었다.

"허, 허, 철없는 계집애, 너는 안 가고 어떻게 배길 테냐, 요 어
여쁜 뺨을 어떻게 하나!"

연산은 넌즛 녹수의 뺨을 꼭 물었다.

"상감마마, 내가 죽으면 어떻게 대비마마 산릉같이 꾸며 주실
테요?"

"왜, 너는 그렇게 안 된다면서."

"아니 글쎄 죽기는 내 맘대로 하지마는 이를테면 말씀예요.
내가 상감마마 앞에서 죽으면 이렇게 내 산소를 꾸며 주실 테냐
말예요. 힝힝히히."

"꾸며 주면 뭘 하고 안 꾸며 주면 무얼 하니, 고운 살 스러지고 사대삭신 썩은 뒤면 비바람 그 위에 뿌린들 추운 줄이나 알 테냐?"

녹수는 연산의 목을 꼭 껴안았다. 구슬픈 모양이었다. 방울방울 더운 눈물이 두 뺨으로 흘렀다.

"보아라, 어마마마를 뵈오려무나. 긴 한을 품으신 채 가셨건마는 오늘날 그 어른이 무얼 아시니. 무주공산에 쓸쓸히 잠드셨기는 매일반이다."

녹수는 가만히 콧물을 마셨다. 달빛에 비친 녹수의 눈물 머금은 눈은 이슬에 젖은 배꽃과 같다. 연산은 용포 소매로 녹수의 눈물을 씻어 준다.

"이런 못난이, 고만 울어라. 우리는 강하게 살아야 한다!"

"어떻게 하면 강하게 살아요?"

녹수는 방긋 웃었다.

"내 힘껏 싸워 보련다. 단 십 년을 살아도 사는가 싶게 화려하게 살아 보련다. 고시랑고시랑 백 년을 살면 무얼 하니. 하고 싶은 것은 모조리 해보고야 말 테다. 인생 한번 돌아가면 구름과 안개인 것을!"

"상감마마, 저도요."

연산은 녹수의 얼굴을 굽어보며,

"주제넘은 것, 투정은 말아라. 하하하."

의미 깊은 웃음을 웃고 귀여운 듯이 녹수의 볼을 어루만졌다. 달이 옮겨지니 산 그림자는 비뚤어졌다.

"춥다. 내려가자."

연산과 녹수는 손을 굳게 잡은 채 홍살문 밖을 나서 다시 산 아래로 내려간다. 우수수 빈산에 잎 떨어지는 가을 소리가 상감의 가는 길을 전송할 뿐이다.

이튿날 창덕궁에 돌아온 연산은 대내 후원에 이름 없는 잔치를 열었다. 잔치라는 것보다도 울적하니 자신이 한잔 마시려는 것이다. 후원에 군막을 높이 치고 모든 보진을 준비했다. 동산 기슭에는 때를 맞춰 어지럽게 청향을 뱉고 있는 산국화 들국화도 볼 만하지만, 군막 좌우 옆으로 모양 차려 벌려 놓은 분에 심은 백운타, 황운타, 자운타, 금사국들이 더욱 사람의 마음을 이끌게 한다. 연산이 의중의 미인을 골라 뽑으니 이 잔치에 참례할 여자들은 능소능대한 장녹수가 필두요, 함박꽃같이 탐스러운 전향, 새벽달같이 처염한 수근비, 면화솜 같은 안존한 윤 숙의, 여기다 숙용 전비, 김 귀비 곁들이고, 기생으로는 낯익은 광한선, 상림춘과 김수장이 말하던 원주 기생 월하매, 전주 기생 완산월을 새로이 부르라 하셨다.

술잔 대작할 사람을 생각하니 무탈하기 제안대군을 위덮을 사람이 없었다. 대전별감으로 이 뜻을 제안궁에 전하니 제안대군은 병들어 출입을 안 한 지 여러 날이다. 그 좋아하던 거문고 퉁소에는 먼지가 예예 묵었다 한다.

연산은 다시 사람을 물색하니 임사홍의 넷째 아들 휘숙(徽淑) 옹주의 부마로 장악원 제조(掌樂院提調)인 임숭재가 생각난다.

금삼의 피

당신의 친매부뻘이다. 어디로 보든지 이 좌석에 합당하다. 술도 먹는 체, 풍류도 아는 체, 글도 짓는 체, 호협 방탕도 한 체, 무오 필화(戊吾筆禍)에 끼였던 그 아우 희재에다 견준다면 그 거리가 하늘과 땅 같지마는, 큰 현숙공주의 부마 풍천위 광재에게 댄대 도 성미가 많이 다르다. 광재는 그대로 안존한 생원님 편이나, 숭 재는 덤벙덤벙 팔난봉 격이다. 여기다 연산의 비위를 가끔 잘 맞 춰 주니, 연산의 마음이 이리로 쏠렸다. 대전별감은 달음질쳐 풍 원위의 집으로 달렸다. 풍원위 임숭재는 시각을 지체 않고 어전 으로 들어갔다. 이야말로 별입시다. 연산은 용안에 가득히 웃음 을 띠고 들어오는 숭재를 반가이 맞았다.

"자네가 보구 싶어 일부러 불렀네. 이리 오게."

숭재는 숙배를 드리고 일어나는 상감의 뒤를 따랐다.

몇 굽이 전각을 지나니 후원 넓은 잔디 위에는 보진이 차려지 고, 후궁과 기생이 구름 외듯 하였다.

진연상이 들어오고 풍악 소리가 일어났다. 상림춘, 광한선, 완 산월, 월하매의 따르는 술잔은 상감 연산과 풍원위를 위시하여 녹수, 전향, 수근비, 후궁 속으로 돌고 돌았다.

"극구광음이 짧고 짧으니 미인을 데리어 이렇게 놀지 않고 무 얼 하겠나."

연산이 먼저 입을 열었다.

"그렇습지요. 전하께서 무엇이 부족하와 맘대로 못하시리까."

"날짜는 비록 구월 구일이 지났지만 아직도 누른 국화 붉은 단풍이 주흥을 돕기 적당하구료."

"구추하일부중양(九秋何日不重陽)으로 국화 핀 날이 곧 구월 구일이지 별다른 것이 있겠습니까?"

"그래 자네 말이 옳의. 제법 멋을 알거든, 하하."

연산의 웃음이 끝났을 때,

"아이 추워 상감마마, 단풍도 좋고 국화도 좋지마는 어째 으스스해요. 전 상궁은 어때 안 추워?"

상감 곁에 앉은 녹수의 여낙낙한 목소리가 떨어졌다. 방긋 웃으며 전향의 얼굴을 쳐다본다.

"아니요. 춥지 않아요."

전향이 상감의 왼편에 모시고 서서 대답했다.

"녹수는 살결이 너무 연약해서 추위를 더 탈 게다. 옛다, 술 한 잔 먹고 어한을 해라."

연산이 빈 잔을 녹수에게 전한다. 광한선이 추창해서 주전자를 들고 녹수에게 술을 따라 올렸다.

"상감마마, 전 상궁은 살이 호박꽃같이 여서 여간해서 추위도 모를걸요. 호호호"

술잔을 비운 녹수의 입에선 독한 소리가 떨어졌다. 전향의 얼굴은 무안에 취해 새빨갛게 물들었다.

연산은 한 잔 두 잔 술기운이 돌았다. 임숭재도 연거푸 내리는 술잔에 곱송그리는 마음이 차츰차츰 풀어지기 시작한다. 연산은 새로이 대하는 기생 월하매와 완산월에게 흥미가 깊어 간다.

"너는 전주 기생 완산월이구, 너는 원주 기생 월하매라지. 그래 너희들은 무슨 재주를 가졌나?"

임숭재의 아는 체하는 체가 나왔다.

"전하, 완산월이는 남도 기생이라 단가가 묘하옵고, 월하매는 강원도 기생이라 산협에서 뛰기를 잘하여 춤을 잘 춘답니다."

임숭재의 익살스러운 소리에 두 기생은 깔깔거려 웃었다.

"하하하하하하, 그래 그거 그럴듯하구나. 그럼 완산월이는 단가를 하나 뽑아 보고, 월하매는 춤을 한번 추어 봐라."

완산월의 단가가 가야금 가락과 함께 멋있게 시작됐다.

—대장부 허랑하여 부귀공명을 하직하고 삼척동 일필려로 승지강산을 돌아드니—

녹수는 완산월의 노래하는 틈을 타서 가만히,

"어때, 수근비는 춤지 않아? 나 모양으로 으스스하다고 상감 마마께 아뢰면 수근비한테도 술 한잔이 내리실걸."

수근비를 또다시 지긋하고 건드리는 녹수의 장난이다. 광한 선, 상림춘이 소매로 입을 가리며 허리를 곱송그려 소리 죽여 웃는다.

"저도 안 춥습니다."

수근비는 버들 같은 눈썹을 살짝 찡그리며 날카롭게 대답했다. 대답 속에는 가시 같은 적의가 가득 찼다. 전향과 수근비는 장녹수보다도 상감의 타는 듯한 사랑을 먼저 받았건만, 제안궁에서 장녹수가 들어온 뒤에는 슬그머니 뒤뿔치기가 되었다. 상감의 몸을 가까이했으니 당연히 전향과 수근비는 숙의나 숙용이나 내명부의 직첩을 받을 줄 알았더니, 나중 들어온 장녹수는 숙원이면서도 전향과 수근비는 의연히 한개 나인인 상궁이다.

과부 설움은 동무 과부가 안다는 격으로 전향과 수근비는 단 둘이 모이면 입술을 비쭉거린다.

　―제안궁의 시비년으로 숙원쯤 됐다고 의기가 양양하다.

　그러나 사실로 녹수의 세도는 컸다. 현숙공주가 녹수를 알아 주고, 상감의 외조모 신씨가 녹수로 해서 대내를 다시 출입하게 되었다. 폐비의 한삼을 녹수가 바치고, 이걸로 해서 재상과 대신 의 목숨이 초개처럼 스러지니 장녹수 이름은 온 나라에 떨쳐졌 다. 당대 재상이 녹수 앞에 고개를 들지 못하는 형편이다. 아무 리 상감의 은총을 입었으나 상궁과 숙원은 계제가 틀린다. 마음 속으론 우습고 비위가 역하지만 말과 대답은 존대하는 격식을 밟지 않을 수 없다.

　녹수는 녹수대로 전향과 수근비가 가슴에 걸리었다. 그것은 상감의 사랑을 먼저 받았다는 그것보다도 더욱 가슴을 불안케 하는 것은, 탐스럽고 화려한 전향의 얼굴과 쌀쌀하도록 어여쁜 수근비의 맵시다.

　마음이 그림같이 고운 윤 숙의도 있고, 지위가 같은 전 비(田 妃), 김귀비(金貴妃) 들도 있지만 이것은 다 문젯거리도 되지 않는 다. 오직 전향과 수근비만이 녹수에게 마음을 못 놓게 하는 존 재다.

　"수근비도 추울 리가 있나. 게 다리 모양으로 속살만 여 가니, 흥흥."

　노골적으로 녹수는 수근비를 모욕하는 소리다.

　이 소리를 듣는 수근비의 얼굴은 새파래졌다. 분에 못 이겨 눈물이 핑 돌았다. 쓰다 달다 대답이 없이 발딱 자리에서 일어나 어전에 나아가 팔을 짚고 허리를 구부렸다.

"상감마마, 쇤네는 골치가 아파서 물러갑니다."

완산월의 단가에 취해 있던 상감은 무슨 영문을 몰랐다.

"왜 그러니, 무에 취했나? 그럼 얘 어서 가서 사향소합원을 먹어라."

녹수는 돌아가는 수근비의 뒷모양을 새침하게 건너다본다. 완산월의 단가가 끝난 뒤엔 전향도 그 자리에 남아 있을 수 없었다.

"상감마마, 배가 아파 모시지 못하옵니다." 하고 고개를 숙여 쓸쓸히 물러갔다.

완산월의 노래가 끝난 다음 연산은 옆에 앉은 녹수의 손을 꼭 쥐고,

"인제는 춥지 않아?"

"춥지 않아요. 그 대신 얼굴이 우럭우럭하고 가슴이 두근거려요. 얼굴이 붉죠?"

눈에는 상감의 사랑을 독차지한 만족한 웃음이 물결쳤다.

"올연히 붉은 도화 같은 두 뺨이 보기 좋다!"

교자상 밑에서 손과 손은 더 단단히 쥐어졌다.

"완산월의 단가가 어때? 숙원은 비파도 잘 뜯고 지음도 잘 하니 평을 한번 내려 보지."

"훌륭합니다. 그만하면 명기올시다."

"제안대군 궁중에 있는 아이들에 대면 그래도 떨어지지?"

"조금도 떨어질 것 없습니다. 제 아재 김수장이 얼마나 능군인데 그럽쇼. 상감께 천거하여 바친 기생을 여간 고르고 뽑았겠습니까? 단지 그 수효가 적을 뿐입죠."

능갈친 임숭재는 녹수의 말이 떨어지기 전에 얼른 기회를 놓치지 않고 장녹수의 말을 받았다.

"전하, 과연 숙원 말씀대로 미인의 수효가 적습니다. 천하 절염(絶艷)이신 장 숙원이 옆에 계시나 지체가 높으시니 번번이 상감께 약주를 받들기 거북하옵고."

임숭재는 힐끗 장녹수를 건너다보며 아첨하는 눈웃음을 던진 뒤에,

"광한선, 상림춘, 완산월, 월하매의 너댓 명 명기가 있사오나 제왕의 풍류로는 너무도 초솔하옵니다."

녹수도 좋고 연산도 좋게 말을 꺼냈다.

"하하하하, 제왕의 풍류! 불감청이언정 고소원이다. 그래 어떡허면 좋겠나?"

연산은 쾌활하게 웃으며 광한선의 바치는 술잔을 쭉 들이켰다.

"상감마마, 우리 재미있게 한번 놀아 보실 테예요? 귀밑머리 허애지면 다시 젊지 못할 것을."

애운성 있게 콧소리를 넣어 이렇게 녹수가 말했다.

"허허허 재미있게. 어떻게?"

연산의 입은 연해 벌어지셨다.

"저─요. 『수당연의(隋唐演議)』를 읽어 보셨죠? 그 속에 나오는 수양제(隋煬帝)를 상감마마는 어떻게 생각하세요? 저는 미천한

계집이라 생의도 못하지요마는, 만일 죽어 사내가 되어 한번 제왕이 된다면 수양제 노릇을 하고 싶어요. 후궁 분 바른 계집 삼, 사천 속에서 그중 말쑥한 미인들을 쏙 뽑아서 부인들을 삼고 나머지는 노래와 풍류며 춤을 가르쳐 세월 흐르는 줄을 모르지 않았습니까? 그뿐입니까, 도성을 넓힌다. 치산치수 온갖 하고 싶은 노릇을 다 해보고, 크나큰 운하를 만들어 크게 교통을 편하게 했습니다그려. 그때 당시에 어리석은 백성들은 이것을 괴롭다 했으나, 지금은 이 운하가 아니면 물건이 가고오고 백성 들고 나서 크나큰 장사를 할 도리가 없답니다그려. 실상 제왕의 포부로는 수양제가 큰 인물인 줄 압니다. 십 년 백 년을 보는 이가 아니라 천 년, 만 년을 내다보는 인물이올시다. 나라 정사는 상감의 일이시와 천첩이 감히 주제넘게 입부리를 놀릴 수 없지마는, 장악원경(掌樂院卿)도 이 자리에 있지마는, 팔도의 명기 명창을 함빡 뽑아 장악원에 맡기게 하시고 남악공(男樂工) 대신 여악(女樂)을 쓰시게 하십시오. 그러면 광한선으로 통수를 삼게 하고 천첩이 감독을 하오리다."

"인제 알고 보니 네 포부가 제법이로구나. 조그만 뱃속에서 어떻게 그런 소리가 나오니?"

연산은 벌어진 입을 다물지 못하고 혼을 잃은 듯 장녹수의 얼굴을 멀거니 건너다본다.

"장 숙원의 말씀이 지당하옵신 줄로 아뢰오. 역대 제왕 쳐놓고 자기의 하고 싶은 노릇을 다해 보기는 수양제만 한 이가 드문 줄로 아뢰오."

임숭재가 옆에서 녹수의 말을 또 거들었다.

"수양제 수양제!" 하고 얼근히 취한 연산이 멀리 남산을 바라볼 때, 산허리 솔숲 사이에 무엇인지 허연 것이 희끗거렸다. 눈을 씻고 다시 자세히 보니, 사람들이 대여섯 명 모여서 바로 대내 안을 굽어보고 무엇이라 수작을 난만히 하고 있는 모양이다.

"얘 숙원, 저게 사람 아니냐?"

녹수의 샛별 같은 눈이 굴렀다.

"사람들이로구먼요!"

임숭재의 눈도 굴렀다.

"저런 무엄한 놈들!"

임숭재가 펄쩍 뛰며 부르짖었다.

"이리 오너라!"

연산의 호령이 떨어지며 승전빗 김자원이 대령했다.

"이애 저런 무법 천지에 사는 놈들이 어디 있단 말이냐. 포청에 기별해서 저놈들을 빨리 잡아라!"

술 마시고 노래하고 춤추고 떠드는 것을 바깥 백성들에게 알리기 싫은 것이다. 연산은 술잔을 멈추고 벌떡 일어서 내전으로 향한다. 심기가 불편한 것이다. 모든 비밀을 백성들에게 알게 한 것이 불쾌하다. 임숭재와 기생들은 황송쩍어 물러가고 녹수와 모든 후궁들은 상감을 모셔 뒤따랐다.

포청에서 포교를 나는 듯이 띄워 남산에 있는 사람들을 모조리 붙잡아오니, 나무하는 초군들이 대여섯 명 나무들을 하다가 쉬일 참에 대궐 안을 들여다보았던 것이다. 포도대장은 이 사유

금삼의 피

를 시각을 멈추지 않고 어전에 아뢰어 바쳤다.

"아무리 초군들이라 해도 무엄한 죄는 면하지 못하리라. 곤장 때려 엄하게 다스려서 뒷날을 징계해라."

지엄한 분부가 내렸다. 포장이 물러간 뒤에 한성부 판윤이 어명으로 불려 들어왔다.

"오늘 포청에 일어난 일은 너도 알겠지만 이래서야 어디 왕궁의 존엄한 것을 보존할 수 있느냐? 사산(四山)에서 왕궁이 들여다보이는 곳은 모두 금압(禁壓)을 하게 하고, 이것은 벌써 오래전에 내가 동궁으로 있을 때 유가를 하면서 생각한 것이지마는, 대궐 담 밑에 첩첩이 붙은 다 쓰러져 가는 초가집들은 모두 헐어서 다른 곳에 가 살도록 해라. 명나라 사신이나 외국에서 조공이 들어올 때, 이 모양을 본다면 왕궁의 위의가 아주 없어 보이지 않느냐. 금년 안으로 전부 헐어서 없애게 해라."

남산의 초군으로 해서 도성 안은 별안간에 소란해졌다.

한편으로는 궁성 수리 도감(宮城修理都監)이 앉아 경복궁, 창덕궁의 담들을 높이 쌓고, 한편으로는 대궐 옆에 있는 어려운 백성들의 초가집이 한 채씩 한 채씩 헐린다.

배오개 한복판에는 커다란 문을 새로 만들어 세운 뒤에, 평상시에는 폐문하여 닫혀 버리게 하고 거둥할 때만이 문을 열게 하였다. 지나가는 사람들이 고개 위에서 대궐 안을 들여다보기 쉬운 때문이다.

동대문 밖 정업원 서편으로부터 소격서(昭格署)로 나오는 산길을 막아 잡인의 통행하는 것을 금지시키고, 정업원 동편 언덕에서 성수청(星宿廳) 북편 고개까지는 표석을 세워서 사람들이 올라가지 못하게 만들고, 다시 동소문 밖 동궁에는 경수소(警守所)에 군사를 두어서 북정문(北正門) 밖에 산마루를 타지 못하게 만들었다. 백악(白岳), 인왕(仁旺), 낙타(駱駝), 목멱(木覓), 사산은 말할 것 없고, 성균관 북편 산과 사직(社稷) 산마다 파수하는 군사를 두어 산길을 막으니, 산에는 나무꾼들의 발자취가 끊어지고, 장사하는 백성들은 길을 몇십 리씩 외로 돌아 지나가게 되었다.

옛 문적에 의지하면 이때 창덕궁 후원 동서장(東西墻) 밑에 헐린 인가가 팔십여 호요, 함춘원(含春苑) 남편 담 밑에 철거된 것이 열네 집이요, 돈화문(敦化門) 동쪽에서부터 단봉문(丹鳳門) 앞에까지 가는 인가가 이십여 채가 헐렸고, 경복궁을 굽어보는 복세암(福世庵) 인왕사(仁王寺), 금강굴(金剛窟)과 정자지(鄭子芝) 등의 백성의 집이 열한 채나 헐렸고, 요금문(曜金門) 밖 백성의 집이 백여 호나 없어졌다.

장악원 제조(掌樂院提調) 임숭재가 연산에게 가까이 드나든 지 며칠 뒤에, 임숭재의 아버지 임사홍에게는 전무후무한 괴상한 벼슬 이름이 하나 내렸다. 채홍준사(採紅駿使)라는 것이다. 조선 팔도 삼천리 방방곡곡의 어여쁜 미인과 살찐 말을 뽑아 들이라는 것이다. 채홍준사 임사홍은 다시 여덟 도 삼백여 주에 채홍사, 채청사, 채준사, 채은사를 헤쳐 보냈다. 채홍사(採紅使)는 창기 속의 고운 계집을 뽑아 바치는 것이요, 채청사(採靑使)는 장래에 미인이 될 소질을 가진 어린 계집아이를 고르는 것이요,

　　　　　　　　　　　　　　　　금삼의 피

채준사(採駿使)와 채은사(採銀使)는 글자대로 좋은 말과 은덩어리를 모아서 바치는 것이다. 이 전무후무한 명령이 한번 내리니 온 조정 신하는 어안이 벙벙하여 감히 입을 벌려 간하는 사람도 없었다. 팔도 감사와 각 읍 수령은 벼슬과 목이 떨어질까 봐서 벌벌 떨며 치송과 거행에 분주하다.

임사홍은 다시 연산에게 아뢰고 오목(烏木)으로 승명패(承命牌)라는 것을 일천 개를 만들었다. 이 명패를 가지고 가는 사람은, 아무리 허술한 액예라도 상감의 어명을 받들고 가는 것이며, 대신도 그 길을 범하지 못하는 것이다. 그중 급하게 명을 받들고 가는 사람을 추비전(追飛電)이라 이름 지어 누구든지 범하기만 하면 사형에 처하게 하는 것이다.

강이온(姜利溫)이란 사람이 채홍 나간 패자 가진 사람을 모르고 그대로 앞으로 말을 타고 지나갔다. 불문곡직하고 그대로 처참 효수다. 이 뒤부터는 말 타고 지나가던 여인과 길에서 놀던 아동주졸까지도 승명패를 만나면,

—저기 승냥이 온다, 하고 길옆에 엎드리게 되었다. 승명패와 승냥이의 음이 서로 근사한 때문이다. 남으로 삼남 대도와 서로 벽제(碧蹄) 역말 홍제원(弘濟院)에는 젊고 어여쁜 계집들이 살찐 말에 실려 날마다 서울을 향하여 들어온다. 처음엔 다섯 여섯씩이던 것이 나중엔 열, 스물, 백이요, 천이다. 주막과 주막엔 때아닌 꽃떨기가 나날이 난만하게 피었다. 거리거리는 분 냄새와 밀기름 내가 흩어질 사이가 없다.

연산과 장녹수는 임사홍을 데리고 날마다 대궐로 들어오는

미인들의 얼굴을 점고하기에 분주하다. 밤다듬이한 농선지로 책을 만들어 들어오는 대로 미인들의 이름과 나이와 생일을 적고, 당홍 비단으로 책의를 만든 뒤에, 어수로 호화첨춘기(護花添春記)라 제목을 썼다.

그리고 다시 미인들의 얼굴과 탯거리와 재주와 맵시를 보아 흥청(興淸), 가흥청(假興淸), 운평(運平)이라 이름 지었다. 흥청이란 흉하고 더러운 것을 탕척하여 씻었다는 뜻이요, 운평이란 태평세월의 좋은 운수를 만났다는 뜻이다.

쑥쑥 빠진 얼굴과 재주를 가진 일류 미인이 흥청이요, 그다음이 가흥청이요, 그다음이 운평이다. 흥청은 대궐 안에 두어 연산이 날마다 노래와 재주를 시시로 보도록 하고, 가흥청은 각 궁가에 두었다가 흥청으로 올리게 하고, 장악원에 맡기어 음률과 춤을 가르치게 했다.

나날이 뽑아 올리는 기생의 수효가 점점 늘어가니 이것이 소위 속홍(續紅)이다. 장악원은 점점 넘치게 차졌다. 연산은 임사홍을 보고,

"얘, 장악원은 원각사(圓覺寺)로 옮기게 하고 총률(總律) 마흔 명을 두어 이것을 가르치게 해라."

"지당하옵니다."

임사홍이 분부를 받았다.

"가만있거라. 이왕이면 장악원의 이름을 한번 그럴듯하게 지어 보자. 장악원, 장악원 너무 평범하다. 옳치 연방원(聯芳院)이라고 이름을 고쳐라! 그리고 남악공(男樂工)들의 이름은 광희(廣

熙)라고 불러서 운평의 수효대로 천 명만 두어라."

연산은 원각사의 중들을 모조리 내쫓아 버리고 연방원이라 이름 지어 운평들을 두게 한 뒤에, 다시 제안대군의 집을 뇌양원(蕾陽院)이라 이름 짓고, 진성군(甄城君)의 집을 진향원(趁香院)이라 부르고, 의성위 남치원(宜城尉南致元)의 집을 함방원(含芳院)이라 하여, 가흥청들을 벌여 두고 명정전 우편 숙장문(肅章門) 안 크고 넓은 전각엔 어필로 취홍원(聚紅院) 석 자를 써서 현판을 높직이 단 뒤에 쏙쏙 뽑아 들인 곱고 어여쁜 홍청들을 두게 하였다.

이 홍청 속에서도 다시 이름을 두 가지로 나누어 부르게 하니, 연산 앞에 가까이 도는 홍청은 지과 홍청(地科興淸)이요, 연산이 한번 건드려 손댄 것은 천과 홍청(天科興淸)이다. 자수궁(慈壽宮)은 회록각(會綠閣)이라 하여 연산이 한번 사랑했던 궁녀들을 살게 하니, 붉은 것(紅)과 푸른 것(綠)은 대다 홍청이 있는 취홍원을 대준 것이다.

나인과 홍청이 병이 들게 되면 흠청각(欽淸閣)에 가 있게 하니, 병이 맑아지라는 뜻이요, 홍청들이 먹을 곡식을 쌓아 둔 곳을 호화고(護花庫)라 부르니 꽃들을 두호한다는 뜻이다.

이 밖에도 연산은 새로운 이름을 많이 지었다. 나인의 얼굴이 늙어서 보잘것없게 되면 두탕호청사(杜蕩護淸司)라는 곳에 있게 하고, 홍청들의 지공을 맡은 곳은 전비사(典備司)요, 나인들이 죽게 되면 호상하는 곳은 추혜서(追惠署)요, 나인을 제사 지내는 곳은 광혜서(廣惠署)다. 홍청들이 입는 아상복(迓祥服)을 만드는 곳은 포렴사(布染司), 봉순사(奉順司)라는 곳에서는 사냥하는 기구와 고기 잡는 그물들을 실어 들이게 하고, 사냥에 쓰느라고 매를 기르는 응방(鷹房)에는 응사군(鷹師軍)을 여러 천 명 두게 하였다.

이 밖에 외방에서 뽑아 올린 살지고 기름진 말을 네 군데로 나누어 기르게 하니 정동(貞洞)에 있는 것은 운구(雲廐)라 이름 짓고, 사복(司僕)에는 기구(騏廐)를 두고, 인구(麟廐)는 경복궁에 두고, 용구(龍廐)는 금효문 밖에 두게 하였다.

대궐 안에 있는 의금부당직청(義禁府當直廳)은 밀위청(密威廳)이라 고치니, 이름을 좀더 무섭고 위엄 있게 만든 것이요, 죄인을 섬 속으로 압령하여 귀양 보내는 사람의 벼슬을 진유근이사(鎭幽謹理使)로 고치니, 좀더 진중하고 씩씩한 맛이 나게 하려는 것이다.

연산은 이렇게 한 가지씩 새 이름을 지어 장녹수와 임숭재를 보인 뒤에, 어명을 내려 곧 이대로 실행을 시키게 하고 스스로 가만히 눈 감아 만족했다.

그러나 필시 조정 한 귀퉁이에서 누구든지 들고일어나 간하는 소리를 내놓기 십상팔구다. 이리저리 생각한 뒤에 임사홍에게 상아로 둥글게 패를 만들고 그곳에 글자 열 자를 새기게 했다.

口是禍之門, 舌是斬身刀
(입은 화가 들어오는 문어귀요, 혓바닥은 몸뚱이를 동강 내는 칼이다.)

금삼의 피

누구든지 꿈쩍들 말 말라는 엄포다.

연산은 이 패를 대신 이하로 미관말직에게까지 벼슬하는 사람이면 모조리 한 개씩 주어 항상 이것을 차고 다니게 했다.

연산은 다시 어떠한 생각지 않은 변이 있을까 하여, 단봉(丹鳳), 금호(金虎), 선인문(宣仁門) 밖에는 새로이 담을 한 겹씩 더 쌓게 하고, 문을 낸 뒤에 군사들을 벌려 세워 파수를 보게 하니, 구중궁궐 깊은 속에는 주지육림에 음탕한 춤과 호탕한 노랫소리가 밤과 낮으로 끊이고 떠날 사이 없으나, 백 걸음 궐문 밖만 나서면 헐려지는 초가집! 집 잃은 백성! 백성들은 허리 굽은 늙은 부모와 나어린 자식들을 조랑조랑 손목 잡고 거접할 곳을 몰라 거리로 호곡하고 헤맨다. 한 사람의 호화에 만 사람은 울고 떤다. 한 사람의 장난에 만 사람은 굶주린다.

채홍사, 채청사가 나서 팔도의 명기와 꽃봉오리 같은 숫계집 아이들을 거침없이 뽑아 들이니, 이 속에는 양반의 양첩과 대신들의 기생첩도 많이 섞이게 됐다. 벼슬하는 사람 중에는 어떻게든지 연산에게 가까이할 기회를 얻을 양으로 자태 있고 재주 있다는 남의 첩들을 다투어 가며 뺏어다 바치게 되었다.

이계동(李季同)이라는 사람은 미인 서른 명과 좋은 말 육십 필을 바치니 연산의 마음은 흡족하여 가자를 높이고 우찬성이란 높은 벼슬을 주었다.

이것을 본 구수영(具壽永)이란 사람은 어떻게 자기도 한몫 보고 싶었다. 생원 황윤헌(崔允獻)의 첩 최보비(崔寶非)가 얼굴이 어여쁘고 가야금을 잘 탄다는 소리를 듣고 황윤헌을 위협하여 최보비를 뺏어다가 연산에게 바쳤다.

연산이 대궐 안에 들어온 최보비를 보니 과연 천하의 절염이다. 가는 허리, 날 듯한 어깨, 가느스름한 눈썹, 조금 뾰주룩한 코, 살찌지 않은 연연한 뺨에는 파르족족한 기운이 약간 돌았다. 연산이 어림쳐 짐작하니, 나이는 스물대여섯, 계집으로는 온갖 사정을 다 알아줄 만한 때다. 몸 가지는 탯거리를 비스듬히 안석에 의지해 건너다보니 범절 있는 선비의 집 첩이라 운평, 흥청 속에는 이따위를 고르기 미상불 어렵다. 발 한번 옮기는 거와 손 한번 늘어뜨리는 게 모두 그럴 듯 격이 있어 보이니, 처염한 것으로 귀여움을 주던 수근비는 여기 대면 도리어 품도 없고 격도 없는 아무것도 아니다.

연산은 입이 저절로 벌어졌다. 마음이 어째 흔들리었다.

"다리 아프겠다. 거기 앉아라."

연산이 처음으로 최보비에게 건넨 소리다. 백전 노장이언만 마음에 턱 맞으니 처음으로 처녀를 대하는 수줍은 총각의 마음새 같기도 하다.

최보비는 고개를 다소곳한 채 인도해 들어온 나인의 옆에 어느 바람이 불었느냐는 듯이 우두커니 서 있다.

"너는 고만 물러가라."

연산은 옆에 선 나인에게 눈짓을 했다.

나인이 보시시 방문을 열고 밖으로 나갔다. 연산과 최보비 단두 사람뿐이다. 연산은 벌떡 일어나 최보비의 손을 덥석 쥐었다. 하얗고 보드라운 손이다. 뾰주룩한 손끝에는 불그스레한 톡 튈

금삼의 피

듯한 손톱이 매끈하고 어여쁘다.

"자— 앉아."

연산은 보비의 손을 이끌어 앉혔다. 소리 없이 새침하게 앉는 그 자태는 연산의 마음을 더욱더 불붙게 한다.

"보비야, 네가 가야금을 잘 뜯는다지."

보비는 여전히 고개를 숙여 대답이 없다.

"부끄러우냐?"

연산은 손을 들어 보비의 뺨을 슬슬 어루만졌다. 자세히 보니 얼굴에는 슬픈 빛도 없고, 부끄러운 빛도 없다. 그렇다고 웃음이 방그죽 열리려는 좋아하는 빛도 없다. 처염한 얼굴에는 살짝 찬바람이 이는 듯하다.

연산은 다시 일어나 벽에 기대 세운 가야금을 최보비 앞에 놓았다. 침향(沈香)으로 안족(雁足)을 깎아 만들고 순금으로 앞뒤 마구리를 장식한 벽오동 가야금이 치르렁 혼자 울었다.

"자— 보비야 어서 한번 뜯어 봐라."

애원하듯 졸랐다.

최보비는 단정히 앉은 채 가야금 줄 위에 한 손을 댔다.

덩기덩 동동동— 덩기덩 두어 번 줄을 고른 뒤에 다시 본격적으로 산조(散調)를 탄다.

굼실거려 달리는 다섯 손가락 사이에는 청아한 가야금 소리가 일어난다.

과연 가야금은 높은 솜씨다.

금방 사람의 마음을 향수 밑바닥으로 이끌어 시름 속에 잠가

놓았다가도, 다시 호탕한 봄바람에 너울거리는 범나비의 마음을 만들어 흥글항글 사람의 마음을 어지럽게 하고, 금방 서리찬 달 아래 외기러기 울부짖는 듯하여 굳고 굳은 청상의 마음도 주물러 놀 듯하다가도, 다시 두서너 줄기 성긴 빗발이 우둥우둥 파초 잎새에 떨어지는 여름비 소리를 내어 마음을 가라앉히고 정이 흩어지게 한다.

최보비는 가야금을 살며시 무릎 아래 밀쳐놓았다. 아직도 가야금의 울고 남은 여운이 방속에 시르렁— 떠돌았다. 연산은 무릎을 치고,

"참 명수로구나."

한탄하듯 탄복했다.

"어찌 너를 인제야 만났단 말이냐."

연산은 다시 더듬썩 최보비의 손을 쥐었다.

말이 있어야 할 텐데 이렇다 대답이 없다. 방그죽 웃음이라도 웃어 주어야 할 계젠데, 새침하고 쌍창만 바라본다. 연산은 치밀어 올라오는 충동을 못 이겼다. 슬쩍 일어나 최보비의 허리를 뒤로 안았다.

'요것이 구정(舊情)을 못 이겨 이러나 보다.' 하고 껴안은 뒤에 최보비가 당연히 시작할 행동을 생각하면서 가만히 웃으며 입술을 지긋 물었다. 그러나 연산의 기다린 것은 허사였다. 보비는 아무런 반항도 없다. 손 하나 뿌리치지도 않고 몸 한번 비틀지도 않는다.

연산에게 안겨진 채 아무런 앙탈도 없다. 잡아 잡수오, 하는

금삼의 피

태도다.

연산은 계집의 손에 떼밀려 보고 싶은 충동을 느꼈다. 그 연연한 보드라운 손으로 뺨이라도 한번 갈겨 주었으면 하였다. 자기를 사랑해 준다고 더덤썩 껴안아 주지 않는다면 차라리 발악을 하고 손을 뿌리쳐 일어나 주었으면 하였다. 그러면 제왕의 서리 같은 위엄으로 강한 자의 사나운 힘으로 바스러지도록 이 여자를 내리눌러서 잔인하도록 상쾌한 맛을 보고 싶었다.

그러나 보비는 앙탈이 없다. 연산은 보비를 껴안은 채,

"말 좀 해보려무나!"

여전히 대답이 없다.

"벙어리냐―?"

그대로 새침하다.

"애! 그러지 말고 상긋 좀 웃어 보려무나."

발가벗은 사람이다. 임금의 위엄이 있을 리 없다. 보비의 겨드랑이를 살짝 간질였다. 최보비는 간지러운 듯 몸을 잠깐 꼬았다. 그러나 얼굴에는 아무러한 표정도 없다.

연산은 몸이 달았다. 제왕으로의 연산이 아니다. 애욕에 타는 한개 발가벗은 사람의 아들 연산이다.

연산은 미칠 듯 보비의 허리를 힘 있게 안았다.

"집에 가고 싶으냐?"

가만히 속살거려 얼굴빛을 더듬었다. 역시 헛수고다. 여전히 말이 없다. 홧홧한 연산의 뺨이 싸늘한 보비의 볼에 닿았다. 돌부처인 양 아무런 느낌도 없는 듯하다. 연산은 안타까웠다. 보비

를 안은 채 몸을 이리저리 끄덕거렸다. 보비의 여낙낙한 몸은 아무 저항도 없이 바람 부는 대로 흔들려지는 수양버들 가지처럼 연산을 따라 이리저리 흔들렸다.

연산이 이런 종류의 여자를 보기는 난생처음이다. 누구든지 손을 내밀면 부끄러운 듯 그 손을 받았다. 웃어라 하면 못 이기는 체 방그죽이 웃었다.

전향도 그러하고 수근비도 그러했다. 능소능대한 녹수만은 제안궁에서 연산의 추파가 녹수의 어글어글한 눈 위로 흐를 때, 녹수의 다정한 눈은 담뿍 정을 싣고 연산의 추파 위에 두둥실 탔던 것이다. 윤 숙의도 그러했고, 전 비, 김 귀비도 모두 다 오십보백보다. 기생이야 말할 것 없지만, 광한선, 상림춘, 완산월, 월하매가 다 그러했다. 요사이 와서 취흥원 홍청 중에서 천과 홍청(天科興淸)을 여남은 명 이름 지어 났지만 모두 다 은근히 연산의 손이 뻗치기만 바라고 고대하던 계집들이었다. 이렇게 새침하고 이렇게 쌀쌀하고 이렇게 야멸친 것은 듣도 못하고 보도 못했다. 연산은 최보비가 이러할수록 마음이 달뜨기 시작했다. 연산은 보비의 여낙낙한 귀를 재긋 물고 일어났다. 최후의 수단을 써 보려는 것이다.

이곳저곳 완자창 문미에 달린 남공단 문면지가 툭툭 떨어졌다. 때는 한낮이언만 방속은 별안간 어둠침침 캄캄한 밤이다.

전각 안은 고요하다. 만뢰가 깊고 깊게 잠든 한밤중이나 다름게 없다. 어수로 봉룡 촛대에 불을 댕겼다. 촛불 밑에 비친 최보비의 얼굴은 더욱더 곱다. 만사를 모두 다 단념하였는가. 조금도 놀라는 빛이 없다. 보통 여자 같으면 마음속으론 딴 배포가 있다 할지라도 부끄러워하지 않으면 무서운 체라도 하였으리라.

석고로 빚어진 듯한 움직이지 않고 천연히 앉은 보비의 싸늘한 자태는 오히려 제왕 연산을 위협하는 듯 찬 기운이 사르르 방 안에 도는 듯하다.

금나비가 바르르 떨며 화관이 벗겨졌다. 대홍 띠가 풀어지며 초록빛 당의가 흐트러졌다. 보비의 얼굴은 여전히 차다. 눈 한번 깜짝거리지 않았다. 손끝 하나 움직이지 않았다. 연산의 손만이 떨리며 바빴다.

남치맛자락이 드러났다. 옥색 회장저고리 짧은 섶 밑엔 도두룩한 두 봉오리 젖이 꼭지를 감추고 풍정 있게 드러났다. 앙탈도 없고 부끄럼도 없는 보비의 태도는 마치 흐르는 강물에 임자류(任自流)를 하는 빈 배 같다. 올 사람이 있거든 오려무나! 붙들 사람이 있거든 붙들려무나! 타고 싶거든 타고, 말고 싶거든 흘리려무나. 너는 너요 나는 나다. 따라 허둥거릴 내가 아니다 하는 태도다.

연산은 꿈인가 의심했다. 이럴 수도 있나 하고 목침을 이끌어 최보비의 앞에 드러누웠다. 화관을 벗기고 당의를 벗겨 놓은 최보비의 몸맵시는 아까보다 더 이쁘다. 저 어여쁜 얼굴이 전 사내 황윤헌이 앞에서 생긋 웃었을 것을 생각하니 참으로 견디기 어렵다. 저 고운 맵시에다가 은방울을 흔드는 듯한 고운 목소리로 옛 남편에게 눈웃음을 쳐 재잘거렸을 것을 생각하니 과연 마음은 미칠 듯하다.

"얘 보비야, 내가 너한테 청이다. 한 번만 생긋 웃어주려무나! 네 청은 무엇이든지 내가 들어주마."

마이동풍(馬耳東風)이다. 보비의 귀에 이 소리가 들어갔는지 그대로 고개 하나 까딱 안 하고 새침하다.

"그럼 내가 보기 싫으냐?"

제왕의 위엄도 소용이 없다. 최보비의 꼭 다문 입술은 여전히 닫히고 열리지 않았다.

연산은 더 참을 수 없었다. 목침을 밀치고 벌떡 일어났다. 어떠한 힘으로 이 계집을 정복하려는 것이다. 촛불이 탁 꺼지고 연산의 손은 미칠 듯 최보비의 허리춤에 닿았다. 부시럭부시럭 치마끈 끌러지는 소리가 밤중 아닌 어둠 속에 일어났다. 그러나 무저항이다. 마음대로 하시오다. 적적한 대궐 뜰 앞엔 아직도 엷으나마 저녁 햇빛이 나무 그림자를 그리어 옮기고 있다.

떨어지다 남은 노르께한 은행잎이 입동 싸늘한 바람에 소리 없이 뚝뚝 떨어졌다.

얼마 동안이 지났다. 방 안에서 도란도란 말소리가 새어 나왔다.

"참 정말 네가 벙어린가 보다. 말 좀 해보아라!"

연산의 목소리다.

"얘 보비야, 이것도 다 삼생연분이로구나, 너하고 나하고 인연을 맺은 바에야 말 못할 것이 무엇 있니?"

뜰 앞엔 우수수 바람 소리뿐이다.

"그럼 말 대신 웃음이라도 웃어 보렴!"

여전히 연산의 음성이다.

"보비야, 사나이 간장을 고만 녹여 주려무나!"

연산의 탄식하는 소리다.

"얘 보비야 나와 너와 사람 없는 빈방에서 단둘이 서로 쳐다본 지 반나절이 넘어도 가야금을 들을망정 말 한마디 안 하고 새침한 것은 웬일이며, 그렇게 쌀쌀한 계집이 앙탈 한번 없이 몸을 내논 것은 웬 까닭이냐. 네가 돌부처가 아닌 담에야 한번 몸까지 허락한 뒤에 이렇게 애걸하다시피 해도 웃지도 않고 말조차 없으니 내 마음이 답답하구나!"

"……."

"옛서방이 그리우냐?"

"아, 아, 아―."

참는 듯 놀라운 듯, 부르짖는 아리따운 계집의 음성―.

"아프냐? 그럼 생긋 웃어 봐라. 안 웃으면 또 꼬집을 테다."

"나랏님, 불을 켜 줍쇼. 저는 천성이 웃을 줄을 모릅니다."

최보비의 말소리가 처음으로 떨어졌다. 싸늘한 목소리다. 그러나 연산의 귀에는 은방울 소리보다 좋다.

"아 어렵다. 네 말 한마디. 진작 한마디 하지."

문면자 틈으로 촛불의 빛이 울연히 창밖에 새어 흘렀다.

하룻밤을 궁중에서 지낸 최보비한테는 담박 숙의의 직첩이 내렸다. 새사람을 만난 연산의 심정은 아직도 흡족치 못하다. 그러나 보비의 태도가 싸늘하니 연산의 마음은 더욱 달떴다. 어떻게 해서든지 보비의 환심을 사고 싶었다. 금은보화가 머리에 꽂히고 값진 패물이 허리띠에 달렸다. 조그마한 전각도 한 채 내리고 뒷배를 보살펴 주는 시녀까지도 두서너 명 등대되었다. 집은 금전옥루, 평상시엔 꿈에도 보지 못하던 아름다운 곳이요 몸에는 능라 주단이 보들보들 구름같이 감겨졌다.

고량진미 아름다운 음식이 때를 어기지 아니하고, 방 안엔 문방사우 벌려 놓은 보진이 집 생각을 잊어버리게 하는 소일거리는 된다. 그러나 보비의 마음은 아득히 구중궁궐을 떠나 지척을 격해 있는 옛 사내 황윤헌에게 감돌고 있다.

―밤에는 얼마나 분해했을꼬. 한잠도 못했으려니―. 적적한 빈 방을 지킬 리 있나, 큰댁으로 가셨으려니―.

귀엽고 귀여운 젊은 남편 황윤헌의 얼굴이 떠올랐다. 관옥 같은 얼굴, 결곡한 콧날, 호수같이 맑은 눈, 사나이 입으론 너무도 어여쁜 불그스름한 얄팍한 입술.

붙들려 올 때, 방 속에서 남편과 서로 얼싸안고 울면서 이별하던 정경이 떠올랐다.

"못 가겠소! 나를 먼저 죽여 주시오. 나랏님 아니라 옥황상제가 부른대도 나는 못 가겠소"

몸부림쳐 자기가 울부짖을 제 남편은 헌헌장부이면서도 낙루를 하며 등을 문질러 달래 주었다.

"네 정과 내 정이야 바다가 오히려 얕다마는 네가 만일 안 가고 죽는 날이면 온 집안이 멸문지화다. 너와 나는 팔자가 기구하여 이별수가 있다마는 늙은 아버지 늙은 어머니는 무슨 죄가 있

금삼의 피

단 말이냐. 내 부모를 위하여 못 이기는 체하고 들어가거라! 너도 살고 나도 살아서 연분이 남으면 만나고 그렇지 않으면 내세 생생 다시 부부가 되어서 미진한 인연을 이어나 보자."

남편은 주먹으로 눈물을 씻었다.

"아이구 하느님, 이런 법도 있소. 나랏님은 백성의 부모라면서!"

자기는 또다시 울부짖으며 몸부림을 쳤었다. 밖에선 사인교를 갖다놓고 재촉이 성화 같다. 그때 자기는 어떻게 했었나. 울음도 소용없고, 매달려도 헛일인 것을 알았다. 눈물을 거두니 마음이 싸늘하다.

"여보, 내 몸은 더럽힐지언정 내 마음은 청백미요. 나를 잊어버리지 마시오. 나 들어간 뒤에 더러운 년이라 아주 단념하지 마시오. 나는 이 자리에서 곧 죽을 것이지만 당신의 부모를 위하여 몸을 버리러 들어가오. 몸은 버릴지언정 그 증거로 웃지는 않으리다. 마음을 빼앗기지 않은 증거로 당신에게 바쳤던 그 웃음만은 뼈가 갈라지고 살이 흩어질지언정 두 번 다른 사람에게 바치지 아니하리다."

"아아 보비야. 고마운 네 혼만 살아다오. 네 정신만 깨끗해 다오. 나는 죽기까지 네가 다시 내 품안으로 돌아오기를 기다리고 있으마."

두 사람은 안긴 채 부르르 떨며 마지막 이별을 했던 것이다.

한 가지 주심을 잡고 앉으니 두려울 것도 없고 무서울 것도 없다. 몸은 떨어져 딴 곳에 있으나, 임을 향한 한 조각 붉은 마음은 언제나 다를 게 없다. 남편의 무릎에 안겼을 때나 연산의 무릎에 안겼을 때나 마음이 향하는 곳은 한 곳뿐이다. 살과 고기는 이미 깨닫고 내놓은 것이다. 짓밟아 놓든지 더럽히든지 마음대로 해라! 그러나 내 마음은 빼앗지 못하리라. 만승천자라도 내 마음만은 빼앗아가지 못하리라.

보비는 두 손으로 주먹을 꼭 쥐고 마음으로 이렇게 부르짖었다.

— 그러나 아침이나 자셨나. 반찬은 무엇을 해 드렸노. 평상시에 큰댁 음식 솜씨가 마땅치 않았었는데—.

보비는 다시 옛날 남편의 안부가 궁금했다.

최보비는 남편 그리운 설움을 가야금 줄에 날려 부쳤다.

시르렁시르렁—

곡조는 슬프고 처량하다. 말 못하는 심사를 여기다 함빡 실어, 우는 듯 하소연하는 듯 목메어 탄식하는 속삭임 같다.

이때다. 연산이 보비를 찾았다. 창밖에 가만히 서서 구슬픈 이 곡조를 내리 들었다. 확실히 이 계집이 웃지 않는 것이 옛 남편을 생각하는 까닭인 걸 알았다. 가야금 소리가 뚝 끊겼을 때 연산은 기침하고 방문을 열었다. 최보비는 들어오는 연산을 바라보고 가야금을 밀치며 천천히 일어나서 맞았다. 황망치 않은 몸거리언만 얼굴에는 아직도 수심이 사라지지 않았다.

"얘, 그 너 가야금 소리가 너무도 처량하구나."

말없이 우두커니 선 보비의 모양은 연산의 간장을 간질이는 듯하다.

금삼의 피

"분명 옛 사내가 그립지?"

연산의 위엄 있는 눈이 보비의 얼굴을 쏘아 흘렀다. 다시 보비의 기색을 자세히 살피려는 것이다.

"아니오."

간단한 대답이다. 얼굴에는 조금도 두려운 빛이 없다.

"이리 오너라!"

연산의 호통이 떨어졌다. 내시가 창밖에 등대했다.

"황윤헌이란 놈을 잡아다가 밀위청(密威廳)에 내려 가둬라!"

내시가 승명하고 물러갔다. 이 소리를 듣자 최보비의 얼굴이 살짝 변했다. 이 순간 보비의 가슴은 출렁거렸다.

연산에게 마음을 빼앗기지 않은 그 증거로 몸은 내던져 버릴 망정 웃음만은 웃지 않기로 단단히 작정했던 그 노릇이 도리어 남편에게 해가 미치게 되었다. 잘못하다가는 남편의 생명도 부지하지 못할 모양이다. 자기의 방략이 너무도 소홀하고 너무도 좁았던 것을 비로소 깨달았다. 남편의 목숨을 위하여 육신을 내 것이 아닌 것으로 내어 준 바에 웃음쯤 못 웃어 줄 것이 있으랴. 남편에게 향한 한 조각 정성으로 웃음을 안 웃다가 도리어 남편의 목숨을 해롭게 한다면 이것은 근본과 끝이 거꾸로 된 것이다.

— 그래라. 웃음마저 웃어 주자! 웃음을 웃어서 남편을 구해 주자! 혼만 빼앗기지 말려무나 —

이렇게 마음속으로 작정했다. 웃음이 살짝 보비의 얼굴에 일어났다.

"상감마마, 그까짓 것은 잡아다가 무얼 하옵니까?"

억지로 만들어 웃는 최보비의 웃음이언만 연산의 눈에는 무한히 곱다. 보비를 만난 뒤에 처음으로 대하는 웃음이다.

"보고 싶어 하는 네 소원을 풀어 한번 만나게 해주련다."

일부러 위엄기 있게 하는 연산의 말씀이나, 보비의 방싯 웃는 그 웃음에 마음은 벌써 녹을 듯 풀어졌다.

"어떻게, 모가지를 잘라서요? 호호호."

보비의 요염한 웃음 가락이 떨어졌다. 연산은 도리어 기가 죽었다.

안 웃던 보비가 웃음을 웃게 되니 도리어 처염하다.

"모가지를 자르기는 왜? 너하고 한번 만나 보게 한 뒤에 죽여도 넉넉하지."

연산이 빙긋 웃었다.

"상감마마, 신첩이 박복하와 한 사나이를 섬기지는 못했을망정 오늘날은 상감의 옥체를 가까이 모신 제왕의 후궁이올시다. 창가(娼家)의 웃음을 파는 계집이 아닌 다음에야 숙의 몸으로 옛 사내를 다시 만나라 하시오? 먼저 제 목을 베어 주시오, 만일 상감께서 저를 아니 죽이신다면 상감 앞에서 신첩은 자결하오리다."

말을 마치고 보비는 허리에 두른 끈을 풀었다. 새빨간 갑사 띠다. 한 끝은 벽장 고리에 걸고, 한 끝은 섬섬한 가는 손으로 기름하게 고를 내었다. 쌀쌀한 이 태도는 어전에서 바로 목을 얽을 것 같다.

연산은 황망히 일어나 한 손으로 보비의 허리를 껴안고 한 손으로 띠를 빼앗았다.

"애 그만두어라. 이게 무슨 짓이냐. 내가 농이 과했다. 황윤헌이 들어오거든 그대로 놓아 버리마."

이렇게 하여 황윤헌은 까닭 모르고 잡혀 왔다가 영문 모르고 놓여졌다.

그러나 최보비의 마음속에 깊숙이 엉키어 있는 한 조각 붉은 마음은 빼앗을 수 없었다.

연산에게 웃음마저 허락한 최보비는 이날 밤에 사람들이 잠든 틈을 타 발길을 송림 우거진 뒷동산에 옮겨 놓았다. 몸을 던져 남편의 온 집안 식구를 구원했고, 마음속에 단단히 맹세했던 안 웃자던 웃음마저 웃어 위급한 남편의 목숨을 구해 놓았다. 이제는 남아 산대야 양심에 뜨거운 채찍을 받을 추잡한 욕된 생활뿐이다.

— 가지 않고 무얼 하랴. 가서 옛 남편과 내생의 인연이나 이을 수밖에 없다—

이렇게 보비는 마음속으로 웅얼거리며 솔밭 으슥한 곳을 찾았다. 왼손에는 길고 긴 백 삼팔수건이 둘둘 말려 한 끝이 툭 떨어졌다.

이튿날 이 최보비를 찾으니 보비의 종적은 간 곳이 없다.

시녀들을 붙들어 문초하나, 이부자리도 천연히 펴고 함께 잠들었던 보비의 그 뒷일은 알 길이 없다.

수문장들을 잡아 들여 엄하게 사실하나 보비의 종적은 그림자도 본 사람이 없었다.

실국편(失國篇)   535

내시와 무예청을 풀어 안팎 동산을 찾으니, 녹음대(綠陰臺) 뒤 우거진 솔숲 사이에 최보비는 솔가지에 매달려 늘어졌다.

내시들은 황급하게 이 연유를 연산에게 고해 바쳤다.

"무어? 보비가 죽었어!"

연산은 가슴이 선뜻하다. 보비의 처염한 얼굴이 눈앞에 떠올랐다. 어제 웃음까지 웃어서 마음을 슬쩍 돌렸던 최보비가 별안간 죽다니 말이 되느냐.

"옥교를 놓아라!"

연산은 친히 궁녀들을 거느리고 후원으로 나왔다.

보비의 아리따운 혼은 벌써 사라진 지 오래다.

상감 연산이 오는 것을 알 까닭이 없다. 여전히 장송 긴 가지에 늘어졌다.

"빨리 끌러라!"

궁녀들은 달려들어 보비의 목을 끌렀다.

"어서 안고 들어가!"

연산의 호통이 재우쳐 떨어졌다. 궁녀들에게 떠메어 보비의 처소로 돌아간 보비— 암만 주무르고 만지나 소용이 없다. 얼음같이 찬 몸은 풀리지 않았다. 백랍같이 엉킨 고운 얼굴은, 연산을 향하여 그대로 방싯 말을 할 것 같으면서 영영 소식이 없다. 청심환도 소용없고 강다탕(薑茶湯)도 헛수고다.

연산은 보비의 넋 스러진 얼굴을 들여다보면 볼수록 마음은 견디기 어려웠다. 마치 무슨 손바닥에 가졌던 보배로운 구슬을 잃은 듯하다.

금삼의 피

첫정이 함빡 옮기어 쏠리려다가 잃어버려진 보비!

— 영영 내 품을 싫다 하고 네가 갔구나!

연산은 애운한 마음도 들었다.

— 매서운 년!

연산은 괘씸한 생각도 들었다. 그러나 한번 죽어진 이상 다 소용없는 노릇이다.

"후하게 장사 지내 주어라!"

한마디를 남기고 천천히 발길을 돌려놓았다. 한 방울 뜨끔한 눈물이 옷깃에 뚝 떨어졌다. 석양은 꺼지고 초겨울 바람은 나뭇가지에 소실하다. 서글픈 생각도 일어났다. 잠깐 자신을 자책하는 마음도 일어났다.

편전으로 돌아와 쓸쓸한 마음을 잊으려 술잔을 기울이니 술잔을 거듭할수록 시름은 사라지지 않고 나타나느니 보비의 생각뿐이다.

글을 잘하는 신하 홍문관 교리 이희보(李希輔)를 불렀다.

연산은 어수로 잔에 술을 가득 부어 희보를 주고,

"자네, 미인을 위하여 글을 한 수 지어 조상해 주게."

희보는 어사주를 받들어 마신 뒤에 주저치 않고 붓대를 당기었다.

宮門深鎖月黃昏

十二鍾聲到夜分

何處靑山埋玉骨

秋風落葉不堪聞

깊고 깊은 대궐문 잠겨졌는데, 밤은 으스름 월황혼이라.

열두 번 울려오는 쇠북 소리는, 소리소리 한밤중 알리어 주네.

어느 곳 푸른 뫼에 옥 같은 뼈 묻히신고,

가을바람 지는 잎을 차마 듣기 어려워라.

연산과 희보는 밤이 밝도록 이 글을 읊고 탄식하여 미인 최보비를 조상하였다.

최보비가 죽은 뒤에 연산의 마음은 더욱더 거칠어졌다. 마음을 붙일 길이 없어 날마다 흥청들을 데리고 후원 정자에 자리를 바꾸어 호화로운 잔치를 꾸몄다. 풍악 소리가 끊어질 날이 없고 춤가락이 멈출 때가 없다. 어느 날 연산은 흥청들을 데리고 창경궁 뒷동산에서 놀았다.

삼사백 흥청이 흥청거리니 사면 육각 자지러진 풍악은 궁장을 넘어 거의 십 리 밖까지 들리게 되었다.

창경궁 담 너머는 바로 성균관이다. 대성전(大成殿)에는 공자를 모시었고 동서 양무에는 여러 명현들을 위해 놓았다. 그리고 그 밖에는 선비들이 학문을 토론하는 명륜당(明倫堂)이 있고, 또 밖에는 선비들이 거처하는 동편 재실은 바로 대궐과 담 하나를 사이했을 뿐이다.

연산이 흥청들을 연해 팔도에서 뽑아 들이고, 날마다 후원에서 질탕한 놀음이 끊일 사이 없다는 소문이 성균관 유생에게도

금삼의 피

왁 퍼졌을 뿐 아니라, 담장 담 하나 격한 곳에서 나날이 풍악 소리에 귀가 아프니 젊은 선비들은 궁금증이 나기 시작했다. 어떻게 한번 대궐 안을 엿보고 싶었다. 서편 재실에 있던 젊은 선비 몇 명이 이리저리 담을 향하여 엿볼 구멍을 찾으니 요행 돌멩이 빠진 곳이 두어 곳 있다.

선비들은 번갈아 가며 이 구멍을 들여다보고 씩씩거려 웃었다. 고삐가 길면 잡히는 법이다. 처음에는 흥청 하나가 무심히 이곳을 보니 사람의 눈이 빠끔히 보인다. 자세히 마주 들여다보니 홍안 미모의 묘소년들이다. 흥청도 마주 씩씩거려 웃었다.

한 흥청이 아니라 두 흥청이 알게 되었다. 두 흥청이 알게 되니 세 흥청이 마저 알았다. 네다섯이 담 앞에 모여 입을 가리며 씩씩거리고 웃었다. 멀리서 이 모양을 바라본 연산은,

"무어냐?"

고함쳐 물었다. 흥청들은 얼굴이 발개지며 황망히 물러섰다. 연산이 쫓아와 보니 담 구멍 터진 새로 선비들과 회합질이다. 연산의 분노는 터졌다.

"네 저년들을 밀위청에 잡아다 목 베어라!"

명령이 떨어지며 흥청들이 끌려간 뒤에 연산은 다시 유생들을 잡아다 중지하고 싶었으나, 말썽 많은 선비들을 건드리기 난처하고 팔구백 명 선비들을 수죄한다면 크나큰 여론이 일어날 것이다.

영의정과 대제학을 불러 대궐에 너무 가깝다는 까닭으로 성균관을 동대문 밖 가은군골(加恩君洞)로 옮기게 하고 성균관은

그대로 담을 터 버리고 흥청들의 놀이터로 만들게 하니 그야말로 상전이 벽해다.

다음날은 바른말 잘하고 입 뾰롱뾰롱한 사간원의 간관들을 혁파시킨다는 전교가 내렸다. 이러니저러니 말썽을 부리면 귀찮은 까닭에 아주 언로(言路)를 막아 버리자는 것이다.

대사간 이하 간관들이 없어지니 누구 하나 앞장서서 간할 사람이 없었다.

눌러서 홍문관을 없애 버리고, 경연을 폐하고, 용산에 있는 교리 옥당(校理玉堂)들에게 휴가를 주어 글 읽게 하던 독서당(讀書堂)도 없애 버렸다.

이렇게 되니 선비는 흩어지고 글 읽는 소리는 끊어졌다.

연산은 다시 선비들을 유건을 씌워 무예청 대신 거둥 때면 연(輦)을 메게 하였다. 선비들을 톡톡히 욕뵈자는 수작이다.

뜻있는 사람들은 물러가고 벼슬 욕심에 추잡한 사람들은 떨어져 남았다.

연 타고 가던 연산이 좋은 경치를 대하면 연을 머무르게 하고 글제를 내어 걸었다.

부끄러움을 모르는 선비들은 필랑에서 지필묵을 꺼내어 다투어가며 글을 지어 바쳤다.

연산은 스스로 시관(試官)이 되어 술과 색과 꽃과 노래를 읊은 향구옥대체(香謳玉臺體)를 지어 바치는 사람이 있으면 그대로 상을 주고 장원랑(壯元廊)을 삼았다.

연산은 도화서에서 그리어 바친 근기치도(近畿地圖)를 앞에

금삼의 피

펴놓고 친히 주필(朱筆)을 들어 지도 위에 붉은 점선을 그리고 있다.

맹자에 있는 문왕의 동산이 사방으로 칠십 리(文王之囿方七十里)라는 것을 본뜨고 싶은 것이다. 이 나라에는 원유(園囿)라는 것이 없다. 있대야 대궐 안에 있는 조그마한 동산뿐이다. 원래 나라도 작고 기구도 없지마는 임금의 동산을 칠십 리나 백 리를 만들어 놓는다면 이것은 백성에게 함정을 파놓고 빠져 죽어라 하는 것이나 마찬가지다.

제선왕(齊宣王)이 묻고 맹자가 대답한 대로, 제선왕의 동산은 사십 리로되 백성이 크다 했고, 문왕의 동산은 칠십 리로되 백성들은 도리어 작다 했다. 문왕의 동산이 제선왕의 동산보다 삼십 리나 더 크건만 백성들이 작다 한 것은 백성으로 더불어 이 동산을 즐거이 사용한 까닭이다. 소와 말을 먹이는 꼴이 필요하면 백성들은 문왕의 동산에 가서 꼴을 베어 올 수 있고, 고기가 먹고 싶으면 백성들은 문왕의 동산에 들어가 어린 토끼를 잡을 수 있었다. 그러나 제선왕의 동산에 누구 하나 사슴을 쏘아 잡는 이가 있다 하면, 그 죄는 사람을 죽인 사람과 동등하다. 임금 한 사람이 홀로 즐기는 동산이다. 이러하니 백성이 크다 하지 않을 수 없었다.

임금 된 이로 제선왕을 흉내 내기는 쉽되 문왕을 본받기는 극히 어려운 노릇이다.

이러한 까닭에 이 나라에는 애당초에 원유를 두지 않았다.

열성조의 어진 뜻이다. 연산의 호방한 마음은 단연코 넓고 넓은 동산을 만들어 보려는 것이다. 새를 기르고 짐승을 길러, 활 쏘고 말 달리고, 호방하게 놀아 세상에 하고 싶은 노릇을 다 한 번 해보고 싶은 것이다.

지도 위로 연산의 주필이 쉬지 않고 움직였다. 빨간 점선이 한 점씩 한 점씩 늘어간다.

동으로 한강, 삼전도(三田渡), 광나루, 묘적산(妙寂山), 맷돌고 개, 천마산, 마산, 주엽산(注葉山)이 붉은 선 안에 들었고, 북으론 박석고개, 홍복산(洪福山), 혜음령(惠陰嶺), 게넘이(蟹踰)요, 서론 파주 공릉(坡州恭陵)을 거쳐 보곡재(寶谷峴)를 금 긋고, 남편으로 는 한강, 노량진, 용산, 양화도(楊花渡) 나루까지 붉은 줄이 둘러 막으니 동은 칠십 리, 서는 육십 리, 북은 육십오 리, 남쪽은 십 리다.

금 긋기를 다하고 주필을 던진 연산은 승지를 불러 전교를 내 리었다.

"나라에 임금이 있고 임금에게는 동산이 있는 것은 사기에도 있는 것이다. 삼사천 리를 차지한 이 나라에 임금의 동산이 없 다는 것은 너무도 초솔하다. 더욱이 우리나라는 산세와 지리가 동산 만들기에 적당하니 하고 싶은 대로 할 것이요, 조금도 부족 할 곳이 없다. 지도에도 주선을 쳐서 내리거니와 서쪽은 홍복산 혜음령 고개로부터 공릉, 순릉(順陵)까지 이르게 하고, 동은 수 락산(水落山)으로부터 녹양평(綠楊平)까지 다 금표(禁標) 안에 두 게 하여, 큰 길은 아차산(峨嵯山) 앞에 내게 하라. 수목이 울밀하 면 새와 짐승이 모여든 뒤엔 군사를 거느려 진치고 사냥하리라,

금삼의 피

이 영은 오늘로부터 시행케 하라."

한번 전교가 떨어지니 세상은 다시 난리 난 거와 다름이 없다.

금표 안 칠십 리에 든 백성의 집들은 모조리 헐려야 하고, 문전옥답은 묵혀야 하고, 대대로 지켜 오던 조상의 산소는 굴총을 파내야 한다. 그래도 내버려 둔다면 춘추 절사(春秋節祀)에 성묘도 못 들어갈 처지이다.

근기의 백성들은 정든 고향, 살기 좋은 낙토를 떠나서 하루아침에 유리개걸하는 발가벗은 비렁뱅이가 되었다.

경기 감사가 장계를 올려 동편과 서편 금표 안에서 쫓겨난 인구수와 폐농된 진답을 보해 바치니 쫓겨난 사람이 이만 오백쉰 사람이요, 묵혀진 땅이 오천칠백여 결(結)이다. 연산은 이 장계를 받고 혼자 미친 체 쓴웃음을 웃었다.

금한령(禁限令)을 내린 지 한 달쯤 뒤에 연산은 가만히 어두운 밤을 타 미행으로 동소문 밖에 말굽을 달렸다. 법령이 잘 서고 안 서는 것을 친히 살펴보려는 것이다.

금표 안에는 사람의 그림자라고는 찾을 수 없었다. 그대로 산이요, 수풀이요 들이요, 개울이다. 때아닌 말굽 소리에 깃들었던 새는 푸드덕거리고 엎드렸던 짐승은 놀라 뛰었다. 연산의 마음은 만족했다. 한번 당신의 서리 같은 명령이 떨어지니 온 나라 백성들은 그대로 찌푸려 떨어 이 영을 받들어 지켰다. 제왕의 쾌한 맛을 적이 느낄 수 있었다. 고삐를 늦추고 천천히 말굽을 옮기었다. 한 식경을 돌다가 이만하면 족하다 하고 말 궁둥이를 돌리려 할 때, 소 탄 사람 한 사람이 동금표(東禁標) 안으로 쑥 들어서서 양주 쪽을 향하고 간다.

"이 친구 동행합시다."

연산은 목소리를 높여 소 탄 사람을 불렀다. 소 탄 사람은 지은 죄가 있는지라 기겁을 하여 비슬비슬 물러가다가, 옷 맨드리한 것을 보아 연산이 금표 지키는 군노가 아닌 것을 안 뒤에,

"좋은 말이오." 하고 대답했다. 연산은 말을 몰아 소 탄 사람의 옆에 가까이 가서 고삐를 늦추고 말을 꺼냈다.

"어디 사시오. 인사합시다."

"네, 나는 양주 가래비장에 사는 김 서방이오, 뉘댁이시오?"

"그러하슈. 나는 무너미 사는 이 서방이오."

연산은 이렇게 떠댔다.

"나도 급한 일이 있어 몰래 금표 안으로 들어섰소마는, 노형의 담도 무던히 크구료. 군노한테 들키면 어찌할라구 이리 가시오?"

연산은 슬며시 백성의 의향을 떠보았다.

"허허, 난들 법 무서운 줄을 모르겠소마는 기실은 매우 급한 사정이 있어 그러우. 내 집엔 팔순 노모가 계신데 지금 병환이 위중하시오. 자식의 도리에 어떻게 두 손 마주 잡고 운명하시는 것을 기다리고 있을 수 있소. 오늘 새벽에 나무 한 단을 싣고 와서 용하다는 의원을 찾아보고 약을 한 첩 지어 가지고 집으로 돌아가는 길이오. 일각이 삼추 같은데 아차산으로 돌아가자면 사오십 리를 더 도는구료. 하는 수 없이 범법인 줄 알면서도 어

두 컴컴한 틈을 타서 이 길로 들어섰소. 상감인지 나랏님인지 백성에겐 큰 원수요."

연산은 허리에 찬 상방검(尙方劍) 자루를 연해 만지작거렸다. 이 백성을 죽일까 말까 하는 것이다. 정경으로 말하면 아닌 게 아니라 팔십 노모를 위하여 약을 지어 가지고 가는 길이니 그야말로 시각을 다툴 일이다. 당신이 어마마마 제헌왕후에 대한 유한을 생각해 보더라도 어버이를 지극히 생각하여 법을 범한 이 백성만은 크게 용서하고 동정할 점이 있었다. 그러나 금법을 한번 내린 이상 이 사람을 그대로 놓아 보낸다면 어느 시일에 금한 령이 뚜렷이 서질는지 모른다. 금표 안을 범하는 사람은 다 그만 그만한 곡진한 사정이 있을 것이다. 한 사람을 눈감고 넘겨준다면 그 뒤에는 열 사람 스무 사람이 있다. 이렇게 된다면 당신의 계획은 도저히 유지할 수 없이 그대로 수포로 돌아가고 만다. 연산은 인정과 법령 두 틈바구니에 끼었다. 마음이 몹시 괴롭다.

"안행(雁行)이 몇 분이나 되시오?"

"독신입니다."

연산은 더욱 괴로웠다.

"자제는 몇이나 두셨소?"

"어린것까지 삼형제요."

백성의 대답이 막 떨어지자 연산의 환도는 어두운 밤 속에 번쩍 들렸다. 삽시간 으악 소리가 나며 백성의 머리는 말 아래 떨어졌다.

죽이고 나니 측은하다. 법은 법이요, 정은 정이다. 대궐로 돌아온 연산은 시각을 멈추지 않고 내수사에 기별하여 백미 오십석, 무명 삼십 필, 북포 이십 끝을 마바리에 실려 밤을 도와 양주 가래비장에 운명하려는 팔십 늙은이 있는 김 서방네 집을 찾아 전해 주게 하려는 뜻이다.

이튿날 연산은 경기 감사와 양주 목사를 밀위청에 잡아 들여 금표 신칙 잘못한 것을 국문하여 수죄하게 하고, 일변으로 동대문 수구문을 닫힌 뒤에 금표 안에는 길목마다 파수막을 지어 내수사 하인을 한 명씩 두게 하고, 그 밑에 공사청 장정 열 명씩을 두어 잡인의 출입을 엄금시키니 터진 곳은 남으로 노돌나루 한 군데다. 길 걷는 사람의 괴로움도 말할 것 없지마는 산에는 나무하는 사람이 끊어지니 장안에는 나무가 동이 날 지경이다.

이런 데다가 내수사 하인들은 패자 하나면 고만이다. 법도 없고 무서운 것도 없다. 아무 마련 없이 그대로 날뛰었다.

양주 가래비 장터 나무장수가 동금표에 효수된 뒤에 서금표에도 두 사람이나 효수되었다.

교활한 내수사 하인들은 이 틈을 타서 사욕을 채우기에 눈알이 뒤집혔다. 백주에 공공연하게 성군작당을 하여 밖에 있는 백성의 재물을 늑탈하다시피 했다. 그중에도 꼬장꼬장한 목민하는 원이나 군수가 있어 포교를 놓아 이것들을 잡으려 하면 금표 안으로 한 발만 슬쩍 들여 놓으면 더 말할 수 없는 안전지대다. 경기 감사도 소용없고 한성부 판윤도 손댈 수 없었다. 이것들이 무서워하는 것은 다만 연산과 장녹수뿐이었다. 왕기백리(王畿百里)는 공공연한 내수사 도적들의 소굴이다.

금삼의 피

날이 갈수록 행패는 더욱 심했다. 백성들의 얼굴은 누렇게 부황이 들었다. 집을 잃고 뺏기고 거리로 빌어먹어 풍찬 노숙을 하는 까닭이다. 남대문 밖과 노량진 사이엔 아직 엄동도 아니언만 죽어 넘어진 송장은 하나씩 둘씩 늘어갔다.

이 소문은 차츰차츰 중전인 신비(愼妃)의 귀에 들어갔다. 신비는 너무도 자신의 힘이 미약한 것을 탄식하였다.

대세는 벌써 그른 지 오래다. 장녹수가 들어오고 임숭재가 가까이 드나든 뒤로 연산의 마음은 비뚤어졌다. 너무도 자신의 마음이 착하고 어질었던 것을 후회하였다. 녹수가 들어올 때 벌써 연산을 그르칠 위인인 줄을 알았으나, 이것을 처치한다면 또다시 두 번 폐비의 엎어진 수레바퀴를 밟게 되고야 만다. 시틋한 비극이다. 투기하는 왕후가 되고 싶지 않았다. 그러나 너그러운 것은 도리어 나라를 기울이는 크나큰 화근이 되고야 말았다. 이제 와서 탄식해도 소용없는 노릇이다. 그렇다고 팔짱 끼고 위태로운 이 꼴을 그대로 볼 수가 없었다.

내수사 하인들은 당신의 직할이다. 언 발에 오줌 누기와 마찬가지지마는 우선 이것들이나 엄하게 단속하여 백성들의 폐해를 덜어 주고 싶었다. 아무리 힘이 미약하나 도적질하는 내수사 종놈 두서너 명은 장살(杖殺)시키어 버릇을 가르칠 만한 권세는 아직도 잡은 것이다.

내전에 중전은 좌기를 차리고 내수사 종의 두목 두세 명을 잡아들였다.

"내가 들으니 본궁 노자로서 금표 밖에 뛰어나가 백성의 재물을 겁탈한다 하니, 저런 고이한 놈들이 어디 있단 말이냐. 내 얼굴에 침을 배앝는 게 낫지, 내 하인으로서 의법이 그런 몹쓸 짓을 감히 한단 말이냐? 네 저놈들을 단박에 장살시켜라!"

추상같은 중전의 호령이 떨어졌다. 진노한 엄숙한 중전의 얼굴은 높고도 거룩하여 성나신 관세음인 양 감히 우러러볼 수 없었다.

곤장은 사정없이 내수사 노자에게 떨어졌다. 내수사 하인들은 억울하다 아뢰었다가 매질이 점점 심하니 죽을 때라 잘못한 것을 토설해 아뢰어 목숨 부지해 주기를 애걸해 빌었다. 백 도가 넘어선 뒤에야 중전은 매를 그치게 하고 다시 지엄한 분부를 내렸다.

"너희는 내 자식과 같다. 너희를 공연히 미워서 때릴 리가 있느냐. 다른 사람도 아니고 자식이 죄를 지면 그 부모의 마음이 얼마나 아프겠니. 이번엔 특별히 용서하거니와 만일 다시 또 백성의 재물을 겁탈하는 폐단이 있다면 그때는 단연코 용서가 없으리라. 너희 동무에게 각별 조심하도록 일러라!"

분부를 받은 내수사 하인들은 감읍하여 물러갔다.

이 뒤로부터 내수사 하인의 작폐는 적이 멈춰졌다. 그러나 약한 서까래로 쓰러지려는 큰 집을 버티기는 어렵다.

연산조의 운명이 앞으로 두어 해 더 남은 것은 순연히 중전의 음덕이다.

폐비의 원수를 갚는 척한(滌恨)의 옥사가 아직도 몇 달 안 되

금삼의 피

어 기억에 스러지지 않았을 때, 참혹한 옥사는 다시 불이 일어나듯 꼬리에 꼬리를 물고 일어난다.

하나는 숙용 장녹수가 전향과 수근비의 고운 얼굴을 시새어 일으킨 옥사요, 하나는 경기 감사 홍귀달(洪貴達)이라는 이가 그의 손녀딸을 왕세자비로 바치지 않은 것 때문으로 해서 연산의 뜻을 거스르기 때문에 무오사화의 여당이 함빡 휩쓸려 혹화를 당하는 큰 옥사요, 또 하나는 연산의 실정(失政)한 것을 언문으로 써서 투서한 사람이 있기 때문에 크나큰 언문 수난 시대가 온 것이다. 이 세 옥사는 거의 한꺼번에 일어나다시피 하여 세 가닥으로 소용돌이치니, 마치 가마에 끓는 물 모양으로 뒤집히고 엎어져, 어느 것이 먼저요, 어느 것이 나중 일어난 것을 구별하기 어렵다.

숙용 장녹수의 집엔 익명서 한 장이 붙었다. 어떻게 하여 붙여진 것은 독자의 판단에 맡겨 버린다. 이렇게 생각해도 좋고 저렇게 생각해도 좋다. 작자는 가만히 웃으면서 이 문제를 독자에게 제공한다. 다만 익명서의 내용이라는 것은 이러하다.

1. 장녹수는 제안대군의 집 일개 시비였었다는 것.
2. 장녹수는 구미호같이 상감 연산을 잘 농락하여 흔천동지하는 권세를 가졌다는 것.
3. 장녹수는 숙용이라는 내명부의 직첩을 가지고 있으면서도 상감의 환심을 사기 위하여, 체면도 모르고 밤낮 비파를 뜯고 교태를 부린다는 것.

아주 간단하고 싱거운 이 세 가지다.

녹수는 익명서를 떼어 들고 대궐로 들어가 울면서 연산에게 고해 바쳤다.

"상감마마, 이런 모욕이 또 어디 있겠습니까. 오늘부터 저는 하직입니다. 얼굴을 들고 어떻게 궁중에서 상감마마의 거행을 하올 수 있습니까?"

구슬 같은 눈물이 하염없이 떨어졌다.

익명서를 한참 읽고 있던 연산은 용안이 실룩하며 노기가 떠돌았다.

"이게 어떤 놈의 소위란 말이냐, 사실해 잡아다가 원수를 갚아 주마!"

"아이구 상감마마, 놈이 무엇이오니까, 굽어 통촉하옵소서. 외간에 있는 바깥사람이 어떻게 신첩이 숙용된 뒤에 비파를 뜯는 것을 알 사람이 있사오리까. 분명히 소장지변이옵니다. 대궐 안 궁녀들의 소위입니다. 상감마마의 높고 넓은 우악하옵신 은총을 입사와 풀 맺어 은혜를 갚사오면서 만세전에 바치려 하였었더니, 시기하는 사람이 많으니 황공하오나 어찌 몸을 부지하오리까. 이리하옵다가는 신첩은 와석종신을 못하겠습니다. 상감마마, 만수무강하옵시오, 신첩은 영영 하직이옵니다."

녹수는 목이 메어 슬퍼하며 연산에게 절을 올렸다.

"숙용, 이게 무슨 짓이야. 나를 버리고 네가 가다니 말이 되는가? 분하기야 하지마는 잠깐 참아라."

연산은 녹수의 손목을 이끌어 앉혔다.

"공연히 그렇게 상심하지 말고 나하고 그럴듯한 범인을 찾아보자."

녹수는 못 이기는 체 눈물을 수건으로 씻고 연산의 옆에 앉았다.

"소장지변이라 하니 네 생각에는 그럴 듯 누구에게 마음 가는 곳이 있니?"

"꼭 있기는 하지만 상감마마께옵서 어떻게 귀여워하시는 사람이라고요. 공연히 섣불리 입 밖에 내놓았다가 펄쩍 뛰시는 날이면 저 먼저 결딴이게요."

녹수는 다시 구슬픈 탯거리를 지었다.

"누구냐 말해라. 너보다 더 귀여워하는 사람이 어디 또 있단 말이냐. 다른 사람 천을 주고 바꾸라 해도 어디 또 있단 말이냐. 다른 사람 천을 주고 바꾸라 해도 너 하나는 내놓을 수 없다."

"상감마마, 정말요?"

"진정이다."

"그러면 고름 맺기 내기하세요."

녹수는 교태를 부리며 응석하듯 연산의 앞으로 바싹 다가앉았다.

"그래라. 고름보다 더한 것이라도 맺어 주마."

연산은 어수로 녹수의 자주 고름을 매서 맺어 주었다. 녹수의 몸은 비스듬히 연산의 어체에 기대어졌다.

"인제 말해라. 누구냐?"

녹수는 금방 딴사람인 양 몸을 일으켜 어전에 엎드렸다.

"전향과 수근비 두 년입니다!"

녹수의 소리가 떨어지자 연산의 용안에는 검은 그림자가 슬쩍 돌았다.

"상감마마, 놀라셨지요? 하늘 밑에 짝이 없는 귀여운 사람들인데."

"확실한 증거가 있나?"

연산의 대답은 풀기가 없다. 아름다운 특색이 있는 두 미인을 한꺼번에 잃어버리기 아까운 것이다. 녹수는 연산의 기운 없는 대답을 벌써 눈치챘다. 얼굴이 질릴 듯 새파래지며 펄쩍 뛰었다.

"상감마마, 증거요? 시퍼런 녹수의 무디지 않은 두 눈알이 증거올시다. 이년들이 저보다 먼저 상감마마를 모시었다고 시새고 공론하고 저만 보면 비쭉거리고 미워합니다. 지난번 후원에서 국화를 상 주시며 잔치하옵실 때만 해도, 무심하고 던진 제 말이 듣기 싫어서 앙심 먹고 병탈해 물러갔습니다. 물으실 것 없이 이년의 소위올시다."

"그럼, 어떡하랴."

그렇게 매서웁고 빳빳한 성정을 가진 연산이언만 녹수의 앞엔 그대로 풀솜과 같다.

"어떡하긴 어떡해요, 상감마마의 처분이시지. 그러게 아까 제가 무어랬습니까, 공연히 입 밖에 내었다가 저 먼저 결딴이 난다고 그랬습지요."

녹수는 안타까운 듯 가슴을 쥐어뜯고 한숨을 뽑아 쉬었다.

"그저 왜 이래, 그러게 조용히 의논 아니냐?"

"상감마마, 저는 암만해도 물러가야 하겠습니다. 상감마마께서 얼른 결단치 못하시는 것을 뵈오니 천첩에겐 벌써 정이 아니 계신 듯합니다. 이미 입사온 은총도 바다가 오히려 얕사옵지만, 더욱 두터운 은총을 입사와, 대궐을 하직하옵고 늙은 부모와 함께 나머지 세월을 보내려 합니다."

녹수는 처량한 듯 팔 짚어 인사하고 보시시 일어나서 치마 고름으로 스며진 눈물을 꼭꼭 눌렀다.

"이거 참 사람이 미치겠구나. 네 소원대로 다 해주마. 거기 좀 앉아라."

전향과 수근비 두 사람의 사랑하는 궁녀를 잃어버릴지언정, 한 사람의 귀여운 녹수는 손을 놓을 수 없다.

"어떡하랴, 죽이랴?"

연산은 녹수의 손을 꼭 붙들었다.

"······."

"네 입에서 떨어지는 대로 시행해 주마!"

"상감마마, 저도 상감마마를 모시는 후궁이옵지만 어제까지 상감마마의 옥체를 가까이 모셨던 궁녀들을 인정 없이 죽이오리까."

"그러면 어떡할까, 녹수야 어서 말해라······응."

"삼수갑산으로 한 명씩 귀양 보내 주시오."

"삼수갑산, 삼수갑산!"

연산은 입안의 말씀으로 뇌이고 뇌었다. 전향의 모란꽃 같은 화려한 얼굴이 머릿속에 떠올랐다. 수근비의 그믐달 같은 처염한 모양이 나타났다. 정에 끌리어 난처한 모양이다.

"상감마마, 어서 전교를 내리시오. 승지를 부르오리까?"

"흥, 삼수갑산, 함경도 끝 가는 데지. 산이 첩첩해 햇빛도 없고, 제비도 가다가도 서는 데라지!"

"어서 전교를 내리시오, 먹을 갈으오리까?"

이미 허락한 노릇이다. 전교를 내리지 않을 수도 없다.

"말로 하지, 말로 해."

사랑하는 사람을 이별해 보내는 것을 차마 붓을 당기어 쓰기 어려운 것이다.

이렇게 하여 전향, 수근비는 연약한 몸으로 삼수갑산으로 죽음이나 다름없는 귀양길을 떠나고, 일가친척들은 금부에 잡혀 톡톡한 형벌을 당했다.

연산의 나이 삼십이 다 되고, 동궁 황의 나이 여남은 살 가깝게 되니, 열 살만 넘으면 가례를 지내던 때라 연산은 질탕 황음한 생활 속에도 아들을 위하는 마음은 간절하다. 조정 대신과 문벌 높은 집에 세자빈 자격 될 만한 색시를 수소문하니 참봉 홍언국(洪彦國)의 딸이 얼굴도 똑똑하고 범절도 넉넉해 뒷날 왕비의 자격을 가졌다는 소식이 들어왔다. 연산은 칙사를 홍언국의 집으로 보내어 그 딸을 간택에 참례시키라 했다. 홍언국은 경기 감사 홍귀달의 큰아들이다. 홍귀달은 연산 때 문형(文衡)을 잡았던 이로 글 잘하고 바른말 잘하는 사람으로 이름이 높았다. 참찬(參贊)에 대제학(大提學)으로 경기 감사가 된 것도, 실상은 연산이 백성들의 집을 헐어 버리고 금표를 두어 동산 만드는 것을 차마 볼 수 없어 극진히 간하다가 연산의 뜻에 거슬려 좌천이 되었던 것이다. 딸을 간택에 들여보내라는 칙명을 받은 홍언국은 그 아버지 홍귀달에게 이 사유를 고했다.

"될 뻔이나 한 소리냐? 내 집은 대대로 국혼을 해본 적이 없다. 나라가 태평성대라도 그런 일이 없었는데, 이렇게 어지러운 세상에 딸자식을 들여보낸단 말이냐. 병을 칭탁하고 들여보내지 말아. 부원군도 싫고 부원군 애비 되기도 싫다. 조상을 욕 먹일 짓을 한단 말이냐!"

귀달은 이렇게 그 아들에게 한마디로 끊어 거절해 버렸다. 이때의 높은 선비의 기개는 나라와 결연하여 외척이 되는 것을 크나큰 수치로 알았던 것이다. 아무리 외척이 권세 있는 양반이라 하나, 홍귀달의 집 같은 대제학이 나오고, 홍문관 박사가 나오고, 진사가 나오는 조촐한 청환(清宦)은 되지 못하는 것이다.

아들 언국은 아버지의 명을 받들어 칙사에게,

"왕은은 감격하오나 딸자식 병이 골수에 깊어, 감히 들여보내지 못한다 아뢰어 주시오." 하고 사례해 부탁했다.

칙사에게 이 말씀을 들은 연산은,

"내 말을 거슬러 병탈을 하다니 고얀 놈이로구나! 밀위청에 잡아다가 국문을 해라!"

지엄한 분부가 내렸다. 홍언국은 시각을 머무를 새 없이 나장에게 잡혀와 밀위청에 갇혔다. 딸을 세자빈으로 보낼 테냐 안 보낼 테냐 매질해 문초하려는 것이다. 아들이 잡혀 가는 것을 보고 홍귀달은 곧 상소를 올렸다.

"만일 병이 없다면 어찌 대궐로 들여보내는 것을 꺼리오리까. 지금 곧 들여보내라 추상같이 엄한 명령을 내리신대도 들여보낼 수 없소이다!"

이 상소를 받은 연산은 분이 치밀어 올라왔다. 당당히 글발로 임금에게 항의를 제출한 것이다. 당신의 서리 같은 명령을 거스를 놈이 누구냐? 손과 발이 벌룽벌룽 떨렸다. 임금을 바로 곧 모욕하는 것이다.

"이, 이, 이놈 봐라. 이놈이 대신으로 앉아서 나를 이렇게 업신여기는구나. 이래서야 어디 임금 노릇 해 먹겠니. 에이 이놈들을 죽여 버려라!"

시측해 섰던 승지는 죄가 없으면서도 등에 땀이 흘렀다.

"전교를 받아써라!"

승지가 필묵을 받들고 부르기를 기다렸다.

"근래 대신이 능상(凌上)하는 해괴한 풍습이 있다. 아프게 다스리지 아니하면 새로이 나오는 선비들이 이것을 본받을 것이다. 대신이란 것들은 불경한 언동을 함부로 하고, 대간이란 것들은 이것을 본받아 화염(火焰) 무서운 줄 모르는 불나비처럼 그대로 모여 들어 공론하고, 서로 덩어리지고 얽혀져서 임금을 고립하게 만드니 슬프다. 이 해괴한 풍속을 단단히 고치지 않으면 안 될 것이다. 홍귀달 부자는 벼슬을 뺏은 뒤 사형에 처하여 소소(昭昭)한 법을 받게 하고, 임금을 업신여기는 폐풍은 대개 무오당인(戊吾黨人)에서 시작된 바다. 그때의 삼공(三公)이 모두 다 윤

금삼의 피

필상, 이극균 이하로 간흉 부도한 인물들이라 고의로 사정을 써서 죽일 놈을 살리고 살릴 놈을 죽였으니, 여당으로 지금 남아 있는 것들은 모두 엄형에 처할 사람들이다. 이 따위를 두어 무엇에 쓰랴, 사실하여 올리라."

승지는 전교를 받들어 벌벌 떨며 물러갔다.

홍귀달 부자도 글 잘하는 선비기 때문에 무오년 김종직 일파와 일맥상통되는 곳이 있었던 까닭이다. 연산은 이 때문에 이가 갈리도록 더욱 선비가 미웠다. 영이 한 번 내리니 온 나라 사람들은 죄가 있고 없고 간에 움츠려 떨었다. 사나운 궂은 비바람은 또다시 온 조선을 휩쓸어 놓았다. 무오년에 요행히 살아남은 사람과 평소에 바른말하여 연산을 간하던 점박이 신하가 모조리 비바람에 휩쓸리니,

'간밤에 불던 바람에 만정도화(滿庭桃花) 다 지겠다.' 하던 옛사람의 옛 노래를 생각하게 한다.

이때 도화와 같이 스러진 사람은,

참찬 홍귀달(洪貴達), 응교 권달수(權達手), 주계군 심원(深源), 주계군의 아들 이조 정랑 이유녕(李幼寧), 정자 변형량(卞亨良), 전한 이수공(李守恭), 사간 곽종번(郭宗藩), 헌납 박한주(朴漢柱), 사간 강백진(康伯珍), 응교 최보(崔溥), 박사 성중엄(咸仲淹), 좌랑 이원(李黿), 한훤당 김굉필(寒暄堂金宏弼), 신증(申澄), 직제학 심순문(沈順門), 대사간 강형(姜詗), 직제학 김천령(金千齡), 부제학 정인인(鄭麟仁), 정언 이주(李胄), 일두 정여창(鄭汝昌), 정랑 성경온(成景溫), 교리 박은(朴誾), 정랑 강겸(姜謙), 승지 홍식(洪湜), 감사

권주(權柱)요, 부관참시를 당한 사람은 매계 조위(曹偉)다.

이때 매계 조위는 무오년 필화 사건에 끼어, 명나라에서 돌아오는 길로 이극균의 구원함을 힘입어 겨우 목숨을 부지하여 의주로 귀양 갔다가 다시 순천으로 옮긴 뒤에 이내 적소(謫所)에서 병들어 죽었던 것이다. 그 아우 조신(曹伸)이 반장하여 선영에 장사 지낸 지 몇 해 안 되어 또다시 참혹한 변고를 당하니, 놀랍고 황겁한 중에도 요동의 유명한 점쟁이 추원결이 말하던, '천물결 속에, 몸 번드쳐 나왔다가 모름지기 바위 아래 사흘 밤을 잘 것이다' 하던 글귀를 다시 생각하고 과연 명복이라 탄식했다. 조위의 관을 뻐개서 바윗돌 밑에 삼 일 동안 버려두게 한 까닭이다.

며칠 뒤에는 임사홍의 둘째 아들 임희재(任熙載)가 무오 여당의 최후의 한 사람으로 목숨을 부지했다가, 거리에 목 베어 효수를 당하고 아내 구씨는 관비로 바쳐졌다.

독자가 잘 아는 거와 같이 임희재의 아버지 임사홍은 흥청 운평들을 뽑아 들이는 세력이 당당한 채홍준사(採紅駿使)요, 희재의 형 광재, 아우 숭재는 권력이 든든한 부마일 뿐 아니라, 그 중에도 숭재는 연산에게 다른 사람의 첩들을 뺏어 바치기 때문에 나는 새도 떨어뜨릴 만큼 긴하고 긴한 총신(寵臣)이었다. 이 때문에 연산은 가끔가끔 사홍의 집을 미복으로 놀러 나갔다.

하루는 연산이 얼근히 취하여 사홍과 수작하다가 둘러친 병풍(屛風)에 글씨 쓴 것을 무심하고 읽어 보니,

　　　　　　　　　　　　　　　金삼의 피

祖舜宗堯自太平 (조순종요자태평)

秦皇何事苦蒼生 (진황하사고창생)

不知禍起蕭墻內 (부지화기소장내)

虛築防胡萬里城 (허축방호만리성)

확실히 자기를 진시황에 비하여 빈정대는 듯한 소리다. 낙관을 찾아보니 바로 임사홍의 둘째 아들 희재의 글씨다.

연산은 역정이 불끈 솟아 일어났다.

"경의 둘째 아들 희재가 무오사화 때도 말썽이 많았는데, 지금 이 병풍에 쓴 것을 보니 그래도 종시 마음을 고치지 못하는 모양일세그려. 불초한 사람이로군. 내가 죽이려 하니 경의 뜻은 어떠한가?"

임사홍의 얼굴은 새파래졌다. 창황 중에 무어라 대답할 길이 없다.

"네, 과연 상교가 지당하시옵니다. 이 자식이 제 형들과 달라 성정이 불순하옵니다. 항상 아뢰고저 하면서도 부자의 정리에 그만 못 아뢰고 있었습니다." 하고 사홍은 슬쩍 저 한 몸만 위태로운 곳에서 빠져나왔다.

"죽이게!"

연산의 입에서 한마디 소리가 떨어지니 희재의 몸은 다시 피할 도리가 없었다. 그대로 거리에 끌려 나와 효수당해 버리니 애비와 자식의 정마저 끊어졌다. 하늘과 땅은 완전히 어둠의 세계다.

언문의 크나큰 수난 시대가 오게 되었다. 언문은 이 나라의 가장 거룩하고 영특한 임금이었던 세종대왕의 어진 뜻으로 비로소 이 땅에 시작된 글이다. 말은 있으나 글이 없는 것을 한탄한 세종대왕은, 마음을 수고롭게 하던 나머지 그때의 글 잘하는 신하 성삼문(成三問), 신숙주(申叔舟)를 요동에 열세 번이나 드나들게 하여 신중하게 이것을 연구하고, 대왕의 이십팔년 병인 구월에 이것을 비로소 세상에 널리 반포케 하니, 곧 백성을 가르치는 훈민정음(訓民正音)이다. 그때 이 훈민정음을 반포할 때 책머리에 쓰였던 어제 서문(御製序文)을 잠깐 옮기어 보면 아래와 같다.

나라의 말이 중국과 달라 한자로는 서로 통하지 아니하니 이런 이유로 어리석은 백성이 말하고자 할 바가 있어도 마침내 제 뜻을 능히 펴지 못할 사람이 많으니라. 내가 이를 위하여 가엾게 여겨 새로 스물여덟 자를 만드니 사람마다 하여금 쉽게 익혀 날마다 씀에 편안케 하고자 할 따름이니라.

과연 어제 서문과 같이 이 땅에는 길고 긴 역사가 있었으나, 말은 있으되 글은 없었다. 거룩한 대왕은 우리에게 정신을 살찌게 하는 크나큰 보물을 선사한 것이다. 지금 오백 년 뒤에 필자가 이 글을 쓰고, 독자가 이 글을 보는 것도 순전히 거룩한 세종대왕의 바다같이 넓은 공덕이다.

세종대왕은 훈민정음을 반포한 뒤에, 한문을 숭상하는 완고한 신하들의 간하고 다투는 어려움을 막고 만난을 헤치며 언문을 권장하였다. 이 덕택으로 해서 몇 해가 안 되어 한문을 모르는 부녀자라도 글씨로 자기의 의사를 넉넉히 다른 사람에게 알게 할 수 있고 풍부한 지식을 배울 수 있었던 것이다.

그러나 훈민정음이 반포된 지 쉰아홉 해 만에 후손 연산으로 하여 세종대왕의 거룩한 뜻은 크게 무색케 되는 쓰라린 운명을 만나게 되었다. 역시 때는 갑자년— 중전의 오라버니 되는 신수근의 아우 신수영(愼守英)이 탑전에 부복하여,

"오늘 새벽에 제용감정(濟用監正) 이규(李逵)의 심부름으로 왔다 하옵고 웬 사람이 편지 석 장을 전하옵기에 무심하고 펴보니, 황송하기 끝이 없는 익명서오라, 편지 가져온 자를 찾으니 벌써 간 곳을 모르옵고, 그대로 감히 휘하기도 어렵사와 황공무지하오나 이것을 바치오." 하고 익명서를 올리었다.

연산이 익명서를 받아서 펴보니,

편지 석 장의 비두에는 무명장(無名狀)이라 쓰고, 내용은 여의(女醫) 개금(介今), 덕금(德今), 고온지(古溫知), 조방(曺方) 들이 서로 모여서, 연산의 어지러운 정치와 잔인한 행동을 극구 비방하였다는 것이다.

석 장이 모두 언문으로 쓰였고, 단지 사람들의 이름만이 한문자로 적혀 있었다. 곧 이규를 밀위청에 붙들어다 국문하니 이규는 영문도 모르는 일이다. 이러한 익명서를 이름을 드러내 놓고 전할 사람은 과연 없는 일이다.

다시 여의들을 수소문하여 개금, 덕금들을 모조리 잡아다가 문초하나 한결같이 그런 일이 없노라 공초했다.

연산은 도성의 사대문을 닫아 버리고, 군사들로 성벽을 엄하게 파수 보게 하여 죄인이 도망하지 못하게 하고, 의금부 대문 앞에는 익명서 죄인을 잡아오는 사람이 있으면 상으로 베 오백 필을 준다고 방을 크게 써서 붙이게 했다.

일변 포청이 풀리고 의금부가 쏟아져서 장안 오부(五部)를 살살이 뒤지며 염탐하였다. 그러나 익명서 범인은 잡을 길이 망연하다.

진범이 드러나지 아니하니 애매한 사람만 자꾸 붙들려 왔다. 이튿날은 여의들 중에 간부가 있어 함혐을 먹고 익명서를 무고했나 하고 여의들의 사나이들을 모조리 잡아다가 문초하고, 그 다음 날은 일가친척들을 함빡 잡아다가 밥을 내었다. 그러나 옥사는 귀정나지 않았다.

이렇게 되니 웬만한 엇비뚜름한 사람들은 모조리 잡혀가게 되고, 평소 포교나 나졸에게 조금만 혐의 진 사람이면 곡직을 물을 것 없이 톡톡히 곤욕을 당했다.

베 오백 필이라는 큼직한 현상에 사람들의 허욕은 움직었다. 공연한 동네 사람을 꽂아 놓는 사람도 있고, 애매한 종을 구렁에 집어넣어서 영화를 꿈꾸는 벼슬아치들도 한두 명이 아니었다.

사대문은 반 달 동안이나 굳게 잠기니, 서울과 시골의 교통과 소식은 뚝 끊어지고, 문안의 가난한 사람은 나무와 양식이 끊어져도 꼼짝할 수 없이 가만히 앉아서 죽음을 기다릴 뿐이다. 마치 장안 속은 가마에 끓는 물과 같이 소용돌이치며 벌룩거렸다.

닷새째 되는 날은 한성부 오부 중에 언문을 아는 사람을 강제

금삼의 피

로 몰아넣고, 남녀노소 할 것 없이 필적을 상고하니, 대동소이하여 뉘 글씬지 구별하기 어려웠다. 다시 매인 앞에 언문 글씨를 네 통씩 써서, 그 아래 쓴 사람의 성명과 나이를 적게 한 뒤에, 책을 만들어 의정부, 사헌부, 승정원, 대내 안 네 군데다가 한 벌씩 벌려 두게 하니, 후고(後考)를 삼아 증거거리를 잡자는 뜻이다.

백성들은 서로 손목을 붙들어 한숨 쉬고 슬퍼하고 탄식했다. 뒷날에 걸려들기만 하는 날이면 비명횡사는 면하지 못하는 까닭이다. 어떤 사람은 집에 돌아와 대문을 닫아걸고 통곡하는 사람도 있었다. 어떤 여자는 남편과 자식들을 붙들고 몸부림쳐 언문 배운 것을 푸념하는 사람도 있었다. 시집갈 당혼한 처자들은 붓대를 꺾고 벼룻돌을 파묻었다.

모두 다 언문 배운 것을 탄식하고 후회했다. 뒷일이 무서운 까닭이다.

"글이 원수다! 글이 원수다!" 하는 참혹하고 안타까운 소리가 이곳저곳에서 울부짖어 일어났다.

백성들은 찬 이슬에 떨고 있는 참새와 같다.

보름 만에야 장안 오부 안의 언문 하는 사람의 필적을 모조리 조사하여 바쳤다. 그러나 범인은 나타나지 않았다. 익명서 사건은 오리무중에 깊숙이 들어 실마리를 붙잡을 수 없었다.

사건이 일어난 지 열엿새 만에야 도성 문들을 열어 놓고, 다시 성 밖에 사는 사람들의 필적을 상고하게 했다.

성안에서 반 달 동안이나 복작거리던 소문은 자연히 성 밖으로 새어 나왔다. 성 밖에 사는 사람들은 모조리 언문책들을 불살라 버리고 붓대를 꺾고 먹을 감춘 지 오래다. 포교들과 나졸들이 거미 떼같이 풀려 샅샅이 집을 뒤지나, 언문을 안다고 나설 사람은 하나도 없었다. 모두 다 낫 놓고 기역 자도 모른다는 사람들뿐이다. 포교와 나졸들은 하는 수 없이 이 사유를 제각기 본부에 보해 바쳤다.

연산은 다시 사대문에 방을 붙이고 익명서 진범을 잡아 바치는 사람이면, 다시 상을 돋우어 베 천 필을 내려 준다 하였다. 그러나 정작 진범인은 잡히지 아니하고 애꿎은 사사 혐의로 붙들려 오는 사람 수효만 늘었다. 연산도 하는 수 없었다. 익명서 사건이 일어난 지 두 달 만에 연산은 최후의 발악을 썼다. 전무한 전교 한 장이 나라 안에 반포되니,

—언문을 쓰는 사람은 『기훼제서율(棄毁制書律)』로 논란하여 처형하게 하고, 언문으로 된 책과 구결(口訣)은 함빡 이것을 태워 버리라. 만일 이것을 은휘하는 자 있다면 같은 율로써 형벌하리라. 다만 한어(漢語)를 번역한 책만은 금하지 않는다.

하였다. 만일 이것마저 없앤다면 명나라와 서로 사신이 오고 가는데 크나큰 불편을 느끼게 되는 까닭이다.

이렇게 하여 온 나라는 빛 없는 캄캄한 암흑세계가 되어 버렸다.

세종 성주의 영혼이 만일 하늘에 있어 이 꼴을 굽어본다면 얼마나 안타까우랴. 당신의 백성과 나라를 위한 일평생 사업이 하루아침에 그대로 물거품이 되어 버리니 어찌 탄식만 할 것이냐.

갑자년 참혹한 비바람도 그대로 지나갔다. 세월은 바뀌어 을축년이다.

연산은 선한 일이나 악한 일이나 자신의 한번 맘먹은 일은 조금도 굽히고 뉘우치는 빛이 없이, 억만 사람을 희생한대도 그대로 깐깐하게 하고 싶은 노릇은 다 해보려 하였다.

정월 초승이 되니 대내 안은 더욱 질번질번하다. 연산과 녹수는 수천 명 운평과, 수백 명 흥청과 함께 한가한 정월을 재미있게 보내려 하였다.

때마침 임숭재와 구수영이 연산에게 정월의 첫 선물로, 춤 잘추는 계집 해어화, 곡강춘(曲江春), 비천호(費千呼), 장중경(掌中輕), 소표매(笑標梅), 일점홍(一點紅), 연연아 일곱 명을 뽑아 바치니, 연산은 그렇지 않아도 작년에 들어온 운평과 흥청 속에서 춤 잘 추는 여자들을 뽑아, 탈춤(處容舞)을 추어 보게 할 생각이 있던 판이라 두말할 것 없이 좋았다. 임숭재, 구수영에게 후한 상급을 내린 뒤에, 친히 새 흥청들을 어전에 이끌어 보고, 그 중에 똑똑하고 잘생긴 계집 일점홍 해어화를 별실에 인도하여, 천과 흥청(天科興淸)을 삼은 다음에 일점홍의 이름을 대우도(帶雨桃)라 고치게 하고 해어화의 이름은 취춘방(醉春芳)이라 바꾸게 하니, 모두 다 계집의 얼굴과 댓거리를 보아 당신이 친히 어명을 내린 것이다. 대우도는 마치 보실보실 내리는 봄비 방울을 머금고 있는 불그스름한 복숭아꽃과 같이 부끄러운 듯, 방싯 웃는 듯 수삽한 태도를 가졌다는 뜻이요, 취춘방(醉春芳)은 흐므러진 봄 산에 든 거와 같이 자신이 먼저 이 여자에게 취했다는 것을 나타낸 뜻이다.

장녹수와 의논하여 대우도, 취춘방으로 탈춤 추는 감독을 하게 하고, 강춘 등 다섯 명을 탈춤잡이로 만들었다.

탈춤은 신라의 유명한 향가의 하나인,

東京明期月良 夜入伊遊行如可 入良沙寢矣見昆 脚烏伊四是良
羅 二肹隱吳下於叱古 二肹隱誰支下焉古 本矣吳下是如馬於隱
奪叱良乙何如爲理古.

(동경 밝은 달에 밤들어 노닐다가, 들어 자리에 보곤, 가랄이 너히러라. 둘은 내해였고 둘은 뉘게런고, 밑이 내해이다마는, 빼앗긴 것을 어떻다 하리꼬.)

하고 노래 부른 처용(處容)을 본떠서 탈춤을 만든 것이다.

이 춤의 기원은 신라 헌강왕(憲康王) 때 일어난 것으로, 왕이 개운포(開雲浦)라는 곳을 순행하다가 동해 용왕의 아들 하나를 데리고 서울로 왔으니, 이것이 곧 처용이다. 헌강왕은 처용에게 급간(級干)이란 벼슬을 주고, 어여쁜 새악시로 배필까지 정해 주었다. 처용에게는 행복스러운 날이 날마다 계속되었다. 그러나 호사다마로 어느 날 달 밝은 밤에 신라 서울을 즐겁게 거닐다가 집으로 돌아와 보니 아름다운 자기 아내의 곁에는 알지 못할 간부 하나가 드러누워 있었다. 이것을 본 처용은 칼을 빼어 간부를 죽이려다가, 슬쩍 마음을 돌리고 구슬피, 동경 달 밝은 밤에— 하는 노래를 부르며 춤추면서 밖으로 나와 버렸다. 이 간

금삼의 피

부는 다른 사람이 아니라 곧 역신(疫神)이었다.

당연히 자기를 죽일 줄 알았던 역신은, 처용의 넓고 너그러운 태도에 감복되어, 나가는 처용을 쫓아 나오며 자기가 역신인 것을 처용에게 이야기하고, 이 뒤부터 당신의 얼굴을 그려 붙인 곳이면, 다시는 들어가지 않겠노라 사과하고 가 버렸다.

이 소문이 퍼지니 온 나라 사람들은 역신을 쫓기 위하여 집집마다 처용의 얼굴을 그려 붙이고, 섣달그믐과 정월 초승이면 처용의 얼굴을 바가지로 만들어서 탈박을 쓰고 탈춤을 추었다.

사귀를 물리치고 복을 비는 뜻이다. 고려 때 유명한 시인 이제현(李齊賢)의,

具齒顔歌夜月 鳶肩紫袖舞春風

(붉은 얼굴 자개 이로 달밤을 노래하고, 소리개 어깨에다 자줏빛 소매
늠실거려 봄바람 춤추어 논다.)

하는 노래도 이 탈춤 추는 풍속을 가리켜서 읊은 것이다.

탈춤 추는 풍속은 신라에서 고려를 거쳐 연산 때에도 있었던 것이다.

원래 탈춤은 한 사람이 추던 것이다. 검은 옷에 붉은 소매를 달고, 사모에 처용 탈박을 쓴 뒤에 처용가를 부르며 너울너울 춤추던 것이다. 이런 것이 시대가 차차 변천되는 데 따라 다섯 방위의 청황적백흑을 응해 오방 처용(五方處容)이 생기게 되고, 단순하던 신라 신도에서 생긴 처용무가 세월이 흘러가는 동안에

불교의 색채가 섞여 보살의 연화회까지 섞이게 되었다.

장녹수는 임숭재를 시켜 춘당대 연못 앞에 길 반이나 되는 석가산을 높이 쌓게 하고, 자기는 윤 숙의, 정 숙용, 김 귀비, 광한선, 상림춘, 완산월, 월하매와 함께 취흥원 흥청들을 모아 놓고 밤을 도와 오색 비단을 찢어 가화를 만들어 석가산 나뭇가지에 꽂으니, 울긋불긋한 천만 떨기 꽃송이가 가지마다 난만하여 때 아닌 봄바람을 부르는 듯하다. 꽃나무와 꽃나무 사이엔 천여 개 화등롱을 걸어 놓고 어둡기를 기다려 일제히 촛불을 켜니 휘황찬란한 불빛은 꽃 맵시와 어우러져 불야성을 이루어 놓았다. 연못가 좌우 옆에는 맷방석만 한 연꽃을 만들어 놓고 연꽃 속에는 새로이 연산이 귀애하는 대우도, 취춘방을 한 명씩 집어넣었다.

밤들기를 기다려 연산은 녹수의 청좌를 받아 중전 신비와 모든 후궁들을 거느리고 어막에 드니 곱게 단장한 운형, 홍청은 구름 외듯 벌려 섰고 석가산과 연못의 꽃빛 불빛은 오히려 정말 봄을 업신여길 지경이다.

연산의 마음은 흡족했다. 어수로 맞아들이는 녹수의 손을 잡으며,

"얘 참말 장 숙용의 재주가 무던하구나. 어떻소 중전. 이만하면 제왕의 호사가 무던치 않소." 하고 중전 신비를 돌아보며 호방한 웃음을 웃었다. 중전도 한마디를 안 할 수 없었다.

"너무 과하지 않으냐."

시름없이 한마디를 던질 뿐이다.

"상감마마, 이번에 제가 보살이 됩니다. 보살 자격이 있나 없나

잘 보아 두십쇼."

녹수는 하얀 이빨을 생긋 드러내 놓고 교태를 지어 물러 나갔다. 연산은 무척 좋았다.

"허허허, 보살, 얄미운 보살이다."

좀더 농치는 말을 하고 싶었으나 옆에 신비가 있다.

"다 이것이 신라 때부터 내려오는 국속(國俗)이로구료!" 하고 점잔을 피웠다.

탈춤은 시작되었다. 연연아, 곡강춘, 비천호, 소표매, 장중경 다섯 홍청은 오방 처용이요. 대우도, 취춘방 새로 된 천과 홍청은 선녀 모양을 만들어 연꽃 속에 집어넣고 광한선, 월하매는 학춤을 추는 쌍학이 되고, 장녹수는 보살이 되었다.

천여 명이나 되는 광희(廣熙)는 제각기 악기를 들고 총률(總律)의 지휘를 따라 봉황음(鳳凰吟) 곡조를 아뢰니 아련한 풍악 소리는 대궐 안에 가득하다.

장녹수가 보살이 되어 외정에서 연못 앞으로 돌아 들어오니, 학 날개를 붙인 광한선, 월하매가 쌍학이 되어 보살의 뒤를 따르고, 그 뒤에는 연연아 등 다섯 홍청이 오색 처용 옷을 입고 노래를 부르며 뒤따랐다. 수천 명 홍청, 운평은 예불(禮佛)하듯 영산회상(靈山會上)을 노래하며 보살과 처용을 가운데 두고, 둥글게 원을 지어 연못과 석가산을 세 번 돌았다. 큰 북이 둥둥둥 울리니 연화회가 시작됐다. 휘황찬란한 석가산 밑 연못 앞에 조는 듯 핀 두 떨기 연꽃 속에선 청아한 보허자(步虛子) 곡조가 일어났다. 쌍학이 곡조를 맞추어 너울너울 춤추어 논다. 광한선, 월하매의 춤이다. 가락이 자지러지니 청학은 흥이 겨운 듯 고개를 곱숭거려 연꽃을 좇았다. 연꽃에선 대우도, 취춘방의 고운 맵시가 나타나기 시작했다. 쌍학을 마주 보고 춤 거리가 호탕하다. 쌍학이 날개를 으쓱거려 선녀를 향하고 날아들면, 선녀는 갸우뚱하고 팔을 벌려 돌아서고 쌍학이 날개를 툭툭 쳐 물러가면 연꽃에서 나온 선녀들은 다시 몸을 돌이켜 팔을 벌리고 쌍학을 후려낸다. 학과 선녀가 얼러대는 수작이다. 이것이 동동(動動)이란 것이다. 연산은 이 모양을 보고 손뼉을 치며 즐거워했다.

"과연 명기들이다." 하고 신비와 후궁들을 돌아보며 칭찬하는 말을 내렸다.

쌍학은 물러가고 처용이 들어왔다. 장중경은 동쪽을 향하여 푸른 옷에 자주 소매를 달아 입었고, 곡강춘은 서편을 응하여 흰 옷에 붉은 소매를 달고, 비천호는 남방을 응하여 검은 옷에 붉은 소매를 달고, 연연아는 중앙 토색을 응하여 누른 옷에 자주 소매를 달아 입었다. 일제히 처용의 탈박을 쓰고 검은 사모들을 썼으니 얼른 보면 누가 누군지 알 길이 없다. 다만 옷 빛깔로 이름을 맞추어 누가 누구인 것을 알아낼 뿐이다. 연산의 옥좌 앞에는 옷 빛깔과 이름을 적은 종잇장이 펼쳐졌다. 누가 춤을 잘 추고 못 추는 것을 알려는 것이다.

운평, 흥청과 광희들의 아뢰는 풍악은 슬그머니 늦거리(慢機)로 변했다. 오방 처용들은 '동경 달 밝은 밤에―' 하고 목청을 길게 뽑아 노래를 부르면서 느직느직 느리게 춤추어 소매를 떨어뜨리고 행렬을 맞춰서 걸어온다.

금삼의 피

곡조가 변하여 중허리(中機)가 되니 오방 처용들은 각각 제 방위를 찾아 서서 이리 굼실 저리 굼실 붉은 소매가 반공 위에 펄럭거린다. 계집들은 어전이라 조금이라도 더 상감의 눈에 들어 보일 양으로 힘과 재주를 다하여 춤추었다. 연산이 가만히 웃으며 내려다보니 한가운데서 누른 옷을 입고 춤추는 연연아가 일등이요. 동편에서 푸른 옷 입고 춤추는 장중경이 이등이다. 연산은 주필을 들어 이름 적은 종이에 타점을 찍었다.

밤은 점점 깊어들었다. 대궐 안 넓은 동산엔 찬 서리를 제하느라고 숯불과 관솔불이 귀퉁이마다 산더미같이 이글거렸다. 횃불이 병풍처럼 둘러막으니 화광은 벌룽거려 캄캄한 하늘을 붉게 물들였다. 후원에는 얼음이 풀리고 서리가 범하여 내리지 못하였다. 북악에서 갈겨 치는 살을 엘 듯한 바람도 이 동산에 들어오기만 하면 불기운에 녹아들어 그대로 훈훈한 봄바람이다. 밤을 도와 찬 기운을 막는 숯불 피는 숯만 해도 여러 천 섬이요, 만 섬이다. 서리를 제한다는 횃불도 크나큰 장산 속에서 십 년 자란 나무는 다 스러져 재가 되었으리라. 밤을 새우며 춤추며 뛰니 오륙천 명의 후궁과 운평은 먹을 것이 필요하다. 크고 넓은 수라간에는 쇠고기가 기름을 뿜어 이글이글 구워지고, 닭고기, 양고기가 흐므러지게 가마솥에 벌룽거려 끓었다. 향긋한 술이 양푼에 쉴 새 없이 덜그렁거려 띄워지고, 개수간에는 은수저, 은주전자, 파리잔, 은주발, 은쟁반이 산더미같이 쌓였다. 모두 다 백성의 피요 기름이다. 왕기백리엔 금한령으로 인하여 나무가 떨어지고, 백성이 굶주리니 혹독한 추위에 얼어 죽은 강시는 남문 밖과 노량진 사이에 첩첩이 쌓였다. 역신을 쫓고 복을 부르는 탈춤이냐, 복을 쫓고 역신을 맞아들이는 탈춤이냐? 탈춤은 날이 훤하여 동편 틀 때 겨우 끝났다.

자진가락으로 곡조가 바뀌니 오방 처용은 굿거리장단에 맞추어 그대로 자리를 바꾸어 어지럽게 춤춘다.

운평과 흥청들이 나무아미타불 관세음보살을 부르며 녹수를 앞세우고 세 번 돌아 뜰 밖으로 나갔다.

도연히 술기운을 띤 연산은 임숭재를 시켜 장녹수 이하 모든 궁녀와 광한선 외 삼백여 명 흥청이며 삼천여 명 운평과 천여 명 광희에게 차례로 상급을 주게 하니, 호조에서 바친 말굽은(蹄銀)이 열 궤요 상의원(尙衣院)에서 들어온 능라주단이 삼천 필이요, 제용감(濟用監)에서 가져온 피륙이 육천여 필이요, 명주가 일천여 필이다.

연산은 다시 장녹수를 붙들어 소곤소곤 귓속말을 하니 녹수는 생그죽 웃으며 연산을 흘겨보고,

"난 싫어요!" 하면서 부끄러운 듯 살짝 돌아서다가,

"그럼 꼭 이번 한 번만요!" 하고 연산의 어수를 꼭 꼬집고 물러섰다. 조금 있다가 장녹수는 선녀춤 추던 대우도, 취춘방과 탈춤 잘 추던 연연아, 장중경을 데리고, 생글생글 웃으면서 연산과 함께 다섯 명이 침실로 돌아갔다.

정월도 그럭저럭 초열흘이 지났다. 푸근하게 눈이 내려 쌓였다. 사냥하기 좋은 철이다. 도성 밖 삼면 칠팔십 리에 금표를 정

금삼의 피

하고, 백성들을 내쫓은 뒤에 연산은 가끔가끔 단기(單騎)로 운 평, 홍청, 몇 명씩을 데리고 산을 넘고 골짜기를 뛰어 꿩과 토끼 를 잡은 일이 있었으나 아직 금표가 확실히 자리 잡히지 않은 까닭에 크게 위의를 갖추어 큰 사냥을 해본 적이 없었던 것이 다. 그동안 조선 팔도에서 쉬지 않고 산 채로 잡아 바친 노루, 사 슴, 토끼, 산돼지, 여우, 수달, 곰, 표범, 밀구(密狗) 들의 온갖 짐승 들을 그대로 금표 안에 놓아 둔 것도 그럭저럭 수만 마리요, 꿩, 비둘기, 기러기, 오리, 황새 들의 모든 날짐승들도 동산 안에 날 려둔 것이 도합을 보면 수백만이다. 한겨울을 거진 났으니 그만 하면 짐승은 살찌고 새들은 기름졌을 것이다.

　　연산은 크게 사냥령을 내렸다. 응사군(鷹師軍) 만여 명이 풀 리고 운구(雲廐), 기구(騏廐), 용구(龍廐)에서는 기름진 말이 수만 필이나 끌려나왔다.

　　연산은 구군복 밀화패영에 동개 차고 백설 같은 흰말에 높직 이 올라앉았다. 어마(御馬) 뒤에는 장녹수가 고운 얼굴에 구군 복 입고 전통 차고 생글거리며 오추마를 타고 뒤를 따랐다. 앞뒤 엔 홍청, 운평 수천 명 계집들이 모두 다 구군복 밀화패영으로 준마들을 타고, 연산과 녹수를 옹위하여 따랐다. 분대들을 곱 게 민 하얀 얼굴에 검은 전립 쓰고 자줏빛 구군복을 입으니 얼 굴들은 더한층 애젼하고 어여쁘다. 거기다 노리끼리한 동글동글 한 밀화패영은 더욱더 홍청들의 얼굴을 돋보이게 한다. 백성들 은 원망하고 탄식하면서도 멀리 금표 밖에서 전만고에 없던 이 진기한 거둥 행렬을 다투어가며 기웃거려 내다본다. 연산이 채찍을 들어 설토마 흰 궁둥이를 내리갈기니 녹수의 오추마도 나는 듯이 뛰어 달렸다. 삼천 명 흥청, 운평의 기름진 준마가 제각기 주홍 같은 입을 벌리고 어흥 소리를 치며 채찍을 받고 네 굽을 모아 달렸다. 티끌이 자욱하게 일어나며 흥청들은 조금도 겁내지 않고 말 궁둥이를 솟쳐 달린다. 수천 명 흥청, 운평의 구군복 자락에선 분 냄새가 향긋하게 일어났다. 평상시에 연산은 흥청과 운평들에게 음률과 노래만 가르친 것이 아니라, 말달리고 활 쏘고 창 쓰는 법도 엄하게 가르쳤던 까닭이다. 뒤에는 응사군(鷹師軍) 만여 명이 사냥에 쓸 매와 그물을 가지고 나아가고 그 뒤에는 좌상대장(左廂大將)이 역시 구군복으로 병졸들을 거느리고 어가를 호위하였고 또 그 뒤에는 만조백관이 구군복으로 뒤따랐다.

사냥 행차는 서로 무악재를 넘어 대자산(大慈山)을 향하고 치달렸다.

연산은 마상에서 녹수를 돌아보았다. 녹수의 밀화패영한 얼굴에는 땀방울이 송글송글 솟아났다. 뺨은 상기가 되어 불그스름하다.

"가쁘지 않으냐?"

"아니오."

"숨소리가 쌔근쌔근하는 것 같은데."

"어마를 따라 달렸더니 조금 땀이 나고 더운 듯합니다."

"조금만 더워? 제법이로구나. 이렇게 마상에 구군복을 차려 놓고 다시 보니 얼굴이 더 이쁘구나."

　　　　　　　　　　　　　　금삼의 피

"상감마마 망령입쇼. 구군복을 입은 대장더러 이쁘다니 말씀이 되오."

"하하하……"

연산의 웃음가락은 높았다. 무한히 좋은 것이다. 한평생 행락이 이보다 더할 것이 없는 것 같았다.

고개를 돌이켜 뒤에 오는 홍청, 운평들의 어여쁜 태도들을 돌아볼 때 앞 숲에서 말굽 소리에 놀란 꿩이 푸드득 날개 치며 날아간다.

"상감마마, 꿩이 있습니다."

녹수가 가볍게 부르짖었다.

"어디?" 하고 연산이 돌아보니 오색이 찬란한 수꿩이 숲을 찾아 허공에 헤맸다. 연산의 화살이 잉 소리를 치며 꿩을 겨누고 날았다. 화살을 받은 채 꿩은 슬피 부르짖으며 숲속으로 떨어졌다. 이것을 본 응사군은 해동청(海東靑)을 푸드득 놓아 주었다. 매는 쏜살같이 숲속으로 날아들어 떨어지려는 꿩을 차 가지고 어전으로 돌아왔다. 만세 소리가 하늘을 흔들듯 일어났다.

대자산 밑 평편한 바닥에 연산은 사냥하는 진을 치게 하고, 응사군들을 산속으로 들여보내 큰 짐승들을 몰이하여 내려오게 하였다. 이곳저곳에는 그물이 쳐지고 깊은 함정도 여러 개 파졌다. 연산은 높은 나무 사이에 비계들을 친친이 매 놓고, 장녹수 이하로 활 잘 쏘는 홍청들을 이곳에 올라서게 하였다. 몰이꾼이 짐승들을 몰아오면 비계 위에서 달리는 짐승을 내리쏘아, 말

달리는 수고가 없이 편하게 사냥을 시키게 하려는 까닭이다. 아무리 흥청이 말을 달린다 하나 성난 짐승을 쫓아가며 말 위에서 사냥하기는 어려운 까닭이다.

좌우 양편 드높은 비계에 흥청, 운평들은 구군복 자락을 바람에 나부끼며 활시위를 붙들고 충충이 벌려 섰다. 마치 천자만홍 고운 꽃떨기가 봄바람을 희롱하는 것 같다.

짐승을 놓칠 듯한 길목엔 좌우 상영문 병졸들을 풀어 단단히 지키게 하고, 연산은 홀로 설토마를 달려 산골짜기에서 짐승 몰아오기를 기다리고 있다.

골짜기 골짜기에서 고함이 일어나며 산짐승들이 쏟아지기 시작하였다. 앞에 뛰는 놈은 하얀 토끼요, 뒤에 뛰는 놈은 큼직한 노루다. 흥청, 운평의 꽃 그린 화살이 일제히 쏟아졌다. 화살들은 모두 다 빗맞아 떨어졌다. 연산이 대궐 안에서 사슴을 쏘던 솜씨로 말을 달려 노루를 따르니 백우전(白羽箭)이 푸르르 날으며 노루는 폭 고꾸라졌다.

앞 정강이를 맞힌 것이다.

만세 소리가 일어나고 '지화자—' 노래가 구름 밖에 아득하다.

연산은 다시 영을 내려 문무백관에게 사냥하기를 허락하였다. 이야말로 정말 본격적으로 들어간 사냥이다. 쏘고 달리고, 쏘는 바람에 해가 설핏하니 사냥한 수효는 수백 마리다. 연산은 사냥한 짐승으로 모든 사람을 차례대로 상 준 뒤에 날이 저물어 대궐로 돌아왔다.

토끼고기로 전골을 하고, 노루고기로 너비아니를 구워 녹수를 시켜 반주를 따르게 하고, 연산이 저녁 수라를 맛있게 먹을 때, 지밀상궁이 들어와 승전빗 김자원이 무슨 가마 같은 것을 가지고 들어와서 상감 뵙기를 원한 지 오래다 아뢰었다.

"가마 같은 것! 무엇인구? 들어오라 해라."

지밀상궁이 물러간 뒤에 김자원이 창밖에 기침하고 엎드렸다.

"무어냐?"

연산의 말이 방 안에서 새어 나왔다.

"소인이 동궁 때부터 상감마마를 모시어 지금 이십여 년에 바다와 산 같은 깊사온 은혜를 갚사올 길이 없사와 주야로 감읍하옵던 차, 은총의 만분의 일이라도 갚을까 하와 궁리한 나머지에 손수 물건 하나를 만들어 바치오니 황공하오나 거두어 주시면 다행일까 하옵니다."

"어― 무엇이냐?"

"거사(擧舍)옵니다."

"거사?"

"수양제(隋煬帝)의 어녀거(御女車)를 본떠서 만든 것이옵니다."

자원의 소리를 들은 연산은 입이 열리고 얼굴엔 가득히 웃음빛이다.

"조금 가만히 있거라."

연산은 얼른 수저를 몇 술 뜬 뒤에 수라상을 물리고 녹수와 함께 전 밖으로 나왔다. 댓돌 앞 돈대 위에는 거사가 놓여졌다. 사방으로 거의 한간이나 될 듯한 경첩하게 된 거사는, 넉넉히 사람 두엇이 다리를 펴고 편안히 누울 수 있게 만들어졌다. 채는 여덟 사람이 메면 수고롭지 않을 정도다. 바깥은 술 늘인 유소보장(流蘇寶帳) 붉은 비단으로 꾸며 두르고 사면엔 돌아가면서 금방울, 은방울 옥패와 경쇠를 달아 놓았다. 앞장을 젖히고 들여다보니 보료 보진에 자주 방장이 늘어져 있고 봄뜻이 무르녹은 머리 병풍까지 아늑하게 둘러쳐졌다.

동서남북 사방으로 큼직하게 문얼굴을 내놓았으니 갑갑하면 방장을 걷고 바깥 산수풍경을 내다볼 수가 넉넉히 있다. 그러나 교초(絞綃)로 싸 바르고 구슬발을 늘였기 때문에, 안에서는 바깥을 볼 수 있으나, 밖에서는 거사 안을 들여다보아도 캄캄하여 그림자 하나 보이지 않는다. 그리고 다시 거사 안 굽도리에는 붙박이 거문고를 사방으로 둘러 세우고 공교하게 채를 만들어 놓았다.

이튿날 연산은 침소에서 일찍이 나와 아침 수라를 재촉해 든 뒤에 장정 무예청 여덟 명을 뽑아 거사를 메게 하고, 장녹수와 함께 말고삐를 나란히 하여 동금표 안을 향하고 나섰다. 역시 명목은 조그마한 사냥이나, 실상은 거사의 진지한 운치를 들 밖에서 한번 시험해 보려는 것이다.

산모퉁이를 지나고 들녘을 지났다. 날아가는 새도 쏘고 달아나는 토끼도 잡았다. 그럭저럭 아침밥도 내릴 만한 때다. 연산은 무예청들을 돌아보고,

"춥다. 거사를 놓아라!"

추운 것으로 핑계를 삼았다.

무예청들은 거사를 길에 놓았다. 연산과 녹수는 마상에서 내

렸다. 말은 사냥한 새 몇 마리와 토끼와 함께 어자(馭者)의 손으로 넘겨 가고, 상감과 장녹수는 거사 안으로 들어갔다. 거사 앞 장이 덜커덕 닫혀지고 붉은 장막이 다시 가리워졌다. 무예청 여덟이 번쩍 거사를 들어 메는 바람에 거사는 기우뚱 한편으로 쏠리고, 쏠리는 바람에 붙박이 거문고는 저절로 시르릉 울렸다. 은방울 금방울이 달그랑거리고 옥패와 경쇠가 닥드려지니 다섯 가지의 묘한 소리가 풍악을 아뢰는 듯 일어났다.

출렁출렁 거사가 달아나니 거문고와 경쇠들은 쉴 새 없이 시르렁둥당 달렁달렁 달가락거린다.

연산과 녹수는 마주 쳐다보고 소리 없는 웃음을 주고받았다.

연산이 시험조로 거사 안에서 무예청을 불렀다.

"애, 사냥한 새와 토끼를 잘 간수하라고 해라."

무예청들의 대답이 없다. 적막강산이다. 연산의 목소리가 무예의 귀에 들어가지 않는 모양이다. 거사는 그대로 출렁거려 메여 가고, 거문고와 방울 소리만 시르렁거려 울려진다. 거사 안 소리가 밖에 들리지 않는 까닭이다.

연산과 녹수는 다시 서로 쳐다보고 빙긋이 웃었다.

연산은 다시 시험조로 주렴 늘인 창밖을 내다보았다. 어자가 말을 끌고 창 앞으로 지나간다. 연산은 어자를 손짓해 불렀다. 어자는 창편을 바라보면서도 시치미 떼고 가는 것 같다. 곁에 있던 녹수가 보다 못하여 흰 삼팔수건을 허리춤에서 꺼내서 어지럽게 흔들었다. 그러나 어자는 본체만체 말만 끌고 거사를 따라온다. 확실히 밖에서 거사 속이 보이지 않는 것이다. 녹수는 깔

깔거려 웃었다. 하도 신기한 것이다. 연산은 녹수의 무릎을 베고
보료 위에 눈 감고 드러누웠다. 저절로 울려나오는 거문고며 은
방울 금방울 고운 풍악 소리가 마음을 느긋한 기쁨 밑바닥으로
고요히 고요히 이끌어 주는 듯하다. 눈을 떠 창문을 바라보면
산과 들, 하늘과 구름이 주마등을 보는 듯 바뀌고 또 바뀐다. 별
유천지요. 사람 사는 세상이 아니다. 모든 비밀, 모든 향락을 조
그마한 이 천지 속에서 마음대로 가질 수 있는 것이다.

　"녹수야 좋지 않으냐. 제왕의 풍류가. 조선의 삼천팔백여 년이
란 긴 역사를 들추어 본대도 나만한 풍류제왕은 별로 없을 것이
다. 백제 때 의자왕이란 임금이 있었으나 풍류보다도 술 주태요,
고려 때 공민왕이 있으나 문약한 한개 예술가다. 어거지를 써가
며 도성 밖 칠팔십 리를 동산을 삼고, 흥청, 운평, 후궁을 합하
여 삼사천 명을 두었으니 소위 명나라 천자에게 부러울 게 무엇
이냐. 수양의 어녀거도 모르면 모르되 이만은 못했을 것이다."

　녹수는 연산 머리를 무릎 위에 올려놓은 채 고개를 다소곳하
여 연산의 말을 들어가면서 가무스름하게 난 연산의 아랫수염
을 땋았다 풀었다 한다.

　"상감마마!"

　"왜?"

　녹수의 목소리는 가늘고 처량하다.

　"좋아하실 테야요? 싫어하실 테야요?"

　"무엇이?"

　"구실이 안 보인 지 석 달이야요."

"구실이 뭐냐?"

녹수는 대답 대신 손으로 배를 가리키고 얼굴을 살짝 붉혔다.

"응, 태점이 있어!"

연산은 벌떡 일어나 녹수를 껴안았다. 강한 연산의 포옹에 녹수는 숨 막힐 듯 쌔근거렸다.

거사를 만들어 바친 김자원에게는 후한 상이 내리고, 내시의 계제로는 제일가는 지사 가자를 주었다. 이 뒤부터 연산이 큰 거둥이나 작은 거둥이나 바깥으로 나가는 때면 반드시 거사를 멘 무예청이 뒤따라 나섰다. 연을 타고 갈 때도 거사가 뒤를 따랐고 말을 타고 갈 때도 거사가 뒤를 좇았다. 운평과 흥청은 작은 거둥엔 백여 명이요, 큰 거둥엔 천여 명이요, 큰 놀이, 큰 사냥에는 삼천여 명이다. 가다가 무료하면 거사 속으로 들어가 미인과 이야기하고, 흥청 중에서 고운 추파를 흘리는 여자가 있으면 불러들여 다리를 치게 하였다. 거사는 쓸쓸한 사막(沙漠)의 초록지대(草綠地帶)로 아찔한 향락의 보금자리다. 한번 거사의 비밀한 운치를 맛들인 연산은 좀처럼 하여 거사와 떠날 수 없었다. 거사는 할미꽃같이 검붉고 독하게 연산의 마음을 고혹시키고, 새파란 아편 연기와 같이 연산의 혼을 나른하게 만들었다. 거사 안으로 자주 드나들게 된 연산은 혼과 육신이 나날이 거칠어졌다. 그러나 연산은 이 거사의 운치를 잊을 수 없었다. 내의들은 갖은 비방으로 연산의 살과 기름을 돋우려 하였다. 인삼 녹용은 말할 것도 없고 함경도, 전라도 바닷가에선 해구가 끊일 새 없이 산채로 잡혀 오고, 서울 안 깍정이 손에선 살무사, 구렁이가 나날이 바쳐졌다. 합개미(蛤蚧尾), 홍랑자(紅娘子)와 참새 알, 양의 고기도 끊일 새 없이 대궐로 들어갔다.

백마(白馬)고기 화제를 낸 내의 하종해(河宗海)에게는 무슨 별다른 효험을 보았는지 옥관자가 내리었다.

그러나 연산은 차마 거사를 멀리할 수 없었다. 종묘 거둥에도 거사가 따라가고, 능행 거둥에도 거사는 빠지지 않았다. 거사는 점점 가지 못할 곳까지 메어가게 되었다.

정월도 그럭저럭 다 가고, 이월도 거의 스무날이 넘으니 우수 경칩이 가까운 때다. 산골짝에는 얼음이 풀리고, 땅은 눅눅한 봄 냄새를 배앝는 해토머리다. 나뭇가지는 물을 머금어 푸른 빛이 돌려 하고, 한풀 꺾인 바람은 아직도 쌀쌀하지만 그래도 어느 구석 훈훈한 맛도 있음 직하다.

연산은 팔도 수령 방백에게 영을 내리어, 진기한 꽃나무와 보기 드문 풀잎을 대토(帶土)한 채 뽑아 들이라 하였다. 대궐 안 뒷동산에도 심으려니와 사방 칠팔십 리 금표 안 넓은 동산에 곳곳이 아름다운 나무를 심어 찾아오는 봄빛을 호화롭게 즐기려는 것이다.

한번 영이 떨어지니 감사와 수령들은 꾸지람을 들을까 하여 매 종마다 수십 주씩 흙으로 뿌리를 싸고 새끼로 고이고이 동인 후에 관원을 압령하여 백성들에게 실려서 서울로 송치시키니 양주, 고양, 파주, 장단, 수원, 용인, 시흥, 과천은 가까운 터라 오히려 수고랄 게 없지마는, 충청도 삼백 리, 전라도 오백 리, 평양 감영 오백 리는, 단단하고 딩딩하니 오히려 나은 편이요, 함흥

금삼의 피

천 리, 동래 부산 이천 리, 제주도 물길 뭍길로 이천 리는 까마득한 구름 밖이다. 쇠바리, 마바리로 화초를 싣고 서울을 향해 올라오니, 한 달 두 달을 두고 밤낮을 도와 걸어야 할 뿐 다른 도리는 없다. 만일 천천히 걸어 물오른 식목할 때를 지나친다면 싣고 가는 백성의 목숨은 말할 것 없고 앉아서 치송해 보낸 감사 목사의 목이 성하게 부지하지 못할 것이다. 압령하는 관원의 동독이 성화 같으니 불쌍한 백성들의 발등만 부풀어 오를 뿐이다.

난초, 지초, 혜초, 석류, 동백, 장미, 왜철쭉, 서감, 영산홍, 신이화, 진달래, 향화, 도화, 이화, 리화, 유염도, 서부해당화, 모란, 작약, 파초, 홍초, 산다화, 황매꽃, 홍매, 백매, 무궁화, 벚꽃, 월계, 사계, 목련화, 수구꽃, 선인장, 석창포, 치자, 유자, 탱자, 비파, 연뿌리, 국화뿌리, 금사오죽, 천지송 연기 같은 수양버들, 안개 같은 백양목, 모든 진기한 화초와 나무가 낙엽 부절하여 노독 나 다리를 저는 백성들의 마소바리에 실려 남대문 외길을 향하고 들어온다. 새문 동대문은 금표로 들어가 노돌서 들어오는 이 문 하나가 남은 까닭이다. 노돌부터 운종 거리까지는 화초의 저자다.

연산은 조선 팔도에서 기이한 화초와 진기한 나무를 뽑아 올리게 한 뒤에, 다시 백성들을 풀어 가지고 궁사 극치한 토목을 일으켰다.

경복궁 경회루(慶會樓) 연못 앞에는 크나큰 조산을 만들어 삼신산 모양을 본떠 만드니 봉우리 셋이 반공에 우뚝 솟았다. 첫째 봉우리는 만세라 이름 짓고, 둘째 봉우리는 영춘(迎春)이라 부르게 하고, 셋째 봉우리는 진방(鎭邦)이라 한 뒤에, 다시 조산

위는 일궁(日宮), 월궁(月宮), 예주궁(蘂珠宮)을 한 봉우리마다 하나씩 지으니 기와는 제일이 청기와요, 재목은 모조리 유주목이다. 화려한 단청은 구름 밖에 솟은 듯한데 때마침 봄이라 전각 앞뒤엔 백 가지 꽃이 산중에 난만하다. 연못에는 산호가지와 연을 심고 물 위에는 용배를 띄워 놓았다.

연산은 다시 창덕궁 녹음대(綠陰臺) 뒤에 서총대(瑞葱臺)를 짓게 하니, 서총이란 성종대왕 때 파 한 뿌리가 났었는데, 한 줄거리에 가지가 아홉이 솟아났다. 성종은 이것을 보고 상서로운 파라 하여 돌을 둘러막고 흙으로 북돋아 두었던 것이다. 이 까닭에 연산은 이 터에 크게 대를 모아 돌로 석축을 하고 서총대라 이름 짓게 하니, 높이는 십여 척이요, 넓이는 천여 명이 앉을 만하다. 대 앞에는 크게 연못을 파고 돌로 난간을 만들어 공교롭게 용을 아로새겨 둘러막았다. 이 역사들을 하기 위하여 삼도(三道)의 백성들을 풀어 들이게 하고, 부역에 참여치 못하는 사람들은 피륙을 대신 바치게 하니, 가난한 백성들이 이루 피륙을 바칠 수 없었다. 몸에 걸쳤던 해진 옷을 뜯고, 낡은 솜을 꺼내서 다시 무명을 짜서 바치니, 빛깔이 검고 치수가 짧다. 이때부터 장사들은 낮은 것을 서총대무명이라 부르게 되었다.

사치스러운 토역은 그칠 줄을 모르고 뒤를 이어 자꾸 일어난다. 자문 밖 장의동(藏義洞)에는 이궁을 지어 탕춘정(蕩春亭)이라 하고, 위아래에 냇바닥을 걸쳐 놓아 수각을 지으니, 열 걸음에 한 정자요 백 걸음에 열 정자다. 날아갈 듯한 주란화각 위에는 푸른 기운이 흐를 듯한 청기와로 지붕을 덮으니, 백성들은 천

금삼의 피

고에 이만한 사치를 구경해 본 일이 없다. 이궁과 정자 아래는 대를 모아 탕춘대(蕩春臺)라 하고, 대 아래 냇바닥에는 굽이굽이 떨어지는 물이 저절로 폭포가 되어 소리치고 소용돌이쳐서 천하의 장관을 이루었다. 다시 장의문(藏義門) 밖에서부터 양화도(楊花渡) 나루까지 산을 뭉기고 땅을 헤쳐 크나큰 운하를 만들어 강물이 장의문 밖 이궁을 감돌게 하니, 한강에서 배를 타면 순풍에 돛을 달고 그대로 이곳을 단숨에 닿도록 만든 것이다.

서교(西郊) 연희리(延禧里)에는 연희궁(延禧宮)을 중수시키고, 한강에는 부교(浮橋)를 만들어 교통을 빠르고 편하게 만들고, 제천정(濟川亭)을 중수시키고 장단석벽(長湍石壁)에는 새로이 정자를 지어서 거둥 행차를 따라가 운평과 흥청이 그대로 유련해도 좋을 만치 만들었다.

이때 목수와 석수의 요차만이 한 달에 백미 이천여 석이다. 일 년만 끌어도 이만 사천 석인데 역사는 거의 이태를 끌게 되니 백미로만 사만 팔천 석, 벼로 따지면 구만 육천 석─ 십만 석 곡식이 물거품처럼 흩어지니 가난한 조선의 국고는 그대로 탕진이 되어 버리었다.

연산의 방탕한 마음은 더욱 그칠 줄을 모르고 너푼거렸다. 다시 동산의 금한(禁限)을 넓혀, 백 리 이상을 만들게 하니, 서북의 임진석벽(臨津石壁)에서부터 고랑이 신무밋골 뒷고개 제구리(猪仇里) 차넘이(車踰嶺) 상수역말(湘水驛) 남쪽 고개 마차산 한여울(磨嵯山大灘)을 건너 보장산(寶藏山)에 그치게 하고, 동북은 종현산(鍾懸山)에서부터 오방산(五方山) 천보산(天寶山) 돌문고개 백

런천(白連川)을 거쳐 수종산한여울(水鍾山大灘)에 그치게 하고, 남은 대고현(大羔峴)에서 소고현(小羔峴)에 그치게 하고, 서편은 경안역말(曠安驛)에서부터 마산 선장산(禪場山) 문현산(門懸山) 헌릉남산(獻陵南山)을 거쳐 양재역말(良才驛)에까지 금표를 박고, 서남은 양화도에서부터 고부평(古富平) 뒷고개까지 끝나고, 동은 과천 광주까지 뻗치니, 양주, 파주, 고양은 금표 안에 들어 백성을 다스릴 거리가 없다. 그대로 혁파시켜 버렸다.

장의문 밖 탕춘대 역사가 끝나니 때마침 삼복 더운 여름이다. 연산은 흥청, 운평 삼천여 명을 데리고 자문 밖 이궁으로 피서를 나갔다.

새로 지은 탕춘정 위아래 수각에선 아직도 재목 향기가 코를 싱그럽게 하고, 따끈한 볕에 그늘을 던진 푸른 솔밭 사이엔 맑은 바람이 쉴 새 없이 일어나 땀방울을 스러지게 한다. 냇바닥에 층층이 모아 논 석조와 석조 사이엔 옥수 같은 물이 넘쳐 떨어지며 물거품을 일으키니, 들리는 물소리와 날리는 물방울은 듣고 보기만 해도 시원하고 서늘하여 찌는 복중의 무더운 더위를 잊을 듯하다.

이궁에서 잠깐 쉰 연산은 용포를 벗고 수각으로 들었다. 다시 어의를 풀고 석조로 내려가 몸을 담그니, 산골에서 주야로 흐르는 깨끗한 물이 온몸을 싸안아 어루만져 주었다. 구중궁궐 깊은 속에서 삼십 년 동안을 호사스럽게 자라난 연산이니 무엇이 하나인들 그리우랴마는, 산간에 흐르는 깨끗한 장유수에 옥체를 풍덩 담가 보기는 삼십 평생에 이번이 처음이다.

연산은 시원하고 상쾌했다. 살살 도마뱀처럼 온몸을 간질이듯 어루만져 주고 달아나는 물결. 연산은 차마 물의 매력을 잊을 수 없었다.

연산은 미리 준비했던 무명 휘장을 수백 보 되는 위아래 석조에 둘러막게 하고, 홍청, 운평 고운 미인을 차례로 한 명씩 불러들였다. 모든 미인에게 더위를 잊게 할 겸 삼천 궁녀의 아리따운 비밀을 한눈에 다 보려는 것이다.

홍청, 운평들은 처음엔 부끄러워하고 앙탈했다. 시시대고 고개를 외로 틀어 허리가 끊어지도록 웃는 사람도 있었다. 그러나 폭군의 영이 한번 내리고 다시 내리니 누가 감히 앙탈할 사람이 없었다.

그중에 부끄럼 없고 사내 같은 광한선, 월하매가 들어가니, 대우도, 취춘방, 천과 홍청이 뒤를 따랐다. 하나씩 둘씩 열 명이 넘게 들어가니 나중엔 아무 문제도 없다. 부끄러움도 스러지고 시시덕거리는 웃음소리도 없어졌다.

오시부터 장막 안으로 들어가기 시작한 홍청, 운평들은 신시가 훨씬 넘어서 겨우 다 들어갔다. 장막 안에선 노랫소리와 웃음소리가 주고받고 흥청거려 일어났다.

황혼이 으스름하여 물속에서 찬 기운이 들 때야 비로소 연산은 석조에서 수각 밖으로 나왔다.

밤은 깊었다. 이 수각 저 수각에선 풍악 소리가 그칠 줄을 모르고 일어났다. 탕춘정에서 저녁 수라를 든 연산은 내시 두어

명을 데리고 수각마다 흩어져 있는 흥청, 운평들을 다시 찾아다니며 밤 깊도록 노닐었다.

이튿날 어가는 육로로 서울을 돌아오지 않고 수십 척 용배를 운하에 띄워 삼천여 명 흥청들을 함박 실린 뒤에 양화도를 향하고 물길을 거슬러 올라갔다. 용배가 떠가는 양쪽 언덕엔 봄에 숨은 수양버들이 가지가지 무성하여 청사장 장막을 늘이운 듯하고, 절벽은 검붉게 소스라져 병풍 치듯 둘러막으니, 산새는 나뭇가지에 재잘거리고, 다람쥐는 돌 틈서리에 달음질칠 뿐, 사람의 그림자 하나 없으니 그윽하고 한가롭다. 연산은 배속에서 몽롱한 취안을 들어,

"과연 말이지 천부금탕(天府金蕩)이로구나!" 하고 손뼉 쳐 소리치며 몇 번인지 즐겨 하였다.

용배는 양화도를 거쳐 노돌에 닿으니 인제는 새로 된 한강 부교다. 연산은 뭍에 올라 다리를 친심한 뒤에 위의를 차려 궁으로 돌아왔다.

거둥은 나날이 쉴 날이 없었다. 다음은 연희궁 거둥이요, 그다음은 장단석벽(長湍石壁) 거둥이요, 그다음은 두못개 저자도(楮子島) 놀음이요, 그다음은 남대문 밖 제천정(濟川亭) 놀음이요, 그다음은 살고지 다리와 뚝섬 화양정(華陽亭)의 말 기르는 장난(牧馬戲)이요, 그다음은 동소문 밖 삼산평에 활 쏘는 대사례(大射禮)다. 거둥하고 놀기에 정사의 비답 내릴 틈이 없으니, 이때부터 전교를 승지가 받들어 쓰지 않고 그대로 구전으로 전교를 내리게 했다.

연산의 폭군 행티는 나날이 높아갔다. 얌전하고 똑똑하고 어마마마를 생각하여, 우울하고 슬퍼하던 상냥한 어릴 때 마음은 이제는 찾으려야 찾을 수가 없다. 한번 마음이 변한 뒤에는 고집이요 사나움이 남았을 뿐이다. 흥청, 운평이 해마다 뽑혀 들어가니 계집 때문에 혹화를 당한 이가 한두 사람뿐이 아니다. 이야말로 여난이다.

옥지화(玉池花)라는 여자가 을축년 여름에 채홍사에게 뽑혀 대궐로 들어왔다. 연산이 보니 한눈에 마음이 든다. 곧 천과 흥청을 만들어 고이고이 귀여워했다. 한 달이 채 못 가서 계집이 경망한 탓으로 새벽에 잠이 깨어서 방지기 나인에게,

"아이 항아님 나는 별 꿈을 다 꾸었소!" 하고 한숨을 쉬며 탄식조로 이야기를 꺼냈다.

"왜? 무슨 꿈요." 하고 방지기는 의아해 물었다.

"대궐로 내가 들어온 지가 벌써 한 달이 넘어도 이렇다 할 꿈이 없었는데, 간밤에는 그이를 만났겠지!"

옥지화는 얼굴에 가득히 웃음을 드러내고 신기한 듯 이야기했다.

"그이가 누구요?"

"옛 남편 말야."

옥지화는 반가운 듯 좋은 듯 속살거렸다.

"어이구 저런, 꿈에라도 그렇게 만나 뵈어야지! 오죽이나 반가웠겠소. 그래 남편과는 전부터 금슬이 퍽 좋았었지?"

방지기는 능청스럽게 슬그머니 옥지화의 밸을 뽑았다.

"좋구말구요. 저 없으면 나 못 살고 나 없으면 저 못 살 줄 알았지."

옥지화는 옛 추억을 불러일으키며 못 견딜 듯 가만히 한숨을 날렸다.

"큰마나님이 오죽이나 샘을 놓았을라구."

방지기는 다시 옥지화의 마음을 더듬었다.

"우리 사랑에서 어떻게 두 집을 공평하게 어루만져 놓는지 이렇다 깍 말이 없었죠. 나도 남편의 뜻을 받아 깍듯이 큰마나님 대접을 해 바치니까, 도리어 큰댁네도 나를 불쌍하다구 하면서 친동기 대접을 하다시피 하지요. 우리들 같아서는 시앗이 아니라 바루 친동기간이나 마찬가지죠."

경망스러운 옥지화는 쓸데없는 수다를 늘어놓았다.

이튿날 낮에 연산은 옥지화를 찾았다.

"얘 옥지화야, 어젯밤에 네 남편을 보았다지?"

연산의 입 언저리에는 쓴웃음이 일어났다. 옥지화는 비로소 연산의 묻는 말에 간담이 서늘했다.

"밤에 만나 본 것이 아니오라 꿈에 보인 것이옵니다."

발발 떨며 대답했다.

"글쎄 말이다. 구중궁궐 깊은 속에 밤에 만나 봤으면 으레 꿈에 만나본 것이지, 네 사내가 담을 넘어뛰어 들었겠니 허허허—."

마왕 같은 웃음이 일어났다.

"그래 만나 보니 얼마나 반갑든?"

옥지화는 쌔근쌔근 숨을 쉬며 무엇이라 대답해야 좋을지 몰

금삼의 피

랐다.

그대로 손발을 사시나무 떨듯 할 뿐이다.

"정말 한번 네 사내를 만나 보게 해주랴?"

"……."

연산은 연상을 다가놓고 붓대를 당기어 주지에 무엇인지 적었다.

"이리 오너라!"

연산의 호통 소리가 일어나며 주지쪽은 창밖에 떨어졌다.

한 식경 뒤에 내시가 은소반에 무엇인지 식지를 덮어 들여왔다.

연산은 옥지화를 바라보며 차디찬 웃음을 웃었다.

"옥지화야, 네가 보고 싶어 오매불망하는 그 사람이다. 떠들어 봐라!"

옥지화는 무슨 영문을 몰라서 덤덤히 섰을 뿐이다.

"어서 식지를 떠들어 봐!"

연산은 은소반을 가리켰다. 주뼛주뼛 은소반 앞으로 간 옥지화는 식지를 들춰 본 그 순간 윽 소리를 치며 기절해 넘어졌다. 간밤에 꿈꾸었던 옛 남편의 목이다.

연산은 소매를 떨쳐 일어나며,

"이년마저 없애라!"

차디찬 한마디를 내시에게 던졌다.

최유회란 사람의 딸이 있었다. 영의정 지내던 대왕대비의 오라버니 한치형의 첩이었다. 갑자년 폐비 척한 사건에 한치형이 부관참시를 당하고 보니, 아무리 국척이었으나 이제는 권세도 없고 한미하기 짝이 없다. 채홍사가 일어나니 풍원위 임숭재와 고원위(高原尉) 신항(申沆)이 연산에게 다투어 가며 홍청으로 쓰라 천거해 올렸다. 이 기맥을 안고, 황윤헌의 첩 최보비를 뺏어 바쳤던 구수영이란 사람이 두 사람을 앞질러 연산에게 최녀를 뺏어다 바쳤다. 연산은 최녀를 만나 본 뒤에 홍청을 삼지 않고 곧 숙의를 봉해서 후궁을 삼았다. 최녀는 가야금을 잘 탈 뿐 아니라, 인물도 젊고 곱고 당대 재상의 소실이었던 만큼 제법 문견이 높고 범절도 똑똑했던 까닭이다.

하루는 연산이 내족천회(內族千會)라는 일가 잔치를 벌이고 왕비 이하로 후궁과 가까운 종실을 불러 놓고 크나큰 잔치를 열게 되었다. 이때 모일 사람이 천 명이 되기 때문에 천회라 붙인 것이다.

배반이 벌어지고 풍악이 울려 진연이 시작될 때 연산이 자리를 둘러보니 최녀가 반드시 앉아 있어야 할 자리에 상만 있고 최녀는 없었다. 연산은 제조상궁을 불러 최녀의 거래를 채근해 올리라 하였다. 얼마 뒤에 제조상궁이 어전에 엎드렸다.

"가 보오니 최 숙의가 큰 슬픔이 있어 진연에 참례치 못한다 하오."

"무어야, 큰 슬픔?"

연산은 몽롱한 취안을 들어 제조상궁을 호령했다. 제조상궁은 연산의 진노함을 보고 몸을 찌푸려 어전에서 물러갔다.

"큰 슬픔? 제게 무슨 큰 슬픔이 있을꼬?"

연산은 뇌이고 또 뇌며 술잔을 기울였다.

진연이 끝나고 후궁과 종실이 흩어진 뒤에 연산은 내시에게 부축되어 비틀비틀 최녀를 찾았다.

이때 최녀는 그 아버지 최유회의 병세가 위독하다는— 자식으로서 듣고는 가만히 앉아 있지 못할 참담한 기별을 들었던 것이다. 진연에 참례할 경황도 없었지마는 국법에는 부모가 운명을 한 뒤라야 비로소 나가 보는 말미를 받는 것이다. 최녀는 자기 아버지를 생전에 한번 만나 보기 소원이었다. 그러나 운명하기 전에 만나 볼 도리는 없다. 생각이 이쯤 미치니 구슬프고 아프고 안타깝기 한량이 없다. 최녀는 머리를 흐트러뜨리고 느껴 울고 있었다.

연산이 창문을 득 열고 들어서니 최녀는 이 모양이다.

"무에냐, 이게 무슨 꼴이냐, 무엇이 그리 슬프냐?"

최녀는 목멘 울음소리로,

"애비가 죽었다 하옵기—."

우두망찰 겨우 한마디를 던지고 또다시 느껴 울었다. 대궐로 들어와 숙의는 됐으나 한도 무궁무진 많았을 것이다.

"정말이냐? 네가 딴생각을 하고 대궐 안을 벗어나려고 그러지?"

아무리 취한 소리나 너무도 억울하다. 최녀는 그대로 엎드려 울 뿐이다.

"이리 오너라."

내시가 긴대답을 하고 뜰 앞에 엎드렸다.

"너 나가서 최유회가 죽었나 안 죽었나 알고 들어오너라. 만일 거짓말이 있다면 너 먼저 죽일 테다."

내시는 창황히 밖으로 물러나갔다.

이때 최유회는 병이 위중하나 아직 죽지는 않았던 것이다.

연산이 진노하여 내시가 나왔다는 소리를 듣고 만일 자기가 죽지 않았다면 자기 딸의 목숨이 위태로울 것이다. 최유회는 긴 탄식 한 소리에 스스로 제 목을 얽었다.

동정을 살피러 나왔던 내시가 밖에서 이 꼴을 당하니 역시 사람이라 눈물이 없으랴. 대궐로 돌아가 연산에게,

"최유회 운명한 지 오래오." 하고 품해 바쳤다. 연산은 아직도 취기가 몽롱하다.

"얘 그놈이 딸을 데려가려고 거짓 죽었는지 누가 아니? 죽은 체했거든 중한 형벌을 주어라."

금부나장은 시체를 실어 밀위청으로 들여왔다. 이튿날 이 뜻을 품하니 연산은 비로소 술이 깨었다.

"허허 안됐다. 후하게 장사 지내 주고 참의 벼슬을 주어라."

이렇게 하여 최유회는 억울하게 더 일찍 세상을 버렸다.

성세정이란 이가 경상 감사로 내려갔다가 상산 기생과 깊은 정이 들어서 떨어질 수 없게 되었다. 부실을 삼아 가지고 서울로 와서 살다가 채녀(採女)하는 통에 상산 기생은 흥청으로 뽑혀 들어갔다.

연산은 최보비에게 실패를 당하고, 옥지화에게 본남편 타령을 들은 뒤에 차차 모든 흥청의 마음을 의심하게 되었다.

하루는 연산이 상산 기생과 갖은 재미를 다 보며 밤늦도록 놀다가,

"얘, 너 성세정이가 보고 싶지?"

농담 비슷 말을 던졌다.

상산 기생은 교태를 지어 눈을 살짝 흘겼다.

"흥흥, 보고 싶단 말이로구나!"

연산은 싱글싱글 웃었다. 그러나 샛별 같은 두 눈만은 상산 기생의 일거일동을 뚫어지도록 쏘아보았다. 마음속을 더듬어보려는 것이다.

"보고 싶은 게 뭐야요. 입에서 신물이 납니다."

상산 기생은 말을 마치고 어깨를 오싹 옴츠려 떨면서 고개를 살래살래 흔들었다.

"거짓말 말아!"

연산은 소리에 힘을 주어 엄포하듯 말했다.

"정말 눈곱만치도 생각이 안 납니다. 제가 몇 해 동안 소인네를 데려다가 치가를 해 두고 옷 입히고 밥 먹여 길러 주었습니다마는, 큰마누라가 무서워서 오지도 못하고 가지도 못했습니다. 화조월석 좋은 때나 추야장 긴긴 밤에 외롭고 구슬퍼서 울기도 많이 울었습니다. 에구 시들해라."

상산 기생은 팔짱을 끼고 진저리를 쳤다.

"그러면 죽여 주랴?"

연산은 여전히 빙글빙글 웃으며 상산 기생의 얼굴을 들여다보았다.

"호호호호"

계집의 입에선 요염한 웃음소리가 떨어졌다.

"그래도 옛정이 들어 차마 죽이기는 싫으냐?"

상산 기생은 연산이 하는 말을 듣고 다시 눈을 살짝 흘겼다.

"당장 죽여 버리면 무엇이 시원한가요. 한번 죽은 뒤에는 만사가 그만인데— 이리저리 일 년에 한 번씩 대여섯 군데로 귀양을 보내서 갖은 고생을 다 겪어 보게 한 뒤에 뼈만 앙상하거든 그때야 죽여 줍시오. 그래야 제 직성이 풀리겠습니다. 호호호호."

계집은 마녀같이 요염하게 가락 높여 웃었다.

연산은 여태껏 수많은 여자들을 정복해 봤으나 거의 다 본남편 생각이고 집 생각들이다. 이 때문에 시새는 마음은 더욱 불붙듯 일어나 까딱하면 흥청들의 사나이를 죽여 버렸던 것이다. 그러나 상산 계집을 밸 뽑아보니, 처염한 웃음과 잔인한 보복 수단이 진정으로 본남편을 저주하고, 미워하는 것 같았다. 여태껏 수백 명 홍청 속에서 이대도록 본남편을 철저히 욕보이고, 자기를 따르는 계집을 본 적이 없었다. 더구나 갖은 고생을 다 겪어 보게 한 뒤에 뼈만 앙상하거든 그때야 죽여 달라는 그 부탁이 연산의 독특한 잔인한 성미에 꼭 들어맞았다. 연산은 비로소 상산 기생을 의심하던 마음이 풀렸다.

"진정이냐?"

"어느 존전이라 감히 두말이 있겠습니까?"

사르르 계집은 눈을 감았다.

"그래라, 죽이지 말고 네 소원대로 귀양을 일 년에 한 번씩 여섯 차례만 보냈다가 죽이마!"

이렇게 하여 성세정은 죽음을 면하고 전라도 강진으로 첫 귀양길을 떠났다.

상산 기생이 진정으로 성세정을 미워한 것은 아니다. 연산의 전일 행티로 보든지 물어보는 어취로 보든지 성세정은 변통 없이 꼭 죽은 사람이다. 말 한 마디만 잘못 떨어지는 날이면 남편의 목숨은 풀 끝의 이슬이다. 영리한 상산 기생은 살그머니 패를 썼다. 그러나 웬만한 미지근한 패를 가지고는 연산의 마음을 돌릴 수 없었다. 상산 기생은 연산이 마음먹은 것보다 더 한층 강렬하고 잔인한 말로 연산의 마음이 시원하도록 만들어 주었다. 우선 먼저 성세정의 목숨부터 구해 주고 여섯 해라는 긴 세월에 차차 남편을 살려 낼 방도를 차려 보자는 것이다.

이 때문에 성세정은 반정 뒤에 귀양이 풀려 벼슬이 대사헌까지 되었다.

흥청 중에서 성주(星州) 기생이 하나 있었다. 위인이 경망하여 무거운 맛이라고는 약에 쓰려야 조금도 구할 수 없는 성품이다. 그러나 얼굴 똑똑한 것 한 가지로 연산의 귀염을 받고 지냈다.

하루는 연산이 제향을 드릴 양으로 면류관 곤룡포로 위의를 떨치고 친제를 드리는 판이다. 연산은 여악(女樂)을 쓰기 때문에 모든 흥청들도 연산을 옹위하여 종묘 안에 모셨다.

연산이 초헌을 드리고 다시 아헌을 드리려 할 때 수복이는 희생으로 도야지를 통채 은소반에 받들어 올리었다.

이때다. 반드시 엄숙해야 할 이 제향에 어디서 킥킥거리고 웃음을 웃는 소리가 일어났다. 이 웃음소리는 연산의 귀에도 들어갔다. 연산은 역정이 버럭 일어나 진노한 눈으로 만좌를 돌아보았다. 만좌도 악연하여 송구한 빛이 전 안에 가득하다.

연산이 돌아보니 킥킥거려 웃는 것은 성주 기생이다. 치밀어 오르는 분노를 참고, 제향을 마친 다음에 연산은 대궐로 돌아와 성주 기생을 어전에 불러 대령시켰다.

"고이얀 년! 네 어찌 무엄하냐? 무엇이 우습더냐?"

연산의 호령이 추상같이 내렸다. 성주 기생은 그제야 제가 너무 경솔했던 것을 알았으나 때는 이미 늦었다. 아뢸 길이 없어 그대로 벌벌 떨고 있을 뿐이다.

"왜 말이 없노? 빨리 바른대로 말해라!"

"철없이 미거한 것이 죽을 때라 잘못했사옵니다. 웃은 뜻은 무슨 다른 뜻이 있어 웃은 것이 아니오라—."

성주 기생의 입은 콱콱 막혔다. 차마 그 나머지를 아뢸 길이 없었다.

"다시 말해라, 그다음을."

연산의 호통은 또 떨어졌다.

"종묘에서 도야지 대강이를 보니—."

계집은 말을 마치지 못하고 터져 나오려는 웃음을 억지로 참고 있다.

"저런 무엄한 년 같으니라고! 어서 빨리 웃은 내력을 대라."

"도야지 대강이를 보니 성주 사는 장순손(張順孫)의 생각이 나서 웃었습니다. 장순손의 얼굴이 도야지 대강이 같은 까닭에, 동리 사람이 장순손이를 보고 장도야지 대강이라 부르옵니다."

계집은 다시 웃음을 참느라고 고개를 폭 수그렸다.

이 소리를 들은 연산은 역정이 더한층 일어났다.

"저런 죽일 년! 순손이란 놈이 필연코 네 애부(愛夫)인가 보다. 네 이년은 밀위청에 잡아 가두고 장도야지 대강이는 붙들어다 목을 잘라 올려라!"

영이 한번 떨어지니 승전빗은 성주 기생을 끌어 밀위청으로 내려가고, 금부도사는 장순손을 잡으러 성주로 성화(星火)같이 내려갔다.

장순손은 성종대왕 때 문과에 뽑혀 벼슬길에 나온 뒤에 연산 때에는 도승지로, 전라 감사로, 세자우부빈객(世子右副賓客)이라는 높은 벼슬까지 했다가 지난 갑자년에 벼슬을 버리고 고향에 드러누워 있는 사람이다.

순손의 형님 말손은 세조 때 공신으로 연복군(延福君)을 봉하고 예조판서 노릇까지 한 성주 땅의 이름난 집안이다.

아무런 죄도 없이 얼굴이 도야지와 같다는 까닭에 동리 사람의 별명을 듣고, 다시 경망스러운 성주 기생의 입초시에 올라 금부도사에게 붙들려오게 되니, 사람의 한평생 운수란 알 길이 없다.

과연 장저두(張猪頭)가 사나운 임금 연산의 솜씨에 죽게 되는

지 안 죽게 되는지는 하회를 기다려 보아야 알 것이다.

　사람의 새빨간 욕심이란 채우면 채울수록 밑바닥이 없는 것이다. 그것은 사람의 강렬한 본능인 때문이다. 이 야수 같은 새빨간 본능은 어느 구석 사람의 마음 한편 귀퉁이에 몇천 년 몇만 년을 두고 길고 강하게 뿌리박혀 내려왔다.

　그러나 사람은 도덕이란 옷과 예절이란 굴레를 쓰기 때문에 어느 정도까지 야수성을 뽐을 수 있다가도 반성하는 마디에 소스라쳐 돌아설 수 있다. 이렇기 때문에 만물의 영장이요 비로소 사람이다.

　이 도덕, 이 예절 때문에 사람은 한 집을 안정시킬 수 있고, 사회를 유지해 나갈 수 있고, 한 나라가 나라 노릇을 하고, 한 겨레가 그 빛을 발할 수 있는 것이다. 그러나 이것은 평범한 한개 사람의 부류에 속한 사람들의 일이다. 사람 이상도 아니요 사람 이하도 아닌 보통 사람들의 할 노릇이요, 마땅히 그러해야만 될 노릇이다.

　그러나 도덕의 거짓 탈을 벗고 예절의 굴레를 벗어부치는 사람은 확실히 사람 이상의 사람이 아니면 분명코 사람 이하의 인물이다. 사람 이상의 인물은 일부러 도덕과 예절의 탈박과 굴레를 벗어부치려는 사람이요, 사람 이하의 인물은 예절과 도덕을 지키려야 지키지 못하는 저능아기 때문이다.

　연산의 굴레 벗은 행동은 홀벌로 흥청, 운평에게만 그치지 않았다. 이글거리는 본능의 불길은 독사뱀의 혓바닥같이 외명부

(外命婦), 당당한 조정 대신의 정실부인에게까지 널름거려 뻗쳤다. 양모 되는 자순왕 대비를 위하여, 크나큰 진연을 베푸니 잔치에 참례할 사람은 내명부(內命婦)는 말할 것도 없고, 중전 신비 계모 되는 자순왕 대비 윤씨, 폐비 되었던 어머니 제헌 왕대비 윤씨, 할머니 소혜 왕후 한씨, 예종비, 세조비, 세종비, 일곱 왕후의 족친을 함빡 모이게 하고, 그 외에도 유수한 젊은 외명부를 쏙쏙 뽑아 불렀다.

사내 손님 천여 명은 양화문(陽華門) 안으로 들어가게 하고, 여자 손님 이백팔십여 명은 인양전(仁陽殿) 뜰로 들어오게 했다. 특별히 여자 손님들에겐 배지를 띄워, 청좌할 적에 옷깃에다가 정 몇 품(正何品) 아무 벼슬한 아무개의 처 무슨 씨라고 먹으로 또렷또렷하게 써 가지고 들어오도록 분별을 내리었다. 누가 이쁘고 누가 미운 것을 얼른 기억하여 알아내자는 뜻이다.

외명부들은 영문도 모르고 자랑 삼아 옷깃에다 남편의 직함을 쓰고 그 밑에 제 성명을 잇대어 썼다. 남편이 벼슬품이나 좀 높은 여자는 코가 우뚝하여 영광 삼아 글자를 큼직큼직하게 써 가지고 화관족두리에 당의활옷을 떨어뜨리고 쌍가마에 덩을 타고 위의를 차려 들어왔다.

여객(女客)과 남객(男客)이 처소를 달리하여 자리를 잡고 앉으니, 수륙진미를 벌여 놓은 진연 상이 들어오기 시작했다. 상마다 금나비 은나비가 바르르 떠는 오색이 찬란한 수파련 꽃이 번화한 진연 상을 더한층 화려하게 만들었다.

한 사람마다 한 상씩 주는 진연 상, 한 상 값이 보리 사십 석과 맞바꿀 정도다. 이만하면 이 잔치가 얼마나 호사스러운 것을 짐작할 수 있다.

얼마 후에 왕대비가 진연 자리에 드는 대비를 맞았다. 대비가 진연 자리에 전좌하니 연산이 대례복으로 중전과 나란히 들어 대비에게 두 번 절하고 약주를 한 잔씩 부어 올렸다. 만수무강을 비는 뜻이다.

풍악이 알연히 전각 밖에 일어났다. 연산과 중전은 대비에게 거듭 석 잔을 올린 다음에 남면해 차려 놓은 정좌로 돌아가 앉았다. 좌우 옆에는 내외명부의 자리들이다.

잔치의 흥을 돕게 하는 풍악은 말할 것 없이 사오천 명의 홍청, 운평들이요. 특별히 사나이 악공 광희도 천여 명이나 군막을 치고 둘러앉아, 갖은 재주를 다하여 이 잔치를 헝그럽게 만들었다. 전각 앞 넓은 마당엔 부계를 높게 매고 처용무 풍두무(豊頭舞) 꼽장춤의 모든 탈춤이며 춘앵무 사고무 검무들의 전해 오는 옛 춤들을 있는 대로 모조리 춤추게 하여 진연에 참례한 모든 손들의 마음을 즐겁게 했다.

진연 상을 받은 연산의 눈길은 자주 외명부들의 얼굴로 흘렀다. 얼굴을 보고 옷깃을 보고, 옷깃을 보고 얼굴을 보고 얼굴을 다시 봤다.

잔치가 거의 농익을 만하니 중전마마와 왕대비전은 자리를 비우고 내전으로 돌아가고, 연산은 남객에게 배알을 허락하느라고 외전으로 슬며시 나갔다.

내외명부에게 자유롭게 하루를 소창하여 놀도록 넌지시 틈

금삼의 피

을 주는 것이다.

연산이 외전으로 나가려 할 때 새파란 녹의를 입은 궁녀 한 명은 무엇인지 소곤소곤 연산에게 분부를 받고 있었다.

내외명부들이 음식 먹던 젓가락을 멈추고 흥청과 운평들이 춤추는 처용무를 한참 재미있게 구경하며 이야기하고 있을 때, 새파란 옷을 입은 궁녀 한 명이 외명부들이 늘어앉은 자리로 나타났다. 살금살금 곁눈질을 하여 외명부들의 옷깃을 훑어보다가, 판서 윤순 처 이씨란 동정을 단 외명부 앞에 한 무릎을 괴이고 나부죽이 엎드렸다.

"정경부인, 머리쪽이 비뚤어졌습니다. 저를 따라오십쇼. 다시 만져드릴게."

옆의 사람도 들릴락말락한 가만가만한 목소리다. 윤순의 부인은 무안한 듯 얼굴이 살짝 발개지며 살그머니 두 손으로 머리쪽을 만져 보면서 보시시 파란 옷 입은 나인을 따라 일어섰다. 나이는 삼십 안팎 옷 거리가 맵자하다.

파란 옷 입은 나인은 전각을 내려서서 이리저리 구불구불 전각과 전각 사이를 돌아간다. 윤순의 부인은 다소곳 고개를 숙이어 한 손으로 치마를 걷어잡고 파란 옷 입은 나인을 따라갔다. 얼마를 돌아가니 사람의 그림자라곤 보이지 않는 외딴 전각이 아늑하게 앞을 가로막았다.

"올라오세요. 이리로."

파란 옷 입은 나인은 상냥스럽게 방긋 웃으며 윤순의 부인을 전각 안으로 손잡아 인도했다. 열 간들이 강화석(江華席) 화문등

메를 와악 깔아 논 대청을 지내놓고, 다시 화사한 화문 양탄자를 폭신폭신 깔아 놓은 골방을 몇 굽이나 돌아가니, 갑창 사창 완자창을 겹겹이 닫아 논 조그마한 방이 있다.

윤순의 부인이 나인을 따라 은갈구리에 반쯤 늘어선 불그스름한 도화 빛 휘장을 헤치고 들어가니 먼저 놀란 건 사면의 벽이다.

으리으리한 크나큰 체경이 빈틈없이 네 벽을 꼭 둘러막았다. 이 벽에서도 미인이 나오고, 저 벽에서도 여자가 나타났다. 자세히 보니 다른 사람이 아니라 자기의 그림자다. 머리 빗고 분세수할 때 조그마한 거울을 아침저녁으로 손에 놓아 본 적이 있으나, 이런 체경은 난생처음이다. 하마터면 체경 속으로 걸어갈 뻔하였다. 아랫목을 내려다보니 원앙금침에 홍공단 천의가 펼쳐졌다.

"항아님 여기가 뉘 처소요?"

윤순의 부인은 묻지 않을 수 없었다.

파란 옷 입은 나인은 생글거려 웃으며.

"지밀나인의 처소예요." 하고 슬쩍 돌아서 윤순 부인의 비녀를 뺐다. 화관이 굴러떨어지며 삼단 같은 검은 머리가 수루루 풀려 흐트러졌다.

"정경부인 앉으세요. 쪽을 다시 틀어 드릴게"

이때다— 나인의 말이 막 떨어지며 문이 부시시 열렸다. 쑥 들어서는 사람은 상감 연산이다.

윤순의 부인은 어찌할 줄을 몰랐다. 그대로 황겁하고 황송적어 어전에 엎드렸다.

금삼의 피

"정경부인 일어나오."

어수가 옥수를 걷어잡았다.

윤순의 부인이 고개를 들어 좌우를 돌아보니 파란 옷 입은 나인은 어느 결에 간 곳이 없다. 너울거리는 범나비를 뿌리쳐 골방으로 달아나니 구부러진 골방은 길고도 멀다. 그나 그뿐이냐, 골방문은 벌써 잠긴 지 오래다.

연산을 내쫓아라! 사나운 폭군을 폐위시켜라! 백성이 부지할 수 없고 나라가 견딜 수 없다. 일어나거라 팔도 의병은!

봉홧불은 먼저 전라도에서 터져 일어났다. 세상은 은은한 가운데 물 끓듯 소란하다. 이 시절은 언제나 결딴나느냐? 빨리 명랑한 밝은 날씨가 보고 싶구나!

말은 차마 입 밖에 내지 못하나, 은연중 사람과 사람의 마음은 이심전심으로 어떠한 크나큰 파멸과 변혁을 기다린 지 오래다.

파멸과 변혁 뒤에는 어떠한 거룩한 태양 같은 광명이 비칠 것이다.

이 마음은 조정에서 벼슬하는 사람에게도 있고, 거리에서 장사하는 육주비전 시정에게도 있었다. 하향해서 농사나 짓는 사람도 주먹을 쥐어 하늘을 가리켰고, 팔도에서 뽑혀 올린 부역꾼들은 땅을 굴러 한숨 쉬었다. 더구나 사화와, 척한(滌恨)과 채홍(採紅) 때문에 아비를 잃은 자식, 자식을 잃은 아비, 계집을 뺏긴 사내, 어미를 뺏긴 자식, 이네들의 지통한 원한은 하늘을 헤치고 허공을 헤치고 구름 밖에 아득히 소스라쳐 쌓였다.

병인, 팔월 스무닷샛날 전라도에서는 비밀한 통문이 조선 팔
도 수령 방백 병사 수사 우후판관(虞候判官)에게 띄워졌다.

太祖創業艱難, 世宗德教休明, 成宗一遵成憲, 節用愛人民安物
阜, 躋世昇平: 不意嗣王, 暴虐無道, 父王後宮, 柱而殺之, 翁主王
子, 流而殛之. 臺諫之言者, 竄之誅之, 戮辱大臣, 賊害忠良, 父子
兄弟, 收司連坐, 甚於秦法. 拔人之塚, 禍及枯骸, 寸斬之刑, 碎骨
之 , 此何等刑也. 奪人妻妾, 恣行淫慾, 破人盧舍, 以廣園囿, 先王
陵寢, 盡爲孤兔之場. 先聖祠宇, 變作態虎之圈, 徵 無藝, 民不柳
生. 不特此也. 宗室兄弟妻妾, 逼令相奸, 三年通喪, 忍斷其制, 父
母忌日, 赤皆罷之, 彝倫己墩, 人道滅矣. 其他土木之役, 聲色之
好, 池臺遊 之寵, 禽獸花卉之翫難以爾縷. 貫盈之罪, 浮於桀紂.
生民一時之苦, 姑不足言, 萬一大奸, 窺 神器, 一朝遽起 則易姓之
禍, 亦或可畏. 成廟二十六年 禮接卿士 培養忠義者 正爲今日也.
晋城大君, 成宗大王之親子也. 賢而有德中外屬望, 謳歌所歸. 玆
以某某等, 欲推戴晋城大君, 某月某日, 擧義兵移書諸道, 約日聚
京師, 在朝公卿百執事, 宜速推戴, 以扶, 宗室之危.

(태조는 창업을 어렵게 하셨고, 세종은 덕으로 가르치심이 아름답고
밝으셨다. 성종이 한결같이 법을 좇으시어 사람을 사랑하고 절조 있게
쓰시니, 백성은 편안하고 물건은 부성하여 세상은 승평한 시대로 올랐
더니, 뜻밖에 사왕이 포악무도하여 부왕의 후궁은 매질해 죽이고, 옹
주와 왕자를 내치어 죽이고, 간하는 대간을 귀양 보내며 목 베이고,
대신을 죽여 욕보이고, 어질고 충성스러운 이를 상하고 해롭게 하여,

금삼의 피

아비와 자식과 형과 아우가 법소에 연좌되니, 진나라 법보다도 오히려 심하다. 사람의 무덤을 패어내니, 화는 마른 해골에까지 미쳤었다. 마디를 끊는 형벌과 뼈다귀를 갈리는 법은 이것이 무슨 형벌이냐. 남의 아내와 첩을 빼앗아 음욕을 방자히 하고, 백성의 집과 집을 뭉기어 동산을 넓혀 버렸다. 선왕의 능침은 모두 다 여우와 토끼의 마당이 되었고, 성인의 사당은 곰과 호랑이의 우릿간이 되었다. 빼앗고 거둠이 끝이 없으니, 백성은 애오라지 살 수가 없구나. 이것뿐이랴. 종실 형제의 처첩을 핍박하여 서로 간통하게 하고, 거상 삼 년은 온 세상법인데 차마 그 제도를 끊어 버렸다. 부모의 기일 또한 폐해 버리니 인륜은 이미 패해 버렸고 인도는 멸망되었다. 그 밖에 토목 역사와 성색을 좋아함과, 연못 파고 대 짓고 사냥하고 노는 것이며, 금수화시 좋아하는 따위는 이로 다 벌려서 들 수가 없으니, 하늘에 찬 죄는 걸주보다 더하다. 백성들의 한때 고생은 아직 족히 말하지 않거니와, 만일 간악한 사람이 왕위를 엿보아 하루 마침에 급히 일어나면 성을 바꾸는 화가 또한 두려울 듯하다. 성종께서 스물여섯 해 동안 예로써 신하와 선비를 대접하시고, 충의를 북돋아 기르신 것은 정히 오늘을 위한 것이다. 진성대군은 성종의 친아드님이시다. 어질고 덕이 있어 안팎이 촉망하여 노래하여 붙좇는 바라. 이제 아무아무들이 진성대군을 추대하여 모월 모일에 의병을 일으키고, 격서를 제도에 옮겨 날을 작정하여 서울로 모이게 하니, 조정에 있는 공경과 백집사는 마땅히 속히 추대하여 나라의 위태한 걸 붙들게 하라.)

이 통문은 연산에게 죄를 입고 전라도로 귀양갔던 유빈(柳

濱), 이과(李顆), 김준손(金駿孫) 세 사람이 입을 모아 가지고, 의병을 일으켜 서울을 향하여 반기를 높이 들고, 장차 경상, 전라, 충청 삼 도의 병마절도사와 합세하여 장안을 무찔러 쳐들어오려는 격문이다.

이 소식은 지중추 부사 평성군 박원종(平城君朴元宗)의 귀에도 가만히 들어갔다.

박원종은 청지기를 시켜 조용히 이조판서 유순정(柳順汀)과, 전 이조참판 성희안(成希顔)과, 군자부정(軍資副正) 신윤무(辛允武)와, 군기첨정(軍器僉正) 박영문(朴永文)과, 사복첨정(司僕僉正) 홍경주(洪景舟)를 불렀다.

하나씩 둘씩 모인 사람들은 술 마신다는 명목으로 아늑한 산정 뒤 사랑으로 들어갔다.

술상이 나온 뒤에 청지기와 상노에게는 설렁줄이 흔들리지 않는 동안에는 아무도 얼씬을 못하도록 엄하게 당부해 놓았다.

술잔이 서너 순배 돈 뒤에 주인 박원종은 나직한 목소리로 말을 꺼냈다.

"대감, 근자에 전라도 소식은 들으셨소?"

이조판서 유순정에게 말하는 소리다.

"왜요? 무슨 소식요?"

순종은 눈이 둥그레지며 박원종을 쳐다본다. 자리에 앉았던 사람들은 궁금하다는 듯이 주인의 입만 쳐다보았다.

"영감도 모르시오?"

이번에는 성희안을 건너다보고 물었다. 성희안도 무슨 소린지 몰라 덤덤히 박원종을 바라보며 고개를 가로 흔들었다.

"실상인즉一."

박원종은 말끝을 꺼내놓고 좌우를 돌아본 뒤에 다시 더한층 목소리를 떨어뜨려 가지고,

"전라도에서 격문이 한 장 나에게로 왔소이다. 우리가 하자던 노릇을 저편에서도 거사를 하는 모양입니다."

만좌는 아연히 놀랐다. 등골에는 소름이 쭉 끼치는 모양이다.

"누구들이오니까?"

한참 만에 성희안이 마음을 진정해 가지고 물었다.

"의병 대장은 귀양 간 유빈, 이과, 김준손이 수창(首唱)인가봅 디다."

"누구를 추대하고요?"

"마땅한 사람이 어디 있나. 역시 진성(晉城)이지."

"그러면 우리들의 의사와 똑같습니다그려!"

박원종은 대답이 없이 좌우로 돌아앉은 여러 사람의 기색을 살폈다.

당돌하게 말을 주고받는 성희안과 꼬장꼬장하게 꿇어 앉아 있는 군자부정 신윤무를 빼놓고는 모두 얼굴빛이 새파랗게 질 려 있다. 무한히 가슴속은 괴로운 모양이다. 더욱이 이조판서 유 순정은 이가 달그락달그락 마주치며 사지를 벌룽벌룽 떨고 앉았 다. 심약하고 담이 작아서 마음이 굳어지지 못한 모양이다. 박원 종은 한참 동안 유순정을 바라보다가, 슬그머니 일어나 벽상에 걸린 환도를 빼어 들고 천천히 앉으며 스르르 칼날을 뽑았다. 새

파란 칼날이 번쩍하는 빛을 내며 사람들의 눈을 쏘았다.

"여러분 우리가 한번 사생을 결단하고 대의 앞에 몸뚱어리를 내던지기로 맹세했다가 구구하게 쇠궁둥이가 되어서야 쓰겠소? 아무리 유빈, 이과가 전라도에서 의병을 일으킨다는 격문이 왔으나, 오백여 리 밖에서 삼도 군마를 합세하여 서울로 오자면 호호창창한 노릇요. 뿐만 아니라, 각도 병마절도사들이 모두 다 의병의 편이 되리라고는 결단코 믿을 수 없는 노릇요. 이렇게 된다면 오히려 우리의 일의 크나큰 방해거리요. 우리는 금명일 안으로 틈을 타서 이 일을 거행합시다. 성사는 재천이요, 모사는 재인이라고, 나중에 되고 안 되는 것은 하늘의 일이어니와, 일전에 일이 탄로된다는 것은 오로지 우리의 입부리에 달렸소!"

박원종은 말끝을 마치고 책상을 향하여 환도를 내리쳤다. 으지끈 하며 화류 책상 위에는 시퍼런 칼날이 꽂혔다.

"보시오. 우리는 지금 대의를 위하여 역모를 한 사람들요. 이 자리에 앉은 사람은 누구누구 할 것 없이 탄로만 나는 날이면 이 책상과 운명을 같이할 것이오!"

만좌는 묵연히 고개를 숙여 소리가 없다.

박원종은 다시 천천히 말을 꺼냈다.

"일은 급히 서두르는 게 상책이오. 알아보니 내일 위에서는 장단석벽으로 뱃놀이를 가신답디다. 하늘이 주시는 좋은 기회요. 내일 밤 술시에 함빡 예정한 부서를 훈련원(訓練院)으로 모이게 하오. 그리고 성 참판 영감은 거사하기 한 시각 전에 무사들을 구종 복색을 시켜 가지고 영의정 유순(柳洵), 우의정 김수동(金

壽童), 좌참찬 김감(金勘)을 찾아보시오. 만일 말을 안 듣는 사람이 있거든 그대로 그 자리에서 요정 내 버리게 하오. 그리고 신부정(辛副正), 자네는 내가 편지를 써 줄 테니, 밤을 도와 개성을 내려가게. 그래서 개성 유수 신수겸(愼守謙)을 만나 보게, 편지는 공연한 헛말을 적어 놓을 테니 편지 보는 틈에 철퇴로 요정을 짓게!"

박원종을 일일이 크고 작은 일을 분별해 당부했다.

큼직한 몸집에 준수한 얼굴이요, 화경 같은 눈에는 영채가 돌았다.

박원종은 월산대군(月山大君) 부인의 동생이다. 성정이 호방하고 기걸하여 글 읽고 글씨 쓰는 것보다 칼 쓰고 말 달리기를 좋아하였다. 그는 무과 출신으로 지중추부사라는 중요한 벼슬에 이르니 모든 호반들의 추앙을 받음이 컸던 것이다. 때마침 원종의 누님 되는 월산대군 부인이 연산의 세자를 길러낸 탓으로 궁중에 출입하다가 세상 사람의 의혹을 받게 되었다. 월산대군 부인은 자기 몸의 깨끗한 것을 세상 사람에게 보이기 위하여 자결하여 세상을 하직하여 버렸다. 원종은 아무리 자기 누님의 깨끗한 것을 짐작하나, 세상의 의혹을 받는 것이 부끄럽고 분하여 은연중 연산을 원망하는 마음이 강하고 컸었다.

이때 마침 성희안이라는 이가 이조참판으로 있다가 연산의 앞에서 글 한 수를 잘못 지어 마음을 거스른 까닭에 낙백(落魄)되어 벼슬을 얻어 할 수 없게 되니, 성희안은 암앙불락하여 어떠한 기회만 있으면 한번 일을 거사하여, 일등 공신이 되어 가지고 연산에게 설분을 하고 싶었다. 그러나 외손뼉은 울기가 어렵다. 더구나 전 이조참판이라는 미미한 세력을 가지고는 도저히 큰일을 일으켜 민심을 좌우할 수 없었다. 항상 홀로 마음속으로만 차탄하던 판에 한동네 사는 군자부정 벼슬한 신윤무가 박원종의 기걸한 것을 이야기하고, 또한 그가 녹록하게 어지러운 세상에 그대로 지낼 인품이 아닌 것을 의미 있게 말해 두었다. 성희안은 신윤무의 손을 꽉 붙들고 중간에 들어서 원종 의사를 한번 시험해 달라 신신당부를 하였다. 신윤무는 쾌하게 성희안의 말을 응낙하고 박원종을 찾아가서 가만히 성희안이 발란(撥亂)할 뜻이 있어 서로 손잡아 일하기를 원한다는 의사를 비춰 보니, 박원종은 쾌하게 이것을 허락하였다. 이렇게 하여 성희안과 박원종은 서로 굳게 손을 잡아 평생을 약조하고, 다시 시망(時望)이 있는 재상을 생각하니 유순정이가 그럴듯하게 생각되었다. 박원종, 성희안은 유순정을 찾아보고 자기들의 포부를 대강 이야기하였다. 유순정은 물망은 많으나, 성정이 대담하지 못한 까닭에 막지도 못하고 거절하지도 못했다. 다만 엇비뚜로 대답해 두었다. 박원종과 성희안은 다시 신윤무를 시켜 심복들을 널리 구하게 하니, 수원 유수 장정(張珽), 군기서 첨정 박영문, 사복서 첨정 홍경주 들이 응낙하고 함께 일하기를 맹세하였다. 수원 유수는 경기에 중요한 자리로 직접 군사들을 지휘하는 관원이요, 군기서 첨정은 전쟁에 필요한 모든 군기를 맡은 사람이요, 사복서 첨정 역시 군사들의 타고 싸울 말들을 기르는 벼슬이다.

　이렇게 하여 박원종, 성희안, 신윤무 세 사람은 은근히 기회를 기다리면서 힘꼴 쓰고 병기깨나 놀리는 호반과 활량들을 마음속에 유의해 두고 두 달 석 달 별러 오던 터이다.

일은 차츰차츰 농익어서 얽어 모은 동지가 그럭저럭 수십 명이 넘었다. 문제는 아무것도 없이 간단하다. 다만 남은 것은 때의 문제다.

이러한 판에 박원종에게는 전라도에서 비밀한 통문이 들어왔다. 원종은 깜짝 놀랐다. 아무리 목적이 같다 하나 유빈, 이과 들에게 반정하는 공을 뺏기고 싶지는 않았다. 원종은 불시로 모든 사람을 모아 놓고 하루바삐 거사하기를 결단한 것이다.

연산군 십삼년 병인 구월 초하룻날 밤 술시에 지중추부사 평성군 박원종, 전 이조판서 유순정을 필두로 하여, 수원 유수 장정, 군기서 첨정 박영문, 사복서 첨정 홍경주 들은 신수겸을 죽이러 개성으로 간 군자부정 신윤무를 빼놓고 약속대로 일제히 훈련원으로 모이었다. 그러나 이 사람들에게는 크나큰 난관이 하나 가로막혔다. 그것은 오늘 낮 오시에 흥청들을 데리고 장단 석벽으로 거둥을 한다던 연산이 돌연 거둥 명령을 중지시킨 것이다. 거사하려는 일을 연산이 알고 중지시켰는지, 우연히 딴 일로 중지했는지 그 내막은 자세히 알 수 없으나, 어찌했든 이 사람들에게 크나큰 장애 거리다. 여러 사람은 의론이 분분하였다. 이조판서 유순정을 필두로 하여 한패는 오늘 일을 중지하고 다음 기회를 엿보아 다시 거사할 것을 주장하고, 한패는 성희안을 필두로 하여 일이 이쯤 됐으니 빼었던 칼을 도로 집어넣을 수 없는 격이라, 연산이 있으나 없으나 그대로 일을 진행해 나가 버리자는 것이다. 갑론을박 일은 용이하게 결말이 나지 않았다. 두 편의 말하는 소리를 눈 감고 가만히 듣고 섰던 박원종은 구군복에 달린 환도를 빼어 들고 위엄기 있게 여러 사람을 둘러보았다.

"여러분, 일이 탄로 나거나 안 나거나 위에서 거둥을 했거나 안 했거나 우리들의 목숨은 오늘 밤뿐이오. 더욱이 개성 유수 신수겸의 머리는 벌써 신윤무의 손에 녹았을 것이오. 우리가 오늘밤 일을 중지한다 하더라도 개성 유수 신수겸이 박원종의 편지를 보다가 철퇴를 맞고 죽었다는 장계가 조정에 들어가는 날이면, 우리의 목은 새남터 망나니 손에 아침이슬처럼 스러질 것이오. 우리의 살길은 다만 진성을 받드는 외길밖에 남지 않았소. 우리는 긴말 할 것이 없이 약조한 대로 이 밤을 놓치지 말고 거사합시다. 만일 어기는 이가 있다 하면 이 칼로 목을 베어 군법을 알릴 테요!"

여러 사람들은 과단성 있는 박원종의 소리에 저절로 고개가 수그러졌다.

이때다. 훈련원 넓은 벌판을 향하고 먼지를 자욱이 일으키며 단기를 몰아 달리는 사람이 있다. 자세히 보니 개성으로 갔던 군자부정 신윤무다. 박원종은 얼굴에 가득히 웃음빛을 띠고 말에서 내리는 신윤무의 소매를 탁 붙들었다.

"어떻게 됐나?"

"대감 말씀대로 녹였습니다. 그거 머 여반장입디다."

신윤무는 어깨를 으쓱하며 공치사를 해 뽐내었다.

"자, 그러면 어서 방포(放砲)하고 군마(軍馬)를 모으게. 그리고 성 참판은 빨리 말을 달려 대신들을 찾아보시오."

때는 벌써 해시(亥時)가 넘었다. 난데없는 포성이 훈련원 한 귀퉁이를 흔들고 일어났다. 뒤를 이어 도합 세 번째 일어나는 은은한 포성은 고요히 잠들려는 장안을 흔들었다.

포성을 군호로 하여 손에 땀을 쥐고 이때냐 저때냐? 하고 기다리고 있던 모든 장사들은 군마를 거느리고 말을 달려 훈련원으로 모여 들었다. 운수군 효성(雲水君孝誠) 심순경(沈順經), 변수(邊修) 최한홍(崔漢洪), 윤형로(尹衡老), 조계상(曺繼商) 외에 장사만이 구십여 명이요, 군사가 오륙천 명이다. 가을바람에 기름진 말 울음소리는 깊은 밤의 적막을 깨뜨리고, 어른거리는 휘황한 등불은 서리 친 거리를 조요히 비췄다. 훈련원 일대는 삽시간에 삼엄한 전쟁터다.

박원종은 장대(將臺)에 높이 올라 모든 군마를 점고한 뒤에, 신윤무에게 무사 이심 등 십여 명을 주어 좌의정 신수근, 무령군 유자광을 찾아보게 하고, 좌참찬 겸 채홍준사 임사홍과 신수근의 아우 신수영을 때려죽이라 하니, 신수근, 신수겸, 신수영은 중전 신비의 오라버니라 흑백을 가릴 것 없이 신수근도 죽일 것이나, 신수근은 공교롭게 진성대군 장인이 되니 한번 그 뜻을 물어보자는 것이요, 유자광은 경력이 많은 까닭에 오기만 하면 등용해 쓰자는 것이다.

재상들을 달래러 간 성희안은 영의정 유순을 찾아보니 유순은 무능하기 짝 없는 위인이라 별안간 창황 중에 어찌할 줄을 몰

라 혀 굳은 소리로,

"가오리다. 가다뿐이오니까. 성 참판 영감이 하시는 일이오니까, 유 판서가 하는 일이오니까?" 하고 사지를 벌벌 떨었다. 성희안이나 유순정이 역적모의를 하여 임금이 되는 줄 안 모양이다. 성희안은 하도 어이가 없어 픽 웃고 돌아서 버렸다.

우의정 김수동을 찾아보니 김수동은 기상이 씩씩하여 태연히 움직이지 않았다. 성희안의 거사한다는 말을 자초지종 들은 뒤에,

"여보 이것은 나라의 큰일이오. 내가 재상으로 앉아서 일의 시말을 모르고 경솔하게 당신의 말만 듣고 따라가겠소? 내 목을 베어 가오!" 하고 베개를 끌어 자리에 드러누워 버렸다. 성희안은 그제야 꿇어앉아 간곡히 진성대군을 추대한다는 뜻을 말했다. 그제야 김수동은 천천히 자리에서 일어났다.

"먼저 가오. 내 천천히 가 보리다!"

성희안은 신신당부하고 김수동에게 절하고 물러갔다.

김수동이 천천히 의관을 정제하고 위의를 차려 훈련원을 향하고 내려가니, 이때 벌써 성희안, 박원종, 유순정은 갑옷투구를 하고, 군사들을 이끌어 훈련원을 떠나 창덕궁 동구에 결진(結陳)하고 있는 판이다. 김수동은 구종별배들에게 일부러 벽제 소리를 요란히 치게 하고, 진을 헤치고 들어가 상좌에 올라앉으니 박원종, 성희안, 유순정이 몸을 굽혀 수동을 맞았다. 김수동은 안하에 사람이 없는 듯 한번 사면을 훑어본 뒤에,

"진성대군의 안부가 어떠하시며 시위를 보내 용저(龍邸)를 호

위해 드렸는가?"

박원종, 성희안 들은 그제야 정신이 번쩍 났다. 등골에 식은땀이 흘렀다.

"아직 창황하여 못했소이다."

성희안이 두 손을 모아 받들고 대답했다.

"아직이라니, 자네들이 역적의 소리를 면치 못하리!"

김수동의 추상같은 호통이 떨어졌다.

밤은 벌써 삼고(三鼓)다. 박원종은 윤형로를 진성대군의 사저로 보내어 사유를 고해 바치고, 운산군(雲山君) 계(誠)에게 무사 수십 명을 주어 진성대군의 사저를 시위시키게 했다.

군자부정 신윤무는 별감 복색을 하고 명패 두어 개를 위조하여 가지고 임사홍, 신수영을 찾으니 임사홍, 신수영은 자다가 명패 소리를 듣고 연산이 부르는 줄 알고, 모대하고 채비를 차려 대궐로 향하였다. 골목 밖 으슥한 곳에 미리 매복했던 무사들은 잡담 제하고 신수영, 임사홍을 나오는 대로 추살(椎殺)시켜 버렸다.

신윤무는 다시 평복으로 유자광을 찾으니, 자광은 두말 않고 구군복을 차려 입고 창덕궁 결진터로 말을 달려 내려가고, 다시 신수근을 찾으니 수근은 한참 동안 거래한 뒤에 신윤무를 사랑으로 불러들였다.

신윤무는 수근을 향하여 전후 사단을 가만히 이야기한 뒤에,

"지금 종묘사직이 위태로운데 매부가 중하시오? 사위님이 중하시오? 내 생각에는 누님보다 따님이 더욱 소중할 것이오. 어서 빨리 일어나시어 진성을 도와주시오." 하고 말끝을 맺었다. 연산

은 신수근의 매부가 되고, 진성(중종)은 신수근의 사위가 되는
까닭이다.

눈을 감았다 떴다 하고 신윤무의 전후 수작을 가만히 듣고
있던 신수근은,

"매부와 사위란 무슨 수작요. 신하는 신하가 될 뿐! 한 몸으로
두 임금은 섬길 수 없소. 더욱이 세자께서 영명하신 것을!"

말을 마치고 신수근은 입을 꼭 다물었다. 얼굴에는 빼앗지 못
할 의기가 헝그럽게 떠돌았다.

신윤무는 신수근의 뜻을 굽히지 못할 것을 알았다. 도포 소매
에서 호각을 찾아 입에 대니, 알연한 호각 소리가 깊은 밤을 흔
들었다. 임사홍, 신수영을 때려죽였던 무사들은 호각 소리를 군
호로 문을 박차 신수근의 방으로 뛰어드니, 애처롭다. 연산을 위
하는 단 한 사람의 충신은 한 조각 붉은 마음을 안은 채 철퇴
아래 외로운 혼이 되었다.

동관 어구에 결진했던 군사들은 다시 돈화문을 향하고 올라
가 창덕궁을 물샐틈없이 에워쌌다.

번들었던 장사와 시종이며 내시들은 이 기맥을 알고 목숨을
보전할 양으로 서로 떼밀고 짓밟아 가며 개천구멍으로 몸을 빼
쳐 달아난다.

입직 승지 윤장(尹璋), 조계형(曺繼衡), 이우(李堣)는 그제야 변
란이 난 것을 알고, 창황히 어전에 나아가 이 사유를 아뢰었다.
연산은,

금삼의 피

"누구들이란 말이냐?"

고함쳐 소리 질렀다. 그러나 승지들도 누가 누구를 추대하는지 알 길이 없다. 승지들은 바깥 형편을 알아본다 핑계하고 물개천(水溝)으로 하나씩 둘씩 빠져 달아났다.

박원종은 달아나는 내시를 붙들어 가지고 다시 수구로 들어가서 돈화문을 열게 하였다. 힘 안 들이고 대궐 문은 열렸다. 성희안은 군사를 거느려 궁성을 지키고 있고, 박원종은 군사들을 거느리고 칼을 빼어 궁 안으로 들어섰다. 궁성은 텅 비었다.

연산의 옆에는 한 사람도 없었다. 다만 자다가 별안간 변란을 당한 수천 명 흥청, 운평 들이 발을 동동 구르며 이리 닫고 저리 몰려 호곡해 울 뿐이다.

박원종은 섬돌을 밟고 전상으로 올라섰다.

연산은 모든 것을 단념한 모양이다. 비단 홍보로 싸 놓은 어보(御寶) 궤를 앞에다 놓고 고요히 눈 감고 앉았다.

발자취 소리가 나며 박원종이 방문을 열고 추창해 들어섰다. 연산은 스르르 눈을 떠서 들어오는 박원종을 바라보았다.

조금도 황겁지 않는 연산의 돌돌한 태도에 박원종의 담력이 오히려 주춤하고 꺾였다.

"오오! 박원종이냐! 네가 오늘 이럴 줄은 내가 꿈에도 생각지를 못했구나!"

처창하고 비장한 목소리다.

박원종은 어전에 부복하지 않을 수 없었다.

"황공하오이다. 그러하오나 천명이 진성대군에게로 돌아갔소이다."

"오오 진성! 대단히 좋은 일이다. 나는 네가 참람한 뜻을 먹은
줄 알았구나!"

연산은 다시 한번 한숨을 길게 쉬었다.

"내가 내 죄를 잘 안다. 나를 쫓아내려는 너보다 내가 한층 더
잘 알고 있다! 당연히 이 자리를 내놓아야지! 그러나 원종아, 네
가 지금 나를 찾은 뜻은 이 인둥이를 탐내어 왔구나!"

연산은 앞에 있는 어보 궤를 가리켰다. 박원종은 잠자코 허리
를 굽혀 있을 뿐이다.

"그러나 원종아 대신들은 다 죽였니? 내 목숨이 네 손에 끊어
질지언정 네 손에 이 인둥이를 넘겨줄 수는 없다. 대신들을 불러
라! 진성이 왕위에 나갔다 하니 대신의 손을 거쳐 어보를 진성에
전해 주마!"

언언구구 폐부를 찌를 듯한 말뿐이다. 감히 박원종으로 난폭
한 행동을 취할 조그만한 여유도 가질 수 없었다. 박원종은 물
러가고 우의정 김수동이 울면서 어전에 엎드렸다.

"전하! 늙은 신하가 일찍이 죽지 못하고 차마 이 꼴을 보오!"

겨우 한마디를 내놓은 김수동은 목이 메어 앞의 말을 버무리
지 못하고 눈물이 그대로 비 오듯 쏟아져 통곡해 운다. 마디마디
뼈가 녹을 듯한 신하의 애끊이는 진정이다.

"우상! 눈물을 거두시오. 나로 해서 우상의 속도 많이 상했으
리다. 진성이 왕위에 나갔다 하니 확실하오?"

"그러한 줄로 아뢰오."

금삼의 피

김수동은 눈물을 거두고, 겨우 대답을 아뢰었다.

"영상은 어찌 되고 좌상(左相)은 어찌 되었소?"

"유순은 정신이 모록하여 진중에 갇혀 있고 신수근은 난군 중에 목숨을 보전치 못한 모양이오."

연산의 차디찬 얼굴엔 한 줄기 구슬픈 빛이 떠돌았다.

"옛소. 어보를 진성에게 전해 주오. 대비 모시고 백성들을 잘 사랑하여 밝은 임금이 되라 하오!"

연산의 눈에선 산연히 눈물이 흘렀다.

그럭저럭 동은 트고 날은 환하게 밝았다. 박원종은 경복궁으로 들어가 대비(진성대군의 생모)에게,

"주상이 크게 군도를 잃어 천명과 인심이 진성대군에게로 돌아갔으니 빨리 허락하시는 의지(懿旨)를 내려지이다."

계하여 올렸다. 대비는 두세 번 이것을 사양하다가 그대로 윤(允)이라 성문(成文)하여 내리니, 박원종은 다시 유순정을 진성대군의 사저로 보내어 대군의 어가를 맞아들이게 하였다.

이때 진성대군은 몸을 피하여 평시서(平市署) 옆 백성의 집으로 피해 있다가, 유순정이 이문(里門) 밖에 대령하고 서서 지재지삼 간청하여, 오시가 넘어서 겨우 어가를 호위하여 경복궁으로 들어가니 백성들은 저자를 닫지 않고 부로들은 눈물을 흘리며 만세를 불러 어가를 우러러보았다.

진성대군은 신시에 근정전에 나와 왕위에 오르고, 백관의 조하를 받으니 이 어른이 중종대왕이다.

조칙을 내리어 안팎을 대사(大赦)한 뒤에, 전왕을 강봉하여 연산군을 삼아 교동(喬桐)에 안치케 하고, 전중전 신씨는 정청궁(貞淸宮)으로 내보내고, 폐세자 황은 정선으로 귀양 보내게 하고, 장녹수의 소생 영수(靈壽)를 우봉으로 보내고, 장녹수, 전 비, 김귀비와 홍청, 후궁의 친족 백여 명을 처참 적몰시키니, 폐비 윤씨의 한 조각 원통한 피눈물 수건은 얼마나 길고 긴 파란만장의 어지러운 곡절을 일으켜 놓았더냐. 우는 이 있고, 웃은 이 있고, 사는 이 있고, 죽은 이 있고, 슬픔이 있고, 환락이 있고, 의기가 있고, 간흉이 있다.

붓대를 막음하여 책상에 던지고, 다시 한번 돌아보니, 망망한 상하 천고의 사람들의 발자취는 이 여덟 가지 정근(情根)과 한 속에 헤매고 살 뿐이다.

*

얼굴이 도야지 대가리와 흡사하기 때문에 성주 기생의 입초시에 올라 금부도사에게 붙들려 오는 장도야지 대가리 장순손은, 대엿새를 걸어서 함창 땅 공검지(公儉池)라는 연못 앞을 당도하였다. 연못을 가운데로 두고 길이 두 갈래로 있으니 하나는 상주(尙州)를 거쳐 문경(聞慶) 새재를 가는 큰길이요, 하나는 선산(善山) 지나 새재로 들어서는 조그마한 지름길이다.

금부도사와 장순손이 연못 두렁에 걸터앉아 다리를 쉬며 한담하고 있으려니, 별안간 난데없는 고양이 한 마리가 장순손의 앞을 살짝 지나가며 지름길로 달아났다. 장순손은 고양이를 보

금삼의 피

고 심중에 여간 반갑지 않았다. 그러나 한옆으로 생각하면 여간 뜨악하지도 않았다.

그것은 다른 게 아니라 소과(小科) 급제를 하여 진사를 할 때도, 이 고양이가 이 길에서 나타나서 지름길로 달아났었고, 대과(大科) 급제를 하여 옥당 교리에 한림학사를 할 때도, 이 고양이가 가는 길로 따라서 간 뒤에 장원괴갑(壯元魁甲)으로 뽑혔던 것이다.

반가운 것은 잡혀가는 오늘날 고양이가 또 나타나서 어찌하면 무슨 좋은 수가 있을 상도 싶은 일이요, 뜨악한 것은 과거에 꼭 맞히듯이 죽음을 꼭 맞히지나 않나 하는 서운한 생각이 든 것이다. 그러나 좌우간 마음은 고양이 가던 지름길로 가고 싶었다.

장순손은 금부도사가 일어선 뒤에 서울을 가려던 큰길보다 지름길이 한결 수월하니 지름길로 가자고 졸랐다. 금부도사는 그만해도 며칠 동안 숙친한 터이라 쾌하게 허락하였다. 며칠 동안 다시 길을 걸어 선산 내에 도달하니, 선전관이 연산의 명을 받들고 장도야지 대가리 목을 베러 상주로 내려갔다는 소문이 자자했다. 그제야 장순손은 마음 탁 놓고, 한숨을 길게 쉬었다. 생각하면 위기일발이다.

만일 고양이가 들어선 지름길로 오지 않고 상주를 향하여 큰길로 걸어갔던들, 어제나 오늘쯤은 벌써 어명 받은 선전관의 손에 목이 떨어졌을 것이다. 어떻든 이것을 보면 고양이가 길 가르쳐 준 것이 여간 미더운 일이 아니다.

장순손은 다시 선전관이 뒷길을 쫓을까 보아 도리어 금부도사를 재촉하여 문경 새재를 막 다다르니, 연산이 폐위되고 중종이 반정을 하였다는 소식이 자자하게 퍼졌다.

장순손은 죽은 목숨이 다시 살아난 격이다. 체면 차릴 것 없이 춤을 한번 덩실덩실 추었다.

〈끝〉

금삼의 피